KB123983

Again My Life

어게인 마이 라이프

어게인 마이 라이프 II

2022년 3월 28일 초판 1쇄 인쇄
2022년 3월 31일 초판 1쇄 발행

지은이 이해날
발행인 김정수 강준규

기획 이기헌 왕소현 박경무 강민구
편집 이세종 백승미 최전경
마케팅지원 이원선

발행처 (주)로크미디어
출판등록 2003년 3월 24일
주소 서울시 마포구 성암로 330 DMC첨단산업센터 3층 318호
Tel (02)3273-5135 **편집** (070)7863-8593 **Fax** (02)3273-5134
홈페이지 rokmedia.com **E-mail** rokmedia@empas.com

ⓒ 이해날, 2022

값 25,000원

ISBN 979-11-354-7628-0 (2권)
ISBN 979-11-354-7625-9 04810 (세트)

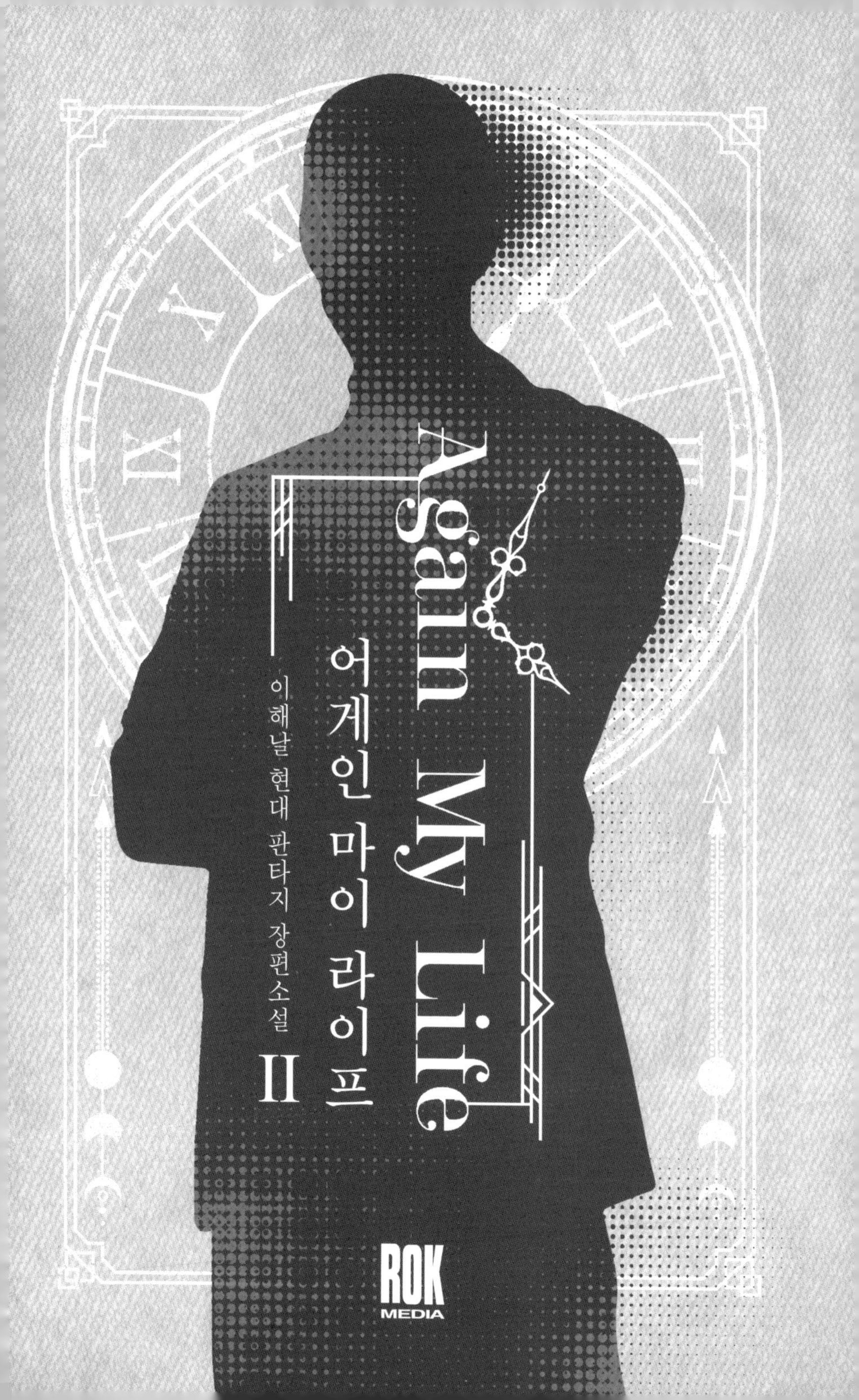
Again My Life
어게인 마이 라이프
이해날 현대 판타지 장편소설
II
ROK
MEDIA

차례

Again My Life

CHAPTER 17

희아가 있었다.

"어?"

희우 역시 놀란 표정이었다. 서울도 아니고 경기도에 있는 병원에서 그녀를 만날 것이라는 생각은 전혀 하지 못했다. 희우는 전화기를 잠시 귀에서 떼고 희아를 바라봤다. 희아가 물었다.

"누가 입원했어?"

"응, 후배가 다쳐서. 너는 어쩐 일이야?"

"난 이 병원에 아는 사람이 있어서."

희아는 자판기로 이동해 차가운 음료를 뽑아 들었다.

"마셔."

희우는 고맙다는 말을 전하고 캔의 뚜껑을 땄다.

희아가 말했다.

"여기서 보니까 반갑네."

희우 역시 마찬가지였다. 생뚱맞은 장소에서 아는 얼굴을 본다는 건 참으로 반가운 일이었다. 희우가 물었다.

"누구를 만나려고 온 거야?"

희우의 질문에 희아는 잠깐 멈칫거렸다.

"아, 여기 병원에 아는 분이 일하고 계셔서."

"병원 관계자 있으면 병원비 좀 싸게 할 수 있나? 후배가 집안이 어려워서."

거짓말이었다. 모든 병원비는 희우가 부담하고 있었다. 혹시나 병원 관계자를 알고 있다면 찾아가서 대화를 하다가 이것저것 동향을 살펴보기 위함이었다.

"가능할걸. 그럼 나도 부탁 하나 해도 될까?"

"말해."

"나 리포트 하나만 도와줄 수 있어?"

"리포트?"

희아는 경제학과에 다니고 있었다. 경제학과 법학은 전혀 다른 색의 학문이었다. 서로가 무언가를 도와줄 수 있는 곳이 아니었다.

"이번에 법을 배우는데, 1학년 때 살짝 맛만 본 거하고 자세하게 파고드는 거하고 달라. 어렵네."

"뭐 배우는데?"

"경제법, 세법, 상법."

"리포트 내용은?"

"내가 써 올 테니까 한번 읽어 줘."

읽고 잘못된 점을 이야기해 주는 정도라면 거절할 필요는 없었다.

"알았어. 연락해."

"좋아."

희아는 핸드폰을 들었다. 그리고 물었다.

"후배 이름하고 병실을 말해 줘."

희우에게 상만의 신상을 들은 희아는 바로 통화 버튼을 눌렀다.

"삼촌, 저 희아예요. 삼촌 뵈러 병원 왔다가 친구를 만났는데요, 어려운 후배가 여기 입원해 있다고 해서요."

잠시 통화를 하던 희아는 전화를 끊고 희우를 바라봤다.

"병원비 공짜래."

"공짜?"

희우의 머리는 뒤죽박죽이 되었다. 아무리 관계자라 해도 공짜는 말이 안 된다. 그런데, 희아는 대수롭지 않게 고개를 끄덕이고 있었다.

"그럼 리포트 도와주는 거다."

희우는 잠깐의 시간에 몇 가지 가설을 세웠다.

희아가 말하는 삼촌이 병원의 높은 사람일 수 있다는 가설이 첫째. 둘째는 병원비를 공짜로 해 주는 대신 문제 일으키지 말고 조용히 꺼지라는 말일 수도 있었다. 상만의 이름은 이미 병원의 관계자들에게 기억되고 있을 가능성이 높았다.

"병원비를 내지 않아도 좋다고?"

"어."

"그러니까 공짜로 있다가 가라는 거야?"

"그래."

"삼촌이 누군데?"

"여기 직원."

희우는 작게 한숨을 내뱉었다. 계획이 틀어졌다. 하지만 병원 관계자와 대화를 하려는 목표는 포기하지 않았다.

"이러면 너무 죄송하고 감사한데, 음료수라도 사 들고 찾아가서 인사를 드리고 싶은데 가능할까?"

"그건 힘들걸. 삼촌이 지금 외근 중이야. 그래서 나도 왔다가 그냥 갈 참이었어."

"그래? 아쉽네. 그럼 나중에 인사드리게 성함이라도 알려 줘."

"아니야, 문제 있으면 나한테 연락해. 삼촌은 그런 연락 받는 거 안 좋아하셔."

희아는 단호히 거절했다.

"그럼 감사하다는 말은 전해 줘. 너한테도 고맙고."

"고마우면 리포트 도와주고 국밥도 사."

희아가 떠나고, 희우는 병원의 공중전화가 있는 곳을 향해 이동했다. 핸드폰은 상만의 전화와 연결이 되어 있기에 사용할 수가 없었다.

공중전화의 수화기를 들어 114번을 눌렀다. 이전의 삶이었다면 스마트폰으로 검색해서 끝냈겠지만, 지금은 아니다. 전화국에 전화해서 물어봐야 한다.

"천하보험 전화번호 부탁합니다."

전화국에서 알려 준 번호를 재차 눌렀다.

새로 들어온 환자들은 어제 사고가 있었다는 말을 했다. 그 말이 사실인지를 확인해야 했다. 만약 거짓이라면 환자가 아닌 직원일 가능성이 높았다. 하지만 보험사에서는 사고가 있었고 그들이 대오성병원에 입원하고 있다는 사실을 확인시켜 줬다.

희우는 피식 웃었다.

가짜 환자가 아니었다. 병원에선 새로 들어온 환자를 해당 병실부터 급하게 채웠다. 그 환자들에게 술을 먹이고 뭔가 정보를 캐내는 짓은 쓸데없는 일이 되어 버렸다. 지금 상만은 그 쓸데없는 일을 하고 있는 중이었다.

희우는 핸드폰을 귀에 대었다. 상만은 이미 혀가 꼬여 가고 있었다.

상만이 말했다.

-소주 한 병 더 할까요? 여기 슈퍼에서 사 올게요.

이미 네 병을 다 비운 후인 것 같았다.

희우는 짧은 한숨을 내쉬었다. 그리고 통화 종료 버튼을 누르려는 순간, 누군가의 목소리가 들렸다.

-그거 알아요?

그의 목소리에 희우의 손가락이 움직임을 멈췄다. 목소리가 낮고 습한 것이, 뭔가 불법적인 일을 이야기할 때의 톤이었다.

그가 계속 말을 이었다.

－나도 막내 옆의 할아버지한테 들은 얘긴데.

　막내는 상만을 의미했다. 병실에서 가장 나이가 어려 막내로 통했다. 그리고 그 옆의 할아버지는 잠꼬대가 고약한 그 노인이다.

　－이 병원에 암 환자 소개시켜 주면 10만 원씩 받는대요.

　"……!"

　희우가 검사로 있던 시절에도 몰랐던 사실이었다.

　－노인들만 대상으로 한다고 하더라고요. 생활비 부족한 노인들이 병원에서 10만 원씩 받고 여기에 입원하고 있는 척 서류 쓴다고 하대요. 실제 치료는 다른 병원에서 받고요.

　희우의 주먹이 꽉 쥐였다.

　간호사가 놓쳤던 차트에 쓰인 두 명의 이름은 노인일 것이다. 입원은 이곳에서, 치료는 다른 병원에서 받고 있는 노인들. 막대한 입원비는 병원이 삼키고 생활비 조로 10만 원씩 지급. 병원비와 생활고로 힘든 노인들에게 병원의 제안은 거부할 수 없는 유혹이었다.

　희우는 전화를 끊고 상만에게 문자를 보냈다.

　－술 먹지 마라. 넌 진짜 환자다.

　하지만 흥에 겨워 술을 마시던 상만은 희우의 문자를 확인하지 못했다. 그날 술에 취한 상만은 간호사에게 고백을 했다가 술을 마신 일이 발각되어 쫓겨날 뻔했다.

　희우는 이전의 삶을 되짚고 있었다.

　이전의 삶에서도 생활비 지급 비리는 밝혀지지 않았다. 나이롱과 허위 입원 환자는 있었지만, 불쌍한 노인들을 대상으로 했던 일은 알지 못했다.

　'일은 끝났네.'

희우는 민수에게 전화를 걸었다.

"병원으로 오세요."

한 시간 후 병원에 도착한 민수에게 희우가 말했다.

"지금부터 암에 걸린 환자인 척하세요."

"뭐? 내가 어디를 봐서 아파 보인다고 그래?"

희우는 그의 위아래를 훑어봤다.

"아파 보여요."

"……!"

민수가 어이없다는 표정으로 희우를 바라봤다.

"정말이에요."

"나 건강해!"

"많이 아파 보여요."

희우는 민수에게 해야 할 일에 대해 간단히 설명을 했다.

그리고 상만의 옆자리 노인에게 향했다. 노인은 앉아서 텔레비전을 보는 중이었다.

"할아버지, 음료수 좀 드세요."

희우는 노인에게 건강 음료를 건넸다. 텔레비전을 보며 무료하게 앉아 있던 노인은 기뻐하며 음료를 받았다.

희우는 노인의 옆자리에 앉아 작게 말했다.

"우연히 들었는데요, 여기 암 환자 데리고 오면 돈 준다면서요?"

노인은 고개를 끄덕였다.

"응, 그런데 그 일은 육십 넘은 노인들한테만 해당되는 이야긴데. 여기 병원 이사장이 아프고 어려운 사람들 대상으로 좋은 일을 하고 있어."

노인은 병원 이사장을 좋게 보고 있었다. 노인에게 병원 이사장은 어렵게 사는 독거노인들에게 다달이 10만 원씩 보내 주는 마음씨 좋은 복지가였다.

희우는 머리를 긁적였다.

"어리면 안 되나 봐요. 여기 옆에 있는 선배가 암에 걸렸는데 생활이 어렵거든요. 그래서 도움 좀 받으려고 했는데."

노인은 손을 저었다.

"안 돼. 무조건 육십이 넘어야 한다고 그랬어."

나이가 많은 사람을 받는 이유는 그나마 세상 물정에 어두운 사람을 선별하기 위한 기초 작업이었다.

희우가 물었다.

"아쉽네요. 돈은 바로 통장에 찍히는 거예요?"

"암, 그렇지. 그런데 어려서 안 된다니까."

민수는 할아버지에게 입을 열었다.

"어린놈 도와주는 셈 치고 연결 좀 해 주시면 안 될까요? 제가 몸이 많이 안 좋은데 병원비에 생활비에, 힘들어 죽겠어요."

민수가 울상을 지었고 급기야…….

"쿨럭! 쿨럭!"

기침을 시작했다.

거지 같은 몰골에 심한 기침을 하는 모습, 누가 봐도 죽기 직전의 사람이었다. 민수의 기침하는 모습은 이 병원의 누구보다 아파 보였다.

"안 되는데……."

노인은 잠시 망설였다.

민수는 피를 토할 듯 기침을 계속했다. 희우가 보기에도 애처로웠다.

망설이던 노인이 입을 열었다.

"암환자동에 가서 김 노인을 찾아봐. 그 사람이 중개를 하고 있으니까."

"감사합니다."

"비밀로 해야 해."

노인은 손가락으로 입을 막으며 조용히 말했다.

희우와 민수는 암 환자가 있는 병동으로 이동했다. 민수가 말했다.

"흐흐흐, 이거 흥미진진한데?"

"선배가 정말 아파 보여서 다행이에요."

"그러게. 내가 어디를 봐서 아파 보이지?"

희우는 민수의 위아래를 훑어봤다.

"선배."

"응?"

"그러지 말고 병원에 온 김에 건강검진 좀 받아 보는 건 어때요?"

"응?"

"진짜 어디 아픈 사람 같아요."

민수는 인상을 찌푸렸다.

"건강하다니까!"

그들은 암 병동에 도착하여 김 노인을 찾았다.

그를 찾는 건 어렵지 않았다. 지나가는 할머니에게 '김 노인이라는 분이 어디 계세요?'라고 물었을 뿐이다. 할머니는 한 병실을 가리켰고, 그들은 그 안으로 들어갔다. 김 노인은 1인 병실을 사용하고 있었다.

"누구?"

희우와 민수는 그에게 고개를 숙였다.

"암 환자면 생활비를 받을 수 있다는 말을 듣고 왔습니다."

희우의 말에 김 노인은 생뚱맞은 소리를 들었다는 듯 그들을 바라봤다.

"무슨 말도 안 되는 소리를 하시오? 암 환자면 치료를 받아야지 무슨 생활비를 받아?"

하지만 희우는 그 말을 귓등으로 흘리며 계속 말을 이었다.

"듣기로는 예순이 안 된 사람은 받을 수 없다고 하더군요. 하지만 여기 이 사람은 나이가 어리지만 살기가 막막합니다."

김 노인은 민수를 바라봤다. 그냥 봐도 거지 꼴. 전철역 앞에 앉아 있다면 주머니에 들어 있는 동전을 주고 싶게 생긴 외모였다.

김 노인은 한숨을 내쉬었다.

"무슨 암이야?"

"폐암입니다."

민수가 답했다. 생각나는 암이 폐암밖에 없었지만 김 노인은 이해한다는 표정이었다.

"힘들어도 담배는 피우지 말아야지."

"그러게요. 쿨럭쿨럭!"

다시 피를 토할 듯 기침을 하는 민수.

김 노인이 불쌍한 표정으로 그를 바라보며 말했다.

"다니는 병원에서 진단서 가지고 오고 주민등록증 사본, 초본 그리고 통장 사본 가지고 와."

민수가 반색하며 물었다.

"그럼 저도 생활비를 받을 수 있나요?"

김 노인은 고개를 끄덕였다.

다시 민수가 물었다.

"제가 나이가 어려서 서류 심사에서 탈락하지 않을까요? 취직도 여러 번 낙방해서 가슴이 아픈데 병원에서까지 떨어지면 슬플 거 같아요."

김 노인이 말했다.

"내가 승인하면 되는 거니까 걱정하지 마."

그들은 예순이라는 나이를 기준으로 놓은 적은 없었다. 일반적으로 예순이라고 했을 뿐이다.

이유는 간단했다. 예순이면 업무에서 퇴직할 나이였다. 예순을 맞이한 대부분의 사람들은 정기적으로 버는 돈이 없었다. 설상가상으로 병까지 얻는다면 병원의 행위가 불법임을 알아도 묵인할 수밖에 없었다. 월 10만 원의 돈은 그들에게는 소중했고 컸다. 병원 측이 바라는 암 환자를 정확히 정의하자면 예순이 넘은 사람이 아니라 10만 원에 감사하는 사람들이었다. 김 노인이 보기에 민수도 다를 바 없었다. 10만 원이 아니라 만 원만 줘도 좋아할 것 같았다.

민수가 허리를 숙이며 인사했다.

"감사합니다. 감사합니다."

그의 들뜬 목소리와 달리 김 노인은 차분하게 설명을 이었다.

"딴 데 가서 말하면 안 되고, 생활비는 월에 10만 원씩 나올 거야. 다른 암 환자 소개시켜 주면 10만 원 더 줄 거고. 이게 다 병원 재단에서 어려운 사람들 도우려고 시작한 일인데 입이 많아져서 새어 나가면 곤란해. 이놈 저놈 다 돈 받겠다고 달려들어 봐. 재단의 돈이 남아나겠어?"

앞뒤가 맞지 않는 말이었다. 암 환자를 소개하면 10만 원을 준다고 하면서 입이 많아져서 새어 나가면 곤란하니 다른 곳에서 말하지 말라는 김노인. 자신의 말에 어떤 오류가 있는지 모르는 것 같았다.

"돈은 매달 20일에 통장에 들어갈 거야. 그리고 사실 이게 약간은 불법적인 일이야."

여기까지 말한 김노인은 눈을 작게 뜨고 목소리를 낮췄다. 그리고 눈치를 보며 입을 열었다.

"생각해 봐. 병원에 아무 관련이 없는데 매달 10만 원씩 돈을 지급해 주고 있어. 그게 어디 돈일 거 같아? 병원 돈이야. 이게 걸리면 좋은 일 하는 분들 횡령으로 잡혀 들어가요. 좋은 일 하고 잡혀가는 것만큼 억울한 게 또 어디 있겠나? 그러니까 조용히 있어."

민수는 바보처럼 헤헤 웃으며 그에게 다시 한번 고개를 숙였다.

"그건 걱정하지 마세요."

그들은 진단서를 가지고 온다는 말을 하며 병실을 빠져나왔다.

민수가 물었다.

"이제 다음 단계는 뭐지?"

"다음 단계요?"

"응."

"검찰에 넘길 건데요."

"응?"

희우가 빙긋 웃었다.

"이런 일을 학생이 어떻게 처리해요. 검찰이 알아서 하겠죠."

민수는 아쉬운 표정으로 입맛을 다셨다.

"그건 그렇지."

희우는 장일현에게 전화를 걸었다.

"안녕하세요, 김희우입니다. 어떤 사건에 대해 의논드리고 싶어서 전화 드렸습니다."

서초동에서 만나기로 약속을 하고 희우는 전철에 올랐다.

희우가 커피숍에 도착하고 잠시의 시간이 지났을 때 장일현이 들어왔다.

"어쩐 일이야?"

장일현은 몹시 반가운 얼굴로 희우를 향해 왔다.

그는 알고 있었다. 시시콜콜한 일로 만나자고 전화할 희우가 아니라는 것을. 그런 희우가 '사건'이라는 단어를 사용했으니 매우 반가울 수밖에 없었다. 그는 큰 사건을 해결해 돋보이고 싶은 마음이 컸다.

그가 자리에 앉고 마음에 없는 인사말이 지난 후 희우가 입을 열었다.

"대오성병원이라고 아시나요?"

"알지, 거기 대표 이사가 천하그룹 김건영 회장 막냇동생 아니야?"

"네, 맞습니다."

"김건영 회장하고 막냇동생하고 사이는 꽤 안 좋다고 하던데."

희우는 그런 사실까지는 모른다는 표정을 지었다. 그리고 다시 입을 열었다.

"거기에 비리가 몇 개 있습니다. 추정이지만, 증거도 쉽게 찾을 수 있을 거라고 생각합니다."

장일현의 눈이 차가워졌다.

지금까지와는 다른 눈빛이었다. 후배를 보는 것이 아니라 먹잇감을 앞에 두고 있는 짐승의 눈.

대오성병원을 상대로 싸운다는 것. 그것은 일반 국민들의 눈에는 천하그룹의 비리를 들춰내는 일처럼 보일 수 있었다.

물론 김건영 회장의 지금까지의 행보를 보면 대오성병원이 망하든 동생이 구속을 당하든 신경 쓰지 않고 오히려 좋아할 수도 있는 일이었다. 즉, 장일현의 입장에서는 두 마리 토끼를 모두 잡는 일과 마찬가지였다.

국민들의 뇌리에 재벌 집안을 공격하는 멋진 검사로 기억될 수 있었고 김건영 회장에게는 앓던 이를 깔끔하게 뽑아 준 사람으로 남을 수 있었다.

장일현이 낮은 목소리로 입을 열었다. 하지만 낮은 목소리와 달리 그의 마음은 이미 들떴다.

"말해 봐."

"먼저 제약 회사 리베이트가 의심됩니다. 또는 병원 측의 농간일 수도 있습니다."

"리베이트?"

희우는 가방에서 상만이 먹던 약을 꺼내 테이블에 올렸다.

"카피 약입니다. 오리지널과 효능의 차이를 입증할 수는 없습니다. 같은 성분으로 만들어졌기에 그 차이는 크지 않을 수도 있습니다. 하지만 가격은 어마한 차이가 나지요."

"그래서?"

"약이 너무 비싸거나 또는 환자의 주머니가 여의치 않을 때 등등, 카피 약의 좋은 점은 이루 말할 수 없습니다."

희우의 부연 설명이 길어지자 장일현이 손짓했다.

"본론으로 들어가자."

그는 마음이 급했다. 지금 '카피 약', '리베이트' 등의 말만 들었는데도 심장이 뛰고 있었다.

희우는 가방에서 영수증을 꺼내 장일현에게 넘겼다.

"모든 약이 한 회사 제품입니다."

"……!"

"영수증에 적힌 값은 오리지널 약과 차이가 없습니다. 약을 잘 모르는 환자들은 오리지널인 줄 알고 비싼 값을 치르며 먹고 있겠죠."

영수증과 약을 보는 장일현의 입가에 비릿한 미소가 걸렸다. 희우는 가방에서 노트 한 장을 찢어 테이블 위에 올렸다.

"암 병동에 가면 김 노인이라고 있습니다. 병실에 쓰인 이름은 김출만. 환자 브로커로 의심됩니다."

"브로커?"

"네, 다른 병원에서 치료받고 있는 환자를 대오성병원 입원 환자인 것처럼 속여서 운영을 하고 있습니다. 허위 입원 사실에 동의한 사람에게는 월 10만 원의 돈을 지원합니다. 환자를 소개해 줘도 10만 원을 지급하고 있습니다."

"……!"

장일현의 눈이 날카롭게 빛났다. 희우가 계속 말했다.

"병원의 차트를 보면 허위 진료 사실을 확인할 수 있고, 해당 환자들의 통장 거래 내역을 뒤져 보면 뿌리가 나올 겁니다."

장일현의 입꼬리가 더욱 짙게 올라갔다. 그는 지금 희우가 예뻐서 어쩔 줄을 모를 지경이었다. 그가 말했다.

"뭐 먹고 싶냐?"

"네?"

"소고기 먹으러 갈래?"

"소고기를 먹으러 갈 때 저는 선배님이 걸어가신 양탄자 뒤에 쫓아가면 되나요?"

장일현은 힘차게 고개를 끄덕였다.

"대리석 위에 붉은 양탄자를 깔아 두마."

상만이 퇴원을 했다.

대오성병원의 비리에 대한 일은 연일 뉴스에서 크게 보도되고 있었다. 장일현은 텔레비전에 얼굴을 비치고 국민들을 향해 사건을 브리핑했다.

텔레비전을 보며 상만이 물었다.

"저거 사장님이 한 일 아닌가요?"

"네가 한 일이기도 하지."

"그런데 왜 검찰만 박수를 받아요?"

"박수받을 때 떠나야 하니까."

"네?"

희우는 텔레비전을 끄고 자리에서 일어나며 박수를 한번 쳤다.

"자, 우리도 시작하자. 검찰은 검찰 일을 하고 우리는 우리 일을 해야지."

그들은 희우가 살던 지하 방을 사무실 겸 숙소로 사용하고 있었다. 거실은 사무실이었고 희우가 쓰던 방은 상만의 방, 부모님이 쓰던 방은 희우가 사용했다. 희우가 말했다.

"지금부터 우리가 가진 부동산은 전부 매각한다."

"네?"

상만은 어리둥절하여 희우를 바라봤다. 퇴원해서 첫 출근을 하자마자 생뚱맞은 소리였다.

"분산투자 하지 않고 모든 계란을 하나의 바구니에 담을 생각이다."

"지금도 부동산만 하셔서 분산은 아닌데요."

상만의 말꼬리 잡기가 시작되었지만 희우는 그의 말을 듣지 않고 사무실 한편의 벽으로 이동했다. 그곳에는 벽면을 가득 메울 정도로 큰 지도가 붙어 있었다. 희우의 손가락이 서울, 그리고 강남으로 향했다.

"압구정동의 이 아파트만 산다."

"……!"

상만은 한동안 눈만 껌뻑거렸다. 그리고 한참 후 희우에게 물었다.

"그곳에 뭐가 들어오나요?"

희우는 고개를 저었다. 값이 뛴다는 것만 알고 있지 다른 상황은 알고 있는 것이 없었다.

"나도 모른다."

상만이 말했다.

"지금 되게 위험한 행동 하시는 거 아세요?"

"알아."

"그런데 왜 그렇게 하시려고 하세요?"

"올인이라는 말 알아? 하이 리스크 하이 리턴. 아파트 전세가가 폭등 상태인 거 알지? 전세가의 상승이 지속되면 피로를 느낀 세입자들은 구매로 돌아선다. 그 기세가 가격 상승으로 이어질 거야. 올해 말, 또는 내년부터는 아파트 매매가 폭등의 시대가 도래하겠지. 가격 상승의 견인은 강남. 특히 한강을 마주 보고 있는 이 아파트다."

상만은 아직 이해가 되지 않는 표정이었다. 하지만 더 이상 토를 달지 않았다. 부동산에 관한 한 철저하게 희우를 믿고 있었다.

"그럼 바로 일 시작하겠습니다."

그들은 가진 부동산을 빠르게 매각하기 시작했다. 통장에는 계속해서 숫자가 불어났다.

경매 정보지를 확인하며 쉬지 않고 부동산을 오갔다. 급매 또는 시세보다 낮은 금액의 아파트는 모조리 매수했다. 경매 역시 급매보다 조금 낮은 가격으로 찔러 넣었다. 지금 당장은 손해처럼 보일지라도 어떻게든 챙길 심산이었다.

부동산에서 계약을 한 후 전세를 뒀다. 경매 역시 낙찰을 받은 즉시 전세를 찾았다. 최대한 한강 조망이 가능한 집을 중심으로 매수를 거듭했다.

희우가 상만에게 물었다.

"지금 몇 채지?"

"열아홉 채요. 급매는 다 잡아넣었고 경매는 보이지 않아요. 가격도 상승하고 있는데요?"

가격 상승이라는 말에 희우는 인상을 구겼다. 생각보다 빠른 시점이었다.

"부동산 사장들한테 전화해서 매도자 가격 낮추라고 해. 나는 잠깐 나갔다 올게."

"어디 가세요?"

희우는 대답하지 않고 밖으로 나갔다.

우용수를 만나러 가는 길이었다. 역시나 그는 사무실에 없었고 노인정에 들어앉아 있었다. 희우가 우용수에게 말했다.

"사무실도 좀 가 보고 하셔야 하는 거 아니에요? 실장이 힘들어 보이던데요."

"월급 받는데 힘들어야지. 돈 버는 게 쉽나?"

우용수는 담배를 꺼내 입에 물었다. 그리고 입을 열었다.

"그건 그렇고 너 살던 동네의 소년 소녀 가장들이랑 독거노인들 지원해 주기로 했다. 찾아보니까 서울 시내에도 어려운 사람이 많이 있네."

그는 자신이 가진 돈을 어려운 사람을 위해 모두 사용하고 떠나는 것이 목표라고 했다. 지금 자신의 마지막 목표를 이뤄 가는 중이었다.

한참을 이야기하던 중 우용수가 문득 이야기했다.

"너 가진 돈 좀 있나?"

"왜요?"

"압구정동에 낡은 아파트 있잖아. 알아보고 괜찮으면 사 둬라."

"……!"

우용수는 역시 대단한 사람이라고 생각했다.

그가 말한 아파트는 희우가 매수하고 있는 곳이었다. 이제 투자에서는 손을 떼고 인생을 즐기는 사람이지만 역시 고수는 고수였다.

희우는 모르는 척 그에게 물었다.

"거기는 왜요?"

"내가 요즘에 뉴스도 안 보고 신문도 안 봐서 세상 돌아가는 꼴은 모르지만 노인정에 앉아서 이 얘기 저 얘기 듣잖아?"

우용수는 주변을 잠시 살폈다. 아무도 없는 걸 확인한 그가 조용히 말했다.

"압구정동의 낡은 아파트에 이상한 소문이 돌고 있어. 명동의 큰손이 챙기고 있대. 가격 상승이 시작될 거야. 매물이 없다고 하더라고."

명동의 큰손이 아파트를 매수하고 있다? 부동산 업자들에게도 그 일에 대해서는 듣지 못했다.

한참을 고민하던 희우.

'설마, 나?'

물론 자신은 명동 사람이 아니었고 아직 큰손이라는 별호를 가질 수준도 못 되었다. 하지만 최근 부동산에서 나오는 매물을 족족 담는 사람은 자신뿐이었다.

최근 생각보다 빠른 가격 상승에 조금 기분이 좋지 않았는데 그 이유가 자신이라는 것에 눈살이 찌푸려졌다. 한 지역, 거기에 한 아파트만 매수하다 보면 당연히 가격 상승이 이뤄질 수밖에 없다는 기초적인 사실을 간과하고 있었다.

우용수가 계속 말했다.

"모르고 있었냐?"

"예."

희우의 대답에 그는 혀를 끌끌 찼다.

"현역에 있는 놈이 나보다 소식이 늦어서 어쩌누?"

"큰손이면 스승님보다 돈이 많겠죠?"

"당연하지. 거기는 수천억을 가지고 노는 사람들이야. 나하고는 차원이 다른 인간들이지."

"다를 바 없을 거 같네요. 오히려 없을걸요."

우용수가 의아하게 그를 바라봤다.

"뭔 소리냐?"

"자산의 가치가 어느 한계점을 넘어서면 사고방식이나 행동의 차이가 없잖아요. 100억이나 천억이나 그들에게는 숫자일 뿐인데, 스승님도 숫자로만 생각하시잖아요. 똑같죠."

"달라."

우용수가 뿌연 연기를 내뿜으며 말했다.

그는 다시 명동의 큰손에 대해 설명을 했다. 희우는 그의 말을 조용히 들었다. 그리고 잠시 생각에 빠졌던 우용수가 천천히 입을 열었다.

"돈장사는 하지 마라."

우용수가 말하는 돈장사는 사채시장을 이야기하는 것이었다.

"왜요?"

희우가 물었다.

"우리는 타인의 집을 가져가지만 사채는 인생을 가지고 갈 수도 있어."

그의 우려 섞인 말에 희우는 고개를 끄덕였다.

"알겠습니다. 스승님이 말씀하시는데 지켜야죠."

돈을 벌기 위해 고민을 한 적도 있었지만 흠이 될까 봐 시작도 하지 않았던 일이었다.

우용수는 자리에서 일어났다.

"가라. 난 놀아야겠다."

학교로 간 희우는 도서관에서 책을 읽고 있었다. 투자할 대상이 좁혀지자 책을 읽을 시간이 늘어났다는 건 최고의 장점이었다.

누군가 그의 등을 톡톡 쳤다. 고개를 돌리자 희아가 있었다. 그녀는 손가락으로 휴게실을 가리켰다. 희우는 자리에서 일어나 그녀를 따라 휴게실로 이동했다. 그녀는 희우에게 두꺼운 종이 더미를 넘겼다.

"리포트 도와주기로 했던 거 기억하지?"

그녀는 대오성병원에서 상만의 병원비를 처리해 주며 리포트를 도와달라고 했었다.

"삼촌은 괜찮으셔? 요즘 병원 시끄럽잖아."

희우가 꾸민 일이었지만 모른 척 물어봤다.

"몰라. 그런데 텔레비전 보면 안 시끄러울 수가 없겠던데?"

대수롭지 않게 말하는 그녀.

희우는 그녀에게 받은 리포트를 넘겼다. 잠시 집중해서 내용을 읽던 희우가 고개를 들어 그녀를 바라봤다.

"인터넷에서 베꼈어?"

그녀의 눈이 동그랗게 변했다.

"어떻게 알았어?"

희우가 피식 웃었다.

"이거 내가 올린 거야."

그녀의 얼굴이 순간 빨개졌다. 그녀는 부끄러웠는지 큰 소리로 말했다.

"아니, 법이 뭐 이렇게 복잡해? 이렇게 보면 이 말인데 또 저렇게 보면 저 말이고, 보고 있으면 답답한 게 한두 가지가 아냐. 그리고 판례에서 말은 왜 이렇게 어려워? 내가 인터넷을 보고 리포트를 찾은 건 다 우리나라

법이 복잡하기 때문이야."

희우는 그녀의 말에 동의한다는 듯 고개를 끄덕이며 다시 리포트를 그녀의 품으로 넘겼다.

"양이 많다고 잘된 리포트가 아냐. 조금이라도 법을 알고 있는 사람이 보면 이 리포트가 짜깁기한 거라는 걸 모를 수가 없어."

그녀의 표정이 침울해졌다. 희우가 물었다.

"제출 날짜가 언제야?"

"내일모레."

"내가 도와줄게. 다시 하자."

"정말?"

"약속이잖아."

희우는 그녀의 리포트 작성을 도와줬다.

상만의 병원비를 해결해 준 그녀의 삼촌이 일하는 곳을 뒤집었다는 미안함이 조금은 있었다. 병원을 이끄는 이사진이 잘못한 일이었지 근무하는 관계자들은 어찌 보면 피해자였다. 희우는 관련 판례를 찾고 조문을 해석해 줬으며 사례를 곁들였다.

그때, 민수가 나타났다. 그는 희우를 보고 반갑게 웃으며 다가오다가 옆의 희아를 보고 눈을 크게 떴다.

"어? 국밥집 학생이네?"

그녀는 그를 보고 살짝 고개 숙여 인사했다.

"안녕하세요."

"흘흘흘, 반가워요."

민수의 시선이 희우에게로 향했다.

"뭐 하고 있어?"

"리포트 도와주고 있어요. 이번에 법에 대한 내용이 숙제로 나왔나 봐요."

"흘흘흘."

민수는 요상하게 웃으며 그녀를 바라봤다. 그리고 말했다.

"나도 도와줄까요? 이 녀석보다는 못하지만 그래도 꽤 유능한 사람이거든요. 준비된 대한민국 검사라고나 할까?"

그의 말에 그녀는 매우 기뻐했다.

"정말요? 그럼 부탁 좀 드릴게요."

그녀가 처음 가지고 왔던 A4 용지의 매수는 백여 장에 이르렀다. 하지만 희우와 민수의 도움으로 완성된 리포트는 스무 장이 채 되지 않았다. 불필요한 내용이 없었고 간결하게 만들어져 누가 읽더라도 좋은 점수를 받을 수밖에 없었다.

"고마워. 고마워요."

그녀는 희우와 민수에게 번갈아 인사를 했다.

완성된 리포트를 넘기며 뿌듯하게 미소 짓는 그녀.

민수는 의기양양한 표정으로 서 있었다. 그가 말했다.

"이 정도 도와줬는데 그냥 넘어갈 건 아니죠?"

"절대 아니죠. 장학금 놓칠 뻔했는데. 가죠! 이 누나가 커피 쏩니다!"

민수가 장난스럽게 말했다.

"누님, 저는 오렌지 주스요."

"그 얼굴로 누님이라고 하니까……."

"뭐 사 주면 누님이죠."

희아는 완성된 리포트를 가슴에 안고 도서관을 벗어났다. 그녀의 걸음은 당당했다.

잠시 후, 학교 앞 커피숍에 세 사람이 앉았다. 민수와 희아가 시답잖은 농담으로 대화를 이어 갔다. 희우가 물었다.

"취업할 거야? 아니면 대학원?"

대학교 3학년. 진로를 결정해야 할 시기였다.

그녀가 답했다.

"취업하겠지. 아니면 유학 갈 수도 있고."

"유학?"

그녀는 고개를 끄덕였다.

"응. 나는 정말 가고 싶은데 아빠가 못 가게 하네. 그래서 어떻게 될지는 모르겠어."

평균적으로 한국 대학교에 다니는 학생들은 집이 부유한 편이었다. 유학을 간다고 해도 이상할 것은 전혀 없었다. 그러나 민수는 입을 크게 벌리고 있었다.

"유학을 간다면 아버지가 꽤 돈이 많은가 봐요."

돈이 많냐는 말에 그녀는 부정하지 않았다.

"장사하세요. 그런데 경제를 공부하고 있는 학생으로서 아버지를 지켜보면 마음에 안 들어요. 뭐, 법을 공부하는 학생으로 본다면 더 마음에 안 들겠지만요."

그녀의 목소리 톤은 장난 같았지만 말에는 진심이 묻어 있었다.

민수가 물었다.

"법을 공부하는 학생이 보기에 마음에 안 든다면 불법적인 일을 하시나요?"

그녀는 어깨를 으쓱했다.

"장사하는 사람들 많이 그러지 않나요? 세금 속이고 뭐 여러 가지."

민수는 고개를 끄덕였다.

"하긴, 완전히 깨끗하게 장사하는 사람은 없다면서요? 장사꾼들이 하는 말 중에 남는 거 없다는 말이 최고의 거짓말 중 하나로 꼽힐 정도니까요, 흐흐흐."

민수가 과장되게 웃었고 희우는 가만히 커피를 들어 마셨다.

이른 새벽.

태양도 뜨지 않았다. 간간이 지나가는 차 소리만 들릴 뿐 고요했다. 희우는 집 근처의 초등학교를 빠르게 뛰고 있었다.

다시 인생을 살게 된 후 거르지 않고 하는 아침 운동.

몸에서 후끈한 땀이 흘러내릴 때 달리기를 멈추고 허공을 향해 주먹질과 발 차기를 했다. 그때마다 '훅!' 하고 공기를 가르는 소리가 조용한 새벽을 울렸다.

한참을 움직이던 희우는 학교 수돗가 옆으로 가서 주저앉았다. 뜨거운 열기가 몸을 감싸고 거친 숨소리가 흘렀지만 그의 눈은 만족하지 못했다.

체력적으로 부족한 부분은 전혀 없었다. 지금도 시합을 하라고 하면 가능할 체력이었다. 그러나 실전이 부족했다. 링 위에 올라서 정해진 상대와 싸우는 스파링이나 시합 감각을 원하는 것이 아니었다. 언제 어떤 일이 벌어질지 모를 길거리에서의 싸움. 희우에게는 그 경험이 부족했고 필요했다. 하지만 길거리에서 주먹다짐을 하는 건 위법적인 일이다.

'답답하네.'

조태섭에게 가까워진다면 자신을 죽였던 검은 양복과 마주칠 수도 있었고 어쩌면 더 위험한 사람과 대적할 수도 있었다. 그러나 실전을 쌓기 위한 방안은 떠오르지 않았다.

집으로 돌아간 희우는 차가운 물로 샤워를 하면서도 실전 경험에 대해 고민했다.

학교에 가기 전 압구정동으로 향했다. 부동산 사장과 약속이 있었다. 평소 매물이 준비되어 있을 때만 연락을 하던 사장이 할 말이 있다며 보자고 했다.

희우가 부동산으로 들어가자 사장은 호들갑스럽게 웃으며 차를 준비했다. 희우의 앞에 뜨거운 녹차를 놓으며 사장이 물었다.

"그런데 왜 이 지역만 그렇게 사시는 거죠? 한두 개씩 사는 분들은 계시지만 젊은 사장님처럼 마구잡이로 쓸어 담는 분은 처음 봤어요."

희우는 차를 한 모금 입으로 넘겼다.

뭐라고 답해야 할까? 예전 삶에서 군대 동기가 이야기해 줬다고 말을 해야 할까? 잠시 생각하다가 입을 열었다.

"군대에 있을 동안 넣어 둘 곳이 마땅치 않아요. 주식은 믿지 못하고 다른 투자처는 알지 못해요. 그냥 압구정동이 떨어질 수는 없다는 생각에 집어넣고 있는 겁니다. 이유는 없어요."

일부러 조금은 모자란 척 답을 했다. 바보 같아 보이는 것, 어쩌면 무모한 사람으로 비치겠지만 가장 속 편한 일이었다.

희우의 말에 사장은 큰 소리로 웃었다. 그는 희우에게 뭔가 정보가 있는지 들어 보려 했었다. 하지만 아직 군대도 다녀오지 않은 어린 사람이라는 사실에 어이가 없어 웃고 말았다.

사장이 말했다.

"맞습니다, 맞아요. 압구정동이 떨어지면 다 떨어지는 거예요."

희우는 손목을 들어 시간을 확인했다. 더 이상 시시콜콜한 이야기에 시간을 낭비하고 싶지 않았다.

"보자고 한 이유가 뭐죠?"

부동산 사장은 낮은 목소리로 조심스럽게 말했다.

"다름이 아니라, 오늘 뵙자고 연락을 드린 이유가 있어요."

그는 차를 한 모금 마시며 목을 축이고 말을 이었다.

"강남에서 부동산을 하는 사람의 모임이 있는데 제가 젊은 사장님 얘기를 꺼냈거든요."

부동산 사장이 다른 사람들에게 자신에 대해 이야기를 하고 다녔다는

건 예상하고 있던 일이었다. 노인정에서 놀고 있는 우용수에게 들어갈 정
도였다면 부동산 업자끼리의 소문 외에는 설명할 방도가 없었다.

부동산 사장이 계속 말했다.

"그런데 한 분이 사장님 나이를 듣더니 꼭 만나고 싶다고 전해 왔어요."

그의 말이 더 이어지기 전에 부동산의 문이 열리고 한 남자가 들어왔
다. 희끗한 흰머리에 턱을 비롯해 얼굴의 반을 수염으로 가린 남자. 희우
가 알고 있는 얼굴이었다.

나타난 남자는 희우의 예전 삶에서 강남의 주인이라고 불리던 강영범.
여러 문제로 말년이 좋지는 않았지만 그를 무시할 수 있는 사람은 많지
않았다.

그의 말년은 탈세 문제로 시끄러웠다. 결론은 증거가 없는 혐의였지만
검찰과 여론은 끈질겼다. 세상의 비난에 버티지 못한 강영범은 가진 재산
을 모두 헐값에 처분하고 호주로 떠났다.

여기까지가 희우가 알고 있던 사실이었다. 여기서 몇 가지 추측을 더
이었다.

강영범이 처분한 자산은 DHP머니 박대호의 주머니 속으로 들어갔다.
박대호는 조태섭의 최측근 중 하나. 하필이면 왜 박대호의 주머니로 들어
갔을까? 더러운 냄새가 났지만 아직은 많은 시간이 지나야 일어날 일이
었다.

옛 생각에 빠져 있던 희우에게 강영범이 손을 내밀어 악수를 청했다.
희우는 그의 손을 잡으며 살짝 고개 숙여 인사했다.

"안녕하세요."

그의 인사에 강영범은 묘한 미소를 지었다.

"생각보다 더 젊은 분이군요. 오 사장님에게 이야기 들었을 때는 긴가
민가했거든요."

오 사장은 부동산 사장을 칭하는 말이었다.

희우가 물었다.

"그런데 어쩐 일로 저를 보자고 하신 거죠?"

"아, 나는 이 동네에서 작게 투자를 하고 있는 강영범이라고 합니다. 어떤 분이기에 이 정도로 공격적인 투자를 하는지 궁금했습니다. 그래서 약속 좀 잡아 달라고 부탁을 했지요."

부동산 사장의 안내로 두 사람은 소파에 앉았다.

인사를 나눈 후 강영범이 물었다.

"실례되는 질문인 줄은 알지만 왜 이 아파트만 고집을 하는 거죠?"

투자 대상에 대한 이유를 묻는 건 예의가 아니었다. 투자자들에게 투자 '이유'란 밥그릇이었다.

하지만 강영범은 너무 궁금했다. 한강 변을 따라서 세워진 많은 아파트. 그중 단 하나만 지목해서 매수를 하고 있는 어린 투자자.

강영범의 호기심 가득한 표정에 희우는 잠시 고민을 했다. 진실을 말해 봤자 믿을 수 있는 사람은 없었다. 희우는 부동산 사장에게 이야기했던 말과 같이 '군대에 있을 동안 마땅한 투자처가 없다.'라는 대답을 할 뿐이었다.

그런데, 희우가 그 말을 할 때 강영범은 희우의 표정을 봤다.

거짓말을 하려는 찰나의 머뭇거림.

그는 희우의 말과 표정에서 뭔가 있다는 느낌을 확실히 받았다. 강영범은 희우의 눈을 보며 알았다는 듯 고개를 끄덕이며 말했다.

"확신도 없는 곳에 엄청난 재산을 투자할 사람은 세상에 존재하지 않죠."

희우는 그의 쏘아지는 눈빛에 속마음을 들킨 것 같은 느낌을 받았다. 확실히 강남의 주인이라는 별호는 쉽게 얻을 수 있는 성질의 이름이 아니었다.

강영범이 부동산 사장에게 눈을 돌렸다. 그리고 입을 열었다.

"오 사장님."

"네."

웃고 있던 부동산 사장은 강영범의 부름에 재빨리 대답했다.

"나는 여기 김희우 사장님이 매수하는 지역의 바로 옆 아파트를 매수하겠습니다. 지금부터 나오는 물건은 모두 나에게 돌리세요."

한 아파트가 오른다면 다른 단지의 가격도 부가적으로 따라갈 수밖에 없었다. 지역의 평균을 맞추기 위함이었다. 하지만 이토록 무모한 투자를 한다는 건 놀라운 배짱이었다.

희우의 황당하다는 표정을 본 강영범이 큰 소리로 웃었다.

"기분 나쁘게 생각하지 마세요. 나도 젊은 사장님 한번 따라 해 보려고 해요. 나중에 돈 좀 만지게 되면 내가 밥 한번 사리다."

그는 자리에서 일어나며 명함을 꺼내 희우에게 건네며 말을 이었다.

"언제든 연락 주세요. 나는 젊은 사람들하고 만나는 걸 좋아합니다."

희우는 명함 속의 이름을 확인하고 그에게 인사했다.

"나중에 연락드리겠습니다."

부동산을 나와 학교에 도착한 희우는 강영범에 대해서 곱씹어 보았다. 강남의 주인이라는 소리를 들을 정도의 인물이었으니 만만치 않을 건 알고 있었지만 생각 이상이었다. 자신의 부를 자랑하지 않았고 어린 희우에게 끝까지 하대하지 않았다. 거기다 무모하기까지 했다.

무모하지 않으면 큰돈을 만질 수 없다는 진리. 강영범은 처음 보는 어린 녀석의 투자를 따라가는 상식 밖의 행동을 저질렀다.

'강남의 주인이라⋯⋯.'

도서관에 앉으며 희우는 어이없다는 표정으로 웃고 말았다. 잠깐 만난 강영범은 희우의 생각을 읽고 있는 것 같았다. 그 말을 반대로 한다면 희우의 생각이 강영범에게 읽혔다는 뜻.

희우는 고개를 저었다. 저 정도의 인물도 조태섭에게 무너져 내렸다. 조태섭은 알면 알수록 강한 적이었다.

희우는 자신의 손바닥을 바라봤다. 그리고 꽉 쥐었다. 다시 살고 있는 인생. 이전보다 더 강해졌다고 말할 수 있을까? 얼마나 강해져야 조태섭과 대등하게 싸울 수 있을까? 막막했다.

한참을 멍하니 있던 희우는 핸드폰을 확인했다. 전화가 오고 있었다. 장일현이었다.

-7시까지 서초역으로 와라.

시간을 확인했다. 지금 출발하면 장일현이 말한 시간에 넉넉히 도착할 수 있었다.

역 앞에서 기다리고 있는 희우에게 장일현이 다가왔다.

"가자."

그는 매우 기분이 좋아 보였다.

"네가 제보했던 대오성병원 사건, 아주 대박이야. 고맙다."

"아닙니다. 제가 한 일이 뭐가 있나요? 다 선배님께서 잘하신 덕이지요."

"흐흐흐, 겸손한 척하지 마. 내가 부장님한테 네 이야기를 했더니 한번 보고 싶다고 하시더라고."

어디론가 향하며 그의 이야기를 듣던 희우. 눈이 차가워졌다. 하지만 그런 눈빛과 달리 들떠 있는 목소리로 물었다.

"부장님이요?"

"그래. 김석훈 부장님이라고 계셔. 소문으로는 총장에 법무부 장관까지 이미 확실시된다고 하니까 오늘 잘 보여야 한다."

김석훈.

한미의 아버지. 그리고 이전의 삶에서 희우의 종적을 조태섭에게 보고했던 자.

장일현이 계속 말을 이었다.

"그리고 우리 클럽의 일원이기도 하시지."

이야기를 나누며 그들은 고급 고깃집에 도착했다.

그들은 종업원에게 안내를 받아 미닫이문을 열고 안으로 들어갔다. 안에는 김석훈이 앉아 있었다. 그를 본 희우는 허리를 90도로 숙여 인사했다.

"안녕하십니까, 김희우라고 합니다."

숙여진 희우의 얼굴을 아무도 볼 수 없었다. 숙여진 희우의 얼굴에는 잔혹한 미소가 가득했다.

김석훈이 손을 저으며 말했다.

"앞으로 나랏밥 먹고 살 사람들끼리 만나는 건데 그렇게 예의 차릴 필요 없어. 어여 앉아."

그의 말에 장일현이 희우에게 말했다.

"그만 앉자."

희우를 보는 김석훈의 얼굴에 미소가 가득했다.

"일현이한테 들었어. 병원 비리를 제보했다고 했지? 그것도 사건이 가야 할 방향까지 제시해서."

"과찬이십니다. 저는 그저 미심쩍은 일이 있기에 말했을 뿐입니다."

김석훈이 희우의 잔에 소주를 따르며 말했다.

"대오성병원 사건으로 일현이 주가가 높아졌어. 덕분에 나도 좋았고. 겸사겸사 얼굴도 보고 인사도 하고 싶어서 오라고 했네."

"감사합니다."

"예의도 바르고 겸손해. 마음에 들어. 아직 사시는 보지 않았다고 했지?"

술을 받은 희우는 몸을 돌려 잔에 입술을 살짝 가져다 댄 후 테이블에 놓았다. 완벽한 예의였다. 김석훈은 그런 모습을 흐뭇하게 바라봤다.

희우가 대답했다.

"예. 아직 보지 않았습니다."

"어서 봐서 연수원 마치고 실무 들어와. 내가 지켜볼 테니까."

"감사합니다."

희우는 다시 그에게 고개 숙여 인사했다.

"사는 곳이 어디야?"

김석훈이 물었다.

"송파의 주택가에서 살고 있습니다."

희우가 대답했다.

"고등학교는 어디를 나왔지?"

"손을 고등학교를 나왔습니다."

김석훈은 더 이상 묻는 것을 멈췄다. 그의 표정은 전과 다르지 않았지만 머리로는 많은 생각에 빠져 있었다.

그에게는 혼외 자식이 있었다. 그녀는 한미였다. 그리고 그녀와 같은 고등학교를 나온 희우. 학교의 이름을 들은 김석훈은 더 이상 깊게 파고드는 걸 멈췄다. 한국 대학교 법학과를 다니는 사람이 고등학교 생활을 불량하게 보낸 한미와 알고 지내지는 않았을 거라 생각했다. 그러나 조심해서 나쁠 건 없었다. 그리고 호구조사를 더 해 봤자 도움 될 것도 없었다.

김석훈은 기억하지 못했지만 그는 희우를 만난 적도 있고 이름을 들어 본 적도 있었다. 한미의 모친이 김석훈과의 통화에서 '희우라는 학생이 공부를 도와주고 있다.'라는 말을 한 적이 있었다. 한미의 고등학교 졸업식에는 희우가 가까이 다가와 인사를 한 적도 있었다. 그러나 김석훈은 그 일들에 대해서는 기억을 하지 못했다. 당시에는 스쳐 지나가는 사람이라고만 생각했을 뿐이다.

잠시 대화의 흐름이 끊기자 장일현이 높은 톤의 목소리로 말했다.

"부장님 아래로 박진호 검사, 이문석 검사, 김제철 검사 그리고 저 장일현. 앞으로 강진이가 들어오고 희우까지 들어오면 부장님 아래 라인은 깔끔하게 완성이 됩니다."

그의 말에 김석훈은 고개를 끄덕였다.

"요직에 박아 놓으면 검찰을 장악하게 되겠지."

장일현이 계속 힘차게 말했다.

"박진호 검사의 지시를 받아서 부장님 가시는 길의 작은 잡초까지 깔끔하게 정리해 놓겠습니다."

장일현이 김석훈에게 아부성의 말을 하고 있을 때 희우는 박진호와 이문석, 김제철에 대한 기억을 떠올렸다. 모두 쟁쟁했던 사람들로, 검찰 내에서 김석훈의 성벽을 굳건히 하는 데 힘을 썼던 자들이다.

조태섭을 무너뜨리기 위해서는 첫 번째로 김석훈을 쳐 내야 했다. 그리고 김석훈을 쳐 내기 위해서는 옆에 앉은 장일현과 최강진, 박진호, 이문석, 김제철을 차례로 무너뜨려야 했다.

희우의 눈이 김석훈을 바라봤다. 겉으로 보기에는 상냥하고 겸손한 눈이었지만 안은 달랐다. 희우는 김석훈이 더 단단해지기를 바랐다. 지금 더 즐기기를 바랐다. 모든 준비가 끝났을 때 희우의 총구는 가장 먼저 김석훈을 향할 것이다.

도서관에서 공부를 하던 희우, 늦은 시간이 되어서야 책을 덮고 자리에서 일어섰다. 집으로 향하기 위해 도서관을 나설 때 누군가 그를 불렀다.

"야."

희우는 목소리가 들리는 방향을 찾아 시선을 돌렸다. 희아였다.

그녀는 총총걸음으로 희우의 앞으로 다가섰다.

"지금 집에 가는 거야? 배 안 고파?"

오랜만에 만나서 배가 고프냐고 묻는 그녀. 의도가 무엇인지 궁금했다. 희우가 가만히 있자 그녀가 말을 이었다.

"난 배고파. 밥 먹자."

희우가 빙긋 웃었다.

"난 안 고파. 그럼 나중에 보자."

희우는 다시 뒤로 돌아 집으로 향했다.

"치사하게. 밥은 먹고 살아야 할 거 아냐. 지금 시간이 몇 신데 출출하지도 않아? 국밥집 아주머니가 너 보고 싶어 하시는 거 몰라?"

물론 국밥집 사장은 희우를 기억하지 못했다. 같이 식사를 하자는 그녀의 꼼수였다. 희우가 그녀의 의도를 모를 리 없었다. 그러나 그녀의 말을 듣고 보니 뜨끈한 국물이 떠오르며 조금 출출해졌다. 그녀를 보며 말했다.

"각자 계산이다."

그녀가 '콜!'이라고 외치며 그의 옆으로 걸어왔다.

희아가 물었다.

"그런데 너는 시험 기간도 아닌데 늦게까지 공부한다?"

"책 읽었어. 너는 왜 이 시간까지 학교에 있어?"

"나도 책 읽었어."

희우는 그녀의 손에 들려 있는 책의 제목을 확인했다.

'논어?'

의외였다. 도서 대여 순위를 확인해 보지는 않았지만 학생들이 많이 빌려 가는 책은 주로 실용 서적이나 시중의 베스트셀러 도서들이었다. 철학에 관련된 책을 들고 나서는 사람은 자신을 제외하고 처음 본 것 같았다.

희우가 물었다.

"논어?"

희우의 질문에 그녀는 품에 안고 있던 책을 살짝 보이며 답했다.

"누가 제일 좋아하는 책이라고 해서 읽고 있는데 잘 모르겠네."

신기했다. 그리고 동양철학을 읽는 사람이 있다는 것에 기분이 좋아졌다. 희우가 말했다.

"대학 먼저 읽어 봐. 주자가 말했어. 대학에서 규모를 정하고 논어에서 근본을 세우며 맹자에서 발현된 부분을 관찰하고 중용에서 옛사람의 미묘한 곳을 구하라고. 그래서 사서는 대학, 논어, 맹자, 중용 순서대로 읽는 거야."

희아는 눈을 깜빡이며 희우를 바라봤다. 무슨 소리를 하는지 이해가 어려웠다.

"넌 다 읽어 봤어?"

희우는 고개를 끄덕였다. 그녀가 다시 물었다.

"그럼 소학은 뭐야?"

"대학 전에 배우는 거."

"그럼 소학부터 읽어야 하는 거 아냐?"

"주자는 대학을 공부할 수 있는 나이를 열다섯 살로 생각했어. 그런데 그 전에 배워야 할 게 있잖아. 그래서 만들어진 게 소학이야. 열다섯 살은 지난 거 같으니까 대학부터 읽어도 될 거 같은데?"

희아는 그를 신기하게 바라봤다.

"아는 거 많네. 똑똑해. 법학과라 역시 다른가?"

그들은 대화를 하며 국밥집에 도착했다.

뜨거운 김이 올라오는 국밥을 먹던 중 그녀가 말했다.

"그런데 넌 이상해."

"뭐가?"

"나 보고도 관심이 없어?"

"응?"

희우는 의아하게 그녀를 바라봤다. 그녀가 말했다.

"아니, 나랑 몇 번 만나 본 사람들은 다 나한테 고백을 하거나 그게 아니라도 관심을 표현하는데 넌 그게 아니라."

그녀의 말에 희우는 어이없다는 표정을 지었다.

"공주병이야."

공주병, 도끼병 등의 말이 유행하던 시절이었다.

그녀는 고개를 저었다.

"그건 공주가 아닌데 공주라고 하는 사람들이 걸리는 병이고, 나는 실제로 그런 걸 어떻게 해?"

희우는 정말로 그녀에게 관심이 없었다.

얼굴의 예쁘기만으로 따진다면 한미가 있었다. 차분함과 지적인 면으로 따진다면 규리가 있었다. 한미와 규리 모두 친구일 뿐이었지만 그런 여성들을 가까이하는 희우의 눈에 웬만한 여자는 찰 수가 없었다.

그녀가 문뜩 물었다.

"주말에 뭐 해?"

"어?"

"할 일 없으면 나랑 놀이동산 좀 가 줘. 다른 뜻이 아니고, 태어나서 한 번도 못 가 봤어. 아버지는 바빠서 같이 못 갔고 오빠들이랑은 나이 차이가 좀 나거든. 그리고 이상하게 내가 졸업한 고등학교는 소풍으로 놀이동산은 안 가더라고. 또 다른 남자들은 속이 엉큼한 게 눈에 보이는데 어떻게 함께 가냐? 네가 딱이야. 같이 가 줘라. 더치페이 오케이?"

그녀는 말을 장황하게 늘어놓았다. 놀이동산을 함께 가자는 말이 부끄러웠나 보다.

희우도 잠시 생각을 해 봤다. 집 근처에 놀이동산이 있지만 제대로 가 본 적은 없었다. 부모님이 바빠서 함께 가 본 적은 없어도, 그녀와는 달리 학교에서는 곧잘 놀이동산으로 소풍을 갔다. 하지만 불량 학생들에게 돈을 뺏기기 일쑤였고 같이 놀 친구가 없어서 놀이 기구를 타 본 적도 없었다.

'에이…….'

희우는 자신의 인생이 불쌍했다. 한번쯤은 놀이동산에 가서 놀아 보는 것도 좋은 경험이 될 거라고 생각했다.

그가 생각만 하고 대답을 하지 않자 희아가 눈살을 찌푸리며 외쳤다.

"가서 솜사탕은 내가 산다! 그러니까 같이 가자."

"좋아. 토요일 어때?"

“정말? 정말이야? 같이 가는 거야? 그럼 어디서 만나지? 잠실 백화점 앞에서 볼까?”

그녀는 뛸 듯이 기뻐했다.

주말이 되었다. 희우와 희아는 놀이동산으로 향했다. 높이 올라갔다 뚝 떨어지는 놀이 기구와 롤러코스터도 탔다.

“재밌다.”

그녀는 활짝 웃으며 말했다. 그리고 희우의 팔에 팔짱을 살짝 끼었다.

“……!”

희우는 당황하여 손을 뺐다. 오히려 그녀가 무안한 표정으로 그를 바라봤다.

“야! 이럴 때는 가만히 있는 거야. 놀이동산에 왔으면 연인처럼 놀아야지, 무안하게 이게 뭐야?”

그리고 다시 팔짱을 끼는 그녀.

희우는 그녀의 페이스에 말린다는 느낌을 받았다. 여자에 대한 경험은 그의 인생에 존재하지 않는 능력치였다.

놀이동산에서 나와 간단히 식사를 마친 그들.

“이렇게 재밌는 줄은 정말 몰랐어. 텔레비전에서 재밌어해서 오고는 싶었는데 정말 재밌네. 너도 재밌었지? 재밌지? 그치?”

“응, 재밌었어.”

희우 역시 즐거웠다. 놀이 기구 타는 것을 지켜보기만 하는 것과 직접 체험해 보는 느낌은 전혀 달랐다.

그녀가 말했다.

“나중에 또 오사, 응?”

“좋아.”

“정말이야, 약속이야. 약속은 지켜야 하는 거 알지?”

그녀는 희우와 새끼손가락을 걸고서야 집으로 향했다.

어느덧 해가 진 늦은 시각이었다. 집으로 가기 위해 인적이 드문 골목으로 들어선 희우는 누군가가 뒤를 쫓는 느낌을 받았다. 희우는 신경은 뒤로 세운 채 생각에 빠졌다. 누가 뒤를 밟을까, 이유는 무엇일까, 원한을 산 적이 있는가.

결국 생각하는 건 포기하기로 했다.

짧은 시간이었지만 낙찰을 받고 처리한 경매 물건은 상당한 숫자였다. 그리고 그 집에 살고 있던 사람의 숫자는 그보다 많았다. 모든 사람과의 협의가 원만하게 이루어질 수는 없었다. 강제집행을 통해 법적으로 끌어낸 적도 있었고 궁지에 몰린 사람에게 사무적인 태도를 보인 일도 있었다. 원한을 가질 사람은 충분히 존재했다.

작년에 사퇴를 했던 총학생회의 일원일 수도 있었다. 최대한 비밀리에 진행을 한다고 했지만 상만과 민수가 알고 있는 일이었다. 어디서든 발설이 될 수 있었다.

어쩌면 이번에 만들어진 일, 대오성병원의 인물일 수 있다고 생각했다. 그의 이름은 간호사들을 통해 알려졌을 테고 사건의 배후로 지목되었을 확률도 존재했다.

하지만 생각만으로 결론이 날 수는 없는 일이다.

희우는 발걸음을 멈추고 천천히 뒤로 돌았다. 골목의 커브 길이었다. 뒤로는 산으로 향하는 언덕이 있고 앞으로는 주차장으로 쓰이는 공터가 있는 장소.

희우가 기다리고 있자 면바지에 가벼운 티셔츠를 입은 남자가 나타났다. 모른 척 희우를 지나가려는 남자. 하지만 희우가 그의 앞을 막아섰다.

"알고 있었나요?"

남자는 여유롭게 말했고 희우는 고개를 끄덕였다. 가로등 불빛이 그의 얼굴을 비췄다.

"……!"

그리고 그 남자의 얼굴을 본 순간, 기억났다. 희아의 정체.

어디선가 봤다고 생각했지만 뚜렷이 떠오르지 않던 그녀의 기억. 불빛 아래 선 남자의 얼굴을 본 순간 모든 퍼즐이 맞춰졌다.

남자는 경호원이었다. 희아를 경호하는 경호원.

그녀는 천하그룹 김건영 회장의 금지옥엽 막내딸이었다.

김건영은 뒤늦게 낳은 자식인 희아를 철저하게 숨겼다. 앞서 태어난 자식들이 언론과 사람들의 입방아에 쉽지 않은 삶을 살았기 때문이다. 그가 얼마나 철저하게 숨겼는지 늦둥이 딸이 있다는 소문만 세상에 돌았을 뿐 그녀의 얼굴을 아는 사람은 없었다. 형제들의 지분 싸움에도 나타나지 않던 그녀.

희우가 그녀를 기억하는 건 김건영 회장의 장례식이었다.

검사로 있던 시절에 텔레비전에서 생중계로 치러지던 김건영 회장의 장례식을 보고 있었다. 상상할 수 없는 돈을 가진 사람도 죽음이라는 사신의 낫을 피할 수 없다는 생각을 하며 지켜보고 있을 때 희아의 모습이 화면에 나타났다. 하지만 희우는 그녀의 모습에는 관심이 없었다.

희우의 시선은 그녀가 어릴 때부터 경호를 해 왔다는 남자에게 집중되었다. 그 남자의 눈빛. 슬프지만 슬프지 않은 묘한 눈빛. 그 눈을 기억하고 있는 건 자신의 눈과 닮았다고 생각해서였다. 어릴 적 부모님을 잃고 괴롭힘을 당하고 꿈을 잃었던 희우의 눈빛. 그는 그것을 가지고 있었다.

그리고 지금 그 남자가 희우의 앞에 서 있었다.

희우는 이미 그가 왜 나타났는지 파악해 버렸다. 하지만 모른 척 물었다.

"누구시죠?"

"말씀드릴 수는 없습니다. 하지만 어떤 위해를 가하려는 것도 아니니까 걱정하실 필요도 없습니다."

그는 당당했다. 일반 대학생인 희우를 앞에 두고 어떤 위협감도 느끼지 못하는 것 같았다. 천천히 여유롭게 주변을 둘러보던 그가 물었다.

"여기 살고 있나요?"

대답을 들을 생각으로 물어본 것 같지는 않았다. 그는 주변을 몇 번 더 확인하더니 이런저런 말 없이 뒤로 돌아 사라졌다.

그의 뒷모습을 지켜보던 희우의 눈이 가늘게 뜨였다. 아마도 희우가 희아와 가까이 지내는 것 같으니 알아보려고 왔을 것이다.

오늘 낮에 있었던 일이다.

경호원의 이름은 박진혁. 희아는 자신이 누군가에게 감시받고 있다는 사실을 좋아하지 않았다. 진혁은 언제나 멀리서 그녀를 경호할 뿐이었다. 그의 실력은 훌륭했다. 그녀 주변에 있는 어떤 사람도 그의 존재를 느끼지 못했다. 학교에서도 어디에서도, 그는 근처에 있었지만 아무도 알지 못했다. 그런 그가 오늘 그녀를 놓쳤다.

사람이 많고 복잡한 시내로 들어간 그녀는 버스에 택시, 전철까지 이용하며 그를 따돌렸다. 그는 착잡한 마음으로 상사에게 전화를 걸었다.

"아가씨를 놓쳤습니다."

온갖 쌍욕이 수화기를 통해 넘어왔다. 자신의 잘못이었기에 묵묵히 그 욕설을 감내하던 그. 잠시 폭언의 시간이 지나고 수화기에서 흥분을 참는 목소리가 조용히 흘러나왔다.

-회장님이 직접 이야기를 듣고 싶어 하시니까 바로 댁으로 가. 아가씨 행방은 지금부터 우리가 찾겠다.

그는 김건영 회장을 찾아갔다.

고양이 앞의 쥐였다. 대한민국 최고의 그룹을 손아귀에 움켜쥐고 있는 김건영의 분위기는 일개 경호원이 감당할 수 있는 수준이 아니었다.

그를 본 김건영 회장은 안경을 빼어 내려놓으며 물었다.

"뭔 일이야 있겠어? 혼내려고 부른 게 아니니까 긴장 풀어. 희아의 학교생활이 듣고 싶을 뿐이야."

김건영은 가끔씩 그를 불러 희아의 생활을 물었다. 진혁이 답했다.

"네, 아가씨는 요즘 장학금을 받기 위해 도서관에서 주로 생활합니다. 읽고 있는 책은 대학입니다."

"대학을 읽는다고?"

"네. 논어를 읽다가 중간에 대학으로 바꾸었습니다."

김건영은 흐뭇한 표정으로 그의 목소리를 듣고 있었다. 논어는 자신이 추천한 책이었다. 그 책을 읽으려 한 것도 대견한데 대학부터 차근히 읽고 있다는 말에 기분이 좋아졌다.

김건영은 그 뒤로도 조용히 진혁의 말에 귀를 기울였다. 일상적인 희아의 학교생활 이야기가 지나며 진혁의 입에서 희우에 대한 이야기가 흘렀다.

"요즘 법학과 3학년인 김희우라는 학생과 어울리고 있습니다. 리포트를 도와줬으며…….."

"김희우?"

"네."

김건영의 눈초리가 찌푸려졌다. 진혁의 입에서 주변인의 실명이 나온 건 처음이었다.

"자네가 이름까지 알고 있는 걸 보니까 꽤 친한가 봐?"

"…….."

"알아보도록 해. 어떤 녀석이 우리 딸과 친한지는 알아야 하는 게 부모의 역할 아니겠나?"

"알겠습니다."

여기까지가 낮에 일어났던 일이었다.

희우는 그 상황을 보지 못했지만 마치 자신이 직접 눈으로 본 것처럼 똑똑히 알 수 있었다.

진혁이 있던 자리를 지켜보며 희우는 생각에 빠졌다.

희우가 요즘 가장 원하는 일이 있었다. 실전 경험.

약 3년 동안 누군가와 주먹을 교환한 적이 없었다. 홀로 연습을 하고 있었지만 그것만으로는 많이 부족했다. 고등학교 때는 불량학생 패거리가 그 상대였지만 대학생이 되어서는 상대가 없었다. 저 남자라면 실전에 가까운 연습 상대로는 충분했다. 아니, 충분을 넘어 과했다.

천하그룹의 막내딸을 경호하는 남자.

일반적인 주먹들보다 훨씬 강하고 두려울 사람이었다.

웬만한 격투기 선수나 경호원은 명함을 내놓을 수 없을 경지에 올라 있을 사람. 실전 감각을 잃지 않게 하기 위한 최고의 상대.

희우는 아마추어가 아닌, 죽음까지 느끼게 만들 수 있는 프로가 필요했다. 그 상대가 링 위에서 싸우는 격투기 선수는 아니었다.

싸움꾼과 격투기 선수, 누가 강하고 약하냐의 우열이 아니다. 사각의 링 위에서의 격투기 선수는 상대 선수를 배려하고 다치지 않게끔 한다. 룰이 정해져 있기도 했지만 같은 운동을 하는 사람으로서의 동료 의식이기도 했다. 죽자고 싸우는 싸움이 아니라 시합일 뿐이었다.

하지만 싸움은 달랐다. 룰도 없고 심판도 없었다. 종료 시간 없이, 상대가 쓰러질 때까지 계속되는 싸움.

지금을 놓치면 짧게는 2년, 길게는 수년 동안 실전 경험의 기회는 없을지도 모른다.

상대가 정해졌다. 희우는 주먹을 꽉 쥐었다.

다음 날, 희우는 초등학교 운동장을 달렸다.

매일 하는 아침 운동이지만 평소의 움직임이 아니었다. 철봉을 통해 아귀의 힘과 근육을 긴장시켰으며 더 빠른 주먹을 만들기 위해 애썼다. 그의 모습은 시합 직전에 몸을 만드는 격투 선수와 같았다.

시간이 지나가며 희우의 연습은 더욱 강하게 진행되었다.

그가 내지르는 주먹과 발 차기는 더 빠르고 유려하게 흘러갔다. 입에서 단내가 나고 온몸이 근육이 만들어 내는 통증에 비명을 질렀지만 아랑 곳하지 않았다.

운동을 마치고 초등학교의 수돗가에서 목을 축인 희우는 생각에 빠졌 다. 어떻게 하면 진혁과 싸울 수 있을지 시나리오가 잘 만들어지지 않았 다. 평범한 대학생과 주먹다짐을 할 프로는 없었다. 그를 움직이게 하기 위해서는 어떤 계기가 필요했다.

학교에 도착한 희우는 희아에게 전화를 걸었다. 그녀와 가까이 지낸다 면 진혁이 다시 한번 모습을 나타낼 거라고 생각했다.

그의 앞으로 온 그녀가 물었다.

"어쩐 일이야? 어제 같이 놀이동산 가고 나서 또 내가 보고 싶어진 거 야?"

누가 듣는다면 오해할 말을 서슴없이 하는 그녀.

희우가 물었다.

"수업 끝났지?"

"응, 도서관 가서 공부하다 가려고 하는데."

그녀와 말을 하면서도 희우의 신경은 온통 주변을 향하고 있었다. 여 전히 기척은 느껴지지 않았지만 분명 어디선가 그녀를 지켜보고 있을 남 자였다.

"밥 먹으러 가자."

"어?"

희우가 먼저 뭔가를 하자고 한 적이 없었기에 그녀는 의아했다. 하지 만 이내 고개를 끄덕였다.

"좋아, 드디어 네가 이 몸에게 데이트 신청을 하는구나. 뭐 사 줄 거야?"

"국밥 사 줄게."

"응?"

"국밥."

그녀는 고개를 절레절레 저었다.

"지금 데이트 신청 아니지?"

"데이트 신청은 아니지. 같이 밥 먹자는 신청이야."

그들은 학교를 벗어나 국밥집으로 향했다.

국밥에 소주를 시켜 먹으며 희우는 그녀의 이름에 천하그룹을 대입해 봤다. 지금도 마음만 먹으면 구경도 못 할 음식을 입에 넣으며 고가의 술로 사치를 부릴 수 있는 그녀였지만 국밥에 소주를 마시는 걸 즐겨 했다. 뛰어난 학생들이 모인 한국 대학교에서 장학금을 놓친 일도 없었다.

희우는 문득 그녀가 정말 대단한 사람이라고 생각했다. 막대한 재산을 얻을 수 있는 기회를 저버릴 수 있는 용기를 가진 그녀. 과연 누가 그럴 수 있을까?

희우가 물었다. 욕심을 버리고 세상에 드러나지 않던 그녀의 역량이 궁금했다.

"경제를 공부하는 학생으로 우리나라 경제 미래를 어떻게 보고 있어?"

"우리나라 경제?"

"응."

그녀는 다시 소주를 한잔 입에 넘기며 인상을 찌푸렸다. 그리고 입을 열었다.

"그런 얘기 재미없지 않아?"

희우는 고개를 저었다.

"재미없기는, 경제학과 최고 학생에게 한국 경제의 미래에 대해서 들을 수 있는 시간인데."

바람을 집어넣자 그녀는 기분 좋게 웃었다.

"그럼 어디 한번 이야기해 볼까? 지금의 상승세로 봐서는 5년에서 6년은 상승세가 지속될 거라고 생각해. 다른 나라의 시장 상황이 좋으니까 동반 성장을 하겠지."

희우는 그녀의 말을 들으며 계산을 했다.

지금이 2001년. 5~6년을 더한다면 2006~2007년이었다. 그 시기는 미국의 금융 위기로 전 세계가 흔들거렸던 때였다.

희우가 물었다.

"왜 그렇게 생각해? 5년에서 6년을 기준으로 잡은 이유가 뭐야?"

그녀는 고개를 갸웃거렸다.

"정말로 궁금해서 묻는 거야? 법을 공부하시는 선비님이 경제는 왜 궁금한데?"

"주식을 해 볼까 하는데 경제의 흐름을 모르겠어."

텔레비전의 예능 프로그램에서 펀드 상품을 소개하기도 했고 실제로 다양한 펀드 상품이 나오던 시절이었다. 희우의 대답은 어색하지 않았다.

그녀는 자신이 생각하고 있는 바를 이야기했다.

"지금의 호황기가 계속되면 시장에 돈은 풀리겠지?"

"그렇겠지."

"그 돈은 부동산으로 향할 가능성이 커. 부동산의 거품도 부풀어 오르겠지. 그런데 이게 문제가 될 거야. 돈이 향한 부동산은 누가 봐도 좋아 보이지만 안을 들여다보면 탄탄하게 쌓아 만들어진 게 아니잖아. 빚잔치가 될 가능성이 농후해. 그리고 이건 우리나라만이 아니라 전 세계의 문제가 될 거야."

희우는 탄성을 지르려다가 겨우 참았다. 그녀의 예측은 정확했다. 마치 미래를 살다 온 사람이 하는 이야기 같았다.

희우가 물었다.

"어떻게 그런 생각을 했어?"

"미국이 이자율을 낮췄잖아. 그럼 앞으로 보게 될 일은 당연하지 않아?"

희우는 다른 방향을 물었다.

"대단한데? 그럼 앞으로는 어떤 산업이 유망할까?"

"장기 투자하려고 그래?"

"맞아. 그런데 어떤 걸 할지 몰라서 전문가에게 물어보려고 하는 거지."

그녀는 비어 있는 잔을 가리키며 말했다.

"잔 비었다."

술을 따르라는 신호였다. 희우는 술병을 들어 그녀의 빈 잔을 채웠다. 그녀가 말했다.

"문화라고 생각해."

"문화?"

"지금도 김치나 태권도 등을 수출하려고 하고 있잖아. 그런 맥락이라고 생각하고 접근해 봐. 여기까지가 일반 전문가들의 의견이야. 그런데 난 조금 다르게 생각하고 있어."

그녀는 술을 입에 담아 넘겼다.

전공인 경제 이야기가 나와서일까? 아니면 그녀가 판단한 미래를 들어주는 사람이 앞에 있어서일까? 그녀는 평소보다 많은 말을 하고 있었다.

"지금 사람들이 들고 다니는 핸드폰에 문화 콘텐츠가 다 들어갈 거야. 지금도 게임이나 이런 건 가능하잖아. 그러니 머지않아 인터넷, MP3, 게임, 영화, 소설, 만화 등의 기능이 다 들어갈 거라고 생각해."

"......!"

희우는 감탄의 눈빛으로 그녀를 바라봤다.

다른 사람이 들었다면 허황된 말이라고 이죽거렸을지도 모른다. 하지만 그는 아니었다. 그녀가 말한 기술들이 실제로 이루어지던 세상을 겪고 돌아온 사람이었다. 그의 입장에서는 그녀의 말이 놀라울 수밖에 없었다. 역시 김건영 회장의 핏줄이었다.

김건영 회장은 취임 후 그룹을 전체적으로 개혁했다. 연구비로 어마한 금액을 투자하고 항상 10년 후, 20년 후를 부르짖던 인물이었다.

이전의 삶에서 희우는 천하그룹의 회장 자리에 앉게 될 김용준을 만난 적이 있었다. 우연히 자리를 함께해서 여러 이야기를 나눴는데, 그 역시 만만치 않은 사람이었다.

그러나 지금 희우의 앞에 있는 막내딸 희아는 그 이상이었다. 그녀는 김건영 회장의 능력을 고스란히 받은 사람 같았다. 아직 다듬기지 않았고 어리기에 거칠다는 점은 어쩔 수 없었지만 그런 것이야 세월의 흐름 속에서 자연스럽게 다듬을 수 있는 문제였다. 그녀 같은 인재가 천하그룹의 주인 자리에 올랐다면 조금 더 경쟁력 있는 회사가 되지 않았을까 조금은 아쉬웠다.

하지만 희우는 그 생각의 확장을 막았다.

그녀는 막대한 돈보다 진정 자신을 위했던 인물이다.

그리고 다행이라고 생각했다.

천하그룹은 조태섭의 손아귀에 있는 곳.

언젠가 희우가 잡아야 할 목표이기도 했다.

희아는 희우와 헤어진 후 집으로 향했다.

그녀의 집은 산 위에 지어져 있었다. 각 재벌 그룹 오너의 저택이 함께 있는 곳, 한국 최고 부촌이 그녀의 동네였다.

집으로 향하는 조용한 길목이 나오자 그녀의 경호원인 진혁이 옆으로 붙었다. 그는 평소 그녀의 옆으로 다가오지 않고 멀리서 지켜봤지만 이곳에서는 남들의 눈치를 신경 쓰지 않아도 되었다. 수행 경호원이 옆에 있는 걸 이상하게 생각하지 않는 동네였다.

진혁은 양복을 입지 않고 가벼운 면바지에 티셔츠를 입고 있었다. 그녀를 배려하고 대학의 분위기에 맞추기 위함이었다. 그가 말했다.

"기분이 좋아 보이십니다."

"그래 보여?"

"네."

그녀가 싱긋 웃었다.

"마음이 맞는 친구를 만났는데 아쉽기도 하네. 조금 있으면 볼 수 없잖아. 나를 알면 떠날 텐데."

그녀의 미소에는 슬픔이 끼었다.

천하그룹 막내딸이 한국에서 살고 있는 한 지녀야 할 숙명이었다. 그녀가 지금까지 알던 사람들은 모두 똑같았다. 떠받들든가 아니면 동물원의 원숭이 취급을 하든가. 둘 중 하나였다. 희우가 조금은 달랐으면 하는 기대가 있었지만 크게 다르지 않을 거라고 생각했다.

그녀가 말했다.

"친구를 한 명 가진다는 게 쉬운 일은 아닌가 봐."

그녀의 말에 진혁은 아무 말 하지 않았다. 그녀가 가진 슬픔과 외로움이 강하게 밀려왔기 때문이다.

그녀의 어머니는 그녀를 낳다가 세상을 떠났다. 늦은 나이에 임신을 했고 건강까지 좋지 않아서였다. 그 때문인지 김건영 회장은 그녀를 더욱 아끼고 사랑했다. 그녀의 오빠들은 후계자로 키워졌지만 그녀는 아니었다. 자유분방하게 살게 두었다.

그러나 천하그룹의 그림자는 언제나 그녀의 이름 아래 새겨져 있었다. 일반 학생들은 그녀를 피했고 신기한 듯 바라봤다. 재벌 가문의 학생이라고 다를 바 없었다.

다른 가문도 아닌 천하그룹 가문의 여식.

대한민국에서 천하그룹의 영향을 받지 않는 회사는 손에 꼽을 정도였다. 다른 재벌의 자식들은 그녀에게 살살거리며 아양을 떨기 바빴다.

그녀의 학창 시절에 친구는 존재하지 않았다. 형제들은 나이 차이가 많이 났고 그녀에게 관심이 없었다. 그녀가 가까이할 수 있는 사람은 지금까지 없었다.

그녀는 일반 저층 아파트의 높이와 비견될 만큼 높게 솟구친 대문의 앞에 섰다. 그 앞에 선 그녀는 한없이 작아 보였다.

초인종을 누르고 덜컹 하는 소리와 함께 문이 열리자 집 안으로 들어가는 그녀.

진혁의 눈이 그녀의 뒷모습을 슬프게 바라봤다.

희우는 사무실에서 상만과 회의를 하고 있었다.

상만이 말했다.

"옆에 있는 단지의 가격도 오르기 시작했어요. 소문에는 사장님처럼 누군가가 싹쓸이하고 있나 봐요."

강남의 주인 강영범이었다. 그는 희우를 앞에 두고 옆 단지를 매수하겠다고 말을 했다. 그리고 그 말을 실행하는 중이었다. 그의 빠른 실행력에 감탄할 수밖에 없었다. 묻지 마 투자일까? 아니면 예전부터 계획하던 일인가? 어찌 되었든 대단한 사람이었다.

희우가 말했다.

"우리는 우리만 신경 쓰면 된다. 다른 단지까지 볼 필요 없어. 지금 몇 채야?"

"마흔세 채입니다. 전부 전세로 돌렸습니다. 다행히 전세가가 치솟고 있어서 세입자를 구하는 일은 어렵지 않았어요. 그런데 더 이상 매물이 나오지 않아요. 우리가 계속 매수를 하니까 가격 상승을 기대하는 집주인들이 동향을 지켜보고 있습니다. 추가적으로 구하기는 당분간 어려울 것 같습니다."

"좋아, 일단 추가 매수는 스톱한다."

"네, 알겠습니다."

2억의 집. 전세는 상승을 해서 현재 1억 5천. 나머지는 대출로 충당했다. 처음 예상과 달리 실제 들어간 돈은 거의 없었다. 세금 등 여러 가지로 나가기는 했지만 그의 손에는 여전히 많은 돈이 들려 있었다.

희우가 말했다.

"1년에 나가야 할 이자만 1억이 넘어."

상만은 고개를 끄덕였다.

"사장님이 많은 은행원의 월급을 주고 계시네요."

희우는 상만의 농담을 뒤로 흘리며 말했다.

"상가를 알아봐. 우리 돈으로 이자를 내는 건 아깝잖아."

"상가요?"

"대상은 전국."

전국을 대상으로 알아본다는 말에 상만은 고개를 절레절레 저었다.

"집에 못 들어가겠네요."

"어머니한테 전화 드려."

수익률이 좋은 상가를 구하는 건 상당히 어려운 일이었다.

우용수는 말했었다.

"좋은 상가가 시장에 나오는 이유는 두 가지밖에 없어."

희우가 물었다.

"그게 뭔가요?"

"상가주가 도박을 해서 말아먹었거나 아니면 주인이 죽어서 자식들이 재산 싸움을 하거나."

수익률 좋은 상가가 이유 없이 시장에 나올 일은 없다는 말이었다.

우용수는 이런 말을 추가했다.

"하지만 그런 경우가 1년에 한 번은 온다. 그때는 무조건 집어넣어야지."

상만은 경매로 나온 상가를 찾아 전부 인쇄하고 있었다. 프린터에 인쇄되어 나온 A4 용지만 이백 장이 넘었다.

희우는 우용수의 말을 기억하며 1년에 한 번 있을 기회를 놓치지 않기 위해 시선을 집중했다.

그들은 밤새 수익률을 계산했다. 쉴 시간은 없었다.

새벽 3시경, 피곤한 얼굴을 한 상만이 물었다.

"그만 자고 내일 하면 안 될까요?"

"응, 안 돼."

"왜 이렇게 급하게 하세요? 뭐든 차근히 하라고 말씀하셨잖아요."

희우가 물었다.

"피곤하냐?"

"죽을 거 같아요."

희우는 자리에서 일어나 커피를 타서 들고 나와 그의 앞에 놓았다.

"사장님이 타 주는 커피는 물이 많아서 싱거워요."

"안 마실 거냐?"

"그건 아니고요. 이거 마시면 정말 밤을 새워야 할 거 같다는 생각을 하고 있었어요."

상만은 컵을 잡고 홀짝였다.

희우가 자리에 앉아 서류를 넘기며 물었다.

"군대 언제 갈 거야?"

"네?"

뜬금없는 질문이었다.

"내가 제대하면 입대해라. 그동안 건물하고 세입자 관리하고."

"군대 가시려고요? 법무관으로 가는 거 아니었어요?"

상만의 눈에서 피곤이 사라졌다. 대신 호기심으로 가득 차올랐다.

"글쎄다. 이놈저놈이 하는 말을 들으니까 기분이 나빠서."

"그게 무슨 말이에요?"

"그런 게 있어."

희우는 최강진과 장일현이 했던 말을 기억하고 있었다. 군대는 돈 없는 사람들이나 가야 한다는 것과 성공해서 자식은 빼 주라는 것. 어린놈들이 벌써부터 그런 생각을 하고 있다니, 썩을 놈들이었다.

상만은 다시 커피를 홀짝이며 희우를 바라봤다. 희우가 말했다.

"일하자."

수백 건의 물건 중 투자가치가 있는 상가가 여덟 개로 줄어들었을 때는 이미 해가 뜬 새벽이었다. 희우는 자료를 가방에 집어넣으며 말했다.

"가자."

"지금요?"

상만이 볼멘소리를 했다.

"잠은 차에서 자."

그들이 가야 할 지역은 성남, 안산, 수원, 천안, 청주, 공주, 구미, 부산이었다.

이틀 동안 강행군을 벌였다. 상만은 버스에 오르면 눈부터 감았고 희우는 그 순간에도 자료를 넘겼다. 그러나 마음에 드는 상가는 나오지 않았다.

도서관.

희아가 공부를 하는 중이었다.

희우는 진혁을 찾고 있었다. 진혁은 어디에서도 모습을 보이지 않았지만 이곳은 달랐다. 사방이 막혀 있으며 공간의 한계가 분명한 도서관이었다. 그녀를 지켜보기 위해선 이곳 어딘가에 있을 수밖에 없었다.

희우의 눈이 도서관의 복도와 열람실을 지나 학습 공간으로 이어졌다. 천천히 발걸음을 옮기며 주변을 훑던 희우의 눈이 책을 고르는 척 서 있는 진혁과 마주쳤다. 희우는 그의 앞으로 다가가 싱긋 웃었다.

"오랜만이네요."

그는 대답하지 않았다.

상관없었다. 예상하고 있던 반응이었다.

희우는 그의 시선이 향한 곳으로 고개를 돌렸다.

"희아를 보고 있네요."

"……!"

"경호원 맞죠?"

희우의 직접적인 질문에 그의 눈동자가 떨렸다. 그 시간을 놓치지 않고 희우가 말했다.

"얘기 좀 하죠."

그는 망설였다. 그녀를 홀로 두고 다른 곳으로 간다는 게 불안했다. 일전에도 한번 행방을 놓친 일이 있으니 망설여지는 건 당연했다.

희우가 말했다.

"수위실 앞이 어떨까요? CCTV로 희아를 확인할 수 있어요. 그리고 수위 아저씨가 자리를 지키는 경우는 많지 않으니까 대화를 나누기에는 편할 거 같은데."

"좋습니다."

그들은 1층의 수위실 앞으로 갔다.

희우가 그에게 차가운 음료를 건네자 진혁이 물었다.

"제 신분은 어떻게 알았죠?"

희우는 음료수의 뚜껑을 따며 답했다.

"우리 집에 찾아오지 않았다면 몰랐을 겁니다."

"무슨 말을 하고 싶어서 불러낸 겁니까?"

말을 하면서도 진혁의 시선은 CCTV를 향해 있었다. 계속해서 희아를 지켜보는 중이다.

희우는 그런 진혁을 힐끗 바라봤다. 희우는 상대를 가늠하고 있었다. 어떻게 하면 상대를 움직이게 할 수 있을지 아무리 생각해도 떠오르지 않았다.

평범한 대학생과 경호원. 애초에 싸움이 될 수 없었다. 이럴 때는 대화를 하며 상대의 성격과 성향을 파악하는 게 제일이었다.

희우는 음료수를 한 모금 마셨다. 그리고 그의 주먹을 힐끗 확인했다. 보통 운동을 했다고 하는 사람들의 주먹은 검었는데 그는 그것을 넘어 허연 굳은살이 박여 있었다. 최고의 실전 상대라는 생각이 다시금 확실하게 들었다.

희우가 물었다.

"그런데 희아는 어떤 집안의 자제이기에 이렇게 근접 경호를 받고 있나요?"

알고 있지만 모른 척 질문을 하는 희우.

"그건 대답해 줄 수 없습니다. 다만…….."

"다만?"

"비밀로 해 주셨으면 합니다."

그의 말에 희우는 싱겁게 대답했다.

"좋습니다."

그럴 생각은 애초에 없었다.

"고맙군요. 그리고…….."

"그리고?"

말에 잠시 뜸을 들인 진혁의 목소리가 무겁게 흘러나왔다.

"선을 지키십시오."

"선요?"

대화를 하면서도 CCTV에 고정되어 있던 그의 시선이 희우에게 향했다. 쏘아지는 눈빛.

희우는 그의 눈이 동공을 파고들어 뇌를 후벼 파는 오싹한 느낌을 받았다.

"선만 지키면 안전합니다."

"……."

"그럼."

말을 마치고 계단을 올라 다시 그녀가 있는 곳으로 향하는 진혁.

그의 뒷모습을 지켜보던 희우는 자신도 모르게 침을 꿀꺽 삼켰다.

'겁을 먹었다?'

이것은 시합 전의 긴장감이 아니었다. 포식자를 앞에 둔 먹잇감이 느끼는 감정이었다. 자신도 모르게 떨리는 손.

희우는 자신도 모르게 미소 짓고 있었다. 강한 상대를 앞에 둔 도전자의 모습이었다. 그리고 그를 자극할 수 있는 방법을 알아냈다.

'선을 넘지 말라고?'

그는 희아에게 전화를 걸었다.

"밥 안 먹어?"

그의 전화에 그녀는 가방을 들고 1층으로 내려왔다.

계단에서 희우를 노려보는 진혁. 희우는 그 눈빛을 담담히 받았다. 선을 지키라는 말을 하고 올라갔지만 바로 이어진 명백한 도발이었다.

CHAPTER 18

주말이었다. 희아는 자신의 아버지 김건영 회장의 서재에 있었다.

"유학을 가고 싶다고?"

"네."

"늙은 아비 옆에 있지 왜 먼 나라까지 가려고 해?"

"아시잖아요. 제가 있으면 오빠들이 힘들어져요."

"그러지 마라. 내가 다 해결하고 갈 테니까 걱정할 필요 없어."

김건영은 애틋한 눈으로 딸을 바라봤다. 너무도 아쉬웠다.

김건영은 통찰력을 가진 사람이 미래를 이끌어 갈 거라고 예상하고 있었다. 그리고 통찰력만큼은 희아가 최고라고 생각했다. 그래서 희아가 경영에 참여하기를 바라고 있었지만 그녀는 언제나 경영에는 일절 관여하지 않겠다고 선을 그어 왔다.

"내 건강이 좋지가 않아서 너를 멀리 보내기가 걱정이 되는구나. 그러니까 잠시만 더 옆에 있어라."

아버지의 건강이 염려되지 않을 자식은 없었다.

"알았어요."

희아는 유학에 대한 이야기를 뒤로 미뤘다.

그때, 김건영의 비서가 들어왔다.

"조태섭 의원님께서 오셨습니다."

비서의 말에 희아는 인상을 찌푸렸다.

조태섭은 차명을 통해 천하그룹 주식을 보유하고 있는 대주주였다. 조태섭은 대주주라는 지위와 자신이 가진 권력을 이용해 천하그룹을 쥐락펴락했고 희아는 그런 조태섭이 싫었다.

물론 조태섭이 천하그룹의 대주주라는 게 나쁜 점만 있는 것은 아니었다. 거대 정치인이 뒤를 봐주고 있으니 천하그룹은 망설일 것이 없었고 종횡무진 독주 체제를 유지할 수 있었다. 하지만 희아는 정경 유착의 결말은 결국 비극으로 향한다는 것을 알고 있었다.

희아의 표정을 본 김건영이 말했다.

"그럼 이만 나가 보거라."

희아는 자리에서 일어서서 인사를 하고 서재를 빠져나가려 했다. 그런데, 그때 문이 열리고 조태섭이 들어왔다.

"이게 누구야? 오랜만에 보는구나."

조태섭은 정말 친근한 미소로 인사했고 희아도 고개 숙여 인사했다.

"안녕하세요."

"한국 대학교 다닌다고 들었는데, 공부는 열심히 하고 있지?"

"네."

"열심히 공부해서 대한민국을 이끌 인재가 되어야 해."

말을 마친 조태섭이 김건영을 바라봤다.

"오셨습니까, 의원님?"

김건영이 지극히 예의 있는 모습으로 조태섭에게 인사했다. 김건영의 나이가 훨씬 많았지만 인사를 받는 조태섭의 모습은 자연스러웠다.

"그러지 마세요. 불편합니다, 하하하!"

조태섭은 큰 소리로 웃으며 김건영을 향해 다가섰다. 그 모습은 마치 조태섭이 이 서재의 주인인 것처럼 보였다.

그 모습을 보던 희아는 입술을 잘근 물었다.

조태섭은 세상 사람들이 칭송하는 정치인이다. 하지만 희아에게 조태섭은 곳간을 뒤지는 쥐 새끼 같은 존재였다.

희아가 한숨을 내뱉고 자신의 방으로 향할 때였다. 핸드폰이 울렸다. 희우였다.

희우는 투자로 제격인 상가 건물을 계약하고 서울로 올라오는 중이었다. 희우가 말했다.

-식사 전이면 같이 밥 먹을래? 30분 정도면 서울에 도착할 거 같은데.

"그래. 어디서 볼까?"

희아는 조태섭이 있는 이 집에 있고 싶지 않았다.

희우와 희아는 학교 앞에서 만났다.

"밥 말고 술 어때?"

희아의 말에 희우는 고개를 끄덕였다.

"좋아."

희우는 슬쩍 주변을 살폈다. 진혁이 있는지 확인하기 위해서다. 당연하지만 진혁은 보이지 않았다. 넓은 공간이었기에 찾기 어려울 거란 건 알고 있었다. 하지만 찾는 시늉을 한 이유. 그것은 나는 네가 있는 걸 알고 있다, 하는 표현 방식이었다. 진혁을 자극하기 위함이었다.

두 사람은 학교 앞의 술집으로 들어갔다.

희아는 많이 답답해 보였다. 한 잔, 두 잔 술이 들어가며 말이 많아졌다. 희우는 잔만 받은 채 입으로 넘기지는 않았다.

술을 마시면 실수를 한다. 그건 남자, 여자, 지위를 막론한 공통된 진리였다. 말이 많아지면 헛말이 튀어나오고 뱉어진 말은 주워 담을 수 없었다. 특히 지금 그녀와 같이 뭔가 가슴에 응어리가 있을 때는 더욱 그랬다. 조심해야 했다.

그건 희아도 알고 있었다. 하지만 그녀는 아직 어렸고 답답한 마음을 풀 곳이 없었다.

희아는 오빠들의 견제를 받고 있다. 그리고 나이가 들어 건강이 염려

되는 아버지가 있다. 게다가 정상적인 방법으로 진행되지 않는 그룹의 경영 방식도 마음에 안 들었다.

그때, 술집의 텔레비전에서 뉴스가 나왔다. 조태섭이 어떤 문제에 대해 발언하는 장면이었다. 주변에서 술을 마시던 다른 사람들이 한마디씩 했다.

"조태섭 혼자 저렇게 다니면 뭐 하나? 다른 국회의원들이 개똥인데."

"그러니까 말이야. 다른 국회의원들은 월급 주지 말아야 해. 그놈들은 연금도 받는다며?"

그들의 말을 듣던 희아가 피식 웃었다. 그리고 작게 말했다.

"너도 조태섭 좋아해?"

희우는 대답하지 않았다. 그러자 희아가 희우를 향해 상체를 굽히며 더 작은 목소리로 말했다.

"난 정말 싫어해. 저 사람 나쁜 사람이야."

희우는 자신도 모르게 웃음 지었다. 조태섭을 욕하는 사람은 처음 봤다. 어쩐지 동질감이 느껴졌다.

잠시 후, 한참을 마시던 희아는 테이블에 쓰러져 버렸다.

희우는 머리를 긁적였다. 이런 예상은 하지 않았다. 그때 희우의 머리가 회전했다.

'오늘이다.'

오늘은 진혁과 한판 붙을 수 있다.

희우는 몸 상태를 체크했다. 술은 마시지 않았다. 오랜 시간 차를 타고 이동했기에 몸이 굳어 있었지만 몸이야 풀면 될 일이었다.

희우는 카운터에 가서 계산을 하고 택시를 불러 달라는 말을 했다. 택시가 도착하자 희우는 희아를 들어 뒷좌석에 누였다. 그리고 앞자리에 타서 자신의 집 주소를 말했다.

택시는 유유히 골목을 빠져나갔다. 그 모습을 보던 진혁의 인상이 구겨지는 것은 당연했다.

희아를 업고 집으로 향하는 골목길.

희우가 천천히 발걸음을 옮기고 있을 때였다.

"넘어서는 안 될 선을 넘으셨습니다."

무거운 목소리에 희우는 뒤를 돌아봤다. 진혁이 보였다.

"넘어서는 안 될 선? 뭐가 넘어서는 안 될 선이지?"

"지금 당신의 행동."

희우는 그의 눈동자를 바라보다 업고 있는 그녀를 슬쩍 바라봤다. 그러자 진혁이 말했다.

"아가씨를 제게 주시지요."

희우가 피식 웃었다.

"내가 당신을 어떻게 믿고 이 친구를 넘길까? 몇 번 대화를 해 본 것 때문에? 경호원이라고? 내가 보기에 당신은 스토커야. 뒤를 졸졸 쫓아다니는 스토커."

"스토커?"

진혁의 얼굴이 험상궂게 변했다. 희우가 말했다.

"우리 집에서 재우고 내일 일어나면 보낼 테니까 걱정하지 마."

"말로 해서는 안 되겠군요."

진혁이 노려봤다.

싸움이 시작될 분위기였지만 희우는 피하려 하지 않았다. 원하던 상황이다. 지금 자신의 상태를 정확히 알려 주고 모자란 점을 가르쳐 줄 수 있는 최고의 스파링 상대가 앞에 있었다.

희우가 실전 경험을 원하는 이유는 단 하나였다.

자신을 죽였던 검은 양복.

조태섭에게 다가가면 언제 다시 마주하게 될지 알 수 없었다. 그는 인간이 아니었다. 팔이 부러져도 상관 않는 기계 같은 존재였다. 지금 인생에서 검은 양복과 싸워 이길 생각은 없었지만 최소한의 자기 보호는 필요했다. 성재를 찾아가 체육관에서 다시 운동을 할까 생각도 해 봤다. 하지만 그것으로는 모자랐다.

실력자끼리의 싸움.

그것은 작은 변수가 승패를 좌우한다. 링 위에서 검은 양복과 싸운다면 백 번 싸워서 백 번 모두 이길 자신이 있었다. 하지만 싸워야 할 공간은 링이 아닌 어딘지 모를 장소. 철저한 길거리 싸움이었다.

희우가 물었다.

"여기서 할까?"

진혁은 턱짓으로 방향을 가리켰다. 연립주택을 짓고 있는 공사 현장이었다. 희우는 그의 뒤를 따라 지하층으로 내려갔다. 전기공사는 했는지 스위치를 누르자 공간이 환하게 드러났다. 각목과 시멘트가 놓인 곳.

희우가 희아를 구석에 누였다. 차가운 느낌에 희아는 잠시 몸을 뒤척였지만 이내 다시 잠이 들었다.

진혁이 말했다.

"오시지요."

무심하게 희우를 보던 진혁은 의아한 생각이 들었다. 한국 대학교 법대생이라는 자가 이처럼 완벽한 자세를 취할 줄은 생각하지 못했다.

"뭘 배운 모양입니다?"

"알 바 없어."

"들어올 생각이 없는 것 같은데, 그럼 제가 시작하겠습니다."

먼저 움직인 건 진혁이었다. 천천히 희우의 앞으로 다가온 진혁이 왼팔을 뻗었다.

"……."

희우의 시야가 순간적으로 가려졌다. 그리고 진혁은 빠르게 손을 거뒀다. 진혁의 손이 눈앞에서 사라졌을 때, 희우는 진혁을 놓쳤다.

'어디 있지?'

짧은 순간의 생각!

희우의 어깨에 진혁의 팔이 걸쳐졌다.

진혁은 희우를 넘어뜨리려고 했다. 하지만 희우는 진혁의 관자놀이를 향해 오른손 주먹을 휘둘렀다.

꽈직!

정타!

진혁은 희우의 강한 공격에 어질했다.

주먹과 주먹이 오가는 순수한 싸움이라면 웬만한 사람이 희우를 이기기는 어려웠다. 그것은 경호원이라도 마찬가지였다.

진혁은 순간적으로 휘청거렸다. 하지만 쓰러지지 않았다. 두 다리에 힘을 주고 쓰러지는 걸 참아 냈다.

'약했나?'

지켜보던 희우가 주먹을 꽉 쥐어 봤다. 한 번에 끝나지 않으리란 건 알았지만 기습적인 공격이었고 쓰러질 거라 생각했다.

'악력이 모자라.'

순간, 진혁이 빠르게 움직였다. 자세를 낮추고 다가와 희우의 허리춤을 잡았다. 그리고 희우를 힘으로 밀기 시작했다. 허리를 잡혀 중심이 무너진 희우는 잠깐의 순간에 뒤로 밀렸다.

'씨름? 유도?'

생각할 시간은 없었다. 희우는 진혁의 목을 감아 길로틴 초크를 시도하려 했다. 하지만 공간이 좁았다. 희우는 어느새 차가운 벽까지 밀려 버렸고 진혁은 벽을 지지대 삼아 희우를 들어 올렸다.

희우의 몸이 시멘트 벽에 긁히며 허공으로 치솟았다. 몸이 들리며, 상대의 목을 감으려던 희우의 팔은 목표를 잃었다. 하지만 희우는 침착하게 행동했다. 그대로 주먹을 쥐고 상대의 얼굴을 가격했다.

빡! 빡!

허리가 잡혀 있고 공중에 들린 상태라 힘은 실리지 않았지만 계속 맞으면 위험할 수도 있는 공격이었다.

진혁은 더 이상 희우의 잔주먹을 맞아 줄 수 없다고 생각했다. 희우의 허리를 다시 땅으로 끌어내리며 집어 던졌다.

콰당탕탕!

조용한 공간에 희우가 메다꽂히는 소리가 요란하게 들렸다. 딱딱한 땅이 가져다주는 충격은 온몸으로 전해졌다.

"끄읍!"

허리에서 느껴지는 통증이 아련하게 밀려왔다.

하지만 고통스럽다고 움직임을 멈추면 더 큰 고통이 밀려온다는 걸 희우는 알고 있었다. 그리고 아픔을 느낄 시간도 없었다. 진혁이 희우의 위로 엎어진 거다.

싸움은 그라운드로 돌입했다.

진혁이 위에 있었지만 희우는 최대한 침착하게 움직였다. 상대의 팔을 감싸고 목을 꺾으려 했다. 하지만 진혁도 만만치 않았다. 희우의 손을 피하며 다시 허리를 잡은 거다.

'어?'

희우는 빙글 도는 느낌을 받았다.

그리고 콰직!

희우의 머리가 벽과 충돌했다. 진혁이 희우를 잡고 벽으로 내던진 것이다. 이어서 달려오는 진혁의 빠른 발소리.

희우는 일어나려 했다. 하지만.

꽈직!

희우는 둔탁한 충격을 얼굴에서 느끼며 몇 바퀴를 굴렀다. 진혁이 희우의 얼굴에 발길질을 한 거다.

한 번, 두 번, 세 번.

꽈직! 꽈직! 꽈지지직!

피가 튀었다.

달랐다. 확실히 수준이 달랐다. 기술은 몰라도 힘의 차이가 컸다.

희우의 입에서 비릿한 피 맛이 느껴졌다.

'내가 안일하게 살고 있었구나.'

반성하고 있었지만 이미 싸움은 시작된 후였다.

"다시는 아가씨에게 접근하지 마십시오."

진혁의 무거운 목소리가 들렸다.

희우는 아직 일어나지 못하고 있었다. 하지만 입은 살아 있었다.

"아, 미안. 그럴 생각은 없는데?"

"그럼 알았다고 할 때까지 맞아야겠네요."

희우는 진혁이 말하는 순간을 놓치지 않았다. 빠르게 벽에 기대서서 일어났다. 그리고.

딸칵!

켜져 있던 불을 내렸다.

아무것도 보이지 않는 어둠의 공간이 되었다. 날아드는 상대의 주먹이 보이지 않는 것은 물론 어디 있는지도 가늠할 수 없었다.

어두워지면 유리한 건 희우였다. 기술에 자신이 있기 때문이다. 눈으로 볼 필요도 없었다. 상대와 몸을 대고 있는 이상 팔과 다리가 어느 부위에 있는지는 뻔했다.

희우가 진혁에게 달려들어 허리를 잡았다.

넘기려는 순간.

터억!

진혁의 발 기술에 희우가 넘어갔다.

68

'씨름이었구나!'

콰앙!

다시 한번 바닥에 떨어져 내린 희우!

진혁의 발이 다시 희우의 얼굴에 꽂혔다.

콰직!

최대한 얼굴을 방어하려고 했지만 충격은 무시할 수 없었다.

다시 날아오는 발!

희우는 재빨리 몸을 비틀었다.

뻐억!

이번에는 희우의 머리가 아니라 어깨에 걸렸다. 그리고 그 발이 희우의 손에 잡혔다.

"지금부터 지옥이다."

희우는 진혁의 발을 잡고 힘을 줬다.

두둑!

발목이 돌아가는 소리.

"끄읍!"

진혁은 고통을 참았다.

두두둑!

발목이 돌아가며, 결국 진혁은 땅으로 무너져 내렸다.

"끄아아압!"

하지만 끝까지 고통을 참았다. 경이로운 정신력이었다.

희우는 거기서 멈췄다. 부러뜨릴 수 있었지만, 상대를 망가뜨리기 위해 시작한 싸움이 아니었다.

희우는 손에 힘을 풀고 자리에서 일어났다. 불을 켜고 시멘트 포대로 가서 앉아 입과 코에 흐르는 피를 닦으며 말했다.

"부러뜨리지 않았으니까 걱정 마. 한 며칠 있으면 괜찮아질 거야. 그리고 너도 우리 집에서 자자."

"……!"

"그러면 서로 안심되지 않겠어?"

희우는 자리에서 일어서며 싸웠던 과정을 떠올렸다.

모자란 점이 많았다. 힘과 스피드 그리고 기술까지 모두 밀렸다. 만약 진혁이 희우를 죽이려 했다면, 졌을 거다.

'젠장.'

결과를 제외하고는 패배한 싸움이었다.

다음 날 아침, 옛날 희우가 쓰던 방에서 일어난 희아는 낯선 공간에 눈만 껌벅였다. 희우는 사무실로 쓰는 거실에 그리고 진혁은 안방에 있었다.

눈을 깜박거리던 희아는 조심스럽게 자리에서 일어나 방문을 열고 밖으로 나왔다. 그리고 의자에 앉아 자고 있는 희우를 봤다. 그제야 희아는 조금 안심된 표정을 지었다.

그녀는 희우의 어깨를 손가락으로 톡톡 건드렸다.

"희우야."

"응?"

희우가 눈을 뜨며 얼굴을 돌렸다.

순간 희아의 눈이 커졌다. 희우는 입술은 부어 터져 있고 코와 눈에는 검은 멍과 피딱지가 앉은 끔찍한 모습이었다.

"꺅!"

희아의 비명 소리에 상황을 이해하지 못한 희우는 시커멓게 멍이 든 눈을 비비며 잠에서 깼다. 동시에 닫혀 있던 문이 벌컥 열리며 진혁이 쩔뚝쩔뚝 나타났다.

"아가씨, 무슨 일이세요?"

희아는 어리둥절한 표정으로 진혁과 희우를 번갈아 봤다.

사무실의 한편에 있는 책상에 그들은 둘러앉았다. 상만과 회의를 할 때 쓰는 책상이었다.

희아가 말했다.

"그러니까 어제 둘이 싸웠다고?"

"네……."

"응……."

희아는 어이가 없다는 한숨을 내쉬었다.

"희우, 너는 진혁이 스토커라고 생각을 했고, 진혁이 너는 희우가 이상한 짓을 한다고 생각했고?"

희우는 그녀의 정체를 알고 있다는 식의 말은 꺼내지 않았다.

그녀의 질문에 두 사람이 대답했다.

"네……."

"응……."

그녀는 긴 머리를 쓸어 넘겼다.

"하……."

그리고 진혁을 노려봤다.

"그렇다고 사람을 이렇게 만들면 어떻게 해?"

무서운 눈빛의 진혁이었지만 그녀 앞에서는 순한 양 같았다. 진혁은 그녀의 눈길을 피하며 조심스럽게 말했다.

"만약 전력을 다하지 않았다면 저는 더 심하게 당했을 겁니다."

"그걸 말이라고 해? 희우 얼굴을 봐 봐!"

희아는 진혁의 변명에 신경질을 내며 희우를 향했다. 그리고 정말 미안한 표정으로 말했다.

"미안, 내가 대신 사과할게. 이 친구는 스토커가 아니라 내 경호원이야. 우리 아버지가 내 걱정에 경호를 붙여 놨거든."

잠시 말을 멈춘 그녀가 다시 말을 이었다.

"그러니까 비밀로 해 줘. 치료비나 이런 건 모두 줄 테니까 학교에 가서 내가 경호원을 대동한다거나 하는 말은 비밀로 부탁해."

그녀의 목소리가 절실하게 들려왔다.

희우는 말없이 자리에서 일어나 냉장고를 열어 차가운 음료 세 개를 꺼냈다. 그리고 희아와 진혁에게 건네며 자리에 앉았다.

희우 역시 음료수의 뚜껑을 따서 입에 넘겼다. 입안에 음료가 닿으며 쓰린 느낌을 받았지만 아랑곳하지 않았다.

음료를 마신 희우가 말했다.

"걱정하지 마, 비밀로 해 줄게. 그리고 이상한 일도 아니잖아. 너같이 예쁜 딸이 있으면 아버지가 걱정도 되시겠지."

"고마워."

그녀는 진심으로 고맙다는 눈빛으로 희우를 바라봤다. 그리고 진혁에게 말했다.

"가자."

"네."

자리에서 일어난 그는 절뚝거리며 걸었다.

방문을 열고 나타났을 때도 진혁은 절뚝거렸지만 그가 다쳤다는 사실을 인지하기에는 그녀가 너무 경황이 없었다. 이제야 그의 걸음을 본 그녀가 물었다.

"너도 다쳤어?"

"……."

진혁은 대답하지 않았다. 다른 사람도 아니고 평범한 대학생에게 당했다는 사실이 부끄러웠다.

희아의 집으로 향하는 택시 안이었다. 그녀가 진혁에게 물었다.

"희우가 우리 집 알아?"

"그건 모를 겁니다."

진혁의 대답에 그녀는 알 수 없는 미소를 지었다.

희우는 그녀가 경호원을 대동하고 다닌다는 걸 알았지만 태도가 변하지 않았다. 천하그룹의 딸이라는 사실을 안다면 어떻게 변할지 모르지만 일단 그 사실만으로 기뻤다.

그녀가 다시 물었다.

"그러면 어젯밤에 희우가 나 구해 주려고 싸운 건가?"

"네?"

"대답할 필요 없어. 나 혼자 상상할게."

그녀는 즐거운 표정으로 창밖을 바라봤다.

희우가 사무실에서 일을 하고 있을 때 전화가 왔다. 한미였다.

-밥 사 줘, 배고파.

"밥도 안 먹고 다녀?"

-작년에는 선배들이 사 줬는데 2학년이 되니까 내가 선배가 됐네.

그녀의 말에 희우는 피식 웃었다.

"선배니까 이제 후배들 밥 사 주면 되겠네."

-용돈이 바닥이 났어요. 그러니까 김희우 과외 선생님께서 사 줘요.

"어딘데?"

-너희 집 근처예요.

그녀는 사무실 앞에 있었다. 희우는 밖으로 나갔다.

희우를 마주한 한미가 배시시 웃었다.

"밥 말고 술 사 줘라."라고 말을 하던 그녀가 "너 얼굴이 왜 그래?" 눈을 크게 뜨고 그의 얼굴을 살폈다.

방금 전 상만이 길길이 날뛴 이후 두 번째 반응이었다. 희우는 또다시 그런 일을 반복하고 싶지 않아서 말을 돌렸다.

"나 할 일 많아. 밥이나 먹고 가."

"할 일이 싸움질이야? 누구야? 누가 너를 이렇게 만들었어!"

한미의 얼굴에서 고등학교 시절의 불량함이 올라왔다.

"그런 거 아니야."

한참을 씩씩거리던 그녀를 희우는 술을 사 준다는 말로 달랬다.

호프집에 자리를 잡고 앉자 그녀는 '잠시만'이라는 말을 하고 자리를 비웠다.

희우는 그녀의 눈에 슬픔이 머물러 있는 걸 확인했다. 아마도 아버지인 김석훈을 만나고 온 것 같았다. 그녀는 김석훈을 만나고 온 날이면 어김없이 희우를 찾아왔다. 말은 하지 않았지만 티가 났다. 그녀의 술 마시자는 청을 거절하지 않은 이유였다.

잠시 후 그녀가 다시 돌아왔다. 그녀의 손에는 계란 두 개가 들려 있었다.

"짠!"

그녀는 계란을 희우에게 건네며 말했다.

"문질러."

"땡큐."

꼬치가 나오자 그녀는 박수를 치며 좋아했다. 희우의 얼굴에 난 상처는 벌써 잊은 것 같았다. 맥주에 소주를 섞어 마시던 그녀가 물었다.

"그런데 너는 사시 공부 안 해?"

희우는 3학년이었고 법대생이었다. 많은 사람들이 묻는 질문이었다. 상만이 물었고 규리가 물었으며 부모님도 물어봤었다. 이번에는 한미였다.

"군대부터 다녀와야지."

"군대? 연수원 끝나고 법무관 가는 거 아냐? 남자애들은 대부분 그렇게 한다고 들었는데."

한미 역시 희우가 법학과이다 보니 사법 고시 준비생들에 대한 관심이 있었다. 주변에서 그런 이야기를 하면 주의 깊게 듣고 기억했다.

"그런데, 왜 가?"

한미의 질문에 희우는 장난스럽게 웃으며 답했다.

"병장 출신 대통령이 없더라고."

"어?"

"병장 출신 대통령이 없다고."

지금 희우의 말은 미친놈 소리 듣기 딱 좋았다. 대통령이 되겠다는 뜻으로도 들릴 수 있었기 때문이다.

한미는 멍한 눈빛으로 희우를 보다가 물었다.

"……병장이 뭐야?"

"응?"

"좋은 거야?"

여자들은 군대의 계급 체계를 모르는 경우가 많았다.

일병, 이병, 삼병, 사병의 순이라고 알고 있는 사람도 있었고 이등병과 병장만 알고 있는 경우도 많았다. 주변에 군대 간 사람이 없을 때는 무지함이 더욱 컸다. 한미라고 해서 다를 건 없었다. 특히 주변에 친한 사람이 군대를 간 적이 없었기에 그녀는 더욱 몰랐다.

사실 희우도 군법무관으로 갈 생각을 가지고 있었다. 하지만 장일현과 최강진과의 만남에서 그의 생각은 일반 사병으로 굳어졌다.

부모의 힘으로 군 면제받은 걸 하나의 특권이자 특혜로 알고 있던 그들. 마음에 들지 않았다. 그런 사람들이 훗날 대한민국의 수뇌부에 있다는 사실은 더더욱 못마땅했다.

희우는 군에 있을 때의 일을 기억하고 있었다.

선거가 있던 날이었다. 병사들은 '우리 지역에 병장 출신이 있으면 무조건 뽑는다!'라고 말했다. 그런데, 병장 출신은 정말 없었다. 있어도 자식들은 면제였다. 희우 역시 군대를 다녀와서인지는 몰라도 본인이 면제를 받았거나 자식이 면제를 받은 정치인은 좋게 보이지 않았다.

그렇게 옛 생각을 하던 희우는 일반 병사로 군대에 갈 결심을 굳혔다. 2년 2개월이라는 짧지 않은 시간이었다. 하지만 그 시간으로 인해 얻을 수 있는 강점은 분명히 존재했다.

한미가 물었다.

"그래서 언제 가는데?"

"1학기 기말고사 끝나고 며칠 후에 입대야."

"뭐? 한 달도 안 남은 거잖아?"

"그렇게 됐어."

희우가 군대에 간다는 소식은 학교에도 빠르게 퍼졌다.

법대생 3학년, 그것도 과 톱이 군대에 가는 일은 흔치 않았기에 소문의 확산은 더욱 거셌다. 규리가 물었다.

"정말이야?"

"응."

"왜? 왜 가는 거야?"

규리의 반응에 오히려 희우가 의아스럽게 물었다.

"남자라면 당연히 가야 하는 거지."

당연한 결정이다. 하지만 사람들은 당연하지 않게 받아들였다. 희우의 군 입대는 아무도 이해하지 못했다.

희우 역시 처음에는 고민하고 또 고민했던 일이다.

하지만 병사로서의 입대 역시 계획의 일부가 되었다.

사람들의 공감을 얻을 수 있는 인물이 되어야 했다. 조태섭과의 그 싸움, 마지막에 희우를 도와줄 것은 사람이었다. 사람을 얻지 못하고서는 조태섭이라는 거대한 인물을 잡을 수 없었다.

희우의 군 입대 소식을 가장 기뻐한 건 승환이었다. 규리를 마음에 두고 있는 승환은 눈에서 멀어지면 마음에서도 멀어진다는 옛말을 단단히 믿었다. 승환이 큰 소리로 외쳤다.

"동기가 군대를 가는데 그냥 보낼 수 없잖아! 우리 MT 가자!"

희우는 반대를 했지만 여론은 가는 방향으로 모이고 있었다. 학생들은 사법 고시 준비에 스트레스를 받는 중이었다. 희우의 군 입대는 잠시나마 일탈을 할 수 있는 핑계였다. 결국 가까운 곳을 향해 1박 2일로 여행을 떠났다. 희우와 규리, 승환을 포함한 열 명의 인원이었다. 그들이 도착한 곳은 경기도 외곽에 있는 지역으로, 대학생 MT의 대표적인 장소였다.

숙소에 짐을 풀고 동기들은 깔깔거리며 게임을 시작했다.

희우는 잠시 그들에게서 벗어나 산에 올랐다.

이전의 삶에서 연수원 MT를 간 적은 있지만 친구라고 부를 수 있는 사람들과의 여행은 처음이었다. 나쁜 기분은 아니었다. 희우는 오랜만에 만난 자연 앞에 경이로움을 느끼며 작은 냇가에 발을 담갔다.

바람이 불고 있었다. 긴 바람이었다. 그것은 한 번에 몰아치지 않고 천천히 흩어지듯 모이더니 희우의 주변에서 맴돌았다.

냇가에 졸졸 흐르던 물에 작은 소용돌이가 쳤다. 희우는 그곳을 향해 걸어갔다. 마치 그 소용돌이가 자신을 기다리고 있는 것만 같았다. 희우는 작은 소용돌이를 향해 손을 집어넣었다. 주먹을 '꽉!' 쥐자 소용돌이가 사라지며 냇가는 평온을 찾았다.

희우의 눈이 번뜩였다.

'내가 돌아오는 날, 세상은 소용돌이에 휘말릴 거다.'

잎사귀가 흔들리며 바람이 부는 소리가 들려왔다. 먼 곳에서 지저귀는 새소리도 들렸다. 자연이 들려주는 경이로운 변주곡이 마음을 울렸다.

하지만 희우의 눈은 하늘을 향하고 있었다. 손에서 뚝뚝 떨어지는 물방울이 마치 시계 소리처럼 똑딱거리는 것 같았다.

이제 모든 계획은 준비되었다. 실행의 날만 기다리면 된다.

희우가 하늘을 보고 있을 때였다. 규리가 희우의 옆에 앉았다.

"뭐 하고 있었어?"

"그냥."

희우는 적당한 대답을 둘러댔고 규리는 희우처럼 신발을 벗고 냇가에 발을 담갔다. 하얀 피부가 눈부셨다.

규리가 물었다.

"네가 제대할 때면 나는 연수원에 있으려나?"

"그러겠지."

"그럼 내가 검사 선배가 되겠네? 말 잘 들어야 한다, 후배야."

"잘 부탁합니다, 선배님."

규리가 하늘을 바라보며 중얼거렸다.

"2년, 짧겠지?"

희우는 부모님께 큰절을 올렸다. 어머니 미옥이 눈물을 훔쳤다.

"그럼, 다녀오겠습니다."

희우는 홀로 문을 나섰다.

군대를 간다고 한다면 보통 부모님 또는 친구와 함께 가는 것이 일반 적이었지만 그렇게 하지 않았다. 희우는 조용히 기차역으로 향했다.

그런데, 기차역 앞에 희아가 서 있었다.

"어?"

희우는 당황한 표정으로 희아를 바라봤다.

희아는 싱긋 웃으며 희우의 앞으로 다가왔다. 그리고 물었다.

"어디 가냐? 머리는 왜 그래? 진짜 어색해."

희우의 짧은 머리를 가리키며 희아가 웃었다.

희우도 어색한 머리를 만져 보며 희아를 향해 미소 지었다. 진혁과 싸운 이후로 희아를 본 것은 처음이었다. 그래서 군대에 간다는 말도 전하지 못했다. 희우가 물었다.

"학교는 왜 안 나왔어? 전화도 안 받고."

"아버지가 몸이 안 좋으셨거든, 그런데 지금은 다시 좋아지셨어."

희아는 아무렇지도 않게 대답을 했다. 그리고 희우가 군대에 간다는 이야기를 민수에게 들었다고 했다.

희아가 희우의 옆에 서며 말했다.

"데려다줄게."

"땡큐."

희우는 역으로 향했고 그녀가 뒤를 따랐다.

"경호원은?"

"논산역에서 만나기로 하고 먼저 차로 출발했어."

진혁은 잠깐이지만 희아에게 자유를 주고 싶었다. 희우의 옆에 있다면 안심할 수 있다고 여긴 거다.

그렇게 기차가 출발을 하고, 희아가 희우에게 물었다.

"그런데 안 무서워? 남자애들 군대 얘기하는 거 들어 보면 살벌하던데."

희우는 고개를 저었다.

"사람 사는 곳이야."

군대를 갈 때 가장 두려운 건 다른 게 아니었다. 주변에서 말하는 군 경험담이 가장 두려웠다. 고문에 가까울 정도로 고참들에게 혹사당한다는 속설은 입소자들을 두려움에 떨게 했다.

하지만 희우는 이미 한번 다녀온 군대였다. 실제로 살아온 삶은 40년을 넘겼다. 훈련소의 어린 조교들이 무서울 리 없었다. 군사훈련 역시 그동안 해 왔던 운동으로 어렵지 않게 할 수 있다는 자신감이 있었다. 군대 역시 사람 사는 곳이었다.

둘은 한동안 아무 대화가 없었다. 기차는 목적지를 향해 빠르게 달렸다. 한참 차창을 바라보던 희아가 말했다.

"기차 처음 타 봐. 칙칙폭폭 소리는 안 나는구나."

"요즘에는 다 전기로 가."

희우의 말에 그녀는 싱긋 웃었다.

"내가 모르는 게 많네."

중얼거리던 희아가 다시 희우를 바라보며 물었다.

"그런데 우리 집 안 궁금해?"

"응. 안 궁금해."

"응? 안 궁금해? 경호원도 있는데?"

"응. 진짜 안 궁금해."

희아는 의아한 표정으로 희우를 바라봤다.

그리고 논산에 도착하자 재잘거리던 그녀의 목소리는 조금씩 가라앉았다.

–장병들은 연병장으로 모여 주십시오.

딱딱한 목소리에 훌쩍이는 사람들의 모습.

희아는 처음 경험해 보는 장면이었다.

"그럼 갈게."

희우가 담담히 인사하자 희아가 조심스럽게 말했다.

"편지할까?"

"고맙지."

"분홍색에 하트 그려진 봉투 사용해도 될까?"

희우는 잠시 그녀를 바라봤다. 그리고 고개를 저었다.

"안 된다는 건 나보다 네가 더 잘 알고 있지 않아?"

"……!"

희아는 당황한 눈동자를 숨길 수 없었다. 잠시 머뭇거리던 희아가 다시 물었다.

"혹시 우리 집 알고 있어?"

"그냥 이렇게 지내자."

희우는 희아를 밀어내야 했다. 희아는 김건영 회장의 딸이다. 앞으로 싸워야 할 사람일지도 모른다.

"차였네."

희아가 아쉬운 표정으로 웃으면서 말했다. 그리고 희우의 어깨를 툭툭 두들기며 목소리를 이었다.

"분홍색이 싫다면, 빨간색 편지지에 빨간 펜으로 이름 써서 보낼게."

"응?"

"저주할 거야. 살면서 처음 차여 봤어. 군대 가서 실컷 뺑뺑이 돌다 나와라."

"저주, 고맙다."

희우는 희아에게 손을 흔들며 훈련소로 들어갔다. 그러면서 다른 훈련병들의 얼굴을 슬쩍 살폈다. 다들 참혹한 표정이다. 얼굴에 그늘이 가득했다. 하지만 희우는 그들과 달리 담담했다.

군대는 이미 경험했던 곳이다. 이곳도 사람 사는 곳이다 생각했는데, 희우는 곧 병사로 들어온 것을 후회했다.

"빨리빨리 옷 갈아입습니다! 오와 열 맞춥니다!"

"이병! 김희우!"

군대는 군대였다. 아무리 희우라고 해도 훈련병은 훈련병, 이등병은 이등병이었다.

그렇게 군 생활을 시작했고 시간이 흘러갔다. 조금의 기대를 하고 있었지만 예전과 입대 시기가 달라 성재를 만나지는 못했다.

희우는 철원의 보병 사단에 배정을 받고 2년 2개월이라는 시간을 보냈다. 그 시간 동안 규리와 민수, 승환은 연수원에 들어갔고 한미는 4학년이 되어 취업으로 바쁜 한 해를 보냈다. 희아의 소식을 아는 사람은 아무도 없었다.

희우가 군대를 가고 가장 후회했던 일은 군대에서 월드컵을 봤다는 것이었다. 한국이 월드컵 4강에 오르는 환희의 순간, 희우는 내무실에 앉아 주황색 활동복을 입고 환호성을 질러야 했다.

'젠장!'

그리고 뜨거운 여름날에 다시 세상으로 나왔다.

압구정 아파트는 예상대로 폭등했다. 2억이었던 가격이 지금은 5억에 가까웠다. 투자했던 상가 역시 가격이 배로 뛰었다.

상만은 군대를 갔고 희우는 다른 일은 뒤로 미뤄 둔 채 사무실에서 공부에만 매진했다. 이제는 본격적으로 사법시험 준비를 해야 할 때였다.

사법시험의 방대한 양은 누구라도 혀를 내두를 만했다.

학교를 마치고 돌아오면 공부.

화장실에서도 공부.

밥을 먹으면서도 공부.

스터디 그룹은 들어가지 않았다. 학원도 다니지 않았다. 오로지 독학이었다.

사법시험 3차가 끝나고 일주일 후, 대학교의 마지막 기말고사가 얼마 남지 않은 시기의 아침이었다. 희우가 새벽 운동을 마치고 책을 읽고 있을 때였다. 전화가 울렸다. 한미였다.

수화기 너머로 한미의 흥분된 목소리가 들렸다.

-야!

"응?"

-야! 야! 야!

"말해."

-너 합격이야! 내가 지금 확인했어. 지금 명단 올라왔어!

"그래?"

한미의 호들갑과 달리 희우의 목소리는 차분했다.

-어? 목소리가 차분하네? 벌써 확인했어? 난 어제 새벽부터 새로 고침 누르면서 기다리고 있었는데.

"아니, 아직 확인 안 했어."

-응? 그런데, 안 기뻐?

"아니, 기뻐."

기쁘다고 말했지만, 그 목소리는 여전히 담담했다.

-그런데 왜 안 좋아하냐?

"예상했어."

-뭐?

한미의 목소리는 허탈했다. 사법 시험 합격을 예상하고 있었다니.

한미는 생각했다.

'다른 사람이 아니고 김희우였지…….'

한미는 곧 즐거운 목소리로 말을 이었다.

-그럼 합격 축하로 이 누나가 술 살게! 나와!

"아침부터?"

-원래 아침에 먹는 술이 엄마 아빠도 몰라볼 만큼 좋은 거야!

"부모님은 알아보고 싶으니까, 저녁에 보자."

하지만 한미는 희우의 말을 무시했다.

-택시 타고 갈 거니까 5분이면 도착할 거야. 나와 있어. 숙녀를 기다리게 하면 안 되는 거 알지?

이후로도 몇 명의 사람들에게 계속 전화가 왔다. 연수원에 있는 규리와 군대에 있는 상만 그리고 양평에 계신 부모님에게도 전화가 왔다.

희우의 합격 소식을 알고 있는 사람이 한 명 더 있었다. 희아였다.

천하그룹 전략기획본부, 본부장실에 앉아 있던 희아는 인터넷 관보를 통해 합격 소식을 확인하고 자리에서 일어났다.

"오늘 일정이 어떻게 되죠?"

희아의 질문에 진혁이 하루 스케줄을 읊었다. 희아의 눈에는 피로가 가득했다.

희아가 본부장실에 있는 이유, 김건영 회장은 와병으로 누워 있고 천하그룹의 주가는 곤두박질쳤다. 그리고 병원에 있던 김건영은 희아에게 말했다.

"용준이 좀 도와줘. 갑작스럽게 앞에 서서 힘들 거야."

"아니요, 회사 일은 오빠들한테만 맡기세요. 저는 싫어요."

"매번 그렇게 싫다고 하는 이유가 뭐지?"

"A그룹이 왜 무너졌는지 알고 계시잖아요."

A그룹은 자동차와 선박, 건설 등 모든 분야에서 천하그룹과 경쟁 관계에 있던 곳이었다. 하지만 회장이 사망하며 자식들의 싸움이 시작되었다. 인간이 만들어 낸 욕망은 형제지간에도 다를 것 없었다. 그들의 전쟁 같은 싸움에 그룹의 경쟁력은 점차 낮아졌고, 결국 계열사 분리라는 씁쓸한 결말을 보였다.

"우리라고 그렇게 안 될 거라는 보장 없어요. 저는 그런 싸움에 끼고 싶지 않아요. 그러니까 그냥 아빠 옆에 있다가 유학 갈게요."

희아의 말에 김건영이 조심스럽게 입을 열었다.

"계속 회사에 있으라는 이야기가 아니다. 내가 건강이 좋지 못하니까 잠시만 오빠를 도와 다오."

"직원분들 있잖아요. 그분들이 저보다 경험도 많고 일도 훨씬 잘 처리할 거예요."

"직원들이 있어도 직원일 뿐이야. 그들한테는 직장이지. 진심으로 슬퍼하고 아쉬워할 사람은 없어. 그러나 너는, 천하그룹이 너의 집이고 가문이다. 일의 질을 필요로 하는 게 아니야. 일에 대한 진심이 필요한 거야."

희아는 대답하지 않았다. 그러자 김건영이 계속 말했다.

"네 오빠한테는 진심으로 대화를 나눌 사람이 필요해. 그러니까 내가 일어날 때까지 잠시만 도와주도록 해. 잠시야, 잠시."

희아는 결국 오빠 김용준을 돕기로 했다. 하지만 대외적인 일이나 나서야 할 일은 모두 김용준에게 넘겼고 희아는 어디에서도 모습을 보이지 않았다.

진혁에게 스케줄을 들은 희아의 시선이 모니터로 향했다. 그리고 화면을 보며 조용히 말했다.

"희우야, 합격 축하해."

그 시각, 희우는 축하주를 산다는 한미와 만났다.

"이 사람들이 일찍일찍 일어나서 일을 해야지. 시간이 몇 시인데, 아직도 문을 안 열고 있어?"

"한미야?"

"응?"

"아침이야."

이른 아침이었기에 문을 연 술집은 당연히 없었다.

골똘히 생각하던 한미는 손을 탁 치며 '시장!'을 외쳤고 두 사람은 시장 골목에 있는 전집으로 향했다. 다행히 전집은 문을 열었고 한미는 막걸리에 모듬전을 시켰다. 그리고 점심이 되기 전, 한미는 취했다.

"이제 검사님 되겠네?"

"연수원부터 마쳐야지."

"그게 검사 되는 거지, 뭐."

한미의 발음은 꼬여만 갔다.

"희우 선생님~ 내가 부탁 하나만 해도 될까?"

"술 더 마시자는 부탁만 아니면 들어줄게."

그런데, 한미의 눈빛이 진지했다. 희우는 잔을 들어 목으로 넘긴 뒤 그녀의 눈을 바라봤다.

"한 놈만 좀 잡아 줘라."

"한 놈?"

희우가 고개를 갸우뚱했다.

"응. 한 놈만 잡아 줘."

"누구?"

"음…….."

한미는 말을 하려다가 잇지 못했다. 그리고 어렵게 다시 입을 열었다.

"출세에 눈이 멀어서 여자도 버리고 자식도 버리고, 거기에 자식의 앞날까지 막는 사람. 찾으면 잡아 줘."

대상이 정확히 누구인지 밝히지는 않았지만 희우는 그가 누구인지 알고 있었다.

'김석훈.'

희우는 한미의 눈을 보며 고개를 끄덕였다. 그리고 진심을 담아 답했다.

"약속할게."

"약속이야. 내가 다른 사람은 몰라도 네가 약속하는 건 믿어."

한미를 보내고 희우는 양평으로 향했다.

마을 입구에 큼지막한 현수막이 걸려 있었다.

축. 김희우 사법 고시 합격

자신의 이름이 대문짝만 하게 걸려 있는 건 조금 부끄러웠지만 으쓱하기도 했다. 예전에는 받아 보지 못한 축하였다. 부모님의 축하도, 한미, 규리, 상만의 축하도 모두 감사했다.

편의점 아르바이트를 하던 예전의 삶. 그때 희우는 매장에 홀로 앉아 합격을 자축했다. 그 시절과는 전혀 다른 인생이었다.

마을의 입구를 지나 집으로 가자 어머니 미옥이 맨발로 뛰쳐나왔다.

"잘했어, 잘했어."

어머니는 희우의 엉덩이를 두들기며 뛸 듯이 좋아했다.

"아버지는요?"

"에휴, 좋다고 아침부터 술 마시다가 취해서 주무신다."

미옥의 말에 희우는 미소 지었다. 아침에는 취한 한미를 봤고 오후에는 취한 아버지를 보게 되었다.

미옥이 다시 말했다.

"그건 그렇고 어서 거실로 들어가 봐. 누가 와서 기다리셔."

"네?"

양평까지 찾아올 사람은 없었다.

"어디 대표라고 하던데 영어로 이야기해서 잘 모르겠네."

'대표?'

희우는 신발을 벗고 집 안으로 들어갔다.

미닫이문을 열자 작은 상 앞에 한 남자가 앉아 있었다. 법무 법인 KMS 대표 강민석이었다. 놀란 희우가 눈을 껌뻑이자 민석이 말했다.

"스카우트 제의하러 왔다."

"네?"

민석은 특유의 서글서글한 미소를 감추지 않고 말했다.

"내가 여기까지 와야 네가 부담을 가질 거잖아. 부담 가지라고 온 거야."

희우는 어색한 미소를 지었다.

"확실히 부담스럽긴 하네요."

KMS는 친구 살인 사건 이후 국내 굴지의 법무 법인으로 자리매김을 했다. 그곳의 대표라면 이렇게 앉아 있을 시간도 부족한 것이 사실이다.

희우의 표정을 보던 민석이 너털웃음을 지으며 앉으라고 손짓했다. 누가 본다면 이 집의 주인이 민석같이 느껴졌을 것이다.

"농담이야. 토지 소송이 있어서 근처에 들렀다가 합격했다는 소식 듣고 얼굴이나 보려고 왔어. 다들 합격하면 집에 들르잖아. 너도 이리 올 줄 알았지. 아까 어머니한테 물어보니까 오후쯤 온다는 얘기도 하셨고."

희우는 민석의 앞에 앉았고 미옥이 커피를 타서 가지고 왔다.

민석이 계속 말했다.

"마을 입구에 네 이름 걸린 거 봤지? 강민경 선생한테 얘기 들으니까 고등학교에도 네 이름 크게 적힌 현수막이 붙었다고 하더라."

강민경은 희우의 고등학교 때 수학 교사로, 민석의 동생이기도 했다. 민석은 희우의 앞에서는 그녀의 이름 뒤에 항상 '선생' 또는 '교사'라는 직업적 호칭을 반드시 붙였다.

앞에 놓인 커피를 마시며 희우가 말했다.

"그때도 말씀드렸지만 저는 변호사를 하고 싶은 마음은 없습니다."

"스카우트하러 온 거 아니라니까 그러네."

말은 그렇게 하지만 희우는 알고 있었다. 민석은 일부러 찾아올 사람이 아니었다. 아직 연수원의 문턱도 가지 않았기에 이야기를 꺼내지 않았을 뿐이다.

민석이 열린 미닫이문 밖으로 난 풍경을 보며 말했다.

"좋은 곳에 집을 마련해 드렸구나. 빡빡한 서울의 삶보다 훨씬 여유롭다."

"그래도 변호사님 같은 분은 도시에서 사셔야 합니다. 그래야 더 많은 사람을 도와줄 수 있으니까요."

희우의 말에 민석이 큰 소리로 웃었다.

"플러스 1점."

"네?"

"나중에 우리 회사 면접 볼 때 지금의 아부성 발언을 참고해서 1점 추가해 주지."

"검사 할 거라니까요."

민석은 한동안 아무 말 하지 않고 먼 곳을 바라봤다. 그리고 조용히 입을 열었다.

"법에 관심이 있던 고등학생이 법학도가 되고 사법 고시까지 합격을 했어. 학교 등수가 밑바닥이었던 고등학생이 노력을 해서 한국 대학교를 들어갔고. 지금까지 너의 행보를 지켜보면 뭔가 이유가 있다고 예상된다. 그런데 검사보다는 변호사가 좋을 수도 있어. 윗선의 개입을 받지 않고 조금은 더 자유로울 수 있으니까."

민석은 희우의 본질을 보고 있었다. 역시 대단한 사람이었다. 희우는 말없이 커피 잔을 들어 입에 대었다.

CHAPTER 19

희우는 대학교를 졸업하고 사법연수원에 들어갔다.

연수원을 마친 규리는 서울 서부 지검 형사부에 있었고 민수와 승환은 법무관으로 입대했다.

사법연수원의 첫 일주일은 2년의 기간 동안 유일하게 즐거운 시간이었다. 반 배정을 받고 담당 교수와의 회식, MT, 자기소개 등의 시간이 빠르게 흘러갔다.

희우는 연수원에 들어온 동기들의 얼굴을 살폈다. 이전 삶에서 만났던 선배들의 얼굴이 간간이 보였다. 아직 앳되고 어린 그들은 미래의 검사가 되기 위한 열정을 보였다.

한 남자가 일어서서 자기소개를 했다.

"저희 아버지는 파출소 소장입니다. 제가 대학교 때 아버지는 강력계 형사를 하시기도 했습니다. 아버지는 어렵게 잡아 온 범인들이 법의 허점을 파고들어 무죄 또는 감형을 받는 걸 보고 힘들어하셨습니다. 그 모습을 지켜본 저는 법이라는 학문을 더 열심히 공부해서…….

정의로운 검사가 되고 싶다는 말이었다.

그 말을 듣던 희우는 그만 웃고 말았다. 꿈은 정의롭지만 미래는 다르다. 저놈은 훗날 뇌물을 받아 검찰에 먹칠을 할 사람이었다.

그렇게 자기소개와 적응을 위한 한 주가 지나가며 본격적인 수업이 시작되었다.

형사 실무, 민사 실무 등의 교재들을 받은 연수생들. 그들은 사법 고시를 준비하는 기간보다 더욱 치열하게 공부를 했다. 아침 기상 후 오후 5시 30분까지 수업. 식사 후 도서관에서 다시 공부. 모든 사람이 기본적으로 새벽 3시까지는 잠을 자지 않았다.

천 명 사법연수원생 시대였다. 그중에 판검사를 할 수 있는 인원은 상위 30%였다. 연수원 성적으로 졸업 후의 진로가 결정되었다.

말이 30%지 사법시험을 통과한 사람 중에서 그 안에 들기란 어려운 일이었다. 그들보다 앞서려면 더 많이, 더 오래, 더 집중적으로 공부를 해야 했다. 사시는 예선이고 연수원은 본선이다, 하는 말이 있을 정도였다.

첫 중간고사.

희우 역시 긴장되었다.

이곳에 모여 있는 사람들 중 고등학교 때 전교 1등 한번 해 보지 않은 사람은 없었다. 서로의 실력을 모르고 같은 출발선상에 서 있는 사람들.

희우라고 해서 유리할 건 없었다. 다른 이보다 조금 더 경험이 있다는 장점은 있지만 그 경험이 전부를 커버해 줄 수는 없었다.

첫 시험을 마치고 같은 조의 동기가 고개를 저었다.

"아, 이거 너무 어려운데. 너는 잘 봤어?"

아직까지는 나쁘지 않았다.

연수원에서 성적은 개인별 학점만 통보를 해 주고 등수는 알려 주지 않았다. 그래도 대략적인 등수를 예상할 수 있는 방법은 있었다. 100등, 200등씩 끊어서 학점을 공고하는데, 그 점수를 보고 자신의 등수를 예측하는 방법이었다. 그러나 1등은 달랐다.

담당 교수가 희우를 불렀다.

"한국 대학교 법대 수석으로 졸업했다며?"

"네."

"연수원 첫 시험도 네 성적이 제일 좋다. 앞으로도 열심히 해서 유지할 수 있도록 해라."

희우는 그에게 고개를 숙였다.

"감사합니다."

하지만 교수실의 문을 나서며 희우는 인상을 찌푸렸다.

처음부터 1등을 하고 싶지는 않았다.

1등을 하면 모두의 주목을 받게 된다. 그런데, 이곳은 모두가 경쟁 상대였고 모두가 뛰어난 두뇌를 소유한 사람들이었다. 그들의 시선을 받으면 앞으로가 피곤해진다. 물론 그들이 희우의 노트를 버리는 등 유치한 짓은 하지 않겠지만 경쟁의식은 어쩔 수 없다. 노골적으로 비꼬며 적의를 드러내는 연수생도 있을 테고 말을 걸지 않는 사람도 분명 존재할 거다. 지난 삶에서 경험했던 일이었다.

희우는 가벼운 한숨을 내쉬었다. 앞으로 쉽지 않은 생활이 될 것 같았다. 희우는 최대한 담담하게 마음을 다스리며 공부를 계속해 나갔다.

상만이 제대를 했다. 남의 군 생활은 빠르게 느껴진다고 하더니 희우도 딱 그런 느낌이 들었다. 주말 오후, 희우는 제대한 상만과 만났다.

"병장 박상만입니다."

"됐고. 상가 처분 시작해."

"제대하자마자 일인가요?"

아파트 가격은 2007년도까지 상승세를 보인다. 희우는 미래를 알고 있었고 우선적으로 상가를 처분하여 현금화시킨 후 다시 경매로 돌리기로 마음먹었다.

희우는 가방에서 계약서와 디지털카메라 그리고 녹음기를 꺼냈다.

"뭐 하시는 거예요?"

상만이 물었다.

"계약하려고."

"뭘요?"

"너."

"네?"

희우는 가진 기기들의 전원을 모두 켜고 상만의 앞으로 계약서를 넘기며 말했다.

"지금부터 우리가 가진 재산은 모두 너의 소유로 돌린다."

"왜요?"

"나는 조금 있으면 공무원이 되잖아. 사업을 할 수 없어. 네가 밖에서 도와줬으면 좋겠다. 월급은 인센티브로 뒀는데 마음에 들지 모르겠네."

희우에게 계약서를 받은 상만은 읽지도 않고 사인을 했다.

"여기에 사인하는 거 맞죠?"

"그래도 연봉을 얼마나 받는지 정도는 봐야 하지 않아?"

"알아서 주시겠죠."

희우는 끌끌 혀를 찼다.

"계약서는 꼭 읽어 봐야 하는 거야."

"믿음으로 해야죠."

"그렇게 하다가 망한다."

"사장님 손에 망하는 것은 괜찮습니다."

희우는 황당한 표정으로 상만을 보다가 다른 서류를 펼치며 말을 이었다.

"회사를 하나 만들어. 이름은 아무 걸로나 정하고. 부동산 투자……."

희우가 말을 할 때였다. 상만은 멍하니 다른 생각을 하고 있었다. 희우가 고개를 저었다.

"집중해야지. 무슨 생각을 그렇게 하고 있어?"

"회사 이름요. 이왕이면 폼 나게 하고 싶은데, 그레이트앱솔루트슈퍼

파워비전회사 어때요?"

"안 돼."

회사 이름은 평범하게 미래부동산컨설팅으로 결정되었다. 상만에게 마음대로 정하라 했지만 결국 희우의 결정으로 이뤄졌다. 상만에게 맡겼다가는 정말 그레이트 어쩌고가 될 것 같아서다.

희우의 목소리가 이어졌다.

"아파트는 내년부터 하나씩 처분해. 한꺼번에 팔면 물량 소화하기 힘드니까 조금씩 내놔."

뉴스에서 연일 아파트값의 고공 상승을 말하는 중이었기에 상만은 의아했다. 하지만 희우는 2007년을 전후해서 대폭락의 시대가 올 것을 알고 있었다. 그 전에 물건을 모두 처분해야 했다.

그렇게 모든 대화를 끝내고 상만이 자리에서 일어서며 물었다.

"연수원 생활은 즐거우세요?"

"재밌겠냐?"

"제가 도시락 싸 가서 응원할까요?"

"일이나 해라."

연수원 가을 체육대회 날이었다.

연수원생들의 달리기 시합 등이 한창일 때 김석훈이 연수원에 잠시 들렀다. 김석훈이 이곳에 들른 이유는 단 하나였다. 바로 자신의 라인에 들어올 희우가 이곳에 있었기 때문이다. 아랫사람에게 격려를 해 주는 것도 윗사람의 업무 중 하나다.

사법연수원장이 김석훈을 반갑게 맞이했다.

"대검찰청 부장검사가 일은 안 하고 오면 어떻게 해?"

연수원장의 농담에 김석훈이 너털웃음을 터뜨렸다.

"연수원장님을 뵙는 것이 가장 큰일 아니겠습니까?"

단상에 마련된 귀빈석에서 두 사람은 잠시 인사말을 나눴다.

"여기 김희우 연수생이라고 있죠?"

김석훈이 물었다.

그 말에 연수원장이 교수진을 바라봤다. 한 교수가 달려와 김석훈의 앞에 섰다. 사법연수원의 교수들은 현직 판검사들로 김석훈의 후배들이다. 그들은 대검찰청의 부장검사 김석훈이 훗날 검찰을 장악할 사람이라는 소문을 익히 들어 잘 알고 있었다. 김석훈에게 잘 보여서 나쁠 건 없었다.

차렷 자세를 한 교수는 희우의 일상을 보고하기 시작했다.

"김희우 연수원생은 현재 전체 1등을 하고 있는 유능한 재원입니다. 반 및 조별 생활에서도……."

김석훈이 손을 내밀어 계속 이어지려는 그 말을 제지했다.

"내가 브리핑받으러 온 것도 아니고 그렇게까지 할 필요 없어. 잠깐 인사나 하고 가고 싶은데 불러 주겠나?"

"네! 알겠습니다."

교수는 운동장으로 내려가 희우를 찾았다.

"단상으로 가 봐라."

희우는 김석훈이 왔다는 사실을 모르고 있었다. 교수는 어떤 이유도 말해 주지 않았고 다른 연수원생들의 시선이 희우에게 집중되었다.

희우는 의아한 표정으로 단상을 향해 걸어갔다.

위로 올라간 희우가 김석훈을 발견하고 90도로 인사했다.

"안녕하십니까."

김석훈은 반가운 웃음을 지으며 앞으로 다가와 희우의 손을 맞잡았다.

"공부 열심히 해라. 등수 떨어져서 임관 못하면 안 된다."

"알겠습니다."

김석훈이 희우에게 인사를 건넸다는 소문이 연수원 전체에 퍼지는 것은 순간이었다. 그리고 소문은 헛소리를 동반하기 마련이다.

―희우가 유명한 법조계 가문의 자식이다.

―검찰총장이 직접 주시하고 있다.

유치한 소문이었지만 김석훈이 나타나 격려를 했기에 신빙성을 더하고 있었다. 누군가 희우에게 물었다.

"정말 너희 아버지가 대법관 출신이야?"

"우리 아버지? 양평에서 농사짓고 계시는데."

질문을 한 사람은 희우가 거짓말을 한다고 여겼다. 별 볼 일 없는 사람에게 김석훈이라는 인물이 찾아올 리 없었기 때문이다. 그는 입술을 삐죽거리며 자신이 있던 자리로 돌아갔다.

체육대회는 계속됐다. 그리고 지금은 축구 시합이었다. 누구나 그라운드에 들어서는 순간은 우승을 목표로 한다. 하지만 이곳은 사법연수원이다. 어떤 연수생도 승리를 원하지 않았다. 모두가 빨리 지는 걸 목표로 하고 있었다. 공부를 할 수 있는 체력 유지가 선목표였기 때문이다.

"자살골 넣을까?"

"그건 너무 티 날 거 같은데?"

지옥의 시험이라 불리는 여덟 시간 시험이 코앞에 있었다. 체력을 아껴야 했다. 그 누구도 축구 시합에 열중하지 않았다.

그리고 희우의 팀 경기였다.

"내가 골키퍼 할게."

이것 역시 사회에서 하는 축구와 달랐다. 연수원생들은 골키퍼 또는 수비를 원했다. 상대적으로 체력적 부담이 적기 때문이다.

"넌 공격수 해."

희우는 공격수를 맡게 됐다.

희우는 1등이었고 주목을 받고 있었다. 연수원생들은 체력 소모가 큰 공격수에 희우를 배치해서 조금이라도 체력을 빼려고 했다. 희우의 점수와 등수가 떨어져야 자신이 올라가기 때문이다. 그래야 판사 또는 검사가 될 수 있어서다. 유치했지만 그들에게는 절실했다.

그들의 생각이 뻔히 보였지만 희우는 순순히 공격을 맡았다. 그리고 공격수 자리에 서 있는 희우를 보며 모든 연수원생들이 미소를 그렸다. '체력을 뺄 수 있겠네.'라고 생각한 거다.

하지만 그들이 예상하지 못한 게 있었다. 희우는 격투기 선수 출신이었다. 경기에서 지는 걸 누구보다 싫어했고 월드컵을 군대에서 봤다.

희우는 축구화의 끈을 동여매며 한풀이를 시작했다.

희우는 공을 받고 뛰어나갔다. 지금껏 연수원생들이 보지 못한 거센 달리기였다. 상대 수비는 당황했다.

쾅!

몸과 몸이 부딪쳤다. 일반 연수원생이 운동으로 단련된 희우를 이길 수 없었다. 거칠게 나뒹구는 상대!

"달려!"

희우가 외쳤다. 그 소리에 같은 편은 자신도 모르게 뛰었다.

적절한 스루패스!

공을 받은 같은 편. 그의 앞에는 골키퍼만 남았다.

넣고 싶지 않지만……

골인!

들어간 골에 망연자실한 건 오히려 희우네 팀이었다.

희우가 모두가 들을 수 있도록 큰 소리로 외쳤다.

"지는 건 익숙해진다! 익숙해지지 않으려면 무조건 이겨야 해!"

그 목소리에 단상에 앉아 있던 연수원장이 피식 웃었다. 체육대회에서 열심히 하는 연수원생은 자신이 연수원장에 오른 후 처음 봤기 때문이다. 그리고 '지는 건 익숙해진다.'라는 말이 마음에 들어서다.

희우의 말에 자극을 받은 건 상대도 그리고 경기를 앞둔 다른 팀도 마찬가지였다. 연수원에서는 보기 드문 혈투가 시작되었다.

그리고 희우네 팀은 우승을 해 버렸다. 모두 녹초가 된 다음이었다.

연수원장은 박수를 치며 말했다.

"이렇게까지 우승을 원하는 학생들은 처음 봤어. 자고로 법조인이 되려면 이런 승부욕이 있어야지. 오늘 회식은 내가 함께하겠네."

대부분의 회식에는 담당 교수만 자리했다. 하지만 이번에는 연수원장도 함께였다. 그는 이번 축구 시합에 상당한 감동을 받았다.

연수원장은 직접 연수원생들에게 술을 따라 줬다.

"받아."

"아, 네."

연수생들은 눈치를 보며 술을 받았다. 평소 연수원생들은 술을 잘 마시지 않았다. 취해 버리면 공부를 할 수 없기 때문이다. 게다가 체육대회로 인해 체력이 소진된 상태였다. 여기서 마시면 위험했다. 하지만 어쩔 수 없었다. 연수원장이 직접 따라 주는 술은 받아야 했다.

어느새 희우의 차례가 됐다. 연수원장이 말했다.

"김석훈 부장이 보고 가기에 어떤 사람일까 했는데 그럴 만했네. 지금 1등을 하고 있다고 했지? 계속 열심히 하도록 해."

지금껏 연수원장은 다른 사람에게 '열심히 해.' 등의 짧은 인사말만 남겼었다. 하지만 희우에게는 긴 문장으로 대단한 칭찬을 했다. 덕분에 희우는 다른 연수원생들의 시기 어린 시선을 또 감당해야 했다.

그렇게 회식이 끝난 뒤였다. 기숙사로 향하던 중 한 남자가 희우의 옆으로 다가왔다.

"그렇게 아부 떨고 살면 좋냐?"

희우가 이상한 표정으로 바라보자 그가 한마디 더했다.

"벌써부터 그렇게 살면 나중에 권력의 개가 된다."

그리고 떠나는 남학생.

희우는 그의 이름을 떠올려 보려고 했다. 하지만 이름이 기억나지 않았다.

그때, 희우의 옆으로 한 여자 연수원생이 다가왔다. 진세현이었다. 다른 반 연수원생 중 몇 안 되는, 희우와 말을 섞고 있는 친구였다.

진세현은 앞으로 변호사가 될 생각을 하고 있었다. 아버지가 중견 로펌의 간부라 취직 걱정이 없다며 학업에는 적당한 노력만 기울이던 친구였다. 특징으로는, 약간 늙어 보이는 외모에 대단한 콤플렉스를 가지고 있었다. 그녀가 말했다.

"신경 쓸 필요 없어. 원래 저런 애야. 그건 그렇고, 너 축구 할 때 멋있더라?"

"아, 고마워."

그녀의 말에 감사 인사를 한 희우는 방금 그 남자에 대한 것을 물었다.

"그런데 누구야?"

"구승혁, 우리 반이야. 권력자들에게도 법이 평등하다는 걸 가르쳐 주고 싶대. 그래서 사법시험을 치렀다고 하더라."

'구승혁 검사?'

기억났다. 범죄와의 전쟁 중 의문의 교통사고로 유명을 달리한 검사였다. 창창한 검사의 교통사고는 신문에 대문짝만 하게 실렸었다. 희우는 구승혁이 어떤 권력자를 잡으려고 했는지 궁금했다.

'설마 조태섭은 아니겠지?'

생각을 하던 희우는 자신도 모르게 웃고 말았다. 모든 걸 조태섭과 연관 지어 생각하는 자신이 웃겼다.

기숙사로 돌아온 희우는 다시 책을 폈다. 술을 몇 잔 마시기는 했지만 공부를 해야 했다. 지옥의 시험이 바짝 다가왔다. 과목당 여덟 시간씩 매일 이뤄지는 지옥의 시험. 이 시험만큼은 희우에게도 큰 부담이었다.

첫날에 있을 형사사건 문제만 책 한 권 분량이었다. 문제로 나온 사건은 복잡했고 잔혹했다. 얽히고 얽힌 등장인물과 꼬이고 꼬인 사건. 각 인물에게 적용해야 하는 죄만 수십 가지였다. 사건을 기록하고 추론하고 써야 했다. 답안지만 A4 용지 30여 페이지에 이르렀다. 점심시간이 되었지만 문제를 읽고 답을 작성할 시간도 모자랐기에 아무도 식사를 하러 가지 않았다.

그때 희우에게 공익 근무 요원이 다가와 말했다.

"정문에 누가 찾아왔어요."

희우는 답안을 작성하던 걸 멈추고 자리에서 일어났다.

간간이 점심시간에 누군가 찾아와 연수원생들에게 도시락을 배달해주고 가곤 했다. 도시락을 배달하는 사람은 보통 연수원생의 여자 친구나 아내였다. 희우도 기대를 했다. 한미? 아니면 규리? 그녀들이 아니면 찾아올 사람이 없었다.

희우는 정문으로 향했고 점심시간에 맞춰 간식을 먹던 연수원생들이 밖으로 향하는 희우에게 집중했다. 연수원 선두를 달리는 희우였다. 그런 희우에게 찾아온 묘령의 여인이 누구일지 궁금하지 않을 사람은 없었다. 그런데, 그건 희우도 궁금했다.

그렇게 희우는 정문에 다가섰고 정문 앞 입구에 서 있던 그림자가 움직였다.

"사장님~ 제가 도시락 가져온다고 했죠?"

상만이었다.

희우는 그만 웃고 말았다. 기대했던 자신이 바보 같았다.

상만이 실실 웃으며 바구니를 넘겼다.

"제가 직접 산 김밥입니다."

"산?"

"네, 천 원에 한 줄. 많이 샀으니까 동기분들이랑 드세요."

남자에게 받은 도시락……. 창문으로 지켜보던 동기들의 비웃는 목소리가 들려오는 것 같았다. 그래도 고마웠다.

"그럼, 이제 가서 일해. 돈 벌어야지."

희우는 생각과 달리 차가운 목소리를 내뱉었지만 상만은 상관하지 않았다. 희우의 말투에 주눅 들기에는 이미 너무 오랜 시간을 함께 보내서다. 상만은 희우에게 손을 흔들며 연수원을 떠났다.

"단무지 많이 달라고 했으니까 팍팍 드셔도 돼요. 그리고 꼭 1등 하세요!"

그렇게 시험의 마지막 날이 되었다. 민사였다.

민사 교수는 이번 시험의 내용을 바탕으로 모의재판을 한다고 말했다. 시험에 모의재판까지, 머리가 빠질 정도였지만 해야 했다. 아직은 선두를 달리고 있지만 단 한 번의 실수로 끌려 내려갈 수 있었다. 연수원의 연수생들은 누구도 호락호락하지 않았다.

희우는 천천히 내용을 읽어 내려갔다. 혼인 취소에 대한 소송이었다. 읽는 데만 세 시간이 걸리는 내용이었지만 희우는 최대한 간략하게 사건을 정리했다.

박구형의 직업은 의사였다.

여자의 이름은 이은진. 역시 직업은 의사. 그녀는 불임이었다.

박구형은 여성 불임이라는 사실을 감추고 결혼했다는 이유로 혼인 취소를 신청했다.

시험이 끝나고 희우는 작은 한숨을 내쉬었다.

희우의 옆으로 같은 조원들이 다가왔다. 며칠 후의 모의재판에 대한 의견을 취합해야 했기 때문이다. 희우는 기지개를 쭉 폈다. 잠시 쉬고 싶었지만 그럴 시간이 없었다. 쉬는 동안 상대는 앞서간다.

희우가 말했다.

"혼인 취소에 대한 판례를 알아봐 줘. 그리고 불임으로 인한 이혼소송도."

희우는 자연스럽게 조원들에게 지시를 내렸다. 조원들은 어느 순간 희우의 지시를 따르고 있었다.

희우가 말했다.

"원고, 피고는 교수님들이 하시는 거지?"

한 연수원생이 고개를 끄덕였다.

희우는 자리에서 천천히 일어났다. 사건을 맡았다면 당사자를 만나 보는 것이 첫 번째였다. 먼저 피고를 만나 보기로 했다.

희우는 피고를 맡은 교수의 방을 찾아 올라가며 생각했다. 문제를 풀면서도 생각했지만 상당히 애매한 사건이었다. 혼인 취소의 사유는 각 하나만 연결이 되어도 가능했다.

만 18세 미만인 사람의 혼인.

부모 동의 없는 미성년자의 혼인.

혼인 무효에 해당하는 이 외의 인척 및 양부모계의 친족이었던 자와의 혼인.

중혼의 규정에 위반한 때.

부부 생활을 계속할 수 없는 악질, 기타 중대 사유 있음을 알지 못한 때.

사기 또는 강박으로 인하여 혼인의 의사표시를 한 때.

지금 문제가 되는 것은 두 가지였다.

－사기로 인하여 혼인의 의사표시를 한 때.

－악질, 기타 중대 사유 있음을 알지 못한 때.

이은진이 결혼 전 불임임을 알리지 않은 것이 사기로 들어갈지 또는 결혼 생활을 유지할 수 없는 악질, 기타 중대 사유일지를 결정해야 했다.

하지만 이것은 그런 것이 아닌 불임이었다. 두 사람은 꽤 긴 연애 기간을 보냈고 이은진이 불임의 사실을 알고 있었다면 언제든 말할 수 있었던 상황이다.

그리고 지금 이 사건의 경우는 이혼이 아닌 혼인 취소를 목적으로 하고 있었다. 혼인 취소로 결정이 되면 아내가 남편에게 가정을 파탄 낸 피해 보상으로 위자료를 줘야 했다. 이혼소송으로 진행이 되면 가정 파탄의 원인을 남편에게 찾고 남자 측에서 여자에게 위자료를 지급해야 했다.

여러모로 애매한 재판이었다.

희우는 가벼운 한숨을 내쉬었다. 아직은 남자의 편에 서게 될지 아니면 여자의 편으로 갈지 모르는 일이었다. 민사 모의재판의 경우 직전에 변호 대상자를 결정했다. 양쪽의 입장을 모두 생각해 보라는 뜻이었다.

"김희우입니다."

"들어와."

이은진의 역할을 맡은 교수가 보였다. 희우가 그녀를 보며 물었다.

"이은진의 역할을 맡으셨죠?"

희우의 말에 교수가 소파에 앉으라고 가리켰다.

"궁금한 거 있으면 물어봐."

희우는 그녀와 꽤 긴 대화를 나눈 후 박구형 역할을 맡은 교수를 찾아갔다. 그 교수와의 대화까지 마치고 도서관으로 내려가는 희우의 앞에 진세현이 보였다.

"안녕."

그녀는 밝게 인사했다. 희우의 앞으로 총총 걸어온 그녀가 입을 열었다.

"너 우리하고 붙더라."

"그래?"

"도서관 게시판에 모의재판 상대 나왔어. 가서 봐 봐."

"너희 팀 변호사는 누구야?"

"나야."

희우는 빙긋 웃으며 그녀에게 악수를 건넸다.

"좋은 재판 하자."

희우의 행동에 그녀는 눈을 동그랗게 떴다.

사실, 그녀는 변호사 역할을 맡지 않았다. 할 생각도 없었다. 변호사 역할을 한다고 해서 점수를 많이 받거나 하지 않기 때문이다. 점수는 조원 모두가 똑같이 받는다. 그래서 그들은 가장 말을 잘하고 순발력 있는 사람을 대표로 올리기를 원했다. 그 조건에 세현은 맞지 않았다.

그리고 그녀는 항상 말했다.

"이기는 변호사가 되려면 많이 아는 것보다 판사나 검사가 될 친구들이랑 친해져야지."

황당한 이야기였지만 그녀는 상위권의 연수생들과 부담 없이 지내는 유일한 사람이기도 했다.

그녀가 물었다.

"정말 나라고 믿는 거야?"

"네가 변호사라며."

그녀는 어깨를 으쓱했다.

"사실 아니야."

"그럼 누구야?"

"구승혁."

세현이 말을 이었다.

"만만치 않을 거야."

말해 주지 않아도 알고 있었다. 권력과 마주해도 눈을 피하지 않았던 열혈 검사다. 하지만 상관없었다. 상대가 누가 되든 이기면 된다고 생각했다.

희우가 도서관의 게시판 앞에 섰다. 구승혁도 보였다.

모의재판의 상대를 확인한 구승혁이 슬쩍 희우를 바라봤다. 그리고 뚜벅뚜벅 사라졌다. 순간, 희우는 인상을 구겼다. 구승혁의 눈빛을 느꼈기 때문이다. 구승혁은 희우를 벌레처럼 보고 있었다.

'이것 봐라?'

그냥 넘어가려고 하니까 도가 지나쳤다. 배배 꼬인 놈은 풀어 줘야 제 맛이다.

모의재판 하루 전날.

희우와 승혁은 민사 실무 교수에게 갔다. 누구의 변호를 맡을지 최종적으로 결정하는 날이었다. 그들이 안으로 들어가자 교수가 물었다.

"하고 싶은 변호가 있나?"

승혁이 말했다.

"저는 박구형을 변호하고 싶습니다."

"이유는?"

"이은진의 직업은 의사입니다. 자신의 불임 사실을 남들보다 더 확실하게 알고 있었으리라고 생각합니다. 이건 명백한 사기라고 생각했습니다."

교수의 시선이 희우에게 향했다.

"김희우 학생은 어떻게 생각하지?"

희우 역시 박구형을 변호하겠다고 한다면 가위바위보나 동전 던지기로 결정을 해야 했다. 희우가 말했다.

"그럼 저는 이은진을 변호하겠습니다."

교수가 박수를 한번 치며 말했다.

"좋아, 그럼 이대로 결정하고 진행할까?"

"예."

두 사람은 동시에 답했다.

모의재판이 시작되었다. 재판장이 말했다.

"지금부터 중앙 지방 법원 ×××× ×× ××××호 이혼 취소 사건에 대한 심리를 시작하겠습니다. 원고 소송대리인 출석하셨습니까?"

박구형의 대리인인 구승혁이 자리에서 일어났다.

"원고 소송대리인 구승혁 변호사입니다."

"피고 소송대리인 출석하셨습니까?"

희우가 자리에서 일어났다.

"피고 소송대리인 김희우 변호사입니다."

재판장이 승혁을 바라봤다.

"원고 대리인, 소장 및 준비서면의 요지가 무엇입니까?"

승혁은 자리에서 일어났다.

"박구형과 이은진은 1999년 레지던트 과정 때 만나 사랑을 키워 왔습니다. 박구형과 이은진은 진지한 만남을 이어 갔고 2003년 1월 결혼을 했습니다. 그러나 아이가 생기지 않자 불임 검사를 받았습니다."

승혁은 계속해서 말을 이어 갔다.

"검사 결과 이은진의 나팔관 폐쇄로 인한 난임이며 난소 기능에 선천적으로 이상이 있다는 사실도 알게 되었습니다. 의사인 이은진은 자신의 불임 사실을 숨긴 채 결혼을 했습니다."

승혁의 목소리 톤은 처음부터 빠르고 높았다. 재판에 참여하는 사람을 압박하는 기운이 느껴졌다.

"이에 아내가 자신의 성 기능 장애를 속이고 결혼했으므로 민법 제816조 제3호에 해당하며 부부 생활을 계속할 수 없는 악질을 알지 못하였으므로 혼인 취소의 사유에 해당합니다. 이에 대한 정신적 피해와 발생된 재산적 피해에 대하여 위자료 금 5천만 원을 피고에게 청구하는 바이며 혼인 취소를 요청합니다."

재판장이 희우를 바라봤다.

"피고 소송대리인, 답변서 및 준비서면의 요지는 무엇입니까?"

희우가 자리에서 일어났다.

"이은진은 혼인 전 자신의 몸에 있는 장애를 알지 못했습니다. 아이가 생기지 않아 불임 검사를 받는 중 사실을 알게 되었습니다. 직업이 의사이지만 외과 전문의로서 업무를 수행하느라 자신의 건강검진은 제대로 챙기지 못했습니다.”

승혁의 목소리와 달리 담담했고 평온했다. 승혁이 장악을 하려는 톤이었다면 희우는 그 분위기를 중화시키고 있었다.

“즉, 원고 측에서 주장하는, 불임 사실을 숨긴 채 결혼을 했다는 정황은 보이지 않습니다. 또한 세상의 많은 부부들이 자의로 또는 타의로 임신을 하지 못하고 살고 있습니다. 임신을 하지 못한다는 것이 부부 생활을 지속할 수 없는 악질에 해당할 수는 없습니다.”

임신을 하지 못하고 살고 있다는 말을 할 때는 격한 감정의 톤이 흘렀다. 그 자체만으로 이은진이 불쌍하다는 감정이 가득했다.

그리고 희우의 목소리에 점점 힘이 붙기 시작했다.

“이에 원고 측이 주장하는 혼인 취소의 사유는 될 수 없으며 위자료 또한 배상할 수 없습니다.”

희우는 잠깐 말을 멈추고 승혁에게 시선을 향했다. 그리고 다시 재판장에게 눈을 돌렸다. 이어 더욱 강한 목소리로 말했다.

“박구형은 아내의 심정을 이해하려는 노력을 하지 않고 잘못을 무조건적으로 이은진에게 전가하였습니다. 거기에 부부의 관계 회복을 위한 노력을 하지 않은 점과 먼저 집을 나서서 빠져나간 점, 폭력을 행사한 점을 들어 위자료 5천만 원을 원고에게 청구하는 바입니다.”

승혁이 장악했던 법정의 분위기는 이미 희우의 목소리로 가득했다.

재판장이 말했다.

“알겠습니다. 답변서와 준비서면을 통해 사건의 쟁점은 파악되있습니다. 원고 소송대리인은 제출할 증거나 신청할 증인이 있습니까?”

승혁이 자리에서 일어났다.

“성 기능 장애를 검사한 산부인과 전문의와 피고 이은진을 증인으로 신청합니다."

재판장이 이번에는 희우를 바라봤다.

"피고 소송대리인은 제출할 증거나 신청할 증인이 있습니까?"

희우가 말했다.

"피고 측은 피고 이은진의 지난 10년간의 진료 기록과 폭력으로 인한 상해 진단서를 증거로 신청합니다. 그리고 피고, 원고의 의대 동기인 김친구와 원고 박구형을 증인으로 신청합니다."

"증인, 증거 모두 채택하겠습니다. 양측은 서로 제출한 서증에 대해 더이상의 의견이나 신청할 증거와 증인이 없습니까?"

희우와 승혁이 없다고 답을 하자 재판장이 말을 이었다.

"그러면 바로 변론을 시작하도록 하겠습니다. 원고 측 증인은 거주지, 주민등록번호, 현재 직업을 말씀하세요."

산부인과 의사 역할을 맡은 교수가 앞으로 나왔다.

"제 이름은 채득훈입니다. 주소는 서울특별시이며 주민번호는 ××××××-×××××××. 현재 산부인과 의사를 하고 있습니다."

재판장이 말했다.

"피고 측 증인은 거주지, 주민등록번호, 현재 직업을 말씀하세요."

친구 역할을 맡은 교수가 앞으로 나왔다.

"제 이름은 김친구입니다. 서울특별시에 거주하고, 주민번호는 ××××××-×××××××. 현재 개인 병원을 하고 있습니다."

증인 선서가 끝이 난 후 산부인과 의사가 증인석에 앉고 친구는 대기석으로 이동했다. 승혁이 먼저 앞으로 나왔다.

"원고 이은진이 가지고 있는 이상이 무엇입니까?"

"두 가지가 있습니다. 먼저 나팔관은 지름이 1센티미터가 되지 않는 미세한 관으로, 내부는 섬모로 이루어져 있습니다. 정자, 난자, 수정란이 이동할 수 있는 통로로 임신에는 아주 중요한 역할을 합니다. 나팔관 폐쇄는 나팔관이 막혀 내부에 문제가 생기는 걸 말합니다. 수정란이 지나가지 못하게 돼서 자궁외임신을 할 수도 있게 됩니다."

승혁이 물었다.

"좋습니다. 그럼 난소 기능에 이상이 있다는 말은 무엇입니까?"

"난소는 여성호르몬인 프로게스테론과 에스트로겐을 분비하며 난자를 배란하는 기관입니다. 난소에서 만들어진 난자가 나팔관 내에서 정자를 만나서 수정이 되고 그 수정란이 자궁으로 들어와 착상을 한 후 임신이 진행되는 겁니다. 난소 기능에 이상이 있다는 말은 배란 기능이 정상적으로 이뤄지지 않는다는 뜻입니다. 자연 임신이 어렵습니다."

의사의 말을 들은 승혁, 그가 다시 물었다.

"난소 기능 저하라고 하면 나이 든 여성분들에게만 해당이 되는 것이 아니었습니까?"

"젊은 여성분에게도 많이 있고, 이은진 씨처럼 선천적으로 가지고 있는 경우도 종종 있습니다."

승혁이 의사의 앞으로 바짝 다가섰다. 그리고 무겁게, 하지만 모두가 들을 수 있도록 똑똑히 물었다.

"선천적 이상인데 모를 수가 있습니까?"

"모를 수도 있지만 알고 있는 경우도 많습니다."

승혁이 씨익 웃었다.

"알겠습니다. 증인신문을 마치도록 하겠습니다."

희우가 자리에서 일어나 산부인과 의사의 앞으로 다가갔다.

"나팔관 폐쇄면 임신이 불가능합니까?"

"불가능하지는 않습니다. 희박한 확률로 자연 임신에 성공하는 분들도 계시고, 시험관 시술로 충분히 임신할 수 있습니다."

"시험관아기 시술의 성공 확률은요?"

"20%입니다."

의사의 말을 들은 희우는 재판관을 보며 말했다.

"그래도 가능은 하군요. 그럼 난소 기능 이상의 경우 임신이 불가능합니까?"

"이은진 씨의 경우는 난소 기능 저하가 심각하여 난포가 전혀 자라지 않습니다. 그래서…….."

희우는 의사의 말을 막으며 고개를 저었다.

"아니요, 아니요. 의학적 세부 지식을 묻는 게 아닙니다. 임신이 불가능합니까?"

"낮은 확률이지만 불가능하지는 않습니다."

"불임이 아니라 난임이군요."

"그렇습니다."

희우가 재판장을 바라봤다.

"이상입니다. 존경하는 재판장님. 지금 증인은 불임이 아니라고 증언했습니다. 저는 이 증언의 신뢰성을 더하기 위해 난소 기능 저하 여성들의 임신 성공 확률에 대한 통계를 증거자료로 제출합니다."

"받아들이겠습니다."

희우는 자료를 꺼내 들어 재판장의 자리에 올렸다.

승혁은 인상을 찌푸렸다. 지금 희우는 불임이 아닌 난임으로 결론을 이끌어 내려고 한다. 마음에 들지 않았다. 승혁은 애초에 불임이든 난임이든 상관이 없었다. 그가 목표로 하는 건 사기였다.

희우가 자리에 앉고 승혁이 일어났다. 승혁이 산부인과 의사에게 물었다.

"난소 기능 이상을 검사하기 위해서는 어떤 방식으로 진행이 되죠?"

"주로 불임증일 때 많이 시행하는데, 초음파검사로도 하고 호르몬 검사도 합니다."

"주로라고 말씀하셨습니다. 그럼 불임을 제외하고 어떤 경우에 난소 기능 이상을 검사합니까?"

"생리 양이 줄거나 생리 기간이 줄어드는 경우, 생리 불순이 심한 경우, 또는 유전적으로 의심되는 경우에 검사를 하기도 합니다."

그의 말에 승혁이 재판장을 바라봤다.

"존경하는 재판장님, 피고 이은진의 고등학교 생활기록부와 진료 기록을 증거로 신청합니다."

재판장이 눈을 동그랗게 뜨고 물었다.

"고등학교 생활기록부요?"

"네."

"이유를 말씀해 주십시오."

"피고 이은진은 평소 생리 불순이 심했고 통증 역시 심했다고 합니다. 바쁜 업무에 제대로 쉬지도 못했지만 생리 휴가는 모두 챙겼습니다. 병원의 휴가 기록을 증거로 제출하겠습니다."

"받아들이겠습니다."

승혁이 계속 말했다.

"대학 때도 마찬가지였다고 합니다. 생리 기간과 중요한 시험이 겹치는 때에는 강한 진통제를 맞으며 버틸 정도였다고 합니다. 그럼 고등학교 때도 마찬가지였을 겁니다."

"그런데요?"

"이제 성장을 하고 있는 딸이 고통으로 몸부림치는데 산부인과에 데리고 가지 않을 부모는 없습니다. 즉, 이은진은 고등학교 때 검사를 받았을 확률이 높다는 겁니다."

희우가 자리에서 벌떡 일어났다.

"이의 있습니다! 지금 원고 측은 추측에 의한 판단을 하고 있습니다."

"인정합니다. 원고 측, 사실에 대한 이야기만 해 주세요. 의견은 더 들어 보겠습니다."

재판장의 말에 승혁은 상관없다는 표정이었다. 그 표정을 보던 희우는 피식 웃었다.

'한 방 먹었네.'

모의재판에서 고등학교 생활기록부나 그 시절의 병적 기록을 가지고 있을 리 없었다. 하지만 그의 말로 인해서 재판장은 '그럴 수도 있겠다.'라는 생각을 할 수도 있었다.

승혁이 자리로 들어가고 재판장은 희우에게 산부인과 의사를 더 신문하겠냐고 물었다. 희우는 자리에서 일어나 의사에게 다가갔다.

"난소 검사를 받고서 피고 이은진이 다시 병원에 갔습니까?"

"네."

"얼마나 갔습니까?"

"일주일에 한 번은 온 것 같습니다."

"진료 목적은요?"

"난임 치료입니다."

"그럼 박구형은 온 적이 있습니까?"

"없습니다."

희우가 재판장을 바라봤다.

"이은진은 계속해서 난임의 원인을 치료하려고 했군요? 정황상 박구형은 신경을 쓰지 않았고요."

희우의 말에 이번에는 승혁이 자리에서 일어났다.

"이의 있습니다. 지금 피고는 증인을 상대로……."

그가 맥을 끊으려고 했지만 희우는 상관없었다. 이미 하고 싶은 말은 했다.

"이상입니다."

희우의 목표 중 첫 번째. 가정 파탄의 원인은 남편에게 있다는 사실을 주장해야 했다.

산부인과 의사가 들어가고 의대 동기인 김친구가 증인석에 앉았다. 희우가 일어나 그의 앞으로 갔다.

"두 사람을 소개해 줬다고 했죠?"

"네."

"왜 소개해 줬습니까?"

"박구형이 어서 여자를 만나 결혼을 하고 싶다는 말을 입에 달고 살았습니다."

"두 사람이 사귄 기간이 얼마나 되죠?"

"3년에서 4년쯤 됩니다."

희우는 그의 주변을 걸으며 말했다.

"여자를 만나서 빨리 결혼을 하겠다더니 연애를 오래 했네요."

"네."

"그럼 사랑해서 결혼을 했겠군요?"

"그렇겠죠."

승혁이 벌떡 일어났다.

"이의 있습니다! 지금 피고 측은 재판과는 상관없는 신문을 하고 있습니다."

"인정합니다. 피고 측, 제대로 된 신문을 하도록 하세요."

희우는 아랑곳하지 않았다.

"아, 죄송합니다. 불임이 아니라 난임인데도 아이 때문에 헤어진다고 하기에 정말 사랑했는지 궁금했습니다."

싱긋 웃은 희우는 다시 증인의 앞으로 다가갔다.

"증인은 대학 시절에 피고 이은진이 생리통이 심하다는 걸 알았습니까?"

"몰랐습니다."

"그럼 증인은 피고 이은진이 매달 생리 휴가를 쓰는 걸 알았습니까?"

"저는 병원이 달라서 그런 디테일한 상황까지는 알지 못합니다."

"대학에서는 얼마나 많이 붙어 다녔습니까?"

"자는 시간을 제외하고는 거의 붙어 있었던 것 같습니다."

"매일요?"

"네."

"다시 묻겠습니다. 피고 이은진이 생리통이 심하다는 걸 알았습니까?"

"몰랐습니다."

"원고 측의 주장과는 상반되는군요. 중요한 시험 때에는 강한 진통제를 먹으며 버텼다고 했는데요."

희우는 증인의 주변을 돌며 다시 입을 열었다.

"증인은 피고 이은진이 원고 박구형에게 폭행을 당한 사실을 알았습니까?"

"몰랐습니다."

"눈치도 채지 못했나요?"

"이은진의 병원 근처에 볼일이 있었던 적이 있습니다. 잠깐 인사를 나누기 위해 만났는데 안대를 차고 있었습니다. 그때 조금 의심은 했습니다."

희우는 재판장을 향했다.

"재판장님, 원고 박구형은 병원의 난임 결과를 받고 피고 이은진과 각방을 사용했습니다. 부부 관계를 개선시키려 했던 이은진을 폭행하고 집을 나서기까지 했습니다. 가정 파탄의 원인은 박구형에게 있으며, 폭행에 의한 진단서를 증거로 제출합니다."

"받아들이겠습니다."

승혁이 앞으로 나왔다.

"결혼을 하고 싶다는 말을 입에 달고 살았다고요?"

"네."

"원고 박구형이 말했던 결혼관에 대해 들어 본 적이 있습니까? 가령 어떻게 살고 싶다든가 하는 것들요."

김친구는 조금 생각을 하는 것 같았다.

"있습니다. 항상 말했습니다. 아들딸 구별 말고 둘만 낳아 잘 살겠다고 했습니다."

"그렇다면 결혼의 조건에 2세가 있었던 걸로 보입니까?"

김친구는 고개를 끄덕였다.

"네, 항상 그런 이야기는 했습니다. 아이들 손을 잡고 놀이동산에 가고 싶다고요."

"박구형이 아이들을 좋아하나요?"

"네, 오죽하면 1학년 때는 소아과를 가고 싶다고 말하기도 했습니다."

"그럼, 만약, 피고 이은진이 임신이 힘든 몸이라는 걸 박구형이 알았다면 결혼을 했을 거라고 생각합니까?"

"대답하지 않겠습니다."

"이상입니다."

김친구가 자리로 돌아가고 이은진이 증인석에 올랐다.

승혁이 이은진의 앞에 섰다.

"피고는 자신이 불임이라는 사실을 모르고 있었습니까?"

"모르고 있었습니다. 알고 있었다면 병원을 진작부터 다녔겠지요."

"그러면 원고 박구형에게 자식에 대한 기대가 있다는 사실은 알고 계셨습니까?"

"알고 있었습니다."

"결혼 전에 종합검진을 받은 기록이 있는데요."

"그때 불임 원인에 대한 검사는 하지 않았습니다."

"정말 모르고 있었나요? 결혼 전에 산부인과에서 혈액검사를 받았다면서요?"

"네. 결혼 전 산부인과 동기에게 혈액검사를 받은 적은 있지만 결과에 대해서는 듣지 못했습니다."

"생리통이 심하다고 들었습니다."

"맞습니다."

"그럼, 고등학교 때 산부인과를 가서 검사를 받은 적이 없습니까?"

이은진의 역할을 맡은 교수가 알고 있는 사실이 아니었다. 승혁이 말한 내용은 추측을 바탕으로 만들어진 말이었다. 그리고 이 모의재판에서는 모르는 사실에 대해 대답하지 않기로 결정되어 있었다.

"대답하지 않겠습니다."

"좋습니다. 그럼 어머니가 폐경기가 일찍 왔다는 사실을 알고 있습니까?"

"알고 있습니다."

"다른 사람보다 폐경기가 일찍 온 어머니, 강한 진통제를 먹을 정도로 생리통이 심한 딸. 산부인과를 가서 검진을 받았는지 대답하지 않겠다고요?"

"네."

승혁이 재판장을 바라봤다.

"이상입니다."

승혁은 모의재판에 없는 자료를 바탕으로 추측성 주장을 이어 갔다. 허점이 보이는 말은 없었다. 결혼을 사기로 몰아가려는 목적이 분명했다.

하지만 희우의 목적은 달랐다. 희우의 목적은 어디까지나 혼인의 실패를 남편의 몫으로 넘기는 것이었다.

희우가 자리에서 일어나 이은진의 앞으로 걸어갔다.

"시험관 시술을 알아봤다고 했죠?"

"네."

"왜 하지 않았습니까?"

"박구형이 들은 척하지 않았습니다."

"음식은 잘하시나요?"

"네?"

이은진은 당황했다. 생뚱맞은 질문이었다.

역할을 맡은 교수는 잠시 생각했다. 그녀가 받은 이은진에 대한 내용에는 가정일에 소홀하지 않았다, 라고 쓰여 있었다.

희우가 다시 물었다.

"아침은 챙겨 줬나요?"

"네, 챙겨 줬습니다."

"바쁜 와중에도 식사는 챙겨 줬군요."

승혁이 자리에서 일어났다.

"이의 있습니다. 지금 피고 측은 재판과 상관없는 내용으로 본질을 흐리고 있습니다."

"인정합니다. 피고 측, 주의하도록 하세요."

"네, 알겠습니다."

희우가 다시 이은진을 바라봤다.

"아이를 가지려고 노력하기 전에 부부 관계에 이상이 있었습니까?"

"없었습니다."

"검사 결과가 나오면서 부부 관계에 금이 갔군요?"

"그렇습니다."

"각방을 쓰고 있는 박구형에게 부부 관계를 개선시키기 위해 갔죠? 어떤 시도를 했습니까?"

"차가운 오렌지 주스가 화를 가라앉힌다는 말을 들었습니다. 그래서 오렌지 주스를 가지고 가서 대화를 시도했습니다. 아이가 생기지 않아도 둘이 잘 살아 보자 등의 이야기를 했습니다."

"거기서 폭행을 당했고요?"

"네."

"폭행을 당하고 같이 살 수 없다는 생각을 했지요?"

"그렇습니다."

"이상입니다."

이은진이 나가고 박구형이 증인 자리에 앉았다. 희우가 물었다.

"이은진을 사랑했습니까?"

박구형이 대답하기 전 재판장이 희우에게 말했다.

"피고 측 대리인은 더 이상 재판과 상관없는 질문을 하지 않기를 바랍니다."

희우가 씨익 웃으며 대답했다.

"네, 알겠습니다."

희우는 다시 박구형을 바라봤다.

"그런데 왜 혼인을 취소하려고 소송을 걸었지요?"

"처음부터 아이를 가질 수 없다는 사실을 알았다면 결혼하지 않았을 겁니다."

"난임을 해결하려는 노력을 해 봤습니까?"

"네, 주변 산부인과 의사들의 의견도 들어 보고 시험관 시술에 대해서도 심도 있게 공부해 봤습니다."

"그러면 시도는 하셨습니까?"

"나팔관 폐쇄와 난소의 기능 이상으로 난포가 자라지 않고 있다고 했습니다. 시험관 시술을 한다고 해도 희박한 확률이었습니다. 오히려 상처만 된다고 생각했습니다. 그리고 유전적 요소가 크기에, 어렵게 임신에 성공을 한다고 해도 자식에게까지 유전될 확률이 높았습니다."

"그러면 부부 관계를 지속하려는 피고를 왜 폭행했습니까?"

"아내는 결혼 전에 자신이 불임이라는 사실을 이미 알고 있었습니다. 호르몬 검사는 혈액검사로 간단하게 알 수 있는 겁니다. 결혼 전 산부인과를 전공한 동기가 피검사를 해 줬던 사실이 있습니다."

"검사 결과를 들었습니까?"

"저는 듣지 못했습니다."

"그럼 아내는 들었다고 생각합니까?"

"네."

"아내는 듣지 못했다고 하는데요?"

"거짓말일 겁니다."

혈액검사를 했던 산부인과 동기는 현재 한국에 없어서 증인으로 부를 수 없었다고 되어 있다. 희우가 물었다.

"그래서 폭행했나요?"

"속였다는 사실에 화가 나서 순간 잘못된 행동을 했습니다."

"폭행으로 인해 피고 이은진도 원고와 같이 살 수 없다는 결심을 했고요?"

"혼인을 지속할 수 없는 원인은 아내에게 있었습니다. 그 결심은 원인의 발생과 상관이 없습니다."

"알겠습니다. 이상입니다."

승혁이 박구형의 앞에 섰다.

"아내를 소개받았을 때 어떤 식으로 들었습니까?"

"정신도 신체도 건강한 여성이라는 말을 들었습니다."

"신체에 이상이 있었다면 만나지 않았을 겁니까?"

"네, 저는 결혼을 전제로 만남을 원했습니다. 아직 레지던트였고 모아둔 돈이 없어서 연애 기간이 늘어났지만 처음부터 결혼을 목적으로 했습니다. 만약 이상이 있었다면 만나지도 않았을 겁니다."

"왜 그렇게 자식을 원하는 겁니까?"

"저는 외동아들입니다. 제 아버지 역시 마찬가지고요. 형제가 많지 않은 집안에서 태어나서 그런지 대를 이어야 한다는 생각이 강합니다."

증인신문이 모두 끝이 났다.

"원고 측 최후 변론하세요."

승혁이 자리에서 일어나 중앙으로 걸어 나왔다.

"존경하는 재판장님, 먼저 피고 이은진의 직업은 의사입니다. 두 사람이 오랜 연애 기간을 거쳤지만 본질적으로 소개에 의한 중매라고 봄이 합당합니다. 중매의 경우에는 상대의 직업과 경제적 능력 그리고 자식에 대한 것까지 고려합니다."

그의 목소리는 여전히 처음부터 힘이 넘쳤다. 그가 계속 말을 이었다.

"하지만 이은진은 불임이었고, 박구형은 의사로서 치료가 어렵다고 판단했습니다. 또한 유전적 성질의 불임이었기에 자식에게도 유전될 수 있다고 판단했습니다. 만약 이러한 사실을 알고 있었다면 원고 박구형은 피고 이은진과 결혼하지 않았을 겁니다. 피고는 정신적 피해 보상 및 가정 파탄의 원인을 물어 5천만 원의 위자료를 줄 것을 요청합니다."

"피고 측, 최후 변론하세요."

희우가 자리에서 일어났다.

역시 승혁의 강한 목소리와 달랐다. 담담히 시작되는 희우의 목소리.

"혼인 취소가 되기 위해서는 부부 생활을 계속할 수 없는 중대한 사유가 있어야 합니다. 개인의 학력이나 직업을 속이고 결혼했을 경우 또는 도벽이나 알코올, 약물중독 등의 성향을 숨겼을 경우입니다. 하지만 피고 이은진은 자식의 문제를 빼고는 완벽한 아내였습니다. 또한 난임의 원인을 치료하기 위한 노력과 부부 관계의 개선을 위한 노력을 했습니다."

남편의 죄를 묻는 순간이 되자 희우의 말은 점점 빠르게, 하지만 강하게 이어졌다.

"난임은 혼인 취소 사유에 해당하지 않으며 가정을 파탄 낸 원인은 폭행을 하고 각방을 쓰려고 한 박구형에게 있습니다. 이에 이혼을 요청하는 바이며, 원고 박구형에게 정신적 피해 보상과 가정 파탄의 원인을 물어 5천만 원의 위자료를 줄 것을 청구합니다."

재판장이 말했다.

"원고 측, 마지막으로 할 말씀이 있습니까?"

승혁이 일어났다.

"존경하는 재판장님, 박구형은 손이 귀한 집안의 자손입니다. 또한 무너진 가세를 다시 세우기 위해 끊임없이 노력하여 의사가 되었습니다. 혼인 취소를 하여 지금까지 열심히 살아온 그의 앞날에 흠집이 없도록 도와주어야 한다고 생각합니다."

"피고 측, 마지막으로 할 말씀이 있습니까?"

"혼인은 법률상 중요한 의미를 갖는 신분상의 계약이지만 본질은 부부 간의 애정과 신뢰를 바탕으로 한다고 생각합니다. 임신의 가능 여부는 부부 생활 유지의 중대한 사유에는 해당되지 않습니다. 또한 혼인 취소에 관한 민법 816조를 엄격하게 해석하여 판결해 주시기를 바랍니다."

재판장이 말했다.

"변론을 마치겠습니다. 판결 선고는 10분 후에 하겠습니다."

교수들이 재판장의 앞으로 모였다. 피고와 원고의 의견을 모두 합하여 판결을 내리기 위함이었다.

희우는 의자에 앉아 승혁을 바라봤다.

간단한 모의재판이었지만 만만치 않았다. 승혁은 받았던 자료에 없는 내용을 추측했다. 그리고 사실관계를 임의로 만들어 공격했다. 희우가 생각하지 못한 방법이었다. 승혁은 물을 한 모금 마시고 희우를 향해 시선을 움직였다. 두 사람의 눈이 마주치자 승혁은 눈길을 피했다.

재판장이 다시 자리에 앉았다.

"어떤 관점에서 보느냐에 따라 바뀔 수 있는 판결이기에 교수들은 고심한 끝에 판결을 내렸습니다. 판결 전에 양측 피고와 원고의 팀에 격려의 박수를 보냅니다. 그럼 이제 판결문을 낭독하겠습니다."

모두의 시선이 재판장의 입으로 향했다.

"주문 1. 원고 박구형은 피고에게 3천만 원을 지급한다. 재판 소송비용은 원고 측에서 전액 부담한다. 판결이유의 요지. 원고 박구형은 피고 이은진과 결혼을 했으나 임신에는 실패하였다. 하지만 임신의 유무는 혼인 취소의 사유에 해당하지 않는다. 또한 이은진이 받은 정신적 피해와 가정 파탄의 원인을 박구형에게 인정한다. 하지만 피고가 청구한 금 5천만 원 중 3천만 원만을 인정하고 나머지 2천만 원은 기각한다. 왜냐하면 원고는 의사로서 자신의 건강상 이상을 판단할 수 있었다는 점, 오랜 사귐의 과정에서 원고 박구형이 자식을 원하고 있었음을 알고 있었기에 가정 파탄의 책임이 오로지 원고에게만 있다고 볼 수는 없기 때문이다. 이상으로 판결문 낭독을 마치고, 모의재판을 마치겠습니다."

희우의 팀은 환호성을 질렀다. 승리했다. 승리의 기쁨은 언제나 짜릿한 것이었다. 승혁은 인상을 구겼다.

희우의 옆으로 승혁이 지나치며 중얼거렸다.

"교수님들한테 예쁨받는 사람한테는 이기기 힘드네."

중얼거렸지만 분명 들으라고 한 소리였다. 그의 뒷모습을 지켜보던 희우는 피식 웃었다.

모의재판이 끝나고 연수원생들은 MT를 갔다. 전체가 한곳으로 이동할 수는 없었기에 몇 개의 반씩 연합하여 이동하는 걸로 결론이 났다.

1박 2일의 MT. 연수원생들의 마음이 마냥 가볍지만은 않았다. 해야 할 공부가 산처럼 쌓여 있는 상태에서의 MT가 즐거울 수는 없었다.

날씨는 맑았다. 경기도 북부 지방에 소재한 얕은 계곡이 있는 산속의 예쁜 펜션이었다. 자유 시간의 일정이 있어 희우는 산보를 하기로 했다. 진세현이 옆으로 붙었다.

"어디 가?"

"산책."

"너는 참 신기한 거 같아. 다른 애들은 조금이라도 쉬려고 하는데 산책을 다 하고."

"그런가?"

잠시 내려와서 걸었더니 큰 호수가 눈에 들어왔다. 중간중간 예쁘게 지어진 펜션들이 그 경치를 더 멋지게 만들었다.

"사탕 먹을래?"

희우가 그녀에게 사탕 하나를 넘겼다.

"너 사탕도 먹어?"

"펜션에 있기에 산책하면서 먹으려고 한 움큼 쥐어 왔어."

그녀는 포장을 뜯어 동그란 사탕을 입에 집어넣었다.

"맛있네."

구승혁이 보였다. 그는 희우와 세현을 본척만척하고 어떤 꼬마와 놀아 주고 있었다. 세현이 승혁의 앞으로 걸어갔다.

"이 동네 사는 꼬마야?"

그녀가 물었지만 승혁은 아무 말 하지 않았다.

"물었으면 대답이나 해 줘라."

그녀의 말에도 승혁은 여전히 말이 없었고, 옆에 있던 작은 여자아이가 방긋 웃으며 말했다.

"아저씨, 이 아줌마는 누구야?"

아줌마라는 소리에 세현이 말했다.

"너 내가 몇 살인지 알고 아줌마라고 하는 거니? 너도 어차피 나이 먹어. 10년 후면 같이 늙어 갈 게 누구한테 아줌마래? 명예훼손죄라고 들어 봤어? 경찰 아저씨 만나서 조서 좀 써 봐야 잘못한 걸 인정할래?"

그녀 나름은 농담이었지만 아이는 경찰이란 말에 울상을 지었다. 승혁이 인상을 찌푸렸다.

"농담이라고 해도 아이한테 할 만한 농담이 있고 하지 말아야 할 말이 있어. 앞으로 힘을 갖게 되면 힘없는 서민한테 어떻게 할지 뻔히 보이는구나."

이번에는 세현이 표정을 구겼다.

"너야말로 뭔가 꼬여 있는 것 같은데, 그렇게 색안경을 끼고 세상을 보면 진실이 보이겠냐?"

그들의 말싸움이 시작되었다.

한참을 옥신각신하던 그들은 아이의 까르르 웃는 소리를 들었다. 그리고 그 소리를 향해 시선을 틀었다. 희우가 아이의 눈높이에 맞춰 무릎을 꿇고 앉아 두 주먹을 내밀고 있었다.

"사탕 어디 있게?"

아이가 한쪽 주먹을 가리켰다.

"여기."

희우가 손을 펴자 사탕이 보였다.

"맞혔네? 그럼 이거 먹어."

희우의 양 주먹에는 모두 사탕이 쥐여 있었다. 하지만 그 사실을 모르는 꼬마는 자신이 맞혔다고 생각하며 즐거워했다.

희우는 다시 주머니에서 사탕을 꺼내 아이를 향해 두 주먹을 내보였다.

"어디 있게?"

"여기!"

"또 맞혔네?"

그 모습도 승혁에게는 못마땅해 보였나 보다.

"사탕으로 환심 사려고 하지 마."

희우는 별일 아니라는 듯 어깨를 으쓱하며 말했다.

"너희 둘이 싸우니까 애가 무서워서 그랬지."

희우의 시선이 다시 아이한테 갔다.

"저 아줌마랑 저 아저씨를 무서워할 필요 없어. 두 사람 다 우리나라를 위해 열심히 일하고 공부하는 사람들이야."

"아줌마 아니거든!"

그녀의 토라진 목소리가 들렸다.

희우가 아이에게 물었다.

"여기 살아?"

꼬마가 대답했다.

"아니, 저기 너머에 살아. 여기는 예쁜 강아지들이 많아서 놀러 온 거야."

아이가 가리킨 곳은 희우가 걸어온 길을 따라 한참을 가야 하는 곳이었다. 꼬마는 주변을 두리번거리더니 말했다.

"저기 예쁜 강아지."

호수 아래로 펜션에서 키우는 개들이 보였다.

아이는 개들을 향해 호수 아래로 내려갔고 승혁은 펜션으로 되돌아갔다. 희우가 말했다.

"나는 계속 둘러볼 생각인데."

"그럼 같이 걷자. 오랜만에 숲의 향기를 맡으니까 기분이 좋아."

희우와 세현은 숲의 정취를 느끼며 다시 걷기 시작했다.

"그런데 아무리 생각해도 넌 정말 대단한 거 같아."

"왜?"

"그냥. 아이도 잘 달래 주고 운동도 잘하고 공부도 잘하고."

빗방울이 투두둑 쏟아져 내렸다.

"비네?"

세현이 말했다. 일기예보에서도 비가 온다는 말은 없었다.

투둑 내리는 빗방울에 그들은 발을 돌려 숙소로 돌아갔다. 호숫가에 오자 방금 봤던 꼬마 역시 비를 피해 달려가는 모습이 눈에 들어왔다. 비에 젖고 싶지 않아서인지, 바지를 허벅지까지 둘둘 말고 달리는 꼬마.

희우가 세현에게 말했다.

"나 먼저 간다."

"어?"

희우는 힘껏 달려 아이의 옆으로 갔다.

"안녕."

"어? 아까 사탕 아저씨?"

희우는 걸치고 있던 남방을 벗어 아이의 위에 대었다. 안에 흰 티를 입고 있었기에 괜찮았다.

"이거 이렇게 하고 가. 비 맞으면 감기 걸려."

비가 전부 막아지지는 않았지만 그래도 아이는 방긋 웃었다.

"고맙습니다."

꾸벅 인사를 하는 꼬마.

잠깐의 순간이었지만 희우는 꼬마의 가려진 부분의 상처를 보았다. 허벅지와 겨드랑이에 있는 상처들.

그때, 승혁이 우산을 쓰고 내려오고 있었다. 그의 손에는 우산이 하나 더 들려 있었다. 승혁을 본 세현이 손을 흔들었다.

"나 걱정되어 우산 가지고 왔구나?"

하지만 승혁은 세현을 무시한 채 아이에게 가서 우선을 건네줬다.

"쓰고 가."

그리고 그는 무심한 표정으로 뒤로 돌아 숙소를 향해 갔다. 희우와 세현은 안중에 없는 것 같았다. 세현이 뒤에서 입을 삐죽였다.

"이왕 가지고 올 거 조금 더 가지고 오면 안 되냐?"

아이는 꾸벅 인사를 하고 다시 산을 올랐다.

희우는 다시 아이에게 달려갔다.

"잠깐만."

희우의 목소리에 앞서가던 승혁도 되돌아봤다.

희우는 아이의 앞에 무릎을 꿇고 앉아 주머니에 있는 사탕을 모두 건네줬다.

"집에 가서 이거 다 먹어."

아이는 다시 고개를 숙였다. 그리고 떠났다.

희우의 눈이 싸늘해졌다. 그리고 승혁을 보며 입을 열었다.

"봤어?"

"뭘?"

"허벅지, 겨드랑이 쪽에 상처가 있어."

희우는 아이에게 사탕을 주며 짧은 시간에 몸을 훑었다.

허벅지와 겨드랑이는 타인의 눈에 잘 보이지 않는 장소였다. 은밀한 아동 학대에서 주로 나타나는 부위다.

"아동 학대가 의심되는데, 난 아이 뒤를 따라가 볼 생각인데, 넌 어때?"

"가겠다."

당연히 같이 갈 줄 알았다. 성격이 이상하게 꼬여 있지만 구승혁은 열혈 검사였다.

세현은 고개를 저었다.

"난 들어갈래. 다 젖어서 꿉꿉해. 교수님들한테는 너희 산책하고 온다고 한다."

희우와 승혁은 아이의 뒤를 쫓았다.

하지만 아이는 뒤에 누가 따라오는지 전혀 모르고 있었다. 비는 거셌고 빗소리와 우산으로 가려진 시야는 많은 감각을 차단하기에 충분했다.

그렇게 아이가 도착한 곳은 작은 농가였다. 아이가 안으로 들어갔다.

지켜보던 희우는 몇 가지 정황을 생각했다. 그리고 승혁에게 말했다.

"상처는 존재했어. 하지만 아이의 성격은 밝았다."

"그렇지."

"그러면 정기적 학대가 아닐 수도 있어. 우리가 오늘 이러고 있는 건 헛수고일 수도 있다는 말이야."

"상관없어."

그때, 쾅! 소리와 함께 아이가 문밖으로 튕겨 나왔다.

"너 또!"

남자의 거친 목소리. 그리고.

"싫어! 꺅!"

하는 아이의 소리.

승혁이 아이를 향해 달려 나갔다. 미처 희우가 말릴 틈도 없었다. 아이의 앞에 선 승혁은 문 앞에 서 있는 남자를 무섭게 바라보며 아이를 끌어안았다.

"당신은 아이를 키울 자격이 없어! 가자!"

승혁은 아이를 안고 냅다 달렸다.

희우는 골치가 아파 왔다. 앞뒤 상황 재지 않고 달려드는 승혁은 여러 가지 상황을 고려하고 움직이는 희우와 성향이 너무 달랐다.

"당신 뭐야!"

남자가 소리를 지르며 승혁을 뒤쫓았다. 희우 역시 그들을 향해 달렸다. 그들이 예상한 바와 다르다면 문제가 커질 수도 있었다.

아이를 안고 있고 진흙이 된 땅이었기에 승혁의 속도는 빠르지 않았다.

빠악!

남자의 주먹이 승혁의 뒤통수를 가격했다. 승혁은 땅에 나뒹굴었고 온몸이 진흙투성이가 되었다.

"당신 뭐냐고!"

남자는 목에 핏대를 세우며 외쳤다.

승혁은 아이를 꼭 끌어안고 남자를 노려봤다.

"당신 같은 사람은 법의 심판을 받아야 해. 하지만 그 전에 좀 맞자."

승혁이 자리에서 일어났다.

아이는 겁을 먹었는지 오들오들 떨고 있었다.

남자를 향해 달려드는 승혁!

하지만 '퐈직!' 어느새 다가온 희우가 승혁의 복부를 주먹으로 가격했다.

"쿨럭!"

단 한 방에 승혁의 몸은 땅으로 쓰러져 내렸다.

'이게 사람 주먹이냐?'

배를 움켜잡은 승혁의 입에서는 걸쭉한 침만 흘렀다.

남자는 당황한 눈빛이었다.

지금까지 남자가 지켜본 상황은 이해할 수 없는 것이었다. 집에 누군가 나타나 아이를 채서 도망갔다. 납치범이라고 생각했다. 그런데, 또 다른 누군가가 나타나서 납치범을 때렸다. 남자가 희우를 보며 물었다.

"누구세요?"

"확인할 게 있어서 왔습니다."

희우는 아이에게 걸어갔다. 그리고 아이의 팔을 들어 보이며 말했다.

"팔 안쪽에 상처가 있습니다. 이게 어떤 상처죠?"

남자가 눈만 껌벅이더니 천천히 대답했다.

"아토피요."

"……!"

남자는 아이의 아빠였다. 상황을 이해했다는 표정을 짓더니 어이없다는 듯 말했다.

"애가 아토피가 심해서 서울에서 이사를 왔습니다. 그런데 여기서는 강아지가 좋다고 허구한 날 그래요."

오늘도 그랬다고 한다. 아이는 희우에게 사탕을 받은 뒤, 집으로 돌아왔다. 그리고 아빠의 앞에서 강아지를 사 달라고 조른 거다.

당연히 아빠는 반대를 했고, 아이는 분을 열고 밖으로 나가다가 다리가 꼬여 넘어졌다.

"그렇게 된 겁니다."

희우는 고개를 숙였다.

"죄송합니다. 저희가 생각이 짧았습니다."

아빠는 아이를 일으켜 세워 안으며 말했다.

"아니에요. 우리 애 아토피는 붉게 부풀어 오른 게 상처로 보일 수도 있죠."

아이와 아빠가 돌아가고 한참 후에야, 승혁은 고개를 들었다.

"갔냐?"

"어."

"쪽팔려……."

희우에게 맞은 통증은 한참 전에 사라졌었다. 하지만 창피해서 계속 엎드려 있었다.

희우가 승혁을 보며 크게 웃었다.

자리에 앉은 승혁이 주머니를 뒤적거렸다. 그리고 젖은 담배를 입에 물고 불을 붙였다.

"내가 하나에 꽂히면 앞뒤 보지 않는 성격이 문제야."

연기를 뿜어내던 승혁이 희우에게 물었다.

"그런데 운동했냐? 샌님인 줄 알았는데 주먹이 왜 이렇게 매워?"

희우는 아무 말 하지 않았다. 승혁이 다시 말했다.

"그런데, 나한테 감정 있냐?"

"감정?"

"맞으면 알잖아, 감정이 섞인 주먹인지 아닌지. 네 주먹에 감정이 실려 있는 것 같았는데……."

"설마."

희우는 아니라고는 말을 못 했다. 그동안 승혁이 자신을 바라보는 눈빛이 좋지는 않았기에 살짝 쥐어박고 싶은 마음이 조금은 있었다.

젖은 담배에서 회색의 연기가 흐르고, 승혁이 말했다.

"어쨌든, 다시 봤다. 얄미운 놈인 줄만 알았는데."

승혁은 희우가 작은 상처만 보고도 아이를 챙기는 모습을 봤다. 그래서 희우를 조금은 다르게 생각하기로 했다. 진흙 묻은 바지를 털며 자리에서 일어나던 승혁이 희우에게 맞은 배를 문질렀다.

"아무리 생각해도 감정이 섞였던 것 같은데……."

"설마."

그렇게 빗줄기가 흐르며, 희우가 연수원 생활을 마칠 시기가 되었다.

연수원장이 직접 희우를 불렀다.

"검사를 한다고 했지?"

"네."

연수원장은 만족한 표정으로 고개를 끄덕였다.

희우의 졸업 성적은 1등이다. 보통 최우수권의 연수생들은 판사를 하거나 거대 로펌으로부터 거절할 수 없는 금액을 제안받고 변호사로서의 생활을 시작하는 경우가 많았다. 희우에게도 많은 로펌에서 제의가 왔지만 뜻이 완고했다.

민석은 찾아오지 않았다. 대신 이런 말을 전했다.

"검사 하다가 지겨우면 연락해. 언제나 환영이다."

연수원장이 다시 물었다.

"혹시 발령받고 싶은 곳이 있나? 자네라면 내가 힘써 주고 싶은데."

연수원장은 희우를 좋게 보고 있었다. 뛰어난 성적도 그랬지만 어떤 일에도 적극적으로 참여하는 모습이 특히 마음에 들었다.

"강원 지방검찰청 김산 지청으로 가고 싶습니다."

"뭐?"

보통은 서울을 이야기하는 게 일반적이었다. 아니, 당연히 서울을 이야기했다. 하지만 희우는 강원도를 말했다. 그것도 검찰청이 아니라 지청.

김산은 바닷가에 걸친, 인구가 몇 되지 않는 조용하고도 조용한 동네였다. 연수원장은 희우의 말을 이해할 수 없었다.

"이유가 있나?"

고개를 끄덕였다.

"부모님이 강원도로 이사하실 계획입니다. 그동안 사법 고시에 연수원까지, 곁에 있지 못해서 잠시라도 효도를 하고 싶습니다."

거짓말이었다. 희우의 부모는 양평에서 잘 살고 있었다.

희우가 김산으로 가려는 이유는 몇 가지가 있지만 그중에 전석규 검사가 있었다. 몇 년 전 거물에게 덤볐다가 김산으로 유배를 당한 검사였다. 보통 한번 데고 나면 권력자와의 싸움을 망설이게 되는데 전석규는 훗날 조태섭에게 또 한 번 대항을 한다. 물론 결과는 참패였지만.

어쨌든 전석규는 기자들과의 인터뷰에서 이런 말을 했었다.

"강한 사람이 아니면 싸우고 싶지 않아요."

희우의 이야기를 들은 연수원장이 말했다.

"그래, 젊을 때 강원도를 경험해 보는 것도 나쁘지 않지."

연수원장은 희우의 청을 받아들였고 희우는 김산 지청으로 발령받았다. 장일현이 놀라서 물었다.

"네가 왜 강원도로 가? 연수원도 수석이라며?"

희우는 아무렇지 않게 대답했다.

"검사는 순환 보직이잖아요. 지금 장일현 선배의 옆에는 제가 필요 없다고 생각합니다만 필요한 순간에 다른 곳으로 빠지면 안 되니까 겸사겸사 2년 정도 머리 좀 식히고 오겠습니다."

장일현은 손으로 이마를 짚으며 이해할 수 없다는 표정으로 고개를 흔들었다.

"군대 가던 것도 그렇고 정말 상식 밖의 일을 하는구나. 네가 와야 김석훈 부장님 라인이 완성되는데. 그건 그렇고, 그쪽에 누가 있지?"

"글쎄요. 지청장이 전석규라고 하던데, 아시나요?"

알고 있지만 모른 척 물었다. 그런데, 장일현이 킥킥 웃었다.

"알지, 이빨 빠진 호랑이."

김산으로 유배를 당해 힘없이 살고 있는 전석규. 그의 별명은 호랑이
였지만 김산에서 얻은 별명은 이빨 빠진 호랑이였다.

CHAPTER 20

희우는 김산 지청으로 들어갔다. 2층의 낡고 작은 하얀 건물에 두 명의 검사가 일을 하고 있는 작은 지청. 희우까지 하면 이제 세 명이 되었다.

전석규 지청장실로 들어간 희우가 큰 소리로 외쳤다.

"안녕하십니까? 신입 검사 김희우라고 합니다!"

하지만 전석규의 표정은 심드렁했다.

"여기까지 뭐 볼 게 있다고 왔냐?"

하지만 희우는 기죽지 않았다. 이런 반응은 예상하고 있었다.

"열심히 하겠습니다."

전석규는 귀찮다는 듯 가라는 표시를 하며 말했다.

"직원이 일러 주는 방 가서 놀다가 퇴근해."

"네?"

"할 일 없으니까, 놀다가 퇴근하라고."

희우는 전석규의 눈을 바라봤다.

나태해진 사람이 가진 눈. 그것을 전석규가 가지고 있었다.

희우는 그에게 인사를 하고 자신의 방으로 들어갔다. 책상에 앉아 있던 40대 남자가 웃으며 다가왔다.

"안녕하세요, 검사님. 오민국 수사관입니다."

희우의 수사관이었다.

"안녕하세요."

희우는 그에게 살짝 고개 숙여 인사하고 책상에 앉았다. 그리고 눈을 감았다.

'다시 돌아왔다.'

작고 누추한 공간이었지만 분명한 법의 냄새.

드디어 검사로서 돌아오게 된 거다. 희우의 눈에 의기가 돌았다.

며칠의 시간이 지났다. 점심 식사 시간이었다. 오민국 수사관은 식사를 마치고 동료들과 흡연을 하고 있었다. 한 사람이 물었다.

"신입 검사면 의욕 넘칠 텐데 피곤하고 그러지 않아?"

오민국이 고개를 저었다.

"아니야. 나도 처음에는 그럴 줄 알고 긴장하고 있었는데 아무 일도 안해. 어찌 보면 지청장님보다 일을 안 하고 있어. 어제는 컴퓨터에 고스톱 깔더라."

사람들이 킥킥대며 웃었다.

"여기가 신입 검사가 올 곳은 아니지."

"그럼, 그럼. 연수원 1등 검사가 여기 오면 뭐 해? 지청장처럼 망가져서 떠나는 거지. 어쩌면 못 나갈 수도 있고."

"크크크."

그런데, 낄낄 웃던 그들의 표정이 심각해졌다. 방금 '지청장처럼 망가져서 떠날걸.'이라고 말한 사람이 바로 전석규 지청장이었던 거다.

"지, 지청장님!"

"괜찮아. 괜찮아."

전석규는 장난스럽게 웃으며 입에 담배를 물었다. 그러자 한 수사관이 얼른 라이터를 꺼내 불을 붙여 주었다.

"오 수사관."

"네!"

"신입 검사가 정말 아무 일도 안 하나?"

"네?"

"진짜 고스톱을 깔았나?"

오민국 수사관은 우물쭈물했다.

"그게……."

전석규가 피식 웃으며 말했다.

"대한민국 전역이 이 동네 같으면 경찰이나 검사는 필요가 없지, 흐흐흐."

오민국은 머리를 긁적이며 어색하게 따라 웃었다.

그날 오후 5시, 희우의 사무실 문이 열렸다. 전석규였다.

"신입."

"예!"

희우는 자리에서 벌떡 일어나 전석규를 맞이했다.

"고스톱 쳤냐?"

"네? 아, 필요한 게 있어서요."

"됐고. 끝나고 술이나 한잔 먹자. 오늘 지성호 과장 파견 갔다가 돌아오는 날이니까 셋이서 한잔하면 되겠네."

지성호 과장은 희우가 김산 지청으로 발령을 받고 아직 한 번도 보지 못했다.

"알겠습니다."

희우는 크게 대답했다.

저녁, 희우는 전석규 그리고 지성호와 함께 김산의 시내로 나왔다. 작은 동네였지만 관광의 도시답게 유흥가는 멋들어졌다.

조용한 술집을 찾아 들어가 술을 따르며 지성호가 물었다.

"네가 연수원 1등이냐?"

"네."라고 희우가 대답을 하자 지성호는 신기한 듯 바라보며 물었다.

"그런데 여기는 왜 왔어?"

"네?"

"연수원 1등이 판사를 하거나 아니면 서울에 있어야지 여기까지 찾아온 이유가 뭐냐는 질문이야. 꼭 설명을 해 줘야겠어?"

지성호의 질문에 희우는 전석규를 바라봤다.

"예전에 신문에서 전석규 지청장님을 본 적이 있습니다."

"나를?"

전석규가 의아한 표정을 지었다.

"네, 장관의 아들 박제용이 부정으로 대학에 입학한 걸 수사하셨었잖아요."

전석규는 전도유망한 검사였다. 하지만 장관의 아들을 구속시킨 후 윗선의 미움을 받고 김산 지청으로 내려오게 됐다.

전석규가 씁쓸하게 웃으며 입을 열었다.

"넌 권력의 죄를 보더라도 모른 척해라. 그게 오래가는 거야."

희우는 아무 말 하지 않았다. 그러자 전석규가 담배를 입에 물고 말을 이었다.

"너처럼 미래가 창창한 놈들은 그런 짓 하는 거 아니다. 윗선의 입맛에 맞는 사건을 수사해야지. 그래야 올라갈 수 있는 거야."

희우는 이번에도 말하지 않았다.

지성호가 전석규의 빈 잔에 소주를 따르며 말했다.

"지청장님, 우울한 이야기 그만하고 오늘은 즐겁게 마시죠, 흐흐."

"그래, 그러자."

그렇게 잔을 부딪칠 때다. 술집으로 네 명의 남자가 들어왔다. 그들의 등장에 술집 주인이 빠르게 달려 나와 허리를 굽혔다.

"오셨습니까!"

지성호가 희우의 귀에 대고 조용히 말했다.

"어느 VIP인가 궁금하지? 오른쪽부터 군수, 국회의원, 경찰서장. 제일 뒤에 있는 놈이 깡패 대장. 모두 이 동네 토박이 출신이야."

지성호가 설명할 때였다. 그들이 희우네를 발견하고 앞으로 다가왔다.

"지청장님 계셨네요."

군수가 기름 낀 목소리로 거들먹거리며 말했다. 전석규는 자리에서 일어나 허리를 숙였다.

"군수님, 안녕하십니까."

"하하하, 안녕하나 마나 조용한 동네에 검찰 지청이 왜 있는지 모르겠어요."

명백한 하대였다. 또 상당히 무시하는 말투였다. 뒤에 있던 경찰서장과 깡패 대장의 입가에 비릿한 미소가 보였다. 허리 숙인 전석규 지청장의 어깨를 툭툭 치는 군수, 그리고 국회의원. 경찰서장 역시 한마디 했다.

"사건은 우리가 다 해결하느라 우리는 바쁜데 지청은 한가해서 좋지요? 모두 나와서 술을 자시고 계시네. 지청이라 당직 근무 같은 거 없나요?"

전석규는 비굴한 목소리로 '네네, 아무렴요.'라고 대답하고 있었다.

그 모습을 보던 지성호가 희우의 몸을 건드렸다.

"담배나 피우고 오자."

자신의 상관이 모욕을 당하는 모습을 지켜볼 수는 없었다. 피하는 게 예의라고 생각했다.

밖으로 나온 지성호가 담배를 물며 말했다.

"우리 지청장님이 서울에서 호랑이로 불리던 거 알지?"

"네."

지성호의 말투에는 한숨이 가득했다.

"여기로 와서 이빨 다 빠지셨어. 사건을 해결하려고 해도 아무도 도와주지 않거든. 서로가 똘똘 뭉쳐서 외지인에게는 텃세를 부려. 이게 시골이야. 검사? 여기선 그런 거 없다. 시골에서는 법보다 연줄이야. 우리가 깡패들보다 아래다, 아래야. 이게 말이 되나?"

"아뇨. 그런데, 그냥 박살 내면 안 됩니까? 검사잖아요."

"지청장님이 항상 하는 말씀이 있어. 자기는 여기 계속 있어도 우리 같은 후배는 여길 떠나야 한다고. 그래서 참으시는 거야."

"후배를 위해 참는다고요?"

"어."

지성호가 바라본 곳에는 국회의원이 술을 마시고 있었다. 저놈의 힘이 법무부 장관에게 닿아 있는 것 같았다. 지성호의 말이 계속되었다.

"서울에 계실 때 정치를 잘하셨어야 하는데 워낙 독고다이로 움직이셔서 도와줄 끈도 없나 봐."

다시 안으로 들어갔을 때, 술집에서는 전석규가 외로이 술을 따르고 있었다.

그렇게 세 사람은 다시 술을 마셨고 한참의 시간이 지났다. 재떨이에는 전석규와 지성호가 피운 담배가 쌓여 갔고 테이블에는 열 병이 넘는 소주가 도열했다. 기어코 지성호의 고개가 떨어졌다. 지성호는 술을 이기지 못하고 잠이 들었다. 하지만 전석규와 희우의 눈은 풀리지 않았다.

많은 술로 몸은 힘들었지만 희우는 견뎌 내고 있었다. 희우는 지성호의 흔들리는 머리를 슬쩍 보고는 시선을 전석규에게로 향했다.

"지청장님."

"말해."

사실 전석규도 무척 힘든 상황이었다. 눈은 감겨 왔고 속은 울렁거렸다. 하지만 참아야 했다. 신입 검사에게 술로 졌다는 소리를 들을 수는 없었다.

희우는 입에 힘을 줬다. 술에 취해 혀가 꼬인 상태로 말하고 싶지 않았다. 다시 그가 전석규를 불렀다.

"지청장님."

정확한 발음.

"말하라고."

전석규의 귀찮은 말투.

"서울로 가고 싶지 않나요?"

초임 검사가 지청장에게 할 말이 아니었다. 전석규의 인상이 심하게 구겨졌다.

"어디서 건방진 소리를!"

전석규의 언성이 높아졌다.

하지만 희우의 눈은 그를 담담히 바라봤다. 눈동자는 취하지 않았다.

"제가 보내 드리겠습니다, 서울로."

"……!"

"그래도 되겠습니까?"

전석규는 헛웃음이 나왔다. 지금껏 모든 걸 포기하고 유배당했다는 생각으로 살고 있었다. 그런데 맹랑한 놈이 나타나 서울을 운운하고 있다.

연수원 1등? 그래 봤자 초임이다. 고스톱이나 치는 놈이다.

욱하는 성질이 올라왔던 전석규는 화를 누그렸다.

"네 마음대로 해 봐라."

전석규는 입에 담배를 물었다.

술에 취해 하는 말이라고 생각했다. 어떤 영양가도 없는 말이라고 생각했다. 이제 막 발령받은 초임 검사가 하는 헛소리라고 생각했다. 거기에 오민국 수사관의 말을 따르면 희우는 단 하나의 일도 하지 않는다고 했다. 기대할 필요도 없었다.

희우가 말했다.

"그럼 제게 자유를 주십시오."

"뭐?"

도가 지나치고 있었다. 하지만 전석규는 귀찮다는 듯 손을 내저었다.

"그래, 출근해 봤자 할 일도 없는 지청인데 네 마음대로 해라."

술자리에서 콩가루처럼 무너지고 있는 지청이었다.

전석규는 희우가 어떻게 나올지 예상하지 못했다. 그때까지도 술자리에서 하는 헛소리인 줄만 알았다.

다음 날, 희우는 오후 늦게 지청으로 들어갔다. 오민국 수사관은 하품을 하며 인터넷 쇼핑을 하는 중이었다. 그가 엉거주춤 일어나 희우에게 인사했다.

"오셨어요?"

희우는 가볍게 인사를 하고 자리에 가서 앉았다. 컴퓨터를 켠 그는 뭔가에 몰두했다.

퇴근 시간이 가까워져 오자 오민국이 조심스럽게 물었다.

"검사님?"

희우가 모니터에서 시선을 떼고 그를 바라봤다. 오민국이 말했다.

"퇴근 시간인데요."

"아, 먼저 퇴근하세요. 저는 일이 좀 있어서요."

희우의 말에 퇴근을 하는 오민국. 그는 고개를 갸웃거렸다.

다음 날이 되었다.

출근을 한 오민국은 사무실의 문을 열었다. 희우가 있었다.

일찍 출근을 했나? 아니었다. 희우가 입은 옷은 어제와 같았다.

피곤한 얼굴로 자리에서 일어난 희우가 말했다.

"오민국 수사관님?"

희우의 부름에 그가 쳐다봤다. 먼저 말을 건 일은 발령받은 지 며칠 만에 처음이었다. 희우의 품에는 왠지 불안한 느낌이 드는 서류가 한 뭉텅이 들려 있었다. 희우는 그의 책상에 서류를 '턱' 하고 내려놨다.

"지금부터 여기 있는 사건들 모두 재정리해 주세요."

"네?"

"어서요."

오민국이 난처한 표정으로 희우를 바라봤다.

"아니, 이걸 언제 다⋯⋯."

"언제긴요. 퇴근 전까지죠."

자리에 앉은 희우가 다시 말했다.

"일합시다, 일."

오민국은 입을 삐죽거렸다.

희우의 시선은 다시 모니터를 향했다. 하지만 그의 생각은 모니터가 아닌 밤새 뽑아낸 사건 파일에 가 있었다.

김산은 인구가 10만이 되지 않는 작은 동네였다. 하지만 그것만으로 이곳에 있는 사람의 숫자를 말할 수는 없었다. 이곳은 바닷가, 여름이고 겨울이고, 쉬는 날이면 인산인해의 휴양객들로 넘쳐 나는 관광도시였다.

희우의 입가에 미소가 걸렸다.

'사건이 없다고?'

거짓말이었다.

매일 밤 벌어지는 취객들의 사건 사고.

이곳에서 근무하는 경찰은 취객으로 벌어지는 사건은 일상적인 일이라고 생각했다. 오래 있으며 타성에 젖은 탓이었다.

그리고 이 작은 도시에 유흥업소도 있었고 불법 도박장을 운영하는 조직폭력배도 존재했다. 유채파. 유채꽃처럼 아름답자는 의미를 가진 조직.

사건 파일을 정리하며 보니 유채파가 가담한 일에는 항상 깔끔하게 마무리되는 것이 없었다. 언제나 중도에 흐지부지되는 사건들. 군수 또는 국회의원과의 연줄을 예상할 수 있었다. 거기에서 그치는 것이 아니라 희우는 경찰 또는 지청에 근무하는 검찰과의 유착도 의심했다.

연줄이 있으면 내버려 둬야 하는가? 희우는 조직폭력배라고 해서 무조건 잡을 생각은 아니었다. 직업이 뭐가 되었든 죄만 보려고 했다.

희우는 자리에서 일어섰다. 재킷을 걸치며 사무실을 벗어났다.

"한 며칠은 외근 좀 하고 오겠습니다. 정리한 사건은 제 메일로 보내 주세요."

오민국은 어이가 없었다.

오민국이 본 희우는 발령받고 며칠 동안 아무 일도 하지 않고 멍하니 있던 신입 검사였다. 심지어 지청장과 술을 마시고 지각까지 했다. 그러더니 갑자기 밤새 일을 해서는 많은 사건을 재정리하라고 지시를 했다.

'도대체 뭐야?'

마음에 들지 않았다. 경험 많은 수사관인 오민국이 보기에 희우는 하룻강아지였다.

그래도 어쩌겠는가? 일단 희우가 상관은 상관이었다. 시키는 일은 해야 했다. 그는 한숨을 쉬며 인터넷 쇼핑을 하던 컴퓨터의 창을 워드 프로그램으로 바꿨다.

하지만 그는 예상하는 일이 있었다.

"며칠이나 가나 보자."

며칠 저렇게 빨빨거리다 보면 할 수 없는 일도 있다는 걸 깨닫게 될 거다. 세상에는 초임의 의기만으로는 할 수 없는 일이 너무도 많았다.

희우는 집에서 옷을 갈아입고 시내로 나갔다. 누가 본다면 영락없는 관광객의 차림이었다.

여름에는 걷기도 힘들 만큼의 관광객이 있었지만 아직은 아니었다. 그래도 봄날의 따스함을 느끼고자 사람들은 김산의 바다로 모이고 있었다.

희우는 백사장에 앉아 아무 생각 없이 바다를 바라봤다.

그게 희우가 하는 일이었다. 어떤 미동도 없었다.

해가 질 무렵이 되자 상만이 나타났다. 희우가 부른 거다. 희우는 김산의 경찰은 물론이고 검찰까지 믿을 수 없었다. 희우가 할 일에 믿을 만한 사람이 필요해서 상만을 불렀다.

"사장님~!"

상만이 격양된 목소리로 외치며 백사장을 뛰어왔다.

희우가 바라보자 상만이 더욱 큰 목소리로 외쳤다.

"나 잡아 봐라~!"

희우는 인상을 찡그렸다.

"헛소리하지 말고 앉아라."

"네."

상만은 희우의 옆에 얌전히 앉았다. 그리고 입을 열었다.

"여기가 사장님, 아니 선배님, 아니 검사님."

상만은 어떻게 불러야 할지 고민을 하는 듯했다.

"여기서는 형이라고 불러."

"네?"

희우의 말에 상만은 눈을 껌뻑거렸다.

"정말요?"

"어."

상만이 기쁜 표정을 지으며 큰 소리로 외쳤다.

"형~!"

"여기서만이다."

"네."

밤이 되자 두 사람은 시내로 나섰다.

희우는 주차장을 찾아가 적당한 자리에 앉았다. 그리고 멍하니 사람들을 바라봤다. 다음 날도 또 다음 날도 같은 행동이었다.

하지만 희우의 눈에는 사람들의 동선이 담기고 있었다. 우용수에게 경매를 배우며 생긴 자연스러운 습관이었다. 그 습관으로 인해 규리에게는 점쟁이냐는 말을 들은 적도 있었다.

'이제야 보인다.'

김산은 처음 온 동네였다. 그래서 낯설었는데 이제는 사람들의 첫 모임 장소가 어디인지 그들이 모여서 어느 곳으로 향하는지 눈에 익기 시작했다. 상만이 지겨운지 하품을 하며 물었다.

"잠복근무하세요?"

"어?"

"영화에서 보면 그런 거 많이 하잖아요. 차에서 라면 먹고 자장면 시켜 먹고요."

"비슷한 거라고 하자."

상만이 다시 하품을 했다.

"그런데 저는 왜 부른 거예요?"

"필요하니까."

"필요하면 깨우세요."

상만은 전봇대에 머리를 기대고 눈을 감았다.

며칠이 다시 지났다. 희우는 누군가 다가오는 걸 느꼈다.

"상만아."

"네."

"가서 천만 원만 찾아와라."

"네?"

집을 살 때 외에는 돈을 찾아오라는 소리를 단 한 번도 해 본 적이 없었다.

"어서."

"알겠습니다."

상만이 자리에서 일어나 은행으로 향했다. 그리고 희우의 앞으로 커다란 덩치의 사내 셋이 나타났다.

"여기서 모 하쇼?"

녀석들은 희우의 앞으로 건들거리며 섰다.

"아가씨 원해요? 할 일 없이 여기 있는 거면 우리랑 같이 가서 노는 건 어때? 얼굴만 보고 가도 돼요. 구경하는 데 돈 드는 거 아니잖아."

한 사내의 말에 희우가 고개를 저었다.

"돈 없어요."

희우가 말을 마치자 그들은 킥킥거리며 웃기 시작했다.

"형씨, 돈 없으면 집에 가요. 구걸을 하고 싶으면 다른 동네로 가. 여기서 그렇게 죽치고 있으니까 여기 상가 사람들이 싫어하잖아."

시비를 걸기 위해 온 것이었다. 유흥가의 중심 길에 앉아 주변 사람들을 흘끗거리며 바라보는 모습이 그들에게는 좋지 않게 보였나 보다.

그리고 이 상황은 희우가 기다리고 있던 일이었다.

"난 여기가 좋은데?"

"말귀를 못 알아먹나?"

"어."

사내들이 낄낄거렸다.

"새끼야, 따라와."

희우가 몸을 일으켰다. 그리고 그들의 뒤를 쫓았다. 그때, 상만이 가방을 메고 나타났다.

"사장님!"

분명 형님이라고 말하라 지시했지만 급박한 상황에 상만은 그런 생각을 하지 못했다. 희우가 상만에게 눈을 찡긋해 보였다. 그리고 입 모양으로 말했다.

"따라가자."

상만은 아무 말 하지 않고 희우의 옆에 붙었다. 상만은 지금 이 상황이 무엇인지, 도대체 어떤 사건인지, 무엇을 위한 잠복근무인지 묻지 않았다. 하지만 상만도 지금의 일에 뭔가 있다는 느낌을 받았다.

그렇게 후미진 골목에 들어섰다. 사내들의 얼굴은 더욱 험상궂게 구겨졌다. 입에 담배를 물고 욕설을 지껄이며 더욱 살벌한 분위기를 연출했다. 하지만 희우는 담담히 물었다.

"도박장을 찾고 있습니다."

"뭐?"

사내들이 서로 눈치를 봤다. 그러다가 고개를 저으며 말했다.

"형씨, 잘못 왔어. 여기 그런 거 없으니까 그냥 집에 가."

"있다고 들었는데요. 찾지를 못해서 기다리고 있었을 뿐입니다. 아저씨들 보니까 알 것 같은데, 알려 주시죠?"

"아, 진짜!"

한 사내가 짜증을 내뱉었다. 하지만 진짜 짜증 난 표정은 아니었다. 주변을 두리번거리더니 아무도 없다는 걸 확인한 후 말을 이었다.

"얼마 있수? 여기가 시골이기는 해도 판돈이 만만치 않아."

"천만 원 정도 있습니다."

희우의 말에 그는 놀란 표정을 지었다.

"천만 원?"

"네."

사내들이 다시 눈치를 봤다.

"천만 원이면 한 시간도 못 버텨. 더 벌어서 오세요."

"따면 되는 거 아닙니까?"

자신만만한 목소리에 사내들의 입꼬리가 올라갔다. 호구인지 타짜인지 알아볼 필요도 없다고 생각한 거다. 저런 자신감은 호구나 보이는 거다.

그들 중 하나가 골목을 빠져나갔다. 전화를 하기 위해서였다. 잠시 후 돌아온 남자가 말했다.

"총알부터 확인해 주쇼."

총알은 돈을 말하는 은어다. 희우는 상만에게 가방을 건네받고 수북한 만 원짜리를 보였다.

"먼 길 오셨는데 놀다 가세요."

그들은 킥킥거렸다.

"형씨, 운 좋네. 다른 사람도 아니고 우리처럼 착한 사람을 만나고. 운이 좋으니까 오늘 많이 따는 거 아냐? 그럼 우리도 좀 데리고 놀아 주쇼."

희우는 고개를 끄덕였다.

"좋아요."

그들은 희우를 유흥가에 있는 한 건물로 안내했다. 건물 입구에서부터 밖을 촬영하는 CCTV가 설치된 건물이었다.

그 건물의 5층에 있는 당구장, 손님들은 당구를 치는 데 여념이 없었다. 그들은 당구장 구석에 있는 휴게실로 갔다. 휴게실의 문을 열고 들어가자 당구대와 의자 등이 산재한 어두운 창고가 나왔다. 도박을 하는 장소는 벽에 기대어진 당구대 뒤편에 있는 문을 열고서야 나타났다.

전혀 다른 세상이었다. 검은 대리석 벽면으로 만들어진 깔끔한 인테리어. 테이블마다 서 있는 딜러는 카지노를 연상하게 했다. 많은 사람들이 앉아 있었다. 이곳은 강원도의 카지노와 거리가 멀지 않은 곳이었다. 카지노에서 입장 불가 판정을 받은 사람들 또는 연결에 연결이 되어 오는 자들로 인산인해였다.

사내가 말했다.

"저기 카운터에 가서 칩으로 바꾸면 돼요. 칩값은 10% 수수료 떼고 줍니다. 그 돈이야 따면 되는 돈이니까 신경 쓸 필요 없으시고."

카운터에 있는 여성에게 희우가 100만 원을 건네자 90만 원에 대한 칩을 주었다. 가슴이 쓰렸지만 어쩔 수 없었다.

상만이 조용히 물었다.

"정말 도박을 하려고요?"

희우는 대답하지 않고 주변을 둘러봤다. CCTV는 없었다. CCTV에 얼굴이 찍힌다는 걸 알면 어떤 손님도 불법 도박장을 찾지 않는다.

'그리고 비상 탈출구는…….'

보이지 않았다.

'없나?'

당연히 있을 거다. 하지만 희우의 눈에는 보이지 않았다.

더 이상 두리번거리고 있을 수는 없었다. 칩을 건넨 여자가 말했다.

"어떤 게임을 하시겠어요?"

"고스톱요."

"죄송합니다. 저희는 고스톱은 없습니다."

"저기 화투로 하는 거 있는데요?"

"섯다입니다."

희우는 한숨을 내뱉었다. 이걸 위해 컴퓨터에 깔고 고스톱을 쳤는데 소용없게 됐다.

희우는 도박장을 훑었다. 멀리 주사위가 보였다.

'주사위?'

주사위 게임의 방식은 홀짝이나 숫자를 맞추는 등 간단한 룰을 가진 것 같았다.

"분위기나 보게 주사위부터 할게요."

사실, 희우는 도박을 하나도 할 줄 몰랐다. 그래서 미리 고스톱을 경험했던 거다. 이 중에는 그나마 주사위가 가장 간단해 보여서 했다.

주사위가 있는 곳으로 향하며 상만이 속삭였다.

"제가 블랙잭은 좀 하는데요. 총알 좀 불려 올까요?"

"가만히 있어라."

"네."

희우는 자리에 앉았다. 그 뒤로 상만이 섰다.

딜러는 예쁘장하게 생긴 여성이었다. 그녀는 희우에 살짝 고개 숙여 인사를 했다. 테이블에 앉아 있던 사람들이 희우를 바라봤다.

"어디서 오신 분이오?"

"서울요."

희우가 대답했다.

다른 사람이 말했다.

"어디서 오면 뭐 어때? 돈이나 따고 가면 되는 거지."

추리닝 또는 가벼운 옷차림을 입은 그들이었다. 가까이에서 보니 쾌쾌한 냄새가 나는 것만 같았다. 도박에 찌든 냄새였다. 희우 역시 간편한 옷을 입고 있었지만 그들과 달랐다. 도박하는 사람의 분위기보다는 깔끔한 관광객의 스타일이었다.

테이블에 앉아 있는 사람들은 희우를 보며 생각했다. 저 깔끔한 모습은 얼마 가지 않아 망가질 것이다. 조만간 추리닝을 입고 아침저녁으로 도박을 하기 위해 이곳을 들를 것이다. 그들은 그렇게 생각했다.

당연한 생각이었다. 이곳에 있는 모두가 그랬다. 처음에는 멀끔한 모습으로 나타나지만 단 한 번의 발걸음으로 인생이 망가지고 만다. 이게 잘못되었다는 걸 알았을 때는 이미 늦었다. 도박에 처박힌 인생은 구제할 수 없다.

"그럼, 시작하겠습니다."

딜러는 밥그릇처럼 생긴 도구 안에 주사위 두 개를 넣고 힘차게 흔든 후 테이블에 올렸다. 그러자 사람들이 저마다 돈을 걸며 외쳤다.

"홀!"

"짝!"

"7!"

"높!"

"낮!"

"4!"

그녀는 희우에게 시선을 돌렸다.

희우는 주변에서 건 돈을 슬쩍 봤다. 모두 만 원에서 5만 원이었다. 카드에 비해 소소한 재미로 하는 도박이라 큰돈이 오가지는 않았다. 희우 역시 5만 원을 걸며 말했다.

"홀."

그녀가 주사위를 열었다.

두 주사위의 합은 8이었다. 일곱 명의 사람 중 돈을 딴 사람은 두 명뿐이었다. 그녀는 생긋 웃은 후 돈을 정리하고 다시 주사위를 흔들었다.

"홀."

희우는 이번에도 5만 원을 걸었다.

열 번이 오가며, 희우의 수중에 있던 90만 원의 칩 중 50만 원이 사라졌다. 순식간이었다. 칩이 오갔기에 돈이라는 생각도 들지 않았다. 희우는 피식 웃었다.

'이래서 도박은 하지 말라고 했구나.'

희우는 주사위를 멈추고 상만에게 말했다.

"가방에 남은 돈 모두 칩으로 바꿔 와."

"알겠습니다."

상만은 군말 없이 카운터로 향해 남은 돈 900만 원을 꺼내 테이블에 올렸다.

"전부 바꿔 주세요."

카운터의 여성은 810만 원의 칩을 상만에게 주었다.

상만이 희우에게 칩을 건넸다. 그러자 주사위의 딜러는 희우를 보고 쌩긋 웃었다. 희우 역시 그녀에게 웃어 보였다. 희우는 810만 원의 칩을 모두 테이블에 올려 딜러의 앞으로 몰았다.

"홀."

"......!"

아직 주사위를 흔들기도 전이었다. 그런데, 희우가 돈을 걸어 버렸다.

주사위를 덮은 사발을 열기 전에는 말을 번복할 수 있었지만 이렇게 많은 판돈이 걸린 건 처음이었다.

앞에 있는 돈. 그리고 먼저 말한 '홀'. 사람들이 웅성대기 시작했다.

딜러는 침을 꿀꺽 삼켰다. 그녀는 조금 떨리는 목소리로 희우에게 물었다.

"정말 다 거실 건가요?"

고개를 끄덕이는 희우.

"문제 있나요?"

"아니요. 없습니다."

그 소란에 사람들이 주위로 몰려들었다. 그리고 걸려 있는 판돈에 다들 한 소리씩 했다. 하지만 상만은 아무 말 없이 희우의 뒤에 서 있을 뿐이었다. 그는 희우의 행동이면 어떤 것이든 믿었다.

딜러는 앞에 수북이 쌓인 칩을 바라봤다.

지금까지 딜러를 하며 단 한 번도 칩이 돈이라고 생각해 본 적이 없었다. 하지만 지금은 아니었다. 칩에 쓰인 금액이 전부 돈으로 보였다.

카드나 화투판에서는 간간이 큰판이 터지기도 했다. 하지만 주사위에서 이런 적은 없었다. 주사위는 손님들이 가벼운 마음으로 쉬어 가는 공간과 같았다.

주사위 판이 소란스러워지자 딜러의 옆으로 한 남자가 왔다. 그리고 귓속말로 말했다.

"잠깐 나와."

딜러는 살짝 웃으며 희우에게 말했다.

"잠시만 실례를 해도 되겠습니까?"

"네."

희우는 허락했다.

자리를 피한 딜러에게 남자가 말했다.

"어떤 걸 낼지 고민하지 말고 이걸 만들어."

그는 그녀에게 손가락을 펴서 숫자를 표시했다.

주사위 딜러의 경우 사발 속의 주사위의 숫자를 원하는 대로 만들 수 있는 기술을 가지고 있었다. 지금은 큰돈이 걸린 경우였다. 어떤 숫자를 만들까 고민을 하다가 판을 망칠 수 있기에 남자는 딜러에게 숫자를 결정해 줬다. 그녀가 굳은 표정으로 사내를 향해 대답했다.

"알겠습니다."

다시 돌아온 그녀는 사발을 흔들어 땅에다 내려놨다.

"계속 홀로 하시겠습니까?"

"글쎄요."

희우는 의자에 몸을 비스듬히 기댄 채 그녀의 손이 가리고 있는 사발을 바라봤다. 그리고 천천히 시선을 들어 그녀의 눈동자를 바라봤다.

"홀?"

"홀로 하시겠습니까?"

"짝?"

"짝으로 하시겠습니까?"

"이왕이면 따야 하잖아요. 잠시만요."

희우는 계속해서 그녀의 눈동자를 지켜봤다. 그리고 다시 물었다.

"높을까요?"

주사위에서는 높, 낮으로 걸 수도 있었다. '높'은 두 주사위의 합이 7 이상 나오는 걸 의미했고 '낮'은 합이 6 이하인 걸 의미했다.

그녀는 대답하지 않았다. 희우가 다시 물었다.

"낮을까요?"

그녀는 역시 대답하지 않았다. 희우는 능글맞게 웃어 보였다.

"그럼 3인가요?"

"어서 하십시오."

"아니면 5?"

그녀는 말하지 않았다. 희우는 어깨를 으쓱하며 자리에서 일어났다.

"3!"

"……!"

사람들은 모두 충격에 빠졌다.

홀과 짝의 확률은 50%였다. 하지만 정확히 숫자를 찍어 맞힐 확률은 10%가 채 되지 못했다. 큰돈을 걸고 더욱 불확실한 확률에 파고드는 희우였다. 하지만 숫자를 맞히면 건 금액의 다섯 배.

사람들이 웅성거리기 시작했다.

"맞히면 얼마야?"

"4천만 원."

"캬아~ 명승부야."

"형씨, 4천만 원 따면 개평으로 술 한잔 사쇼!"

희우는 확신이 있었다.

딜러는 카지노에서 정식으로 배운 사람이 아니었다. 주사위 판에 앉아 큰돈을 본 적도 없었다. 희우는 그녀에게 질문을 하며 주사위에 어떤 숫자가 있는지 줄여 나갔다.

거짓말을 하는 사람은 몇 가지 특징을 보인다. 목소리의 톤이 흔들리거나 화제 변화를 시도한다. 얼굴빛이 변하기도 하고, 불필요한 손동작과 시선의 흔들림, 발의 위치 등이 그랬다. 희우는 범인과 마주 앉아 거짓을 파고들어 진실을 찾는 검사였다. 주사위를 흔드는 여성이 이길 수 있을 사람이 아니었다. 그녀는 다시 침을 꿀꺽 삼켰다. 그녀의 동공이 심하게 흔들렸다. 그리고 사발을 들어 올리려고 했다.

희우가 씨익 웃었다. 그 모습을 딜러는 분명히 봤다.

"잠깐!"

그녀의 손동작이 멈췄다.

"5로 하겠습니다."

희우의 말과 함께 딜러는 안심하는 표정으로 사발을 들어 올렸다.

숫자는 3이었다. 딜러는 가슴을 쓸어내렸고 사람들은 탄성을 내질렀다.

"안 바꿨으면 4천인데!"

"이래서 시험 볼 때도 처음에 쓴 답을 바꾸지 말라고 하잖아."

"좋은 구경 했어요."

그들의 말을 뒤로 흘리며 희우는 손을 털며 자리에서 일어났다.

"그만하시겠습니까?"

딜러의 말에 희우는 고개를 끄덕거렸다.

"가지고 온 돈을 다 썼어요."

희우는 딜러와 악수를 하고 미련 없는 걸음으로 도박장을 떠났다. 이곳에 들어온 지 30분도 채 되지 않은 시간이었다.

사람들은 모두 놀란 표정으로 희우를 바라봤다.

딜러 역시 희우의 뒷모습을 가만히 지켜봤다.

단시간에 돈을 잃은 사람의 행동은 두 가지였다. 꽁지돈(도박 자금에 대한 불법 대출)을 받아 다시 이겨 보려 하거나 진상을 피우는 것이다. 하지만 희우는 담담했다.

도박장 앞에는 희우를 도박장으로 안내한 사내들이 서 있었다. 그들도 방금 주사위 게임을 봤다. 그들은 희우를 완벽한 호구로 여기고 있었다.

그들에게 희우가 물었다.

"내일은 그냥 이곳으로 오면 되나요?"

"아, 네. 그럼요. 여기 당구장에 오셔서 미스 김 있냐고 물어보세요."

"미스 김요?"

"곰들을 피하기 위한 암호입니다."

곰은 형사를 가리키는 은어였다.

희우는 고개를 끄덕였다. 그리고 사내들의 안내를 받아 다시 도박장에서 창고로 그리고 휴게실로 빠져나갔다.

희우와 상만은 집으로 가지 않고 근처 모텔로 향했다. 그들이 모텔로 들어가는 걸 본 사내들이 어디론가 전화를 걸었다.

"모텔로 들어갔습니다."

-호실 알아 놓고 딴짓하는가 계속 지켜봐.

"알겠습니다."

희우는 그들이 뒤를 쫓을 걸 예상하고 있었다.

시내에서 어슬렁거리다가 도박장을 찾는 남자.

천만 원이라는 돈을 단시간에 잃고 담담하게 나오는 남자.

그들의 입장에서는 의심스러울 것이다.

하지만 의심이 해소되면 그 전보다 더욱 믿는 것이 인간이라는 존재.

희우는 그 시간을 기다리고 있었다.

상만이 물었다.

"뭐 하시는지 물어봐도 안 가르쳐 주실 거죠?"

"뭐 하는지 봤잖아?"

"뭐 했는데요?"

"주사위 굴렸잖아."

상만은 입을 삐죽거리며 중얼거렸다.

"천만 원을 한 번에 쓰시는 통 큰 분이라는 걸 오늘 처음 알았네요."

희우는 리모컨을 들어 텔레비전을 켰다.

가만히 텔레비전을 보던 희우가 상만에게 말했다.

"며칠 뒤에 서울로 올라가면 버진 아일랜드에 페이퍼 컴퍼니 하나 만들어 둬."

"페이퍼 컴퍼니요?"

페이퍼 컴퍼니는 서류 형태로만 존재하는 회사를 의미한다. 버진 아일랜드는 중앙아메리카 동쪽에 위치한 섬으로 이루어진 곳으로, 영국령과 미국령으로 나뉘어 있다. 이 중 영국령의 경우 세계적인 조세 피난처로, 뛰어난 비밀 보장 덕분에 많은 부호들의 은닉처로 이용되고 있었다.

희우는 상만에게 몇 가지 지시를 더 내렸다.

"알겠습니다."

"그리고 내일 2천만 원만 더 꺼내 와라."

"네?"

"주사위 재밌더라."

상만이 미간을 찌푸렸다.

"사장님."

"왜?"

"정말로 도박에 취미 가지신 건 아니죠?"

"내가 서울로 가는 버스값이라고 생각해."

상만은 희우가 왜 강원도 김산으로 왔는지 전혀 알지 못하고 있었다.

다음 날, 희우와 상만은 다시 도박장으로 향했다.

"형씨, 또 왔네요?"

어제의 사내들이 희우의 옆으로 모여들어 한마디씩 했다.

"오늘은 따야죠?"

"뭐 하려고? 쪼는 재미가 죽이는 건 섯다인데."

하지만 희우는 주사위로 향했다. 딜러는 희우를 보고 어색한 미소로 인사했다.

희우는 테이블에 앉았다. 사람들이 희우의 옆으로 몰려들었다. 어제 했던 화끈한 시합을 보고 싶어서였지만, 희우는 그들의 기대를 만족시켜 주지 못했다. 그저 5만 원씩 걸며 시간을 보낼 뿐이었다. 하지만 아무도 몰랐다. 희우는 이곳에 있으며 도박장의 구조를 확인하고 있었다.

반나절이 지나자 300만 원가량의 돈을 잃은 상태였다. 희우가 상만에게 말했다.

"가자."

희우는 다시 담담한 표정으로 도박장을 벗어났다.

다음 날, 그리고 또 다음 날도 마찬가지였다.

첫날만 천만 원을 잃은 희우, 그는 다음 날은 300, 그다음 날은 200, 그다음 날도 200을 잃었다. 단 며칠 동안 잃은 돈이 총 1,700만 원에 육박했다.

희우는 주사위 판에서 일어나 도박장 내의 간이식당으로 갔다.

"라면 두 개 주세요."

도박장에서 라면은 값이 꽤 비쌌다. 보통 분식점에서 2천 원에서 3천 원가량 했다면 이곳에서는 만 5천 원이었다. 하지만 아무도 불만을 가지지는 않았다. 도박꾼들은 따서 먹으면 된다는 생각을 가지고 있었다.

상만과 라면을 먹고 있는 희우에게 한 남자가 다가왔다. 60대 나이의 남성이었다.

"사업하세요?"

"네."

희우는 짧게 대답했다.

"도창수라고 합니다."

남자는 손을 내밀며 자신을 소개했다. 하지만 희우는 악수만 받은 채 자신의 소개는 하지 않았다. 그래도 상관없었다. 이곳은 도박장이다. 서로가 스쳐 가는 사람들이 만나는 곳이었고 불법적인 장소였다. 자신의 이름을 밝히지 않아도 누가 되지 않았다.

도창수가 말했다.

"나는 원래 저기 아래에서 횟집을 했어요."

그의 이야기가 시작되었다.

그는 횟집을 하던 사람이었다. 동네에 오래 살았지만 도박장이 있는지 뭐가 있는지도 몰랐다고 한다. 그런데, 겨울바람이 기승을 부리던 늦은 시각이었다. 밤늦게 들어온 한 남자가 혼자서 광어를 시키고 소주를 따랐다. 늦은 시각이었기에 손님은 없었다. 남자가 말했다.

"사장님, 마무리 같은데 같이 한잔하시죠?"

도창수가 남자를 바라봤다. 어딘지 모르게 외로워 보였다.

겨울 바다를 찾는 사람들 중 많은 이들이 지나간 추억을 곱씹기 위해 온 사람들이었다. 바람처럼 스친 추억이지만 누구에게나 소중한 기억들.

도창수는 손을 털며 남자의 앞에 앉았다.

두 사람은 말없이 술잔을 비웠다. 소주 두 병이 비워졌을 무렵 남자가 말했다.

"택시를 부를 수 있을까요?"

택시를 기다리는 동안 남자는 자신을 소개했다. 경기도에서 작은 사업을 하고 있고 카지노에 들렀다가 오는 길이라고.

"카지노에서 들으니까 김산에 재밌는 곳이 있다고 하더라고요. 혹시 가 보셨어요?"

도창수는 처음 듣는 말이었다.

"아뇨."

"그래요? 같이 가 보실래요? 돈은 제가 내 드릴게요."

술을 한잔 먹어서였을까? 돈도 내준다고 하고, 구경 한번 하는 건 괜찮지 않을까 생각했다. 그렇게 도창수는 도박장에 발을 들였다. 남자는 카드를 치는 곳으로 갔고 도창수는 남자가 준 9만 원의 칩을 가지고 서성였다.

도창수가 희우에게 말했다.

"뭘 할 줄 아나? 그래서 쉬워 보이는 주사위 판에 앉았거든요. 그런데 이게 터진 거야."

도창수는 그날 200만 원에 가까운 돈을 딴 거다.

집으로 돌아오는 길에 도창수는 손에 쥔 200만 원을 보며 많은 생각을 했다고 한다.

"200만 원을 벌려면 얼마나 일을 해야 해? 그런데 홀짝만 맞히면 되는 거예요."

희우에게 말을 하던 도창수는 입에 담배를 물었다. 그러면서 계속 말했다.

"그런데 다들 알고는 있잖아. 운이었다는 거. 나도 그랬어. 나 자신에게 계속 운이라고 이야기했지. 그런데 머릿속에서는 주사위가 돌고 있는 거야. 회를 치면서도 주사위가 돌고 손님들 상에 사발을 보면 주사위가 들어 있을 것 같고. 회를 팔아서 얼마나 남나 하는 생각도 들고."

며칠이 지난 날, 도창수는 스스로 도박장을 찾았다.

담배를 피우던 도창수가 쓴웃음을 지었다.

"그리고 다 날렸소. 아내는 도망가고 가게는 넘어가고. 지금은 막일을 하면서 번 돈을 가지고 오고 있지. 인생은 어차피 한 방이잖아."

사실 도창수가 희우에게 하고 싶은 말은 따로 있었다. "이곳에 오지 마세요."라는 말이었다. 젊은 사람이 주사위 판에 앉아 수백만 원씩 잃는 모습을 보니 자신의 옛 생각이 나서였다. 하지만 그 말은 하지 못했다.

도박을 하는 사람들은 알고 있었다. 끊을 수 없다는 것을.

희우는 그가 한 말을 이해했지만 모른 척 자리에서 일어났다. 그리고 다시 주사위 판이 벌어지는 테이블에 앉았다.

며칠 동안 탁한 공간에 앉아 있었더니 머리가 아파 오는 게 느껴졌다. 희우가 딜러에게 물었다.

"제가 김산은 처음이라 그러는데 맛있는 음식점이 어디에 있나요?"

주사위를 사발에 올리던 그녀는 잠깐 생각을 하는 것 같았다.

"해안가 근처에 싱싱횟집이라고 있습니다. 그곳을 추천드리고 싶습니다."

희우가 다시 물었다.

"몇 시쯤에 가서 먹는 게 제일 맛있을까요? 늦은 시간이나 이른 시간도 상관없으니까 주변 경치 생각해서 말씀해 주세요."

고개를 갸웃하는 그녀.

"요즘은 밤 11시 정도면 조용히 드시기에 좋을 겁니다."

희우가 빙긋 웃었다.

"감사합니다."

도박장에서 나오며 상만이 말했다.

"아까 라면 먹을 때 왔던 아저씨 있잖아요."

희우는 상만의 말에 귀를 기울였다. 상만이 계속 말했다.

"불쌍한 거 같아요."

"왜?"

"사장님은 안 불쌍해요?"

"응."

"왜요?"

"자신이 선택한 길이니까."

인생은 선택이며 스스로 책임져야 하는 거다. 그 누구도 책임져 줄 수 없다.

희우와 상만은 모텔로 돌아왔다. 그런데, 희우가 옷을 갈아입으며 말했다.

"늦게 들어올 테니까 먼저 자고 있어."

"혼자 회 먹으러 가시는 거죠?"

"응."

"같이 가요. 혼자 먹어서 무슨 재미예요?"

"맛있는 거 시켜 먹어라."

"그럼, 비싼 거 먹습니다."

"안 돼."

희우는 상만의 말을 뒤로하고 밖으로 나갔다.

희우는 먼저 지청으로 향했다. 수사관 오민국은 퇴근을 준비하고 있었다.

"어? 검사님 오셨어요?"

오랜만에 보는 희우의 얼굴이었다. 희우는 그에게 인사를 하며 자리에 앉았다.

"저번에 사건 정리해 놓은 거 다 읽어 봤는데요."

오민국은 순간 불길한 생각이 엄습했다. 말 뒤에 이어진 '봤는데요.'라는 말은…….

희우는 컴퓨터를 켜고 인쇄 버튼을 눌렀다.

"이 사건들 위주로 다시 한번 정리해 주세요."

"네?"

"경찰 조사에서 조금씩 허점이 보이는 부분만 다시 추린 겁니다."

계속해서 인쇄되어 나오는 종이들을 보며 오민국이 떨리는 목소리로 물었다.

"언제까지요?"

"퇴근 전까지요."

오민국은 '개새…….'라고 말하려다 말았다.

희우는 자리에서 일어났다.

"그러면 다시 며칠 외근하고 오겠습니다."

밖으로 나가는 희우를 보며 오민국은 입 모양만으로 욕을 시작했다.

세상에서 제일 나쁜 게 퇴근 전에 일을 시키는 것.

오민국에게 있어서 희우는 최악의 검사였다.

밖으로 나가던 희우는 화장실에서 나오는 지성호와 마주쳤다. 지성호가 노기 띤 목소리로 말했다.

"이 새끼야, 너 뭐야? 어디에 있었어! 조직 생활이 우스워 보여?"

"지청장님께 허락받은 일입니다. 지성호 과장님께 미리 말씀드리지 못한 점, 죄송합니다."

"뭐?"

"그날, 과장님이 파견에서 돌아오셨을 때 지청장님께서 말씀하셨습니다. 자유롭게 사건을 만들어 보라고."

지성호는 그날 완전히 술에 취해 있었기 때문에 어떤 기억도 없었다.

지청장이 시켰다는 말에 화가 조금은 누그러진 지성호가 말했다.

"잠깐만, 지청장님도 너를 찾던데?"

"지금 급히 움직여야 해서 나중에 말씀드리겠습니다."

희우는 서둘러 지청을 빠져나왔다.

지금 보고를 할 수는 없었다. 자칫 중간에 막힐 수도 있기 때문이다. 지성호는 분명 말했었다. 전석규가 후배들의 길을 위해 모든 걸 참고 있다고. 그래서 희우가 하려는 일도 반드시 막을 게 분명했다.

그리고 지청장실로 들어온 지성호는 희우가 한 말을 그대로 전했다.

"지청장님이 허락했다는데요?"

전석규는 머리를 쥐어뜯었다.

"아, 그 새끼 진짜 꼴통이네."

전석규는 똑똑히 기억하고 있었다. 희우가 했던, 자유를 달라던 말. 하지만 그저 술에 취해 했던 말이라고 생각했을 뿐이다.

"미친 새끼!"

"잡아 올까요?"

"됐으니까, 나가 봐."

지성호는 꾸벅 인사를 한 후 밖으로 나갔고, 전석규는 의자에 등을 기댔다. 그리고 희우가 했던 말을 되씹었다.

"서울로 보내 주겠다고? 나를?"

전석규가 헛웃음을 지으며 중얼거렸다.

"멍청한 소리야."

CHAPTER 21

밤 11시였다. 희우는 해안가에 있는 싱싱횟집을 찾아갔다. 손님은 아무도 없었다. 메뉴판을 보며 한참을 고민하던 희우가 사장에게 물었다.

"사장님, 뭐가 맛있나요?"

"고민할 필요 없어요. 봄에는 도다리예요."

대답한 것은 사장이 아니었다. 딜러가 희우의 맞은편에 앉으며 입을 열고 있었다.

"도다리요?"

"네."

"사장님, 도다리 주세요."

그러자 딜러가 다시 입을 열었다.

"도아진이라고 합니다."

희우는 자신을 소개하지 않았다. 조용히 그녀의 잔에 술을 따르는 게 전부였다. 그러자 그녀가 물었다.

"첫날에 일부러 져 준 거 맞죠?"

희우가 도박장에 처음 갔을 때였다. 희우가 3을 걸었다가 5로 바꿨는데, 주사위의 숫자는 3이었다.

"설마요, 이겼으면 4천인데."

아진이 잔에 담긴 술을 입으로 넘기며 말했다.

"그래서, 하실 말씀이 뭐죠?"

희우는 도박장을 나가며 아진과 악수를 하는 척, 그녀의 손에 쪽지를 건넸었다. 쪽지의 내용은 '할 말이 있습니다.'였다.

"관심 있다거나 그런 말인가요?"

마침 푸짐하고 두꺼운 회가 나왔다. 희우가 슬쩍 웃으며 말했다.

"먹으면서 이야기하죠."

회를 잘 모르는 희우에게도 두툼하게 썰린 회는 식감이 좋았다. 그렇게 회를 먹던 희우가 입을 열었다.

"사실 저는 글을 쓰고 있습니다."

"작가요?"

"네."

"어? 같이 왔던 분이 사장님이라고 부르지 않았나요?"

"작은 출판사도 겸업하고 있어서요."

"어쩐지, 처음부터 배우신 분 같았어요."

아진이 싱긋 웃었고 희우가 잔을 채우며 말했다.

"요즘은 도박에 대한 것이 인기예요. 만화, 영화, 드라마도 그렇죠."

"맞아요. 저도 영화 봤어요."

"그래서 여주인공을 중심으로 한 도박물을 써 보고 싶은데 잘 몰라서요."

"저는 작가님이 저한테 관심이 있는 줄 알았어요. 괜히 설렜네요."

아진의 말에 희우가 손을 저었다.

"아름다우신 분인데 관심이 없을 수 있나요? 하지만 저는 결혼을 약속한 사람이 있습니다."

아진은 희우의 말을 대수롭지 않게 듣고 있었다.

그런데 말을 하던 희우가 오히려 멈칫거렸다. 결혼을 약속한 사람이란 말, 입에서 나온 말을 지껄였을 뿐이다. 하지만 그 말을 할 때, 희우는 한 여자의 이름을 생각했었다.

'결혼 얘기에 왜 걔 생각을 하고 있어? 미쳤네.'

희우는 고개를 저었다. 자신이 생각해도 우스웠기 때문이다.

희우가 다시 물었다.

"처음부터 딜러가 꿈이셨나요?"

"딜러가 꿈인 사람이 있겠어요? 그리고 그런 사람은 다 정식 카지노에 있지 않을까요?"

"그런가요? 그럼 어떻게 딜러가 되셨어요?"

아진의 표정은 순간이었지만 어두웠다. 하지만 곧 장난스럽게 변하며 입을 열었다.

"돈이죠."

"돈?"

"스토리를 찾는다고 하셨죠? 이런 거 어때요? 아빠가 도박으로 빚을 지고 그 빚 대신 딸을 팔았다. 몸을 팔려고 했는데 의외로 도박에 소질이 있어서 딜러를 하는 여자. 너무 흔한가요?"

희우가 눈을 가늘게 뜨고 물었다.

"아진 씨의 이야긴가요?"

"설마요. 소설이죠."

아진은 소주잔을 들었고 희우가 다시 물었다.

"빚이 얼마나 되나요?"

"처음에는 3천 정도였는데 지금은 5천이 조금 넘어요."

말을 하던 아진이 입을 막았다. 그리고 어색하게 웃었다.

"갚아 달라거나 그런 거 절대 아닙니다. 이쪽 보면 가끔 빚을 대신 갚아 주고 첩실로 들어가는 경우가 있는데 끝까지 행복한 건 못 봤어요."

아진이 자신도 모르게 진실을 토해 낸 이유는 술 때문이다. 술은 입을 가볍게 만드는 마법이 있다. 아진이 계속 말했다.

"솔직히 작가님이 쪽지를 줬을 때는요. 형사인 줄 알았어요."

"형사요?"

"그래서 보고를 할까 말까 하다가 작가님이 일부러 져 주는 바람에 제

166

가 채울 돈도 적어지고 해서 안 했죠."

"돈을 채워요?"

"네!"

도박장의 딜러는 수익금의 3%를 월급으로 가지고 간다고 한다. 도박장의 수익으로 봤을 때 엄청난 월급을 받는다고 생각할 수 있지만 그 반대의 경우에는 잃은 금액의 50%를 딜러가 갚아야 했다. 만약 그날 희우가 이겼다면 그녀는 2천만 원의 빚이 또 생기게 되는 것이었다.

"그리고 형사는 당연히 아닐 거라고 확신했어요. 여기는 다 연결되어 있거든요. 시골 동네라 군수나 국회의원, 파출소장, 동네 건달들 다 한패거리예요."

원하던 정보가 나왔다. 물론 그녀의 말이 사실인지 아닌지는 모른다. 하지만 어느 정도 신빙성은 존재했다.

"아진 씨 말이 소설을 쓰는 데 상당히 도움이 되겠네요. 정말 감사합니다."

희우는 그녀에게 얻은 정보를 정리했다.

첫째. 도박장을 운용하여 이득금을 정관계와 나눈다.

둘째. 도박장을 운용하여 빚을 진 사람의 자식, 또는 그 대상자를 윤락행위에 끌어들인다.

그렇게 회가 거의 비워졌을 무렵이었다. 테이블에는 소주 세 병이 비어 있었다. 희우가 아진의 잔을 채우며 쏘듯이 물었다.

"아버지 성함이 도창수 씨인가요?"

도창수는 오늘 희우가 도박장에서 라면을 먹을 때 옆에 와서 이것저것 이야기하던 사람이었다.

기습적인 질문에 아진의 얼굴은 뻣뻣하게 굳어 있었다. 그 반응에 희우는 확신했다. 그녀의 아버지는 도창수가 맞다. 희우는 마지막 남은 잔을 손에 쥐며 물었다.

"도박장에 비상구가 있나요?"

"작가 아니죠?"

아진의 목소리는 떨리고 있었다. 희우가 빈 잔을 내려 두며 차갑게 말했다.

"검사요."

도박장만 잡으면 한 번에 해결할 수 있는 일이다. 이제 신분을 숨길 필요는 없다. 희우의 목소리가 이어졌다.

"유채파가 도박장을 관리한다는 것은 알고 있습니다. 제가 궁금한 건 비상구와 장부가 놓인 장소입니다."

아진은 대답하지 않았다. 당연한 일이다. 자신이 위험에 빠질 수 있다고 생각해서다. 하지만 이어진 희우의 말에 아진의 얼굴은 창백해졌다.

"고민하실 필요 없습니다. 아진 씨는 이미 위험에 빠졌습니다. 검사와 독대를 하고 있잖아요."

아진의 입술이 가늘게 떨려 왔다. 희우가 다시 입을 열었다.

"아진 씨가 안전하려면, 유채파가 사라져야 합니다."

"저, 저기요."

희우가 미소 지으며 고개를 저었다.

"농담입니다. 아진 씨가 위험할 일은 전혀 없습니다. 아진 씨에게 증언을 요청하지도 않을 테고, 우리가 여기서 만난다는 사실을 아는 사람도 없을 겁니다."

따뜻한 목소리였다. 그제야 아진은 긴장된 한숨을 내뱉었다.

"그런데, 정말 검사예요?"

"네."

희우는 신분증을 꺼내 테이블 위에 올렸다.

신분증을 본 그녀가 입술을 잘근 씹더니 횟집 사장을 향해 소리쳤다.

"소주 한 병 더 주세요!"

주인이 소주를 가지고 오자 아진은 병을 기울였다. 그리고 잔이 아니라 물컵에 콸콸 따랐다. 느닷없는 행동에 희우는 멍하니 지켜봤다. 그녀는 물컵에 가득 찬 소주를 그대로 마셨다. 그리고 '탁!' 잔을 내려놓으며 물었다.

"장부가 필요하다고요?"

아진의 눈빛에는 결단이 서려 있었다. 희우가 고개를 끄덕였다.

"네."

"아마 사무실에 있겠죠."

"사무실처럼 보이는 곳은 없던데요."

"도박장 카운터 옆에 직원 탕비실이 있어요. 그 안에 또 문이 있고요. 거기가 유채파의 근거지예요. 장부는 거기에 있겠죠. 그리고 비상구는 없습니다."

"감사합니다. 아진 씨가 위험할 일은 절대 없을 겁니다."

"위험해도 괜찮아요."

"네?"

"대신, 우리 아빠도 잡아 주세요."

희우는 대답하지 않았다. 한 서린 아진의 목소리가 이어질 뿐이었다.

"도박을 끊게 만들어 주세요. 아빠 때문에 엄마도 도망갔고 저는 이렇게 살고 있어요. 이 횟집이 원래는 우리 가게였어요. 그런데 그 망할 도박 때문에……."

아진의 눈에 눈물이 흐르기 시작했다. 입술을 씹으며 고개를 숙였다. 그녀를 보던 희우가 말했다.

"약속하죠."

잠시 후, 도박장이 있는 건물 앞이었다. 희우는 지청장 전석규에게 전화를 걸었다. 늦은 시각이었고 전석규는 집에서 잠을 자고 있었다. 희우의 전화를 받은 전석규가 인상을 썼다.

　-너 뭐 하는 새끼야? 지청 출근은 왜 안 해? 자유? 이 미친 새끼야!

　"유채파를 지우겠습니다."

　수화기 너머에 적막이 흘렀다. 그리고.

　-……뭘 지워? 너 지금 뭐라고 그랬어?

　"유채파를 지우겠다고 했습니다."

　전화기 밖으로 전석규의 깊은 한숨 소리가 들려왔다.

　-증거 있어?

　"이제 만들 겁니다."

　-지금 그게 무슨 헛소리야!

　상대는 이 지역에 뿌리를 박은 깡패다. 증거가 있어도 잡기 어려웠다. 그런데 이제 만들겠다니, 전석규가 듣기에는 그저 헛소리였다. 하지만 희우가 계속 말했다.

　"불법 도박장을 운영하고 있습니다. 그것만으로 이유는 충분하다고 생각하는데요. 경찰 지원 요청드립니다."

　-무리야. 너는 이 지역을 몰라. 패기만으로는 할 수 없는 일도 있어.

　희우가 피식 웃었다.

　"지청장님은 장관의 아들을 잡았습니다. 그 일에 비하면 깡패 새끼들 잡는 것은 어려운 일도 아니죠. 그럼 지원 기다리겠습니다."

　-뭐?

　뚝, 전화가 끊겼다. 전석규는 침대에서 일어나 멍하니 있었다.

　옆에서 자고 있던 아내가 눈을 비비며 물었다.

　"무슨 일이야?"

　전석규는 대답하지 않았다. 인상을 구긴 채, 한숨만 내쉴 뿐이었다.

　"왜 그래?"

　아내가 다시 물었다. 전석규가 몸을 일으키며 말했다.

"자고 있어."

"어디 가?"

"미친놈 만나러."

"어?"

전석규는 집을 나섰다. 그리고 지성호 과장에게 전화를 걸었다.

"지금 당장 경찰에 연락해서 지원 요청해! 장소는 시내. 유채파의 도박장. 지청 내에 있는 수사관이나 직원 모두 비상! 목적은 김희우 검사의 안전이다."

-네?

지성호 역시 자고 있었다.

-뭘 하라고요?

지성호의 목소리에는 황당함이 가득했다.

김산에 부임한 지 2년이 넘었지만 경찰에 지원을 요청한 적은 없었다. 아니, 그 전에 목적이 희우의 안전이라니. 전석규가 무슨 말을 하는지 이해할 수 없었다.

-지청장님, 알아듣게 말씀을 하셔야……

"어서!"

전석규의 거친 목소리가 들렸다. 지성호는 일단 움직였다.

잠시 후, 수사관 오민국도 연락을 받고 밖으로 나왔다. 오민국의 머릿속에 희우의 얼굴이 떠올랐다.

'꼴통이 결국 사고 쳤구나.'

그리고 그 시각, 지성호는 전석규에게 전화를 걸었다.

-지청장님.

"왜?"

지성호가 말을 끌었다.

"빨리 말해!"

–저기, 경찰에 협조 요청했습니다. 그런데, 정식으로 지휘 공문을 보내라고 합니다.

차를 타고 이동하던 전석규가 핸들을 '쾅!' 하고 내리쳤다. 이래서 희우에게 하지 말라고 했다. 전석규는 알고 있었기 때문이다. 유채파와 경찰, 그리고 군수, 국회의원. 이 모든 사람은 김산군의 선후배로 이루어진 유착 관계였고 쉽게 뚫을 수 없었다. 전석규는 이를 꽉 다물었다.

"젠장!"

전석규는 희우와 친하지 않았다. 좋아하지도 않았다. 하지만 전도유망한 연수원 1등 출신의 검사가 자신의 기사 하나를 보고 찾아왔다. 자신은 지금 유배를 당한 상태였지만 희우까지 그렇게 만들고 싶지는 않았다.

전석규가 희우에게 전화를 걸었다.

"경찰 협조는 없다. 그러니까 그냥 돌아와."

–그럼 수갑이나 많이 가져다주세요.

"뭐? 이 꼴통 자식아!"

전화는 또 뚝 끊겼다. 전석규는 희우에게 예의범절부터 가르쳐야겠다고 생각하며 액셀을 꽉 밟았다.

희우는 상만과 마주 앉아 있었다. 상만은 불만을 토해 내는 중이었다.

"자고 있었거든요? 지금이 몇 시인지 아세요?"

"새벽 1시 40분."

"아시는 분이……."

희우는 상만의 불만을 들으며 한숨을 내뱉었다. 경찰의 지원이 힘들 거라는 건 예상하고 있었다. 그럼, 이제 해야 할 일은…….

'실력 행사뿐인가?'

희우는 뒤로 물러날 생각이 없었다.

조태섭과 싸울 시간은 촉박하게 다가오는 중이다. 머뭇거리면 얼마나 많은 시간을 허비해야 할지 가늠도 되지 않았다.

희우가 건물을 향해 시선을 돌렸다. 늦은 시각이었기에 대부분은 퇴근했을 거다. 도박장을 관리하고 있는 조직원은 다섯 명이 채 안 될 게 분명하다. 손님들이 있지만 그들은 신경 쓸 필요 없다.

"시킨 일이나 잘해."

"네네, 알겠습니다."

상만은 대답했고 희우는 천천히 건물을 올랐다.

당구장 안에는 한 명의 손님도 없었다. 카운터를 보고 있는 남자만이 꾸벅꾸벅 졸고 있었다. 희우는 익숙하게 도박장 안으로 들어갔다.

도박장 안은 당구장과 달랐다. 늦은 시각이었지만 많은 사람이 도박을 하고 있었다. 희우를 본 남자가 '밤에 오셨네요?'라고 인사했다. 희우는 그를 본 척하지 않고 목소리를 가다듬었다. 그리고 모두가 들을 수 있도록 크게 외쳤다.

"당신들은 묵비권을 행사할 수 있고 변호사를 선임할 수 있으며 불리한 진술을 거부할 권리가 있다. 불법 도박 현행범들이니까 영장은 없다. 즉, 모두 체포한다."

그리고 희우는 품에서 신분증을 꺼내 들고 다시 말했다.

"검사다."

그 한마디에 도박장 안은 난리가 났다. 하지만 도망가지는 못했다. 희우가 출입구를 막고 있어서였다.

도박장 카운터의 뒤편에서 험상궂은 남자들이 나오기 시작했다. 총 일곱 명. 생각했던 인원보다는 많았다.

"돈 잃더니 머리가 어떻게 됐나? 네가 검사라고? 그럼 영장 가지고 왔소?"

"말했잖아, 현행범들에게 영장은 필요 없다고."

남자들은 킥킥거리며 희우의 뒤를 확인했다.

"혼자 오셨네? 오늘은 그냥 집에 가서 푹 자고 내일 오세요. 그리고 주사위나 돌리다 가세요. 올 때 돈 가지고 오는 건 잊지 말고."

희우가 싱겁게 웃자 그는 말을 이었다.

"잘 모르나 본데, 여기서 까불다가 죽으면 아무도 못 찾아. 바다에 던져 버리면 끝이야. 그러니까 몸 걱정되면 그냥 집에 가세요."

희우는 어깨를 으쓱했다.

"걱정도 해 주네."

"가라고!"

"너라면 가겠냐?"

깡패들은 희우에게 달려들지 않았다. 그저 목소리만 높일 뿐이었다. 그것이 검사라는 직업이 가진 힘이었다.

희우가 손목을 들어 시간을 확인하며 말했다.

"앞으로 10분. 지청에 있는 검찰이 도착할 거다. 그 안에 나를 해결하지 못하면 어떤 결과가 나올지 생각해 봐."

"뭐?"

"10분."

"와, 이게 무슨 개소리야? 그러니까, 10분 안에 도박에 중독된 검사님을 죽여 달라 이겁니까?"

"할 수 있다면."

"지금 자살하는 겁니까?"

"30초 지났다."

희우는 그들을 자극했고, 통했다. 한 녀석이 희우를 향해 달려든 거다. 희우는 주먹을 피하며, '콱!' 왼쪽 주먹으로 상대의 목을 가격했다.

"컥!"

순간 남자의 몸이 멈칫거렸고 희우의 반대편 주먹이 놈의 얼굴에 꽂혔다.

콰직!

희우는 쓰러지는 상대를 뒤로하며 사내들을 향했다.

"다음."

"이런 미친!"

한꺼번에 달려오는 남자들! 희우는 그들의 숫자를 다시 가늠했다.

'또 일곱?'

처음에 봤을 때도 일곱이었다. 한 명을 쓰러뜨렸는데, 또 일곱이면 나타나지 않았던 녀석이 조직원에게 연락을 마치고 나타났다는 뜻이다.

희우는 최대한 머리를 차분하게 했다. 앞으로 나타날 조직원이 정확히 몇 명인지 모르는 상태다. 그럼, 답은 속전속결이다.

투웅!

희우의 몸이 앞으로 튕겨 나갔다. 나오는 상대의 몸을 피해 옆으로 체중을 이동, 손을 내밀어 그의 벨트를 잡았다. 그리고 자신의 몸으로 '확!' 끌었다. 균형을 잃은 상대의 발을 걸어 넘어뜨리며 주먹을 꽂았다.

콰직!

동시에 몸을 빙글 돌리며 다른 사내의 얼굴을 강타했다.

그때.

빠악!

희우는 머리에 충격을 느꼈다. 끈적끈적한 피가 흘러내렸다. 뒤에서 한 녀석이 희우의 머리를 향해 당구 큐를 휘두른 거다. 하지만 희우는 멈추지 않았다. 자신을 내려친 상대의 머리를 잡고 벽에 그었다.

그그그그극!

"끄아아아아악!"

희우에게 덤벼들던 남자들은 침을 꿀꺽 삼켰다.

낮에 도박을 하기 위해 찾아온 희우는 한량처럼 느껴졌다. 호리호리한 몸은 싸움을 잘할 것처럼 보이지 않았다. 그리고 검사라고 했다. 검사는 한평생 공부만 한 사람들이 되는 거다. 싸움질은 해 보지 않았어야 한다.

'그런데, 검사가 왜 저래?'

그들이 본 희우는 타고난 싸움꾼이었다.

꽈직!

여덟 명의 남자들이 땅에 쓰러진 것은 말 그대로 찰나였다. 희우는 이마에서 흐르는 피를 닦으며 카운터를 향해 걸어갔다.

"비켜."

카운터에 서 있던 여성이 겁을 먹은 표정으로 주춤주춤 뒤로 물러났다.

희우는 그들의 사무실로 들어갔다. 그리고 책꽂이와 책상에 있는 서류들을 훑어보기 시작했다. 역시 예상이 맞았다. 멍청한 건지 아니면 이러한 기습을 예상하지 못했는지, 모든 서류가 사무실에 가지런히 모여 있었다.

그때, 뒤에서 무거운 목소리가 들렸다.

"동작 그만!"

희우가 뒤를 돌아봤다. 셀 수 없이 많은 남자들이 손에 칼을 들고 서 있었다.

"영감님, 여기까지는 우리가 참겠소. 하지만 계속 들쑤시려고 하면 참지 못해."

지금 나타난 인간들은 먼저 덤볐던 녀석들과는 다른 존재감이었다. 하지만 희우는 담담했다.

"네가 대장이냐?"

희우의 질문에 그는 기분 나쁘게 웃기 시작했다.

"대장? 우리 회장님이 이런 곳에 오셔서 초임 검사랑 대면할 군번은 아니지. 그러니까 그냥 가쇼."

"싫다면?"

그는 시퍼렇게 날이 선 칼을 꺼내 들었다.

"죽겠지."

"하아……. 무기 들고 싸우는 놈은 정말 싫어하는데……."

희우는 주머니에서 핸드폰을 꺼내 귀에 댔다. 그리고 딱 한마디를 내뱉었다.

"꺼."

동시에 건물의 불이 모두 꺼졌다. 대기하던 상만이 희우의 전화를 받고 전원을 내려 버린 것이다.

"뭐야!"

그들은 당황했고 희우는 주먹을 휘둘렀다.

꽈지직!

순간적으로 불이 꺼지며, 상대는 앞을 보지 못하는 상태다. 희우도 마찬가지였지만 거침없이 움직였다. 하지만 놈들은 섣불리 행동하지 못했다. 칼을 들고 있어서다. 자칫 자신의 편을 찌르거나 벨 수도 있었다.

꽈아아앙!

하지만 희우는 상관없었다. 잡히는 모두가 적이었다.

콰직! 꽈직! 꽈지지직!

"모두 칼 버려!"

희우가 한 상대의 팔을 잡아 꺾을 때였다.

와드드득!

뼈가 부러지는 소리와 함께 놈들이 칼을 버렸고 쨍그랑 소리가 도박장을 울렸다. 희우는 피식 웃었다.

"그렇게 나왔어야지. 내가 무기는 싫어한다니까."

희우는 계속해서 움직였고 잔인한 소리가 울렸다.

'도대체 몇 명이야?'

희우가 눈살을 찌푸렸다. 어둠 속이었고 희우 역시 눈에 보이는 건 없었다. 앞에 있는 사람을 하나씩 때리고 꺾을 뿐이었다.

그때, '팍!' 하고 불이 켜졌다. 동시에 희우의 가슴이 덜컹 내려앉았다.

'박상만!'

불이 켜졌다. 그것은 상만에게 위험이 생겼다는 뜻이다. 그게 아니면 불이 켜질 일이 없다.

희우가 입술을 씹을 때였다. 갑자기 밝은 빛이 들어오자 깡패들은 눈을 찌푸리고 있었다. 희우는 앞을 바라봤다. 적게 봐도 열 명이 서 있다. 그들이 희우를 노려보며 입을 열었다.

"다구리에는 장사 없지."

하지만 희우는 더 이상 그들과 싸울 생각이 없었다. 몸을 틀어 도박장을 벗어났다. 조직원들의 외침이 들렸지만 상관없었다. 상만의 안위가 우선이다.

희우는 빠르게 계단을 내려갔다. 그때, 누군가에게 잡혀 있는 상만의 얼굴이 보였다.

파앗!

희우는 난간을 잡고 한 번에 일고여덟 개의 계단을 넘어갔다. 주먹을 꽉 쥐고 상만을 잡은 남자를 가격하려 했다.

그런데, 상만을 잡고 있는 건 오민국 수사관이었다.

"김 검사님!"

오민국의 외침에 희우는 주먹을 거두며 바닥에 착지했다. 그리고 오민국에게 물었다.

"어떻게 된 거죠?"

"지청장님 명령에 왔는데, 이 앞에서 이놈이 얼쩡거리고 있더라고요."

상만은 희우에게 어색한 웃음만을 지어 보였다. 상만은 희우에게 누가 될까 싶어서 아무 말 하지 않고 있었다. 그제야 안심한 희우가 말했다.

"일급 범인이니까 수갑 채워서 포박해 주세요."

"네!"

오민국이 대답했고 상만이 얼빠진 표정으로 입을 열었다.

"저기, 형, 사장님, 아니 검사님. 이 상황에 장난은 아닌 것 같은데요?"

하지만 희우는 대답해 줄 시간이 없었다. 희우를 쫓아 내려오는 깡패들을 해결해야 한다.

도박장 안에서는 한 조직원이 어디론가 전화를 걸고 있었다.

"회장님, 검찰이 왔습니다."

-뭐?

"이곳을 포기해야 할 것 같습니다."

-잠깐만 기다려.

전화를 끊은 회장이 어디론가 걸었다. 김산 군수에게였다.

"군수님, 지금 저희 가게에 검찰에서 왔습니다."

-아, 걱정 마요. 경찰 병력은 출동 안 했고, 검찰 인원이라고 해 봤자 열 명이 되려나 모르겠어요. 그놈들이 갑자기 왜 그러나 했더니 정신 못 차리는 신입 검사가 온 모양이더라고. 적당히 끝날 테니까 오늘 밤만 버티도록 하세요.

군수와의 전화를 끊은 회장의 입가에 비열한 미소가 걸렸다. 그는 다시 자신의 수하에게 전화를 걸었다.

"검찰 인원만 갔다. 얼마 안 되는 숫자니까 몸으로 막고 자료만 빼돌리도록 해. 도박장은 폐쇄한다."

-저기, 그게…….

"왜?"

-괴물 같은 놈이 있습니다.

"괴물?"

-싸움 실력이 예사롭지 않습니다. 그 괴물을 막으려면 저희도 그 녀석을 불러야 할 것 같습니다.

그때, '콰장창창!' 유리창이 깨지는 소리가 요란하게 들렸다. 희우가 던진 소화기에 창문이 깨진 거다.

"다음!"

희우는 달려오는 남자의 허벅지를 발로 찼다.

그 모습을 지켜보던 사람들, 검찰에서 지원 온 자들은 물론 상만까지 모두 입을 딱 벌렸다. 그들도 본 적 없는, 신기에 가까운 싸움 실력이었다. 희우는 프로였다. 시골의 조직원에게 당할 실력이 아니었다.

희우가 계단을 오르며 수사관들에게 말했다.

"지금부터 여기 있는 사람 모두 수갑 채우세요."

"알겠습니다."

"오민국 수사관님은 같이 가시고요."

"네!"

희우는 다시 도박장으로 들어갔고 카운터 뒤의 사무실로 걸어갔다. 그리고 오민국에게 지시했다.

"이 사무실에 있는 모든 서류들 압수합니다."

"알겠습니다!"

희우의 싸움 실력을 봐서일까? 오민국은 평소보다 말을 잘 들었다. 오민국은 차에서 박스를 가지고 와서 관련 자료들을 담기 시작했다.

희우는 사무실에 앉아 서류를 촤르륵 펼쳐 넘겼다.

오민국이 박스를 가지고 밖으로 나갔다. 몇 번은 더 오가야 할 분량이었다. 그때.

꽈직!

둔탁한 소리. 그리고.

"끄억!"

오민국의 외마디.

희우는 넘기던 파일을 책상 위에 두고 밖으로 나갔다.

앞에 한 남자가 서 있었다. 앳된 얼굴, 짧은 스포츠머리에 청바지를 입은 남자였다. 그런데, 희우는 그를 알고 있었다. 어둠의 세계에서 주먹 1인자를 다투던 이연석.

'찾았다.'

희우가 김산까지 온 두 번째 이유였다.

그가 나타나자 수갑을 찬 깡패들의 표정이 바뀌었다. 뭔가를 기대하는 눈빛이다. 희우는 이연석의 앞으로 걸어 나가 신분증을 펼쳤다.

"검찰이다."

하지만.

후웅!

이연석의 주먹이 날아왔다.

가까스로 피했지만 등골이 오싹할 정도로 위협적이었다. 이연석이 누구인지 몰랐다면 그대로 당할 뻔했다. 하지만 아직이었다. 다듬기지 않았다.

주먹을 피한 희우가 채찍 같은 로킥을 날렸다.

쩌억!

희우의 발이 놈의 허벅지에 박혔다.

이연석은 타격을 받았지만 멈추지 않고 주먹을 휘둘렀다. 하지만 희우는 이미 뒤로 빠진 상태였다. 그의 주먹이 거둬지고 있을 때 희우는 다시 앞으로 달려들어 채찍 같은 로킥을 날렸다.

쩌억!

쩌억!

쩌억!

쉬지 않고 이어졌다.

이연석의 얼굴에 처음으로 고통이 비쳤다.

다시 로킥을 날리려는 순간.

콰직!

그의 주먹이 희우의 얼굴을 강타했다.

"……!"

빨랐다.

희우보다 빨랐다.

계속해서 허벅지를 맞아 기동력을 상실한 상태였지만 희우가 반응하지 못할 정도의 속도였다.

단 한 번의 주먹질에 희우는 비틀거렸다. 과연 전국 제일의 주먹 중 하나라는 소리를 들을 만했다. 하지만 역시 아직은 애송이였다.

달려드는 이연석을 보며 희우는 작게 한숨을 내뱉었다. 그리고 공격을 피하며 놈의 머리를 잡았다.

"조용한 곳에서 얘기 좀 하자."

희우의 말에 그가 처음으로 반응을 했다.

"뭐?"

하지만 희우의 말은 이어지지 않았다. 무릎으로 이연석의 정수리를 찍은 거다.

꽈직!

제대로 정타가 들어갔지만 그는 쓰러지지 않았다.

'한 번으로 안 되면…….'

꽈직!

이연석의 몸이 흔들렸다. 희우가 그 머리를 잡고 꽉 쥔 주먹을 놈의 얼굴을 향해 날렸다.

한 번, 두 번, 세 번!

꽈앙! 꽈앙! 꽈앙!

그제야 이연석은 땅으로 쓰러져 내렸다.

거친 숨을 몰아쉬는 희우.

희우는 쓰러진 이연석을 보며 이전의 삶을 기억했다.

이전의 삶에서 이연석은 전국 최고 주먹 중 하나였다. 아직 어려서 다듬기지 않았지만, 나이가 들면 끔찍한 악마가 될 인생이다. 희우가 놈의 손목에 수갑을 채우며 중얼거렸다.

"이번에는 그렇게 살게 놔두지 않는다."

희우는 주변을 보며 상만을 찾았다.

"상만아."

"넵!"

상만이 달려왔다. 희우는 쓰러진 이연석을 가리켰다.

"이놈."

"죽일까요?"

희우가 황당한 표정으로 상만을 바라봤다.

"지금 무슨 소리 하냐?"

상만이 말했다.

"영화에서는 이렇게 말하던데요?"

상만은 이 상황에 헛소리를 내뱉고 있었다.

희우가 이마에 흐르는 피를 닦아 내며 말했다.

"조만간에 이놈 서울로 보낼 거야."

"그런데요."

"취직시켜."

"어디로요?"

"네 밑으로."

"네?"

"어차피 직원 필요하잖아. 그리고 지금 택시 타고 바로 서울로 올라가라."

"네?"

"시킨 거 해야지."

"지금요?"

"어."

"새벽에요?"

"그러니까, 택시 타라고 말했겠지?"

상만이 입술을 삐죽거렸다. 그리고 '버스 타고 가는 것보다는 편하겠지.'라고 말하며 계단을 내려갔다.

희우는 주변을 두리번거렸다.

여기저기 쓰러져 있는 사람들. 떨고 있는 도박을 하던 손님들.

희우는 손님들을 살폈다. 그 안에 도창수가 보였다. 희우는 도창수에게 걸어갔다. 그리고 그의 손목에 수갑을 채우며 말했다.

"도아진이 도창수 씨의 딸 맞죠?"

"네? 네."

"당신을 불법 도박 현행범으로 체포합니다. 묵비권 어쩌고는 아까 다 들었을 테니 넘어가죠."

도창수는 고개를 숙였다.

희우가 씁쓸하게 도창수를 보며 말했다.

"따님이 부탁한 게 있습니다. 도창수 씨가 도박 끊게 도와 달라고 했어요. 도와드릴게요."

딸이라는 말에 도창수의 눈이 붉게 물들었다. 그가 입을 열었다.

"저기……."

"말씀하세요."

"그럼, 제가 진 빚을 이제 딸이 갚지 않아도 되는 건가요?"

"원래 도박 빚은 불법입니다. 그리고 보시는 것처럼 유채파는 이제 사라질 겁니다."

도창수의 눈에서 굵은 눈물방울이 흘렀다.

"감사합니다. 감사합니다."

도창수는 초범이다. 벌금 또는 집행유예 정도로 끝날 거다. 하지만 도박을 끊기까지는 꽤 고통스러운 시간을 보낼 게 분명하다.

그러나 도창수는 말했다.

"끊겠습니다. 꼭 끊을게요!"

그때, 전석규가 들어왔다.

"김희우! 이리 와!"

희우가 전석규의 앞에 섰다. 짜악! 전석규가 희우의 뺨을 쳤다. 희우의 볼에 붉은 손바닥 자국이 나타났다.

"야, 이 새끼야, 이런 위험한 짓 하려면 당장 다른 곳으로 떠나!"

전석규는 여러 번 봤다. 어린 검사가 열정적으로 일을 하다가 위험한 상황에 처하는 것. 전석규는 희우에게는 그런 일이 벌어지지 않기를 진심으로 바라고 있었다. 그리고 희우는 전석규의 마음을 느끼고 있었다.

"죄송합니다."

전석규가 한숨을 내쉬며 희우의 어깨를 토닥였다.

"앞으로는 하지 마라. 목숨이 가장 중요한 거야."

"알겠습니다."

전석규는 쓰러져 있는 사람들을 포함해서 난리가 난 현장을 둘러봤다. 그리고 물었다.

"이제 어떻게 할 거야? 불법 도박장을 열었다는 것으로는 최대 5년까지야. 그것만으로 조직을 뿌리 뽑기는 어려워. 바지 하나 만들어서 집어넣으면 끝이지. 나머지 놈들이야 집행유예 정도로 풀려날 거고."

"처음부터 목표가 여기는 아니었습니다. 동네 조직폭력배를 잡았다는 말로는 어디 가서 자랑도 못 하죠."

"뭐?"

"이놈들이 멍청하게 자료를 다 사무실에 뒀습니다."

"자료?"

"뇌물 자료입니다."

"명부가 있다는 말인가?"

"네. 오민국 수사관이……."

희우는 고개를 두리번거렸다. 오민국은 아직 쓰러져 있었다.

"수사관님, 괜찮으세요?"

희우의 부축에 오민국이 겨우 몸을 일으켰다.

"네, 괜찮습니다."

"아, 괜찮으시구나."

"네, 정말 괜찮습니다."

"그럼 이 지역의 윤락가를 모두 쓸어 주세요."

"네? 지금요?"

"네, 지금요. 오늘 이 도시에 불법적인 업종은 사라지게 될 겁니다."

오민국은 황당한 표정을 지었고 희우는 전석규에게 말했다.

"지청장님, 이제 지청으로 가시죠."

"정신이 없네. 지금 뭐가 어떻게 돌아가는 거야?"

"가면서 설명 드리겠습니다."

"지청은 됐고. 네 머리의 상처부터 먼저 치료해."

희우의 이마에서는 아직 피가 흐르고 있었다.

희우는 갈 길이 바빴지만 전석규는 희우를 끌고 지역의 작은 병원으로 갔다. 상처를 꿰매고 붕대를 감은 후에야 전석규가 말했다.

"자, 이제 설명해 봐."

지청으로 향하는 길에 희우는 자신의 계획을 말했다.

전석규의 눈빛이 변했다. 희우가 본 전석규의 처음 눈빛은 현실에 찌든 나태함이 가득했다. 하지만 지금은 날카롭게 빛을 내고 있었다.

전석규가 고개를 끄덕였다.

"그러니까 네 말은, 지금 나를 서울로 보내기 위해 이곳을 쑥대밭으로 만들고 있다는 건가?"

"쑥대밭이라기보다는 그동안 썩어 있던 것을 도려냈다는 게 맞는 말인 것 같습니다."

"그래, 하고 싶은 대로 해 봐. 나는 너에게 자유를 줬다."

지청에 도착한 희우는 곧바로 도박장에서 잡아 온 깡패들을 취조실로 모았다. 그 안에 이연석은 없었다.

"지금부터 취조를 할 거다. 취조가 시작되면 너희끼리 입을 맞출 시간은 없다. 그래서 특별히 입을 맞출 수 있는 시간과 장소를 제공하는 거다. 녹화 같은 거 안 할 거니까 편하게 대화해."

희우는 그 말을 끝으로 몸을 틀었다. 그리고 취조실을 벗어났다.

작은 사무실에 옹기종기 모여 있던 서른 명의 남자들은 서로의 눈치만 보고 있었다. 희우의 의도가 도대체 뭔지 알 수 없었던 거다.

그렇게 잠시의 시간이 지났고, 눈치 보던 그들이 한마디씩 시작했다.

"저 검사가 뭘 요구하는 걸까요?"

"회장님의 죄겠지. 어쩌면 그 위를 노리고 있을 수도 있고."

"배신하면 안 된다."

"네!"

취조실에는 다시 적막이 흘렀다. 하지만 이들의 머릿속에는 이미 '배신'이라는 단어가 새겨졌다.

이들은 회장을 배신하지 않으면 모든 죄를 자신들이 뒤집어써야 한다는 걸 알고 있었다. 검찰은 도박장에서 모든 자료를 챙겨 왔고 누군가는 그 죄를 짊어져야 한다. 그리고 죄를 짊어지는 것은 당연히 힘없는 이들일 게 분명하다. 희우는 이들이 그 사실을 깨달을 시간을 준 거다.

'젠장!'

감옥에 들어가고 싶은 사람은 없다. 자유를 원하는 것은 인간의 본능이다. 그들의 머릿속에는 회장을 배신하고 싶은 생각이 가득했다. 하지만 입 밖으로 내지는 못했다.

잠시 후, 희우가 다시 취조실로 들어왔다. 그는 '짝!' 손뼉을 쳐서 주의를 환기시킨 후 입을 열었다.

"서로 입은 잘 맞췄지? 그럼 이제 한 명씩 취조하겠다."

한 명 두 명, 취조는 계속되었다. 취조의 시간은 짧았다.

"너희 회장이란 놈도 곧 잡혀 올 거야. 체포 영장 나왔거든."

"네?"

"너희가 무슨 죄가 있냐? 먹고살려고 한 짓이지. 나도 다 알고 있어. 그러니까, 진실만 말하자. 그럼, 넌 계속 자유롭게 살 수 있어."

놈들은 알아서 술술 이야기했다.

그렇게 한 놈을 취조하던 중 오민국이 들어왔다.

"검사님, 유채파 회장 문구준을 체포했습니다."

희우는 기분 좋게 웃으며 앞에 앉아 있는 남자에게 말했다.

"영장만 나온 게 아니라 체포까지 했네?"

"진짜 잡은 거예요?"

"어."

"진짜요?"

"시간 없으니까, 할 이야기 더 있어? 없으면 이만하자. 지금부터는 너희 회장님이란 분을 만나야 해서."

남자의 얼굴이 창백하게 굳어졌다. 회장은 분명 부하들이 한 짓이고 자신은 모르는 일이라고 발뺌할 거다. 그럼, 당하는 것은 이들이다.

희우가 슬쩍 웃으며 말했다.

"혹시 조직의 보복 이런 거 걱정하나? 그런 거 절대 걱정하지 마. 회장이 잡히면 조직도 사라지는데, 무슨 보복을 하겠어?"

남자는 불안한지 눈동자를 데굴데굴 굴렸다. 희우가 고개를 저으며 목소리를 이었다.

"네가 하는 말에 따라서 네 형량도 줄어들 수 있다는 거 알지? 내가 그 정도는 약속해 줄 수 있는데."

"인신매매."

생각지도 못한 일이었다. 하지만 희우는 알고 있었던 것처럼, 아무렇지도 않게 대응했다.

"야, 그걸로는 형량 못 깎아 줘. 그건 다른 놈들이 다 말한 거야. 다른 거 없어?"

"마약……."

인신매매에 마약이라니, 이건 미쳤다.

희우가 서늘하게 웃자 남자가 주변을 두리번거리며 조용히 말했다.

"김산 윤락가 여자가 예쁘기로 소문난 건 아시죠?"

"알지."

모른다. 하지만 이번에도 아는 척 대답했다. 놈이 계속 말했다.

"이런 시골에 어떤 애들이 오겠습니까? 납치를 하죠."

여자를 납치해서 마약을 주사한다. 한 번 두 번, 마약에 노출된 여자는 마약을 얻기 위해 몸을 판다. 남자의 입에서 나온 진술이었다.

희우의 입에 비릿한 미소가 지어졌다.

"너는 내가 무죄로 만들어 주마."

"네?"

"그러니까 나가서는 착하게 살아라. 약속?"

"약속!"

희우가 남자의 어깨를 가볍게 두들겼다.

그렇게 남자를 취조실 밖으로 보낸 뒤, 희우가 오민국에게 말했다.

"윤락가에서 체포한 여자들은 어디에 있죠?"

"유치장에 자리가 없어서 일단 각 사무실에 잡아 둔 상태입니다."

"바로 가서 주사 흔적을 찾아보세요. 깡패 두목 문구준은 이리 보내 주시고요."

잠시 후 문구준이 취조실로 들어왔다.

희끗한 머리에 주름이 자글자글한 노인이었다. 그의 눈에는 탐욕이 가득했다. 놈은 취조실에서도 당당히 앉아 있었다.

"밥을 거르고 왔는데 밥은 안 주나?"

당당한 척하는 문구준을 보며 희우가 피식 웃었다.

"뭐 먹고 싶냐? 5천 원짜리로 말해라."

희우와 문구준의 나이는 꽤 많이 차이가 난다. 그런데, 아무렇지도 않게 반말을 하는 희우를 보며 문구준이 인상을 썼다. 그러자 희우가 놈의 앞으로 얼굴을 바짝 댔다.

"왜? 반말 들으니까 기분 나빠? 미안한데, 난 범죄자는 사람으로 취급 안 해."

문구준이 허리를 뒤로 빼며 희우와 거리를 뒀다.

"도박장에서 돈을 잃었다고 들었는데, 그래서 우리를 털었나? 검사가 도박을 하고 거기에 보복 수사까지 하다니 우리나라 꼴이 웃기는구만."

"재밌네. 도박장을 연 범죄자가 나라 걱정도 하고, 우리나라는 걱정하는 사람이 많아서 잘될 거야. 그런데, 지금 넌 나라 걱정이 아니라 감옥에서 몇 년 살지, 그걸 걱정해야지."

문구준이 조용히 웃으며 입을 열었다.

"변호사가 올 때까지 한마디도 하지 않겠네."

"배고프다며. 짜장면 시켜 줄까?"

"이왕이면 볶음밥으로 시켜 주게나."

"말 안 한다며?"

그때, 다시 오민국이 들어왔다.

"군수님이 오신답니다. 지청장실로 가 보셔야 할 것 같습니다."

오민국의 말을 듣는 문구준의 입에 비열한 미소가 걸렸다. 희우는 그런 문구준을 기분 나쁘게 보며 밖으로 나섰다.

그리고 지청장실로 향하며 오민국에게 물었다.

"주사 자국은 확인하셨나요?"

"네, 팔에 주사 자국이 있는 여성이 대다수였습니다."

"지금의 일은 일단 기밀입니다."

"알겠습니다."

희우는 지청장실로 들어가 전석규에게 고개를 숙였다.

"부르셨습니까?"

"군수가 올 거야. 자네를 보고 싶어 해."

희우는 소파에 앉았다. 지금은 군수가 문제가 아니었다. 희우가 전석규에게 말했다.

"버스표를 끊을 수 있을 것 같습니다."

"서울로 가는 버스표 말인가?"

"네."

"말해 봐."

"인신매매에 마약입니다."

전석규의 얼굴이 굳어졌다.

"김산에서 인신매매라고?"

"이 동네에서 일어나는 일인지 아니면 전문적인 놈들의 소행인지는 아직 모르겠습니다."

도박에 인신매매까지 파헤친다면 사회의 어두운 조각 하나를 거둘 수 있는 일이다. 그리고 그것은 전석규가 서울로 올라갈 수 있는 원동력이 될 것이다.

지청장실의 문이 열리고 군수와 지역 의원 그리고 경찰서장이 들어왔다. 먼저 입을 연 것은 지역 의원이었다.

"지청장님, 윤락가와 유흥업소를 뒤지다니요."

"왜요? 잘못됐습니까?"

"분명 법에는 어긋나지만, 잘 생각하셔야 합니다. 저 사람들은 오랫동안 지역사회의 경제를 지탱했어요. 융통성 없이 일하다가는 이 지역의 근간이 무너져요!"

이번에는 경찰서장이 말했다.

"지청장님, 저희도 유채파가 골치 아프다는 것은 알고 있었습니다. 그런데, 가만히 놔둔 이유가 있어요. 유채파가 없으면 지역 건달들이 제멋대로 움직일 겁니다. 그동안은 지들끼리의 규율이 있어서 멋대로 행동하지 못했지만 그 규율이 무너졌습니다. 그럼, 김산은 더 혼란에 빠질 겁니다."

군수가 그 말을 받았다.

"법이 중요하지만, 법이 무엇입니까? 국민이 윤택하게 살도록 돕는 것 아니겠습니까? 말을 안 해서 그렇지 윤락가로 인해 유입되는 관광객의 숫자가 얼마인지 아세요? 그거 다 문 닫으면 앞으로 지역 발전을 책임지시겠습니까?"

말을 마친 군수는 씩씩거리며 계속 말했다.

"내 듣기로 과잉 수사라 합디다. 부상자가 서른 명이 넘는다고 하던데, 내가 이 모든 것을 위에다 보고하겠습니다."

듣고 있던 전석규가 한숨을 내뱉었다.

"그쪽에서 칼을 들었습니다. 우리 검사는 혼자였고요. 이게 과잉수사입니까?"

전석규의 반론에 군수의 얼굴에 분노가 차올랐다.

"지청장, 내 이런 말은 안 하려고 했는데, 이곳으로 오게 된 이유가 주인을 물어서라고 했죠?"

"주인이 아니라 비리를 밝혀냈던 거죠."

"이번에는 어디로 유배를 당할지 두고 봅시다."

군수가 어디론가 전화를 하기 위해 휴대폰을 들자 전석규가 희우를 보며 물었다.

"넌 할 말 없냐?"

"네?"

"여기 있는 사람들, 다 나한테 한마디씩 하는데 너는 아무 말 안 해서."

희우가 피식 웃었다. 전석규는 그들이 하는 모든 말을 귓등으로도 듣지 않고 있었다.

희우가 입을 열었다.

"지청장님께는 하고 싶은 말이 없고요."

"그럼?"

희우의 시선이 군수에게 향했다.

"군수님, 법이 무엇인지 물으셨죠? 법이란 국가의 강제력을 수반하는 사회규범입니다."

"뭐?"

"군수님은 지금 사회규범을 어기고 있습니다."

"넌 뭐야!"

"김희우 검사입니다."

동시에 지역 의원의 목소리가 공간을 울렸다.

"주제를 모르고 설치는 새끼가 있다고 하더니, 그게 너였구나?"

언성이 높아지고 있었다.

그때, 전석규가 조용히 말했다.

"모두 그만하세요."

소란스러웠던 공간이 전석규의 한마디에 조용해졌다. 굽실거리던 지청장의 목소리가 아니었다. 호랑이라 불리던 그때의 눈빛이었다. 전석규가 희우를 보며 말했다.

"희우야."

"네."

"너보다 어른들이다. 사과드려, 어서."

전석규의 지시에 희우는 그들에게 고개 숙였다.

"죄송합니다."

그들이 큼큼거리며 체면을 차릴 때였다. 전석규가 다시 입을 열었다.

"군수님, 의원님 그리고 서장님, 제가 조용히 있으니까 잊으신 것 같습니다."

"뭘요?"

"검사가 뭔지."

그들의 얼굴이 굳어질 때였다. 전석규의 목소리가 낮게 깔렸다.

"그 힘, 보여 드리죠."

"뭐, 뭐요?"

전석규의 시선이 희우에게 향했다.

"장부는?"

"제 사무실에 보관해 뒀습니다."

"그 장부에 누구의 이름이 어떻게 적혀 있지?"

희우가 대답하려 할 때였다. 의원이 말했다.

"지, 지청장……. 지금 협박하는 겁니까?"

전석규는 고개를 저었다.

"협박이라뇨. 저는 한평생 나라를 위해 애써 오신 분들의 명예가 이런 일로 떨어지는 건 바라지 않습니다."

전석규의 시선이 다시 희우를 향했다.

"됐어. 그냥 조용히 처리하도록 해."

"네."

그러자 국회의원이 비굴한 미소를 지었다.

"지청창, 저런 스캔들에 내 이름이 올라간다고 해도 내 생활에는 문제가 없어요. 뒤에 어르신들이 계시니까. 하지만 골치가 아픈 건 사실이지. 이 일을 잘 해결해 주면 내 지청장님이 다시 서울로 올라가는 데 힘을 보태 주겠어요."

군수 역시 마찬가지였다.

"나 역시 도와주겠습니다. 사실 김산군은 지청장님 같은 분이 계실 지역이 아니지요. 큰물로 나가셔야 합니다."

경찰서장도 입을 열었다.

"저희도 앞으로는 지청의 일에 적극 협조하겠습니다. 어제는 새로 들어온 직원이 규정에만 얽매여서 좋지 않은 모습을 보였는데, 내가 단단히 교육시켰습니다."

전석규가 희우를 바라보며 물었다.

"어떻게 생각하나?"

희우가 무척 죄송한 표정으로 입을 열었다.

"죄송합니다, 제가 이곳에서 검사 생활한다고 하니까 후배가 놀러 왔습니다. 그런데 이놈이 이번 사건을 보고 말았네요."

희우는 자신의 손목시계를 들어 시간을 확인했다. 뉴스를 할 시간이었다. 희우가 리모컨을 들어 지청장실에 있는 텔레비전을 켰다. 아나운서의 목소리가 공간을 울렸다.

　

－어제 새벽 강원도 김산의 한 시내에서 불법 도박장을 운영하는 조직이 일망타진되었습니다. 전석규 검사를 필두로 한 검찰은 새벽 방비가 약한 틈을 타 급습, 서른두 명을 긴급체포했습니다. 검찰은 이들이 군수, 의원 등 지역 유지와 관련이 있음을 확인하고……

　

희우가 다시 텔레비전을 끄며 말했다.

"죄송합니다. 법을 어긴 사람들과의 타협은 없습니다."

전석규가 어깨를 으쓱해 보였다.

"아이고, 죄송합니다. 요즘은 예전과 달라서 어린 검사들이 지청장 말을 듣지를 않네요."

'쾅!' 군수가 책상을 내리쳤다.

"해보자는 겁니까!"

격양된 목소리에 전석규가 능글맞게 웃었다. 그러자 국회의원이 이를 꽉 깨물었다.

"장부에 적혀 있다고? 혐의일 뿐이야. 권력에 대항한다는 게 어떤 결말을 갖는지 잘 알고 있을 텐데?"

전석규가 사무실의 문으로 걸어갔다. 그리고 문을 활짝 열며 말했다.

"저희는 검사입니다. 불필요한 말은 하지 않습니다. 모든 걸 법으로 이야기하죠."

CHAPTER 22

군수, 국회의원, 서장은 건물 밖으로 나가 차에 올랐다.

창밖으로 그들의 차가 떠나는 걸 보던 전석규가 희우에게 말했다.

"장부만으로는 옷을 벗기기 힘들 거야."

유채파의 두목 문구준의 증언이 문제다. 놈이 장부에 있는 내용이 허위였다고 주장하면 모든 게 꼬여 버릴 수 있었다.

그리고 더 큰 문제가 있었다. 전석규가 중얼거렸다.

"인신매매와 마약이라……."

김산이라는 조용하고 작은 마을에 먹구름이 드리워지고 있었다. 군수, 국회의원, 경찰서장의 비리와 조직폭력배의 불법 도박 그리고 인신매매에 마약까지. 하나만 해도 충격적인 일이 동시에 터졌다. 하지만 전석규는 상부에 보고할 생각은 없었다. 희우가 말한 서울로 가는 버스표가 전석규의 눈에도 보이기 시작한 거다.

희우가 말했다.

"문구준에게서 진실을 끌어내겠습니다."

"자신 있나?"

"네, 할 수 있습니다."

자신감 있는 태도에 전석규가 고개를 끄덕였다. 그리고 다음의 계획을 물었다.

"인신매매와 마약은 어떻게 할 거지?"

"상부에 보고할 겁니다."

"뭐?"

전석규는 희우가 상부에 보고할 거란 생각은 하지 못했다. 서울로 가기 위해서는 김산 지청의 힘만으로 공을 세워야 한다고 판단해서다. 그런데 보고를 하겠다니. 전석규는 다시 희우를 바라봤다.

'이놈 봐라?'

희우는 혼자서 김산 유채파의 불법 도박장으로 뛰어들었다. 무모한 성격을 가진 초임 검사다. 당연히 위험한 일이라도 개의치 않고 혼자 처리할 거라고 생각했다.

"그런데, 상부에 보고한다고?"

"네. 혹시 대검의 김석훈 부장을 알고 계십니까?"

전석규도 그 이름을 알고 있었다. 전석규가 고개를 끄덕이자 희우가 말을 이었다.

"김석훈 부장에게 사건을 넘길 겁니다."

"뭐?"

"김석훈 부장은 뛰어난 사람입니다. 하지만 눈에 띄는 실적은 없습니다. 김석훈 부장의 목표는 총장이고 2천 명의 검사들 위에 서려면 큰 한방이 필요하죠."

희우의 목소리는 담담했지만 전석규는 소름이 끼치는 느낌을 받았다. 희우는 정확하게 본질을 파악하고 있었다. 희우의 말대로 김석훈은 뛰어난 사람이었다. 그것은 전석규도 인정하는 것이었다. 하지만 김석훈이 최고의 자리에 앉으려면, 희우의 말대로 큰 사건이 필요하다.

"그래서 김석훈 부장에게 인신매매와 마약을 넘길 생각입니다. 그리고 우리가 서울로 올라갈 자리를 마련해 주기를 부탁할 겁니다."

"우리가 김석훈의 아래로 들어가자는 건가?"

전석규는 김석훈보다 두 기수 아래다. 하지만 전석규는 김석훈을 좋아하지 않았다. 어려운 집안에서 자라 지방대학을 졸업하고 검사가 된 전석규와, 부유한 집안에서 생활한 한국 대학교 출신의 김석훈, 두 사람의 스타일은 전혀 다를 수밖에 없었다.

"서울에 가기 위해서는 김석훈 부장의 힘이 필요합니다. 그리고 우리 힘만으로는 이 모든 사건을 해결하기는 무리라고 생각합니다."

"그러니까 어차피 해결하지 못할 사건, 김석훈에게 사건을 주고 도움을 받자는 말인가?"

"네."

전석규가 고개를 끄덕였다.

"그래, 해 봐. 난 너에게 자유를 줬어."

"알겠습니다. 김석훈 부장이 먹기 좋게 요리해서 배달하겠습니다."

희우는 지청장실을 벗어났다. 그리고 자신의 사무실로 들어가 오민국 수사관을 찾았다. 오민국은 정신없이 움직이고 있었다.

"바쁩니다. 바빠요. 지청에 잡혀 들어온 사람만 백 명에 가까워요!"

지금껏 지청은 조용했다. 갑자기 바빠진 상황에 오민국은 정신을 차리지 못하고 있었다. 오민국을 물끄러미 바라보던 희우가 자신의 자리에 앉아 프린터 버튼을 눌렀다.

"검사님? 뭐 하세요?"

"인쇄요."

"그러니까, 왜?"

오민국에게 프린터의 인쇄 소리는 악마의 음성처럼 불길하게 들려왔다.

하지만 희우는 인쇄된 종이를 가지고 오민국의 앞으로 담담하게 걸어갔다. 그리고 희우가 다가올수록 오민국은 처참한 표정을 지었다.

희우가 씨익 웃었다. 오민국은 고개를 저었다.

"안 돼요, 검사님. 제발."

오민국의 눈빛은 간절했다.

"검사님, 지금 깔린 일만 해도 일주일 동안 퇴근을 못 할 정도입니다."

"일주일 동안 퇴근을 못 하신다고요?"

"네……."

"그럼 퇴근 전에만 해 주세요."

"네?"

"퇴근 전까지 부탁드립니다."

희우는 오민국이 보내는 원망의 눈빛을 뒤로하며 책상에 서류를 올렸다. 그리고.

"지금 이 사건들 전부 재조사해 주세요."

오민국은 모든 걸 포기했다. 멍한 눈으로 앞에 놓인 서류를 바라보며 중얼거리는 목소리로 말했다.

"퇴근 전까지 해 놓으면 되는 거죠?"

"네."

희우는 다시 사무실을 나와 문구준에게 향했다.

"변호사는 아직 안 왔어?"

희우는 의자를 당겨 문구준의 앞에 앉았다. 문구준은 여전히 눈을 감고 있었다. 볶음밥이 담겨 있던 그릇은 깨끗하게 비워진 상태였다.

"밥은 다 먹었네?"

희우는 기지개를 펴며 말을 이었다.

"그럼 듣기만 해요. 묵비권은 불리하게 작용될 수 있는 건 알죠? 혐의를 인정하는 증거가 될 수도 있습니다."

문구준은 침묵으로 일관했다. 희우가 계속 말했다.

"군수나 국회의원 그리고 경찰서장을 믿는 모양인데, 지금 사무실에서 들고 온 자료만 한 트럭이란 건 생각 안 하시나요? 우리 솔직해지죠. 그래야, 하루라도 빨리 밖의 공기를 마실 수 있을 것 같은데요."

여전히 침묵. 희우는 헛웃음을 지었다.

문구준에게 군수와 국회의원 등은 삶을 이어 갈 수 있는 유일한 끈이다. 문구준은 그 끈을 끊는 순간 나락으로 떨어질 거란 걸 잘 알고 있었다. 그때, 희우가 툭, 하고 말했다.

"인신매매도 네가 한 짓이냐?"

문구준이 눈을 번쩍 떴다.

"뭐?"

"말 안 할 거라며? 꼭 필요할 때만 말해요."

"인신매매?"

"모른 척하지 말고. 마약도 네가 했냐?"

문구준의 눈동자가 떨려 왔다. 분명 동요하고 있었다.

희우는 그 순간을 놓치지 않았다.

"우리 쉽게 갑시다. 회장님 밑에 애들이 다 불었어요. 의리 그런 거 없더라고요. 한 여자는 납치당했다 했고 또 다른 여자는 마약 줬다고 했고. 다 들었습니다."

문구준의 표정이 무너지기 시작했다.

희우가 계속 말을 이었다.

"계속 그렇게 묵비권을 행사하면 인신매매에 마약 그리고 도박장, 또 뭐더라? 불법 시설물 건축 그런 거 다 회장님이 한 일이 되어 버려요."

문구준은 입술을 깨물었다. 고민하는 표정이었다.

희우는 멈추지 않았다.

"생각 좀 하세요. 회장님이 왜 다른 사람 죄를 안고 가요? 연세도 있으시니까 그냥 감옥에서 살다가 죽으려고? 그러지 맙시다. 자기 죄만 책임지세요. 그런 거 아무도 안 알아줘요."

문구준의 손이 꼼지락거리기 시작했다.

"인신매매에 성매매, 아니 성매매를 위한 인신매매라고 해야 맞는 말이죠."

희우의 목소리가 이어질 때마다 문구준의 손가락은 더욱 초조하게 움직였다.

"거기에 마약도 유통하고 불법 도박장도 열고. 그럼 불법 도박장을 통해서도 마약이 팔렸을 가능성이 높겠네. 거기에 법정이율보다 높은 고리대금도 하신다지?"

"음……."

침음성을 내는 문구준.

"이게 다 몇 년인지도 모르겠다."

희우가 자리에서 일어났다. 그리고 문구준의 뒤로 가 그의 어깨를 부드럽게 주물렀다.

"아시잖아요, 이 바닥에 의리 없는 거. 애들도 지들 풀려나려고 회장님 팔았어요. 회장님이 누굴 판다고 해서 욕할 사람 없어요. 다른 사람 죄를 뒤집어쓰고 감옥에 있으면 누가 칭찬해 줍니까?"

문구준이 힘겹게 고개를 끄덕였다.

"말하겠다."

문구준은 목이 탔는지 물을 한 컵 마셨다.

그리고 취조실의 반대편, 그곳에 서 있던 전석규와 지성호도 문구준이 입을 열자 주먹을 꽉 쥐었다.

"저놈 신입 맞아?"

"저도 모르겠습니다. 이제 막 부임한 신입 검사가 저렇게 취조를 할 수 있을까요?"

전석규가 슬쩍 웃으며 다시 희우에게 시선을 옮겼다.

취조실 안에서는 문구준이 물컵을 내려놓았다. 그리고 무거운 목소리로 입을 열었다.

"젊은 검사 양반, 죽을 수도 있어."

"내 장례식장 걱정은 하지 마시고요. 회장님에게 필요한 말만 하세요. 죄를 덜어요. 그러지 않으면 이 일이 10년이 될지 20년이 될지 몰라요."

"브로커가 있다."

"브로커?"

문구준은 한숨을 내쉬며 몹시 괴로운 듯 입을 열었다.

"연락을 취할 수 있는 번호를 알려 주지. 나머지는 알아서 해. 나도 녀석들의 규모나 그런 건 몰라. 다만……."

"다만?"

"무척 위험한 놈들이라는 건 확실하지. 사람을 사고파는 놈들인 만큼 목숨의 귀함을 모르니까."

"끝?"

"내가 아는 건 여기까지야."

"좋아요, 좋아. 그렇다고 치고, 군수한테는 돈을 왜 이렇게 많이 줬어요?"

문구준은 다시 눈을 감았다. 그리고 또 묵비권을 행사하기 시작했다. 권력자들에 대한 것은 단 하나도 말하지 않겠다는 뜻이었다.

희우가 큰 소리로 웃었다.

"살 수 있는 동아줄은 절대 못 자르겠다는 겁니까?"

희우는 취조실을 벗어났다. 반대편에 있던 전석규와 지성호도 나왔다. 지청장실로 향하며 지성호가 전석규에게 말했다.

"마약하고 인신매매입니다. 상부에 요청을 해야 합니다."

"할 거야. 하지만 최상부에 보고할 생각이다."

전석규가 희우를 바라봤다. 그리고 말했다.

"네가 설명해라."

"대검에 넘길 생각입니다."

희우의 말에 지성호가 눈을 크게 떴다.

"대검에? 지방검찰청이 아니라 대검에 다이렉트로 넘긴다고?"

"네."

지성호가 전석규를 바라봤다.

"지휘 계통을 무시하려는 겁니까?"

전석규가 고개를 끄덕였다.

"조금 있으면 하반기 인사가 단행될 거야."

"네? 하반기 인사요?"

지성호는 조금 많이 놀랐다. 김산에서 전석규는 인생을 포기한 것처럼 살고 있었다. 그런데 그 전석규의 입에서 인사 문제가 나왔다. 전석규가 지성호의 어깨에 팔을 두르며 말했다.

"우리도 뇌물 좀 바치고 그러자."

희우가 말했다.

"하지만 비리는 우리가 가지고 갈 겁니다."

전석규가 말했다.

"어차피 실패해도 다치는 건 나 혼자가 될 테니까 걱정하지 말고 추진해."

희우가 답했다.

"실패는 생각하지 않고 있습니다. 성공만 생각하고 있습니다."

"할 수 있겠나?"

"네, 할 수 있습니다."

"그럼 성호가 희우를 서포트하도록 해."

지성호가 선배다. 그런데, 희우를 서포트하라고 한다. 하지만 지성호는 싱글벙글했다. 지청에 활기가 도는 것, 전석규가 다시 재기를 꿈꾸고 있다는 것. 그것만으로도 지성호는 행복했다. 지성호가 입을 열었다.

"김희우, 잘해라. 네 사건에 우리 지청 직원들의 진급이 걸려 있다."

"알겠습니다."

전석규가 다시 말했다.

"성호야, 진급만이 아니야."

"네?"

"희우가 성공을 하면 우리는 서울로 입성할 수 있어."

지성호의 눈빛이 흔들렸다.

"정말입니까?"

"그래."

"다시 시작하려는 겁니까?"

"다시 시작한다."

지성호의 눈에 순간 눈물이 그렁그렁해졌다. 재기뿐만이 아니라 서울 입성까지 노리고 있을 줄은 몰랐다.

지성호는 전석규를 존경했다. 서울에서 호랑이라고 불리던 전석규 지청장을 다시 보고 싶었다. 지성호는 전석규의 라인에 있다가 김산까지 끌려왔지만 언제나 그 시절의 전석규를 그리워했다.

"지청장님께 굴욕을 줬던 검사들을 기억하고 있습니다. 이번 사건 희우와 함께 꼭 성공시켜서, 오르실 수 있는 발판을 만들어 보겠습니다."

전석규가 지성호의 어깨를 꽉 쥐었다.

"해 봐."

지성호가 희우에게 말했다.

"그래, 내가 뭘 하면 좋을까?"

"오민국 수사관이 하고 있는 일이 있습니다. 김산에서 일어난 부정적인 일들을 처음부터 다시 조사하는 중입니다. 그 사건들을 부탁드립니다."

"좋아. 그리고?"

복도를 걷던 그들은 지청장실로 들어갔다. 그들은 회의석에 앉았고 희우가 계속 입을 열었다.

"작은 실수라도 있어서는 안 됩니다. 자칫 우리가 준비한 사건, 위에 뺏기고 닭 쫓던 개처럼 지붕만 쳐다볼 수도 있습니다."

전석규가 고개를 끄덕였다.

"뺏길 가능성이 높지. 우리는 기껏해야 검사 세 명 있는 작은 지청일 뿐이야. 사건이 커질수록 우리는 배제된다."

희우가 말을 이었다.

"일단 군수나 국회의원, 경찰서장은 어떻게 반응할지 기다리는 게 좋다고 생각합니다. 뉴스로 불을 지펴 놨으니 어떻게든 불길을 피하려고 움직이겠죠. 놈들이 도망가는 길목을 지켜보겠습니다."

지성호가 펜을 돌리며 말했다.

"그동안에 도망가는 길목을 막다른 골목으로 만들자는 말이지?"

"네. 과장님이 골목을 만드는 동안에 저는 인신매매와 마약 유통을 조사하겠습니다. 그리고 먹기 좋게 만들어지면 대검에 바치고 오겠습니다."

간단한 회의가 끝났다.

희우가 다시 복도로 나왔을 때, 옆으로 오민국 수사관이 왔다.

"검사님."

"네?"

"누가 로비에서 기다리는데요."

로비에서 기다린다? 희우는 취조실로 들어가려던 걸 멈추고 계단을 통해 내려갔다.

도아진이 있었다. 그녀는 희우를 보자 살짝 미소 지었다.

"반신반의했는데 진짜 검사님이셨네요. 작가님이 아니라."

두 사람은 로비 옆의 휴게실로 이동했다.

자판기에서 음료를 뽑아 온 희우가 그녀에게 건넸다. 그리고 말했다.

"도창수 씨는 지금 조사 중에 있습니다."

"도박을 끊겠다고 하던가요?"

"그런다고는 하셨는데 믿지는 마세요."

도박에 중독되면 끊기가 어렵다. 도박을 하다가 손이 잘리면, 발을 이용해서 도박을 한다는 말이 있을 정도다.

"믿지는 않아요. 평생 감시해야겠죠."

그녀는 음료를 입에 대었다. 갈증이 났는지 들이켠다는 표현이 맞을 정도였다.

"목말랐나 봐요?"

그녀는 고개를 저었다.

"검사님 앞에 있는데 긴장이 안 될 수 없잖아요. 게다가 불법 도박장에서 일을 한 사람인데."

"맞다. 일했던 사람의 명부를 조사 중이에요."

"저 잡혀 가나요?"

"글쎄요. 월급은 현금으로 준 것 같고 인사 기록도 남겨 놓지 않아서 잡기는 수월하지 않겠네요."

"검사님이 제 얼굴 알고 있잖아요."

"횟집에서 술을 많이 마셔서 그런가요? 기억이 잘 안 나네요."

희우의 말에 그녀는 손으로 입을 가리고 웃었다.

"이게 뭐 정보 제공의 대가 그런 건가요?"

희우는 어깨를 으쓱했다.

"그렇다기보다는 증거가 없다는 표현을 써 주시겠어요?"

"대가가 아니었네요?"

"그렇죠."

"그럼, 대가를 요구해도 될까요?"

"어떤?"

"아버지를 만나고 싶어요. 정보 제공의 대가로요."

"괜찮으시겠어요?"

"뭐가요?"

"아시다시피 지금 지청에 손님들이 많아서 면회할 장소가 마땅찮아요. 취조실밖에 없거든요."

"괜찮아요."

그녀의 굳은 의지가 보였다.

"알겠습니다."

희우는 오민국 수사관에게 전화를 걸었다.

"도창수 씨 좀 취조실로 부탁합니다."

전화를 끊은 희우가 그녀에게 말했다.

"가시죠."

음료수 캔을 쥐고 있는 그녀의 손이 살짝 떨려 왔다. 아버지를 원망했지만 취조실에서 만나야 한다고 생각하니 가슴을 진정시키기 쉽지 않았다. 잠시 눈을 감고 뜬 그녀가 깊은 한숨을 내쉬고 희우의 뒤를 따라 계단을 올랐다.

취조실에 앉아 있던 도창수는 희우와 함께 아진이 들어오자 고개를 숙였다. 딸의 모습을 두 눈으로 당당히 바라볼 수 없음이었다. 그녀 역시 취조실에 앉아 있는 아버지의 모습을 보자 순간 목이 메어 왔다.

잡혀 와 취조실에 앉아 있는 아버지와 면회를 온 딸, 일반 사람이라면 평생 가도 경험하지 못할 일이었다.

그녀는 울음을 꾹 참고 부친의 앞에 앉았다. 그리고 말했다.

"그러게 내가 도박장에 오지 말라고 했잖아."

"미안하다."

"뭐가 미안해?"

"다 미안해."

"이게 다 아빠 때문인 건 알지?"

도창수의 눈에서 눈물이 흘렀다.

희우는 슬쩍 취조실을 빠져나가 벽에 기대 창밖을 바라봤다. 희우는 부모 없이 살아갔던 기억이 있다. 취조실에서 들었던 부녀간의 대화는 희우를 감상에 젖게 만들었다.

잠시 후, 아진이 밖으로 나왔다. 그녀의 눈시울이 붉었다.

"감사해요. 약속 지키셨네요."

그녀는 희우에게 말했었다.

－대신, 우리 아빠도 잡아 주세요. 그래서 도박을 끊게 만들어 주세요.

그 말을 기억하며 희우가 말했다.

"말씀드렸는데요. 도박을 끊는 건 옆에서 지켜봐야 합니다."

"지금 말로는 끊겠다고 하네요. 감옥에서 나오면 일도 열심히 하겠다고 하고요."

말을 마친 그녀가 조용히 희우를 바라봤다.

그녀는 희우에게 말하고 싶었다. 아버지를 풀어 달라고. 이제 잘 산다고 이야기했으니까 풀어 주면 안 되냐고. 하지만 목까지 가득했던 그 말은 하지 않았다. 당연히 안 되리란 걸 잘 알고 있기 때문이다.

그녀가 희우에게 고개를 숙였다.

"감사합니다. 정말 감사합니다."

유채파를 흔들어 두 부녀의 인생을 찾아 줬다는 것만으로도 희우는 은인과 같았다.

"할 일인데요."

그들은 다시 계단을 내려갔다. 그녀가 말했다.

"식사라도 대접하고 싶은데 바쁘시죠?"

"밥은 제가 사야죠."

그녀가 말했던 다른 비상구는 없다는 말, 그리고 서류들이 보관된 장소에 대한 정보는 아주 유용했다. 그녀가 시계를 확인했다.

"조금 있으면 저녁인데 식사 같이 하시겠어요? 바쁘신 거 아니까 시간은 많이 안 뺏을게요."

희우 역시 손목을 들어 시간을 확인했다.

전자계산기가 달린 낡은 시계. 시계를 본 아진이 까르르 웃었다.

"검사님 같은 분도 그런 시계를 차세요?"

"시계가 왜요?"

"되게 비싼 시계 차실 줄 알았거든요. 도박장에 있으면 돈 자랑하는 사람들이 많아서요."

그때.

"김희우!"

익숙한 목소리가 들렸다. 주변을 둘러보자 한미가 보였다.

"김한미?"

"그래, 나다."

"네가 왜?"

한미가 느닷없이 밝은 모습으로 달려와 희우의 팔에 찰싹 달라붙었다.

"우리 희우 밥 먹었어?"

그러더니 갑자기 혀 짧은 소리를 냈다.

"너 왜 그러냐? 그건 그렇고 여긴 어쩐 일이야?"

어리둥절했다.

"귀염둥이 한미는 희우가 보고 싶어서 왔지."

"발음이 왜 그래?"

희우는 한미를 떨쳐 내려 했지만 한미는 착 달라붙었다. 그리고 한미가 아진을 바라보며 혀 짧은 소리로 물었다.

"그런데 누구야?"

"일하는 데 도움을 주신 분이야."

"그랬구나아~ 자기야~ 나 서울에서 아침도 못 먹고 달려왔더니 배고파요~ 맛있는 거 먹으러 가요~ 네에?"

희우가 눈을 동그랗게 뜨고 물었다.

"자기?"

아진이 어색한 미소를 지으며 말했다.

"손님이 오셨나 보네요. 나중에 뵙겠습니다."

아진은 희우에게 인사를 하고 자리를 피했고 한미는 그제야 희우에게 둘렀던 팔을 풀었다. 그리고 아진의 뒷모습을 쏘아보며 물었다.

"쟤 누구냐?"

"정보 제공자라고 했잖아."

"여우야, 여우."

한미의 말에 희우가 어이없다는 듯 웃었다.

"야, 네가 더 여우야."

"내가 뭘!"

한미는 고개를 돌려 희우를 바라봤다. 그리고 희우의 뒷머리에 있는 붕대를 물끄러미 확인했다.

"머리는 왜 그래?"

희우는 자신의 머리를 만져 봤다.

"아, 좀 다쳤어."

"싸웠어?"

"아니, 넘어졌어."

싸웠다고 하면 길길이 날뛸 것이 분명했다. 희우가 말을 돌리며 물었다.

"여기는 어쩐 일이야?"

"뭐가 어쩐 일이야. 친구가 강원도로 내려오면 와서 한번 보고 가는 게 당연한 거 아냐? 꼬리 살랑거리는 여우 같은 게 끼지는 않았는지 확인도 하고."

희우는 고개를 절레절레 저었다.

"어련하시겠습니까?"

"배고파! 밥 사 줘."

희우는 손목을 들어 다시 시간을 확인했다.

바빴다. 인신매매부터 문구준까지 해야 할 일이 산더미였다. 방금 아진과도 식사할 생각이 없었다. 거절을 하려는 찰나에 한미가 나타난 것이었다. 하지만 서울에서 온 한미를 그냥 보내기에는 미안했다.

"잠깐만 기다려 봐."

희우는 지성호에게 찾아갔다. 지성호는 서류를 잔뜩 쌓아 두고 머리카락을 쥐어뜯고 있는 중이었다.

희우를 보자 지성호가 짜증 섞인 표정을 지었다.

"야, 내가 오민국 수사관한테 자료 좀 보자고 하니까 이만큼을 준다. 이게 절반도 안 되는 양이라며, 이만큼이 더 있다며?"

지성호의 앞에 쌓여 있는 서류는 희우가 줬던 일거리였다. 책상을 뒤덮을 정도로 많은 자료에 지성호는 한숨만 내쉬는 중이었다.

지성호가 고개를 저으며 다시 말했다.

"시키면 해야지, 일개 선배가 무슨 힘이 있을까? 후배님이 시키면 해야지!"

"죄송합니다."

"죄송하면 꼭 성공시켜라."

"네."

희우는 대답 후, 물끄러미 지성호를 바라봤다. 다크서클이 가득한 게 말 거는 것도 미안할 정도다. 하지만 할 말은 해야 했다.

"말씀드릴 게 있습니다."

"왜? 더 줄 서류 있냐?"

"아뇨. 잠깐만 나갔다 오면 안 되겠습니까?"

"뭐? 선배는 일하고 넌 놀고?"

그때, 한미가 지성호의 사무실로 불쑥 들어왔다.

"죄송해요. 일 바쁘신 거 아는데요, 제가 서울에서 그냥 올라와 버렸네요."

한미를 본 지성호가 자리에서 벌떡 일어났다. 그리고 '누구야?'라는 질문이 담긴 눈빛을 희우에게 보냈다. 희우는 골치 아픈 표정으로 답했다.

"친구입니다. 그런데 연락 없이 불쑥 와 버렸습니다. 식사만 하고 들어오면 안 되겠습니까?"

지성호는 잠시 한미를 바라봤다.

한미의 얼굴은 청순하다. 말 그대로 천사 같은 외모를 지니고 있다. 지성호의 눈빛에 한미가 상큼하게 웃으며 말했다.

"죄송합니다."

지성호는 자신도 모르게 고개를 끄덕였다.

"다녀와. 일은 걱정 말고. 너 없다고 뭐가 안 되겠냐?"

"그 정도로 시간을 지체하지는 않겠습니다."

지성호가 희우의 옆에 바짝 다가섰다. 그리고 속닥이듯 말했다.

"지금 빨리 결혼하는 게 좋아. 나중에는 시간 없어서 결혼하기 힘들다."

"네?"

"어서 나가."

지성호가 희우의 등을 떠밀었고 한미가 지성호에게 고개를 숙였다.

"감사합니다, 과장님."

희우는 다시 골치 아픈 표정을 지었다.

"빨리 나가자."

나가면서도 한미는 끝까지 한마디를 더했다.

"과장님~ 나중에 또 봬요~."

지청을 빠져나온 희우가 한미에게 물었다.

"그나저나 정말 왜 온 거야?"

"왜긴, 겸사겸사 온 거지. 바다도 보고 친구 얼굴도 보고, 얼마나 좋아?"

"회사는?"

한미가 씨익 웃었다.

"병가! 아프다고 뻥쳤지요. 가끔 이렇게 땡땡이치는 것도 나쁘지 않은 거야."

희우가 어이없다는 표정을 하자 한미가 째려보며 계속 말했다.

"서울에서 미녀가 오셨는데 꼭 그런 표정 지어야겠냐? 어차피 내일 출근해야 해서 회만 먹고 갈 거니까 걱정하지 마세요."

그렇게 두 사람은 걸었다. 그리고 바다를 볼 수 있는 횟집에 앉았다.

"지금은 도다리래."

희우는 도다리를 시켰다.

한미가 바다에서부터 불어오는 바람을 맞으며 시원한 미소를 지었다.

"좋다, 바다."

한미는 탁 트인 바다를 보다가 다시 희우에게 고개를 돌렸다. 그리고 배시시 웃어 보였다.

"물어볼 게 있어."

"말해."

"내가 예뻐, 바다가 예뻐?"

"도다리."

"응?"

"도다리가 제일 예뻐."

한미의 입에서 한동안 욕이 쏟아져 나왔다. 그리고 한미는 말했던 대로 회를 먹은 후 바로 돌아갔다.

희우는 다시 지청으로 향했다. 오민국 수사관에게 말했다.

"이연석 좀 취조실로 보내 주세요."

희우의 앞으로 이연석이 들어왔다.

"안녕."

하지만 이연석은 말이 없었다.

"너도 묵비권이냐? 묵비권이 유행이야, 유행."

희우는 어이없다는 표정으로 웃었다. 그리고 말을 이었다.

"이연석, 스물한 살. 중졸."

"고등학교 중퇴입니다."

"그거나 그거나."

"다릅니다."

이연석이 희우를 노려봤다.

"알았다, 고등학교 중퇴라고 하자. 어머니가 병원에 있어서 병원비를 벌기 위해 해결사 생활을 했다고?"

"프리랜서입니다."

이전의 삶에서 이연석을 만난 적은 없었다. 소문만 들었을 뿐이다. 그 소문에 이연석은 굉장한 주먹이었다. 하지만 엄청나게 무식하다는 말이 항상 따라붙었다. 그 이유를 알 것 같았다.

"알았다, 프리랜서."

희우는 자리에서 일어났다. 그리고 그의 앞으로 걸어갔다.

"병원비가 얼마냐?"

그는 대답하지 않았다. 희우는 전화를 들었다.

"상만아, 나다. 김산병원에 연락해서 김정옥 환자 병원비 전부 납부하도록 해. 그리고 서울 천하병원으로 모셔서 최고의 치료를 받도록 만들어."

이연석의 눈이 커졌다.

"그걸 검사님이 왜?"

"프리랜서라며?"

"네? 네."

"계약금."

"네?"

"지금부터 너는 내가 산다. 어리고 초범이라 찍해야 집행유예야. 재판이 끝나면 서울로 올라가라. 그리고 내가 말하는 회사에 들어가."

멍한 표정으로 희우를 바라보던 이연석이 말을 더듬거렸다.

"무, 무슨 말씀이신지 잘 모르겠습니다."

"지나면 알 거야. 할래, 말래?"

"어떤 회사입니까?"

"무슨 일을 해도 지금보다는 낫다고 생각하는데?"

이연석은 고개를 숙였다. 희우의 말대로다. 이대로 지내면 할 수 있는 일이 주먹을 쓰는 일 말고는 없었다.

"무슨 일이든지 하겠습니다."

"좋아, 그런 자세야."

희우는 이연석을 내보내고 사무실로 돌아갔다. 그리고 의자에 앉아 인신매매와 마약 사건을 어떻게 풀어낼지 고민했다.

이 사건은 김석훈에게 건넬 거다. 놈에게 인정받으려면 먹기 좋은 음식으로 포장해야 한다. 어디까지 요리를 해서 가져다줘야 할까? 어떻게 시작을 해야 할까? 일단 가지고 있는 건 브로커의 연락처다. 브로커는 유채파가 일망타진되었다는 소식을 들었을 것이다. 숨어 버리면 답이 없다.

희우는 사무실을 서성였다. 서울로 향하는 고속버스 표가 눈앞에 있었다. 하지만 어떻게 표를 사야 할지 감이 잡히지 않았다.

"검사님?"

오민국의 목소리에 희우가 시선을 돌렸다. 그러자 오민국이 인상을 찡그리며 말했다.

"앞에서 왔다 갔다 하고 계시니까 집중이 안 되는데요. 앉아서 생각하시면 안 될까요? 할 일은 잔뜩 주시고 그러시면 안 됩니다."

"알겠습니다."

희우는 고민하는 마음과 달리 밝게 웃으며 사무실을 벗어났다.

휴게실에 앉아서도 계속 생각했다. 서장이 엮여 있기에 경찰도 믿을 수 없었다. 상부에 지원 요청을 할 수도 없었다. 이 일은 김산 지청에서 해내야 할 일이었다. 그래야 서울로 향할 수 있다.

그런데 어떻게? 방법이 있을까?

복잡한 생각을 하던 희우는 피식 웃었다.

"단순하게 가자."

희우는 인신매매와 마약을 제보했던 남자를 취조실로 불렀다. 남자의 이름은 채현종이었다.

"앉아."

"네."

희우가 말하자 그는 의자를 당겨 조심스럽게 앞에 앉았다.

"너희가 관리하던 윤락가 여성은 모두 다 납치된 사람들인가?"

"아닙니다. 빚을 져서 팔려 온 애들도 있습니다."

"팔려 와?"

"중학교 때 가출하는 애들 많잖아요? 그런 애들은 보통 다방에서 일을 시작하죠. 가진 돈이 있을 리 없고 사장에게 300만 원을 가불받아 자취할 방을 얻고 옷을 사요."

더러 숙소를 마련해 두는 가게도 있지만 월세는 칼같이 받아 간다고 한다. 채현종이 계속 말했다.

"다방 일이라는 게 손님 관리가 중요한 게 아니에요. 거기는 직원 관리를 잘해야 성공할 수 있는 일이죠. 여자애들 관리가 안 돼서 지각하고 결근하고 그러면 그 애를 기다리던 손님은 다른 가게로 떠나거든요. 그래서 대부분의 가게는 지각이나 결근을 하면 벌금을 내야 하는 조약이 있어요."

"그래서?"

"그런데, 걔들이 그런 거 생각합니까? 지각도 자주 하고, 돈을 어떻게 써야 할지 모르는 어린 나이니까 흥청망청 쓰다 보면 또 빚을 지는 거죠."

그렇게 빚이 늘어나면 업주는 빚을 받는 보상으로 다른 곳으로 넘긴다고 했다.

"그렇게 전국을 떠돌다가 김산까지 오게 되는 경우가 많아요. 마지막에 물어보거든요? 김산으로 갈 거냐, 아니면 다른 다방으로 갈 거냐? 여기를 선택하는 애들은 몸 굴려서 돈 벌고 떠나려는 애들이죠."

"자기들이 선택한다고?"

"그런 애들도 있다는 얘기입니다."

"선택해서 온 여성들도 마약을 하나?"

"원하는 애들은 하고 있습니다. 그런데 이게 밤일이잖아요. 쉬운 일이 아니죠. 하루 이틀은 맨정신으로 버텨도 결국은 체력이 뒷받침이 안 돼서, 마약에 의존한다고 보면 됩니다."

"좋아, 그럼 그 여성들 중에 제일 똑 부러지는 사람이 누구지?"

그는 잠시 생각을 한 후 희우의 질문에 답했다.

"난이라고 있습니다."

"난?"

"네."

희우는 수사관을 불렀다.

"난이라는 여자 좀 불러 주세요."

"알겠습니다."

잠시 후, 취조실로 한 여자가 들어왔다. 희우가 채현종을 바라봤다.

"이 사람 맞아?"

"맞습니다."

희우가 그녀에게 말했다.

"앉아요."

납치되지 않았더라면 평범하게 그리고 행복하게 살고 있었을 사람이다.

희우는 그녀를 보는 순간 안타까운 마음에 잠시 눈을 피했다. 그러나 언제까지 감정에 젖어 있을 수는 없었다. 일단은 큰 문제를 해결해야 했다. 안타까워할 시간은 문제를 해결한 다음에 가져도 충분했다. 망설이는 순간 더 많은 피해자가 생길 건 불 보듯 당연한 일이었다.

희우의 눈은 다시 차갑게 변했다.

차가운 시선으로 그녀를 훑었다. 그리고 물었다.

"이름이 뭐죠?"

"난요."

"업소에서 쓰는 이름 말고 실명 이야기하세요."

"김민숙요."

희우는 펜을 돌리며 그녀의 눈을 바라봤다. 그리고 물었다.

"마약 했지?"

희우의 눈빛이 무섭게 변했다. 그 눈빛은 취조실 안에 있는 모든 사람을 집어삼킬 듯이 날카로웠다.

그녀는 침을 꿀꺽 삼켰다. 등줄기에 식은땀이 흘러내렸다. 자칫 잘못 말한다면 이대로 감옥에 처박혀 평생을 옥살이할 것 같은 느낌이 들었다. 그녀는 자신도 모르게 고개를 저었다. 그리고 울먹거렸다.

"마약인 줄 몰랐어요. 영양제라고 들었어요."

"다들 그렇게 거짓말을 하지. 뭐, 그렇다고 치고, 영양제는 누가 줬지?"

김민숙은 답하지 않았다. 희우가 흘끗 앞에 앉은 채현종을 바라봤다.

"네가 줬나?"

그는 고개를 숙였고, 김민숙은 부정하지 않았다.

희우는 피식 웃으며 그녀에게 물었다.

"좋아요, 원래 어디 살았죠?"

"오산요."

"오산?"

"네."

경기도에서 강원도까지 끌려온 그녀.

"잡혀 왔나요?"

그녀는 고개를 숙였다. 그리고 답하지 않았다.

"유채파는 지워졌어요. 무서워할 필요 없습니다. 그리고 솔직하게 말해 주지 않는다면 마약을 했다는 죄로 실형을 살게 되겠죠. 하지만 나는 이런 시나리오를 세우고 싶어요. 길을 지나가던 김민숙 씨가 인신매매범들에게 납치를 당했다. 놈들을 피해서 달아나려 했지만 그들이 강제로 마약을 투여했다. 원치 않게 마약에 중독되고 몸을 팔게 된 거죠."

희우가 낮은 목소리로 계속 말을 이었다. 그의 시선은 채현종에게 향해 있었다.

"채현종은 회장이 마음에 들지 않았어. 왜? 혼자서 돈을 독식하고 있으니까. 더러운 일은 자기가 다 하고 있는데 돈은 회장이 가지고 가. 재주는 곰이 부리지만 돈은 다른 놈이 먹는 거지. 그래서 검찰에 회장을 제보한 채현종."

"네?"

그가 눈을 동그랗게 떴다. 도대체 희우가 무슨 소리를 하는지 이해하지 못한 표정이었다. 희우가 피식 웃었다.

"시나리오일 뿐이야. 시나리오 몰라?"

"네?"

"너는 이런 불법적인 일이 처음부터 마음에 들지 않았어. 그래서 김민숙 씨와 계속 일을 하는 척하며 검찰을 도와 브로커의 뒤를 추격했지."

희우의 말을 듣는 그들의 눈동자가 점점 커져만 갔다.

"물론 검찰에 잡히지만 무죄. 김민숙 씨 역시 원치 않게 마약을 투여한 점을 인정받아 무죄. 거기에 인신매매범을 잡으며 복수 성공."

희우가 두 사람을 번갈아 봤다.

"어때, 시나리오 마음에 드나요?"

두 사람 모두 섣불리 대답하지 않았다.

희우는 그들의 눈동자에서 망설임을 느꼈다. 곧장 무거운 목소리를 내뱉었다.

"거절해도 좋아요. 하지만 모든 죄는 스스로 가져갑니다. 채현종은 김민숙 씨를 비롯한 모든 여자들에게 약을 알선하고 투여한 유통 혐의를……."

채현종이 강하게 외쳤다.

"검사님!"

하지만 희우는 계속 말했다.

"김민숙 씨는 스스로 윤락가에 들어와 몸을 팔고 약을 했다는 혐의!"

김민숙이 입을 열었다.

"아니에요!"

"아니라고요? 제 말에 거짓이 있나요? 채현종이 약을 줬다는 건 진실! 김민숙 씨가 약을 했다는 것도 진실! 하지만 인신매매와 마약을 유통하는 사람이 있다는 건 밝혀지지 않은 일! 법정에 서서 진실을 말하면 아, 그렇구나, 너희는 불쌍하구나, 하며 이해해 줄 것 같나요? 범인이 살기 위해서 무슨 말을 못 할까요? 증거가 없다면 김민숙 씨의 슬픈 이야기는 거짓이 되어 버립니다."

희우가 그들의 앞으로 얼굴을 바짝 가져다 댔다. 그리고 아주 무겁고 습하게 입을 열었다.

"어떻게 할래?"

사람을 사고파는 인신매매범들은 잔혹하고 무서운 자들이다. 김민숙과 채현종이 어떤 걱정을 하고 있는지 희우는 분명히 알고 있었다. 하지만 희우는 "안전은 책임지고 보장해 준다."라는 말을 하지 않았다. 목숨이 달린 일을 검찰만 믿고 진행한다? 웃기는 소리였다. 이런 상황에서 책임을 져 준다는 말로 회유를 하면 안 된다. 벼랑 끝으로 몰아가는 게 정석이다.

채현종이 침을 꿀꺽 삼켰다.

"돕겠습니다."

"좋아. 김민숙 씨는?"

"저도……."

희우는 박수를 두 번 쳤다.

"좋아, 좋아. 그럼 지금부터 자세한 시나리오를 짜 보죠."

두어 시간이 지난 후 채현종을 취조실에서 내보냈다. 채현종이 나가자 희우가 김민숙에게 물었다.

"어떻게 잡혀 왔는지 말해 주세요."

그녀는 조금 눈치를 보다가 입을 열었다.

"직업소개소요."

그녀가 찾은 직업소개소는 범죄 집단이었다. 구직을 위해 직업소개소를 찾은 사람들을 얼마 안 되는 돈에 팔아넘기고 있었다. 남자는 어선에, 여자는 성매매의 현장으로 팔아 버렸다. 희우는 그녀의 말을 들으며 주요한 사실들을 체크해 나갔다.

그리고 그날, 채현종을 따르던 깡패 대여섯 명과 여자들이 대거 풀려났다. 희우는 그들이 지청을 떠나는 모습을 창문을 통해 지켜보고 있었다. 희우의 옆으로 지성호가 다가왔다.

"저 사람들, 저렇게 나가서 도주해 버리면 어떻게 하려고 그래?"

"풀어 준 여자들은 모두 약을 하던 사람들입니다. 나간 이상 약이 없이는 생활하지 못할 겁니다. 그리고 장사는 시늉만 하라고 했습니다. 어차피 검찰에 끌려갔다 왔기 때문에 핑계는 좋을 겁니다."

그들을 태운 차가 이동을 할 때 희우가 오민국 수사관을 불렀다.

"김산에 소문 좀 내 주세요. 채현종이 배신을 했다고."

"네?"

오민국이 눈을 껌벅이며 말했다.

"그랬다가는 저놈 상당히 위험해질 수 있어요."

희우는 고개를 끄덕였다.

"그렇겠죠."

오민국이 다시 다급하게 말했다.

"아니요, 검사님. 문구준은 김산에서 거물이에요. 저놈을 잡으려고 어디서 몰려들어 올지 모릅니다."

"그 정도는 경찰이 알아서 할 겁니다."

"네?"

"폭력배하고 연루되어 있다는 소문이 돌고 있는 시기이니 민감하겠죠. 폭력적인 사건에 대해서는 절대로 대충 움직이지 못할 겁니다."

희우는 말을 마치고 외근을 다녀온다며 밖으로 나갔다.

희우의 뒷모습을 보며 지성호가 고개를 절레절레 저었다.

"저놈 되게 치밀한 녀석 같아."

오민국이 고개를 끄덕였다.

"그러게요. 저도 지금 김희우 검사가 준 일감을 정리하면서 놀라고 있어요."

처음 희우가 오민국에게 지시한 일은 군수와 국회의원, 경찰서장의 취임 후 일어난 갖가지 사건 사고를 한데 모은 것이었다. 그때까지만 해도 오민국은 희우가 꼬장을 부린다고만 생각했다. 그런데, 희우가 지시한 일이 이어질수록 오민국은 느꼈다. 희우가 준 모든 일은 정확히 권력자의 목을 향해 가고 있었다.

CHAPTER 23

희우는 시내로 나갔다. 해가 지고 저녁이 되며 밤을 기다리는 가게들의 불빛이 밝아지고 있었다. 그 길을 걷는 희우에게 채현종이 인사했다.

"안녕하십니까, 검사님?"

희우는 손을 들어 그에게 인사했다. 채현종이 어색하게 웃으며 희우와 으슥한 골목을 향해 갔다. 그 모습을 많은 사람이 봤다.

검찰에서 풀려난 채현종과 검사 김희우의, 으슥한 골목에서의 만남.

그리고 김산에는 갖가지 소문이 돌았다.

"검사와 채현종이 왜 알은척을 하지?"

"둘이 꽤 친하대."

"채현종이 검사한테 돈 먹였대."

"채현종이가 유채파를 꿀꺽했다던데?"

"그놈이 검찰, 경찰이랑 짜고 회장을 팔았다더라."

"뒤에 군수랑 국회의원까지 있다는 얘기 들었어?"

소문의 조각은 하나의 커다란 그림으로 만들어지고 있었다. 채현종이 풀려나고 사흘도 되지 않은 시기였다.

다시 일주일이 지나고, 희우가 채현종에게 전화를 걸었다.

"장소는?"

-저희가 운영하는 노래방입니다.

며칠 전 채현종은 브로커에게 연락을 취했다. 브로커 역시 채현종이 배신했다는 소문을 들은 상태였다.

"뭐래?"

-걔들은 제가 배신자여도 상관없답니다. 안전만 보장되면 악마에게라도 달려갈 테니까, 돈이나 준비하랍니다.

"그래?"

-그런데 언제 출동하실 겁니까?

"우리는 신경 쓰지 말고 너는 네 일이나 잘해. 브로커 하나 잡으려고 출동하지는 않아."

다음 날, 희우는 노래방의 입구가 보이는 건너편 카페 2층으로 올라갔다. 잠시 후 9인승 봉고 차가 대로변에 서더니 가벼운 등산복을 입은 두 남자가 내렸다. 그리고 그들은 노래방으로 들어갔다. 동시에 희우에게는 문자가 왔다.

-밥 먹었냐?

채현종과 사전에 약속한 문자였다.

채현종은 놈들이 오면 '밥 먹었냐?'라는 메시지를 보내기로 되어 있었다. 즉, 등산복에 등산 모자를 쓴 남자들이 브로커라는 거다. 모자를 썼기에 근처에 CCTV가 있어도 얼굴을 파악하기 어려웠다. 등산 가방에는 필시 마약이 있을 것이다.

희우는 오민국에게 전화를 걸었다.

"차량 확인 좀 부탁할게요."

희우는 그들이 타고 온 봉고 차의 넘버를 오민국에게 말했다. 잠시 후 차량 조회를 마친 오민국이 희우에게 말했다.

-대포차 같습니다. 명의가 회사인데, 그 회사가 부도난 회사입니다. 회사는 경기도 광명에 있고요.

"감사합니다."

전화를 끊은 희우는 2층의 카페에서 1층으로 내려왔다. 하지만 노래방으로 들어가지는 않았다. 희우는 주변을 살피며 봉고 차로 다가가 그 아래에 위치 추적 장치를 부착했다. 그리고 노래방 옆 버스 정류장에 앉아 버스를 기다리는 척 시간을 보냈다.

잠시 후 등산복의 두 남자가 노래방 밖으로 나왔다. 그들은 아무 의심 없이 차량에 올라 시동을 걸었다.

차가 출발을 하고 희우가 전화를 하자 승용차 한 대가 앞에 섰다. 지성호와 일을 하는 마승용 수사관이었다. 희우가 차에 타며 말했다.

"따라갑시다."

이미 브로커들의 차량은 보이지 않았다. 하지만 위치 추적 장치는 잘 작동되고 있었다. 운전을 하며 마승용이 말했다.

"검사님은 다른 검사님들하고 다릅니다."

"뭐가요?"

"직접 수사를 하시잖아요. 지휘하시는 게 아니라."

"지금은 경찰을 믿을 수 있는 상황이 아니잖아요. 제가 움직여야죠. 녀석들의 본거지를 알게 된다면 경찰의 협조를 받을 수밖에 없습니다."

도착한 곳은 시내 외곽의 오래된 저층 아파트 단지였다. 그들은 봉고 차 앞에 차량을 주차했다. 어느 아파트에 사는지는 확인을 했지만 정확히 몇 호에 사는지는 몰랐다. 다행히 복도식 아파트라 놈들이 나온다면 어디에 사는지 쉽게 알 수 있었다. 마승용이 물었다.

"저놈들부터 잡을 겁니까?"

"아뇨. 이제부터 우리는 놈들의 스토커가 될 겁니다. 놈들이 어디를 가는지 뭘 하는지, 일거수일투족을 지켜볼 생각입니다."

희우의 말을 듣던 마승용이 킥킥거리며 웃었다. 희우가 물었다.

"왜 웃죠?"

"오 수사관이 그러더라고요. 퇴근을 안 시킨다면서요?"

"설마요."

"저는 퇴근해도 됩니까?"

"당연히 하셔야죠. 그런데 사건 끝나고 하셔야 될 거 같습니다."

아파트 단지를 올려다보며 농담처럼 말했지만 그들의 머릿속에 퇴근이라는 단어는 사라진 지 오래였다.

시간은 지나갔다. 하지만 녀석들은 나올 생각을 하지 않았다. 이틀이 지났지만 놈들은 안에서 꿈쩍을 하지 않았다.

"담배도 안 떨어지나?"

마승용이 짜증 난다는 듯 중얼거렸다. 희우가 말했다.

"계속 기다리기는 지겹죠?"

"네."

희우가 머리를 긁적였다.

"그런데요, 마 수사관님하고 저는 바보였나 봐요."

"네?"

희우는 차에서 내려 1층에 있는 경비실 앞으로 걸어갔다. 희우를 지켜보던 마승용이 억울한 표정으로 중얼거렸다.

"아오! 멍청했네, 멍청했어!"

경비실로 들어간 희우가 말했다.

"안녕하세요."

희우의 인사에 졸고 있던 경비가 눈을 살짝 떴다.

"누구세요?"

"검찰입니다. 뭐 좀 여쭤볼 게 있어서요."

경비의 얼굴에 긴장한 표정이 역력했다. 검찰이나 경찰이라는 말에 죄지은 기분이 드는 건 어쩔 수 없는 일이었다.

"여기에 남자 둘만 사는 집이 몇 호인가요?"

"남자 둘요?"

"네."

"그런 집은 없는데요."

남자 둘이 사는 집이 없다? 희우가 다시 물었다.

"한 집에 남자가 두 명 이상 있는 집은 어디인가요?"

"학생도 포함해야 하나요?"

희우는 고개를 저었다.

"아뇨, 40대 정도의 남자가 두 명 이상 사는 집요."

"303호에 40대 남자 세 명이 살고 있습니다."

"감사합니다."

희우는 다시 마승용에게로 갔다.

"3층에 좀 올라가 보시겠어요?"

"3층요?"

"네. 303호에 초인종 누르고 도망 좀 치세요."

"네?"

"제가 하려고 했는데요. 마 수사관님은 놈들의 얼굴을 전혀 모르시잖아요."

희우는 버스 정류장에 앉아 놈들의 얼굴을 확인했었다.

희우가 계속 말했다.

"수사관님이 도망칠 때 저는 놈들의 얼굴을 확인해 보겠습니다."

"벨 누르고 튀어라……. 어릴 때 해 보고 안 해 본 짓인데, 오랜만에 추억의 놀이 해 보겠네요."

마승용은 3층으로 올라갔다. 그리고 303호의 벨을 누르고 냅다 달렸다. 그러자 303호의 문이 열렸다. 나타난 남자가 주위를 두리번거리고 아무도 없는 걸 확인한 후 욕을 지껄이며 문을 닫았다.

희우는 1층의 차량 앞에 서서 3층을 보고 있었다. 희우의 입가에 미소가 걸렸다. 303호가 맞았다. 희우는 다시 오민국에게 전화를 걸었다.

"전입신고 확인 좀 부탁드릴게요."

주소를 말하자 오민국이 답했다.

－전입 세대 없는 주소지라고 나오는데요.

놈들은 당연하게도 전입신고를 하지 않았다.

새벽 2시. 마승용과 희우는 번갈아 자고 있었다. 그때, 희우가 마승용을 흔들어 깨웠다.

"준비하세요. 세 마리가 모두 나왔습니다."

마승용은 잠이 확 깨는 기분을 느끼며 집중했다. 1층으로 내려온 세 명이 차를 타고 어디론가 이동하고 있었다. 희우가 마승용에게 말했다.

"우리는 1분 후에 출발합니다."

차량 위치 추적기가 있으니 무리는 없었다. 희우가 말을 이었다.

"그리고 1분 후부터는 녀석들의 차를 잡을 수 있도록 바짝 밟아 주세요."

이곳은 차량이 몇 대 없는 한적한 아파트 단지였다. 새벽 2시에 놈들이 움직인다고 곧바로 쫓아가면 의심을 살 가능성이 높다. 하지만 1분이면 녀석들의 차가 대로변으로 나가는 시간이다. 도로에서는 뒤에 어떤 차가 있든 신경 쓰는 사람은 없었다.

1분이 지났고 마승용은 액셀을 힘껏 밟았다. 엔진음이 울리며 승용차는 튀어 나갈 듯 단지를 빠져나갔다.

놈들의 차가 이동하는 화면을 보던 희우의 눈살이 찌푸려졌다.

'김산항?'

그들의 차는 김산항으로 가고 있었다.

김산항은 값싼 회가 유명해서 김산에 오면 꼭 들러야 하는 관광지 중 하나였다. 그곳은 소형 어선이 드나들며 이시장은 관광객들을 위주로 움직였다. 마승용이 운전하는 승용차는 어느새 그들의 뒤에 따라붙었다.

이동하는 길은 해안가였다. 마승용 역시 고개를 갸웃했다.

"이놈들 김산항으로 가는데요? 회 한 접시 먹으러 가나?"

희우는 아무 말 하지 않았다.

항의 주차장에 차를 주차하며 희우가 말했다.

"여기서부터는 제가 뒤쫓겠습니다. 수사관님은 여기서 대기하십시오."

희우는 그들의 뒤를 쫓았다.

껄렁거리는 세 남자가 담배를 피우며 어시장으로 들어갔다. 그들은 한 가게로 들어갔고 희우는 그 가게의 상호를 확인했다. 그리고 다시 밖으로 나왔다. 희우는 물고기 배에 마약을 숨겨서 밀반입하다 잡혔던 사건을 기억하며 다시 마승용의 앞에 섰다.

"녀석들 나오는 거 확인하고 지청으로 돌아가죠."

"더는 뒤를 쫓지 않습니까?"

"오늘은 쉬고 내일부터 다시 감시하죠."

"네?"

희우는 더 이상 말하지 않고 차량에 올라탔다.

잠시 후, 녀석들이 커다란 스티로폼 박스를 들고 봉고 차로 오는 것이 보였다. 아마 안에는 마약을 배 속에 집어넣은 물고기들이 가득할 것이다.

희우는 그들을 확인하며 지청으로 차를 돌렸다.

지청으로 돌아온 희우는 일단 마승용을 퇴근시키고 사무실로 들어갔다. 그리고 새벽, 어선이 들어오는 시기에 맞춰 다시 김산항으로 향했다.

다음 날, 지청장실.

희우와 전석규, 지성호는 회의를 시작했다.

"중간 브로커로 알려져 있는 놈들이 마약을 전달받는 곳을 찾았습니다."

희우의 말에 전석규가 물었다.

"어딘데?"

"어선입니다."

"어선?"

전석규의 눈이 커졌다.

희우가 칠판에 글을 쓰며 설명을 했다.

"김산항의 중간 지점에 있는 가게입니다. 이곳의 선장이 배를 타고 바다로 나갑니다. 그곳에서 마약을 실은 다른 배와 접선을 합니다. 다른 배가 국내의 배일지 아니면 국외 일당일지는 모릅니다."

지성호가 물었다.

"어선? 어선에서 마약을 가지고 들어온다고? 그렇게 되면 항구에 도착하는 즉시 다른 사람들의 눈에 띌 텐데?"

희우가 계속 말했다.

"마약은 물고기 배 속에 있습니다."

전석규와 지성호, 두 사람은 크게 놀랐다. 마약을 유통하는 자들이 신출귀몰한 방법으로 밀반입을 한다는 건 알고 있었다. 그런데 이제 하다못해 물고기 배 속에 집어넣어서 들어온다니 놀랄 수밖에 없었다.

희우가 계속 말했다.

"어제 확인했습니다."

마승용이 퇴근한 후였다. 희우는 배가 들어오는 시간에 맞춰 다시 김산항으로 향했었다. 평범한 가게의 주인들은 들어온 배를 기다리며 물고기 값을 흥정하고 있었지만 브로커가 들어갔던 가게의 주인은 시큰둥했다.

"물고기도 사지 않고, 손님도 받지 않고, 마약 거래의 근거지가 확실합니다. 하지만 어제는 확인만 했습니다. 브로커는 마약과 인신매매를 동시에 취급하고 있고 우리 역시 사건의 수사를 동시에 진행해야 한다고 생각했습니다."

마약부터 쑤시면 인신매매가 도망갈 수 있다. 반대로 인신매매를 쑤시면 마약이 도망갈 거다. 두 가지 모두 놓치면 안 되는 일이었다.

전석규가 물었다.

"인신매매에 대한 조사는 어디까지 진행되었지?"

"납치된 여성들을 조사하고 있습니다. 지금까지 파악된 직업소개소가 여덟 곳입니다. 전국적으로 퍼져 있습니다."

전석규가 물었다.

"브로커 놈들을 미끼로 쓸 생각은 없고?"

브로커를 잡아 협박과 회유를 한 후 미끼로 쓰자는 말이었다. 희우가 답했다.

"생각을 해 보지 않은 건 아닙니다. 하지만 그 방법은 일단 사용하지 않기로 했습니다. 놈들의 연락이 어떻게 이뤄지는지 모르는 상황입니다. 혹시나 정보가 빠져나갈 우려가 있다고 판단했습니다."

지성호가 물었다.

"그럼 이제 어떻게 움직일 생각이지?"

"이제 재료는 만들어졌으니 서울로 배달 갈 준비를 하려고 합니다."

희우가 다시 의자에 앉았고, 전석규의 눈이 지성호를 향했다.

"지성호 과장, 그동안 일 보고하도록 해 봐."

"네."

지성호는 앞으로 걸어가 섰다.

"군수 박동석에게 특별한 움직임은 보이지 않습니다. 정시 출근, 정시 퇴근의 일상적인 모습입니다. 국회의원 구욱청 역시 마찬가지입니다. 박동석이나 구욱청이 자신들의 당에 연락을 취했을 수도 있겠지만 거기까지는 파악하지 못했습니다. 하지만 경찰서장 도재석은 평소와 다른 모습을 보였습니다. 김산의 경찰들은 요즘 군기가 바짝 들어 있습니다. 김산군의 치안 완성을 위해 평소보다 배로 노력하는 모습이 눈에 띕니다."

"특이 사항은 하나도 없는 건가?"

지성호가 고개를 저었다.

"아닙니다. 뭔가 이상한 점이 발견되었습니다."

"뭐지?"

"김산 경찰서 내부에서 도재석 서장에 대한 반발심이 꽤 강한 것 같습니다."

희우와 전석규의 표정이 굳어졌다. 경찰서장에 대한 수사를 시작한 이상 검찰에 대한 반발이 심해야 했다. 그런데 서장에 대한 반발이 있다니.

전석규가 물었다.

"무슨 일인데?"

"자세한 이야기는 역시 알지 못합니다. 지금 상황이 흐르는 추이가 심각해서 그런지 아무도 섣불리 말을 꺼내지 않습니다. 다만 흘러들어 온 이야기를 추려 보면 도재석 서장이 그동안 상당량의 사건을 방해한 것으로 예상됩니다."

말을 들은 희우가 가만히 생각에 빠졌다. 그리고 조심스럽게 입을 열었다.

"1년 전에 어업 관련 비리를 수사하고 있었는데 갑자기 팀이 축소되고 흐지부지된 사건이 있습니다."

전석규가 어떻게 알고 있느냐는 표정으로 희우를 바라봤다. 대답은 지성호가 대신했다.

"희우가 오민국 수사관에게 지역 비리 조사를 지시했었습니다. 지금 추리고 있는 중인데, 아마 그중에 해당 사건도 있는 모양입니다."

"맞습니다. 그런데 그 사건에 대해서는 상시적인 인사 조정으로 생각하고 제외했었는데, 다시 조사해 보겠습니다."

회의는 끝이 났다.

희우는 전석규에게 인사를 하고 바로 서울로 향했다. 서울의 버스 터미널에는 상만이 기다리고 있었다. 희우가 그에게 나와 있으라고 지시했기 때문이다. 일을 처리하고 바로 김산으로 가야 하는 짧은 서울 나들이였다. 잠시의 시간이라도 허비할 수 없었다.

"사장님!"

"오래 기다렸지?"

"아닙니다. 차는 주차장에 세워 놨습니다."

"차?"

희우는 차를 사는 걸 달가워하지 않았다.

부동산을 하기 위해서는 땅을 많이 밟아야 실패를 최소화할 수 있다는 우용수의 말을 철저히 지켰다. 부동산을 하는 동안은 차를 사지 말라고 주지시켰었다. 필요해서 산다고 해도, 차가 있다면 가까운 거리를 갈 때도 차를 타기 마련이었다. 그렇게 말을 했는데도 상만은 결국 사 버렸다.

상만은 능청스럽게 웃었다.

"가시죠."

이미 차를 샀는데 뭐라고 할 수는 없었다.

상만이 말했다.

"사장님 없이 혼자 다니니까 무섭더라고요."

임야, 즉 산을 보러 다닐 때는 자칫 길을 헤매서 밤에 홀로 되는 경우도 있었다. 밭이나 논을 보러 갈 때도 버스에서 내려 토지까지 한참을 걸어가기 일쑤였다. 상만이 말을 이었다.

"필요해서 샀으니까 뭐라고 하지 마세요."

희우는 피식 웃었다. 애써 변명하는 모습이 귀여워 보였다.

주차장에 도착하자 상처투성이의 구형 SUV가 보였다. 범퍼는 찌그러져 있고 눈으로 보기에도 녹이 가득했다. 희우가 물었다.

"얼마 주고 샀어?"

"흐흐, 삼촌이 타던 거 폐차하신다길래 고철값만 주고 가지고 왔어요."

"굴러는 가?"

"일단 타 보시죠. 안락한 승차감이 무엇인지 느낄 수 있을 겁니다."

차량은 굉음을 내며 시동이 걸렸다. 덜덜거리는 진동이 온몸으로 느껴졌다. 그 떨림은 버스보다 더 피로도가 컸다.

상만의 차를 타고 버스 터미널을 빠져나가며 희우가 입을 열었다.

"저번에 봤던 이연석이라는 애 기억나지? 빠르면 두 달 안으로 보낼 테니까 잘 가르쳐 봐."

상만을 불러낸 건 그들이 만든 회사의 경영에 대한 일 때문이었다. 상만이 물었다.

"정말 조폭이었던 애를 직원으로 받으라는 건가요?"

"응. 나중에 꼭 쓰임이 있을 거야."

"알겠습니다. 누구 명인데 제가 거부를 할까요."

"그리고, 가진 주택 전부 정리해."

"압구정동의 아파트는요?"

"처분해."

상만이 황당한 표정을 지었다. 하지만 희우의 목소리는 단호했다.

"모두 처분해. 당분간은 투자하지 말고 팔기만 해."

희우가 알고 있는 사실이 있었다.

조금 있으면 미국발 금융 위기가 전 세계를 거쳐 한국으로 날아올 시기였다. 그 기억을 더듬어 보면 부동산 시장이 무너지고 주식이 폭락했다. IMF 이후, 두 번째로 돈을 만질 수 있는 토대가 만들어지는 시기였다. 희우는 이번 미국발 금융 위기를 통해 자산의 액수를 한 단계 상승시킬 계획을 가지고 있었다.

언론에서는 부동산 상승에 대한 우려를 표명하고 있었지만 값은 지속적으로 상승 중이었다. 상만으로서는 지금 집을 정리하는 것이 아까울 수 있었다. 하지만 상만은 알았다고 대답했다. 상만에게 희우의 지시는 절대적이었다.

"그리고 또 시키실 일 없으신가요?"

"그때, 방송은 잘 봤다."

국회의원과 군수, 경찰서장이 지청에 들어왔을 때 시간을 맞춰 그들의 비리에 대한 속보가 나왔었다. 그것은 상만의 작품이었다. 상만이 킥킥거리며 웃었다.

"그거 PD한테 돈 좀 먹였어요. 동기가 방송국에 있어서 그래도 쉽게 되었네요."

그렇게 대검에 도착했다. 희우가 차에서 내리며 입을 열었다.

"조심히 들어가."

"옙!"

희우는 상만을 보내고 김석훈을 찾아갔다. 일개 평검사가 김석훈을 만나 대화를 나눌 수는 없었다. 하지만 장일현의 도움으로 자리를 갖게 되었다.

김석훈의 사무실로 들어간 희우가 허리를 굽혔다.

"안녕하십니까?"

그런데, 김석훈은 못마땅한 표정으로 희우를 바라봤다. 자신의 아래로 들어와 라인을 완성시켜야 했을 인물이 김산으로 빠져 있으니 기분이 좋을 리 없었다.

"무슨 일이야?"

김석훈이 심드렁하게 물었다.

"의논을 드리고 싶은 게 있어서 왔습니다."

"앉아."

명령이 떨어지고서야 희우는 문에서 벗어나 소파로 걸어갔다.

자리에 앉은 희우가 가방에서 서류를 꺼내 테이블 위에 올렸다.

"뭐지?"

"사건입니다."

사건이라는 말에 김석훈의 눈이 가늘어졌다. 뻐딱했던 시선에 흥미가 올랐다. 희우가 계속 말했다.

"얼마 전, 김산에서 국회의원과 군수 등의 비리 혐의가 포착되었습니다.”

김석훈은 얼마 전 봤던 뉴스를 떠올리며 고개를 끄덕였다.

“알고 있어. 그런데, 그건 강원 지검에서 처리할 일이야. 그 사건을 말하려고 여기까지 왔나?”

희우는 서류를 김석훈 쪽으로 밀었다.

“읽어 보시겠습니까?”

김석훈은 여전히 못마땅한 표정으로 희우가 넘긴 서류를 들어 확인했다. 그리고 김석훈의 눈에 힘이 들어갔다.

“인신매매? 그리고 마약?”

“처음에는 조직폭력배가 운영하는 윤락가와 불법 도박장 수사였습니다. 그런데 이 사건이 인신매매와 마약에 대한 일로 확대되었습니다.”

“그런데?”

“물고기 배 속에 있는 마약을 어선이 유통하고 있었습니다. 어선끼리의 접선 장소는 서류에 쓰여 있는 곳입니다.”

김석훈의 시선이 서류로 향했다.

“인신매매는 택시와 직업소개소를 통해 다방면으로 이뤄지고 있습니다. 현재 저희가 파악한 곳은 전국 열두 개입니다.”

희우가 말을 마치자 김석훈이 물었다.

“그런데 이걸 왜 나에게 주는 거지?”

희우는 공손한 자세로 대답했다.

“솔직히 몇 가지 이유가 있습니다. 다만…….”

“다만?”

“예전에 부장님을 처음 뵀을 때 장일현 검사가 이런 말을 했습니다.”

장일현은 김석훈의 앞에서 꼬리를 살랑거리며 이렇게 말했었다.

─부장님 가시는 길의 작은 잡초까지 깔끔하게 정리해 놓겠습니다.

희우는 그 말을 그대로 전했다. 그리고 말을 이었다.

"부장님 가시는 길에 굵직한 사건이 몇 개만 더 있다면 좋겠다고 생각했습니다. 외람된 말이지만 부장님 같은 분이 제일 높은 자리까지 올라가셨으면 해서요……."

희우는 겸손한 척, 진심으로 김석훈을 위하는 척 연기했고 김석훈은 조용히 희우의 말을 듣고 있었다.

"굵직한 사건이라……."

맞는 말이었다. 김석훈에게는 누구나 인정할 수 있는 굵직한 사건이 모자랐다. 생각하던 김석훈의 입에 미소가 올랐다. 지금까지 못마땅한 표정을 짓고 있던 김석훈이 희우의 어깨를 두들기며 입을 열었다.

"자네가 김산에 간다고 했을 때 정말 의아했어. 한편으로는 미치지 않았나 생각했어. 그런데 이런 사건을 만들어서 기지고 오다니, 아주 마음에 들어."

"감사합니다."

김석훈이 말했다.

"그래, 서울에는 언제 올라올 거야?"

"김산에서 생각했습니다. 어서 서울로 가서 부장님을 보좌하고 싶다고요."

"그래서?"

"이번 사건을 부장님께 넘기기 위해 김산 지청장과 이야기를 조금 했습니다."

"김산 지청장?"

잠시 생각에 빠진 김석훈이 다시 입을 열었다.

"아, 전석규?"

"예. 전석규 지청장이 서울로 올라오고 싶어 합니다. 지청장이 부장님께 자리를 마련해 주십사 요청했습니다."

238

"전석규가?"

김석훈은 전석규가 자신을 좋게 생각하지 않는다는 걸 알고 있었다. 김석훈의 눈빛에 의아한 기색이 오르자 희우가 계속 말했다.

"네. 지청장은 부장님 아래로 들어가기를 원하고 있습니다."

김석훈은 다시 생각에 빠졌다.

전석규가 아래로 들어온다? 나쁘지 않은 일이었다. 전석규는 장관의 아들을 건드려서 지방으로 쫓겨났지만, 지금은 정권이 바뀔 시기였다. 즉, 장관의 눈치를 볼 필요가 없었다.

'전석규라……'

호랑이라는 별명을 가질 정도로 뚝심 있고 용맹하게 법의 칼을 휘두르던 놈이 아래에 들어온다면? 자신의 반대편에 서 있는 자들 중 상당수가 우호적으로 돌아설 거라고 생각했다. 그것은 훗날 총장으로 가는 길에도 큰 도움이 될 것이다. 김석훈이 고개를 끄덕였다.

"좋아. 하지만……."

하지만?

"한번 좌천되어 김산으로 내려갔던 사람이야. 다시 불러올 명분이 필요해."

"명분을 만들면 되겠습니까?"

"그렇지. 그럼 어려울 게 없지. 그렇게 되면 내가 할 일도 추천밖에 없는 것 아닌가?"

김석훈이 전석규를 끌고 오려고 마음을 먹는다면 지금도 얼마든지 가능하지만 다른 사람을 설득해야 하는 과정이 있었다. 김석훈은 그 과정이 싫었다. 김석훈은 안정적인 길을 원하는 사람이다. 누군가를 설득한다는 건 어쩌면 말싸움과 감정 상할 일이 생길 수도 있는 일이었다.

하지만 만약 전석규가 어떤 성과를 낸다면 설득할 필요가 없었다. 인사 시기가 다가왔고, 그 안에 성과를 낸 사람의 이름을 집어넣는 건 어려운 일이 전혀 아니었다.

희우는 고개를 끄덕였다.

"알겠습니다. 그럼 빠른 시간 안에 성과를 내도록 하겠습니다."

김석훈이 말했다.

"성과를 내라는 게 무리한 일을 하라는 게 아니야. 아까 네가 말한 비리 사건, 그걸 키워."

"네."

"언론에 터뜨려서 활활 타오를 수 있게 만드는 건 내가 해 주지."

"감사합니다."

"세상이 김산을 주목할 거야. 그때 너희가 깔끔하게 처리해."

김석훈이 손에 깍지를 끼며 계속 말했다.

"그럼, 전석규는 물론이고 그 아래 라인까지 모두 서울로 입성할 수 있어."

"감사합니다."

김석훈이 희우의 어깨를 토닥였다. 열심히 하라는 격려의 손짓이었다.

김석훈이 말했다.

"온 김에 일현이하고 강진이나 보고 가지 그래?"

"네."

말하지 않아도 만날 생각이었다.

잠시 후, 검찰의 휴게실이었다. 장일현과 최강진은 희우를 보자 크게 반가워했다. 장일현이 말했다.

"김산은 왜 내려가서 고생을 하고 있어?"

최강진 역시 희우의 옆으로 와서 악수를 권했다.

"오랜만이다?"

그들은 한마디씩 인사말을 전했고 이어서 푸념을 늘어놨다.

"거긴 몇 시에 퇴근해?"

지금 김산에 퇴근이란 개념 자체가 없다. 그런데, 장일현과 최강진은 밤 11시 전에 퇴근한 적이 없다며 불만을 토해 냈다.

그리고 최강진이 물었다.

"김산은 인원수가 적어서 너한테도 일이 배정되지?"

"네? 네."

"여기선 초임들이 사건을 건드는 경우는 거의 없어."

희우는 사건을 건드는 것을 넘어서 만들어 가고 있었다. 하지만 그들은 그런 생각은 전혀 못 했다. 일전에 대오성병원의 사건을 장일현에게 제보했지만 간호사의 입을 통해 들은 우연으로 치부할 뿐이었다. 두 사람에게 희우는 그저 초임 검사였다. 최강진이 계속 말했다.

"어떻게 보면 네가 잘 선택한 거야. 여기서는 신입한테 중책은 안 시켜."

다시 그들의 푸념이 시작되었고 희우는 겸손하게 웃으며 그들의 말을 들어 줬다.

잠시의 만남이 끝나고 장일현이 말했다.

"언제 올라가? 술 한잔해야지?"

"오늘 바로 가 봐야 할 거 같습니다. 사람이 없어서 일손이 달리거든요."

"촌 동네가 바빠 봤자 얼마나 바쁘다고?"

"그럼, 가 보겠습니다."

희우는 정중히 인사하고 자리를 벗어났다.

시계를 확인한 희우는 택시를 잡아타고 마포로 향했다. 향하는 곳은 서울 서부 지검, 규리가 있는 곳이었다. 희우는 전화를 들었다.

"바빠?"

-바쁘지. 왜 이렇게 할 일이 많은 거야.

"화장실 갈 시간도 없어?"

-없어, 없어.

희우는 피식 웃었다. 규리는 희우가 서부 지검으로 가는 중이란 것을 꿈에도 알지 못할 거다.

"그럼 차 마실 시간은?"

-어?

그제야 규리는 이상한 낌새를 눈치챘다.

-너 어디야?

"서부 지검 앞."

-기다려. 바로 내려갈게.

"바쁘다며?"

-내가 신입 검사하고 같나? 난 3년 차라고. 선배님 내려가시니까 차렷 자세로 기다려.

희우는 택시에서 내렸다. 멀리 규리가 바삐 뛰어오고 있었다.

희우의 앞에 서서 가쁜 숨을 몰아쉬던 규리가 말했다.

"오랜만이네?"

희우가 연수원에 있을 시기부터 규리의 얼굴은 거의 보지 못했다. 간간이 통화는 했지만 그게 전부였다. 검사의 일은 많았고 연수원의 하루 역시 쉽지 않았다.

희우가 말했다.

"커피?"

"좋아."

두 사람은 근처의 커피숍으로 이동했다.

"많이 바쁜가 봐?"

희우가 물었다.

"바쁘지. 얼마 전에 승환이하고 민수 선배도 발령받았는데, 알아?"

"승환이가 검사야?"

희우는 깜짝 놀랐다.

이전의 삶에서 승환은 분명 변호사였다. 그것도 승리만을 갈구하며 비열한 짓을 서슴지 않았던 악덕 변호사다. 그런 승환이 검사?

규리가 커피를 마시며 고개를 끄덕였다.

"응. 승환이는 여기 있고 민수 선배는 중앙 지검에 있는 거 같은데?"

희우는 생각에 빠져들었다.

자신과 조태섭 외에 타인의 운명을 바꾼다는 생각은 해 본 적 없었다. 하지만 승환의 운명이 바뀌었다. 그러고 보니 민수 역시 마찬가지다. 검사가 아니었던 민수도 지금 검사가 되었다. 희우의 개입으로 조금씩이지만 사람들의 운명이 변하고 있었다.

'좋은 건가, 아니면 나쁜 건가?'

다시 인생을 살며, 여러 가지가 바뀌었다. 그 여러 가지 생각이 머릿속을 헤집었다. 복잡했다. 하지만 생각을 해 봤자 이제는 돌이킬 수 없었다. 운명의 톱니바퀴는 이미 통제를 벗어났다.

그때, 문뜩 고등학교 동창이었던 정민이 생각났다. 이전의 삶이었다면 정민은 한국 대학교에 입학했어야 했다. 하지만 희우가 등장하며 정민의 미래가 바뀌었다. 대문호가 된다며 미국으로 유학을 떠난 거다.

'그놈은 잘하고 있나?'

생각할 때였다. 규리가 물었다.

"무슨 생각 해?"

"어? 아냐. 갑자기 고등학교 때 생각이 나서."

"고등학교 때?"

"정민이 기억하지?"

희우의 말에 그녀가 박수를 치며 웃었다.

"잘난 척쟁이?"

"응."

"미국 갔다고 했는데 어떻게 됐는지는 모르겠네."

규리의 핸드폰이 울렸다.

"잠깐만."

규리가 전화를 받았다. 심각한 표정으로 미간을 찡그리더니.

"야, 이 새끼야! 그걸 왜 기소해!"

규리의 입에서 욕이 터지기 시작했다. 이어진 욕은 옆에서 듣기 민망할 정도로 찰졌다. 거칠어진 규리의 모습에 희우는 자신도 모르게 웃고 말았다.

그렇게 통화를 종료한 규리가 이마에 손을 대고 고개를 흔들었다. 그러다가 희우를 보고 순간 얼굴이 붉어졌다. 욕하는 모습을 들켰기 때문이다.

"욕해서 미안. 구승혁이라고, 이상한 놈이 들어와서 그래."

"구승혁?"

"알아? 그러고 보니 너 연수원 동기지?"

"맞아, 내 동기야."

"그놈 연수원에서도 그랬어? 꽉 막혀 가지고 말이 안 통해. 욕을 해야 알아듣는다니까."

구승혁에 대한 욕으로 10분은 떠들었다.

그렇게 한창 대화하던 중 규리가 물었다.

"김산은 어때? 할 만해?"

"그럭저럭."

다시 규리의 핸드폰이 울렸다. 많이 바쁜 모양이었다. 희우가 말했다.

"그만 가자. 서울 온 김에 얼굴이나 보려고 들렀어. 어서 가서 일 봐. 나도 일하러 가야 하니까."

규리는 아쉬운 그리고 미안한 표정으로 희우를 봤다. 희우는 손을 흔들며 다시 택시에 올랐다.

희우는 다시 손목을 틀어 시계를 확인했다. 막차까지는 충분한 시간이 남아 있었다. 전화를 든 희우는 이상하게 웃으며 말했다.

"흘흘흘, 뭐 하세요?"

-희우야!

민수였다.

몇 년 만인지 몰랐다. 희우가 군대를 가면서 한 번도 못 본 인연이었다. 정말 반가웠는지 민수는 전화를 받고 밖으로 달려 나왔다. 양복을 입었지만 여전히 더러워 보이는 외모였다.

"어쩐 일이야!"

"잠깐 서울 올라온 김에 얼굴만 뵙고 가려고 전화 드렸어요."

"보고 싶었어!"

민수는 희우를 격하게 끌어안으며 말했다.

"검사가 되면 재밌는 일이 많을 줄 알았는데 하나도 재미없어. 오히려 대학 때 너랑 같이 지르고 다녔던 일이 훨씬 더 재밌더라."

민수가 눈을 반짝 뜨며 희우를 봤다. 그리고 말을 이었다.

"너 김산에 있다고 했지?"

"네."

"거기 인원 필요 없냐? 내가 갈까?"

"네?"

여전히 어디로 튈지 모르는 성격이었다.

희우가 뭐라고 말하기도 전에 민수는 심각한 표정으로 중얼거렸다.

"김산에 가려면 어떻게 해야 하지? 거기는 유배 가는 곳이잖아? 그럼, 검사장 한번 털어 봐?"

가만두면 진짜 할 것 같았다.

"그러지 마세요. 언젠가 같이 일할 날이 오겠죠."

"너 나랑 같이 일하기 싫구나? 아니지, 너 같은 녀석을 계속 김산에 묵혀 두지는 않을 테니까."

민수는 조금 침체된 얼굴로 한숨을 내쉬었다. 그리고 물었다.

"그건 그렇고."

방금과 달리 무거운 목소리였다. 민수가 희우를 빤히 바라보며 입을 열었다.

"너지?"

"뭐가요?"

"김산 비리 사건."

희우는 대답하지 못했다.

서울의 누구도 그렇게 생각하고 있지 않았다. 김석훈도 그저 지청에서 사건을 추진하던 중 찾아낸 일로 치부했다. 장일현과 최강진은 생각조차 못 하고 있었다. 그런데, 민수는 본질을 꿰뚫었다.

민수가 다시 입을 열었다.

"그리고 또 다른 거 있냐?"

"네? 다른 거라뇨?"

"이상하잖아? 비리를 찾았으면 겁나 바빠야 하는데, 지금 넌 서울에 있어. 네가 왜 서울에 있을까? 추측하면 비리를 들춰내던 중 다른 사건을 찾아낸 거야. 조폭과 관련이 되어 있는 일이니까, 어쩌면 마약?"

희우는 대답하지 않았다. 그러자 민수가 씨익 웃으며 말을 이었다.

"맞네, 마약. 어쨌든, 마약 사건을 들고 서울에 찾아왔다면 이유는 하나지. 유배당한 두 분과 서울에 올라오려고 김석훈을 만났겠지. 베팅을 하려고."

희우는 마른침을 삼켰다. 민수는 무서운 사람이었다. 뉴스에서 흘린 한 번의 소식만 듣고 사건을 본 것처럼 이야기하고 있었다. 희우는 대답 대신 어색한 미소만 지었다. 그러자 민수가 다시 씨익 웃으며 말했다.

"이것도 맞지?"

"들켰나요?"

"들키긴."

"어떻게 아셨어요?"

"난 네가 누군지 알잖아. 너라는 사람을 생각하면 어려운 일도 아니지."

민수가 주머니에서 담배를 꺼내 입에 물었다.

"줄까?"

"아뇨."

"나는 군대에서 배웠다. 흘흘."

민수의 입에서 뿌연 담배 연기가 흘렀다. 민수가 계속 말했다.

"너하고 있으면 참 재미난 일이 많을 텐데. 어서 올라와. 그래서 같이 싸워 보자."

"알겠습니다."

"그런데 너 많이 밝아졌다? 예전에는 이런 식으로 무표정하게 다녔는데."

민수는 손가락으로 자신의 눈꼬리를 잡고 치켜세웠다.

"제가 그러고 다녔나요?"

"응, 지금이 보기 좋아. 계속 밝게 다녀. 웃으면 복이 오는 세상이야."

밝아졌다? 그럴 수도 있다. 다시 검찰로 돌아왔으니까. 드디어 조태섭과 싸울 수 있는 판에 앉았으니까. 이제는 조태섭과 마주칠 시기를 기다리면 되는 거다.

새벽녘이 되어서야 희우는 김산에 도착했다. 하지만 희우는 집으로 가지 않고 바로 지청으로 향했다.

먼저 문구준의 입을 연다. 그것이 희우가 세운 첫 계획이었다. 문구준만 입을 연다면 일은 한층 수월하게 흘러갈 수 있었다. 하지만 문구준도 스스로 알고 있었다. 그가 살 수 있는 유일한 방법은 권력자들의 이름을 팔지 않는 것이었다. 그들이 혐의로만 끝나게 된다면 문구준은 재기의 꿈을 꿀 수 있기 때문이다. 그 희망의 끈을 끊어 버릴 방법이 필요했다.

희우가 사무실로 들어가자 오민국 수사관은 아직까지 퇴근을 못 한 채 일을 하고 있었다.

"벌써 출근하셨어요?"

희우가 놀란 표정으로 물었다. 농담이라고 건넨 말이었지만 피곤이 쌓여 있던 오민국은 인상을 찌푸렸다.

"출근이라뇨, 누구 때문에 퇴근을 못 하고 있습니다."

"문구준요?"

"검사님요."

"며칠 안으로 문구준의 입을 열겠습니다. 그럼 퇴근할 수 있을 겁니다."

"며칠요?"

"네."

"며칠은 퇴근이 힘들다는 말로 들리네요."

희우는 자리에 앉아 오민국이 정리한 사건을 넘겼다.

아침이 되고 전석규가 출근을 했다는 소식을 들은 희우는 바로 지청장실로 향했다.

"그래, 김석훈 부장은 만났나?"

"네, 만나고 왔습니다."

전석규는 어서 앉으라는 몸짓을 하며 긴장된 표정을 지었다. 김석훈이 어떤 반응을 보였을지 궁금했다.

희우가 말했다.

"김석훈 부장과 거래를 하기로 했습니다."

그의 말에 전석규는 '짝!' 하고 박수를 쳤다.

"좋아, 김석훈이를 믿지는 못하지만 그 정도 약속을 안 지킬 놈은 아니지."

희우는 잠시 말을 끌었다.

"김석훈이 조건을 걸었습니다."

"조건?"

"네, 비리 문제를 깔끔하게 해결해야 한다고 말했습니다."

"원래 해결하려고 했던 일이야."

이제 문구준의 입만 열면 된다. 희우는 문구준을 취조실로 불러냈다.

"오랜만."

문구준은 여전히 아무 대답이 없었다.

"아직도 변호사 안 왔어요? 거참, 게으른 사람이네. 며칠이 지났는데 아직도 안 오고 있어?"

희우는 하품을 하며 나른한 눈으로 그를 바라봤다.

"마약하고 인신매매는 해결했네요. 그래도 성매매를 위해 사람을 샀다는 거하고 마약을 사용했다는 건 피할 수 없을 겁니다. 그것만 해도 실형을 면할 수는 없지. 아, 일단 불법적으로 만든 돈은 모두 환수할 거고."

희우는 말을 하며 서류 꾸러미를 테이블 위에 올렸다.

"내가 재미있는 얘기 해 줄까요? 자, 들어봐요. 내가 가져온 서류에 있는 문장, 몇 개만 읽어 줄게요."

문구준은 듣기 싫다는 듯 눈을 감았다. 그러거나 말거나 희우는 서류에 적힌 문장을 읽었다.

"김산군 오징어 축제에서 행사 진행 요원으로 유채파 조직원 이십여 명이 사흘간 동원, 김산군으로부터 천만 원의 활동비를 지원받음."

"……."

"유채파 조직원을 진행 요원으로 채용한 군청 직원의 소속은 오리무중. 당시 일을 진행한 건 군청 직원이 아니라 계약을 했던 이벤트 회사였음. 유채파가 정상적인 이벤트 회사처럼 자신들을 꾸며 군청을 속였던 것으로 확인됨."

"……!"

문구준의 얼굴근육이 꿈틀거렸다. 희우가 말한 내용은 문구준이 실제로 했던 것과 달랐다.

김산 오징어 축제에서 조직원이 진행 요원으로 참여해 천만 원의 돈을 받은 건 사실이었다. 하지만 그 계약은 어디까지나 군수의 허락이 있었기 때문에 이뤄진 거다. 가짜로 이벤트 회사를 만들거나 하지 않았다.

희우는 피식 웃으며 다음 서류를 꺼내 들었다.

"그리고 이것도 재밌어. 들어 봐요."

문구준의 눈꺼풀이 파르르 떨려 왔다. 희우는 그 표정을 살피며 종이에 적힌 내용을 읽어 내려갔다.

"김산군 어시장 리모델링 사업권을 두고 사업 추진 단계에서 실제 공사가 진행되기까지 유채파가 참여했던 걸로 드러남. 리베이트와 공사비 부풀리기를 통해 김산군과 강원도청에서 받은 공사비 중 37억 5천만 원을 횡령했음."

"……!"

"리모델링 입찰 경쟁에서 유채파가 다른 건설업체를 협박하여 입찰에 참여하지 못하도록 유도했음. 유재파가 만든 건설 회사는 실체가 없는 외부 용역 회사였음. 이렇게 쓰여 있는데, 이거 맞아요?"

문구준의 인상이 일그러졌다.

이것 역시 달랐다. 리모델링 사업에 참여는 했지만 의원과 군수의 도움이 없었다면 입찰 경쟁에서 이길 수 없었다. 그리고 37억 5천만 원의 횡령한 돈 역시 혼자 먹은 게 아니었다. 의원과 군수에게 각각 15억씩 갔다. 나머지 7억 5천만 원도 그 아래 공무원에게 나눠 줬고 정작 문구준이 손에 쥔 것은 1억 5천이 전부였다.

희우가 재밌다는 표정으로 말했다.

"계속 읽어 줄까?"

"그만."

문구준이 눈을 떴다. 이대로 간다면 정말 뒤집어쓸 것 같았다.

희우가 슬쩍 웃으며 말했다.

"그쪽이 입 다물고 있는 동안 저쪽은 떠들었어. 그쪽이 죄인이라고."

희우가 서류를 툭 내려 두며 천천히 일어섰다. 그리고 문구준을 내려

250

다보며 말을 이었다.

"문구준 씨의 미래를 알려 드리죠. 산더미처럼 쌓인 증거 문서, 모두 문구준 씨의 어깨에 올라갈 겁니다. 문구준 씨는 높은 분들 살리고 혼자 감옥에 들어가게 될 겁니다. 10년? 20년? 어쩌면 30년."

희우는 몸을 틀었다. 그리고 두 번 다시 문구준을 만나지 않을 것처럼 냉랭히 취조실의 문으로 향했다.

"말하겠다."

문구준의 목소리가 들려왔다. 희우의 입가에 미소가 맺혔다.

'걸려들었어.'

나쁜 놈들은 항상 말한다, 의리가 최고라고. 그런데, 나쁜 놈 중에 의리 있는 놈은 본 적이 없다.

희우가 다시 의자에 앉았다. 그리고 책상 위에 있는 서류를 손으로 잡아 밀었다. 주르륵 밀린 서류가 테이블 밑으로 떨어져 내렸다. 요란한 소리와 함께 희우의 눈이 차가워졌다.

"좋아요. 지금까지 조사한 자료는 모두 폐기하겠습니다. 사건의 진실을 말해 주겠습니까?"

문구준이 고개를 끄덕였다.

취조실의 반대편에서 상황을 보고 있던 전석규가 주먹을 꽉 쥐었다. 이제 시작이었고 일은 일사천리로 진행되었다.

군수와 서장이 연이어 불려왔다. 그들은 자신들이 저지른 죄를 부정하지 못했다. 마지막으로 국회의원 구욱청이 취조실에 앉았다.

희우가 히죽 웃었다.

"구욱청 의원님. 이런 누추한 곳으로 오시게 해서 정말 죄송합니다. 그동안 검찰이 핫바지로 보이셨죠? 이제부터 죄를 물어뜯는 검사가 얼마나 무서운지 아시게 될 겁니다."

그때, 취조실의 반대편에 있던 전석규가 지성호에게 말했다.

"성호야."

"네."

"브리핑실에 기자들 모아라."

"네? 아직 구욱청 의원에 대한 입증을 하지 못했는데요?"

"상관없어. 기자들 불러."

전석규는 구욱청의 표정에서 뭔가를 봤다. 이미 끝난 상황이었는데, 구욱청은 뭔가를 기대하고 있었다. 그래서 기자를 부르는 거다. 다른 짓을 하기 전에 언론에 터뜨리고 구욱청의 목을 끊을 생각이었다. 그래야 구욱청에게 퇴로가 없을 거다. 전석규의 생각을 파악한 지성호가 빠르게 밖으로 나갔다.

잠시 후, 지청의 작은 브리핑실에 기자들이 모였다. 지성호가 기자들의 앞으로 걸어 나갔다.

"지금부터……."

김산 군수, 국회의원, 경찰서장 비리에 대한 사건 조사를 발표하겠습니다, 라는 말을 하기 직전이었다. 지성호의 휴대폰 진동이 울렸다. 발신 번호는 전석규였다. 잠시 기자들에게 양해의 표시를 한 후 지성호가 뒤로 돌아 들어갔다.

"네."

−발표에서 구욱청의 이름은 빼라.

"네?"

−빼.

"그게 무슨……."

전석규의 한숨 소리가 들렸다. 그리고 뚝, 전화가 끊어졌다.

지성호는 기자들 앞에 서서 떠듬떠듬 입을 열었다. 지성호는 브리핑을 했지만 그 입에서 구욱청 의원의 이름은 나오지 않았다. 뒤늦게 소식을 안 희우가 지청장실로 들어갔다.

"구욱청 의원의 이름은 왜 빼신 겁니까?"

전석규는 아무 말 하지 못하고 의자를 뒤로 돌린 채 창밖만 보고 있었다.

"이유를 말씀해 주십시오."

희우의 재촉에 전석규가 천천히 입을 열었다.

"김석훈 부장한테 전화가 왔다. 구욱청 의원을 빼는 게 조건이라고."

희우가 눈을 찌푸려졌다.

김석훈이 직접 전화를 해서 청탁을 했다? 김석훈과 구욱청 의원과는 아무 관련이 없다. 그런데 이유가 뭘까? 희우는 계속해서 생각했다. 김석훈과 관련된 모든 사람을 생각했고, 그리고 단 하나의 이름을 떠올렸다.

'조태섭?'

그게 아니고서는 김석훈이 국회의원의 비리를 눈감아 달라는 청탁을 할 리가 없었다.

조태섭과 구욱청 의원? 구욱청 의원이 목숨을 구하기 위해 조태섭에게 고개를 숙였는가? 가능성이 높았다. 아니, 확실했다.

희우의 입꼬리가 슬쩍 올라갔다.

'구욱청 의원?'

어차피 조태섭이라는 거물에 비하면 잔챙이였다. 어쩌면 구욱청이라는 잔챙이는 조태섭을 역으로 공격할 수 있는 무기가 될 수도 있었다.

희우는 전석규에게 말했다.

"그럼, 이 선에서 끝내겠습니다."

"그래, 그렇게 하도록 해."

희우가 밖으로 나가자 전석규는 깊은 한숨을 내쉬었다.

"젠장."

그날 밤.

희우와 전석규 그리고 지성호는 작은 선술집에 모여 앉아 술잔을 주고받았다. 테이블 위에 술병이 그득하니 쌓일 때까지 그들 중 누구도 먼저 입을 열지 않았다. 국회의원 구욱청을 잡아넣지 못했다는 게 못내 아쉬웠기 때문이다.

그 침묵을 깬 건 전석규였다. 그가 지성호에게 물었다.

"넌 왜 검사가 됐냐?"

"출세하고 싶어서 그랬죠. 개천에서 용 날 수 있는 방법이 이것뿐이라고 생각했거든요."

"뭐, 다들 비슷하지."

전석규가 희우를 봤다.

"넌?"

"할 수 있는 게 공부밖에 없었습니다."

"이놈은 독특하네."

희우는 말없이 웃으며 소주를 입으로 넘겼다. 할 수 있는 게 공부밖에 없었다는 말은 지금의 이야기가 아니었다. 이전의 삶. 처음 검사라는 직업을 선택했을 때의 이야기였다.

전석규의 뜬금없는 질문에 우울한 옛 기억이 떠오르고 있었다. 격투기를 떠나 편의점 알바를 하며 지독하게 공부를 했던 그 시절의 기억.

희우가 기억과 함께 소주를 삼킬 때였다. 전석규가 말했다.

"나는 아버지처럼 살기 싫어서 검사를 했어."

지성호는 깜짝 놀랐다. 전석규가 자신의 이야기를 하는 건 처음이었다.

전석규가 계속 말했다.

"우리 아버지는 도둑이었거든. 큰 도둑도 아니고 좀도둑."

희우도 깜짝 놀랐다. 전석규의 아버지가 도둑이었을 줄은 몰랐다.

전석규가 계속 말을 이었다.

"아버지가 마지막으로 교도소에 들어간 게 내가 열아홉 살 때야. 그때도 도둑질을 했는데, 이유가 뭐였더라? 그래, 내 등록금을 내주고 싶어서 그랬다고 증언했어. 그런데 그거 거짓말이야. 당시 등록금이 100만 원이

254

안 되었는데 훔친 돈이 200만 원이 넘었어."

뭐가 웃긴지 전석규는 혼자 큭큭거리며 웃었다. 그리고 품에서 담배를 꺼내 입에 물었다. 라이터 소리와 함께 연기가 흐르며, 전석규가 다시 말을 이었다.

"아버지는 15년 형을 받았어. 지금 15년 받으려면 나쁜 짓 엄청 해야 하잖아? 그런데 당시는 그랬어. 범죄자 뿌리 뽑겠다며 형량을 대폭 강화하는 특별법이 있었거든. 우리 아버지는 재수 없게 거기에 걸린 거야."

전석규의 입에서 뿌연 연기가 씁쓸히 흘렀다.

"그런데 그때 한 권력자의 동생 새끼가 100억 원대의 횡령을 저질렀어. 몇 년 받는지 알아? 고작 7년이야, 7년. 우리 아버지는 감옥에서 죽었는데 횡령 저지른 놈은 7년. 재밌지 않아? 더 재밌는 것은 그 새끼는 7년 안 살았다는 거야. 2년 만에 나오더라."

희우와 지성호는 아무 말 하지 않았다. 전석규는 재떨이에 담배를 비벼 끄며 푸념 어린 목소리를 냈다.

"그래서 검사 했다. 그런데 나 서울 가겠다고 국회의원을 풀어 주네."

희우가 말했다.

"제가 구욱청 의원은 다시 잡아넣겠습니다."

"뭐?"

지성호가 무슨 소리를 하냐는 듯 희우를 바라봤다.

"지금은 서울 가는 버스표로 구욱청 의원을 사용했지만 쓸모가 없어지면 버려야지요. 카드로 버스 타는 시대인데 언제까지 버스표 들고 다니려고요."

전석규가 고개를 끄덕였다.

"그래, 놈은 우리가 꼭 잡아넣자!"

세 사람은 잔을 부딪쳤다.

다음 날, 최강진으로부터 전화가 왔다.

-김석훈 부장님이 너한테 연락해서 인신매매와 마약을 잡으라는데 무슨 소리지?

희우가 답했다.

"혹시 자료 받으셨습니까?"

희우가 서울에 올라간 날 김석훈에게 건넸던 자료를 말했다.

-응, 지금 보고 있어.

"자료에 보시는 그대로입니다. 인신매매는 각 지역에 있는 직업소개소를 일시에 소탕하시는 쪽으로 접근하시면 됩니다만 마약 유통은 지역이 김산이니만큼 도움을 드리겠다는 말입니다."

-그래, 알았다. 일단 내가 김산으로 가마.

최강진은 전화를 끊었다.

그런데, 최강진의 기분은 좋지 않았다.

김산 지청은 딱 셋만 있는 작은 곳이나. 그곳에서 군수와 경찰서장을 잡아넣는 쾌거를 이뤘다. 희우가 아무리 신입이라고 하지만 그 사건에 이름을 집어넣었다. 시작부터 굵직한 사건을 맡은 것이다.

"장일현은 대오성병원의 일을 진행했었고."

최강진은 자신만 아무것도 한 게 없다고 생각했다.

그런데 이번에 김석훈 부장이 직접 불러 인신매매와 마약을 맡겼다. 엄청난 중책이었다. 물론 최강진이 일을 처리해도 언론에 이름을 알리는 건 김석훈이었다. 하지만 그것만으로도 기뻤다. 큰 사건에 자신의 이름이 들어갈 수 있는 기회였기 때문이다. 그런데 김석훈이 이상한 말을 했다.

"김희우한테 연락해서 같이해 봐."

희우에게 연락을 하라고? 마치 후배한테 밀리는 것 같아서 자존심이 상했다. 하지만 희우를 만난 최강진은 그런 마음은 전혀 내색하지 않았다.

김석훈은 조태섭과 만나고 있었다.

김석훈이 물었다.

"이번 대선에는 나오실 줄 알았는데요."

조태섭은 고개를 저었다.

"대통령에서 물러나면 일선에서 뛸 수 없잖나. 나는 계속 현역으로 있고 싶어. 언젠가 그 자리에서 해야 할 일이 있다면, 그때 도전하도록 하지."

"그러실 것 같았습니다."

차를 입에 한번 댄 김석훈이 갑자기 뭔가 생각난 듯 무릎을 탁 쳤다.

"똘똘한 놈을 찾아냈습니다."

"똘똘한 놈?"

"네. 지금 김산군에 있는 김희우라는 검사입니다."

"김희우?"

조태섭은 희우의 이름을 곱씹었다. 김석훈이 다시 말했다.

"지금 김산에 있는 녀석입니다."

김산 사건은 떠들썩한 일이었다. 그 정도로만 말을 해도 조태섭은 김석훈이 말하고자 하는 바를 이해했다.

"김석훈 부장이 이야기할 정도면 정말 똘똘한가 봐?"

"나중에 의원님이 하시는 일에 도움이 될 수 있도록 잘 키워 보겠습니다."

조태섭은 천천히 고개를 끄덕거렸다. 그러자 김석훈이 다시 말했다.

"그래서……."

"말해 봐."

"김산에 있는 전석규와 그 아래에 있는 놈들을 전부 서울로 올리려고 합니다."

"전석규라면 호랑이 검사라고 불렸던 그 전석규를 말하는 건가?"

"그렇습니다. 김희우 검사가 지금 전석규의 아래에 있습니다. 전석규는 제 밑으로 들어오기로 했고요. 어쩌면 검찰을 장악하는 게 조금 더 빨라질 수 있다고 생각합니다."

"편한 대로 하게. 검찰 일이야 검사들이 알아서 해야지."

김석훈은 다시 앞에 놓인 차를 들어 마셨다. 조태섭에게 하고 싶은 말이 있었다. 그 말을 꺼내기 위해 목이 타는 것 같았다. 그렇게 머뭇거리던 김석훈이 어렵게 입을 열었다.

"부탁드리고 싶은 게 있습니다."

"말해."

"이번 인사에서 저를 중앙 지검장으로 보내 주십시오."

김석훈의 말에 조태섭이 묘하게 웃었다.

"김석훈 부장이 인사 청탁을 한다? 그것 참 신기한 일이야."

"지금까지는 의원님이 넣어 주시는 자리를 다녔습니다. 물론 그때마다 좋은 자리에 앉아 이만큼 커 올 수 있었습니다. 하지만 총장에 앉기에는 조금 모자란 점이 있습니다. 그것을 채울 수 있는 기회가 왔습니다."

"그게 전석규와 김희우라고?"

"네. 놈들을 아래에 두고 검찰을 장악하고 싶습니다. 그래서 다음 총장의 자리에는 제 이름을 올리고 싶습니다."

조태섭이 미닫이문을 향해 시선을 틀었다.

"한 실장."

문이 열리고 한지현이 들어왔다. 그녀를 보며 조태섭이 말했다.

"검찰총장한테 연락해서 이리 좀 오라고 해. 하반기 인사에 대해 할 이야기가 있다고 전하고."

"알겠습니다."

그녀가 다시 밖으로 나가고 조태섭은 차를 들어 마셨다.

김석훈은 주먹을 꽉 쥐었다.

원래 계획은 달랐다. 김산에 있는 전석규와 지성호 그리고 김희우 세 명을 서울로 불러들인다는 약속은 지키려고 했다. 하지만 희우 외에 자신의 아래에 둘 생각은 하지 않았다. 전석규를 믿지 못했고, 지성호는 누구인지 알지도 못했다.

　그러나 이번 구욱청 의원의 비리를 덮으라는 지시를 내리며 전석규의 행동을 지켜봤다. 전석규는 놀랍게도 순순히 굴복했다. 그 뻣대던 호랑이가 머리를 숙이고 국회의원을 불기소하는 걸 보며 김석훈은 자신의 밑으로 둬도 된다고 생각했다. 칼에 찔려 죽어 가면서도 이를 드러내는 호랑이가 무섭지 한번 고개를 숙인 호랑이는 무섭지 않았다. 김석훈은 전석규라는 호랑이를 잘 조련할 생각이었다. 그래서 서커스도 끌고 다니고 사람들 앞에 구경도 시킬 계획을 세우고 있었다.

　대검에 의해 대규모 마약 단체와 인신매매 조직이 잡혔다는 소식이 뉴스에 연일 계속되던 날이었다. 전석규에게 전화가 걸려 왔다. 김석훈이었다.

　"네. ……네. ……네."

　네, 네, 네라고만 대답을 한 전석규.

　통화를 종료한 후 곧바로 희우와 지성호를 호출했다. 모두가 지청장실로 들어오자 전석규가 말했다.

　"다음 달부터 우리는 중앙 지검으로 출근한다."

　지성호의 입이 찢어졌다.

　"정말입니까? 정말요? 이제야 김산에서 벗어날 수 있는 건가요?"

　전석규가 김산에 들어온 지 8년, 지성호가 이곳에 온 게 2년이 지났다. 검사는 순환 보직이라고 했지만 그들과는 상관없는 일이었다. 다시 서울로 입성을 한다는 소식에 지성호는 크게 좋아했다.

　지성호가 희우를 슬쩍 봤다.

　"넌 안 좋냐?"

　"저는 몇 개월 안 있었잖아요. 오히려 아쉬운데요? 바다도 보고 좋았는데."

"지청장님, 우리 희우는 내버려 두고 가지요."

"농담입니다."

전석규가 크게 외쳤다.

"오늘은 회를 먹자!"

유채파가 사라진 김산에 특별한 범죄는 나타나지 않았다. 마약과 인신 매매 사건이 종결되며 유흥업소 역시 모두 사라졌다. 관광 온 취객들의 사건 사고만이 있을 뿐이었다.

인신매매를 당해 강압적으로 마약을 했던 여성들, 그녀들은 당연하겠 지만 모두 무죄를 선고받았다.

그녀들이 치료를 받으러 떠나던 날이었다. 희우는 그녀들을 찾아가 고 개 숙여 사죄했다. 대한민국의 검사로서, 그녀들이 이런 고통을 겪게끔 한 일에 대해 진심으로 사죄하고 머리를 숙였다.

그녀들은 희우의 사과에 눈물을 흘리기 시작했다. 방금 전 일처럼 아 직도 생생히 느껴지는 지옥 같던 시간이 떠올랐는지 서로를 부둥켜안고 목 놓아 울었다. 희우는 그런 그녀들의 모습에 고개만 숙이고 있을 뿐이 었다.

서울로 가는 날을 기다리는 시간은 지루했다.

퇴근 후 희우는 바다를 바라보며 모래사장에 앉아 있었다. 바다는 이 전과 같았지만 파도 소리는 전보다 평화롭게 느껴졌다. 얼마 만에 느껴 보는 한가한 기분인지 몰랐다.

희우의 앞으로 한 여자가 전화를 하며 지나갔다. 흰색 티셔츠에 짧은 청치마를 입은 여성이었다. 그녀의 전화 내용을 들으며 희우는 눈살을 찌 푸렸다. 통화 내용의 거의 대부분이 욕설이었다. 화가 나서 욕을 하는 게 아니라 일상적인 대화 내용이 욕설이었다. 그녀가 멀리 사라지고 희우는 다시 바다에서 불어오는 시원한 바람을 느꼈다.

30여 분의 시간이 더 지나고서야 자리에서 일어났다. 시계를 보니 시간은 새벽 1시였다. 천천히 도로가로 나갔다.

모래사장에서 도로로 오르기 위해서는 계단을 올라야 했다. 위로 올라간 희우는 주변을 둘러봤다. 늦은 시간이었지만 술에 취해 돌아다니는 사람들이 간간이 보였다. 작년 초여름 김산에서 일어난 사건 보고를 기억하면 무척 양호한 편이었다.

희우는 취객들을 피해 집으로 향했다. 많은 횟집을 지나 가로등이 드문드문 있는 조용한 길가로 접어들었다. 택시를 이용해 집으로 갈 수 있었지만 걷는 걸 선택했다. 시원한 바닷바람을 조금 더 만끽하고 싶었다. 여기서 떠나면 또 언제 이 기분을 느낄 수 있을지 몰랐다.

그때 희우의 눈살이 찌푸려졌다.

멀리 굉음을 내며 달려오는 자동차가 보였다. 그리고 옆으로 빠르게 지나가는 회색 승용차!

'음주 운전? 저러다 사고 나지.'

희우는 스쳐 지나가는 차량의 방향으로 고개를 돌렸다.

갑자기 차의 앞으로 흰색 티셔츠를 입은 여성이 모래사장에서 튀어나왔다. 아까 보았던 욕설을 하던 여자였다. 그리고 그대로 차와 충돌했다.

꽈지직! 꽈앙!

잔혹한 소리가 들렸다.

희우는 질끈 눈을 감았다. 다시 눈을 떴을 때. 승용차는 도로의 가드레일을 받고 멈춰 있었다. 도로 한복판에 쓰러져 있는 그녀의 머리는 도로에 박혀서인지 검붉은 피가 솟아 흐르고 있었다.

사건을 목격한 희우의 심장이 거세게 떨려 왔다. 부모님을 교통사고로 잃었던 희우에게 차량 사고의 현장은 지금도 마주치기 힘든 현실이었다.

희우는 긴장된 숨을 내쉬며 사고 장소로 달려갔다. 손에 들린 핸드폰은 이미 경찰과 구급차를 부르는 중이었다.

그렇게 가까이 다가가 현장을 확인한 희우는 눈살을 찌푸렸다.

여자는 처참한 상태였다. 운전자는 핸들에 머리를 댄 채 의식을 잃은 상태였다. 검붉은 피가 도로가를 적셔 왔다.

희우는 도로의 끝, 모래사장으로 향하는 계단으로 달려갔다. 그녀는 홀로 통화를 하며 걷고 있었지만 일행이 있을지 모른다는 생각 때문이었다. 하지만 주변에는 아무도 보이지 않았다.

구급차가 오고 곧이어 경찰차가 현장에 도착했다. 그들 역시 처참한 사고의 모습에 시선을 두지 못했다. 희우가 그들의 앞으로 걸어갔다.

"김산 지청 검사 김희우입니다. 제가 사건의 현장을 목격했습니다."

희우의 말에 현장에 나온 두 명의 경찰은 눈을 껌뻑거렸다.

김희우라고 한다면 전 경찰서장을 잡아닣은 자였다. 경찰 내부에서도 민심이 좋지 않던 서장이었기에 한편으로는 좋았지만 다른 한편으로는 검찰에서 경찰의 비리를 들쑤셨다는 게 기분이 나쁘기도 했다.

그들의 마음을 알았는지 희우가 말했다.

"저에 대한 생각이 어떠신지 알지만 일단 사건의 경위는 들으셔야죠."

희우는 손을 들어 차량이 달려온 방향과 여자가 튀어나온 위치를 설명했다.

"차는 과속을 하고 있었고 여자가 계단에서 갑자기 튀어나왔습니다. 아래에서 올라왔기 때문에 운전자도 인지를 하지 못한 것 같습니다."

경찰이 말했다.

"음주 운전으로 인한 교통사고 같네요. 운전자 깨어나는 즉시 음주 검사 확인 후 처리하겠습니다."

"예, 그럼 고생하십시오."

희우는 들것에 실려 나오는 운전자를 바라봤다. 술 냄새가 역하게 풍겨 왔다. 한 여자를 죽인 운전자의 몸에 상처는 보이지 않았다. 사고를 낸 후 술에 취해 잠이 들었는지 아니면 애초에 잠이 든 상태로 운전을 했는지는 몰랐다.

구조대에 의해 여성이 들려지고 있었다. 이미 여성의 숨은 끊어진 상태였다. 순간, 희우의 눈에 힘이 들어갔다.

"잠깐!"

"네?"

멈칫한 그들.

희우는 들것에 실린 여성의 앞으로 걸어갔다. 경찰이 물었다.

"왜 그러십니까?"

"이 주변을 지금 당장 수색해 주세요."

"네?"

음주 운전으로 일어난 교통사고에 수색을 하라니, 그들은 희우의 말이 이해가 되지 않았다.

희우가 말했다.

"단순 교통사고가 아닙니다."

경찰이 피식 웃으며 대답했다.

"네, 알겠습니다."

그들은 희우에 대해서 알고 있었다.

이제 몇 개월 되지 않은 신입.

운 좋게 큰 사건을 건든 신입.

그로 인해 기고만장해진 신입.

하지만 희우의 다음 말로 그들의 얼굴이 굳어졌다.

"성폭행이 의심됩니다."

"……!"

"속옷이 없을 이유가 있나요?"

희우의 말에 그들은 여성의 하반신을 바라봤다. 짧은 청치마를 입고 있었다. 그런데 속옷이 없었다. 경찰의 목소리에 긴장감이 서렸다.

"네! 알겠습니다. 바로 이 주변을 수색해 보도록 하겠습니다."

경찰은 지원 요청을 하며 모래사장으로 달려갔다.

희우는 견인차에 의해 끌려가는 차를 지켜보며 생각에 잠겼다.

여자가 갑자기 튀어나왔다. 이유가 뭐지? 주변을 살폈다. CCTV는 없었다. 횟집이 즐비한 곳과는 거리가 있기에 현장을 목격한 사람도 보이지 않았다. 그리고 사건이 일어나고 바로 확인을 했지만 누구도 근처에 없었다.

희우는 그녀가 올라온 계단을 걸어 내려갔다. 찰나의 순간에 일어난 사고였지만 그녀는 매우 급박해 보였다.

희우는 천천히 도로를 옆에 두고 모래사장을 걸었다. 다음 계단이 있는 곳까지의 거리는 약 100미터.

희우는 다시 되돌아 걸었다. 사고가 일어난 장소를 지나 반대편의 계단을 향해 갔다. 역시 거리는 100미터. 하지만 이곳은 사건이 일어난 장소보다 더 어두웠다.

계단을 걸어 위로 올라가 보자 소나무 숲이 울창한 곳이었다. 성수기에는 텐트를 치는 장소였다. 사건이 일어났다면 이곳일 가능성이 높았다.

희우는 주변을 살피며 다시 현장으로 돌아왔다.

멀리 동이 트고 있었다. 사건의 현장 역시 해가 뜨며 더 자세히 보였다. 차량의 부서진 파편이 보였고 망가진 전화기가 눈에 들어왔다.

그녀를 처음 봤을 때 분명 전화를 하고 있었다. 차에 부딪히며 전화기를 놓쳤고, 땅에 떨어져 부서진 모양이었다. 희우는 그쪽으로 걸어가 전화기를 손에 들었다. 전원 버튼을 눌러 보니 다행히 전원이 들어왔다.

사고가 일어난 시간은 새벽 1시 20분.

마지막 통화가 12시 40분.

희우는 그 번호로 전화를 걸었다. 잠이 덜 깬 여성의 목소리가 들렸다.

-응, 제희야.

제희? 여자의 이름인 것 같았다.

"핸드폰을 주워서요. 돌려 드리고 싶은데 방법이 없어서 마지막 통화한 분께 전화를 걸었습니다."

-아, 그래요? 그럼 제가 가지고 있다가 돌려줄게요. 어디시죠?

희우는 자신이 있는 지역을 말했다. 그녀가 말했다.

-죄송하지만 조금만 기다려 주시겠어요? 제가 금방 갈게요.

희우는 그녀와 만나기로 한 버스 정류장에 앉았다.

잠시 후, 한 여자가 희우의 앞으로 걸어왔다.

"핸드폰 주우신 분?"

"네."

희우는 자리에서 일어났다. 그리고 그녀의 눈을 확인했다.

술이 덜 깬 눈. 얼마나 많은 술을 마신 걸까?

희우가 신분증을 꺼내 그녀의 앞에 펼쳤다.

"김산 지청 김희우 검사입니다."

"네?"

검사라는 말에 당황하는 여자.

"핸드폰의 주인과 어떤 관계시죠?"

"치…… 친군데요?"

떨리는 목소리.

"어제 마지막 통화에서 어떤 대화를 나눴나요?"

"제희가 무슨 사고를 쳤나요?"

희우는 고개를 저었다. 하지만 자세한 상황을 설명하지도 않았다.

"말씀만 해 주세요."

"어제 서울에서 놀러 왔거든요. 그런데 술을 마시다가……."

두 사람은 숙소를 잡고 바다를 거닐다가 횟집으로 들어가 술을 마시기 시작했다. 한 잔씩 들어가는 술과 낯선 장소로서의 여행은 두 사람을 들 뜨게 했다. 그녀들에게 접근한 두 남자, 낯선 장소에서의 로맨스를 꿈꾸는 두 여자의 승낙.

그녀가 희우에게 말했다.

"그리고 12시쯤이었나? 제희가 화장실을 간다고 하며 나갔어요. 제희에게 계속해서 말을 걸던 남자도 에스코트를 해 주겠다며 따라갔고요. 그리고 둘은 들어오지 않았어요."

남자와 같이 나갔다?

"혹시 그 남자들 연락처 알고 있나요?"

"아뇨."

고개를 저은 그녀가 계속 말을 했다.

"저는 남아 있던 남자랑 술을 마시다가 더 마시기가 힘들어 다시 숙소로 갔어요. 숙소로 가면서 전화를 했던 게 마지막 통화예요."

"제희 씨가 뭐라고 하던가요?"

"술을 많이 마셔서 잘 기억이 안 나요. 남자가 별로라느니 그런 말을 했던 거 같아요. 전 전화를 끊고 잠이 들었고요. 그런데 무슨 일이 생긴 건 아니죠?"

희우는 입을 닫았다. 그저 경찰을 불렀을 뿐이다.

경찰의 입을 통해 친구가 죽었다는 말을 들은 그녀는 오열했다. 즐거운 추억을 만들려고 온 바다에서 잊을 수 없는 기억을 남겼다.

희우는 그녀가 말한 횟집으로 향했다. 사고가 난 지점에서 멀지 않은 거리였다. 역시 CCTV는 보이지 않았다. 이른 아침이었기에 횟집은 문을 닫은 상태였다.

희우는 전화를 꺼내 어디론가 전화를 걸었다.

"출근하셨나요?"

전화기 안에서 피곤이 가득한 목소리가 들렸다.

–몇 시인데 출근을 안 했겠습니까? 검사님은 어디세요?

오민국 수사관이었다.

"사건이 있어서 출근이 늦을 것 같습니다. 그리고 하나 좀 알아봐 주세요."

–어떤 거죠?

"맛있는 바다 횟집. 전화번호가 033-×××-××××. 여기 주인 핸드폰 번호를 알고 싶습니다."

–네, 바로 알아봐 드릴게요. 그보다 지청장님이 찾던데요?

"지청장님이요?"

희우는 바로 전석규에게 전화를 걸었다.

"찾으셨다고요?"

–어디야? 왜 출근 안 해?

"어젯밤에 바람 좀 쐬다가 교통사고를 목격했습니다."

전석규에게 사건에 대한 보고를 시작했다. 전석규가 말했다.

–그래, 잘 처리하고 어서 복귀해라. 오늘 아침에 인사 명령 떨어졌다.

희우의 손에 힘이 들어갔다. 기다리고 있던 일이 드디어 결정이 났다.

"네, 알겠습니다. 처리하고 가도록 하겠습니다."

김산을 떠날 날짜가 완벽하게 결정되었다. 어쩌면 제희라는 이름의 여자가 김산에서의 마지막 사건이 될 수도 있었다.

희우의 전화가 울렸다. 오민국 수사관이었다. 그는 바로 횟집 사장의 전화번호를 넘겼다. 번호를 누르자 한참을 울리던 통화 연결음. 잠에서 깬 남자의 목소리가 들렸다.

"횟십에 CCTV가 달려 있나요?"

–네, 계산대에 있습니다.

주인은 바로 횟집으로 달려왔다. 희우가 물었다.

"어제 12시경에 합석을 한 남자 둘, 여자 둘 기억하시나요?"

"예, 당연히 기억하죠."

"남자들 혹시 아는 얼굴인가요?"

"아뇨, 모르죠."

그는 CCTV가 녹화되어 있는 컴퓨터를 켰다.

"여기 이 사람요. 계산하고 나가는 남자. 이 남자가 마지막까지 있던 사람이에요."

사고를 당한 피해자와 같이 있던 남자가 아니었다. 그녀의 친구와 끝까지 술을 마신 사람이었다.

희우는 눈을 가늘게 뜨고 화면에 집중했다. 하지만 화질이 좋지 않아 얼굴을 확인하기가 어려웠다. 그때 남자가 계산을 하기 위해 카드를 꺼냈다. 희우는 다시 오민국 수사관에게 전화를 걸었다.

ㅡ네, 검사님.

"카드 번호 조회 좀 부탁할게요."

상황 설명을 듣던 오민국이 말했다.

ㅡ그런데 수사는 저에게 맡기지 왜 또 직접 하고 다니십니까? 저를 못 믿겠습니까?

"목격을 한 일이라 직접 움직이고 싶네요."

희우가 미안한 듯 웃었다.

횟집 사장에게 인사를 한 희우는 건물을 벗어났다. 그때 그의 이름을 누군가가 불렀다.

"김희우 검사님."

아진이었다.

"안녕하세요."

그녀는 희우의 앞으로 달려와 숨을 몰아쉬었다.

가벼운 트레이닝복을 입고 아침 운동 삼아 해안가를 달리고 있었다고 했다. 그녀는 아직 직장을 잡지 못했다. 아버지의 재판이 기다리고 있었

268

고, 당분간은 좀 쉬고 싶다고 했었다. 그녀가 물었다.

"어디 가세요?"

"사건이 생겨서요. 조금 알아보러 다니고 있습니다."

"수사 같은 건가요?"

"네, 수사죠."

그녀는 호기심 가득한 표정으로 물었다.

"그런 건 일반인이 참관하면 안 되는 거죠?"

"네?"

"위험한 거 아니면 보고 싶어요. 궁금해서요."

그녀의 말에 희우가 웃었다.

"지루할 텐데요. 영화와는 달라요."

"그래도 꼭 한번 보고 싶었어요."

"좋아요. 그럼 제 말은 무조건 따라야 합니다."

"넵!"

그녀는 어색하게 경례 동작을 펼쳤다.

오민국 수사관에게 전화가 왔다. 희우는 남자의 전화번호와 주소지를 받아 적었다. 남자는 김산에 살고 있었다. 희우는 손을 흔들어 택시를 잡았다. 아진이 물었다.

"무슨 사건이에요?"

"아직은 모르겠어요."

그녀는 다시 희우에게 물었다.

"그때 그 여자분은 여자 친구인가요?"

"여자요?"

아진이 말한 여자는 한미였다. 희우는 고개를 저었다.

"친구죠. 제가 강원도로 왔다고 한번 와 본 겁니다."

친구라는 말에 그녀는 빙긋 미소 지었다. 물론 희우는 그 미소를 보지 못했다.

그녀는 부끄러운 듯 손만 만지작거렸다. 그러다가 말했다.

"그럼 저도 기회가 있겠네요?"

하지만 희우는 듣지 못했다. 워낙 작은 소리로 말했기에 택시 기사가 튼 라디오 소리에 묻히고 말았다.

목적지에 도착한 그들. 남자가 사는 곳은 2층 빌라였다. 희우는 아진에게 아래에서 기다리라는 말을 하고 성큼성큼 계단을 걸어 올라갔다. 벨이 없는 문이었다. 문을 두들기자 잔뜩 취한 눈에 머리가 기름으로 떡이 진한 남자가 문을 열고 나왔다.

"누구세요?"

"김산 지청 김희우 검사입니다. 몇 가지 여쭙고 싶은 말이 있어서 찾아왔습니다."

"네?"

남자는 검사가 찾아왔다는 말에 술이 다 깨 버린 것 같았다.

"어제 같이 있던 친구분, 지금 소재 파악 가능합니까?"

"무창이가 사고라도 쳤나요?"

희우는 고개를 저었다.

"아닙니다. 묻고 싶은 게 있어서입니다."

"잠시만요."

떨리는 손으로 전화를 거는 남자. 그는 무창이라는 친구에게 연락을 취했다.

"야, 너 어디야? 응? 뭐라고?"

친구의 말을 듣던 남자가 황당한 표정으로 희우를 바라봤다.

"경찰서에 있다는데요?"

희우는 바로 그의 전화를 뺏어 들고 말했다.

"옆에 직원분 좀 바꿔 주십시오."

경찰이 전화를 받았다. 희우는 자신의 소개를 한 후 무창이라는 이름을 가진 남자가 어떤 이유로 잡혀 왔는지 물었다. 경찰이 대답했다.

─술 먹고 길에서 자고 있기에 데리고 왔습니다. 지금 막 전화 받고 깨어났고요.

길에서 자고 있었다?

"그분 확인할 게 있으니까 잠시만 데리고 있어 주십시오."

희우는 다시 택시를 타고 지구대로 향했다.

지구대로 들어간 희우는 경찰의 안내를 받아 한쪽 의자에 앉아 있는 무창에게로 다가갔다.

"어젯밤에 무슨 일이 있었죠?"

"네?"

"어제 횟집에서 술을 먹다가 제희라는 아가씨와 밖으로 나갔잖아요."

"술을 많이 마셔서 기억이 잘 안 나요. 나간 거까지는 기억이 나는데 그 뒤에는 통 모르겠어요."

희우는 골치 아픈 표정을 지으며 경찰에게 걸어갔다.

"어제 캠핑장 옆에서 일어난 교통사고 아시죠?"

"네, 알고 있습니다. 검사님께서 성폭행 여부 검사 지시하셨다면서요?"

"네, 맞습니다. 그래서 검사할 때 저 친구 머리카락 좀 함께 보내 주십시오."

경찰들의 눈이 커졌다. 의자에 앉아 있던 무창의 눈은 그들보다 배가 커졌다. 무창이 말했다.

"성폭행요?"

희우는 그를 보며 고개를 끄덕였다.

"네. 지금 가장 유력한 용의자입니다."

"전 안 했어요."

"저도 그러기를 바랍니다."

머리를 쥐어뜯으며 거친 숨을 내쉬던 무창이 갑자기 외쳤다.

"난 아니에요! 정말로요! 어제 같이 나간 건 맞는데 그 여자가 나를 싫다고 했어요. 촌스럽다고!"

그가 심각할 정도로 구겨진 얼굴로 계속 말했다.

"몇 번 더 같이 술 한잔하자고 꼬신 게 전부입니다. 그 여자는 그냥 가 버렸어요. 저는 옆에 호프집으로 들어가서 한 잔 더 마셨고요. 아, 그 호프집 가서 물어보세요! 어제 저 혼자 온 거 말해 줄 겁니다!"

희우는 그의 눈을 보고 있었다. 거짓말을 하는 것 같지는 않았다.

"그럼 왜 처음에는 기억이 안 난다고 했죠?"

"차이고 길에서 잠까지 들어 버렸으니 안 쪽팔리겠어요?"

희우는 잠시 한숨을 내쉬었다. 그리고 경찰에게 말했다.

"일단 머리카락은 함께 보내 주십시오."

뒤에서 무창이 "난 진짜 아니라고!" 하며 비명에 가까운 목소리를 내질 렀다. 희우가 그를 흘끗 바라봤다.

"아니면 마음 편히 있으면 됩니다."

희우는 다시 경찰서 밖으로 나섰다.

아진이 그에게 물었다.

"성폭행 사건이에요?"

희우는 고개를 끄덕였다.

"그런데 그게 조금 복잡해지네요."

"왜요?"

희우는 그녀에게 사건의 전말에 대해 설명을 했다.

"아직 확정적인 건 아닙니다. 성폭행을 당했는지 여부에 대한 검사도 아직 안 나왔으니까요."

그녀가 고개를 갸웃거렸다.

"그쪽이면 CCTV가 있을 수도 있겠는데요?"

"네?"

그녀가 다시 말을 이었다.

"없을 수도 있고요. 거기가 얼마 전까지 유채파가 관리하던 나이트 근처잖아요. 게네, 나이트에서도 성매매를 했었거든요. 그래서 단속 피하려고 여기저기 골목에 몰래카메라 같은 CCTV 많이도 설치해 뒀어요."

"가 보죠."

희우는 그녀에게 말을 하고 다시 택시를 불러 잡았다.

택시에 타며 그녀가 물었다.

"그런데 검사님은 왜 차 안 타고 다니세요?"

"아, 관용차가 있기는 한데요, 지청이 작아서 한 대밖에 없어요."

"검사님은 차 없어요?"

"네. 아직 필요성을 느끼지 못하고 있습니다."

택시에서 내린 그들은 흰색 페인트로 칠해진 사고 도로를 둘러보며 주변을 크게 훑었다.

"저기가 나이트예요."

희우는 그곳을 향해 시선을 돌렸다.

사고가 난 곳과의 거리는 약 100여 미터. 하지만 늦은 밤이었다. CCTV에 잡혔을까? 아니, 우선 CCTV가 작동을 하고 있었을까? 나이트는 유채파가 사라져 새로운 주인을 기다리며 영업을 하지 않은 지 오래였다. 그리고 찾아봤지만, 깡패들이 설치한 CCTV는 현장을 비추고 있지 않았다.

그때, 희우의 핸드폰이 울렸다. 경찰이었다.

-성폭행을 당한 흔적이 있습니다.

예상이 맞았다. 그리고 충격적인 말이 더 들려왔다.

-황진용 의원의 딸이라고 합니다.

전화를 끊은 희우는 생각에 빠졌다.

'황진용 의원!'

몇 년 전까지 조태섭의 유일한 대항마로 불리던 사람이다. 하지만 자신이 공천한 사람들이 줄줄이 낙마를 하며 기세가 꺾인 후 조용히 지내고 있었다. 물론 황진용이 공천한 자리에 최강의 수를 두어 힘을 약하게 만든 건 조태섭의 그림이었다.

황진용 의원의 딸이라는 말에 희우는 눈을 감았다.

'이 사건이었어.'

희우는 이 사건을 알고 있었다.

이 시기에 희우는 검사가 아니라 격투기 선수였다. 하지만 현역 의원의 자식이 음주 운전 교통사고, 거기에 성폭행을 당했다는 소식은 대대적으로 보도가 되었고 범인은 그로부터 몇 년이 지나서야 잡혔다. 희우는 그 범인이 어디에 있는지 알고 있었다.

희우는 아진과 헤어지고 바로 지청으로 향했다.

희우가 지청장실로 들어가자 전석규가 일어났다.

"명령 날짜는⋯⋯."

전석규는 희우에게 서울로 갈 날짜를 알려 주려 했다. 하지만 희우의 말이 더 빨랐다.

"범인을 찾았습니다."

"뭐?"

"아침에 보고드렸던 성폭행 사건의 범인을 찾았습니다. 목격자가 있었습니다. 목격자는 자신의 신원을 밝히기를 꺼렸습니다. 범인을 잡아서 검사를 하겠습니다."

아침에 보고를 하더니 점심이 되기 전에 잡았다고 말을 한다.

전석규는 이 사건이 얼마나 꼬여 있었고 자칫 미제로 남을 뻔했다는 사실까지는 알지 못했다. 하지만 희우의 빠른 목소리에 눈만 껌뻑였다.

"해 봐."

희우는 고개를 숙여 인사를 하고 밖으로 나와 오민국 수사관에게 향했다.

"근처 대학교 교수들, 강사들 명단 모두 뽑아서 주시겠습니까?"

희우는 오민국 수사관이 넘겨 온 명단을 훑어보기 시작했다.

이름까지 기억이 나지는 않았지만 그는 김산 근처에 있는 어느 대학교 교단에 서고 있던 교수였다. 지금 사건의 시기는 그가 잡히기 몇 년이나 전이니까, 아직은 강사로 있을 수도 있었다. 희우는 사진을 보고 이름을 읽으며 종이를 한 장씩 넘겼다. 그리고 오래지 않아 한 사람의 얼굴을 지목했다.

찾았다. 완벽하게 기억이 났다.

희우는 오민국 수사관과 함께 바로 밖으로 나갔다. 용의자는 뻔뻔하게도 신문을 읽으며 식사를 하고 있었다. 희우가 그 앞에 앉았다. 그가 시선을 돌려 희우를 바라봤다.

"누구?"

"김산 지청 검사 김희우입니다."

희우는 테이블 위에 영장을 올려놨다. 그리고 말을 이었다.

"황제희 양 성폭행 사건으로 왔습니다. 묵비권을……."

"네?"

그는 아무것도 모른다는 표정으로 눈을 깜박거렸다.

희우는 인상을 찌푸렸다. 이놈은 죄를 지어 놓고 태연히 식사를 하고 있다. 검사가 찾아왔는데도 평온함을 잃지 않고 있다. 말 그대로 사이코패스다. 희우는 이런 사람이 제일 싫었다.

"하…… 너 안 되겠구나?"

"지금 너라고 했나요?"

"응, 너."

"검사라고 했죠? 검사는 반말해도 되나요? 저는 죄인이 아니고요. 죄인이라고 해도 인격이 있는 사람입니다. 검사님에게 반말할 권리까지는 없다고 생각하는데요?"

"대학에서 학생들 가르친다고 하더니 많이 배웠나 보네? 오민국 수사관님, 연행해 주세요."

오민국은 그대로 남자를 체포했다.

그렇게 취조실에서 희우는 놈과 마주 앉았다.

"변형주. 나이 34세. 맞나?"

"내가 여기 왜 와 있는 겁니까? 이유나 알고 싶은데요?"

"목격자가 있어."

"그뿐인가요? 그게 내가 강간을 했다는 증거입니까? 그 목격자를 데리고 와 주세요!"

변형주의 목소리가 커졌다.

갑자기 그는 옷을 훌렁훌렁 벗었다.

"자! 보세요. 내 몸에 흉터가 있나요? 만약 강간을 했다면 벗어나려는 여성으로 인해 제 몸에 상처가 났겠지요? 그런데 보세요, 흉터가 있는지!"

"조금 있으면 검사 결과가 나올 거니까 그냥 실토하자. 길게 끌어서 좋을 거 없잖아?"

변형주가 한숨을 내뱉었다. 검사 결과라는 말에 그의 기가 죽었나 싶었다. 하지만 아니었다. 변형주가 말했다.

"어제 친구들과 술 한잔 먹고 집에 가는데 그 아가씨가 제게 접근해 왔습니다. 술 한잔 사 달라고요. 그게 다입니다. 술을 한잔 먹고 잤습니다. 됐습니까? 이게 강간이에요? 상호 간의 합의였어요!"

희우는 그의 눈을 똑바로 바라봤다. 절대 거짓말이 아니라는 듯 당당했다.

"둘이 술을 마셨다고?"

"네."

"어디서?"

"기억 안 납니다. 나도 김산 시내에 나온 건 처음이라."

"맞아, 충분히 그럴 수 있어. 그럼 하나 더. 술은 얼마나 마셨지?"

"맥주 오백으로 두 잔 정도 마셨을 겁니다."

"마신 시간은?"

"기억나지 않아요. 두 시간 정도 마신 거 같은데요."

"안주는?"

"치킨요."

희우가 피식 웃었다.

"다시 질문. 황제희가 만나던 사람과 헤어진 건 새벽 12시 40분. 그런데 죽은 시간은 1시 20분. 40분의 시간. 그동안 만나서 치킨을 시키고 맥주를 두 잔 마신 후에 잠을 잤다고?"

변형주의 눈동자가 흔들릴 때였다. 희우가 그의 앞에 얼굴을 바짝 대고 무거운 목소리로 말했다.

"한 사람 더 있지?"

"네?"

"술을 마신 두 사람은 집에 가고 있었다. 비틀거리는 여자가 눈에 들어왔다. 범행을 계획한 두 사람은 여자를 끌고 숲으로 갔다. 한 사람이 강간을 하고 다른 사람이 망을 봤지. 그리고 다른 사람이 강간을 하려고 할 때 여자는 도주. 근처에 다른 사람이 있어서 두 사람은 여자를 쫓지 않고 도망갔다."

변형주는 침을 꿀꺽 삼켰다. 희우가 말한 건 모두 사실이었다.

희우가 계속 말했다.

"왜? 잡히니까 억울해? 억울해하지 마. 그 여자는 인생이 끝났지만 넌 고작 몇 년 살고 당당히 나올 거잖아. 난 이래서 우리나라 형량이 마음에 안 들어."

희우가 변형주를 잡아먹을 듯 노려보며 계속해서 입을 열었다.

"자, 솔직해지자. 한 놈은 어디 있어?"

사건은 해결되었다. 현역 국회의원의 딸이 당한 비극적인 일이었기에 세간의 관심은 컸다. 하지만 희우는 그 앞에 나서지 않았다. 지성호가 브리핑을 했고 모든 건 김산 지청의 공으로 돌렸다.

김산을 떠나기 전날, 집에 앉아 있는 희우에게 전화가 왔다. 전석규였다.

－술 한잔하자.

희우는 바로 옷을 갖춰 입고 밖으로 나갔다. 그들이 으레 먹던 작은 선술집이 아니었다. 꽤 분위기가 있는 일식집이었다.

"지청장님, 이런 비싼 곳은 왜?"

"고맙기도 하고 그래서 맛있는 거 사 주려고 불렀다. 잠자코 먹자."

그들은 한참 주거니 받거니 술을 마셨다.

잠시의 시간이 지나고 전석규가 물었다.

"그런데 왜 나에게 왔지?"

"네?"

"순진한 척하지 말고. 우리 숨기고 있는 이야기를 하자고."

"숨기는 거 없습니다."

"넌 같이 버스에 타자고 했어. 함께 가기로 했으면 목적지는 가르쳐 줘야 하지 않나?"

희우는 머뭇거렸다. 전석규가 피식 웃으며 말했다.

"그럼 나부터 말하지. 내 검사 생활이 몇 년인지 알아? 그런데 내가 이제 갓 임관한 핏덩이에게 일을 모두 맡겼어. 왜 그랬을까? 네가 잘해서? 네가 나라고 한다면, 아무리 잘한다고 해도 핏덩이를 믿을 수 있겠나?"

"아닙니다. 믿지 못할 겁니다."

"나는 유배를 당했어. 여기서 일반적인 방법으로 빠져나가기는 쉽지 않아. 그래서 나는 이제 막 검사복을 입은 너에게 베팅했다. 간단해. 일반적이지 않은 방법으로 일을 처리할 거니까. 새로움. 그 새로움이 나를 다시 전장으로 보내 주지 않을까 하는 기대였어. 실패한다고 해도 상관없었어. 여기 있든 쫓겨나든 똑같으니까. 이게 내 속마음이었다. 그리고 앞으로의 마음을 이야기한다면, 이제는 너를 믿는다. 그래서 너를 앞세워서 전장에서 승리하고 싶어. 너는 훌륭한 무기가 될 수 있으니까."

전석규가 희우에게 얼굴을 바짝 들이밀었다. 그리고 무겁게 말했다.

"이제 네 이야기를 해 봐. 일개 신입 검사가 감히 나를 서울로 보내 준다는 말을 했어. 그 이유가 뭐야? 서울에 있을 수 있는 놈이 왜 김산까지 나를 찾아왔지?"

한숨을 내쉰 희우가 입을 열었다.

"저도 지청장님이 필요했습니다."

"알고 있어. 필요한 용도를 말해 봐."

"저는 지청장님 같은 분이 총장 자리에 올라야 한다고 생각합니다."

전석규의 얼굴이 굳었다. 하지만 희우는 담담했다.

"권력의 힘을 두려워하지 않으시죠. 아니, 두려워하실지 모르지만 피하지는 않습니다."

전석규는 마른침을 삼켰다. 핏덩이 검사의 입에서 나오는 말은 말 그대로 미쳐 있었다. 하지만 희우의 목소리는 멈추지 않았다.

"당장 다음 총장은 되지 못하겠지만 그다음 자리는 노려 볼 만할 겁니다. 기수도 충분하시잖아요."

잠시 답을 못 하던 전석규가 어렵게 입을 열었다.

"김석훈이 있어. 김석훈은 다음 총장을 노리겠지만 아직 일러. 그다음 자리를 노려 볼 만하다고? 그다음이라면 김석훈과 붙는다. 김석훈과 달리 나 정치권과 끈이 없어. 그런데 나를 총장으로 올린다고?"

"네."

"어이가 없군, 내가 핏덩이의 말을 듣고 가슴이 설레다니."

천장을 바라보던 전석규가 다시 물었다.

"넌 김석훈 라인이 아니었나?"

"저는 지청장님의 라인입니다."

"이것도 이해가 안 가. 김석훈의 아래에 있으면 출셋길은 보장될 텐데 왜 맞서려고 하지?"

"저는 권력 앞에서 꼬리를 흔드는 개가 되고 싶지는 않습니다. 그리고 그런 개가 싫습니다."

"그래서 그 싫은 개가 김석훈이고?"

"네."

"김석훈을 싫어하는 이유가 뭐야?"

"재수 없잖아요."

희우의 말에 전석규가 크게 웃었다.

"맞아, 재수 없어. 세상에는 그냥 싫은 사람들이 있지. 좋아, 김희우 검사의 계획을 따라 보기로 하지. 김석훈이와 한판 붙어 보자고."

"네!"

희우가 힘차게 답했고 전석규가 골똘히 생각하더니 물었다.

"그런데 방법이 있나? 정계에도 힘이 있고 검찰 내부에도 지지자가 많은데? 나랑은 완전 다른 사람이야."

"먼저 장일현부터 잡아야죠."

"장일현?"

전석규는 장일현의 얼굴을 떠올리려고 노력했다. 하지만 서울을 떠난 지 오래된 전석규가 새로운 검사들의 얼굴을 알 턱이 없었다.

"김석훈의 앞잡이 같은 놈입니다."

"어쨌든, 그놈을 잡는다고?"

"네."

"죄는?"

"찾아봐야죠."

"해 봐."

"알겠습니다."

전석규는 일어나서 희우에게 악수를 청했다.

"같이 가 보자. 이제는 너를 믿는다."

"총장실로 향하는 엘리베이터 버튼은 제가 눌러 드리겠습니다."

희우가 그의 손을 맞잡았다.

전석규가 희우의 눈을 보며 말했다.

"나는 솔직히 김산에서 평생 썩을 줄 알았다. 그런데 다시 서울 구경도 하게 되고, 고맙다."

희우는 대답 없이 맞잡은 손에 힘을 주었다.

CHAPTER 24

서울 중앙 지검.

김석훈이 지검장에 오르며 대대적인 인사가 단행되었다. 희우와 전석 규 그리고 지성호는 서울 중앙 지검 제4차장 소속의 특수수사과로 들어 가게 되었으며 전석규는 수사과장을 맡았다. 제4차장 소속의 특수수사 과. 말이 좋아 특수였지 중대한 사건을 맡는 경우는 없었다.

김석훈이 특수수사과를 방문해 전석규와 악수를 나눴다.

"일단은 특수수사과에 있어. 좌천되었다가 올라왔는데 처음부터 중책 을 맡길 수는 없잖아. 시기 봐서 좋은 자리로 올릴 테니까 여기서 여독이 나 풀고 있으라고."

전석규는 비굴한 웃음을 날리며 김석훈의 손을 공손히 잡고 연신 허리 를 굽혔다.

"불러 주신 것만 해도 감사합니다. 열심히 해 보겠습니다."

그 모습이 마음에 들었던지 김석훈은 크게 웃으며 사무실을 벗어났다.

호랑이로 불렸던 전석규를 자신의 아래에 두는 것, 김석훈으로서는 위 험할 수도 있는 일이었다. 하지만 자신과 반대편에 서 있는 사람들을 포 용하기 위해서는 전석규의 얼굴이 필요했다. 김석훈의 목표는 검찰의 완 벽한 지배권이 아니다. 모두에게 인정받는 검찰총장이었다. 그리고 그 일 에는 전석규가 필요했다. 전석규를 특수수사과에 배치한 것은 전석규를 길들이려는 계획이었다.

김석훈이 밖으로 나가자 지성호가 말했다.

"지청장님 짬밥에 특수수사과 과장이면 너무한 거 아닌가요?"

하지만 전석규는 아무 말 하지 않았다. 굴욕적인 인사 단행이었지만 내색하지 않았다. 전석규의 머릿속에는 희우가 했던 말이 울리고 있었다. 차기 총장을 노리자! 왠지 희우가 한 말에 믿음이 갔다. 차기 총장 자리에 다가서기 위해서는 이런 굴욕쯤이야 얼마든지 참을 수 있었다.

전석규가 지성호에게 말했다.

"바로 중책을 맡을 거란 생각은 안 했어."

그 시각, 사무실을 벗어난 희우는 민수에게 전화를 걸었다. 동시에 민수가 달려왔다.

"희우야!"

민수의 얼굴에는 함박웃음이 가득했다. 그가 말했다.

"내가 이럴 줄 알았다. 아니지, 솔직히 이렇게 빨리 올라올 줄은 몰랐네. 도대체 무슨 마법을 부린 거야? 오늘 뭐 해? 맥주 마시러 갈까?"

민수는 들떠 있었지만 희우는 고개를 저었다.

"아니요, 오늘은 지검장님이 좀 보자고 해서요."

"김석훈 지검장님이? 너를?"

"네."

김석훈이 평검사와 단둘이 식사를 하는 경우는 없었다. 장일현이나 최강진과 밥을 먹을 때도 항상 옆에 누가 함께 있었지 단둘이 만나는 경우는 지금까지 단 한차례도 없었다. 민수 역시 그 사실을 알고 있기에 의외라는 눈으로 희우를 바라봤다. 그리고 희우의 어깨에 팔을 걸치며 말했다.

"역시, 너는 대단한 놈이야. 난 너랑 있는 게 너무 재미있다. 그래서, 이번에는 무슨 일을 할 거냐? 혼자 하지 말고 같이 좀 하지."

희우가 웃으며 답했다.

"바쁘지 않으세요? 사건 올라오는 거 보면, 밥 먹을 시간도 없을 것 같은데요."

"맞아. 그건 그래. 그래도 네가 뭔가 일을 한다면 난 꼭 같이 할 거야, 흘흘흘."

그날 밤, 김석훈은 희우를 불러냈다. 장일현과 최강진이 없는 두 사람만의 자리였다.

"요직에 앉힐까 어쩔까, 너에 대해서는 조금 고민을 했다. 하지만 당분간은 전석규 아래에 있어라. 녀석이 무슨 생각을 하는지, 어떤 계획을 꾸미고 있는지 살펴보도록 해. 그러면 너도 내가 걸어온 길을 그대로 밟을 수 있다."

"감사합니다."

"감사할 필요 없어. 한창 날아다녀야 할 검사를 한직에 넣어 둔 내 마음이 아프니까. 대신 일이 잘 처리되면 김산에서 처리한 군수나 서장 비리 그리고 성폭행 사건은 모두 네 이름으로 넣어 주지."

"정말 감사합니다."

김석훈의 말대로 된다면, 희우는 신입 검사부터 굵직한 사건을 몇 개나 해결하고 처리한 게 된다. 희우가 앞으로 검사로서 살아가기에는 좋은 이력이 될 수 있었다. 하지만 김석훈은 몰랐다. 희우는 김석훈이 던져 주는 밥그릇에 꼬리를 흔들 생각이 없었다.

김석훈과 간단한 식사를 마치고 희우는 택시에 올라타 잠실로 향했다. 그리고 어느 낡은 건물 앞에서 내려 전화를 걸었다. 건물의 앞에는 미래부동산컨설팅이라는 작은 간판이 걸려 있었다. 희우가 상만과 계약을 하며 만들었던 회사였다. 잠시 후, 상만이 나왔다.

"그놈은 일 잘하냐?"

그놈이란 김산에서 취직을 시켜 준 이연석을 의미했다. 상만은 고개를 저었다.

"검정고시부터 보게 하라면서요?"

"그랬지."

"그래서 공부를 시키고 있는데요. A, B, C도 몰라요. 원래 있던 직원들한테는 친척 동생이라고 말해 놓고 공부부터 가르치는 중입니다."

서울로 올라온 이연석은 공부를 하고 있었다. 배운 게 없었기에 검정고시를 공부하는 일도 허덕이는 중이다.

상만은 회사에 있는 다른 직원에게 이연석이 일을 하러 왔다고 말하기가 어려웠다. 아무런 이력이 없는 사람이 갑자기 채용이 되었다고 하면 낙하산을 의심할 게 뻔했기 때문이다. 큰 회사도 낙하산 인사에 눈초리가 좋지 않은데, 몇 명 일하지도 않는 작은 부동산 회사에서의 낙하산은 더욱 큰일이었다. 그래서 상만은 그들에게 이연석이 친척 동생이며 사고를 많이 쳐서 공부를 가르칠 겸 함께 있다고 말을 돌려 했다.

희우가 말했다.

"잘했다. 그리고 할 일이 있다."

"말씀만 하십시오."

희우는 사진을 몇 장 넘겼다.

"응? 이게 뭔가요?"

"조태섭 의원 옆에 있는 여자야. 수행 비서 같기도 한데 어떤 자료에도 나와 있지 않아."

희우가 넘긴 사진에는 한지현의 얼굴이 찍혀 있었다.

"알겠습니다. 찾아보겠습니다."

"이 일을 할 때는 지금 회사의 직원들 말고 흥신소 같은 녀석들 있잖아, 남 뒤 잘 캐는 놈들. 그런 놈들과 접선하도록 해. 네 얼굴이나 정체는 밝히지 말고."

"당연하죠. 흐흐흐. 그런데 얼굴 참 예쁘네요."

"그리고 하는 김에 조태섭 의원의 동선도 좀 알아보고. 돈은 얼마가 들어도 상관없으니까 최대한 자세히 알아내도록 해."

"옙!"

희우는 상만에게 인사를 하고 자리를 떠났다. 회사의 내부가 어떻게 생겼는지 어떤 사람과 일을 하는지 궁금했지만, 지금은 희우의 모습이 드러나서는 안 될 때였다.

희우는 조용히 집으로 향했다. 예전부터 살던 반지하의 낡은 집. 그곳은 아직 희우의 소유였다. 달라진 점이 있다면 예전에는 월세로 있었지만 지금은 희우가 사 버렸다는 것이다.

서울에서는 특별히 할 일이 없었다. 김산 팀에 업무란 존재하지 않았다. 김석훈은 스스로 일을 찾아 만들라고 지시했지만, 그건 쉽지 않았다. 각 부서가 고유한 영역을 가지고 움직이는 상황에 전석규가 쉽게 발을 뻗을 만한 자리는 없었다. 지성호가 말했다.

"장소만 서울로 바뀌었을 뿐 지청에 있을 때와 똑같은 기 같은네요!? 할 일도 없고, 찾는 사람도 없고."

지성호가 구시렁거릴 때 희우는 어떤 자료를 보고 있었다. 전석규가 물었다.

"뭐 하나?"

"별것 아닙니다."

전석규는 희우의 모습을 슬쩍 본 후 더 이상 묻지 않았다.

애초에 희우에게 자유를 준다고 말했었다. 말을 했으면 지켜야 한다는 생각을 가지고 있었다. 그것이 희우를 사용하는 방법이라고 판단했다.

그런데, 자료를 보던 희우의 얼굴이 찌푸려졌다.

'이게 사실이라고?'

희우는 상만이 조사해서 보내온 서류를 읽고 있었다.

상만이 보내온 자료 중에는 한 사진이 있었고 거기에는 고아원에서 아이들에게 피아노를 쳐 주는 조태섭의 모습이 담겨 있었다. 누구에게 보여 주기 위한 것이 아니었다. 보여 주려 했다면 이미 신문에 대대적으로 실렸을 것이다. 아이들과 함께 있는 조태섭의 모습은 정말 행복해 보였다.

희우는 다음 자료를 확인했다.

조태섭은 매년 수십억 원에 가까운 돈을 기부하고 있다. 역시 누구에게
보여 주기 위한 것이 아니었다. 그 외에도 조태섭의 선행은 계속 있었다.

희우는 계속해서 보고서를 읽었다.

'업무가 없는 날이면 어려운 사람을 찾아서 돕는다. 그리고 밝혀지기를
꺼린다? 조태섭이?'

생각 외의 정보였다.

희우가 알고 있는 조태섭은 남들에게 보이는 것을 우선하는 사람이었
다. 단돈 100원이라고 해도 타인에게 보이지 않는다면 적선하지 않는 사
람이 조태섭이었다. 10원이라도 기부를 할 때는 티를 내야 한다고 가르쳤
던 사람이 조태섭이다.

희우는 고개를 절레절레 저었다. 조태섭이 선행을 하든 하지 않든 상
관없었다. 애초에 죄만 물어뜯을 생각이었다.

희우의 생각은 조태섭에서 김석훈으로 넘어갔다.

김석훈은 분명 말했었다.

— 요직에 앉힐까 어쩔까, 너에 대해서는 조금 고민을 했다. 하지만 당
분간은 전석규 아래에 있어라. 녀석이 무슨 생각을 하는지, 어떤 계획을
꾸미고 있는지 살펴보도록 해. 그러면 너도 내가 걸어온 길을 그대로 밟
을 수 있다.

희우는 피식 웃었다.

김석훈은 전석규를 믿지 않지만 희우는 믿고 있다. 그게 우스웠다. 칼
을 쥔 채 조심스럽게 다가가는 자신을 믿고 있다니. 언젠가 믿던 희우에
게 등을 찔리고 말 것이다.

그런데, 생각을 이어 가던 희우의 표정이 굳었다. 그리고 자리에서 벌떡 일어났다.

'김석훈이 믿는다고?'

김석훈은 그럴 사람이 아니었다. 김석훈은 희우만큼, 어쩌면 희우보다 더 치밀하고 사람을 믿지 못하는 자였다.

희우의 머리가 빠르게 회전하기 시작했다. 머릿속에 사무실 전체가 그려졌다. 희우가 앉아 있는 자리에서부터 전석규 그리고 지성호의 책상 그리고 옆으로 있는 사물함과 전등까지, 사무실이 완벽하게 그려졌다. 희우는 다시 의자를 돌려 앉으며 슬쩍 전등을 바라봤다.

'카메라가 있다면 가능성이 제일 높은 곳.'

희우의 시선이 사물함 아래로 향했다. 그곳이 도청기가 있을 확률이 가장 높았다. 어떻게 확인을 할까?

도청기만 있다면 조용히 주변을 뒤져서 확인해 볼 수 있었다. 하지만 행동을 감시하는 카메라가 있을지 모른다는 생각에 운신 폭은 줄어들었다.

희우는 고민했고, 곧 간단히 확인할 방법을 찾아냈다. 도청기나 카메라가 있는지 확인할 수 있는 무선송신 음성 탐지 장비를 이용하면 해결될 문제였다. 희우는 자리에서 일어나 밖으로 나갔다. 지검에서 지원을 받을 수 있지만 그렇게 할 수는 없었다. 어떻게든 김석훈의 귀에 들어갈 수도 있는 상황은 막아야 했다. 희우는 장비를 구입할 수 있는 곳으로 향했다.

"이게 최신형이에요. 크기도 담뱃갑만 해서 주머니에 숨길 수도 있고, 도청 장치가 있을 때 소리가 나서 알리는 게 아니라 진동으로 알리는 기능도 있어요."

희우는 장비를 구입 후 다시 사무실로 돌아갔다. 희우의 주머니에는 진동 모드로 자리 잡고 있는 탐지 장비가 들어 있었다. 도청 장치나 카메라가 있다면, 탐지 장비는 진동할 거다.

지성호가 말했다.

"점심때인데 식사하러 가시죠."

그 말과 동시에 희우의 주머니에서 '응' 하는 진동이 느껴졌다.

있다!

도청기인지 카메라인지는 몰라도 확실하게 존재했다. 탐지 장비는 전파가 송수신 할 때를 놓치지 않고 진동하는 중이었다.

전석규가 말했다.

"할 일도 없는데 밥이나 먹자."

아직 상황을 알지 못하는 전석규와 지성호는 기지개를 펴며 자리에서 일어났고 희우 역시 자연스레 밖으로 나섰다.

복도로 나왔을 때 희우는 전석규의 옆으로 다가섰다.

"도청기가 있는 것 같습니다. 아니, 카메라일 수도 있습니다."

전석규의 눈이 희우를 향했다.

"무슨 소리지?"

"가면서 설명 드리겠습니다."

전석규 역시 김석훈이 사람을 쉽게 믿지 않는다는 걸 알았다. 희우가 하는 말이 절대 헛소리가 아님을 한 번에 알아차렸다.

전석규 역시 의심하는 중이었다. 그래서 지성호가 김석훈의 뒷말을 할 때도 에둘러 좋게 표현을 하려고 애를 썼었다.

전석규가 물었다.

"어디에 있는지는 아는가?"

"그건 모르겠습니다. 전파를 송수신하는 걸 잡았을 뿐입니다."

희우는 자신의 주머니에 있는 기기를 살짝 내보였다. 전석규가 말했다.

"어디에 있을까?"

"전등이나 사물함 아래쪽이 의심됩니다."

"역으로 이용할 수 있을까?"

희우의 생각도 마찬가지였다. 그들이 도청 장치나 카메라가 있다는 걸 모른 척 행동한다면 오히려 장점이 될 수도 있었다.

"네, 가능합니다. 그 계획은 지금부터 세워 보겠습니다."

"좋아."

식사를 하고 희우는 휴게실에 앉아 생각에 빠져 있었다. 그때 규리에게 전화가 걸려 왔다.

－오늘 바빠?

"아니."

전혀 바쁘지 않았다. 특수수사과에 배정되는 사건은 없었다.

규리가 말했다.

－저녁에 승환이하고 맥주 한잔하려고 하는데, 넘어와.

"민수 형도 갈 수 있으면 같이 갈게."

희우는 전화를 끊었다.

"약속 없다. 같이 가자, 흐흐흐."

어느새 민수가 옆에 있었다. 희우는 피식 웃으며 물었다.

"언제 오셨어요?"

"나? 아까부터 여기 앉아 있었어. 멍하니 와서 주변 신경 안 쓰고 앉은 건 너야."

저녁 9시가 넘어서야 그들은 모였다.

희우가 승환에게 악수를 청했다.

"오랜만이다."

승환은 퉁명스러운 표정으로 그의 손을 대충 잡아 흔들었다.

여전히 규리를 좋아하고 있는 승환은 애초에 규리와 단둘이 만날 술자리를 기대했다. 그런데 민수에 이어 희우까지 오니 기분이 좋을 수 없었다. 승환은 좋지 않은 표정으로 희우를 보고 있었다.

하지만 희우는 신기한 표정으로 승환을 바라봤다. 분명 악한 변호사로서 활동하던 승환이었는데 지금 검사가 되어 있다는 사실이 신기했다.

희우의 눈이 규리에게로 향했다.

'규리 때문인가?'

규리를 보던 희우는 고개를 갸웃했다. 이전의 삶대로 지금의 시간이 흘렀다면 규리는 한국 대학교에 입학하지 못했을 것이다. 그리고 어려워진 가정 형편에 계속해서 공부를 하기도 어려웠다. 그렇게 되었다면 승환은 그녀와 만나지 못했을 것이고, 그녀를 쫓아 검사가 될 일도 없었을 것이다.

'나비효과?'

희우는 피식 웃었다. 뭐가 되었든 좋은 쪽으로 바뀌고 있다는 건 나쁜 기분이 아니었다.

희우가 승환에게 물었다.

"아버지였나 어머니가 로펌 대표라고 하지 않았어?"

"아버지가 대표야. 어머니는 국회의원이셨고."

승환은 집안 내력을 자랑스럽게 이야기했다. 희우에게 지고 싶지 않은 모양이었다. 희우가 물었다.

"그런데 왜 로펌에 안 가고 검사를 한 거야?"

승환은 슬쩍 규리를 봤다가 시선을 거뒀다. 하고 싶은 말이 많은 것 같았지만 참고 있었다.

"그냥 검사가 되고 싶었을 뿐이야."

승환의 대답이 끝나자 민수가 소주병을 흔들며 말했다.

"흘흘흘, 오랜만에 만난 자리인데 마시자!"

잔이 맞닿으며 그들은 술을 입으로 넘겼다.

규리가 물었다.

"그러고 보니까 너 연수원 1등이라며?"

"희우가 1등이었어?"

민수의 질문에 희우가 고개를 끄덕였다. 그러자 규리가 말을 이었다.

"우리 때는 민수 오빠가 1등이었어. 정말, 내가 어떻게든 이겨 보려고 했는데 결국 졌어. 네가 없었기에 다행이지 너까지 있었으면 난 3등이었을 거 아냐?"

민수가 1등을 했을 때 규리는 2등을 했다고 한다. 승환도 나쁜 성적은 아니었지만 연수원 1등이 두 명에 2등이 한 명 있는 술자리에서 말을 꺼낼 입장은 아니었다.

규리가 말했다.

"맞다, 희우 너 왔으면 아빠가 한번 오래."

"그래? 알았어."

민수가 의아한 표정으로 희우와 규리를 번갈아 봤다.

"규리의 아버지를 알아?"

그 질문에 승환은 다시 한번 인상을 구겼고 규리는 당황했다. 듣는 사람에 따라서 다르게 들을 수 있다는 걸 그제야 알아차린 것이다. 규리가 어색하게 웃음을 지으며 말했다.

"아, 저희 고등학교부터 같이 나왔잖아요."

민수가 고개를 갸웃했다.

"고등학교 같이 나왔다고 부모님을 어떻게 알아? 난 내 친구들 부모님 몰라."

승환이 소주를 마시며 빈정대듯 말했다.

"같은 고등학교에 한국대 들어갈 실력이면 둘 다 공부도 꽤 잘했을 거고 그러면 부모님끼리 당연히 알 수밖에 없죠. 고 3 때 공부 잘하는 애들 부모 치맛바람이 얼마나 무서운지 모르나요?"

"그런가? 흘흘."

승환이 민수를 보며 물었다.

"그런데 형네 부모님들은 어떤 분이세요? 규리네 부모님은 장사하신다고 했고."

규리의 부모는 몇 년 전부터 집 앞에서 치킨집을 하고 있었다. 물론 집은 아직 희우가 사 줬던 그곳이었다.

승환이 계속 말을 이었다.

"희우네 부모님은 귀농했다고 하고 우리 집이야 다들 알고. 그런데 형네 부모님은 뭐 하세요?"

부모를 묻는 건 실례되는 말이었다. 하지만 승환은 물었다. 지금 자신의 기분이 나쁘다는 걸 표출한 거다. 승환은 민수가 규리와 희우를 엮으려는 것이, 장난이란 걸 알고 있었지만 정말 싫었다. 하지만 민수는 대수롭지 않게 흘흘흘 웃으며 답했다.

"아버지는 회사 다니고 어머니는 집에 계시는데? 뭘 특별한 집이라고 말을 꺼내?"

분명 담담한 목소리였다. 하지만 희우는 봤다. 찰나였다. 항상 미소를 짓고 있던 민수의 입이 순간적으로 굳었다가 돌아오는 것을. 희우는 그 표정을 봤지만 모른 척했다.

민수가 규리에게 물었다.

"이놈은 고등학교 때도 이렇게 어두웠나? 아니, 요즘은 조금 밝아진 것 같으니 다시 말해야지. 고등학교 때는 지금보다 더 어두웠나? 어둠의 용사?"

규리가 고개를 으쓱했다.

"글쎄요."

규리는 희우의 과거를 자신의 입으로 말하고 싶지 않았다. 자신의 과거도 각색되고 추억이라는 말로 변색되기 마련인데 타인의 과거는 더욱 그럴 수밖에 없기 때문이다. 게다가 규리는 희우가 자신의 이야기를 하는 걸 그리 좋아하는 성격이 아니란 것을 잘 알고 있었다. 규리가 말했다.

"고등학교 때는 잘 몰라요. 선생님이 부를 때 교무실에서나 봤죠."

희우가 피식 웃었다. 그녀의 배려를 느낄 수 있었기 때문이다.

희우가 민수를 보며 말했다.

"저 그렇게 어둡지 않아요."

"네가 안 어두우면 세상 모든 사람이 희망찬 밝은 하루를 살고 있는 거야. 넌 어둠의 용사야. 마법 소년 김희우."

"네?"

"됐고. 이제 좀 듣자. 김산 비리 사건이랑 마약, 인신매매에 성폭행까지 그거 다 네가 한 거지?"

"지난번에 물어보셨잖아요?"

"지금은 질문이 다르잖아. 네가 다 기획한 거지? 북 치고 장구 치고, 혼자 한 거 맞지?"

"제가 그걸 어떻게 해요?"

희우는 대답을 피했고 민수는 바보 같은 웃음을 지으며 잔을 들었다.

"반대로 묻자. 네가 아니라면, 그런 큰 사건들이 어떻게 동시에 터졌을까? 우연이라는 말로 퉁 치지는 말고."

"다들 대단한 분들이라 가능했던 겁니다. 저는 옆에서 보조만 맞췄고요."

"그래, 그렇구나. 흘흘."

민수는 더 질문하지 않았다. 그렇게 웃고 떠들며 술잔은 비워져 갔다.

희우가 자리에서 일어나 바람 좀 쐬고 오려고 할 때 승환이 옆으로 붙었다.

"같이 가자."

담배를 입에 문 승환이 희우를 바라봤다. 아니, 그냥 바라보는 게 아니라 노려보고 있었다. 승환은 취해 있었다.

"김희우, 아까 물었지, 나 왜 검사 하냐고?"

"그래."

"내가 규리 때문에 이러고 있다."

혀가 잔뜩 꼬인 발음이었다. 승환이 계속 말했다.

"우리 형이 판사야. 그런데 이번에 그만두고 변호사 한다고 하네. 내가 우리 형 이겨 보려고 그렇게 노력을 했는데."

로펌의 대표인 아버지와 국회의원이었던 어머니.

누가 보더라도 남부럽지 않은 집안이었다.

거기에 두 형제는 공부를 잘했다. 하지만 집에서는 장남만을 위했다. 훗날 로펌을 이어받을 사람으로, 또는 지역구를 받을 사람으로 장남을 선택한 거다. 승환은 어떻게든 부모에게 인정을 받고 싶어서 더욱 노력했다. 형이 판사를 선택했을 때 처음부터 변호사를 하겠다며 자신을 부각시켰다.

이야기를 듣던 희우가 고개를 끄덕였다. 남들에게는 별일 아닐 수 있는 일이었지만 당사자는 피해 의식을 벗어나기가 어렵다. 형에게 가지고 있는 피해 의식. 그래서 이전의 삶에서는 그렇게 더럽게라도 이기고 싶었을까?

승환이 말했다.

"그런데 내가 규리 때문에 검사를 했다 이거야. 그러니까 너!"

"나?"

"포기해라."

"뭘?"

"규리."

"응?"

"생각이 없다면 규리가 포기할 수 있게 단호하게 나가든지!"

희우가 피식 웃었다.

"승환아, 미안한데 사람의 마음은 너, 그리고 나 또는 누구라도 결정할 수 있는 게 아니야."

"내가 규리와 만나도 된다는 말이야?"

"규리도 좋다면."

희우는 시답잖은 이야기로 입씨름을 하고 싶지 않았다. 희우는 승환을 뒤로한 채 술집으로 들어갔고 승환의 입에서 담배 연기가 흘렀다.

희우가 테이블에 앉자 민수가 묘한 표정으로 웃으며 물었다.

"다 들렸다."

"승환이가 취했나 봐요."

규리는 맥주를 한 모금 마셨다. 그리고 물었다.

"뭐라고 대답했어?"

"네가 좋다면. 이라고 대답했어."

규리가 고개를 저으며 민수를 바라봤다.

"저 옛날에 얘한테 차였었어요."

"그래?"

"네. 뭐 여러 이야기를 했지만 일단 거절당했으니 차인 건 맞는 거죠."

희우는 어색하게 웃어넘길 수밖에 없었다.

민수가 기분 좋게 웃으며 건배를 제의했다.

"부럽다! 난 한 번도 누가 좋아해 준 적이 없는데."

맥주를 마신 후 민수는 머리를 쓸어 넘겼다. 그리고 규리를 보며 말을 이었다.

"그런데, 규리야."

"네?"

"희우를 노리는 건 너뿐이 아니야."

"네?"

민수는 희아를 기억하고 있었다. 희우를 노리는 게 희아라는 말을 한 거다. 하지만 규리는 그렇게 듣지 않았다.

"설마, 오빠가?"

"어?"

"그런 거였어요?"

"뭐가?"

"그랬구나."

"저기?"

"괜찮아요. 술 드세요."

규리가 살짝 웃었고 민수는 그제야 상황을 파악했다. 듣기에 따라 이상할 수 있는 말이었다. 민수는 서둘러 상황을 모면하려고 했다.

"난 아니야! 물론 희우가 좋기는 하지만, 아니, 그게 아니고 그냥 친구로서 좋기는 하다고. 그거랑 다른 의미로."

민수는 버벅거렸다.

희우는 지검장실에서 김석훈에게 전석규의 일상을 보고하는 중이었다.

"다른 움직임은 없습니다. 임무가 떨어질 때까지 대기하는 중입니다. 종종 인터넷 뉴스 기사를 찾아보기도 하지만 주목할 상황은 없습니다."

김석훈은 이미 그들의 일거수일투족을 영상과 음성으로 확인한 후였다. 희우의 보고가 새로울 것도 없었지만 김석훈은 귀를 기울였다.

김석훈은 희우가 카메라의 존재를 모른다고 생각했다. 그가 말했다.

"좋아. 계속 그렇게 보고하도록 해. 전석규는 호랑이야. 우리에 가둬뒀지만 뛰쳐나오면 골치 아프거든. 전석규를 아래에는 두고 싶지만 아직은 부담스러워. 내가 믿을 수 있을 때까지 계속 부탁하네."

"네, 알겠습니다."

"서울 생활은 할 만한가?"

"네, 좋습니다."

김석훈은 언제나 이랬다. 전석규에 대한 보고를 받은 뒤에는 일상적인 질문을 다각도로 물었다. 어떤 때는 부모님에 대해, 또 어떤 날은 친구들에 관한 이야기를 질문했다. 그것은 희우에 대한 정보를 얻고 파악하기 위한 작업이었다. 오늘도 같았다. 그런데 마지막에 평소와 다른 말을 했다.

"오늘 밤에 시간 비워 두도록 해. 자세한 이야기는 장일현 검사한테 찾아가서 묻고."

"알겠습니다."

장일현에게 찾아가 봐라? 궁금한 게 많았지만 더 이상 묻지 않고 밖으로 나왔다.

희우가 먼저 장일현을 찾아가는 일은 드물었다. 그것도 김석훈의 지시에 의해 가야 한다고 생각하니 의문스러웠다. 희우는 곧장 장일현이 있는 부서로 향했다.

"지검장님이 찾아가 보라고 해서 왔습니다."

"아, 왔어?"

장일현은 반갑게 미소 지으며 희우와 함께 밖으로 나왔다. 주변에 아무도 없는 것이 확실한 곳까지 가서야 장일현이 작게 말했다.

"기억나지? 내가 클럽에 대해 말했었잖아."

"한국 대학교 법대 출신 중에서도 선별해서 모인다는 클럽요?"

"그래. 거기 모임 날짜가 잡혔어. 이번 주 금요일, 장소는 남한산성에 서울 계곡 있지? 그쪽 식당으로 잡았어."

희우가 안주머니에서 수첩을 꺼내 스케줄을 적고 있자 장일현은 잠시 말을 멈췄다. 그가 적을 수 있는 시간을 기다려 주는 것이었다.

장일현이 씨익 웃으며 말했다.

"지금은 내가 식당 잡고 하지만 나중에는 네가 식당 잡고 연락하고 해야 한다."

"네, 알겠습니다."

"어차피 오후에 얘기하려고 했는데 너한테 미리 언질을 한 거 보니까 지검장님이 너 많이 예뻐하나 보다. 그리고 너 차 없지? 같이 가자."

금요일이었다. 희우는 장일현의 차를 타고 약속된 식당으로 향했다.

"한 서른 명 되거든. 다들 쟁쟁한 사람들이 오니까 어리바리하게 굴지 마라."

"네, 알겠습니다."

그는 희우에게 지켜야 할 기본적인 예의 등에 대해 이야기해 줬다.

도착한 곳은 멋들어진 한옥이었다. 희우와 장일현이 안으로 들어가자 최강진 홀로 앉아 있었다. 최강진이 말했다.

"아래 기수는 어르신들 오시기 전에 미리 와 있다가 문 앞에 서서 인사를 해야 해. 일현이 형이야 이제 인사 기수에서 빠졌지만 너하고 나는 서야 한다."

"네."

아래 기수들은 식사 시간보다 몇 시간 전에 도착을 해서 부족한 것은 없는지 확인을 해야 했다. 그리고 높은 기수가 올 시간에 맞춰 입구에 서서 인사를 하는 것이 그들의 임무 중 하나였다.

시간이 되고 사람들이 오기 시작했다. 전, 현직 장관들과 국회의원 그리고 대법원과 검찰의 요직에 있는 사람들이 줄을 이었다. 김석훈까지 자리하며 모든 사람이 도착한 것 같았다. 하지만 식사는 시작되지 않았다. 담소를 소소하게 나누며 누군가를 기다릴 뿐이었다. 희우는 아직 문 앞에 서 있었다.

약속된 시각보다 한 시간이 더 지났다. 하지만 여전히 나타나지 않은 사람이 있다. 희우의 시선이 테이블로 향했다. 저곳에 앉은 자들만 해도 대한민국을 뒤흔들 수 있는 권력이었다. 그런데 이들을 기다리게 할 수 있는 사람이 도대체 누구란 말인가?

두 시간이 더 지났다. 그러나 기다리는 사람 중 누구도 불평을 토로하지 않았다. 그때 그들의 앞에 검은 승용차가 섰다. 그리고 당연하게도 조 태섭이 내렸다. 안에 있던 모두는 기립했다. 숨소리도 들리지 않을 적막 이 기다리고 있었다. 조태섭은 미안한 기색 없이 자리로 들어가 앉으며 말했다.

"모두 앉으세요."

그 말에 사람들은 소리 없이 허리만 숙여 예를 갖췄다. 조태섭의 얼굴 에는 만족한 미소가 만연했다.

희우는 그에게 고개를 숙인 채 잔인한 미소를 지었다.

조태섭이 늦게 온 이유? 그것은 길들이기였다.

자리에 모인 사람들 중 가장 낮은 직급이 평검사인 희우였다. 그 외에 는 중앙 지검장인 김석훈을 비롯해 각계의 쟁쟁한 인사들이 모여 있었다. 바로 그런 사람들이 조태섭을 기다렸다. 음식이 앞에 놓였지만 젓가락도 들지 못하고 기다렸다.

그들은 자신의 두 눈으로 앞에 있는 사람을 바라봤다. 그리고 생각했다.

앞에 앉아 있는 법무부 장관도 조태섭 의원을 기다리네?

옆에 앉아 있는 검찰총장도 조태섭 의원을 기다리네?

저기에 있는 대법원장도 조태섭 의원을 기다리네?

저런 대단한 사람도 모두 조태섭 의원을 기다리고 있네?

그들은 자신도 모르게 조태섭을 떠받들고 있었다.

누군가를 기다린다는 것. 그것은 복종이라는 단어에 있어서 큰 의미를 지녔다. 조태섭은 그런 것조차 계산하고 움직이는 사람이었다.

식사가 시작되었다. 그들의 대화에 나라를 걱정하는 단어나 문장은 없 었다. 오직 서로의 안부를 묻고 자신의 안위를 걱정했다.

식사가 끝날 무렵 최강진이 희우에게 말했다.

"식사 마치면 조태섭 의원님하고 독대할 거야."

"독대요?"

"그래, 우리 클럽의 전통이야. 막내가 클럽의 장과 면담을 하는 거지."

"기대되는데요?"

"그래, 기대될 수밖에 없지, 나한테 고마워하라고, 내가 아니었으면 평생 가도 쳐다보지 못할 분과 독대도 하니까."

최강진은 희우를 향해 씨익 웃었다. 자신이 이 클럽에 넣어 준 걸 감사하라는 의미였다. 희우의 기대와 최강진이 말한 기대는 다른 의미였지만 최강진이 거기까지 알 수는 없었다.

희우는 다시 주변을 훑었다. 그리고 최강진에게 말했다.

"감사합니다."

진심이었다. 이 많은 사람들을 죄다 잡아넣을 수 있는 기회를 준 최강진에게 희우는 정말 고마움을 느끼고 있었다.

식사 자리가 끝나고 희우는 최강진과 장일현에 의해 미닫이문이 있는 작은 방으로 자리를 옮겼다. 방으로 이동하는 복도의 한편에서 한지현이 나와 그들을 막아섰다.

"여기서부터는 제가 안내하겠습니다."

장일현이 희우에게 말했다.

"밖에서 기다릴 테니까 천천히 나와."

희우는 한지현과 함께 복도를 걸었다. 희우가 말했다.

"오랜만입니다."

한지현이 희우를 슬쩍 바라봤다. 그러더니 툭 하고 물었다.

"저와 어떤 약속을 했었나요?"

그녀는 희우를 기억하고 있었다.

희우가 대학에 다니고 있을 때 조태섭이 강연을 온 적이 있었다. 그때 희우가 그녀에게 다가가 그녀만 들을 수 있도록 낮게 말했었다.

"감사합니다. 그리고 약속은 지키겠습니다."

그녀는 그 일을 기억하고 있었다. 물론 그녀는 그 약속이 무엇인지 알수 없었지만 그 말이 머릿속에서 떠나지 않았다. 희우가 싱긋 웃었다.

"글쎄요. 시간이 조금 더 지나면 알 수도 있을 것 같은데요?"

그녀는 조태섭을 잡아넣으라며 희우의 인생을 되돌려준 저승사자였다. 하지만 지금은 조태섭의 아래에서 일을 하고 있다. 희우는 그녀와 조태섭 사이에 어떤 사연이 있는지 모르고 있었다. 상만을 통해 흥신소까지 이용하며 찾아보고 있었지만 나오는 건 없었다.

희우는 생각했다. 어쩌면 이번 생에서의 그녀는 끝까지 적으로 남을 수도 있다고. 희우의 날갯짓으로 예전과는 달리 규리, 승환, 민수가 검사가 되었다. 그 외에 다른 사람이 또 얼마나 바뀌었을지 예상조차 어려웠다. 아직은 그녀가 적인지 아군인지 구별할 수 없었다. 많은 말을 할 수 없다고 판단했다.

두 사람은 미닫이문 앞에 섰다. 그녀는 들어가라며 손짓했고 희우는 문을 열고 안으로 들어갔다. 조태섭이 자리에 앉아 차를 마시고 있었다.

희우는 조태섭의 몸에서 뿜어 나오는 분위기에 숨이 막힐 것 같았다. 두려움이 느껴지는 강인함과 정상의 자리에 선 자만이 가질 수 있는 위엄이었다. 희우는 침을 꿀꺽 삼켰다.

'이전보다 더 강해졌어.'

조태섭 역시 희우로 인해 인생이 달라져 있었다. 이전의 삶에서 희우의 부모님을 차로 치어 죽게 만들었던 조태섭의 첫째 아들 조현석, 이번 삶에서는 그가 죽었다. 그 영향이 조태섭에게 어떻게 끼쳐졌을지 모를 일이었다.

희우가 천천히 고개를 숙여 인사했다.

"김희우라고 합니다."

조태섭은 밝게 웃으며 고개를 끄덕였다.

"잘생겼어."

조태섭이 웃자 공간을 채우고 있던 꽉 막힌 분위기가 사라졌다. 언제 무거운 공기가 있었는지도 모를 정도로 온화한 기운이 희우의 몸을 감쌌다.

"조태섭이라고 하네."

대한민국에 살면서 조태섭의 이름을 모를 수가 없었다. 하지만 조태섭은 평검사를 앞에 두고 자신의 소개를 친절히 했다. 그것도 정말 부드러운 목소리였다. 보통의 평검사였다면 그 행동에 감동받을 수도 있었다.

하지만 희우는 조태섭을 알고 있었다. 감동 따위는 없었다. 오히려 그 더러운 속내가 보이는 것 같아 역겨웠다. 그러나 희우는 그런 내색을 하지 않았다. 매우 어려운 사람을 앞에 둔 것처럼 미소 지으며 고개만 살짝 숙여 인사할 뿐이었다.

조태섭이 희우를 보며 다시 사람 좋은 웃음을 머금었다.

"김희우 검사라고?"

"예, 김희우입니다."

사실 조태섭은 희우를 알고 있었다. 희우가 김산에서 서울로 올라올 때였다. 김석훈이 조태섭을 만나 했던 말이 있었다.

－나중에 의원님이 하시는 일에 도움이 될 수 있도록 잘 키워 보겠습니다.

조태섭은 희우의 이름을 똑똑히 기억하고 있었다. 하지만 모른 척했다. 조태섭이 물었다.

"그래, 자네는 꿈이 뭔가?"

뜬금없는 질문이었다. 하마터면 '조태섭을 잡는 것'이라는 말을 할 뻔했다. 나이 많은 사람의 입에서 '꿈'이라는 단어를 들을 줄은 몰랐다.

"지금은 맡은 역할에 충실하자입니다. 아직은 앞을 볼 여력이 없습니다."

"신입 검사라면 충분히 그럴 수 있지. 암, 그럴 때야."

조태섭은 자신의 앞에 놓인 찻잔을 들어 입에 대었다. 그리고 다시 물었다.

"국회의원과 검사의 관계란 무엇이라고 생각하는가?"

"네?"

"말 그대로의 질문이야. 나는 국회의원이고 자네는 검사잖나."

희우는 잠시 생각에 빠졌다. 그가 어떤 대답을 원하는지 파악해야 했다.

조태섭이 말했다.

"내 기분 생각 말고 자네의 생각을 말하게."

희우는 큰 숨을 들이쉬었다.

예전에 강남의 주인이라는 강영범에게 생각을 들켰다는 느낌을 받은 적이 있었다. 이번에도 그럴 수 있었다. 그렇다면 정공법이다. 희우는 고개를 들고 조태섭의 눈을 바라봤다. 그리고 천천히 입을 열었다.

"군신유의(君臣有義)라고 생각합니다."

"군신유의?"

희우의 말에 조태섭이 눈을 빛냈다.

"네. 군주와 신하 사이에 의리가 있어야 한다는 말입니다. 지금의 시대에 군주와 신하라는 개념은 많이 희석되었습니다. 국회와 검찰에 군주와 신하라는 말을 적용하는 것도 맞지 않습니다."

"계속 말해 봐."

"하지만 국회는 입법을 추진합니다. 검찰은 입법된 법을 옳다고 믿어야 하죠. 그래야 국가의 기강이 제대로 설 수 있다고 생각합니다. 둘 사이에 신의가 있어야 가능한 일이라고 생각합니다."

조태섭이 웃었다.

"재미있게 풀이하는구만. 내가 지금까지 군신유의를 그렇게 해석하는 사람은 처음 봤어. 엄밀히 말하면 입법을 하는 국회 쪽이 군(君)인가?"

희우는 대답하지 않고 미소만 보일 뿐이었다.

군신유의라는 말이 지금의 상황에는 맞지 않았다. 하지만 희우가 굳이 그 말을 쓴 이유는 간단했다. 조태섭에게 하는 아부였다. '국회의원인 당신에게 검사인 나는 충성스러운 신하다.'라는 말을 간접적으로 돌려 말한 것이었다. 조태섭은 그 말이 마음에 들었는지 얼굴에서 웃음꽃을 지우지 않았다. 그가 말했다.

"맞아. 국회와 검찰은 의리가 있어야지."

희우가 차를 한 모금 마시자 조태섭이 비워진 희우의 잔에 차를 따르며 입을 열었다.

"나는 둘의 관계를 하나라고 생각해."

하나? 국회와 검찰이 하나라고?

희우는 눈을 가늘게 떴다.

"자네는 국가의 기강을 세운다고 했지. 그런 공통의 목표가 있어. 조금 더 나은 대한민국을 만들기 위한 목표 말일세."

"맞습니다."

"그래, 내 하나 더 묻지. 우리 모임에 처음 나왔지? 보고 무슨 생각을 했나?"

"나온 분들만 모시고도 국가 행정기관의 기초를 세울 수 있겠다는 생각을 했습니다."

조태섭이 흐뭇하게 웃었다.

그 미소가 어디까지 진실일지는 알 수 없었다. 하지만 그의 반응만 보고 있자면 희우가 마음에 들어 어쩔 줄 모른다는 표정이었다. 희우는 그 미소에 속지 않기 위해 노력했고 숨은 눈빛을 들여다보려 했지만 어려웠다.

조태섭이 말을 이었다.

"맞아, 국가 행정기관의 기초를 세울 수도 있는 인재들이야. 나는 이 모든 게 하나가 되기를 바라지. 그리고 그 하나 된 힘이 나에게 왔으면 해."

속내가 나왔다. 희우는 그가 하는 말 중 단 한 글자도 빠뜨리지 않기 위해 귀를 기울였다. 그가 계속 말했다.

"나는 우리 모임에 새로운 친구가 오면 항상 묻지."

또 질문인가?

"지금 대한민국이 정상이라고 생각하나?"

희우는 고개를 저었다.

조태섭이 더 강한 목소리로 말했다.

"이대로 간다면 정상이 될 거라고 생각하나?"

희우는 대답하지 않았다. 그러자 조태섭의 목소리가 이어졌다.

"절대 될 수 없어. 그놈의 당파 싸움. 조선 시대, 아니 그 이전부터 내려온 그놈의 당파 싸움이 나라를 망쳐!"

지금까지 느껴 보지 못한 강한 기백이 조태섭에게서 흘러나왔다. 그 목소리가 무겁게 터졌다.

"그래서 나는 힘을 가지려고 해. 쓸데없는 예송 논쟁으로 시간을 얼마나 끌었는지 생각해 봐."

예송 논쟁은 조선 시대에 두 번 있었던, 당파 싸움 중 하나였다. 장자가 아닌 상태로 왕이 되었던 효종과 현종의 복상을 어떻게 하느냐에 대한 다툼. 물론 속내를 본다면 다른 의미가 있었지만 그 시기 민중의 생활을 더듬어 본다면 결코 좋은 논쟁은 아니었다.

조태섭의 눈동자에 힘이 들어갔다.

"조선 시대라고 비웃을 텐가? 지금도 다르지 않아. 쓸데없는 자존심 싸움으로 나라의 경쟁력이 뒤처지고 있어. 옆에 있는 중국과 일본은 저만큼 치고 달려가는데 우리는 어물거리는 중이야. 왜? 국회의원들이 싸우고 있으니까."

희우는 조태섭이 생각하는 권력에 대한 이야기를 듣는 건 처음이었다.

이전의 삶에서 희우를 포섭하기 위해 만났던 조태섭은 어떻게 하면 선거에서 이기고 어떻게 하면 국회의원이 될 수 있는지를 말했었다. 그게 전부였다. 그런데, 오늘은 다르다. 조금이지만 속내를 보여 주고 있다.

그 이유는, 조태섭은 오늘 모인 모임을 하나의 중추로 여기고 있었다. 이 모임에 모인 자들을 완벽하게 자신의 사람으로 만든다면 최고 권력자의 자리에 영원히 설 수 있다는 생각이었다. 그리고 자신의 사람으로 만들 수 있는 방법 중 최고의 방법은 진심을 보여 주는 것이라 생각했다.

집으로 가는 길에 장일현이 말했다.

"조태섭 의원님 어때?"

희우는 솔직히 대답했다.

"강했습니다."

강했다. 어쩌면 이전 삶의 조태섭보다 더 강해졌다고 느꼈다. 공간을 압박하는 기백은 다리가 저려 올 정도였다.

"그렇지, 내가 알기로 세상에서 제일 강한 분이야. 우리나라를 바꿀 수 있는 유일한 분이라고 생각해."

"그런가요?"

"당연한 거 아냐? 누가 우리나라를 하나로 만들 수 있겠어? 의원님은 이전부터 모든 계획을 짜고 힘을 만들어 오신 분이야. 너도 의원님 아래에 들어갔으니까 이제 애국하는 거라고."

"네? 제가 의원님 아래로 들어갔나요?"

장일현이 씨익 웃었다.

"김서훈 지검장님이 조태섭 의원님 라인이잖아. 그리고 사실 클럽 자체가 조태섭 의원님을 위한 곳이기도 하고."

예상은 했지만 말로 들으니 조태섭이 더욱 대단해 보였다.

장일현이 계속 말했다.

"나라가 강해지기 위해서 힘을 모아야 해. 그 구심점이 조태섭 의원님이라고 생각한다. 그리고 나쁠 것도 없어. 출셋길은 보장되었으니까. 또 의원님의 지시를 받으면 일을 한다는 생각보다 애국한다는 느낌도 들고."

"하하."

어이없어 웃었지만 장일현은 그렇게 받아들이지 않았다.

"모임은 어땠어?"

모임의 자리에 대해서 묻는 것이었다.

"대단하던데요."

"그렇지? 나도 처음 갔을 때 깜짝 놀랐다니까. 저기서 어르신들에게 잘 보이면 스폰도 붙고 할 거야."

"스폰요?"

장일현이 희우를 보며 낮고 조용하게 말했다.

"생각해 봐라, 검사 월급으로 어떻게 사냐? 결혼하고 집 사려면 턱도 없어. 나이 먹어서 부모님께 손 벌릴 수도 없잖아?"

스폰이라는 말에 희우의 관심이 쏠렸다. 장일현은 희우를 믿고 있는지 계속 말했다.

"스폰도 될 성싶은 나무에만 붙는다. 나중에 높은 자리 올라갔을 때 잘 봐 달라는 의미야."

"그럼 김석훈 지검장님도 스폰이 있나요?"

장일현은 고개를 저었다.

"아니, 없을걸. 애초에 비리랑은 담을 쌓고 사시는 분이고 처가 쪽에서 유산을 많이 받아서 스폰이 필요 없을 거야."

"지검장님 처가가 잘사나 봐요?"

"몰랐어? JS잖아."

알고 있었다. 모르는 척할 뿐이었다.

JS는 천하그룹만큼은 아니어도 재계 순위에 들어가는 대기업이었다. 김석훈의 아내는 현재 JS그룹 회장의 동생. 희우는 김석훈과 JS그룹의 딸 그리고 한미와 그 어머니를 생각하며 그들의 뒷이야기를 추측하고 있었다.

김석훈과 한미의 모친은 서로 사랑하는 사이였는데, 김석훈의 앞에 재벌가의 딸이 등장한 거다. 고민을 하던 남자가 재벌가의 딸을 선택한다는, 삼류 막장 같은 이야기. 김석훈은 재벌가의 딸과 결혼을 하고, 아들 김석영이 태어났다. 하지만 김석훈은 사랑하던 여자를 잊지 못했고 다시 만났다. 그렇게 태어난 게 한미였을 거다.

물론, JS에서 이러한 김석훈의 행동을 모르지 않았을 거다. 그 아들 김석영도 한미를 알고 있었고, 그의 아내조차 한미를 알고 있었으니까. 하지만 그들은 쉬쉬했다. 무엇보다 JS의 이미지가 중요했고 그들에겐 미래에 검찰총장이 될 김석훈의 힘이 더 중요했을 게 분명하다.

김석훈은 다른 사람들의 앞에서는 비리가 없고 깨끗한 이미지를 추구했지만 뒤로는 추잡한 행태를 벌이고 있었다. 이게 희우가 추측하는 김석훈의 뒷이야기다.

하지만 희우는 아무것도 모른다는 표정으로 장일현에게 말했다.

"JS라면 정말 대단하네요."

"그치? 우리도 마누라가 될 사람이 대기업 딸이 아닌 이상 스폰은 선택이 아니라 필수야. 그래야 품위를 지키고 살지. 직업이 검사라고 해서 사람들이 우러러보면 뭐 하냐? 가진 게 없으면 무시당하지. 특히 너 같은 경우는 더더욱 필수다."

희우는 그의 말에 적당히 장단을 맞춰 주며 고개를 끄덕였다.

'스폰서라……'

그리고 운전하는 장일현을 보며 피식 웃었다.

대오성병원의 비리를 찾아낼 때 먹이 하나를 던져 준다는 생각으로 장일현에게 자료를 넘겼었다. 먹잇감을 던져 주고 꼬리를 흔들도록 만들기 위함이었다. 그리고 그것은 이제 현실이 되었다.

'아직 미숙해.'

벌써 9년이나 검사 생활을 한 장일현.

하지만 어려움을 모르고 커 왔다. 부유한 집안에서 태어나 최고의 대학에 입학을 했고 단 한 번의 낙방 없이 검사가 되었다. 검사로서의 생활도 남이 던져 준 사건을 챙겨 걸어왔을 뿐. 장일현이 만든 사건은 없었다.

물론 장일현의 노력을 폄하하려는 게 아니었다. 부유한 집안에서 태어났다고 해도 피나는 노력이 없었다면 검사가 될 수 없었다. 하지만 그는 실패를 해 본 적이 없었다. 그것은 큰 약점이었다.

장일현은 지금 희우를 믿고 치부까지 드러내고 있다. 실패를 해 보지 않은 자의 치밀하지 못한 성격이었다.

집에 들어온 희우는 생각에 빠졌다.

어떻게 움직여야 할까?

조태섭을 잡기 위해서는 가장 먼저 김석훈을 치워야 했다. 김석훈을 치우려면 장일현을 빼야 했다. 지금 당장 김석훈을 잡을 수는 없었다. 김석훈의 주변에는 그를 보호하는 자들이 철옹성같이 서 있었다. 성벽을 무너뜨리는 방법 중 가장 쉬운 방법은 약한 곳을 찾아 치는 것이었다. 김석훈의 성벽 중 장일현이 가장 약했다. 한번 무너진 성벽을 시작으로 주변을 모두 무너뜨린다. 그 후 고립된 김석훈을 잡는다.

말은 간단했지만 결코 쉬운 일은 아니었다.

장일현을 잡기 위해 움직였다가 자칫 목적이 노출될 수 있다. 언젠가는 서로 총부리를 들고 마주할 사람들이지만 아직은 말 잘 듣는 강아지로 보이는 편이 편했다.

희우는 자리에서 일어나 서성거렸다. 하지만 생각만으로는 해결할 수 있는 게 없었다. 그때 전화가 울렸다. 상만이었다.

그리고 잠시 후 상만은 희우의 집으로 왔다.

"흐흐, 여기 오랜만에 오네요."

희우의 집은 그들이 사무실로 사용하기도 했던 공간이었다. 여전히 거실 공간에 책상과 의자가 있었고 벽면에는 지도가 있었다. 상만은 원래 자신의 자리였던 곳에 앉았고 희우가 냉장고에서 음료수를 꺼내 상만에게 던지며 물었다.

"어쩐 일이야?"

"아, 의논할 게 있어서요."

희우는 음료수를 목으로 넘기며 그의 말을 기다렸다. 상만이 말을 이었다.

"미국 경제가 심상치 않아서요."

"계속 말해 봐."

"모기지 회사 하나가 파산 신청했잖아요. 그게 우리나라 부동산에 영향을 끼칠까요?"

희우는 고개를 끄덕였다. 당연한 말이었다. 미국의 금융 위기는 결코 쉽게 보아서는 안 될 일이었다. 희우가 물었다.

"압구정동 아파트는 다 팔았잖아. 뭐가 문제야?"

"땅은 어떻게 할까요?"

"너는 어떻게 보는데?"

오히려 질문이었다. 상만은 잠시 생각을 하다가 입을 열었다.

"지금은 고점을 찍고 정체기라고 봅니다. 하지만 매수세가 없고 미국이 심상치 않으니 팔아야겠죠."

희우는 고개를 끄덕였다. 많은 경제적 그래프에서 오랜 시간 정체가 유지된다면 그 이후에 나타나는 반응은 둘 중의 하나였다. 폭등하거나 폭락하거나. 지금 시장이 보이는 신호는 폭락을 가리키고 있었다. 여러 가지 내외부적으로 상황이 좋지 않았다.

"맞아, 나도 그렇게 생각해. 지금은 모두 정리하도록 해."

희우가 맞은편에 앉자 상만이 말했다.

"그럼 물건 모두 정리 후에 다시 경매로 전환하겠습니다."

"그렇게 해. 시장 상황 보면서 단타로 치고 빠져."

"네, 흐흐."

"왜 웃어?"

"사장님이 서울에 계시니까 너무 좋아요, 그동안은 저 혼자 결정하느라 얼마나 부담이었다고요."

상만이 바보 같은 웃음을 터뜨리자 희우 역시 웃고 말았다. 복잡했던 머리가 잠시 풀리는 것 같았다.

희우는 고민하고 있던 것 중 하나를 상만에게 물었다.

"너라면 어떻게 하겠어?"

"뭘요?"

"두 사람이 있어. 상급자와 하급자의 관계면서 끈끈하지."

상만은 희우의 이야기에 집중했다. 희우가 계속 말했다.

"그리고 그들과 동업자가 있어. 그 동업자는 하급자를 죽여야 할 입장이야. 하지만 상급자에게 들켜서는 안 되지. 상급자와의 관계가 틀어지는 걸 원치 않아. 네가 동업자라면 어떻게 해결하겠어?"

김석훈과 장일현 그리고 희우에 대한 이야기였다.

전혀 관계가 없는 상만에게 질문한 이유는 상만이 상황을 전혀 모르는 제3자였기 때문이다. 그렇기 때문에 희우보다 더 객관적으로 상황을 판단할 수 있다고 생각했다.

상만은 잠시 생각에 빠졌다.

"동업자가 꼭 하급자를 죽여야 하나요? 이이제이라고 하잖아요. 상급자가 하급자를 죽이게 만들면 안 돼요?"

"이이제이?"

상만이 멋쩍은 표정을 지었다.

"제가 사장님 앞에서 문자를 쓰다니 미쳤나 봐요."

"아냐."

희우가 굳은 표정으로 말했다.

"네?"

"네 말이 맞아. 상급자가 하급자를 잡게 만들면 되는 거였어."

"설마, 동업자가 사장님이었어요? 그럼 상급자는요?"

당연하지만 희우는 대답해 주지 않았다.

"집에 가서 일 봐라."

"저 오늘 여기서 사장님이랑 자고 갈래요. 맥주도 사 왔습니다."

상만은 가방에서 캔 맥주를 꺼냈다. 그리고 계속 말을 이었다.

"치킨 시킬까요?"

희우는 이미 핸드폰을 들고 전화를 하는 중이었다.

조태섭과 김석훈은 아직 식당에 앉아 있었다. 그들은 방금 희우가 나간 차를 마시는 공간에 앉아 담소를 나누는 중이었다. 조태섭이 말했다.

"마음에 들더군. 자네 말대로 똘똘한 녀석 같아."

"잘 키워 보겠습니다."

"그래야지. 우수한 젊은이를 잘 키우는 것도 나라를 위한 일이네."

"네."

조태섭이 차를 마시며 말했다.

"그런데 어렵게 데리고 와서 방치하고 있는 이유가 뭐야?"

"네?"

희우는 자신의 입으로 특수수사과에 있다고 말한 적이 없다. 김석훈 역시 검찰 내부의 일은 자세히 이야기하지 않는다. 하지만 조태섭은 손바닥을 들여다보듯 내부의 일을 알고 있었다.

김석훈은 조태섭에게 감시당하는 느낌이 들었다. 기분이 좋을 리 없었지만 내색하지는 않았다. 조태섭에게 내부의 일을 보고하는 사람, 의심가는 사람이 한둘이 아니었다. 김석훈은 자신도 모르게 한숨을 내쉬었다.

그리고 고민을 떨쳐 냈다. 누가 누구일지 모를 때는 생각하지 않고 일을 진행하는 것도 하나의 방법이었다.

김석훈이 말했다.

"김희우 검사는 이제 임관을 한 초출입니다. 그런데 김희우 검사가 김산에서 만들고 해결한 사건은 무시무시합니다. 군수에서부터 경찰서장 그리고 인신매매에 마약, 어쩌면 단순 교통사고로 끝날 수 있던 성폭행까지 해결했습니다."

"그러니까 이상하다는 거네. 그런 똑똑한 친구는 더 키워 줘야 하지 않겠나?"

김석훈이 고개를 저었다.

"너무 기가 살았습니다. 지금은 전석규를 감시하라는 명령을 내리고 보고를 받는 중입니다. 명령을 받고 보고를 하며 주인이 누군지를 알게 되겠지요."

조태섭이 눈을 가늘게 떴다. 김석훈이 계속 말을 이었다.

"김산에서 전석규는 녀석을 풀어놨습니다. 결과론적으로는 좋았을지 몰라도 목줄이 달리지 않은 개는 언젠가 주인을 물 수도 있습니다. 여기는 김산이 아니라 서울입니다. 시골에서는 목줄 풀린 개가 자연스러울지 몰라도 서울에서는 아니죠. 목줄을 단단히 잡아야 합니다. 김희우가 목줄이 있다는 걸 인식하고 꼬리를 흔들 때 옆에 두려고 합니다."

"옳아."

조태섭은 김석훈의 계획을 익히 예상하고 있었다. 의중을 직접 듣고 싶었을 뿐이다. 김석훈 역시 그 사실을 눈치채고 솔직히 답했다.

조태섭이 말했다.

"하지만 나는 다른 방식을 권하고 싶네. 김희우와 전석규는 짧은 시간이지만 몇 가지 사건을 함께 해결했어. 할 일이 없는 공간에 두 사람을 같이 붙여 놓는 건 좋은 방법이 아닌 것 같아."

314

조태섭은 차라리 희우를 바쁜 부서로 보내 움직이게 하는 걸 권하며 말을 이었다.

"목줄을 쥐고 있는 사람이 주인이 아니야. 먹이를 던져 주는 사람이 주인이지."

김석훈은 고개를 끄덕였다. 김희우라는 평검사의 인사 문제까지 조태섭의 명령을 들을 필요는 없었지만 지금의 말은 생각해 볼 만한 문제였다.

그들은 다시 조용히 차를 마셨다.

중앙 지검.

희우는 사무실에 앉아 있었다. 민수에게 전화가 왔다.

−흘흘흘, 나도 한 건 했다. 인터넷 열어서 기사 확인해라.

인터넷을 클릭하자 특보가 나왔다.

미래자동차 사장 전일보 구속영장 발부

"이거 선배가 만든 건가요?"

−휴게실로 나와.

희우는 자리에서 일어나 밖으로 나갔다. 휴게실에서는 민수가 밝은 표정으로 기다리고 있었다.

"봤나?"

"대단하시네요. 미래자동차 사장이면 쉽지 않았을 텐데요."

"이걸로 6 대 1이다."

"네?"

"네가 마약, 인신매매, 군수, 경찰서장, 불법 도박장, 성폭행까지 잡아

냈잖아, 흘흘흘."

민수는 즐겁게 웃으며 말을 이었다.

"미래자동차 사장이랑 경찰서장이랑 퉁 치자. 조만간에 나랏밥 잡수시는 어르신들 잡아 올 테니까 기다려 봐."

"죄인을 잡는 게 경쟁은 아니잖아요?"

"왜? 재밌잖아. 너랑 같이 일을 못 하면 네가 하는 일 따라 하는 것도 나쁘지 않아. 재밌어."

민수가 기분 좋은 웃음을 흘리며 말했다.

"그럼 난 전일보 사장님 모시러 간다."

그때까지만 해도 농담인 줄 알았다. 하지만 며칠 후 다시 전화가 왔다.

─뉴스 봐 봐. 내가 역에다가 시체 버린 토막 살인범 잡았다. 확인하고 휴게실로 나와, 흘흘흘.

희우는 민수를 휴게실에서 다시 만났고 민수가 희우에게 음료수를 던지며 웃었다.

"나랏밥 잡수시는 어르신 잡으려고 했는데 살인범도 잡았네. 이걸로 6 대 2다."

희우는 머리를 긁적였다. 6 대 1이라느니 하는 말이 처음에는 장난으로 느껴졌는데 그게 아닌 것 같았다.

"저기, 선배."

"응?"

"정말로 저하고 경쟁하는 건가요?"

"응. 왜?"

"아닙니다."

괴짜는 괴짜였다.

음료수를 한 모금 마신 민수가 말했다.

"말했지? 나는 네가 제일 좋다고."

무슨 말을 하려는가? 희우는 그의 목소리에 귀 기울였다.

민수가 말했다. 장난기 없는 톤이었다.

"친구가 뭐라고 생각해?"

"친구요?"

친구라는 의미에 대해 사전적 뜻을 제외하고 스스로는 정의해 본 적 없었다.

"나에게 친구란 같은 위치에서 같은 것을 바라보는 사람이야. 나이 드신 어른들을 봐. 결국 곁에 남아 있는 건 어린 시절의 추억을 공유할 수 있는 친구가 아니라 같은 길을 가는 친구잖아."

희우는 그 말을 들으며 생각했다.

민수가 한 말은 틀렸지만 틀리지 않았다. 생각이 다를 뿐이었다. 힘들 때 옆에 있을 수 있는 사람, 작은 휴식처가 될 수 있는 사람도 친구다. 하지만 희우는 자신의 생각을 밖으로 내지는 않았다.

민수의 말이 계속 이어졌다.

"나는 지나간 추억을 곱씹으면서 소주를 기울이는 사람이 되고 싶지 않아. 그건 과거일 뿐이야. 같이 미래를 보고 싶다. 특히 너 같은 녀석은 언제 위로 치고 올라갈지 모르니까 부지런히 따라가야지, 흘흘흘."

"저를 너무 높게 보시는데요."

"어쨌든 6 대 2. 아직 네 개 남았네. 긴장해라. 조만간에 역전한다, 흘흘."

민수는 다 마신 캔을 쓰레기통에 넣으며 자리를 떠났다.

희우는 그 뒷모습을 보며 다시금 생각에 잠겼다.

'같은 위치에서 같은 걸 보는 사람?'

민수가 친구가 아니라는 생각은 한 적이 없었다. 하지만 민수가 정의한 친구가 되기 위해서는 같은 목표를 향해 달려가야 했다.

이민수는 분명 뛰어난 실력을 가진 검사였다. 민수처럼 약자에게 약하고 강자에게 강한 검사는 검찰 내에서 본 적이 없었다. 거기에 빠른 판단력과 발톱을 드러내지 않는 참을성은 가히 최고였다. 하지만 희우가 목표한 대상을 향해 달려가기에 민수는 아직 모자랐다.

희우는 피식 웃으며 자리에서 일어났다. 그리고 민수의 뒷모습을 보며 조용히 말했다.

"같은 걸 보고 있지 않아도 친구라고 생각합니다."

그 후로도 민수는 계속해서 일을 추진했다. 최근에 일어난 굵직한 사건은 모두 민수가 만들어 내고 있는 것 같았다.

희우는 혀를 내둘렀다. 정말 이를 악물고 자신을 따라오는 기분이 들었다. 기분이 나쁘지는 않았다. 민수의 의도가 무엇이 되었든 범죄자를 잡는 건 언제나 좋은 일이었다.

희우는 김석훈 지검장의 부름을 받고 지검장실로 향했다. 지검장실에는 장일현과 최강진도 있었다.

"앉아."

그의 말에 그들은 김석훈 책상 앞 소파에 앉았다.

김석훈이 상석에 앉으며 말했다.

"미래 인재 포럼이 조만간에 있어."

그것은 각계의 유능한 마흔 이하 젊은 인재들이 참여하는 포럼이었다.

김석훈이 말을 이었다.

"조태섭 의원님께서 너희 셋을 지목하셨다. 그러니까 감사한 마음으로 가서 많은 사람을 만나고 와라."

지검장실을 나서며 희우가 장일현에게 물었다.

"조태섭 의원님께서 우리 셋을 지목하신 이유가 뭔가요?"

대략적으로 예측은 가능했다. 하지만 확실하게 듣고 싶었다.

장일현 대신 최강진이 답했다.

"간단해. 빨리 자리매김해서 김석훈 지검장님을 잘 보좌하라는 뜻이야. 그게 조태섭 의원님께는 훨씬 이득 되는 일이니까."

장일현이 씨익 웃으며 희우와 최강진에게 말했다.

"이번에는 예쁜 여자들 많이 나올까?"

최강진이 고개를 저었다.

"예쁜 사람만 찾으니까 선배님이 여자 친구가 안 생기는 거 아닐까요? 그러다가 혼기 놓칩니다."

희우가 최강진의 말을 받았다.

"혼기는 이미 놓치신 거 아닌가요? 저랑 아홉 살 차이 맞죠?"

장일현이 한숨을 내쉬었다.

"형사8부의 박 검사가 나랑 동갑인데 애가 지금 초등학교 2학년이란다. 나이 얘기는 그만. 괴롭다."

며칠 후, 그들은 김석훈이 이야기한 미래 인재 포럼에 참석했다.

정계에 첫발을 내디딘 정치인에서부터 기업인 그리고 스타라는 이름을 가진 연예인까지 각양각색의 사람들이 모였다. 오전과 오후에는 유명 인사들이 나와 대한민국이 앞으로 나아갈 길에 대해 일장 연설을 진행했고 마지막으로 조태섭이 그들이 해야 할 역할에 대해 강연을 하며 정규 교육 일정은 끝이 났다.

미래 인재 포럼의 진짜 이유는 교육이 아니었다. 전도유망한 인재들이 담소를 나누며 네트워크를 구성하는 것이 목표였다.

조용한 음악이 흐르고 산해진미가 가득 깔렸다.

희우는 창가 벽에 서서 주변을 둘러봤다.

그저 눈으로 보기에도 대단한 사람들의 집합이었지만 놀랍지는 않았다. 얼마 전 한국 대학교 법학과 출신 클럽에서의 식사 모임과 비교하면 이곳의 사람들은 초라했다. 그 클럽은 다시 떠올려도 대한민국의 요직을 옮겨 놓은 것과 같았지만 이곳은 그저 유명한 사람들의 집합일 뿐이었다.

희우의 시선이 사람들이 몰려 있는 곳으로 향했다. 미래에 천하그룹의 주인이 될 김용준. 그의 주변에 가장 많은 사람들이 모여 있었다. 당연한 것이었다. 경제를 좌지우지하는 그룹의 후계자에게 눈도장을 받고 싶지 않은 사람은 없었다. 하지만 희우는 그에게 관심이 없었다.

희우는 음악을 들으며 계속 주변을 살폈다. 천하그룹의 막내딸인 희아는 보이지 않았다. 볼 수 있을까 하고 조금은 기대했던 게 사실이었다. 아쉬웠다.

그때, 희우의 옆으로 아름다운 여자가 다가왔다.

"안녕하세요?"

연예계에서 가장 핫한 여자 배우였다. 자세히는 몰랐지만 한리우드에도 진출했고 기본 계약금만 해도 어마하다고 들었다. 그녀의 인사에 희우는 가볍게 고개를 끄덕였다.

"네, 안녕하세요."

그녀가 눈을 반짝이며 희우에게 물었다.

"검사님이세요?"

가슴의 오른쪽에 붙어 있는 명찰에 쓰인 직업과 이름을 보고 말한 것이었다.

"네, 검사입니다."

희우가 대수롭지 않게 답했다.

"검사면 공부 되게 많이 하고 똑똑한 사람이라고 들었거든요. 실제로 뵙는 건 처음이라 신기하네요."

"저도 연예인을 처음 봐서 신기하네요."

"정말요? 저 아세요?"

그녀는 자신을 가리키며 눈을 깜빡거렸다.

"그럼요. 요즘에 제일 유명한 분 아닌가요?"

그녀가 부끄러운 듯 웃었다.

"아니에요, 좋은 배역을 맡게 되고 운이 좋았을 뿐이에요."

그녀는 희우의 옆에 서서 벽에 기대었다. 그리고 들고 있던 와인을 입에 살짝 댄 후 말했다.

"지겹지 않으세요? 저랑 똑같이 지겨워 보여요."

"그런가요?"

그녀는 이 모임에 참석하면 자신이 주목받을 거라고 생각했나 보다. 하지만 이 자리엔 천하그룹 김용준이 와 있었고 그 어떤 사람도 일개 연예인에게 눈길을 주지 않았다. 그럴 수밖에 없다. 이 자리는 도움 될 사람을 만나 인적 네트워크를 강화해야 하는 자리였다. 미래가 보장되지 않은 연예인은 많은 사람들의 관심 밖이었다.

하지만 희우는 조금 달랐다. 누군가와의 네트워크를 강화하기보다 사람들의 선이 어떻게 이어지고 있는지를 파악하는 중이었다.

희우의 옆으로 최강진이 다가왔다.

"혼자서 뭐 해?"

희우에게 말을 건네던 최강진이 옆에 있는 여자를 바라봤다.

"영화에서 봤어요. 안녕하세요. 팬입니다."

미소 짓는 최강진, 사실 그는 희우를 보기 위해 온 것이 아니었다. 옆에 있는 연예인 때문에 온 거다. 최강진의 목표는 국회의원이었다. 톱스타의 인지도는 자신에게 유리하다고 생각했다. 최강진은 그녀에게 인사를 건네는 짧은 시간 동안 자신의 미래를 계획했다.

처음에는 연예인과 검사의 연애 스캔들로 신문에 오른다. 톱스타의 남편이라는 이름으로 불리겠지만 상관없었다. 최강진이 원하는 건 그녀의 인지도였다. 그리고 그녀가 국민들에게 인식된 이미지는 청순하고 가련한 여성. 충분히 호감을 살 수 있다고 생각했다.

희우는 최강진의 속셈이 뻔히 보였다. 희우는 슬쩍 웃으며 자리를 비켰다. 희우에게 인기 여배우는 관심 분야가 아니었다. 희우가 자리를 떠나자 그녀는 아쉬운 표정으로 희우의 뒷모습을 바라봤다.

희우는 사람들의 틈바구니로 들어가 접시를 들고 음식을 담았다. 그때 한 여자가 희우의 눈에 들어왔다.

'성진미?'

국대 예중, 국대 예고, 국대 예술 대학교를 운영하는 국대 예술 재단 성진미 이사장이었다. 아메리카 대학교 음대에서 학사, 석사, 박사를 취득했으며 젊은 나이에 예술계에 가장 영향력 있는 인사로 꼽히고 있었다.

희우는 그녀를 똑똑히 기억했다. 재미있게도 그녀를 감옥에 집어넣었던 사람이 바로 희우였기 때문이다. 입시 비리, 각종 대회 비리 등을 비롯해 탈세, 횡령 등 가지고 있는 죄만 해도 무거운 사람. 오랜만에 보니 반가웠다.

희우가 성진미의 옆으로 걸어갔다.

"안녕하세요."

희우의 인사에 그녀가 살짝 고개를 숙였다. 그리고 그녀의 시선이 그의 명찰을 확인할 때 희우가 말했다.

"연주회에 간 적이 있습니다."

물론 지금의 삶이 아니라 이전이었다. 그녀를 잡기 위해 일거수일투족을 스토커처럼 따라붙어 조사하던 때였다. 이전에 갔다고 해도 상관없었다. 어차피 그녀의 연주회에서 들을 수 있는 곡은 항상 같았으니까.

"제 연주회요?"

"하이든 피아노소나타였나요? 인상적이었는데요."

이곳에서 그녀를 만난 사람들은 사업적인 이야기를 했을 뿐 음악에 대한 말을 한 적은 없었다. 하지만 희우는 그녀의 연주회를 말하고 있었다.

희우가 말을 이었다.

"특히 60번이었나요? 경쾌하고 좋았습니다. 성진미 피아니스트님의 연주를 보기 전까지는 하이든을 별로 좋아하지 않았어요. 그런데 지금은 하이든의 맑은 음색을 즐겨 듣고 있습니다."

희우는 고등학교 때부터 음악, 미술, 역사, 철학에 대한 공부를 지겹도록 했다. 성진미의 음악에 대해 간결하게 표현하는 건 어렵지 않았다.

그녀가 웃었다.

"우리나라 사람들은 베토벤이나 모차르트를 좋아하지요. 누구나 인정하는 거장이니까요."

희우가 끄덕였다.

"그렇죠."

"그런데 누구시죠?"

"소개가 늦었습니다. 서울 중앙 지검 검사 김희우입니다."

"검사님들은 일도 바쁘고 공부도 많이 하셔서 딱딱한 줄만 알았는데 이렇게 음악에 조예가 있으신 분이 계실 줄은 몰랐네요."

"그런가요? 이미지가 딱딱하기는 하죠. 영화나 드라마에서 그렇게 보이게 하니까요. 하지만 의외로 감수성 예민한 사람도 많이 있습니다."

희우는 그녀와 이야기를 하며 일부러 장일현이 있는 곳을 향해 걸었다. 그녀의 외모와 능력이라면 장일현이 호감을 안 가질 수 없었다. 그리고 그 예상은 맞았다. 앞에 섰을 때 장일현이 말했다.

"국대 예술 재단 이사장님이시네요? 여기에 와서 이상형을 만날 줄은 몰랐습니다. 평소에 이사장님을 이상형으로 꼽고 있었거든요, 하하."

장일현은 능구렁이처럼 말했고 희우가 장일현을 소개했다.

"중앙 지검 형사총괄과 장일현 검사님이십니다. 음악에 조예가 깊으시고 당시 연주회에 데려가 주시기도 했던 분입니다."

그녀가 살짝 고개를 숙여 인사했다. 자신의 연주회에 희우를 데리고 왔다는 말에 조금은 기분이 좋은 것 같았다. 장일현은 그녀 몰래 희우에게 속삭였다.

"무슨 소리야?"

장일현은 희우와 연주회에 가 본 적이 없다. 심지어 음악도 좋아하지 않았다. 하지만 희우는 슬쩍 웃으며 지금부터는 알아서 하라는 표시로 윙크를 해 보였다. 그러자 장일현이 씨익 웃었고 희우가 다시 성진미에게 말했다.

"다음 연주회도 꼭 가겠습니다."

"네, 초대할게요."

당연히 갈 생각은 없었다. 가도 뻔하다. 성진미는 하이든을 연주할 거다. 할 줄 아는 연주라고는 하이든이 전부인 성진미. 많은 피아니스트들이 치는 베토벤이나 모차르트는 실력이 들통날까 손도 대지 않았다.

하이든이 쉽다는 말이 아니었다. 성진미는 많은 사람들이 치는 곡을 똑같이 연주하면 금방 비교되어 어설픈 실력이 들통날까 봐 그런 것이었다. 그리고 그녀는 하이든도 자기 나름의 해석과 각색을 한 후 연주했다. 말이 좋아 해석과 각색이었지 다른 사람과 같은 연주로 비교를 받고 싶지 않아서였다.

희우의 시선이 장일현에게 틀어졌다.

장일현은 사람 좋은 척 행동하지만 약자에게는 철저하게 냉혹한 사람이었다. 또한 언제나 피해 의식과 함께 허세에 젖어 들어 사는 남자였다. 좋은 집안에서 남부럽지 않게 자랐지만 보다 더 좋은 집안에서 나고 자란 사람을 부러워했다. 장일현은 그런 피해 의식과 부러움을 감추기 위해 허세로 위장을 했다. 희우가 피식 웃었다.

'잘 어울리는 커플이네.'

희우는 두 사람에게 간단한 인사를 전한 후 자리를 이동했다. 그리고 전화를 들고 지성호에게 문자를 보냈다.

-국대 예술 재단 입학자 명단 그리고 성진미 이사장과 재단의 재산 변동 내역 확인 부탁드립니다.

다음 날이 되자 희우는 다시 일상으로 돌아왔다.

지성호가 희우의 옆으로 왔다. 분명 희우의 직책이 지성호보다 낮았지만 보고를 하는 역할이 바뀌었다. 지성호가 말했다.

"점심 뭐 먹을래? 요즘 출근하면 뭐 먹어야 할지 고민하는 게 제일 큰일이야."

지성호의 손에는 배달 음식 메뉴가 가득한 소책자가 들려 있었다. 희우는 책자를 건네받고 넘겼다. 성운각이라는 이름과 음식의 가격에 동그라미가 그려져 있었다. 성운각은 성진미를 뜻했고 음식의 가격을 표시한 숫자에 하나씩 그려져 있는 동그라미는 그녀의 재산을 말했다.

지성호가 말했다.

"어제 국가 대표 축구는 져서 짜증이 나는데 자장면값은 올랐더라."

지금의 말은 국대 예술 재단의 재산이 감소되었는데 성진미의 재산은 늘었다는 말을 표현한 것이었다. 웃음을 참고 있던 희우가 결국 참지 못하고 터뜨렸다.

"하하하하, 국대 축구 팀 져서 짜증 나는 거랑 자장면값이랑 무슨 상관이에요?"

"뭐, 그렇다고."

자신이 말을 하고도 이상했던지, 지성호도 따라 웃었다.

한참을 웃던 희우가 겨우 웃음을 진정시키며 물었다.

"성운각이 가격 올려서 짜증 나는데 재료는 정말 좋은 재료를 쓰는지 확인해 볼까요? 명령만 내리십시오."

"이상한 재료 쓴다더라. 그리고 너 내 말 따라 해서 놀리지 말고 빨리 음식이나 골라."

성운각이 이상한 재료를 쓴다? 입시 비리를 확보했다는 말일까?

희우가 물었다.

"이상한 재료 쓰는 건 어떻게 아세요?"

"옆 가게에서 알려 줬다. 됐냐? 그만하고 음식이나 골라."

누가 그들의 대화를 들었다면 실없는 이야기를 하고 있다며 핀잔을 줬을 수도 있었다. CCTV와 도청기를 통해 대화를 듣고 있는 김석훈조차 쓸데없는 이야기를 하는 그들의 행동에 인상을 찌푸렸을 정도였다.

하지만 지금 그들의 입에서 나온 이야기는 어마했다.

희우는 자료까지 확보된 이상 국대 예술 재단은 언제든 잡을 수 있다고 생각했다. 짧은 시간에 지성호가 만들어 낸 자료만 해도 구속영장 발부는 충분히 가능한 일이었다. 거기에 희우가 기억하고 있는 증거들만 해도 수두룩한 상태였다. 성진미를 잡는 건 일도 아니있나. 하지만 엮여 들어갈 수 있는 깊이가 관건이었다.

밖에서 식사를 할 때 전석규가 물었다.

"국대 예술 재단은 조사해서 뭐 하려고?"

"그때 말씀드렸잖아요."

"뭘?"

"장일현부터 잡는다고요."

지성호의 눈이 의심스럽게 변했다.

"국대 예술 재단하고 장일현은 관련이 없어."

"있게 만들 겁니다."

전석규는 지성호와 달리 호기심 가득한 표정이었다.

"두 사람을 엮어서 사건을 만든다? 전혀 다른데 가능할까? 스폰서로 잡아 버리는 게 편하지 않아?"

"장일현의 뒤에는 김석훈 지검장이 있습니다. 그 뒤에는 더 강한 상대가 있을 테고요."

전석규와 지성호에게 조태섭에 관한 이야기는 하지 않았다.

희우는 지금 판이 어떻게 변할지 모르는 바둑판 위에 서 있는 것과 마찬가지였다. 희우는 전석규라는 돌에 지성호라는 돌을 이어 판을 살리려고 했다. 하지만 그 이 두 사람이 언제까지 희우의 편이 될지는 믿을 수 없었다. 인간은 벼랑 끝에 서면 어떤 행동을 할지 예상할 수 없기 때문이다. 그래서 최후의 목표를 말하지 않았다. 눈앞에 있는 카드만 꺼내어 보여 주는 게 안전한 방법이었다. 희우가 말을 이었다.

"장일현의 집은 기본적으로 돈을 가지고 있습니다. 상황이 발각되면 이리저리 빠져나갈 구멍을 찾겠지요. 거기에 위에서 압력까지 들어와서 시간을 지지부진 끌다 보면 스폰서 정도로 구속시키기는 어려울 겁니다."

전석규가 이해했다는 듯 고개를 끄덕였다.

"그렇다고 전혀 연관 없는 둘을 엮는 건 어려울 것 같은데."

"안 되면 다른 방법을 찾으면 됩니다."

지성호가 피식 웃었다.

"그래도 장일현 쪽도 조사해 보고 있을게."

CHAPTER 25

희우는 상만과 만나고 있었다.

"JS무역에 사람을 사라고요?"

"응."

"저도 바빠요."

"집이고 땅이고 다 팔아서 할 일 없잖아."

상만이 인상을 구겼다.

"그건 사장님이 다 팔라고 했잖아요. 지금 직원들은 법원 돌아다니면서 경매로 단타 치고 있어요."

그들은 가진 자산을 모두 처분했다. 그리고 법원에서 물건을 낙찰받고 바로 파는 행위로만 수익을 내는 중이었다. 희우가 처음 경매에 들어섰을 때 했던 방법이었다.

그때는 경매의 경쟁률이 높지 않기에 어마한 수익을 낼 수 있었지만 지금은 10%만 내도 성공이라는 말을 들었다. 짧은 시간 동안 사람들의 경매 투자 인식이 빠르게 바뀌어 지금 시대에 경매로 수익을 내는 건 무척 고된 일이었다.

상만의 투덜거림을 들으며 희우는 앞에 놓인 커피를 들어 입에 댔다.

"연석이는 검정고시가 언제야?"

"조금 있으면 볼 겁니다. 공부를 해 본 적이 없어서 무식했던 거지 똘똘해서 금방금방 이해하더라고요. 무난하게 합격할 겁니다."

희우가 만족스러운 표정을 지었다.

"이번에 수능까지 보게 해."

"대학 보내요?"

"안 보내려고 그랬어?"

"제가 하는 일이 몇 가지인지 아세요? 부동산에 흥신소에 그리고."

"거기에 연석이의 과외 선생도 추가해라."

상만은 입술을 삐죽이며 가방에서 서류 뭉치를 꺼내 테이블 위에 올렸다. 그동안 집과 땅을 사고판 문건들이었다.

희우는 서류를 들어 읽기 시작했다.

"어?"

"왜요?"

"강영범이 우리 아파트를 가지고 갔어?"

강영범, 강남의 주인이라고 불리는 자였다. 희우가 압구정동의 아파트를 매입하고 있을 때 만난 적도 있었다.

상만이 고개를 끄덕였다.

"네."

희우는 고개를 갸웃했다.

자신이 팔고 있는 아파트를 매입했다? 그 정도의 인물이라면 지금 세상이 돌아가는 흐름을 읽지 못할 리가 없었다. 희우 역시 과거의 지식을 제외하고서라도 경제의 방향을 느낄 수 있었다. 문득 그가 왜 이러한 판단을 하는지 궁금해졌다.

희우가 눈을 빛내며 상만을 바라봤다.

"상만아."

"네."

"만나 볼래?"

"누굴요?"

"강남의 주인."

"강남의 주인요?"

희우는 전화를 걸었다. 상대가 전화를 받자 희우가 입을 열었다.

"김희우라고 합니다. 몇 년 전 부동산에서 뵌 적이 있는데요."

강영범은 한 번에 희우를 기억해 냈다.

-하하하, 기다리고 있었습니다.

기다리고 있었다? 희우는 슬쩍 미소 지었다.

그들은 바로 자리에서 일어나 강영범에게 향했다.

그런데, 강영범에게 향하던 중 희우의 걸음이 멈췄다. 그리고 천천히 주변을 살폈다. 그 모습을 보던 상만이 물었다.

"왜 그러세요?"

"처음 방문하는데 선물은 가지고 가야지."

"음료수요? 편의점 좀 찾을까요?"

"아니."

말을 마친 희우는 다시 걷기 시작했다.

상만이 고개를 갸우뚱거렸다. 선물을 산다면서 주변만 둘러보고 가는 모습이 이해가 잘 가지 않았다. 희우는 바로 강영범의 사무실이 있는 건물로 들어갔다.

"사장님, 선물 산다면서요."

상만이 물었지만 희우는 말없이 걸음을 옮겼다.

강영범이 있는 사무실은 상만의 사무실처럼 초라했다. 결코 부유한 사람으로 보이지 않았다. 기다리고 있던 그가 그들을 환대했다.

"어서 앉으세요."

두 번째의 만남. 그리고 몇 년 만의 만남이었다. 하지만 두 사람의 사이는 어색하지 않았다. 희우가 말했다.

"오다가 잠시 둘러봤는데 대로변 뒷길, 그 골목 쪽으로 투자를 하시면 나쁘지 않을 것 같습니다."

대로변은 지금 한창 젊은이들 사이에서 유명해지고 있는 거리였다. 대로변이 아닌 뒷길을 추천하는 것. 그것이 희우가 가지고 온 선물이었다.

강영범이 물었다.

"뒷길요? 왜 그렇게 생각하지요?"

"대로변 쪽의 임대료는 기하급수적으로 오를 테니까요. 유명한 가게들이 세를 버티지 못하고 뒤로 빠지겠지요. 보니까 뒤쪽 길의 공간도 사람이 유동하기에 나쁘지 않아 보였습니다."

그 말에 강영범이 크게 웃었다.

"그런가요? 저도 생각은 하고 있었는데 아직 확신이 없어서 고민을 하고 있었습니다. 조만간에 몇 개 매입해야겠군요."

희우가 말한 뒷골목은 조만간 ○○길이라 불리며 젊은 사람들의 데이트 장소가 될 지역이었다.

그렇게 몇 가지 대화가 더 이어졌다. 대한민국 부동산 시장의 상황과 미래에 대한 이야기가 전부였다. 희우가 물었다.

"저희가 파는 물건을 사시는 이유가 궁금합니다."

예전에 희우가 아파트 매입을 하고 있을 때 앞뒤 상관없이 따라 했던 인물이다. 그런데 이번엔 매매하는 물건을 매수했다.

강영범이 웃으며 말했다.

"앞으로 시국이 좋지 않게 변할 거 같죠?"

그 역시 경제의 흐름을 읽고 있었다. 그런데 계속 투자를 이어 간다?

"네, 미국의 상황도 그렇고 우리나라가 영향을 받지 않을 수가 없습니다. 당분간 부동산은 무너질 겁니다."

하지만, 그는 고개를 저었다.

"주식을 해 봤습니까?"

"예전에 해 본 적이 있습니다."

"저도 종종 주식을 합니다."

희우는 그의 눈을 들여다보며 그의 이야기에 귀 기울였다. 강영범이 계속 말했다.

"주식이 오른다고 팔고 내린다고 파는 사람이 돈을 벌 수 있을까요?"

아니었다. 한 개인이 그런 식의 투자로 돈을 벌 수 있는 확률은 극히 낮았다. 무릎에 팔고 어깨에 사라는 말을 하지만, 인간은 언제가 어깨인지 무릎인지 알 수 없다. 맞힌다고 해도 한 번의 우연이었을 뿐, 계속해서 맞힐 수는 없다. 그런 식의 투자는 결국 망한다.

희우가 대답했다.

"아뇨. 벌 수 없을 겁니다."

강영범이 다시 말했다.

"그럼 어떻게 하면 돈을 벌까요?"

그의 눈이 상만을 향했다. 상만은 대답하지 못했다.

이번에는 희우를 향했다. 희우는 대답하지 않았다.

강영범이 입에 담배를 물었다.

"경제는 살아 있다고 생각합니다. 오를 때가 있으면 내릴 때도 있고 내릴 때가 있으면 오를 때도 있지요. 물론 저 역시 시국을 중요하게 생각하지만 그보다 더 중요하게 보는 게 있습니다."

그 말에 희우의 눈이 빛났다. 강영범이 말했다.

"바로 가치입니다."

경제가 오르고 내린다고 해서 압구정동 아파트의 가치가 변하지는 않는다.

"저는 가격이 아니라 가치를 생각합니다."

가치가 있다면 보유하고 가치가 없다면 판다. 그것이 강영범의 투자법이었다. 우용수하고는 조금 다른 방식이었다. 우용수가 미래적 가치를 중요시했다면 강영범은 현재적 가치에 큰 비중을 뒀다.

강영범이 계속해서 말을 이었다.

"그리고 저는 가진 사람입니다. 아파트 한 채에 아등바등하는 것이 아니라 여러 개를 가진 사람입니다. 그런데 제가 앞으로 어려울 것 같으니까 집을 판다면 어떻게 될까요?"

상승기가 아닌 하락기에 그가 가진 물량이 쏟아진다면? 대폭락의 시대에 기름을 붓는 꼴이나 마찬가지였다. 그가 계속 말했다.

"그건 가진 자가 할 짓이 못 됩니다. 상승기에는 돈을 벌고 하락기에는 남을 도와야 하는 것이 부동산으로 번 사람이 해야 할 행동이라고 생각합니다. 그래야 해를 당하지 않지요."

희우는 강영범의 눈을 바라봤다.

진심인가? 그것까지는 알 수 없었다. 투자자가 남을 돕는다는 말은 쉽게 믿을 수 없었다. 하지만 가치 투자에 대해서는 믿을 만했다.

희우가 그에게 말했다.

"이 친구를 좀 가르쳐 주십시오."

이 친구라는 말이 가리키는 사람은 상만이었다. 상만이 눈을 크게 뜨고 희우를 바라봤다.

"에? 저요? 저 바쁜데요? 과외 선생도 하라면서요?"

하지만 상만은 희우의 굳은 눈빛을 보며 말을 멈췄다.

희우는 더 미래를 보고 있었다. 상만은 우용수를 만난 적 없었다. 하지만 우용수의 방식을 희우를 통해 배운 상태였다. 거기에 강영범의 방식까지 익힌다면 상만은 대단한 투자자로 성공할 수 있었다.

미래의 가치를 예측하는 우용수, 현재의 가치를 중시하는 강영범. 두 사람의 투자법은 상이했으나 분명 배울 만했다.

강영범이 빙긋 웃었다.

"제가 왜 가르쳐야 하죠?"

"언젠가 제가 도울 일이 있을 테니까요."

희우의 눈빛은 강렬했다. 이전의 삶에서 강영범은 조태섭에게 모든 걸

빼앗기고 이민을 떠났던 사람이었다.

그의 눈을 바라보던 강영범이 크게 웃었다.

"마치 제게 무슨 일이 생길 것처럼 말씀을 하십니다."

"큰돈을 만지는 분에게는 어떤 일이 생겨도 이상하지 않지요."

희우의 눈은 진지했다. 그리고 뭔가를 알고 있다는 느낌이 강했다. 강영범은 고개를 끄덕였다. 뭔지는 모르지만 이번의 인연을 결코 가볍게 보아서는 안 된다는 판단이 들었다.

"알겠습니다. 그럼 가르쳐 보도록 하겠습니다."

밖으로 나오며 상만이 희우에게 물었다.

"제가 할 일이 얼마나 많은지 아세요?"

"직원들 시켜."

"그게 아니라요. 저도 이 바닥에서 뒹군 게 몇 년인데요. 제가 더 이상 뭘 배우겠어요?"

상만의 말도 맞았다.

상만은 분명 많지 않은 나이였다. 하지만 부동산으로는 잔뼈가 굵었다. 사고판 집만 해도 수백 채였고 밟고 다닌 땅만 해도 어마했다. 그런 상만이 누군가에게 부동산을 배울 시기는 이미 지났다.

하지만 희우의 생각은 달랐다.

"배워서 남 주는 거 아니다. 저 사람 정도면 네가 한발 더 성장할 수 있게 만들어 줄 거다."

상만은 입을 씰룩였다.

다음 날, 사무실에 앉아 있는 희우를 김석훈 지검장이 불렀다.

"오늘부터 장일현 과장이 있는 곳으로 가."

희우에게 있어서는 뜬금없는 인사이동이었다. 하지만 김석훈은 며칠 간 고민한 결과였다.

조태섭과의 대화를 마친 후 그는 생각했다. 목줄을 쥐고 있는 것과 먹이를 던져 주는 것. 어느 쪽이 주인일까? 그는 둘 다 쥐기로 했다.

장일현은 확실하게 자신의 사람이라고 믿었다. 그런 장일현의 아래에 희우를 둔다는 것은 목줄을 거는 행위. 그리고 사건을 주며 키워 주는 건 먹이를 던져 주는 것. 김석훈으로서는 나쁘지 않은 포석이었다.

장일현에게는 미리 희우가 간다는 언질을 넣었다. 장일현이 기뻐한 것은 당연했다. 실력 있고 믿을 만한 검사를 아래에 둔다는 건 나쁘지 않은 일이었다.

그리고 김석훈은 장일현에게 한마디를 더했다. 바로, 희우가 딴짓을 할 수 없을 정도로 많은 업무를 주라는 것. 김석훈이 희우를 완벽하게 믿을 때까지 굴리라는 지시였다.

지검장실에서 나온 희우는 바로 지성호와 전석규에게 문자를 보내며 사무실로 돌아왔다. 전석규가 물었다.

"지검장님이 뭐라고 하시디?"

이미 문자를 받아 모든 걸 알고 있었지만 도청 장치와 몰래카메라를 의식한 전석규의 명연기였다.

"저 다른 부서로 이동하게 되었습니다."

"뭐?"

전석규가 몹시 아쉬워하는 표정을 지었고 지성호가 희우에게 악수를 청했다.

"너는 앞이 창창하니까 계속 승승장구할 거다."

지성호의 손을 잡자 USB가 느껴졌다. 국대 예술 재단의 비리가 담겨 있는 파일이었다. 아직 지성호가 조사를 모두 끝내지는 못했지만 최소한 알고 있는 정보는 건네야 했다.

희우가 말했다.

"그럼 종종 찾아뵙겠습니다."

부서 이동은 바로 이뤄졌다. 희우는 몇 되지 않는 개인적인 짐을 들고 사무실을 나왔다. 복도 끝에서 민수가 싱글벙글하며 걸어오고 있었다.

"어? 너한테 가는 중이었는데? 그런데 어디 가냐?"

"저 부서 이동했어요. 장일현 과장님 계신 곳으로 가요."

"응? 이동 시즌도 아닌데?"

"그렇게 되었습니다."

민수는 신기한 표정으로 희우의 짐을 이리저리 확인했다. 연필 몇 자루, 수첩 몇 개가 전부였다. 그러더니 민수는 뭔가 골똘히 생각에 빠져들었다. 희우가 물었다.

"왜 그러세요?"

"잊어 먹었어."

"뭘요?"

"내가 뭘 말하려고 했는지."

그러다가 갑자기 박수를 치며 말을 잇는 민수.

"맞다, 내가 그 말 하려고 했구나, 흘흘흘."

"무슨 말요?"

"이제 6 대 3이다."

민수는 희우의 사건 경력과 경쟁을 하고 있었다. 이번에는 시의원 아들의 부정 청탁 사실에 대한 영장을 받아 들고 나가는 중이었다.

"군수급은 아니더라도 시의원 아들이니까 쳐주는 거 맞지?"

희우는 고개를 끄덕였다.

"맞습니다."

즐겁게 일을 추진하고 있는 민수였다. 조금 더 흥이 나게 만들어 준다면 범죄자를 잡고 사회에 이바지하는 데 더 많은 일을 할 사람이었다. 민수는 '흘흘흘' 웃음을 남기며 복도를 빠져나갔다.

다시 복도를 지나 장일현의 앞으로 간 희우는 고개 숙여 인사를 했다.

"안녕하십니까, 김희우입니다."

"안다, 알아. 저기가 네 자리니까 가서 편하게 있어. 우리 과가 일이 많은 건 알지? 숨 쉴 틈 없을 테니까 꽉 긴장해라."

장일현의 말에 희우는 "네, 알겠습니다!"라고 패기 넘치게 대답을 했다. 평소 장일현과 만나 어렵지 않게 대하고 있었지만 이곳은 검찰 내였다. 그리고 장일현은 엄연한 희우의 상관이었다. 다른 직원들의 눈이 있는 이상 편하게 대할 수는 없었다.

자리로 간 희우는 컴퓨터를 켜고 자신에게 배당된 사건을 확인했다. 크지 않고 자잘한 사건만 백 개가 넘는 것 같았다. 장일현이 말했다.

"그거 이번 주까지 다 끝내야 한다. 시간 없는 일들이야."

"네, 알겠습니다."

희우는 일을 시작했다.

그런데, 희우가 일을 하는 모습을 본 모두는 깜짝 놀랐다. 이제 임관한 지 몇 개월 되지 않은 검사가 이렇게까지 능숙하게 일을 처리할 거라고는 생각하지 못했기 때문이다.

장일현 역시 놀랐다. 희우의 실력과 능력에 대해서는 높게 평가하고 있었지만 이 정도일 줄은 전혀 예상하지 못했다. 장일현의 입은 찢어질 듯 벌어졌다. 팀에 빠르게 일을 처리할 수 있는 사람이 들어온다는 것은 그만큼 퇴근이 빨라졌다는 걸 의미하기도 했다.

희우는 낮에는 장일현 아래에서 일을 했고 밤에는 지성호와 만나 의견을 나눴다.

김석훈은 CCTV까지 설치를 하며 전석규를 감시하고 있었다. 그리고 장일현을 시켜 희우의 일거수일투족을 보고받았다. 하지만 김석훈은 지성호에 대해서는 크게 신경을 쓰고 있지 않았다. 사법연수원 성적도 좋은 편이 아니었고 이력에 적힐 만한 사건 역시 많지 않았다. 김석훈은 지성호를 무시했다. 덕분에 지성호는 자유롭게 움직일 수 있었다.

지성호가 말했다.

"파일 확인했어?"

"네, 봤습니다. 입학자 명단 중에서 몇 명 추려 봤습니다. 이 인물들 위주로 재조사 부탁드립니다."

부정 입학자를 한 번에 찾아내는 건 과거의 기억이었다. 이름만으로는 명확하게 알 수 없었지만 얼굴과 대조해 본 결과 또렷이 기억이 났다.

"좋아. 그리고 해야 할 일은 뭐지?"

"일단은 없습니다."

"꼭 내가 네 아랫사람이 된 거 같아."

"죄송합니다."

아침, 중앙 지검.

살인 사건 피의자에 대한 취조가 있었다. 장일현이 직접 취조를 하는 중이었다. 희우는 자세한 상황을 몰랐다. 장일현이 만지던 일이었고, 아직 부서를 옮긴 지 얼마 되지 않아 정확한 정황을 알기 어려웠다.

취조실 반대편으로 희우가 들어갔다. 안에 있던 다른 검사에게 인사를 한 희우가 창을 마주 보고 섰다. 취조를 받는 사람의 얼굴은 익히 알고 있었다.

'미래자동차 사장 전일보?'

얼마 전 민수가 잡았다고 하던 사람 중 하나였다.

희우가 옆에 있던 검사에게 물었다.

"전일보 사장 건이라면 다른 부서 사건 아닌가요?"

"맞아. 그런데 거기 꼴통이 있다고 해서 우리한테 넘어왔어. 정말 꼴통 아니냐? 뒷생각은 하지 않고 미래자동차 사장을 잡아 오면 어떻게 해? 그리고 그걸 허락한 판사는 어떤 멍청한 새끼인지."

매우 귀찮은 표정이었다. 자칫 모든 화살을 맞을 수도 있는 일이기 때문이다.

희우는 취조실을 바라보다 피식 웃었다.

"비싼 밥 먹네요."

일반적으로 취조를 받는 사람에게 식사값으로 배당된 돈이 있었다. 하지만 지금 미래자동차 사장은 레스토랑에서 먹는 것처럼 호사스러운 식사를 하고 있었다. 검사가 말했다.

"지금 장 검사님도 힘들 거야. 수사를 멈추면 여론이 들고일어날 테고 수사를 계속하기에는 윗선의 눈치가 보이고. 그래서 다른 사건이 터질 때까지 대기하는 거지."

장일현이 전일보에게 인사를 하고 밖으로 나왔다. 동시에 희우와 검사 역시 그를 따라 복도로 향했다.

"고생하셨습니다."

그들은 허리를 숙여 장일현에게 인사했다.

"됐어. 다음 취조는 누구라고 했지?"

다른 취조실로 향하며 장일현은 검사에게 서류를 넘겨받아 확인했다.

"살인 사건 용의자?"

검사가 말했다.

"죄를 인정하지 않고 있습니다."

"그러겠지. 여기서 자기 죄 인정하는 새끼 봤어? 한 명도 없어. 다 억울하대."

장일현이 희우에게 서류를 던지듯 넘겼다. 희우는 장일현의 뒤를 따르며 받은 서류를 확인했다.

'뭐지?'

사건 내용에 확실한 건 없다. 어쩌면 정말 억울한 사람일 수도 있었다.

장일현이 취조실로 들어가자 검사가 희우에게 물었다.

"넌 가 봐."

"장일현 검사님 취조하는 모습 보고 싶습니다. 배울 점이 많다고 생각합니다."

검사는 희우를 위아래로 훑어봤다. 그가 보기에 희우는 아직 신입이었다. 당연히 배워야 할 것도 많고 익혀야 할 일도 많았다.

"그래. 그럼 네가 장 검사님 도와라. 난 일이 많아서 가 볼 테니까."

"알겠습니다."

그가 떠나고 희우는 취조실의 반대편에 서서 장일현을 확인했다.

장일현은 취조실로 들어가자마자 상대를 향해 욕을 내뱉었다. 희우가 알고 있던 예전의 삶과 전혀 바뀐 부분이 없었다. 상대가 거물이면 아까처럼 최대한 예의를 갖추고 살살거렸지만 힘이 없는 사람이라면 억박지르고 시작하는 그런 모습. 언제나 장일현이 말하는 지론 중 하나였다.

장일현은 언제나 말했었다.

"거물이 잡혀 들어가면 사람들은 거물을 욕하겠지. 하지만 잠깐이야. 곧 잊어 먹어. 그런데, 거물이 가진 돈과 인맥은 영원해."

이전의 삶에서 희우가 조태섭과 맞서고 있을 때도 장일현은 말했었다.

"새끼야! 검사 왜 한 거야? 폼 나게 살아 보려고 한 거 아냐? 갑의 입장에 서고 싶어서 한 거 아니냐고!"

아니었다. 당시의 희우는 사람처럼 살아 보고 싶었을 뿐이다. 그리고 할 수 있는 게 공부밖에 없었다.

장일현이 계속 말했었다.

"그러려면 높은 사람에게 잘해라. 그러면 언젠가 다 돌려받아. 정의의 검사 흉내 낸답시고 약한 사람 도우려고 하지 마. 남는 거 없어. 그러니까 그냥 튀지 말고 살자. 편하게 하자고. 내가 왜 너 같은 꼴통을 받아서 이렇게 고생을 하고 있는지 모르겠다."

희우는 취조실에서 피의자를 윽박지르는 장일현의 모습을 보며 예전의 기억을 떠올리고 있었다.

'그래, 꼴통이라고 했었지?'

희우가 피식 웃었다. 그러고 보니 지금은 민수가 꼴통이라고 불리고 있었다.

희우는 취조를 하는 장일현에게서 시선을 돌려 서류를 바라봤다. 여대생 살인 사건이었다. 그리고 첫 신고자가 취조실에 있는 남성이었다. 이름은 이주석이었고 칼 손잡이에 남아 있는 지문은 그를 가리켰다. 이주석은 살해당한 여성의 남자 친구라고 했다. 그리고 복부에 박혀 있는 칼을 뽑다가 지문이 남았다고 주장했다.

'살인은 살인이네.'

사람의 복부에 칼이 꽂혀 있을 때 돕는답시고 섣불리 뽑는 행동을 해서는 안 된다. 칼이 막고 있는 출혈이 터져 나올 가능성이 높기 때문이다.

희우는 계속해서 서류를 넘겼다.

'목격자는 없고 다투는 소리를 들은 사람은 있다?'

희우는 고개를 갸웃거렸다.

'다투는 소리?'

이주석의 핸드폰에는 살해당한 여성과의 연인 관계를 입증할 내용이 가득했다. 남자 친구와 여자 친구는 확실하다는 말이다.

희우는 다시 곰곰이 생각해 봤다.

다투는 소리가 들렸다는 증언.

'우발적 범행?'

그런데 우발적이라고 하기에는 뭔가 이상하다. 살해 도구가 칼이다. 살해 장소는 골목이다. 일반적인 대학생이 가방에 칼을 넣어 다닐 이유가 없다.

'이주석이 범인이라면 계획에 의한 살해인데.'

하지만 문자 기록에 의하면 살해 당일 아침까지 두 사람은 즐거운 내용을 주고받았다. 또한 친구들의 증언에도 두 사람의 사이가 좋지 않다든가 하는 특별한 내용은 없었다.

희우는 서류를 통해 사건 현장을 확인하며 지성호에게 주소를 찍어 보냈다.

–그 주변에 살고 있는 사람들 전부 다 신원 조사 부탁드립니다.

바로 답 문자가 왔다.

–내가 네 부하 직원이냐?

희우는 바로 그에게 전화를 걸었다.

"죄송합니다. 드러내면 안 될 일이라, 제가 어떻게 나서지를 못하고 있습니다."

지성호는 나중에 술이나 제대로 사라는 말과 함께 전화를 끊었다.

장일현이 밖으로 나오는 걸 보고 희우도 바로 따라 나갔다.

"아, 거참. 자백 안 하네."

희우가 그에게 물을 건넸다. 장일현은 손으로 그의 물을 거부하며 말했다.

"사이다나 마시러 가자. 답답하다, 답답해."

그들은 휴게실로 향했다. 희우가 물었다.

"증거가 없나요?"

"없긴 왜 없어, 칼에 지문 나왔지, 둘이 싸웠다고 했지. 그럼 끝 아니야? 지가 사람 죽여 놓고 겁먹어서 신고한 거야. 지 말로는 싸우고 먼저 갔다가 미안해서 다시 돌아왔다고 하는데 그거 다 거짓말이야. 원래 범인들이 거짓말을 잘해요. 그러니까 너도 앞으로 취조실에서 피의자들 말 절대 믿지 마."

"알겠습니다."

희우의 대답에 그는 만족스러운 미소를 지었다. 얼굴을 보고 지낸 지 몇 년이 되었지만 여전히 깍듯하게 예의를 갖추고 있는 희우가 마음에 들었다. 장일현이 계속 말했다.

"네가 선배 잘 만난 줄 알아라. 이런 거 하나씩 다 가르쳐 주는 선배 없다."

"항상 감사하게 생각하고 있습니다."

장일현이 음료수를 입에 넣어 목으로 넘길 때 희우가 물었다.

"그런데 성진미 이사장님하고는 어떻게 되었나요?"

장일현이 피식 웃었다.

"요거 요거, 사건에 대해 물어봐야지. 벌써부터 연애사가 궁금하냐?"

"그야, 선배님이 어서 가셔야 저도 마음 놓고 여자를 만나지 않겠습니까?"

"하긴, 네가 나보다 먼저 가면 안 되지. 그런데 걱정하지 마라. 내가 누구냐? 당연히 잘 만나고 있지. 그런데 강진이 그놈도 그날 누구 만난 거 같던데 통 말을 안 해."

"그래요?"

"그래, 요즘 영화에서 핫한 여배우 있지? 그 사람 만나는 거 같던데."

장일현이 뭐라고 말을 시작했고 희우는 맞장구를 쳐 주며 생각에 빠졌다. 희우의 옛 기억에 장일현과 최강진의 배우자는 그들이 아니었다. 최강진은 어느 국회의원의 딸과 결혼을 하며 지역구를 얻었고, 장일현은 희우가 죽는 날까지 홀로 있었다. 하지만 지금의 삶에서는 어떻게 변할지 몰랐다. 이미 희우가 개입하며 세상은 알게 모르게 많은 것이 변해 있었다. 그리고 앞으로 더 큰 것을 바꿔야 하는 입장에서 사사로운 그들의 연애사까지 신경 쓰고 있을 시간은 없었다.

희우가 물었다.

"결혼하실 건가요?"

"뭐? 만난 지 며칠이나 되었다고 결혼을 해? 그러고 보니 요즘에는 만나고 바로 결혼하는 게 유행이라며? 연예인들 보니까 그러지 않나?"

그는 큰 소리로 웃으며 즐거워했다.

희우가 한참 웃고 있는 그에게 말했다.

"과장님 캐비닛에 책 한 권 넣어 뒀습니다."

"그래? 언제나 고맙다."

포럼이 끝난 후 장일현과 성진미가 만난다는 것을 들은 희우는 그때부터 장일현에게 책과 음악 CD를 하나씩 건넸다. 책은 음악에 대한 기초적 지식을 쌓을 수 있는 내용이었고 CD는 성진미의 연주가 녹음된 앨범이었다. 그리고 그것은 장일현의 연애에 큰 도움이 되고 있었다.

퇴근 시간이 되었고 장일현은 서둘러 나갔다. 누굴 만나러 가는지 뻔히 보였다.

희우의 생각이 이번에는 최강진을 향했다.

장일현을 무너뜨리고 난 다음에는 최강진을 박살 내야 한다. 놈이 국회의원이 되기 전에 끝내야 했다.

최강진은 언제나 서민을 위하는 척했지만 그 이면에는 더러운 수작에 도가 큰 사람이었다. 집안이 좋아서였을까, 아니면 스스로 뒤처리를 잘하고 다녀서일까? 최강진을 잡아넣을 방법이 보이지 않았다.

하지만 상관없었다. 방법이 보이지 않으면 만들면 되는 것이다.

희우에게 전화가 걸려 왔다. 상만이었다.

-사장님, 저 차 따라가라고요?

"그래. 도착하는 장소만 알고 철수해."

-사장님, 저 흥신소 아닌데요. 저도 사장이에요.

희우는 상만에게 지검 앞에 있다가 장일현의 차가 나오면 뒤쫓아 달라는 부탁을 했었다.

상만의 볼멘소리를 들으며 희우는 전화를 끊었다. 그리고 부탁했다.

'제발, 사랑해라. 두 사람이 사랑해서, 사랑은 죄가 아니라고 말해라.'

그의 바람이 통했을까? 상만에게 전화가 걸려 왔다.

-천하호텔로 들어갑니다.

"호텔?"

희우는 그에게 집으로 돌아가지 말고 미행을 더 하도록 지시했다.

그리고 다시 전화가 걸려 왔다.

-여자 쪽 부모님 만나고 있습니다.

"좋아, 철수해."

희우는 터져 나오는 웃음을 참으며 창가로 걸어갔다.

만난 지 며칠이나 되었다고 부모님을 만나 뵐까? 장일현과 성진미. 잘 어울리는 한 쌍이었다.

희우는 손가락을 꼽으며 고민했다.

'하나는 스폰서 검사, 그리고 또 하나는 어떤 죄를 줘야 마음에 들어 할까?'

희우는 생각하며 자리를 이동했다. 그리고 낮에 장일현이 취조를 하던 이주석을 불러냈다.

"쉬고 있었을 텐데 미안해요."

희우는 밝게 웃으며 그에게 앉기를 권했고 이주석은 의자에 앉았다.

고개 숙인 이주석은 모든 걸 포기한 것 같았다. 여자 친구가 죽어서 슬퍼서 그런 걸까? 아니면 자신의 인생에 범죄자라는 줄이 그어질까 두려운 걸까? 어쨌든 이주석은 힘겨운 표정으로 눈을 내리깔고 있었다.

희우가 물었다.

"죽였어요?"

"아니요. 전 정말 아니에요."

"그럼 어디 갔었어요?"

이주석은 여자와 싸우고 자리를 피했다고 했다. 그리고 다시 돌아왔을 때 칼에 찔린 채 쓰러져 있는 여자 친구를 발견했다.

희우가 말했다.

"그러니까 어디까지 갔었어요?"

"골목에서 나와서 큰길까지요. 그리고 거기서 담배 하나를 피우면서 화를 누그러뜨리고 다시 돌아갔어요."

사건 현장에서 대로변까지 그리고 거기서 담배를 피울 시간. 5분이 채 안 되었다. 희우가 물었다.

"멀지 않은 거리인데 비명 소리 못 들었어요?"

"못 들었습니다."

희우는 다시 사건 파일을 열어 봤다.

칼은 여성의 허파를 찌르고 들어갔다. 비명을 지를 수 없는 상황이다.

'묻지 마 살인?'

원한 관계가 아닌 묻지 마 살인의 경우 가장 골치가 아팠다. 그런 경우에는 범인의 행적을 파악하기가 쉽지 않았다.

희우는 이주석을 바라봤다. 심하게 떨고 있다.

'범인일까, 아닐까?'

희우는 답을 내놓지 않았다.

이주석은 범인일 수도 있고 아닐 수도 있었다. 여러 가지 가능성을 열어 두고 취조를 해야 했다. 그러지 않으면 정말 무고한 사람이 죄의 무게를 안고 감옥에 갈 수도 있었다. 희우가 다시 물었다.

"증거가 있나요?"

"네?"

"당신이 거기에 없었다는 증거가 필요합니다. 싸우고 잠시 갔다가 돌아왔다는 건 어디까지나 주장일 뿐입니다."

이주석의 눈동자가 심하게 움직일 때, 희우는 다시 서류를 손에 들었다. 서류에 나와 있는 정황만 본다면 범인은 분명 그를 가리키고 있었다. 하지만 애매한 점이 너무 많았다. 가장 큰 부분은 범죄를 저지른 도구가 칼이었다는 것. 그리고 비록 싸우기는 했지만 그들의 사이가 나쁘지 않았다는 것이었다.

이주석이 어렵게 입을 열었다.

"저기…… 이런 것도 증거가 될까요?"

희우의 눈이 서류에서 그에게 향했다.

"말씀하세요."

"도로가에 나갔을 때 핸드폰으로 셀카를 찍던 여자가 있습니다. 아마 제가 찍혀 있을 수도 있을 겁니다."

"셀카요?"

셀카는 스스로 자신의 얼굴을 찍은 사진을 일컫는 말이었다. 그가 계속 말을 이었다.

"아마 그 여자는 계속 다른 곳으로 갔을 테니 어딘가 CCTV에 찍히지 않았을까요?"

가능성은 있었다. 희우가 물었다.

"그 사람의 얼굴을 기억합니까?"

"얼굴은 모르겠지만 옷은 확실히 기억해요. 특이했어요. 그러니까 옷을 보면 얼굴도 기억날 겁니다."

"알겠습니다. 확인해 보지요. 단, 지금 우리가 한 말을 장일현 검사에게는 말하지 마십시오."

"네."

이주석은 고개를 끄덕였다. 그러다가 조심스럽게 입을 열었다.

"그런데 왜 도와주려고 하시는 거죠? 검사라고 하면 감옥에 보내려고 하는 분들이 아닌가요?"

"걱정하지 마세요. 죄가 있다면 당연히 보냅니다. 그게 제가 하는 일이니까요."

희우는 자리에서 일어나 밖으로 나갔다. 그리고 바로 살해가 일어난 지역으로 향했다.

살인 현장을 둘러보던 희우는 그만 피식 웃고 말았다. 현장에 와서도 이 지역의 집값을 예상하는 자신이 웃겨서다.

도로를 벗어난 희우는 거리를 걸었다.

길의 양옆으로 편의점이 두 개 있고 꽃집이 있었다. 멀리 작은 마트도 보였다. 희우는 길에서 이동할 수 있는 양옆 1킬로미터에 있는 모든 곳을 지나며 CCTV가 외부에 설치된 곳은 모두 들어갔다. 영장은 가지고 있지 않았지만 사정의 설명에 업주들은 모두 흔쾌히 영상을 넘겨주었다.

다음 날 밤.

장일현이 퇴근을 했을 때 다시 이주석을 찾았다.

"오늘 밤 내에 영상을 확인할 겁니다. 만약 여기에 그 사람이 없다면 다른 방법을 찾아야 합니다."

희우는 남자를 앞에 두고 영상을 틀었다. 셀카를 찍고 있었다던 여자를 찾기 위한 반복이었다.

시간은 흘러갔다.

"없어요."

"있나요?"

"없어요."

지루한 반복.

범인을 찾는 것보다 더 지루한 시간이었다. 모든 걸 남자의 기억에 의

존한 채 영상을 확인하고 또 확인했다.

그때, 사무실의 문이 달그락거렸다. 누군가 왔다?

밖에서 목소리가 들려왔다.

"지금 사무실에 왔습니다."

장일현이었다. 그는 아침에 김석훈에게 보고할 내용이 들어 있는 USB를 찾기 위해 다시 지검으로 온 거다.

희우는 침을 꿀꺽 삼켰다. 지금 이주석과 함께 있는 것이 그의 눈에 보인다면 어떤 핑계를 대야 할지 생각이 나지 않았다. 어쩌면 계획하고 있는 모든 일을 들킬 수도 있었다.

그때, 밖에서 큰 목소리가 들렸다.

"장일현 검사님!"

안에까지 들릴 정도로 쩌렁한 목소리였다. 민수였다.

"미래자동차 전일보 사장! 그냥 묻으려고 하십니까?"

민수가 뚜벅뚜벅 장일현의 앞으로 걸어왔다. 장일현은 몹시 한심하다는 표정으로 민수를 바라봤다. 민수가 다시 소리쳤다.

"구속시킬 증거가 명확한데 왜 질질 끌고 계십니까! 제 사건 가지고 간 것도 모자라서 아예 망치려고 하나요?"

"뭐? 망치려고 한다고?"

장일현의 목소리도 노기를 띠기 시작했다.

"그렇지 않나요? 지금 질질 시간 끌고 있는 게 뻔히 보입니다. 다른 뜻이 있다면 납득할 수 있게 말씀해 주십시오!"

장일현이 차가운 눈으로 민수를 노려봤다. 장일현의 입가에 비릿한 미소가 흘렀다. 그 목소리가 민수를 조롱하듯 흘렀다.

"이민수…… 그래, 이민수. 꼴통 이민수!"

장일현이 무서운 눈빛으로 민수를 노려보며 계속 말했다.

"원래 의대 입학했었다고 했나? 의사나 해서 사람이나 고치지 그랬냐.

검사는 범인을 잡는 사람이 아니라 나라를 고치는 사람이야. 생각은 해 봤냐? 미래자동차 전일보 사장이 잡혀 들어가면 주가가 곤두박질칠 거다. 지금도 흔들리고 있는데, 뻔히 보이는 세상을 만들라고? 너만 잘났다고 떠들지 마. 좋은 머리 둬서 뭐 해? 생각 좀 하고 살아라. 너 같은 놈은 잡범이나 잡고 살면 되는 거야. 전일보 사장이 들어가면 우리나라에 끼칠 영향을 생각해라."

민수가 이를 꽈득 물었다. 장일현이 하는 말과 행동으로 보면 사건이 흐지부지 끝날 거라는 건 당연했다.

민수가 큰 한숨을 내쉬었다. 그러더니 갑자기 차렷 자세 후 오른손을 들어 선서 자세를 취했다. 그리고 큰 소리로 외쳤다.

"불의의 어둠을 걷어 내는 용기 있는 검사! 힘없고 소외된 사람들을 돌보는 따뜻한 검사! 오로지 진실만을 따라가는 공평한 검사! 스스로에게 더 엄격한 바른 검사! 그게 장일현 검사님은 아닙니다!"

다시 손을 내리고 뒤로 휙! 돌아 복도를 빠르게 걸어 나갔다.

장일현이 주먹을 꽉 쥐고 민수의 뒷모습을 노려봤다.

"미친 새끼!"

민수가 복도 끝으로 사라지자 장일현은 그제야 문을 열고 안으로 들어갔다.

"어? 희우 너, 아직 퇴근 안 했어?"

희우가 헤드폰을 끼고 컴퓨터 앞에 앉아 뭔가를 작성하고 있었다.

"네. 일이 많아서요. 조금만 더 하면 퇴근할 것 같습니다. 그런데 퇴근하셨는데 어쩐 일이세요? 성진미 이사장님 뵈러 간 거 아니셨어요?"

"뭐 좀 가지러 왔다. 그런데 너 이민수 알지?"

"네, 같이 학교 다녔습니다. 그런데 왜 그러시나요?"

희우는 밖의 말을 듣지 못한 척 말했다.

"아니다, 됐다. 어서 끝내고 퇴근해."

"알겠습니다."

장일현이 다시 밖으로 나갔다.

희우는 긴장된 숨을 내쉬었다. 그리고 책상에서 일어나 문 앞으로 가서 문을 잠갔다. 동시에 책상 밑에서 이주석이 빠져나왔다. 그는 쿵쾅거리는 가슴을 손으로 잡고 불안한 눈빛으로 주변을 둘러봤다.

"갔어요. 그러니까 계속합시다."

희우와 이주석은 다시 영상을 보기 시작했다.

그때! 이주석이 말했다.

"이 여자입니다!"

희우의 눈이 화면을 주시했다.

'코스프레?'

만화의 캐릭터를 연상시키는 모습이었다.

희우는 여자의 사진을 확보한 후 퇴근을 하며 민수에게 전화를 걸었다.

"뭐 하시나요?"

ー너 기다린다.

"제가 어디 있는데요?"

ー내 앞에.

희우가 뒤로 돌았다. 민수가 있었다.

"아, 나도 퇴근하려는 중이었거든."

웃고 있지만 그의 입에서 '흘흘흘' 같은 특유의 웃음소리는 들려오지 않았다. 희우가 말했다.

"편의점에서 맥주 드시겠어요?"

"좋지."

그들은 편의점 앞 테이블에 앉아 맥주 캔을 땄다.

차가운 목 넘김을 느끼며 민수가 말했다.

"검사가 뭐냐?"

"직업이죠."

"맞네. 정답이야."

민수는 다시 맥주를 마셨다. 그리고 입을 열었다.

"다시 6 대 2다."

"미래자동차 때문에 하나 줄었나요?"

"응. 원래 가진 놈들 잡기는 어렵잖아."

민수는 장일현과 있었던 일은 말하지 않았다. 희우가 빙긋 웃었다.

"포기할 건가요?"

민수의 표정이 굳어졌다. 그리고 고개를 저었다. 아무것도 모르겠다는 얼굴이었다. 검사복을 벗을 각오로 죽자고 달려들면 못 할 일은 아니었다. 하지만 그렇게 잡으면 뭐 할까? 금방 병이나 보석으로 풀려날 것이 뻔했다.

민수는 답답한 가슴을 어쩌지 못하고 맥주만 마실 뿐이었다. 그들의 앞에 캔 맥주가 하나둘 올랐다.

희우가 맥주를 마시며 말했다.

"저라면 시민 단체부터 움직이겠어요. 사람들은 재벌에 피해 의식 가지고 있잖아요. 그걸 건들면 어렵지 않을 겁니다. 신문의 타이틀은 '유전무죄 무전유죄'가 좋겠네요. 물론 윗선에 선배가 했다는 걸 드러내서는 안 됩니다."

민수의 눈이 커졌다. 민수의 실력은 물론 뛰어났다. 하지만 아직 정공법으로만 싸우는 신입 검사였다. 정당하게 싸울 수 없다면 다른 방향을 노려 볼 수도 있다는 때 묻은 생각은 하지 못했다.

희우가 말했다.

"여론이 들끓으면 어쩔 수 없다는 식으로 장일현이 기자들을 모아 두고 중간보고를 할 겁니다. 물론 실체가 없는 의혹일 뿐이었다, 하는 식으로 하겠지요. 그때 기자들에게 선배가 가지고 있는 자료를 살짝 흘린다면 어떻게 될까요?"

그렇게 된다면 장일현의 발표는 무용지물이 되고 말 뿐만 아니라 검찰에서 거짓 발표를 했다는 여론의 폭풍이 밀려올 것이 분명했다. 희우가 계속 말을 이었다.

"그렇게 되면 등 떠밀려서 제대로 조사하지 않을까요? 물론 그렇게 간다고 해도 제대로 조사하지 않을 가능성이 높지만요."

희우의 말을 듣던 민수가 씨익 웃었다. 나쁘지 않은 방법이라고 여겨졌다. 민수가 의자에서 벌떡 일어났다.

"정정할게. 다시 6 대 3. 비싼 맥주 말해라. 내가 쏜다."

기껏해야 몇천 원 안 되는 돈이었지만 민수는 거창하게 말했다.

"아무거나 좋습니다."

맥주를 계산하고 다시 나온 민수가 의자에 앉으며 물었다.

"검찰 이미지는 어떻게 하지?"

"좋았던 적이 있었나요?"

"하긴, 이미지가 무슨 상관이야. 해야 할 일만 잘하면 되는 거지."

희우도 민수의 의견에 동조한다는 듯 말했다.

"이미지 생각하다가 망친 사건이 한둘인가요? 일을 추진해야 할 때는 과감해야 한다고 생각합니다."

"맞는 말이야. 그런데……."

희우를 보는 민수의 눈빛이 의심스러웠다. 민수는 손으로 턱을 만지며 고개를 갸우뚱거렸다. 뭔가를 알 수 없다는 표정이었다. 그 눈빛을 받고 있던 희우가 답답한 듯 먼저 물었다.

"그런데 뭐요?"

"이상하단 말이야."

"뭐가요?"

"너 장일현 라인 아니었어?"

외부에서 보기에 희우는 분명히 김석훈, 장일현, 최강진으로 이어지는 라인이었다. 누군가는 권력의 끈을 잡았다며 한심하게 봤고 또 어떤 누군가는 부러워하기도 하는 라인.

희우는 어색하게 웃었다. 하지만 변명하지도 설명하지도 않았다. 오히려 가까이 지내는 민수가 그렇게 생각할 정도이니 다행이라고 여겼다. 계획에 필요한 일이었다.

다음 날, 희우는 컴퓨터를 켜고 살인 사건 당일에 일어난 코스프레 행사에 대해 검색을 했다. 있었다. 서울의 한 광장에서 벌어진 코스프레 이벤트. 꽤 많은 사람이 참여했다.

희우는 각 블로그와 인터넷 카페를 뒤져 보며 사진 속 인물을 찾기 시작했다. 사진 속 여자는 어렵지 않게 찾을 수 있었다.

희우는 자리에서 일어나 장일현에게 걸어갔다.

"외부 업무 좀 보고 오겠습니다."

장일현은 흔쾌히 고개를 끄덕였다.

장일현이 알고 있기로 희우가 외부로 나갈 일은 없었다. 하지만 어제 밤늦게까지 퇴근도 하지 않고 일을 했다는 걸 알고 있었다. 장일현은 희우가 사우나를 간다고 여겼다.

"다녀와. 퇴근까지 거기서 해도 좋고."

"감사합니다."

오히려 장일현은 희우를 도와주고 있었다.

희우는 밖으로 나섰다.

사진 속 여자를 찾으러 가기 전 희우는 다른 곳으로 향했다. 중앙 지검에서 멀리 떨어진 커피숍이었다. 그곳에 지성호가 있었다. 문을 열고 들어온 희우를 보자 장난기 가득한 미소를 지으며 지성호가 말했다.

"김희우 검사님 오셨습니까?"

희우가 선배인 지성호에게 일을 지시하고 있는 것에 대한 장난이었다. 희우는 어색하게 웃었다.

"죄송합니다."

"아이고, 김희우 검사님께서 죄송하다고 말씀하시면 일개 선배 된 자로서 어떻게 고개를 들겠습니까."

지성호가 말을 하며 서류를 넘겼다. 그리고 말했다.

"그 일대는 왜 조사해 달라고 한 거야? 영장 없이 그런 짓 하는 게 얼마나 어려운 일인지 몰라서 그래?"

"의심되는 일이 있어서요."

희우는 테이블에 앉아 서류를 넘겼다.

두어 장 정도 넘기던 희우의 눈이 커졌다.

그 동네에는 희대의 연쇄살인범 강덕군이 살고 있었다. 강덕군의 사건은 아직 세상에 드러나지 않았다. 기억에 의하면 지금의 시점으로부터 3~5년 후에나 잡힐 사람이었다. 엽기적인 살인 방식으로 세상의 충격을 줬던 그는 밝혀진 바로만 스물네 명의 여자를 살해했다.

희우는 그만 웃고 말았다. 남자가 여자 친구를 살해했는지 아니면 강덕군의 살인이 지금부터 시작되었는지는 알 수 없었다. 그러나 녀석의 엽기 행각은 지금 막을 수 있다는 생각이 들었다.

희우는 지성호에게 감사 인사를 하고 자리에서 일어났다.

일단은 코스프레하는 여자를 만나야 했다. 여자는 인근의 대학에 다니고 있었다. 인터넷에서 꽤 유명한 사람이었기에 신상을 찾는 건 어렵지 않았다. 속칭 네티즌 수사대라고 하는 자들이 이미 그녀의 일거수일투족을 밝혀냈다. 그리고 그녀 스스로도 자신을 밝히는 걸 거리끼지 않았다.

그녀와 만난 희우는 신분증을 내보이며 말했다.

"중앙 지검 검사 김희우입니다. 잠깐 물어보고 싶은 말이 있어서 찾아왔습니다."

검사의 신분증을 대한 그녀는 혹시 자신이 무슨 잘못을 했나 두려움에 떨었다. 희우는 그녀의 두려움을 벗게 해 주기 위해 미소를 지으며 상황을 간단히 설명했다.

"한 사람이 살인 사건으로 잡혀 있습니다. 그런데 자신은 누명을 쓰고 있다고 주장합니다."

혹시 셀카에 그가 찍혔는지 확인하기 위해 찾아왔다는 말이 나오고서야 그녀는 안심했다.

희우는 근처의 카페로 이동해서 그녀의 핸드폰에 찍힌 사진을 보기 시작했다. 있었다. 여자의 얼굴 뒤에 선명하게 찍힌 남자.

희우가 씨익 웃으며 여자의 사진을 자신의 핸드폰으로 전송했다.

"정말 감사합니다. 혹시 나중에 증인으로 서 주실 수 있을까요?"

"네?"

증인이라는 말에 그녀는 당혹스러운 얼굴을 보였다.

그녀는 사건과 전혀 관계가 없는 사람이었다. 단지 우연히 남자의 얼굴이 사진에 있었을 뿐이다. 그녀의 입장에서는 남자가 감옥에 가든 가지 않든 상관없는 일이다. 희우가 말했다.

"증인 참석은 잘 생각해 주십시오. 아마도 언론에 얼굴이 노출될 수도 있을 겁니다."

"언론요?"

일부러 한 말이었다.

그녀는 모든 홈페이지에 자신의 얼굴을 보이고 드러내는 사람이었다. 혹시나 세상의 관심을 받고 싶어 하는 사람이라면 계획에 동참해 주지 않을까 하는 생각이었다.

그리고 그 예상은 맞았다. 그녀는 고개를 끄덕였다.

"알겠습니다. 그럼 연락 주십시오."

"연락은 제가 하지 않고 변호사 사무실에서 갈 겁니다."

희우는 법무 법인 KMS로 향했다.

본관 로비에 들어간 희우. 그는 로비에서 손님을 기다리고 있는 경란을 보며 손을 흔들었다.

"희우야!"

그녀는 반가운 얼굴로 그를 맞이했다. 희우는 그녀의 앞으로 가서 인포메이션 테이블 위에 화장품이 들어 있는 쇼핑백을 올렸다.

"결혼하셨다면서요?"

그녀는 준수한 회사원과 결혼을 해서 단란한 가정을 꾸리고 있었다. 그녀는 화장품을 확인하고 속 보이는 웃음을 지으며 말했다.

"고마워, 내가 화장품 사 주는 사람이 없어서 피부가 이렇게 푸석해졌어. 그런데 너 검사 되었다며?"

"그렇게 되었네요."

희우는 그녀와 인사를 나눈 후 강민석 변호사가 있냐고 물었다. 그녀는 전화를 걸어 확인한 후에 사무실로 올라가 보라고 전했다.

사무실에 있던 민석은 손에 서류 한 뭉치를 들고 희우를 맞이했다. 희우가 소파에 앉자 그가 테이블 위에 서류를 올려 뒀다.

"이게 뭔가요?"

"뭐긴, KMS 계약서지. 검사가 변호사 사무실을 찾아올 이유가 뭐가 있겠어?"

희우가 황당한 표정을 지었다.

민석이 말을 이었다.

"원래는 면접을 봐야 하지만 너는 특별히 통과시켜 주는 거야."

"그게 아닌데요."

희우는 어색한 웃음으로 상황을 마무리했다. 그리고 그의 앞에 다른 서류를 꺼내 올려 뒀다.

"이게 뭐냐?"

"사건 의뢰입니다. 안타까운 사연이 있는 사람이 있어서 찾아왔습니다."

검사가 변호사에게 사건 의뢰를 한다? 이번에는 민석의 얼굴에 황당함이 올랐다.

희우가 말했다.

"제가 아직 힘이 없다 보니 이 사람이 죄가 없다는 걸 말을 할 수가 없습니다. 바로 윗선에서 유죄로 몰고 가고 있어서요."

민석은 고개를 끄덕이며 서류를 펼쳐 봤다.

"그렇겠지. 지휘 계통이라는 게 있으니까."

"네, 애매한 점이 많고 결정적으로, 그 시각에 현장에서 잠시 벗어났다는 증거가 있습니다."

민석의 눈이 서류를 향했다.

"그래도 이것만으로는 부족하지 않을까? 밀어붙일 수는 있어도 싸워서 이긴다는 보장은 없어. 남자가 현장에서 벗어난 이유가 칼을 사기 위해서일 수도 있잖아?"

"주변을 돌아봤을 때 1킬로미터 이내에 칼을 파는 곳은 없었습니다. 간단한 커터 칼을 파는 편의점은 있어도 살인의 도구가 된 크기의 칼을 파는 곳은 없었습니다."

하지만 민석은 섣불리 받아들이지 않았다. 사건 의뢰를 당사자가 가지고 온 것이 아니었고 희우는 엄연히 검사였다.

민석의 망설임을 보던 희우가 입을 열었다.

"제가 고등학교 때 기억하시나요?"

"당연히 기억하고 있지."

"그때 변호사님이 어떤 말씀을 하셨는지도 기억하시나요?"

민석은 고개를 갸우뚱했다. 벌써 몇 년이나 흘렀다. 당시에 어떤 말을 했었는지 기억날 리 없었다.

희우가 말했다.

358

"그때 이런 말씀을 하셨습니다."

고등학생이던 김희우가 친구 살인 사건을 이야기하던 때였다. 사건을 맡을 수 없다는 민석에게 희우가 이런 말을 했다.

"잔인한 방법으로 친구를 살해했고 범행을 인정하지 않는다는 이유로 수임을 하기 싫은 건가요? 정말인가요?"

당시 모든 언론이 친구 살인 사건의 범인으로 박상욱을 지목했다. 가장 친한 친구를 잔인하게 살해하고 죄를 인정하지 않는 그를, 모두가 비난했다. 그런 와중에 민석 역시 사건을 맡기를 꺼렸다.

희우의 말에 민석은 이렇게 말했다.

"잔인한 방법으로 친구를 살해했고 반성의 태도 없이 범행 일체를 부인하고 있다. 난 그런 사람을 변호하고 싶지 않아. 변호사가 되면 너도 느낄 수 있을 거야, 악한 범죄자가 확실한데 변호해야 할 때의 더러운 기분을."

이야기를 듣던 민석은 예전의 기억을 떠올렸다.

"그래, 그런 말을 했던 것 같다."

희우가 말했다.

"그보다 더 더러운 기분은 범죄자가 아닌 것이 확실한데 형벌을 주장할 때입니다."

민석이 어이없는 표정을 지었다.

"넌 역시 변호사를 했어야 해. 검사랑은 안 맞아. 지금이라도 옷 벗고 넘어오지 그래? 너라면 비슷한 경력의 사람 중에는 업계 최고 대우를 약속할 수 있는데."

"나중에 기회가 된다면 오도록 하겠습니다."

민석은 오렌지 주스를 마시며 다시 입을 열었다.

"좋아, 사건을 맡지. 내일 의뢰인의 집을 찾아가 부모님을 만나서 계약하겠다. 하지만 너도 알겠지만 지금 들이민 증거만으로는 확실히 이길 수 있다는 보장은 없어."

"재판이 진행되는 중에 진범을 잡겠습니다. 걱정 마십시오."

"도중에 진범을 잡겠다고?"

민석의 눈살이 찌푸려졌다. 지금 희우의 말을 모두 신뢰할 수는 없었다. 만약 사건이 진행되는 도중 범인이 잡힌다면 검찰의 망신이었다. 그런데 검사가 그 일을 진행하겠다고 하니 이해가 되지 않았다.

민석의 마음을 알았는지 희우가 말했다.

"저는 아직 평검사입니다. 하지만 언젠가 검찰을 제대로 세우고 싶다는 생각을 하고 있습니다. 지금의 일은 그 계획 중 하나입니다. 자세한 이야기는 할 수 없지만 다른 생각은 가지고 있지 않습니다."

희우의 눈빛에는 진심이 담겨 있었다. 강민석은 그 눈을 바라보며 그 진심을 느꼈다.

"어려운 길을 가려고 하네."

"쉽지는 않다고 생각합니다."

희우는 법무 법인에서 나와 서부 지검으로 향했다. 그리고 규리를 불러냈다. 그녀는 몹시 피곤한 얼굴로 뒷목을 주무르며 나타났다. 볼 때마다 그녀는 점점 거칠게 바뀌고 있었다.

그녀가 말했다.

"너희는 안 바빠?"

"나는 아직 열외라."

그녀는 고개를 저으며 말했다.

"아, 진짜 요즘에 잡혀 오는 놈들 보면, @$#%$#%&@#^#$%^~."

이어진 말은 99% 욕이었다. 그것도 쌍욕.

항상 느끼지만, 사람은 환경의 영향을 받는 동물이 확실했다. 반듯했던 그녀가 매일 범죄자들과 마주하며 동화되어 가고 있었다.

"어떤 사람들인데?"

"몰라, 계속 성범죄자들만 오고 있어."

희우가 피식 웃었다. 그리고 그녀의 앞에 서류를 건넸다.

"이게 뭐야?"

"사건 의뢰."

"어?"

"내가 할 수 없어서."

그녀는 서류를 열어 확인했다.

"강덕군?"

희우는 고개를 끄덕였다.

희우는 범인이 강덕군이라고 확신했다.

이전의 기억을 더듬어 보면 그의 살인 행각에 이번 사건은 없었다. 하지만 모든 사람이 생각했다. 강덕군이 숨기고 있는 살인이 더 있으리라고. 그는 자신이 들어야 할 죄의 무게를 덜기 위해 검찰의 조사에 전혀 협조하지 않았다.

희우는 지금의 사건이 강덕군 연쇄살인 사건의 연장선이라고 생각했다. 지금 그를 잡는다면 앞으로 살해당할지 모를 많은 사람을 살리는 길이기도 했다.

규리가 말했다.

"이 사람이 뭐?"

"살인범이야."

"살인범?"

그녀는 다시 서류를 확인했다. 하지만 나와 있는 건 인적 사항뿐, 더 이상은 없었다.

희우가 말했다.

"날 믿고 진행해 봐. 분명히 큰 건이 터질 거야."

"그렇다 치고, 이걸 왜 나한테 주는 거야?"

"말했잖아, 내가 나설 수는 없다고. 살인 사건 하나가 있는데 장일현

과장이 건들고 있어. 그 사건의 용의자는 의혹만 있는 남자고. 물론 그 남자는 범인이 아니야."

규리가 서류의 남자를 가리키며 희우를 봤다.

"그러니까 이 남자가 범인이다?"

"아마도."

그녀는 생각했다.

희우의 말을 보면 지금 장일현 과장이 추진하는 사건과 정면으로 부딪치라는 것이었다. 부서가 다르고 지검이 다르지만 상대가 장일현이었다. 장일현은 인적 네트워크 관리가 확실한 한국 대학교 선배였다. 거기에 미래가 창창하다고 느껴지는 김석훈 지검장의 라인이기도 했다. 그와 맞붙어서 이득 될 것은 많지 않았다. 어쩌면 그녀의 인사에 나쁜 영향을 끼칠 수도 있었다.

하지만 그녀는 수락했다.

"좋아, 해 볼게. 네가 하는 일이면 뭔가 의미가 있겠지."

희우도 그녀가 사건을 진행했을 때의 부담감은 알고 있었다. 하지만 지금 당장 부탁할 사람은 그녀밖에 떠오르지 않았다. 그녀의 수락에 희우는 고맙다는 말을 할 뿐이었다.

그녀가 서류를 가방에 집어넣으며 말했다.

"네 동기 있잖아, 구승혁. 그 새끼 진짜 꼴통이야."

여기서도 꼴통 소리를 듣게 됐다.

구승혁은 희우의 연수원 동기였다. 그런데, 이전의 삶에서는 권력자를 잡으려다 불의의 교통사고로 목숨을 잃은 사람이었다. 생각하던 희우가 말했다.

"자기만의 세계에 빠져 있기는 해도 나쁜 녀석은 아니야."

"그게 문제야, 그게. 완전히 자기만의 세상에 갇혀서 다른 걸 볼 줄을 몰라. 사회성도 없고. 정말 짜증 나. @#$%^&*~."

이어지는 욕설에 희우는 피식 웃었다. 그녀의 말의 시작과 끝에 항상 욕이 붙어 있었다.

"예전에도 말했지만, 너 정말 욕이 많이 늘었어."

"어?"

그녀는 황급히 입을 가렸다. 하지만 이미 뱉은 말을 주워 담을 수는 없었다. 그녀가 중얼거렸다.

"버릇이야, 버릇."

"괜찮아. 학교 다닐 때보다는 훨씬 사람 같아 보여."

"그때는 사람 안 같았어?"

"응."

"그럼?"

희우는 미소 지은 채 답을 하지 않았다.

학교에 다닐 때 그녀는 틀에서 벗어나는 행동은 하지 않았다. 고등학교 때는 양부모님 아래에서 자랐다는 자격지심이 있어서 그런지 꼬였던 면이 조금은 있었지만 그게 전부였다. 그녀는 언제나 정도를 걸어왔다. 오죽하면 학생들은 말했다, 규리는 길거리에 쓰레기 한번 버리지 않을 사람이라고. 희우는 그 생각을 하며 마냥 웃고 있을 뿐이었다.

그녀는 인상을 찌푸리며 말했다.

"대답하기 싫으면 됐어. 어쨌든 이 사람을 조사해 보면 된다는 거지?"

다시 대화는 본론으로 돌아왔다. 희우가 말했다.

"응. 그런데 머리가 상당히 비상한 놈이야. 조사를 하고 있다는 사실을 들켜서는 안 될 거야. 조사를 하는 도중에도 뭔가 증거를 쉽게 찾을 수 있다는 생각은 버리는 게 좋을 거고."

그녀는 고개를 끄덕였다. 희우가 말을 이었다.

"한 가지 힌트를 주자면, 서해 바다에 인위적으로 만들어진 방파제 있지?"

"응."

갯벌을 메워 땅으로 만드는 사업을 한참 진행했었다. 그 사업으로 방파제가 만들어졌고 인공 호수가 생겨났다. 희우는 그곳을 가리키고 있었다.

"그 주변을 샅샅이 조사해 봐."

"거기는 왜?"

"인적이 드물고 수풀이 우거졌어. 그리고 일대에는 CCTV가 없잖아. 바닷물을 받고 흘려보내는 일을 반복하고 있으니까 유속도 빠르고. 시신 유기에 유리하지."

물의 흐름이 빠른 곳은 시신을 찾는다고 해도 어디에서 얼마나 떠내려 왔는지 경위를 파악하기 어렵다. 살해범들은 주로 그 호수에 시신을 버렸다. 강덕군 역시 마찬가지였다. 시신을 토막 내어 호수에 버리기를 일삼았다.

그가 잡힌 후, 왜 토막을 내어 버렸냐는 질문을 받았을 때 그는 시체를 운반하고 유기하기 편해서 그랬다는 충격적인 답변을 했던 기억이 있었다.

규리가 대답했다.

"알았어. 그 일대 조사하면 되는 거지?"

"응. 그러면 큰 사건 하나 잡게 될 거야. 나도 개인적으로 조사해서 밝혀지는 것이 있으면 바로 알려 줄게."

그녀와 대화를 나눈 후 밖으로 나왔다. 어느덧 해는 뉘엿뉘엿 지고 있었다. 희우는 바로 상만에게 찾아가 강덕군의 집 주변에 흥신소 사람을 배치해 두라는 지시를 내렸다.

다음 날, 장일현은 신경질을 내며 전화기를 집어 던졌다. 그가 씩씩거리며 말했다.

"미친! KMS에서 이주석 살인 사건의 변호를 맡는단다."

장일현은 몹시 분노한 눈빛이었다. 그가 입을 열었다.

"KMS 다 알지?"

검사들은 모두 한목소리로 '예!' 하고 답했다.

장일현이 잠시 눈을 감았다. 스스로 화를 다스리려고 하는 행동이었다. 다시 눈을 뜬 그는 모두를 회의실로 모이게 했다.

희우는 수첩과 펜을 꺼내 회의실 의자에 앉았다.

장일현이 모두의 앞에 나아가 말했다.

"이번 사건은 매우 중요하다. 어찌 보면 KMS가 우리에게 도전을 한 것이나 다름없어. 방법이 있으면 이야기해 봐."

모두는 조용했다.

장일현의 눈가가 씰룩거렸다. 입을 꽉 닫고 있는 검사들에게 분노를 느꼈다.

세간은 미래자동차 사장 전일보의 사건에 관심을 보이고 있었다. 언론은 이주석 살인 사건에 대해서는 전혀 주시하지 않았다. 하지만 김석훈은 장일현에게 이 사건을 키우라는 명령을 했다. 그 이유는 대중의 눈을 돌리기 위해서였다.

그런데, 국내 최고의 로펌 중 하나인 KMS가 이 사건을 맡겠다고 들이밀었다. 지금 가진 어설픈 정황만 있는 상태에서 KMS가 나선다면 증거 불충분으로 용의자를 풀어 주게 될지도 모르는 상황이었다.

장일현이 일반 검사들에게 김석훈의 지시까지 말할 수는 없었다. 어디까지나 기밀로 움직여야 할 일이었다.

그가 이를 꽉 물고 있을 때, 희우가 손을 들었다.

"사건을 키우면 안 될까요?"

"왜 그래야 한다고 생각하지?"

"KMS는 국내 최고의 로펌 중 하나입니다. 그런 곳이 승리가 불확실한 이 사건에 끼어드는 이유는 간단하지 않을까요?"

"이유?"

"네."

장일현이 생각에 빠졌다.

'KMS가 이 사건에 끼어드는 이유는 간단해.'

부담될 사건이 아니기 때문이다. 세상의 눈은 미래자동차 전일보에게 향해 있었다. 살인 사건이야 패한다고 해도 형량을 낮추는 것에 목표를 두고 있다고 하면 부담 없이 끼어들 만했다.

희우가 계속 말을 이었다.

"이번 살인 사건을 반드시 이겨야 한다면 사건을 키워야 한다고 생각합니다. KMS로서도 언론의 관심을 받는다면 한발 물러설 것이 분명합니다. 살인자의 변호를 맡는다는 게 이미지상으로 좋지 않으니까요."

"부담을 주자?"

"네."

"그러다가 무죄 판명이라도 난다면?"

희우는 대답하지 않았다. '무죄 판명이라도 난다면?'이라는 말에 욕을 내뱉을 뻔했기 때문이다. 장일현도 이주석의 죄가 명확하지 않다는 것을 알고 있는 거다.

그리고 희우는 생각했다. 이제 자신이 나설 필요는 없다. 옆에 앉아 있는 다른 검사들이 떡밥을 물고 춤을 출 것이다. 그리고 그 예상은 맞았다.

다른 검사가 말했다.

"반드시 승리해야 하는 싸움이고 우리에게 KMS가 부담이 된다고 하면 사건을 키우는 게 맞다고 생각합니다."

장일현의 시선이 그에게로 향했다. 어서 이유를 말해 보라는 눈빛이었다.

"사건이 커지면 우리도 그렇지만 KMS로서도 부담이 안 될 수가 없습니다. 게다가 KMS는 이미지로 먹고사는 법무 법인입니다. 살인자를 변호했다가 자칫 자신들이 지금까지 쌓아 온 이미지를 망칠 수 있다는 생각을 할 수도 있습니다."

"그래서?"

"사건이 키워진다면 KMS에서는 부담을 느끼고 발을 뺄 것입니다. 끝까지 싸워도 상관없죠. 판사는 어쩔 수 없이 유죄를 선언할 테니까요."

장일현이 다시 물었다.

"어쩔 수 없이 유죄를 선언한다고?"

"네. 세상의 눈은 단순합니다. 여론을 이용하면 어떨까 생각합니다. 피의자가 의도적으로 여자 친구를 살해한 후 실형을 피하기 위해 거대 로펌을 선임했다는 소문을 세상에 뿌리면 여론은 들고일어날 겁니다."

장일현의 입가에 잔인한 미소가 올랐다. 그리고 천천히 고개를 끄덕였다.

장일현은 KMS가 가지고 있는 증거나 검찰이 가지고 있는 내용이 다를 게 없다고 생각했다. 그리고 그것만으로는 판결이 어디로 날지 예측하기가 어려웠다. 하지만 여론을 움직인다면 판사의 선언은 여론을 따를 거다. 판사도 사람이다. 세상에 불고 있는 바람을 따를 수밖에 없다. 장일현이 그렇게 결론 내리며 입을 열었다.

"지금부터 인터넷 사이트에 피해자의 친인척인 척하고 글을 올려."

저는 오문 대학교 국문학과 진혜란의 친구입니다. 억울한 사연을 밝히고 싶어서 이렇게 인터넷에 글을 올립니다.

……친구의 남자 친구인 이주석은 바람을 피우다가 혜란이에게 들켰습니다. 한두 번이 아니었고, 꽤 많이 싸웠던 걸로 알고 있습니다.

……살해범인 남자 친구 이주석은 뻔뻔하게도 국내 최고의 변호사 회사인 KMS에 의뢰를 했습니다. 집도 동네 유지라고 불릴 만큼 잘살고 있거든요.

……KMS는 돈만 보고 사건을 수락한 셈입니다.

……이렇게 되면 이주석이 무죄로 풀려날 가능성이 높다고 합니다. 우리 혜란이의 억울함을 풀어 주세요.

익명으로 쓰인 글은 빠르게 퍼져 나갔다. 그 속도는 희우가 예상했던 것보다 훨씬 빨랐다. 장일현은 묘한 웃음을 지으며 기자에게 전화를 걸었다.

"사건 하나만 기사로 내 줘. 남자 친구가 여자 친구를 엽기적으로 살해한 거야."

다음 날, 바로 기사가 대서특필되었다.

이주석이 바람을 피우다가 걸려 여자 친구를 엽기적으로 살해했다는 것. 여자 친구에게 다정한 목소리로 잠시 골목에서 기다리라고 한 후에 칼을 사 와 찌른 사이코패스적인 사건이라는 것이 기사의 주요 내용이었다.

인터넷과 기사로 만들어진 내용은 모든 사람의 관심을 쏠리게 만들었다.

희우는 사람들의 반응을 보며 고개를 절레절레 저었다. 어떤 반응이 나올지 예상은 하고 있었다. 하지만 예상했던 반응이 실제로 나오자 당혹스러운 것도 사실이었다. 사람들은 사건의 진실을 보려 하지 않았다.

살해당한 진혜란의 친구라는 사람이 남긴 글. 자세히 보고 있으면 그 친구가 누구라는 말은 어디에도 없었다. 인터넷에 떠도는 내용과 기사만 본 사람들은 다른 것은 보지 않고 나타난 내용만으로 이주석을 비난했다.

KMS의 강민석은 분노했다. 그가 희우에게 듣기로 그리고 실제 이주석을 만나 본 결과, 세상에 흐르는 내용과 현실은 전혀 달랐다.

그는 이를 까득 물었다. 그리고 희우가 자신에게 의뢰한 이유를 확실히 알았다. 분명 검찰에서 뭔가 일을 만들고 있다는 느낌이었다. 그리고 그건 미래자동차 사장과 연관이 없을 수 없다고 확신했다.

그는 잠시 고민했다.

이주석이 불쌍하다는 건 확실히 알았다. 하지만 지금 여론의 바람은 무서웠다. 법정의 싸움에서 이긴다고 해도 문제였고, 진다고 해도 문제였다. 지건 이기건 돈 냄새를 쫓아다니는 악덕 로펌으로 인식이 될 것이 분명했다. 그는 잠시 신음을 삼켰다.

여기서 포기해야 하나? 하지만 포기하기에도 벅찼다. 이미 언론에서는 이주석의 변호사로 KMS를 지목하고 있었다.

한참을 고민하던 그는 문득 예전 친구 살인 사건과 지금의 순간이 비슷하다는 느낌을 받았다. 그때도 세상은 그들을 비난했다. 민석이 피식 미소 지었다.

'나도 미쳤네.'

이번에도 멍청한 척 희우를 믿고 싶어졌다.

그는 희우에게 전화를 걸었다.

"어떻게 할까?"

-재판이 열리기 전에 반드시 진범을 잡겠습니다.

희우의 대답을 들은 민석은 전화를 끊었다. 그리고 시선을 창밖으로 향했다. 수많은 차가 오가는 거리를 보며 그는 다시 한번 희우를 믿기로 했다. 이번 사건까지 깔끔하게 끝낼 수 있다면 KMS는 굴지의 로펌으로 우뚝 설 것이라는 생각이 들었다.

그동안 많은 대형 로펌들이 생겨났다. 모두의 위에 서서 진정한 변호를 하기 위해서는 무리한 결정이 필요한 법이었다. 승부수를 띄워야 할 시기였다.

그 시각, 희우는 민석과의 전화를 끊고 자리에서 일어났다. 시간이 없었다. 장일현은 모든 일을 빠르게 진행하고 있었다. 희우는 밖으로 나가 민수에게 전화를 걸었다.

"밤에 편의점에서 보죠."

-오케이!

두 사람은 편의점 앞에서 만났다. 민수가 말했다.

"시민 단체에서는 내일부터 움직일 거다, 흘흘흘."

"쉽지는 않을 겁니다."

"그게 재밌는 거지."

희우는 맥주 캔을 따서 목으로 넘겼다.

시민 단체에서 움직인다고 해서 여론이 움직이지는 않는다. 그들이 움직인다고 신문에 매일 대서특필되었다면 대한민국의 모든 신문은 항상 기삿거리가 넘쳐 났을 것이다.

사람들은 자극적인 기사를 원했다. 미래자동차 전일보 사장의 사건은 충분히 자극적이긴 했다. 하지만 그뿐이었다. 검찰이 미적거리는 사이 자극적인 맛은 이미 사라졌다. 그리고 장일현은 대중이 원하는 자극적인 맛을, 여자 친구 살인 사건이라는 것으로 충족시켰다. 카메라가 향하는 곳은 더 이상 미래자동차가 아니었다.

희우가 말했다.

"지금 장일현 과장은 인터넷을 이용하고 있습니다. 선배도 인터넷을 이용해 보시는 게 어떨까요?"

"인터넷?"

"네."

민수가 고개를 저었다.

"인터넷 커뮤니티를 이용하자는 거지?"

"네."

"커뮤니티를 하는 사람들이 착각을 하는 게 있어. 모니터에 보이는 것이 전부라고 생각하는 거지. 그런데, 세상은 모니터 밖에 있어. 조회 수가 수천, 수만이 되어도 그뿐이야. 대한민국의 인구수는 약 5천만 명, 그중에 일부야. 여론의 바람을 돌리기는 무리야."

"그것부터 시작입니다. 바람은 처음부터 몰아치지 않습니다. 아래에서부터 작게 불어옵니다."

"아니, 바람은 불지 않을 거야. 전일보에 대한 어떤 글을 써도 엽기 살인 사건에 비하면 자극적이지 않아."

"전일보에 중점을 두지 말고 검찰에 대한 걸 쓰세요."

"검찰?"

"사람들이 검찰을 믿지 못하게 만드세요. 이건 좀 자극적일 것 같은데요."

"뭐?"

"이기려면 그게 첫 번째입니다."

민수가 멍한 눈빛을 보였다. 민수도 검찰에서 근무를 하는 검사였다. 그런데 국민이 검찰을 믿지 못하게 하라니. 이것이 무슨 소리인지 알 수가 없었다. 국민의 신뢰를 받지 못하는 검찰은 민수가 생각하는 이상향이 절대 아니었다. 희우가 피식 웃었다.

"불의의 어둠을 걷어 내는 용기 있는 검사, 힘없고 소외된 사람들을 돌보는 따뜻한 검사, 오로지 진실만을 따라가는 공평한 검사, 스스로에게 더 엄격한 바른 검사!"

민수가 장일현의 앞에서 했던 검사 선서였다.

희우는 그가 말했던 선서를 읊어 본 후 말을 이었다.

"선배가 한 말 앞에 이런 말도 있습니다. 범죄로부터 내 이웃과 공동체를 지키라는 막중한 사명을 부여받은 것이다."

민수가 떨떠름한 표정으로 희우에게 물었다.

"그때 듣고 있었냐?"

희우는 그의 말에 대답하지 않았다. 계속해서 하고 싶은 말을 이었다.

"그리고 그 뒤에는 이런 말도 있습니다. 처음부터 끝까지 혼신의 힘을 다해 국민을 섬기고 국가에 봉사할 것을 나의 명예를 걸고 굳게 다짐합니다."

민수가 고개를 끄덕였다.

"그래, 그런데 그게 왜?"

희우는 고개를 저었다.

"어디에도 국민의 신뢰를 받으란 말은 없습니다."

"말장난이야. 선서대로 한다면 국민의 신뢰를 받지 않을 수가 없어."

민수의 표정은 매우 공격적으로 변해 있었다. 평소 장난기 가득한 미소를 흘리고 다니던 민수였지만 검사라는 직업이 주는 변화에 그 역시 영향을 받고 있었다. 희우가 말했다.

"저는 죄만 봅니다. 그리고 범인을 잡기 위해서는 국민의 바람과는 상관없이 움직일 겁니다. 그게 제가 검사 신분증을 들고 다니는 이유니까요."

민수는 대답하지 않았다. 고민을 하고 있는 것이다.

희우가 말하는 것도 틀린 말이 아니었다. 그리고 장일현이 했던 말도 틀린 말이 아니었다. 미래자동차 사장 전일보를 구속시키면 가뜩이나 좋지 않은 국내 경기가 더 악화될 수 있었다. 하지만 미래자동차 사장은 엄연히 범죄자였다. 무엇이 맞고 무엇이 틀릴까?

희우가 말했다.

"선배가 고민할 필요는 없습니다. 월급 받는 이유를 생각하세요. 검사는 죄인을 잡아넣으면 임무를 다하는 겁니다. 그리고 평가는 역사가 해 줄 겁니다. 고민하지 마세요."

민수의 입에서 깊은 한숨이 흘러나왔다. 그리고 굳은 눈빛으로 희우를 바라봤다.

"맞아. 일개 검사가 뭐라고 나라 걱정까지 하고 있을까?"

검사의 임무는 잘못된 사람을 잡아넣어 세상을 깨끗하게 만드는 일이다. 경제 문제는 그쪽의 전문가들이 할 일이었다.

민수가 목소리를 이었다.

"어떻게 하면 좋을까?"

"미래자동차와 등을 지고 있는 언론에 흘리셔야죠. 검찰은 지금 이런 사건을 흐지부지 끌고 있다, 오죽하면 시민 단체에서 나와 데모를 하겠느냐, 유전무죄 무전유죄의 말은 지금도 이어지고 있다."

"이번에는 내가 김산에 가겠구나, 흘흘흘."

사건을 끝까지 진행시켰을 때 유배를 당할 수도 있다는 말이었다.

민수의 말에 희우는 고개를 저었다.

"그럴 일은 없을 겁니다."

희우는 한숨을 내뱉었다.

남아 있는 시간은 촉박했다. 하지만 그 시간 안에 규리가 맡은 바 소임을 끝낸다면 모든 바람은 역으로 불게 될 것이다.

CHAPTER 26

희우는 집으로 돌아왔다. 집의 구조는 여전히 예전 사무실로 사용했을 때와 바뀐 것이 없었다. 소파에 앉아 텔레비전의 예능 프로그램을 틀었다. 연예인들이 나와 시시덕거리는 소리를 들으며 눈을 감았다.

'피곤하네.'

장일현이 건네준 업무만 해도 눈코 뜰 시간이 없었다. 거기에 민수와 규리를 서포트하는 일까지 더해졌다.

'피곤해.'

그때, 핸드폰의 진동이 울렸다. 희우가 전화를 들고 피곤한 목소리로 답했다.

-나와!

한미였다.

"나 피곤해. 오늘은 쉬어야 할 것 같은데."

-나와, 나와, 나와, 나와, 나와.

한미의 조르기 기술이 시작되었다. 그런데, 그녀의 혀가 꼬인 게 느껴진다.

"술 마셨어?"

-안 마셨거든!

"취했네."

한미가 술에 취해 전화를 하는 날은 김석훈 지검장과 만난 날이었다.

"알았다. 기다려."

희우는 밖으로 나갔다.

한미가 버스 정류장 앞에 서서 빙글빙글 돌고 있었다. 손을 만세 자세로 하늘로 뻗어 올린 후 빙글빙글 돌고 있는 게 꼭 미친 거 같았다.

"뭐 하냐?"

"발레."

"발레?"

"몰랐어? 나 요즘 다이어트로 발레 하잖아."

희우는 어이없는 눈길로 그녀를 바라봤다.

그렇게 한참을 돌던 그녀가 움직임을 멈추고 헉헉거렸다. 그러고는 고개를 들고 말했다.

"나 결혼할까?"

"응?"

한미에게 사귀는 남자는 없다. 그런데 갑자기 결혼이라니. 희우가 황당한 표정으로 물었다.

"무슨 일 있어?"

한미의 눈이 순간 글썽였다. 하지만 고개를 저으며 밝게 웃었다.

"아니, 없어."

희우는 차가운 눈빛으로 그녀를 살폈다. 평소와 달랐다.

그녀는 설움을 꾹 참는 목소리로 입을 열었다.

"정말, 아무 일 없어."

"남자는 누군데?"

"나도 몰라. 그러니까 술 사 줘!"

희우는 더 이상 묻지 않았다.

그 시각, 김석훈은 한미의 어머니와 전화를 하고 있었다.

"그래서, 한미가 싫다고 했다고?"

-네. 완강히 싫다고 하네요.

"좋은 집안이야. 학벌도 좋고 성격도 좋다고 들었어. 그런데 만나 보는 것도 싫다고 하나?"

대답은 들려오지 않았고 김석훈은 한숨을 내뱉었다.

자신이 손을 잡고 결혼식장에 들어갈 수는 없지만 좋은 집안에 시집을 보내고 싶은 마음은 아버지로서 똑같았다. 이번에 알아본 자리는 식품 회사 대표의 아들이었다. 평생의 행복이 보장된다고 여겼다. 그래서 자리를 주선했는데 거부하다니, 기분이 좋지 않았다.

"만나는 남자가 있는가?"

잠시 멈칫거리는 한미의 어머니.

-저도 잘 모르겠어요.

통화가 종료된 후, 김석훈은 고민을 하다가 다시 전화를 손에 쥐었다.

한편, 한미와 술을 마시고 있던 희우는 휴대폰이 진동하는 것을 느꼈다. 김석훈에게 전화가 오고 있었다. 잠시 생각에 빠졌던 희우는 한미에게 전화를 하고 오겠다는 말을 하며 자리에서 일어났다.

호프집에서 벗어나 밖으로 나온 희우가 통화 버튼을 누르자 수화기 너머에서 김석훈이 말했다.

-손을 고등학교 나왔다고 했지?

"네, 그렇습니다."

-내일 출근하자마자 내 방으로 오도록 해.

"알겠습니다."

김석훈이 손을 고등학교를 나왔냐고 물었다. 그리고 오늘 한미는 결혼을 할까 하고 물었다. 뭔가 일이 있다는 느낌이 들었다.

다음 날, 김석훈의 앞에는 장일현이 있었다.

"희우는 요즘 어떤가?"

"업무량이 많아서 다른 짓을 못 하고 있습니다. 저번에는 늦은 밤까지 남아서 일을 했습니다."

그때 문이 열리고 희우가 들어왔다. 희우는 김석훈과 장일현에게 고개를 숙여 인사했다. 김석훈이 장일현에게 나가라고 눈짓했고 장일현은 그 자리를 떠났다. 그 뒤에 희우가 김석훈의 앞에 섰다.

"손을 고등학교 나왔다고?"

"네."

김석훈은 잠시 고민하고 있었다. 김석훈의 눈빛이 희우의 모든 것을 헤집는 것처럼 파고들어 왔다.

그 눈빛에 희우는 확신했다. 김석훈은 희우와 한미의 관계를 모르고 있다. 알고 있다면 이런 식으로 의문스러운 눈빛을 보낼 리 없다.

희우는 최대한 담담하게 그의 눈빛을 받아넘기며 물었다.

"손을 고등학교에 무슨 일이 있습니까?"

"내 조카가 내년에 입학할지도 모른다고 해서. 어떤 학교인가 궁금해서 불렀어. 아끼는 조카거든."

김석훈은 희우에게 한미에 대한 조사를 지시하려고 했었다. 하지만 그렇게 하지 못했다. 한미는 아끼는 딸이었지만 치부였다. 괜한 부스럼을 만들 필요가 없다고 생각했다. 그러나 희우는 김석훈의 마음을 파악했다. 한미에 대해 물어보고 싶었던 것이다. 희우는 소설을 써 봤다.

'김석훈이 한미에게 결혼 자리를 주선했고 한미는 싫다고 했어. 김석훈은 혹시나 한미가 만나는 남자가 있는지 알고 싶었을 거야.'

그 순간 떠오른 사람이 같은 고등학교를 나온 희우였을 거다. 그리고 희우의 이 생각은 정확히 맞아떨어졌다. 난처해하는 김석훈의 표정에서 확신했다.

김석훈은 말을 돌렸다.

"요즘 생활은 어때? 장일현 과장이 잘해 주나?"

의미 없는 대화가 흘렀다.

잠시 후, 희우는 지검장실에서 나오며 어제 한미가 했던 말들을 되짚기 시작했다. 집에서 결혼하라는 이야기가 나왔다고 했다. 상대는 부필식품의 아들이라고 했다. 그녀는 말했다.

"난 그런 만남 싫어. 왠지 정략 같잖아. 지금이 조선 시대야?"

희우는 일단 그 일을 뒤로 밀어 두기로 했다. 지금은 살인 사건이 더 컸다.

사무실에서 일을 하고 있던 도중이었다. 장일현이 소리를 질렀다.

"이게 뭐야!"

장일현의 시선은 컴퓨터 화면에 집중되어 있었다.

모두 그의 자리로 가서 함께 화면을 바라봤다.

작은 신문사가 내보이는 인터넷 기사와 각 커뮤니티 사이트에서는 미래자동차 사건을 미지근하게 끌고 가는 검찰을 비난하고 있었다. 꽤 논리정연하게 꼬집은 내용도 있었고, 원색적인 비난 역시 많이 있었다.

장일현이 욕을 내뱉었다. 그리고 '쾅!' 소리와 함께 책상을 내려치며 자리에서 일어났다.

"이런 글 써 올린 새끼가 누구인지 찾아봐!"

미래자동차 전일보 사장에 대한 사건은 장일현이 추진하는 사건이었다. 타인에게 비난을 받아 본 경험이 적은 장일현은 이런 작은 비난조차 감당하기 어려웠다. 그 모습을 보며 희우가 피식 웃었다.

'인터넷에 검찰 욕을 했다고 잡아?'

피해자가 특정되지 않은 집단 모욕죄는 성립할 수 없다. 게다가 검찰을 욕했다고 검사가 나선다면 그것만으로도 우스운 일이다.

희우는 묘한 미소를 짓고 있을 민수를 떠올렸다. 확실히 하나를 알려주면 빠르게 이해하고 실행하는 사람이었다.

그때, 전화가 울렸다. 장일현은 굳은 표정으로 전화를 받았다. 김석훈이었다. 그 역시 인터넷에 떠도는 기사를 봤는지 몹시 화가 난 목소리로 소리 질렀다.

"당장 올라와!"

장일현은 바로 지검장실로 달려 들어갔다. 김석훈이 소리쳤다.

"지금 뭐 하고 있는 거야! 살인 사건 진행해서 눈 돌리라고 했잖아. 더 자세히 가르쳐 줘야 하나!"

"아닙니다."

미래자동차 사건은 정치계와 경제계까지 관심 있게 지켜보는 일이었다. 김석훈의 성난 목소리가 문밖으로까지 들려왔다. 사무실에 앉아 있는 희우는 위에서 움직이는 소란이 고스란히 눈에 보였다. 보지 않아도 알 수 있었다.

그렇게 다시 사무실로 내려온 장일현이 살기 가득한 눈으로 모두를 노려봤다. 김석훈에게 한껏 혼쭐이 났는지 기합이 바짝 들어 있었다.

장일현이 말했다.

"살인 사건을 더 키운다."

예상했던 일이었다. 희우는 장일현이 당연히 가만히 있지는 않을 거라고 생각했었다. 그리고 그 뒷일까지 계획한 상태였다. 하지만 지금은 장일현의 장단에 맞추며 '네!' 하고 대답할 뿐이었다. 장일현이 계속 말했다.

"지금부터 하고 있는 일 모두 정지하고 살인 사건에 집중한다. 그놈을 천하에 파렴치한 사람으로 만들어!"

"네!"

희우의 주머니에서 전화기 진동이 울렸다.

희우는 밖으로 나오며 전화를 들었다. 규리였다. 그녀는 희우가 말했던 호수에서 수십 구의 시체를 찾았다고 전했다.

"언론에는 흘리지 마. 그리고 강덕군에 대해서는 얼마나 조사가 진행되었어?"

-집에서 거의 나오지 않고 있어. 그리고 왜인지 락스를 많이 사네.

"락스?"

희우의 눈살이 찌푸려졌고 그녀가 계속 말했다.

-응. 락스 한번 사면 적어도 몇 주는 쓰지 않나?

희우는 생각에 빠졌다.

"알았어. 너는 강덕군 조사는 일단 빠져."

-뭐?

"영장 없이 할 수 있는 범주가 벗어났어. 나중에 체포할 때 너한테 연락할 테니까 꼭 대기하고 있어."

희우는 전화를 끊었다. 그리고 상만에게 전화를 걸어 흥신소를 움직이기로 했다. 희우는 상만에게 당부했다.

"흥신소 사람들에게 어떤 경우에도 움직이지 말라고 해. 이상한 낌새가 있으면 바로 연락 달라고 하고."

통화를 종료한 희우는 장일현과 다른 동료들이 있는 검사실을 노려봤다.

모든 건 계획대로 움직여 가고 있었다. 중앙 지검장에 오르기 위해서는 다른 지역 지검장의 경력을 쌓고 오르기 마련이었다. 하지만 김석훈은 곧바로 중앙 지검으로 왔다. 이례적인 일이었다.

하지만 그렇게 오른 자리였으니 불안 요소도 컸다.

일단 다른 지검장들의 견제가 있었다. 경력도 없는 사람이 외부적인 힘으로 중앙 지검장에 올랐다는 말을 들어야 했다.

그런데 첫 사건부터 삐걱거리기 시작한다면?

그리고 그 첫 사건이 장일현으로부터 시작된다면?

희우의 입에 차가운 미소가 흘렀다.

장일현은 두 개의 팀을 만들었다. 하나는 미래자동차 전일보가 죄가 없다는 걸 밝히기 위한 팀이었고 다른 하나는 이주석이 얼마나 잔혹한 살인범인지를 밝혀내는 팀이었다. 업무는 늦은 밤까지 계속되었고 장일현은 짜증을 냈다.

"내가 결혼을 못 하는 건 다 이놈의 사건들 때문이야!"

짜증을 내던 그는 10분간 휴식을 외쳤다. 그리고 희우를 끌고 휴게실로 향했다. 희우가 능글맞게 물었다.

"요즘 연애가 잘 안되시나 봅니다?"

장일현이 인상을 찌푸렸다.

"잘되려고 해도 시간을 안 주니 뭐가 되겠냐?"

장일현이 말을 이었다.

"너는 빨리 결혼해라. 검사는 위로 올라갈수록 일이 더 많아지는 거 같아."

"검사님이 먼저 가셔야 저도 가지요."

"너 나보다 먼저 가면 혼난다."

살인 사건의 재판 전날이었다.

밖은 매우 시끄러웠다. 대학생 살인 사건의 변태적인 살해 방법에 대해 분노한 사람들. 미래자동차 사장에 대한 봐주기 의혹에 대해 분노한 사람들. 두 부류가 섞여 논란을 일으키고 있었다.

늦은 시간, 퇴근을 하는 희우에게 전화가 왔다. 상만이었다. 상만은 강덕군이 자동차 트렁크에 무언가를 싣고 이동한다는 내용을 전했다. 희우는 상만을 통해 흥신소 사람들이 계속 자동차를 쫓도록 지시한 후 규리에게 전화를 걸었다.

"확실하지는 않아. 하지만 내 느낌이 말한다. 살인 사건이야."

강덕군의 자동차는 경기도의 인공 호수로 향하고 있었다. 그 뒤를 추적하는 흥신소는 차량의 라이트를 끄고 따라가고 있었다.

인공 호수로 가는 길은 공장 지대였다. 야간에는 이동하는 차량도 그리고 사람도 거의 없었다. 두 차량만이 멀찍이 떨어진 채 달리는 중이었다.

희우의 말에 규리는 바로 출발을 했다.

희우는 택시를 타고 강덕군의 집으로 향했다.

영장은 존재하지 않았다. 그러나 들어가야 했다. 놈이 여대생을 살해했다는 증거를 찾아야 했다. 쉽지 않은 일이었지만 해야 할 일이기도 했다. 영장을 발부받고 들어가기에는 증거도 부족했고 언제 될지 몰랐다.

강덕군의 집은 대학생 살인 사건이 났던 장소에서 멀리 떨어지지 않은 곳으로, 오래된 주택가 1층이었다. 물론 문은 잠겨 있었다.

희우는 옆으로 돌아가 창문으로 향했다. 현관문에 비해 창문은 훨씬 열기가 편했다. 창에 가까이 다가간 희우는 문을 움직여 자물쇠를 열었다. 그리고 단숨에 안으로 들어갔다. 진한 락스 냄새가 진동을 했다.

화장실의 문을 벌컥 열자, 아무것도 보이지 않았다.

이전의 삶에서 강덕군은 화장실에서 시신을 훼손했다고 증언했었다. 화장실을 샅샅이 확인하던 희우는 배수구를 보고 멈칫거렸다. 긴 머리카락이 많이 뭉쳐져 있었다.

희우는 주방으로 향했다. 싱크대를 열자 갖가지 칼이 나타났다. 희우는 자리에 앉아 칼의 크기를 확인했다.

'있다.'

확실하지는 않았다. 하지만 살해에 사용되었을 크기의 칼이 존재했다. 얇고 긴, 회를 뜨는 데 사용되는 칼이었다.

그때, 희우의 전화가 진동했다. 상만이었다.

―사장님, 놈이 뭔가를 호수에 버린다는데요? 그거 시체 아닌가요?

희우가 인상을 찌푸렸다.

"사진을 찍어 두라고 해. 발각되면 도망가라고 하고."

희우는 다시 전화를 끊고 집을 둘러봤다.

방문을 열어 보고 장롱과 보일러실 등, 열 수 있는 공간은 다 확인을 했다. 마지막으로 냉장고를 여는 순간, 희우는 헛구역질이 나오는 걸 겨우 참아 냈다.

다음 날.

살인 사건에 대한 재판이 시작되었다. 공판에는 공판 검사가 아닌 장일현이 직접 나섰다. 그만큼 사건의 중함이 컸다.

KMS의 강민석 변호사와 장일현의 공방은 치열했다. 누구도 밀리지 않았다. 지켜보던 판사가 피로를 느끼고 잠시 휴식을 선언했다.

장일현이 한숨을 내뱉을 때, 희우가 그의 옆으로 다가갔다.

"장일현 검사님?"

"왜?"

희우는 굳은 표정으로 서 있었다.

희우의 머뭇거리는 행동에 장일현이 물었다.

"무슨 일 있어?"

"지금 말씀드리기는 그렇지만 전석규 검사가……."

"전석규가 뭐?"

"전석규 검사가 성진미 이사장님이 계시는 국대 예술 재단을 조사하고 있습니다."

"뭐?"

"제가 그분들과 김산에서 같이 일을 해서 조금 가깝습니다. 얼마 전에 그런 말씀을 하시더라고요. 김석훈 지검장님께 잘 보이려고 큰 건 준비한다고요."

장일현은 침을 꿀꺽 삼켰다. 희우는 장일현의 표정을 보며 계속 말을 이었다.

"아직 장일현 검사님과 어떤 사이라는 건 모르고 있는 것 같습니다. 사건 조사는 꽤 진행된 것으로 알고 있습니다. 국대 예술 재단 사건, 어떻게 할까요?"

장일현은 골치 아프다는 표정을 지으며 고개를 저었다. 공판도 머리가 복잡한데 거기에 국대 예술 재단까지 끼어 버리니 미쳐 버릴 것 같았다.

"공판 끝나고 얘기하자."

"네."

휴식 시간이 끝났다. 장일현의 발언이 시작이었다.

"피고인은 현장에서 검거된 후부터 지금까지 단 한 번도 반성의 태도를 보이지 않았습니다."

장일현이 중앙으로 이동할 때 민석이 자리에서 일어나며 재판장에게 말했다.

"사건 당일, 피고인이 현장에서 벗어났음을 증명하는 사진이 있습니다."

장일현의 눈이 커졌다. 하지만 민석은 거침없이 말을 이었다.

"증거를 채택해 주십시오."

스크린에 사진 하나가 올랐다.

민석이 말했다.

"피고인이 여자 친구와 싸운 후 대로변으로 나왔을 때의 사진입니다. 당일 인근에서 만화 주인공의 복장을 입고 사진을 찍는 코스프레 행사가 열렸습니다. 행사에 참여한 김성미 씨는 집으로 향하던 중 대로변에서 자신의 얼굴을 촬영했습니다. 그리고 우연찮게 피고인의 모습을 찍었습니다."

장일현의 눈살이 찌푸려졌다. 민석이 계속 말을 이었다.

"사진이 찍힌 시간은 16시 27분. 피고인이 구급차에 신고한 시간이 16시 31분. 4분의 차이가 납니다. 사진이 화질이 좋지 않아 잘 보이지는 않지만 몸에 피가 묻은 것처럼 보이지도 않습니다."

장일현이 벌떡 일어났다.

"변호인은 지금 시간 나열에 따른 말장난을 하고 있습니다. 그것만으로는 살인을 하지 않았다는 증거가 될 수 없습니다!"

"그러면 도대체 무엇이 살인의 증거가 된다는 말입니까?"

"살해가 난 시점에 목격자가 없었습니다. 칼에는 피고인의 지문만 있었습니다. 피해자가 저항한 흔적도 없습니다. 저항의 흔적이 없다는 건 아는 사람의 소행이라는 증거입니다."

언성이 높아지자 재판장의 방망이 소리가 법정을 울렸다.

판사로서도 애매한 사건이었다. 명확한 증거는 존재하지 않았다. 하지만 피고인이 살해를 저지르지 않았다고 보기에도 애매했다.

그들이 열띤 재판을 이어 가는 모습을 보던 희우가 슬쩍 웃을 때였다. 주머니에서 전화가 울렸다. 규리였다.

어제 그녀는 강덕군을 검거했다. 강덕군은 훼손한 시체를 인공 호수에 버리다 체포당했고 곧바로 집에 대한 수색이 시작되었다. 그리고 수십 명을 살해한 증거가 확보되었다.

─대학생 살해의 진범이라는 자백까지 받았는데, 어떻게 할까?

희우는 피식 웃으며 법정에서 일어났다. 그리고 밖으로 향했다. 더 이상 법정에 있을 필요는 없었다. 재판은 끝났다.

규리와의 전화를 끊은 희우는 바로 민수에게 전화를 걸었다.

"좋은 소식이 있네요. 우리가 재판에서 질 것 같습니다."

재판 중간에 서부 지검에서 진범을 잡았다는 소식이 들어왔다. 그리고 밖에서는 미래자동차 사장 전일보를 풀어 주기 위해 사건을 기획했냐는 비난의 목소리가 커지고 있었다.

KMS는 법의 진실을 보는 변호인 집단이라는 찬사를 듣고 있었다. 하지만 검찰은 그 반대였다. 모든 오물을 뒤집어쓰게 된 거다.

김석훈은 분노했다.

"넌 뭐 하는 새끼야!"

입이 두 개라도 할 말이 있을까?

미래자동차 사장 전일보를 적당히 놔주라는 명령을 내린 건 김석훈이었다. 하지만 사람들의 시선을 돌리고자 살인 사건을 이용한 건 장일현이었다. 할 말이 없었다. 장일현은 고개를 숙인 채 김석훈에게 온갖 비난을 받아야 했다.

　장일현이 밖으로 나간 후에도 김석훈은 계속 씩씩거렸다. 화를 풀 수 있는 방법이 없었다. 경쟁자로 있는 다른 지검장들의 비웃음 소리가 들려오는 것만 같았다. 김석훈은 떨리는 손으로 전화를 들었다.

　"도움이 필요합니다."

　김석훈의 전화를 받은 사람은 조태섭이었다.

　"부탁드립니다."

　국민의 눈을 살인 사건으로 돌리려 했다는 의혹이 돌고 있다. 여론의 관심이 걷잡을 수 없이 커졌다. 이런 시국을 잠재우고 사람들의 눈을 돌릴 수 있는 사람은 조태섭뿐이었다.

　그 시각, 사무실로 돌아간 장일현은 긴 한숨을 쉬며 의자에 털썩 앉았다. 하지만 계속 그러고 있을 수도 없었다. 장일현의 옆으로 다가온 희우가 말했다.

　"죄송합니다. 잠시 말씀드릴 게 있습니다. 법원에서도 전했지만 전석규 검사 쪽에서 국대 예술 재단을 파고 있습니다. 어떻게 할까요?"

　장일현의 피곤한 눈이 희우를 향했다.

　"묻자. 전석규 과장을 말려야 할까, 아니면 성진미 이사장에게 알려서 증거가 될 만한 걸 치우라고 해야 할까?"

　"전석규 검사에게 말하면 넘어가 주지 않을까요?"

　"넘어갈 사람이야?"

　희우는 장일현이 김석훈의 라인인 것은 누구나 알고 있는 사실이라고 말했다. 전석규 과장은 김산에서 올라와 어떤 비호 세력도 없는 상태였고.

　"아마 검사님이 손을 내밀면 넙죽 잡을 겁니다. 사건을 해결해서 잘 보이는 것보다 장일현 검사님을 통해서 김석훈 지검장님하고의 줄을 만드는 게 더 쉬우니까요."

　"그렇지."

"전석규 검사가 김산에서 올라온 이유는 서울에 뿌리를 내려 보고 싶다는 것이었습니다. 장일현 검사님이 힘 좀 써 주면 좋아할 겁니다."

장일현이 입술을 쓸며 생각했다.

희우는 전석규와 몇 개월 동안 함께 생활했다. 희우의 정보라면 믿을 만할 거다. 그리고 성진미에게 향한 검찰의 칼을 자신이 막아 준다면, 성진미는 좋아할 거다. 그럼, 장일현은 그녀 앞에서 으스댈 수 있을 거다.

생각하던 장일현이 입을 열었다.

"전석규 어디 있어?"

"사무실에 있을 겁니다."

장일현이 피곤한 듯 목을 감싸 쥐며 복도로 나갔다.

희우는 차가운 시선으로 장일현의 뒷모습을 노려봤다.

장일현은 특수수사과의 문을 두들겼다. 전석규와 지성호만 있는 작은 공간이었다. 장일현이 어색한 표정을 지으며 안으로 들어갔다.

"전석규 검사님, 드릴 말씀이 있어서 찾아뵈었습니다."

그리고 곁눈질로 지성호를 쳐다봤다. 눈치가 있다면 나가라는 뜻이었다. 지성호가 자리에서 일어났다.

"전 잠시 화장실 좀 다녀오겠습니다."

지성호가 떠났고 장일현은 전석규 앞에 앉았다.

"그래, 무슨 일입니까?"

"요즘에 국대 예술 재단 조사하신다면서요."

전석규가 의심스러운 표정으로 장일현을 바라봤다.

"희우가 말했습니까?"

장일현은 어색하게 웃으며 말했다.

"하하하, 부끄럽지만 국대 재단 성진미 이사장이 제 여자입니다."

전석규가 놀란 표정으로 그의 얼굴을 봤다.

"아, 그래요?"

"네. 하하하."

장일현은 웃음을 멈추고 굳은 표정으로 말을 이었다.

"그래서 그러는데 지금 조사, 멈춰 주시면 안 되겠습니까?"

전석규가 눈살을 찌푸리며 말했다.

"나도 그러고 싶은데, 보다시피 우리 과가 아무런 성과가 없어. 기껏 서울로 올라왔는데 밥만 축내고 있다는 말을 들을 수는 없잖아요?"

장일현은 짜증이 났다. 무척이나 피곤한 하루였다. 그런데 촌티도 벗지 못한 놈이 거드름을 피우고 있었다. 하지만 장일현은 표정에 내색하지 않고 말했다.

"김석훈 지검장님 라인으로 들어오고 싶지 않으신가요?"

그 말에 전석규의 표정이 변했다. 경력으로는 전석규가 훨씬 위였지만 장일현은 김석훈의 라인이었다. 그리고 그 라인은 모두가 부러워하는 황금 동아줄이었다. 장일현이 계속 입을 열었다.

"저도 선배님과 같은 밥을 먹고 싶습니다. 그런데 불미스러운 일이 생겼는데 어떻게 같은 밥상에 앉을 수 있을까요? 밥 먹으면서 서로 인상을 찌푸리면 밥이 넘어갈까요?"

장일현은 선배라는 표현을 사용했고 전석규는 고개를 끄덕였다.

"무슨 말인지 알겠네. 우린 사건을 덮도록 하지요."

"그럼, 부탁 좀 드리겠습니다."

자리에서 일어선 장일현이 전석규에게 고개를 숙였다. 그리고 거만한 표정으로 사무실을 벗어났다.

그런데 장일현이 모르는 일이 있었다. 그곳에서 벌어지는 모든 일을 김석훈이 지켜보고 있다는 것.

김석훈이 주먹을 꽉 쥐었다. 그 주먹이 떨려 왔다.

전석규를 감시하는 몫에 장일현이 들었다. 그리고 그것은 지금 자신을 배신하고 있는 것과 같은 행동이었다. 지금 김석훈 역시 사면초가였다.

미래자동차 사건이 커지는 바람에 정재계의 눈 밖에 나고 있었고 살인 사건의 조작 이야기를 들으며 검찰의 신뢰성을 의심받았다. 윗선에서는 지금 김석훈의 리더십 문제까지 거론하는 중이었다.

이 모든 일이 장일현 때문인 것 같았다.

김석훈은 바로 전석규를 호출했다. 그리고 말했다.

"국대 예술 재단 조사 제대로 해."

명령이 떨어졌다. 전석규가 고개를 숙이며 말했다.

"바로 압수수색영장 청구하도록 하겠습니다."

방아쇠만 당겨지면 즉시 구속할 수 있도록 모든 건이 준비된 상태였다.

전석규는 밖으로 나가며 슬쩍 웃었다.

'김희우.'

지금 이 모든 일은 희우가 기획했던 거다. 희우가 말한 대로 이루어지고 있었다. 전석규는 마치 희우의 손바닥 위에서 춤을 추는 것 같았다.

며칠 전 희우가 말했었다.

"장일현이 찾아와서 국대 재단 비리를 덮어 달라고 할 겁니다. 적당히 빼다가, 놈이 김석훈 지검장 이야기를 하면 덮겠다고 말씀해 주세요."

전석규의 생각은 그 이전으로 향했다. 처음 나타나 서울로 보내 준다고 했던 희우는 그 말을 지켰다. 전석규의 입에 걸린 미소가 더 짙어졌다. 어쩌면 총장 자리에 앉혀 주겠다는 말도 가능하지 않을까 생각한 거다.

그렇게 영장이 발부되었고, 국대 예술 재단의 압수수색이 시작되었다. 뒤늦게 소식을 들은 장일현이 자리에서 벌떡 일어났지만 지금 당장 할 수 있는 일은 없었다. 이를 까득 물었다. 그리고 빠르게 전석규를 찾아갔다.

"지금 뭐 하시는 겁니까!"

"뭐가요?"

"분명 덮겠다고 하지 않았습니까?"

"덮으려고 했어요. 그런데 지검장님이 추진하라고 해서요. 우리 같은 놈들이 힘이 있나? 까라면 까야지."

전석규가 의자에서 일어나 장일현의 앞으로 걸어갔다. 그리고 무겁게 말을 이었다.

"그리고 선배 앞에서 언성 높이는 거 아니다."

장일현의 얼굴은 창백해졌다.

그리고 사무실에 앉아 있던 희우는 빙긋 웃었다. 단 하루 만에 장일현을 고꾸라뜨렸다. 하지만 아직이었다. 해야 할 일이 많았다.

희우는 휴게실에서 민수를 만났다.

"끝나고 술 한잔하시겠어요?"

"좋지, 오늘 칼퇴근할까? 흘흘흘."

희우와 민수는 퇴근을 한 후 택시에 올랐다. 지검 근처가 아니라 멀리 떨어진 곳으로 이동하기 위해서였다.

두 사람이 도착한 곳은 송파의 맛집 거리였다. 희우가 말했다.

"여기 막창이 맛있어요."

민수가 인상을 찌푸렸다.

"너 막창이 뭐 하는 기관인 줄은 알아?"

"그런 거 일일이 따지면 먹을 거 없습니다. 식물은 거름 먹고 살아요."

"하긴!"

두 사람은 시장 통의 2층에 있는 막창집으로 올라갔다.

민수가 소주를 넘기고 막창을 하나 집어 먹었다. 그리고 말했다.

"맛있네!"

"맛있다니까요."

"그래서, 이제는 뭘 할까?"

언론사에도 알렸다. 결과로 공중파의 뉴스에도 시민 단체의 시위 장면이 나왔다. 검찰의 분위기는 최악이 되었다. 민수로서도 견디기 힘들었다. 모든 사람의 시선이 민수를 향하고 있었다.

미래자동차 사장 전일보를 검거한 건 민수였다. 그 이유로 인하여 검찰 내부의 사정이 꼬이고 또 꼬였다. 민수가 시민 단체를 움직이고 네티즌에게 정보를 준다는 것까지는 아무도 몰랐지만 이 모든 것은 전일보를 검거하고 그 이후로 벌어진 일이다. 나비효과라고 말할 수 있는 현상의 중심에 민수가 있었다. 희우가 살아온 인생에 비하면 민수는 아직 어렸다. 뛰어난 사람이지만 아직은 감당하기 어려운 시선이었다.

희우가 민수의 잔에 소주를 따랐다. 꼴꼴꼴, 소주가 차오르는 소리를 들으며 희우가 입을 열었다.

"그런데 정말 잡고 싶으세요?"

진심으로 물어본 말이었다.

미래자동차 사장 검거 이후 민수는 고생에 고생을 더했다. 그런데, 이 일이 진행된다면 민수는 더 고생할 거다. 희우는 민수에게 그 선택의 시간을 주고 있었다. 민수의 인생을 존중하기 때문이다.

민수가 술잔을 들어 술을 입에 털어 넣었다. 그리고 입을 열었다.

"미래자동차 사장."

민수는 여기까지 말하고 입을 닫았다. 피식 웃은 후 다시 소주를 마셨다. 그러더니 비릿한 웃음을 채우며 자신의 잔에 소주를 따랐다. 그러고 나서야 말을 이었다.

"대단한가?"

미래자동차 사장이 대단하냐고 물었다.

희우는 반대로 물었다.

"그럼 대단하지 않은가요?"

민수는 고개를 저으며 다시 소주를 마셨다. 그 얼굴에 장난기 많던 미소는 보이지 않았다.

"법 앞에서는 똑같은 인간일 뿐이야. 그래서 나는 놈이 너무나 잡고 싶다. 위에서 잘난 척하며 아무 일 하지 않는 놈을 밑바닥까지 끌어내리고 싶어."

"그럼 망설이지 마세요."

"뭐?"

"선배는 대한민국 검사입니다. 평검사든 과장 검사든 아니면 부장이든, 그 위의 총장일지라도 가지고 있는 권한은 같습니다."

희우의 말을 듣는 민수의 눈살이 찌푸려졌다.

"권한이 같다고?"

"네, 같은 검사입니다."

"그래서, 내가 밀어붙여라?"

"선택은 선배가 하는 겁니다."

민수는 다시 소주잔을 넘겼다. 그리고 큰 소리로 웃기 시작했다.

"재밌는 이야기야. 그런데 너 알지, 내가 재밌는 거 좋아하는 거? 내일 당장 미래자동차에 대해 압수수색을 해야겠어, 흘흘."

민수는 자리에서 일어났다. 그리고 희우의 옆을 지나며 말했다.

"지금부터 실시간으로 뉴스를 감상하도록 해."

오만한 말이 아니었다. 민수는 그만큼의 능력이 있었다.

모든 방송사와 국민들의 눈이 미래자동차로 향했다.

그때 김석훈은 조태섭과 술을 마시고 있었다.

넓은 다다미방에 앉은 두 사람.

조태섭이 물었다.

"나한테 해 달라고 하는 게 뭐지?"

김석훈은 어렵게 입을 열었다.

"미래자동차 사건, 의원님이 제게 의뢰했습니다."

민수가 미래자동차를 들쑤신 날, 조태섭이 김석훈에게 전화를 걸었다. 그리고 미래자동차 사장이 구속되면 한국의 경제가 흔들릴 수도 있다는 말을 전했었다. 그 말은 덮으라는 의미였다.

조태섭은 그 일을 기억하며 김석훈의 눈을 들여다보았다. 그리고 물었다.

"그래서 하고 싶은 말이 뭐지?"

조태섭은 김석훈이 무엇을 원하는지 알고 있었다. 하지만 그는 알아서 챙겨 주는 걸 좋아하지 않았다. 이런 말이 있었다. 호의가 지속되면 권리인 줄 안다는 말. 조태섭은 그 문장을 아주 좋아했다. 그리고 그렇게 생각했다. 만약 김석훈이 원하는 걸 그때그때 때맞춰 해 준다면 그것이 당연한 줄 알고 더 큰 것을 원할 것이다. 그건 사람을 길들이는 방법이 아니었다. 갈구해서 부탁을 할 때 도와준다. 그것이 조태섭의 방법이었다.

하지만 김석훈은 마음이 급했다. 리더십까지 거론되고 있는 중이었다. 이대로라면 지금까지 쌓아 온 많은 것들이 한번에 무너질 수 있었다.

"사람들의 시선을 다른 곳으로 두고 싶습니다. 많은 국민들이 검찰이 재벌과 결탁한 걸로 보고 있습니다."

"지검장이 이번에 많이 힘들었나 봐?"

"부탁드리겠습니다."

"뭘 어려운 일이라고 부탁씩이나 하나?"

조태섭이 박수를 한번 치자 미닫이문이 열리고 한지현이 들어왔다. 조태섭이 말했다.

"국민들이 연예인 스캔들을 보고 싶어 하니까 하나 터뜨려 줘."

"알겠습니다."

한지현이 다시 밖으로 나갔다.

조태섭의 눈이 김석훈을 응시했다.

"그런데 미래자동차 사장 급을 덮으려면 연예인 스캔들로는 어려워."

그 말에 김석훈은 전석규가 조사하고 있는 국대 예술 재단의 비리를 떠올렸다. 김석훈이 입을 열었다.

"국대 예술 재단 비리가 있습니다. 바로 부풀리도록 하겠습니다."

"국대 예술 재단이라. 좋지. 거기서 그림 사서 재테크하는 양반들 많으니까 피해 안 가도록 잘 조절하고."

"알겠습니다."

조태섭은 사람 좋은 웃음을 터뜨리며 김석훈의 잔에 술을 따랐다.

미래자동차 사건을 의뢰한 건 조태섭이었다. 하지만 지금 그 사건을 덮고 싶어 안달이 난 건 김석훈이었다. 부탁을 하는 사람의 위치가 바뀌었다. 조태섭은 의뢰자에서 지시자가 되었다.

조태섭이 술을 한 모금 마시며 다시 입을 열었다.

"검찰의 신뢰가 떨어졌어. 특히 지검장의 입장이 많이 난처할 거야. 이번 일에 대해 책임질 녀석이 하나 필요하지 않나?"

김석훈이 놀란 듯 조태섭을 바라봤다. 조태섭은 별일 아니라는 식으로 입을 열었다.

"간단하잖아. 국민들에게 보여 주는 거야. 검찰의 신뢰성이 떨어진 게 아니다, 미꾸라지 한 마리가 물을 흐렸다. 간단하지 않은가?"

김석훈은 말없이 고개를 끄덕였다.

그리고 다음 날 김석훈은 희우를 호출했다. 희우가 문을 열고 안으로 들어가자 김석훈이 기다리고 있었다. 희우가 소파에 앉자 김석훈이 입을 열었다.

"장일현을 내려보낼 수 있겠나?"

예상하던 일이다.

오늘 아침, 인기 가수의 스캔들이 터졌다. 여론의 눈을 돌리는 조태섭의 방식이었다. 한 사람에게 책임을 뒤집어씌우는 것 역시 조태섭은 즐겨 했다. 그리고 김석훈이 그 일에 장일현을 지목할 거란 것 역시 예상하고 있었다.

김석훈은 자신에게 도움이 되지 않는다고 판단하면 상대가 누구든 쉽게 버린다. 그리고 절대 자신의 손에 피를 묻히지 않는다. 어디까지나 타인의 손을 빌려 일을 처리한다. 지금도 그랬다. 이제 막 서울로 올라온 희우의 손을 잡았다. 이유는 간단했다. 희우는 아직 애송이였다. 쉽게 이용할 수 있다고 생각한 거다.

희우가 김석훈의 눈을 바라보며 물었다.

"장일현 과장을 버리려고 하십니까?"

초짜의 입에서 나온 말. 매우 건방졌다. 하지만 초짜이기 때문에 나올 수 있는 말이기도 했다.

"나는 사람을 먼저 버리지 않아. 녀석이 나를 버렸어. 전석규 검사가 진행하고 있는 국대 예술 재단 건에 대해서 알고 있나?"

"네, 알고 있습니다."

"나만 모르고 있었나? 그럼 그게 답이 되겠구나. 나만 모르고 있었다."

"김석훈 지검장님의 명령, 수행하겠습니다."

희우는 고개를 숙여 인사를 한 후 문밖으로 벗어났다. 그런 희우의 모습을 보며 김석훈은 알 수 없는 미소를 지었다.

그 미소의 뜻은 무엇일까? 뜻을 파헤치는 건 어렵지 않았다. 김석훈의 눈에 희우는 공명심을 채우고 싶어 하는 애송이로밖에 보이지 않았다.

밖으로 나온 희우는 바로 지성호에게 전화를 걸었다.

"시작되었습니다."

사무실에 앉아 있던 지성호는 자리에서 일어났다. 그리고 전석규에게 눈빛을 보냈다. 지금부터 시작이었다.

전석규가 말했다.

"시작이야."

지성호가 고개를 끄덕였다.

지성호는 신념을 가진 검사였고 검찰에 자부심을 갖고 있었다. 그래서 망가진 검찰을 바꿀 수 있는 사람은 오직 전석규뿐이라고 생각했다.

"네, 시작입니다."

지성호는 문을 열고 밖으로 나섰다. 그리고 복도를 걸었다. 반대편에서 희우가 걸어오고 있었다. 지성호의 손과 희우의 손이 스쳤다. 동시에 지성호가 쥐고 있던 작은 USB가 희우에게 넘겨졌다.

사무실로 돌아온 희우는 USB를 컴퓨터에 끼웠다. 화면이 뜨며 장일현의 비리가 올라왔다. 희우의 눈이 차갑게 변했다.

장일현은 김석훈에게 신뢰를 잃었다. 금으로 된 동아줄을 타고 올라간다고 해도 마찬가지였다. 위에서 당겨 주는 사람의 마음을 얻지 못하면 동아줄이 끊기고 땅으로 떨어져 날카롭게 세워진 죽창에 몸이 뚫려 죽기 마련이다. 지금 가지고 있는 자료만 해도 충분히 장일현을 보낼 수 있었다.

희우는 파일 안의 내용을 훑은 후 다시 USB를 뽑았다. 그리고 고민했다. 일단 여기서 끝을 낼까? 아니면 더 뒤집어 봐야 하는가? 너무 쉽게 끝을 내 버리면 의심받지 않을까?

생각이 꼬리를 물고 이동하던 중 전화가 울렸다. 상만이었다.

–저번에 말씀하셨던 부필식품 조사 완료했습니다. 그런데 검찰에서 이런 일 안 하나요? 왜 애꿎은 일반 시민을 자꾸 일 시키고 계세요?

"미안."

희우는 통화를 종료하며 피식 웃었다. 상만에게 저런 일을 부탁하는 것은 단 하나의 이유다. 이곳에서는 희우는 마음껏 움직일 수 없다. 자칫 의심을 받으면 모든 계획이 수포로 돌아갈 수도 있기 때문이다.

퇴근을 한 희우는 상만의 사무실 앞으로 갔다.

작은 커피숍에 앉았을 때 상만이 서류 봉투 하나를 건넸다. 낮에 이야기했던 부필식품에 대한 자료였다.

희우는 파일을 넘겼다. 김석훈이 한미의 결혼 상대자로 찍은 남자는 부필식품 대표의 아들이었다.

파일을 보는 이유에 다른 뜻은 없었다. 결혼은 그녀의 선택이었다. 하지만 좋은 사람을 만났으면 좋겠다는 생각에 확인을 하는 중이었다. 회사의 재정 상태를 확인하고 일가의 주식을 비교했다.

뒷부분에는 회사의 임원진과 대표 일가에 대한 내용이 적혀 있었다. 희우는 한미의 결혼 상대자로 지목된 남자에 대해 읽어 내려갔다. 미국의 좋은 대학을 나왔고 성격 역시 좋은 편이라고 적혀 있었다. 이 정도라면 그녀의 결혼 상대로 나쁘지 않다고 생각했다. 김석훈이 신경 써서 고른 사람이라는 느낌이 들었다.

상만이 물었다.

"그런데 부필식품은 왜요? 거기도 뭐 잘못이 있나요?"

"아니, 주식이나 만져 볼까 해서 본 거야. 검사 월급으로 먹고살기 힘들다."

"그럼 저랑 사무실이나 해요. 확실히 사장님이랑 둘이 할 때가 제일 재밌었어요."

희우는 서류를 더 이상 읽지 않고 덮은 후 다시 봉투에 넣었다.

"언젠가 다시 그렇게 일을 할 수도 있겠지."

희우가 자리에서 일어나려고 하자 상만이 말했다.

"그놈 보고 가지 않으시겠어요?"

"그놈?"

"연석이요."

연석은 김산에서 데리고 왔던 녀석이었다. 희우가 시간을 확인했다.

"좋지. 어디 있는데?"

"이제 학원 끝나서 올 시간 다 되었어요. 검정고시 며칠 안 남아서 늦게까지 학원에서 공부하거든요."

상만이 전화를 걸었다.

"여기 사무실 옆에 카페거든. 이리 와. 차나 한잔 마시게."

잠시 후 연석이 커피숍 안으로 들어왔다.

희우는 순간 터질 뻔한 웃음을 참느라 애썼다.

이전의 삶에서 연석은 전국 최고의 주먹 중 하나였다. 그런데, 지금은 가방을 어깨에 멘 단정한 모범생으로 보였다. 누가 봐도 싸움은 하나도 할 줄 모르는 순둥이로 볼 것 같았다. 그 모습이 어색하게 느껴졌지만, 어색할 뿐이었다. 예전보다 훨씬 좋아 보였다.

희우를 발견한 연석이 고개를 숙여 인사했다.

"안녕하십니까?"

희우는 어서 앉으라고 손짓했다. 상만이 말했다.

"연석이 어머니 수술도 잘 끝났어요. 이제 공부만 열심히 하면 됩니다."

"그래?"

연석이 다시 고개를 숙였다.

"정말 감사합니다."

희우의 얼굴에 환한 미소가 실렸다. 서울로 돌아와 지금까지 무겁고 어두운 일들만 해 왔던 희우다. 그런데 오랜만에 듣는 밝은 소리에 기분이 좋을 수밖에 없었다.

희우가 말했다.

"대학까지 가라. 수도권 내로 들어가면 등록금도 다 내주마."

연석의 눈이 휘둥그레졌다.

"대학요? 등록금도요?"

"어."

연석은 희우를 이상하게 생각했었다. 어머니의 병원비를 마련해 줬고, 공부도 시켜 주었다. 이제 대학까지 보내 주겠다고 한다.

"왜요?"

"프리랜서라며? 계약금이야."

희우의 담담한 목소리에 연석의 눈에는 눈물이 그렁그렁 맺혔다.

"감사합니다. 감사합니다."

상만이 슬쩍 웃으며 말했다.

"그러고 보니까 사장님은 대학 보내 주는 게 취미인가 봐요?"

"응?"

"저도 사장님 덕분에 졸업했잖아요. 어떨 때 보면 성인군자예요."

피식 웃음이 나왔다.

희우는 계속해서 감사하다고 말을 하는 연석을 물끄러미 바라봤다.

처음에 연석을 끌고 올라온 이유는 훗날 계획에 쓰임이 있을 수도 있다고 생각해서다. 하지만 지금의 단정한 모습을 보자 굳이 그를 쓰지 않아도 되겠다는 생각이 들었다. 그저 한 어린 청년이 바르게 자랐으면 하는 마음만 있었다.

다음 날, 출근을 하기 위해 버스에서 내린 희우는 정류장에서 지성호를 만났다.

"내가 후배님을 기다려야겠냐?"

"죄송합니다."

지검 안에서는 두 사람이 자유롭게 대화하기가 어려웠다. 편한 대화는 밖에서 해야 했다.

지성호가 말했다.

"아까 지검장한테 연락이 왔어. 국대 예술 재단 비리, 모레 터뜨리기로 했다."

바로 터뜨릴 수도 있는 일이다. 하지만 시간을 둔 이유는 단 하나, 연예인 스캔들의 효과가 떨어질 시기를 기다린 거다. 사람은 망각의 동물이다. 여러 개의 충격적인 사건을 연이어 듣다 보면 어느 순간 미래자동차 사건 따위는 희미한 기억으로 남을 테고 그 사건이 무혐의 처리가 난다 해도 '그럼 그렇지.'라는 반응을 보이며 미적지근하게 지날 게 분명하다.

지성호가 계속 말을 이었다.

"그런데 문제가 있다. 장일현이 미리 그쪽에 이야기를 해 뒀는지 증거들이 빠르게 훼손되고 있는 중이야."

"고민 좀 해 보겠습니다."

지성호가 일어나서 지검으로 들어간 후에도 희우는 잠시 정류장에 남아 있었다. 희우가 한숨을 내쉬었다.

'김석훈이 노리는 타깃이 장일현이 아니었나?'

김석훈은 희우에게 장일현을 치라고 말했다. 하지만 국대 재단에는 시간을 줬다. 김석훈의 생각이 뻔히 보이기 시작했다.

전석규에 의해 국대 재단의 압수수색이 시작된다. 그러면 세간의 관심은 당연히 국대 예술 재단에 쏠린다. 하지만 그 시간 동안 재단이 가지고 있는 비리는 이미 깔끔하게 세탁이 된 후다. 당연히 법원의 판결은 무혐의로 나올 거다. 그럼, 그다음도 뻔하다. 애꿎은 재단을 건드려 사회에 물의를 일으켰다며 모든 책임을 전석규에게 물을 게 분명하다.

그런데, 한 가지 의문이 남았다. 그러면 왜 자신에게 장일현을 끌어내라는 명령을 내렸을까?

희우는 피식 웃었다. 깊게 생각할 필요도 없었다. 자신을 떠보기 위함이었다. 비록 대학을 같이 다니지는 않았지만 오랜 시간을 함께한 장일현을 선택하겠냐 아니면 김석훈을 선택하겠냐는 유치하고도 단순한 행동. 그러면서 장일현에게 경각심도 주고 희우에게는 모셔야 할 사람이 누구인지 확실하게 알리기 위한 방안이었다.

희우는 고개를 저었다.

'지금 생각이 맞다면, 김석훈은 최악의 수를 둔 것이나 마찬가지야.'

희우는 자리에서 일어나 사무실로 들어갔다.

그때부터 국대 예술 재단이 가지고 있는 수상 실적을 찾았다. 그리고 성진미를 비롯해 재단에 있는 모든 인사들의 학력을 조사했다.

이전의 삶에서 국대 예술 재단 사건은 입시 비리가 가장 큰 비중을 차지하고 있었다. 하지만 이번에는 그 방식으로 갈 수 없었다. 장일현에 의해 그들은 열심히 죄를 지우고 있는 중이었다.

시간이 지났다. 국대 예술 재단 비리가 뉴스에 터졌다. 전석규가 브리핑을 하며 입시 비리를 근절하겠다고 외쳤다. 재단에서는 곧바로 반박 자료를 준비하며, 잘못된 수사이며 근거 없는 모함이라고 일축했다. 예상대로 그들은 모든 걸 준비해 둔 상태였다.

전석규와 지성호는 국대 예술 재단에 대한 압수수색에 돌입했다. 하지만 어디에서도 비리를 찾아낼 수는 없었다. 그들은 이미 철저하게 준비를 마친 상태였다. 신문과 방송에서는 검찰의 무능함을 질타했다. 연일 전석규의 얼굴이 대문짝만 하게 실렸다. 하지만 희우는 침착했다. 비난이야 늘 있어 오던 일이다. 새삼스러울 것 없었다.

전화가 울렸다. 지성호였다. 지성호의 목소리는 다급했다.

"지금 대검에 불려 가셨어!"

전석규가 대검에 끌려갔다. 총장의 호출이 있었던 거다.

전석규와 김석훈은 함께 총장실로 향했다.

살인 사건의 실패로 가뜩이나 질타를 받고 있는 상황이었다. 거기에 재단을 압수수색했지만 아무런 증거를 찾지 못했다. 총장은 화가 머리끝까지 올라 있었다. 총장이 인상을 쓰며 말했다.

"어제 청와대에서 전화를 받았어! 검찰이 지금 뭐 하는 거냐고! 다 때려치우고 민생 안정에나 집중해!"

두 사람은 아무 말 없이 고개만 숙이고 있었다.

총장의 눈이 김석훈에게로 향했다.

"김석훈 지검장, 성과를 보여 주고 싶어서 마음이 조급한 건 알겠어. 하지만 기다려. 이런 성과는 보여 줘서 좋을 게 하나도 없어!"

"죄송합니다."

총장은 이번에는 전석규를 노려봤다.

"당신은 변한 게 없어! 김석훈 지검장의 말 때문에 김산에서 끌고 올라오기는 했지만 예나 지금이나 똑같아."

"죄송합니다."

"네가 아직도 신입이야? 왜 똥오줌 못 가려서 검찰 전체를 난처하게 만들어! 지금 밖에 나가 봐, 그리고 검사라고 말해 봐. 다 똥으로 알아!"

전석규는 죄송하다는 말밖에 할 수 없었다. 하지만 전석규는 담담했다. 희우의 한 수를 기다리고 있었던 거다.

그리고 국대 예술 재단 사건이 소강상태로 접어들 무렵이었다. 희우는 USB를 들고 고민하고 있었다. 국대 예술 재단의 인사들을 조사하려던 파일. 하지만 그 범위가 재단을 넘어 한국 전역을 휘감을 것 같은 예감이 들었다. 지금 이 파일을 모두 펼치기는 아까웠다.

희우는 일단 국대 예술 재단에 대한 것만 추리기로 했다. 지성호를 만나 성진미와 그 측근들의 학력 및 수상 위조를 건넸다.

"이게 진짜야?"

"네."

"진짜 학력을 위조했다고?"

"네."

지성호는 그 사건을 곧바로 터뜨렸고 그 파급력은 생각 이상으로 강했다. 모든 언론은 쉬지 않고 학력 위조를 알렸다.

대한민국은 학력 위주 사회다. 대단한 대학의 졸업장만으로 대단한 사람처럼 포장되는 슬픈 현실을 갖고 있었다. 하지만 국대 예술 재단 학력 위조 파문으로 시동이 걸렸다.

미국의 명문 대학교를 나왔다고 주장하던 학자가 알고 보니 고졸이었고 세계에서 권위 있는 상을 수상했다고 알려진 사람도 사실은 거짓말을 했던 거다. 정말 많은 유명인이 학력을 속였고 세상은 떠들썩하게 변했다. 사람들은 학력 위조와 수상 위조를 한 놈들을 비난했다.

희우가 지성호에게 말했다.

"입시 비리는 버리세요. 대신 성진미 이사장의 개인 비리를 캐는 쪽이 좋을 것 같습니다."

지성호가 웃었다.

"너 가지고 있지?"

"네?"

"있잖아."

지성호는 능글맞게 웃었다.

지성호는 희우와 생활하며 희우의 성격을 파악하고 있었다. 희우는 확실한 계획과 생각이 없다면 어설프게 입 밖으로 내지 않는 성격이었다.

"네, 재단의 이름으로 된 땅이 경기도에 있습니다. 얼마 전에 대출을 받았더라고요. 그런데 그 대출금이 쓰인 곳이 한 곳도 없어요."

"성진미의 지갑 안으로 들어갔겠구나?"

희우는 어깨를 으쓱했다.

"모르겠는데요?"

지성호는 바로 성진미의 공금횡령에 대한 자료를 파악했다. 이제 성진미와 국대 예술 재단이 빠져나갈 곳은 보이지 않았다.

희우는 멈추지 않았다. 희우는 장일현이 스폰을 받고 있는 회사의 재무 이사를 찾아갔다.

조용한 한정식집에 앉은 두 사람.

재무 이사는 짐짓 기분 나쁜 표정을 지었다. 이사의 뒤에는 장일현이 있었다. 희우 같은 어린 녀석이 찾아올 급이 아니라고 생각했다. 희우는 그의 표정을 상관하지 않았다. 대신 그의 앞으로 서류 봉투 하나를 밀었다.

"이게 뭡니까?"

그가 물었다. 희우는 어서 뜯어보라고 턱을 움직여 표시했다.

이사는 미심쩍은 표정으로 봉투를 열어 봤고 곧 표정이 굳어졌다. 희우가 말했다.

"얼마 전에 이사님의 큰아들이 결혼을 했었죠? 강남에 아파트를 사 주셨는데, 통장에서 돈이 빠져나간 기록이 없어요. 참 신기한 일이죠?"

이사는 미동도 없었다. 그저 딱딱하게 굳어 있었다.

하지만 희우는 여전히 웃는 모습이었다.

희우가 계속 말을 이었다.

"그런데 더 신기한 게, 아파트 계약하던 날에 하청 업체에서 계약금을 냈어요. 혹시 아셨어요? 왜 아드님 살 집을 하청 업체에서 계약해 줬을까요?"

여전히 굳어 있는 표정.

희우가 피식 웃었다.

"제가 계속 몰라야 할까요, 아니면 이 사실을 알아야 할까요? 그것 말고도 더 있는데요."

이사가 고개를 숙였다.

"몰라야 합니다."

"그럼 이 서류와 회사가 가진 실제 입출금 내역을 교환하고 싶은데, 어떻게 생각하세요?"

"……알겠습니다."

희우는 이사를 통해 장일현에게 스폰을 주고 있는 통장을 확보했다. 간단한 일이었다. 돈으로 묶여 있는 관계는 서로에 대한 신뢰성이 부족했다. 다른 곳에서 더 큰 돈을 베팅하거나 아니면 그만큼의 위협을 준다면 가볍게 끊어 버릴 수 있는 관계였다.

희우는 밖으로 나서며 신문을 구입했다. 그리고 첫 장을 펼쳤다. 국대 예술 재단 성진미 이사장이 1면에 실려 있었다.

사진을 보며 희우의 손가락이 성진미 이사장 옆을 가리켰다.

"두 사람이 신문에 같이 나오면 그림이 더 좋겠네."

희우는 지성호에게 연락을 했다. 바로 브리핑을 할 테니 준비해 달라는 말이었다.

희우의 옆에는 장일현도 없었고 전석규도 없었다. 스스로 움직이는 중이었다. 김석훈에게 보고도 하지 않았다. 희우는 이미 김석훈에게 장일현을 끌어내리라는 지시를 받았다. 망설일 필요는 없었다.

기자들 앞에 희우가 섰다.

"중앙 지검 검사 김희우입니다. 지금부터 스폰서 검사에 대한 브리핑을 시작하겠습니다."

브리핑 룸은 조용해졌다. 침묵이었다.

뜬금없는 발표. 거기다 스폰서 검사라니. 특종이었다. 검찰이 어지러운 시국에 더 혼란스럽게 만드는 분란의 발언이었다.

희우가 브리핑을 시작했다는 연락을 받은 김석훈이 자리에서 벌떡 일어났다.

"뭐라고?"

김석훈은 희우가 이렇게까지 멋대로 행동할 줄은 꿈에도 예상하지 못했다.

CHAPTER 27

기자들을 앞에 두고 선 희우의 입이 천천히 열리려고 할 때였다. 주머니 속의 전화기가 진동하기 시작했다. 전화기를 들어 발신 번호를 확인하자 김석훈이었다. 분명 브리핑을 막으려고 하는 행동이다.

희우는 걸려 오는 전화를 모른 척 주머니에 집어넣었다. 그리고 다시 기자들을 향했다. 희우의 눈빛을 본 기자들은 '오늘 뭔가 있다.'라는 예감을 강하게 받았다. 기자들의 카메라 플래시가 번쩍이며 터져 나왔다. 눈이 부셔 뜨기 힘들 정도였다.

희우는 긴 심호흡을 한 후 거침없이 입을 열었다. 장일현이 스폰서를 받고 비리를 저질렀다는 말에 기자들은 충격에 빠졌다. 지금 검찰은 검찰의 치부를 스스로 알리는 중이었다. 지금껏 이런 일은 없었다.

마지막으로 희우는 한마디를 덧붙였다.

"지금까지 국민들은 검찰을 신뢰하지 못했습니다. 오죽했으면 검찰이 내부적으로 문제가 있냐는 말까지 들어 왔습니다. 검찰을 믿지 못하는 국민 여러분의 마음, 검찰의 일원으로서 크게 죄송한 마음을 가지고 있습니다. 이 자리를 빌려 사과의 뜻을 전합니다."

희우는 잠시 말을 멈추고 주변을 둘러봤다.

어떤 질문도 없었다. 기자들의 눈은 특종을 얻어 내고 있다는 탐욕에 젖어 들어 있을 뿐이다. 그들은 희우의 한마디 한마디에 숨을 죽이고 타이핑만 했다. 희우의 목소리가 다시 크게 울려 퍼졌다.

"이 모든 일은 검찰의 비리를 뿌리 뽑기 위한 김석훈 지검장의 단호한 결의입니다. 앞으로 국민 여러분께 신뢰받는 검찰이 될 수 있도록 노력하겠습니다."

희우는 말을 마친 후 바로 서류를 챙겨 자리에서 내려왔다. 그제야 기자들의 질문이 쏟아져 나왔다.

하지만 질문을 받아 줄 생각은 전혀 없었다. 희우는 어떤 질문에도 답하지 않았다. 그 이유는 하나다. 희우는 기자들의 입에서 그리고 손에서 하나의 소설이 만들어지기를 기대하고 있었다. 의문이 강할수록 그들의 손가락에서 만들어지는 소설은 국민들의 감정을 흔들 것이다. 기자들의 질문이 거칠게 나왔지만 희우는 묵묵히 브리핑 룸을 벗어났다.

사무실로 올라가는 희우는 많은 검사들과 스쳤다. 그리고 그 검사들이 자신을 바라보는 시선이 결코 호의적이지 않음을 알았다. 검사가 검사를 잡아넣겠다는데 호의적일 수는 없었다.

2천여 명의 검사들은 하나의 기관으로서 거대한 힘을 가지고 있다. 그랬기에 힘의 통제를 위해 기수라는 힘으로 똘똘 뭉쳐져 있었다. 그런데, 그 힘을 잘못 해석하는 못난 놈들이 있었다. 그들은 생각했다, 자신들은 법 위에 있다고. 지금 희우를 노려보는 놈들은 다 그런 놈들이었다. 예상하고 있던 반응이지만 기분은 좋지 않았고, 희우는 씁쓸하게 웃었다.

김석훈은 바로 희우를 호출했다. 희우가 문을 열고 지검장실로 들어가 허리 숙여 인사했다. 그때 김석훈은 전화를 하는 중이었다.

"아, 박 기자, 오늘 기사 올릴 거야? 그거 우리 애가 잘 모르고 한 거야. 괜히 썼다가 망신당하지 말고 기사 내려. 바로 해명 브리핑 할 거니까."

김석훈은 자신의 인맥이 통하는 모든 신문사에 전화를 걸어 사실과 무관하다고 해명하고 있었다.

희우는 그런 그의 모습을 두 눈에 담고 있었다. 검찰의 정점에 오르기를 원하는 자가 학연, 지연, 혈연을 놓지 못해 전전긍긍하는 모습은 정말 한심했다. 하지만 희우는 표정으로 내색하지 않았다.

전화를 끊고 다른 곳으로 전화를 하려던 김석훈이 희우가 들어온 걸 확인했다. 김석훈의 눈빛이 분노로 가득해졌다. 전화를 던지듯 내려놓고, 노기 가득한 목소리를 터뜨렸다.

"지금 뭐 하는 짓이야!"

희우는 눈만 동그랗게 떴다. '저는 아무것도 몰라요.'라는 표정이었다. 그런 얼굴을 보던 김석훈은 한숨을 내쉬었다. 어찌 되었건 자신이 명령한 일을 수행하다 저질러진 일이다. 이렇게까지 일을 저질러 버릴 줄 예상 못 했던 것은 김석훈 자신이다. 김석훈은 모든 것이 자신의 잘못이라고 생각했다. 하지만 화가 나는 건 어쩔 수 없었다.

"기자들을 모아 놓고 브리핑을 하려면 적어도 사전에 확인받아야 하는 것 몰라!"

김석훈은 희우를 노려보다가 고개를 저었다. 똑똑하다 생각을 했는데 공명심만 가득 찬 녀석이라는 생각이 들었다. 그러나 이미 엎질러진 물이었다. 그리고 지금은 희우를 탓할 시간이 없다. 어떻게든 수습하는 게 우선이었다.

그때 김석훈의 핸드폰으로 전화가 걸려 왔다.

"아, 박 기자."

방금 김석훈이 전화를 걸었던 기자였다. 김석훈은 최대한 정답고 친절한 목소리로 전화를 받았다.

"기사 막아 줄 수 있겠어?"

그런데, 김석훈의 표정은 점점 어두워졌다. 박 기자는 말했다. '어쩔 수 없다, 기사를 낼 수밖에 없다.' 그 말만 되풀이하고 있었다. 인터넷이 발달되며 특종에 목마른 기자들이 이미 실시간으로 기사화시키고 있었기 때문이다.

박 기자가 말했다.

─미안해. 그런데, 지금 인터넷 확인해 봐. 내가 어떻게 할 수 있는 일이 아니야.

김석훈이 통화를 종료했다. 그리고 인터넷을 확인했다. 인터넷에서는 김석훈의 이름이 실시간 검색어에 오르고 있었다.

검찰을 개혁할 유일한 사람, 김석훈
장일현 검사 비리

모니터를 보고 있는 김석훈의 얼굴이 굳어졌다. 그는 두 손으로 책상을 짚고 한동안 굳은 표정으로 앉아 있었다.

김석훈이 예상했던 상황과 달랐다. 희우의 발언으로 김석훈은 좋게 포장되고 있었다. 그래서 김석훈은 더 고민했다.

정말 장일현을 버려야 하나?

김석훈이 고민을 이어 가고 있을 때, 희우는 좌불안석의 표정으로 명령을 기다리는 척했다.

그렇게 잠시의 시간이 지났다. 김석훈이 천천히 시선을 들었다. 그리고 희우를 쏘아봤다. 김석훈은 무언가를 결심한 것 같았다.

"김희우."

"네."

"장일현 확실하게 보내라. 쉽지 않을 거야. 2심, 3심 계속해서 항소할 거다."

"알겠습니다."

김석훈은 이왕 벌어진 일이라면, 그래서 해야 한다면 확실하게 해야 한다고 생각했다. 자신의 오른팔과 같았던 장일현이다. 안타까운 마음이 없을 수 없었다. 하지만 버릴 때는 냉혹하고도 차갑게 버려야 했다.

희우가 지검장실을 나가자 김석훈은 고개를 숙였다. 그리고 홀로 중얼거렸다.

"미안하다, 일현아."

밖으로 나간 희우는 피식 웃었다.

지금 김석훈은 자위하고 있을 것이 분명했다. 해야 한다면 확실하게 하는 게 자신의 성격이라고 생각하면서.

희우는 중얼거렸다.

"이미지 생각하시겠지."

희우는 복도를 지나 계단으로 향했다.

계단 아래에 지성호가 보였다. 희우는 지성호의 곁을 말없이 지나쳤다. 하지만 두 사람이 스쳐 지나가는 순간, 희우는 그에게 USB 하나를 넘겼다. USB를 건네받은 지성호는 모른 척 바지 주머니에 넣었다.

다음 날.

장일현은 취조실에 있었다. 그 표정은 심각할 정도로 굳어져 있었다. 상황이 어떻게 돌아가고 있는지 알 수 없었지만 김석훈이 희우에게 지시했다는 건 분명히 알고 있었다. 그는 이를 꽉 물었다.

"왜?"

이해가 되지 않았다. 김석훈이 도대체 왜 자신을 버렸을까?

그는 고개를 저었다. 모든 사람이 원망스러웠다. 김석훈이 싫었다. 그 아래에서 개처럼 일했던 자신도 미웠다. 하지만 가장 화가 나는 건 자신의 아래에서 친한 척 웃다가 칼을 꽂아 넣은 희우였다. 이용만 당하다 버림을 받은 것 같은 기분이었다. 그는 깊은숨을 내쉬었다.

그런 장일현의 모습을 희우가 취조실의 반대편에서 지켜보고 있었다. 희우는 알고 있었다. 장일현은 절대 자신의 죄를 뉘우치지 않을 사람이었다. 무슨 죄를 지었는지 생각하기보다 희우를 원망하고 욕하고 있을 것이다.

'죄를 지어서 잡혀 왔다면 죄를 생각해야지 왜 남 탓을 하고 있어?'

희우의 입가에 비릿한 미소가 가득 찼다.

문을 열고 들어온 지성호가 희우에게 신문을 건넸다. 희우는 신문을 펼쳐 내용을 확인했다. 장일현과 성진미가 호텔로 들어가는 모습이 찍힌 사진이 1면에 들어가 있었다. 지성호가 물었다.

"그런데 이 사진은 어떻게 가지고 있었던 거야?"

어제, 지검장실을 나오던 중 지성호와 스쳐 지나갈 때 희우가 전해 준 USB. 그 안에 들어 있던 사진이었다. 희우는 말없이 웃었다.

사진을 확보한 것은 오래전이었다. 희우가 살인 사건의 용의자였던 이주석과 코스프레 활동을 하던 여자를 찾고 있을 때 상만에게 전화가 왔던 일이 있다. 그때 상만은 말했다.

-천하호텔로 들어갑니다.

희우는 상만에게 두 사람을 미행하며 사진을 찍도록 지시했었고 이 사진을 확보하게 된 거다.

물론 당시 장일현은 성진미의 부모님을 뵈러 간 것이 전부였다. 하지만 사람들은 그렇게 생각하지 않을 거다. 남녀가 손을 잡고 호텔 안으로 들어가는 모습은 모두가 오해할 장면이었다.

그 사진이 공개되자 세상은 떠들썩해졌다. 국대 예술 재단의 비리와 검사 장일현의 비리가 어우러졌다. 급기야 성진미가 몸을 사용하여 장일현에게 로비를 했다는 이야기로 퍼졌다.

재단의 비리를 감추기 위해 검사를 이용한 성진미.

여자의 몸을 탐하기 위해 정의를 감춘 검사 장일현.

세상 사람들은 그들을 욕하고 있었다.

인터넷에 올라온 댓글들을 읽으며 희우는 신기해했다. 간단한 소스만 던져졌을 뿐인데 세상은 자극적인 소설을 쓰고 있었다.

희우는 신문을 덮었다. 그리고 희우의 시선은 이제 최강진에게 향했다. 어찌 보면 장일현보다 더 피곤한 상대다. 최강진은 자신의 비리를 쉽게 보이지 않는 자였다.

그날 밤.

테이블이 네 개 놓여 있는 작은 막창집이었다. 구리구리한 냄새가 올라오는 작은 공간에서 희우는 전석규, 지성호와 만나 식사를 하고 있었다.

지성호의 잔에 소주를 따르며 전석규가 희우에게 물었다.

"그런데 그 사진도 그렇고 다른 일도 그래. 혼자 먹으려고 했다면 훌륭한 이력이 될 수 있었을 텐데 왜 그렇게 하지 않았지?"

"이력이 될까요?"

"어?"

"장일현 검사의 일도 사실은 제가 나서고 싶지는 않았어요."

"뭐? 왜?"

희우는 말없이 잔을 들어 입으로 넘겼다. 사실 희우는 장일현 스폰서 사건 역시 자신이 브리핑하고 싶지 않았다. 세상의 이목을 끌고 싶은 마음은 전혀 없었다. 희우의 계획은 어디까지나 조용히 그리고 아무도 모르게 진행될수록 유리했기 때문이다.

하지만 그렇게 한 이유는 간단했다. 지금도 주변에서 들려오는 소리를 두 귀로 똑똑히 듣고 있었다.

"검사가 검사를 잡아?"

"뭐 하는 거야? 창피한 줄 알아야지."

"지는 잘못이 하나도 없는 줄 아나?"

그들의 눈에 희우는 성공을 위해 동료를 팔아 버린 파렴치한 놈이었다. 그런 이미지를 다른 사람에게 넘기고 싶지 않았다. 만약 지성호가 기자들 앞에 서서 브리핑을 했다면? 그래서 그가 많은 검사들에게 뒷말을 듣고 있었다면? 견디기 힘들었을 거다.

전석규가 희우의 잔에 술을 따랐다. 소주가 차오르는 소리가 들리며 전석규의 목소리가 진중하게 흘렀다.

"혼자 감당할 수 없는 일도 많은 거야. 버거우면 나누도록 해."

"네, 알겠습니다."

지성호가 밝게 웃으며 잔을 들었다.

"나한테는 나누지 마라. 지금 네가 시킨 일만도 버겁다."

그 말에 그들은 함께 크게 웃으며 잔을 부딪쳤다.

장일현 사건에 대한 중간 조사 발표 날이었다. 이번에도 발표를 하는 사람은 희우였다. 평검사가 이런 일까지 하는 건 이례적인 일이었지만 그 누구도 하지 않으려 했기에 희우가 나선 것뿐이었다.

기자들의 카메라 셔터가 빠르게 눌렸다.

번쩍이는 플래시 세례를 받으며 희우는 눈을 가늘게 떴다. 먹잇감을 노리는 하이에나 같은 기자들의 카메라에서 격하게 '찰칵, 찰칵' 하는 소리가 울렸다. 플래시가 멈추자 희우가 입을 열었다.

"지금부터 장일현 검사의 스폰서 사건에 대한 중간발표를 시작하겠습니다. 스폰서를 시행했던 회사는……."

그 목소리는 계속 이어졌다. 장일현이 어떻게 뒤를 봐줬고 얼마큼의 돈을 받았는지 빠짐없이 발표했다.

기자 한 명이 손을 들었다.

"영영일보 기자입니다. 일각에서는 제 식구 챙기기로 검찰이 봐주기 수사를 한다는 의혹이 일고 있습니다. 어떻게 생각하십니까?"

며칠 전 희우는 기자들의 질문에 답을 하지 않았었다. 하지만 이번에는 달랐다. 희우는 답변을 하기 위해 입을 열었다.

"봐주려고 했다면 우리가 잡았겠습니까? 봐주기는 절대 없습니다. 사실대로 말씀드린다면, 기존의 검찰이었다면 그냥 넘어갈 수도 있는 일이었습니다. 하지만 총장님과 중앙 지검 김석훈 지검장님의 특단의 명령이 있었습니다."

기자들은 희우의 이야기를 적어 내려갔다. 희우가 계속 말했다.

"검찰은 달라질 겁니다. 국민의 신뢰를 받고 국민을 위하는 진정한 검찰로서의 역할을 하게 될 겁니다."

이것은 희우의 목표였다. 어쩌면 조태섭을 잡는 것보다 더 어려울지도 모를 일이지만 언젠가 국민이 검찰을 믿을 수 있는 날을 기다렸다.

카메라 셔터가 다시 터졌다.

희우는 모든 답변을 마친 뒤, 브리핑실을 나섰다. 지성호가 희우의 옆에서 걸으며 말했다.

"식사 전이지? 밖에 나가서 국밥이나 한 그릇 할까?"

희우와 지성호가 건물을 벗어날 때였다. 그들의 뒤로 어떤 여성의 목소리가 들렸다.

"아침일보 정치부 기자입니다."

그 목소리에 지성호가 뒤로 돌아 두 손을 들어 만류했다.

"죄송합니다. 기자회견 시간은 끝났습니다."

지성호는 희우가 기자를 좋아하지 않는다는 걸 알고 있었다. 게다가 지금은 브리핑을 마친 상태다. 지성호는 피곤할 희우를 배려해 주고 있었다. 그래서 간곡한 목소리로 말을 이었다.

"나중에 최종 발표를 할 때 다시 오신다면 친절히 설명 드리겠습니다."

"그런가요?"

반듯한 이마를 가진 여기자였다.

그녀는 잠시 머뭇거리더니 희우를 바라봤다. 희우는 뒤도 돌아보지 않은 채 걷고 있었다. 기자가 멀리 이동하는 희우를 향해 소리쳤다.

"김희우!"

희우가 멈칫거렸다. 익숙한 목소리였다. 희우가 뒤로 돌아 목소리를 향했다.

"어?"

고등학교 때 도서관 사서를 하던 유빈이었다. 그녀는 기자가 꿈이라고 말했었고 희우는 그녀가 졸업하기 전에 기자에 대한 책을 선물하기도 했었다. 그리고 그녀는 자신의 꿈대로 기자가 되어 있었다.

"이게 얼마 만이야."

유빈은 희우에게로 달려와 팔짝팔짝 뛰었다.

그녀에게 예전의 얌전했던 모습은 남아 있지 않았다. 청바지에 체크무늬 남방 그리고 황색 백팩을 멘 그녀는 상당히 당차 보였다.

"박유빈 선배님?"

"짜식, 내 이름도 기억하는구나?"

희우는 크게 웃었다. 반가울 수밖에 없었다.

희우가 말했다.

"차 한잔하시겠어요?"

"우리 후배, 검사님도 되시고 성공했네? 그래도 커피는 선배가 산다. 후배한테 사라고 할 수는 없잖아?"

그리고 그녀가 장난스럽게 웃었다.

"아, 먼저 물어봐야지. 이제는 커피 마시지?"

"하하하, 그럼요."

그녀는 고등학교 시절을 떠올리고 있었다.

그녀는 희우에게 주려고 캔 커피를 사 왔었고 조심스럽게 말했었다.

"너 커피 먹을래? 나 커피 있는데 먹기 싫거든."

하지만 희우는 쳐다보지도 않고 말했었다.

"아니요. 저는 몸이 모두 성장할 때까지 카페인이나 좋지 않은 것들은 피하고 있습니다."

그 일을 희우도 기억하고 있었다.

예전을 기억하며 희우는 빙그레 웃었다. 오랜만에 추억 속에 있던 사람을 만난다는 건 나쁘지 않은 기분이었다. 그녀 역시 방긋 웃으며 희우의 옆에서 걸어가고 있는 지성호를 바라봤다.

"아저씨도 드실래요?"

"네? 네."

그녀의 대찬 행동에 지성호는 어쩐지 끌려가는 느낌을 받았다.

그들은 근처 커피숍으로 이동했다. 식사를 하지 않은 상황이었기에 케이크와 빵, 커피를 시켜 자리에 앉았다. 그녀와 희우 사이에 어색함은 존재하지 않았다.

"신문 보다가 아는 이름이 나와서 정말 맞나 확인하려고 왔어."

그녀는 정치부였는데 희우의 이름을 보고 혹시나 해서 와 봤다고 했다. 사실 그녀는 텔레비전을 통해 희우의 얼굴을 확인한 뒤였지만 그 말은 전하지 않았다.

희우가 그녀에게 말했다.

"이쪽은 함께 근무하고 있는 지성호 검사님이시고요."

희우는 그들을 서로 소개한 후 말을 이었다.

"선배는 많이 변하셨네요."

"예뻐졌지?"

그녀는 농담으로 받으며 말을 이었다.

"정치부 기자 생활해서 그래. 의원들이나 비서들 상대하기가 쉬운 일이 아니더라. 거기서 비집으면서 밥 먹고 살려고 하니까 성격이 변하네."

그녀는 싱긋 웃은 후 희우에게 물었다.

"그런데 평검사가 브리핑은 왜 하는 거야?"

말을 꺼낸 그녀, 희우의 이야기를 기다리며 커피 잔을 들다가 퍼뜩 손사래를 쳤다. 그리고 급히 말했다.

"아니, 기자로서 물어보는 게 아니고, 그러니까 그냥 후배한테 궁금해서 그래. 나 정치부라 이쪽 이야기에는 관심도 없어."

그녀의 행동에 희우는 피식 웃었다. 그녀는 행동은 변했지만 그 속까지 변하지는 않았다.

"반갑네요."

"뭐가?"

"이전에도 말 잘 못하고 그랬잖아요."

희우가 웃으며 말을 하자 그녀는 크게 웃었다. 이번에는 민망한 감정이 가득 담긴 웃음이었다. 이전에도 말을 잘 못하고 그랬다는 말, 그녀가 고등학교 때 희우에게 가지고 있던 감정을 건드는 말이었다.

"너 알고 있었어?"

희우는 대답 대신 빙긋 웃기만 했다.

그 시절에는 잘 알지 못했다. 여자와의 대화 또는 관계는 거의 전무했기 때문이다. 지금에서야 많은 친구들을 만나며 그때 그녀가 어떤 감정을 가지고 있었는지 어렴풋이 떠올릴 뿐이었다.

그녀는 다시 한번 큰 소리로 웃었다.

하지만 희우의 미소와 그녀의 웃음은 달랐다. 그녀의 미소는 무척이나 어색하고 또 어색하다는 느낌을 담고 있었다.

그녀는 괜히 지성호에게 말했다.

"제가 고등학교 때 얘 좋아했었거든요, 하하하하."

누가 봐도 억지웃음이었다. 지성호는 뭐라고 답변을 해 줘야 할지 몰라 같이 어색하게 웃어 보였다.

"하하하."

그녀가 희우에게 말했다.

"너는 많이 변했다?"

"제가요?"

유빈이 기억하고 있던 희우는 다른 고등학생과 다르게 차갑고 이성적이었다. 그런데 지금은 예전보다는 많이 따뜻해 보였다. 하지만 몸에서 풍기는 예리함은 이전과 비교할 수 없이 날카롭게 느껴졌다.

옛 추억을 이야기하던 중 희우가 물었다.

"정치부 기자면 정치인들 관계는 잘 알겠네요."

"그런 거야 알고 있지. 연예부 기자가 연예인 빠삭한 거랑 똑같아."

그녀는 잠시 희우의 얼굴을 바라봤다.

"왜? 정치인 이야기 궁금해?"

희우는 고개를 끄덕였다. 그녀는 희우와 지성호에게 국회의원들에 대한 우스운 이야기를 전해 줬다.

"국회의원들 싸우고 그러잖아? 그거 다 카메라가 돌아가는 곳 앞에서만 그러는 거야. 뒤에 가서는 형, 동생 하면서 함께 술을 마실 정도로 친해."

그녀는 꽤 오랜 시간 정치인에 대한 이야기를 했지만 희우가 진짜 궁금해하는 것은 단 한 번도 나오지 않았다. 그녀는 말해서는 안 될 것에 대해 철저히 선을 긋고 있는 거다. 그녀 역시 프로였다.

희우는 생각했다, 그녀가 정치부 기자라면 언젠가 자신이 할 일에 많은 도움이 될 수 있으리라고. 하지만 '과연 그녀가 믿어도 되는 사람일까?'라는 질문에 대한 답은 아직 할 수 없었다.

한참을 이야기한 후 자리에서 일어났다. 희우는 그녀에게 악수를 청했다.

"나중에 또 봬요. 아마 제가 부탁드릴 일이 있을 거예요."

"내가 다른 사람은 몰라도 후배 부탁이라면 꼭 들어줄게. 내 힘이 필요하면 언제든 말해."

그녀는 손을 흔들며 자리를 떠났다.

그녀가 가는 것을 지켜보던 지성호가 말했다.

"밥 먹으러 가자. 난 케이크 같은 건 느글거려서 못 먹겠다."

"저도요. 한국인이면 밥을 먹어야죠."

희우와 지성호는 국밥을 먹으러 갔다.

중앙 지검은 바쁘게 움직이고 있었다. 장일현의 스폰 사건과 국대 예술 재단의 학력 및 수상 위조, 그 어떤 것도 가벼운 사건이 없었기 때문이다. 중앙 지검의 전 인력은 숨 쉴 틈 없이 바빴다.

하지만 이런 정신없는 상황에 홀로 조용한 사람이 있었다. 민수였다. 민수는 입술을 씹으며 화를 참고 있었다.

민수가 휴게실에 앉아 희우를 향해 말했다.

"너무하는 거 아니냐?"

"네?"

"너 때문에 미래자동차 전일보 사장 완전히 묻힌 거 알지?"

그랬다. 지금 여론은 미래자동차 전일보 사장은 관심도 없었다. 시민 단체들도 마찬가지였다. 그들도 국대 예술 재단을 향해 시위를 하고 있었다.

"그랬나요?"

미안했다. 이건 희우도 생각하지 못한 일이었다. 민수에게 미안했다.

"미래자동차 측에서 판사까지 자기들한테 유리한 사람으로 바꿨다고 하더라. 그만한 힘이 있는 사람들이니까. 젠장, 여론이 움직이지 않는다면 무죄를 선고하겠지."

희우가 미안한 표정으로 말했다.

"방법이 없는 건 아닌데요. 그런데 조금 길게 보셔야 할 겁니다."

"뭐가 있어?"

희우는 음료수를 넘기며 생각에 빠졌다. 그리고 조심스럽게 입을 열었다.

"수출용 자동차와 국내 판매용 자동차가 많이 다르다고 하더라고요. 나라마다 안전기준의 차이가 있기 때문인데, 중요한 것은 기본 에어백의 개수부터 다르다고 해요."

"그런데?"

"여론 조작을 한 번 더 해야지요. 쉬운 거 있잖아요."

"국내 소비자를 우롱하냐는 말로 접근하라는 거지? 모든 건 사장의 결정이었고."

희우는 대답 대신 어깨를 으쓱해 보였다. 민수가 웃기 시작했다.

"흘흘흘, 넌 악마야. 진짜 악마."

"설마요. 그런데 아시겠지만, 그것만으로 여론을 바꾸기는 어려워요. 미래자동차 전일보 사장을 구속시키려면 지금 있는 자료보다 두 배는 더 있어야 할 겁니다."

"그렇겠지, 흘흘흘."

그런데, 민수의 웃음이 갑자기 뚝 끊겼다. 그리고 창밖으로 시선을 틀며 무거운 목소리를 내뱉었다.

"요즘, 그런 생각을 해 봤다. 내가 너와 같아질 수 있을까?"

뜬금없는 소리였다. 희우가 민수를 바라봤다. 민수는 말없이 음료수를 마실 뿐이었다.

얼마 전 민수는 말했었다.

"나에게 친구란 같은 위치에서 같은 것을 바라보는 사람이야. 나이 드신 어른들을 봐 봐, 결국 곁에 남아 있는 건 어린 시절의 추억을 공유할 수 있는 친구가 아니라 같은 길을 가는 친구잖아."

지금 하는 말이 예전에 하던 말과 겹쳐져 느껴졌다.

희우가 말했다.

"선배는 저하고 달라요. 저는 선배처럼 할 수 없어요."

민수는 고개를 저었다.

"당연히 나처럼은 할 수 없지. 넌 더 위를 보고 있으니까, 흘흘."

그 웃음이 평소와 다르게 느껴졌다.

희우가 말했다.

"선배는 진심으로 약자를 위하잖아요."

"……그렇게 생각해?"

민수의 눈빛은 차가웠다. 민수는 더 이상 말하지 않았다.

적막한 가운데 두 사람은 말없이 음료수만 마셨다.

희우는 민수와 헤어지고 장일현이 있는 취조실로 향했다. 장일현이 찾는다는 말을 들었기 때문이다. 찾는다면 피할 생각은 없었다. 아니, 오히려 만나 보고 싶었다. 희우는 문을 열고 취조실 안으로 들어갔다.

장일현이 삐딱한 자세로 앉아 희우를 노려봤다. 그의 머리는 떡이 져 있고 턱에는 수염이 지저분하게 났지만 눈은 살아 있었다. 희우는 그에게 고개를 숙였다.

"죄송합니다."

장일현의 얼굴이 심각하게 굳어졌다. 그리고 강하게 물었다.

"지검장이 시킨 일이냐?"

희우는 대답하지 않고 그의 앞에 앉았다.

취조실에서의 일거수일투족은 녹화가 되었다. 섣부른 발언은 화가 되어 돌아올 거라는 걸 희우는 잘 알고 있었다.

장일현이 말했다.

"하나만 묻자. 지검장이 나를 왜 버렸지?"

그 목소리에는 어쩐지 처량함까지 보였다. 희우는 한숨을 내쉬며 말했다.

"아시지 않습니까?"

정말 모르냐는 투였다.

"설마 내가 국대 예술 재단 사건 숨겼다고 그런 거야? 그거 전석규가 쪼르르 가서 일렀냐?"

장일현은 그 일이 별일 아니라는 것처럼 말했다. 마치 자식이 부모의 지갑에서 돈 만 원을 빼 간 것과 뭐가 다르냐고 묻는 것처럼 보였다.

"그거 말고 어떤 이유인지 아시잖아요."

"그게 아니면 도대체 뭔데?"

장일현이 억울한 목소리로 물었다. 정말 모르는 것 같았다.

장일현은 떡 진 머리를 상처가 날 정도로 강하게 긁었다. 그래도 화가 풀리지 않았다.

"내가 여기에 있으면, 한 번은 내려와야 하는 거 아니냐?"

김석훈은 장일현의 취조실에 단 한 번 내려오지도 않았다. 장일현이 담당 검사를 통해 수차례 요청했지만 김석훈은 그를 쳐다보지도 않았다. 엮이기 싫다는 표현이었다. 장일현이 답답한 듯 가슴을 치며 물었다.

"난 이유를 모르겠다고!"

작게 한숨을 내쉰 희우가 입을 열었다.

"지검장님은 검찰의 인정을 받을 수 있는 사건이 필요했습니다. 그런데 검사님은 대학생 살인 사건을 실패하셨고 오히려 미래자동차 사건을 키워 버렸죠. 거기에 국대 예술 재단을 숨기려던 일이 지검장님의 심기를 건드렸다고 생각합니다."

"그래서 날 버리신 건가?"

희우는 대답하지 않았다. 굳이 대답을 해 주지 않아도 장일현이 충분히 알 수 있는 상황이었다.

희우의 대답이 들려오지 않자 장일현이 다시 물었다.

"내가 밖의 상황을 통 몰라. 휴대폰도 모두 압수당했거든. 지금 여론이 어떻게 흘러가고 있지?"

희우는 정말 미안한 표정으로만 있을 뿐이었다. 더 이상 말하지 않았다. 하지만 장일현의 눈에는 핏기가 돌았다.

"묻자. 혹시 강진이도 이 일에 끼어 있냐?"

희우는 이번에도 대답하지 않았다.

큰 한숨을 내쉰 장일현이 책상에 양쪽 팔꿈치를 대고 머리를 쥐어뜯었다. 스스로도 느끼고 있는 것 같았다. 모두에게 완벽히 버림받았다.

"어쩐지, 가장 친하다고 생각했던 최강진조차 나타나지 않아."

한숨이 이어졌다.

그가 고개를 들고 희우를 바라봤다.

"강진이 좀 보자."

"말해 보겠습니다."

"아니, 내 옆으로 보내라. 구치소 그리고 교도소."

"네?"

장일현의 눈에 살기가 돌았다.

그는 최강진 역시 본인이 키웠다고 생각했다. 그리고 최강진만큼은 절대 자신을 배반하지 않았을 거라고 믿고 또 믿었다. 하지만 장일현은 희우의 대답을 들으며 생각했다.

희우가 똘똘하기는 하지만 이제 임관한 초임 검사. 김석훈이 희우한 명만 믿고 자신을 잡을 수는 없었을 거다. 이번 일을 만들어 낸 또 다른 하나의 조력자가 있을 테고, 장일현은 그 사람이 최강진이라고 여겼다. 그리고 최강진이 취조실에 오지 않는 이유를 철저하게 배신이라고 생각했다.

사실 최강진이 이곳에 오지 못하는 이유는 간단했다. 최강진은 지금 정신이 없었다. 미래자동차 사건과 장일현 검사 스폰서, 거기에 자잘한 사건까지 합쳐지며 최강진의 머릿속은 폭발 직전이었다. 하지만 장일현은 거기까지 생각하지 못하고 있는 것 같았다.

지검에서 일어나는 일을 눈으로 확인할 수 없었고 귀로 들을 수도 없었다. 예측을 해서 판단하기에 장일현의 심신은 이미 지쳐 버린 상태였다. 그래서 최강진이 나쁜 놈이라고 생각할 뿐이었다.

"내가 여기에 끌려오면서 무슨 생각 했는지 알아? 당연히 불기소가 될 거라고 생각했어."

하지만 사건은 장일현의 의도와 다르게 흘러간 거다. 스폰서 기업에서 숨겨 두었던 비밀 통장과 장부가 세간에 나왔다.

"그때, 알았다. 이 일에 네가 끼어 있다는 사실."

"죄송합니다."

"아니, 넌 까라니까 깠겠지. 그런데, 최강진은 아니잖아? 강진이 내 옆에 끌어다 줄 수 있어?"

"제가 어떻게……."

"네가 나도 잡아넣었잖아. 강진이는 내 아래야."

희우는 어떤 대답도 하지 않았다.

희우는 최강진을 절대 장일현보다 아래로 보지 않고 있었다. 이전의 삶에서 최강진은 국회의원까지 올랐던 사람이다. 처세에 강했고 상황 대처 능력이 빨랐다. 그런 성격이었기에 비리를 포착하기도 어려웠다. 최강진의 옆에서 지켜봤지만 그가 가지고 있는 먼지는 많지 않았다.

장일현이 입을 열었다.

"신문 기사에서 내 타이틀이 뭐지? 괜찮아. 말해 봐."

"스폰서 검사입니다."

희우의 대답에 장일현은 힘없이 웃었다. 그리고 머리를 쓸어 넘기며 다시 입을 열었다.

"타이틀 바꾸라고 해라."

"……!"

"성 상납 검사 최강진."

"……!"

전혀 몰랐던 사실이었다.

장일현이 무겁게 말을 이었다.

"강진이 아버지가 뭐 하는 사람인지는 알지?"

최강진의 아버지는 방송가의 큰손이다.

장일현이 계속 말을 이었다.

"강진이는 검사다. 그것도 아주 유능하고 힘 있는."

424

희우가 생각에 빠져 있자 장일현이 피식 웃었다.

"더 떠먹여 줘?"

"아닙니다. 알아서 하겠습니다."

"같은 방 쓰게 해 줘라. 심심하면 너도 들어오고."

이죽거리는 장일현을 보며 희우는 인사를 한 뒤, 취조실 밖으로 나왔다.

잠시 후, 장일현의 취조실 문이 열렸다. 그리고 최강진이 들어왔다. 최강진이 장일현의 앞으로 다가가 담배와 라이터를 테이블 위에 올려 뒀다. 그리고 입을 열었다.

"대법원장님께 물어보니까 지금 여론이 좋지 않아서 10개월을 말씀하셨습니다."

10개월은 장일현의 형량을 말하는 것이었다.

최강진이 계속 말했다.

"하지만 여론이 잠잠해지면 집행유예 정도로도 끝날 것 같습니다."

장일현이 담배를 꺼내 입에 물었다. '칙!' 하는 소리와 함께 담배에서 뿌연 연기가 흘렀다. 담배의 독한 연기가 폐부를 찌르는지, 장일현이 얼굴을 찌푸리며 말했다.

"희우가 미끼를 물 거야. 공을 세우고 싶어서 나를 잡아다 넣은 녀석이니까."

"그렇겠죠."

"내 방에 넣어 줘."

최강진이 고개를 저었다.

"과장님은 집행유예고, 녀석은 한 2년 살다 나와야지요."

그 말에 장일현이 피식 웃었고 최강진이 계속 말했다.

"녀석은 지금 한국 대학교 법학과의 룰을 어겼습니다. 같이 살자고 라인을 만들었는데 혼자 튀어 보려고 하네요. 그런 놈은 본보기가 되어 혼이 나야 하죠."

장일현이 담배 연기를 뿜으며 말했다.

"내 변호사 자격이나 박탈당하지 않게 해."

"알겠습니다."

"그리고 미끼를 물어 버린 물고기를 우습게 보지 마. 낚싯대는 물론이고 사람까지 물속으로 끌고 들어갈 수 있으니까."

장일현의 말에 최강진은 어이없다는 표정으로 웃어 버렸다.

"설마요."

사무실에 앉아 있던 희우가 자리에서 일어났다. 그리고 장일현을 대신해 팀장을 맡고 있는 최강진에게 걸어갔다.

"잠시 외근 좀 다녀오겠습니다."

최강진은 어디로 가는지 묻지도 않고 고개를 끄덕이며 허락했다.

"그래, 다녀와."

희우가 밖으로 나가는 걸 보고 있는 최강진의 눈에 살기가 돌았다.

희우의 모습이 완전히 사라지자 최강진은 전화기를 들었다.

"지금 타깃 나간다. 놓치지 말고 쫓아."

전화를 끊고 다시 컴퓨터의 모니터를 바라보던 최강진의 입가에 미소가 떠올랐다.

최강진은 희우가 자신의 뒤를 캐러 간다고 생각했다. 그가 기다리고 있는 것, 불법적인 수사를 하는 희우의 모습이었다. 법적인 범위 안에서 수사를 하려면 영장이 필요하다. 하지만 발급받는 순간 최강진의 귀에 어떤 내용의 영장을 발급받았는지 들어오게 된다. 최강진을 수사하려는 희우가 정상적으로 영장을 발급받아 일을 처리할 수는 없었다. 당연히 일은 불법적으로 진행될 테고, 그 순간을 놓치지 않고 잡는다.

그것이 최강진의 계획이었다.

'작은 것으로 잡아 크게 만든다.'

불법 수사로 잡아넣은 후 다른 죄들을 끼워 넣을 생각이었다.

하지만 희우는 최강진을 쫓지 않고 상만과 만나고 있었다. 희우가 있는 곳은 상만의 사무실 옆 커피숍이었다. 희우가 말했다.

"부필식품에 대해 저번에 조사한 거보다 더 자세히 알아봐라."

"네?"

아무리 생각해도 뭔가 미심쩍었다.

김석훈이 부필식품에 한미를 소개한 건 그렇다고 칠 수 있었다. 그런데 과연 김석훈이 한미가 자신의 여식이라고 말했을까? 그건 아니라고 생각했다. 김석훈은 자신의 잘못을 여기저기 흘리고 다닐 사람이 아니었다.

그런데 왜 부필식품에서 한미를 찍었을까? 이유를 알 수 없었다.

재벌가에서 본 한미는 아비가 없는 평범한 집의 딸일 뿐이다. 결혼을 생각할 정도로 매력적인 요소는 없었다. 그렇다면 뭔가 있다는 뜻이다. 그래서 상만에게 더 조사할 걸 종용한 것인데…….

상만이 머리를 갸우뚱거리며 물었다.

"지금 알아본 거로는 부족하세요? 그 정도면 주식 하시는 데는 충분하잖아요."

희우는 더 자세히 대답해 주지는 않았다.

이리저리 생각을 하던 상만이 갑자기 눈을 크게 떴다. 그의 눈이 튀어나올 듯 부리부리해졌다. 그리고 다급하게 물었다.

"설마, 우리 돈 다 거기에 투자하려고요?"

"응?"

"이상하잖아요. 지금까지 집, 땅 다 팔고 경매나 하고 있으라고 하더니 갑자기 부필식품을 조사하라 하시고."

상만이 이상한 오해를 시작했다.

얼마 전, 희우가 상만에게 부필식품에 대해 조사를 하라고 했을 때였다. 상만이 물었었다.

"그런데 부필식품은 왜요? 거기도 뭐 잘못이 있나요?"

"아니, 주식이나 만져 볼까 해서 본 거야. 검사 월급으로 먹고살기 힘들다."

상만이 그때의 대화를 기억하며 말했다.

"사장님이 검사 월급으로 먹고살기 힘들다고 말했지만, 사실 엄청난 자산가잖아요? 그런 사람이 정말 얼마 안 되는 돈을 투자하기 위해 조사를 하라고 지시했겠어요?"

상만은 머리를 쥐어뜯기 시작했다. 깊은 한숨을 내쉬며 희우에게 고개를 숙였다. 그리고 말했다.

"죄송합니다."

"뭐?"

"제가 아직 모자랍니다. 사장님의 깊은 뜻도 모르고. 다시 조사해 보겠습니다. 우리 회사의 미래가 걸린 일이잖아요."

"야, 왜 그래?"

"사장님이 투자하면 분명히 올인이잖아요. 그 정도 조사만으로 우리 미래를 결정할 수는 없겠죠."

희우는 커피를 들어 마셨다. 그리고 표정 관리를 하며 굳은 표정으로 천천히 말했다.

"이제야 이해했어? 네 말이 맞다. 그래, 알아봐. 하지만 내가 허락할 때까지는 절대 투자하지 말고."

"알겠습니다."

진지한 표정으로 대답하는 상만을 보며 희우는 크게 웃어 버렸다. 아무리 생각을 해 봐도 이런 식으로 확대해석을 할 줄은 전혀 예상하지 못했다.

"왜 그러세요?"

웃고 있는 희우를 보는 상만의 얼굴에는 의아함이 가득했다. 하지만 희우는 끝까지 대답을 해 주지 않은 채 손을 절레절레 흔들 뿐이었다. 어쩌면 이런 식으로 접근하는 쪽이 더 좋은 길로 향하는 방안이 아닐까 생각이 들었다.

그 시각, 사무실에 있던 최강진은 희우를 미행하라고 지시한 사람의 문자를 받았다.

-김희우 검사는 지금 커피숍에서 부동산 일을 하는 사람과 만나고 있습니다.

최강진이 고개를 갸웃거렸다. 자신을 파고들 줄 알았는데 부동산 업자와 만난다? 이해가 잘 가지 않는 사항이었다.

그는 문자를 보냈다.

-계속 확인하도록.

희우는 상만과 헤어지고 버스에 올랐다.

서울의 하늘은 평소와 다를 바 없었다. 어제도 오늘도 그리고 이전의 삶에도, 지금도 같았다. 하지만 흘러가는 역사는 뒤틀리고 있었다.

희우는 지금 부필식품을 조사하는 일이 올바른지 고심이 되었다. 한미의 미래가 걸린 일이었다. 어쩌면 많은 여자들이 꿈꿀지도 모르는, 재벌 집안으로 가는 길. 자신이 그녀의 행복을 방해할 수도 있다는 생각이 들었다. 그게 과연 옳은 일일까?

머리가 복잡한 날은 우용수를 만나고 싶었다. 우용수는 소소한 행복을 즐기며 살고 있다. 어떤 때는 해탈을 한 것 같은 느낌까지 주었다.

버스에서 내려 부동산으로 갔다. 하지만 우용수는 부동산에 없었다. 부동산 사무실에 앉아 있던 실장은 우용수가 노인정에 있을 거라고 전해 줬다. 다시 걸음을 옮겨 노인정으로 향한 희우는 그곳에서 우용수를 만났다. 노인정 앞 벤치에 앉아 높은 하늘을 바라보던 우용수가 말했다.

"왜 왔어? 나랏일 하는 사람이 이렇게 한가하면 써?"

희우는 말없이 피식 웃었다. 그의 표정에 들어 있는 고민을 확인했을까? 우용수가 말했다.

"퇴근했나?"

"안 들어가도 될 거예요."

우용수는 희우에게 잠깐 기다려 보라고 말을 한 후에 어디론가 사라졌다가 돌아왔다. 그의 손에는 소주병이 들려 있었다.

"오랜만에 술이나 한잔할까?"

"안주는 두부 김치요?"

"좋지."

희우는 검은 봉지에 슈퍼마켓에서 산 두부와 김치를 넣고 으깼다. 오랜만에 가지는 두 사람의 술자리였다.

우용수가 말했다.

"고민이 있나?"

"고민이라고 할 것까지는 없어요. 제가 가고 있는 방향이 옳은가 생각이 드네요."

우용수가 슬며시 웃었다.

"손에서 일을 놓기 전까지는 누구나 그렇게 생각하지. 모든 일이 선택의 순간이고 하나의 선택은 다른 면을 포기해야 하니까. 그럴 때는 생각을 해 보는 거야. 나중에 후회할 일인가 아닌가."

우용수의 말의 의미는, 하지 않아서 후회할 일이라면 일단 해 보라는 것이었다. 그는 계속 말을 이었다.

"어차피 시간이 지나고 나면 다 부질없어."

수능을 보려고 마음을 졸였던 순간이나 다른 상황들도, 시간이 지나고 보면 아무 일도 아닌 것처럼 느껴진다. 과거를 돌아보며 후회하는 일은 나쁜 결과가 나온 일이 아니라 하지 못한 일이라는 것이었다.

소주를 병째 들어 마시며 희우는 크게 웃었다.

희우가 살아온 인생의 나이를 모두 세어 본다면 50년은 될까? 팔십 가까운 삶을 온전히 살아온 우용수의 견문에 비해서는 모자랐다.

한참을 웃던 희우가 입을 열었다.

"저는 모든 일이 끝나면 무엇을 하고 있을까요? 스승님처럼 유유자적 세월을 즐길 수 있을까요?"

"이놈이 나를 무시하네. 내가 유유자적 즐기는 것 같아? 얼마나 바쁜데. 네가 내 나이가 될 때까지는 절대 몰라, 이놈아."

우용수와 만나 기분이 조금은 풀어졌다. 희우가 말했다.

"그럼 앞으로 소주 드시면서 재밌게 만들어 드릴까요?"

"어떻게?"

"뉴스 보면서 욕할 수 있는 세상을 만들어 드릴게요."

우용수의 눈이 가늘어졌다. 그는 소주를 한 모금 마신 뒤 말했다.

"……지금 장일현인가 뭔가 하는 놈이랑 성진미라는 여자 사건 네가 한 건 안다. 내가 검찰 조직이 어떻게 돌아가는진 몰라도, 지금 뭔가를 더 하려고 하지는 마."

"네?"

"지금의 너는 너무 드러났어. 네가 하는 일은 상대도 알고 있을 거야. 세상살이에는 강약이 필요하다. 강강으로 가다가는 부서지고 말아."

희우가 우용수와 대화를 하고 있을 때 최강진은 다시 문자를 받았다.

–잠실의 한 부동산 업자를 만나고 있습니다.

한참 문자를 보던 최강진이 고개를 갸웃거렸다.

'또 부동산?'

희우는 장일현이 던진 미끼를 물지 않았다. 아니, 신경도 쓰지 않는 것처럼 보인다.

'집을 옮기려고 하나?'

최강진이 깊은 생각에 빠졌다.

'나를 조사하지 않는다?'

최강진이 손가락으로 툭툭 책상을 두들기기 시작했다.

생각해 보면, 희우가 장일현을 잡은 건 어디까지나 김석훈 지검장의 지시였다. 희우의 생각과 의지가 아니었다.

'그렇다는 것은······.'

생각하던 최강진이 고개를 저었다. 어쩌면 희우의 뒤를 밟는 게 무의미한 일이라고 생각된 거다.

사실 희우는 최강진을 파고들 생각이 전혀 없었다. 언젠가는 잡겠지만 지금은 아니다. 지금 최강진을 잡으면 김석훈의 눈 밖에 나게 된다. 그것은 희우가 원하는 일이 아니었다. 희우는 발톱을 숨긴 채, 김석훈을 무너뜨릴 때까지 철저하게 조용히 있을 생각이다. 그리고 희우는 장일현의 말을 믿지 않고 있었다. 장일현은 음흉하다. 그가 내민 카드를 봤지만 신뢰할 수는 없다. 진실을 판단하고 움직여야 한다. 희우의 눈은 부필식품의 아들 안현채에게 향해 있었다.

그 뒤로도 최강진은 계속해서 희우를 관찰했다. 하지만 희우의 움직임에서 어떤 것도 찾기는 힘들었다. 그렇게 장일현의 재판 날이 가까워졌다.

퇴근 시간이 되었을 때 최강진이 희우에게 말했다.

"술 한잔하자."

희우는 최강진과 함께 법원에서 멀리 떨어진 유흥가로 향했다. 그리고 조용한 바로 들어간 두 사람은 잔잔한 피아노 소나타를 들으며 조용히 술을 마셨다.

무거운 시간이 흘렀다.

희우는 술을 마시며 슬쩍 최강진의 표정을 살폈다. 최강진이 어떤 말을 하려고 불렀을지 예상이 되었지만 조용히 그 말을 기다릴 뿐이었다.

드디어 최강진이 입을 열었다.

"왜 그랬지?"

희우는 최대한 죄송한 표정을 지으며 고개를 숙였다. 그러자 최강진이 다시 말했다.

"지검장이 시킨 일인 건 알아. 하지만 상의라도 했어야지."

"죄송합니다."

"아침마다 널 불렀던 지검장이 요즘은 왜 너를 찾지 않는다고 생각하지?"

김석훈은 전석규에 대한 보고를 받기 위해 아침마다 희우를 불렀었다. 부서가 이동된 후에도 종종 불렀지만 장일현이 체포된 후에는 희우를 찾지 않았다. 멋대로 브리핑을 진행한 것에 대한 괘씸죄였다.

희우는 그 이유를 알고 있었지만 모르는 척했다.

"잘 모르겠습니다."

"멍청한 새끼야. 지검장이 장일현 검사를 조사하라고 한 건 잡아서 집어넣으라는 뜻이 아니었어. 장일현 검사 급을 잡는데 임관한 지 몇 달 되지도 않은 너를 시키겠냐? 단지 장일현 검사에게 경고를 주려고 했을 뿐이야!"

"죄송합니다."

최강진은 무거운 한숨을 쉬며 술을 입에 넣었다.

희우는 계속해서 죄송한 표정을 짓고 있었지만 머릿속은 빠르게 회전하고 있었다. 최강진은 장일현의 손을 놓지 않았다. 이걸 장일현은 알고 있을까? 그렇다면 장일현이 최강진을 잡으라고 던져 준 소스는 진실일까? 일단 진실일 가능성이 높았다. 진실 속에 덫을 놓아야 호구를 잡을 수 있기 때문이다.

고개를 숙이고 있던 희우의 입에 비릿한 미소가 걸렸다.

최강진을 조사할 생각은 없었다. 하지만 먹을 수 있는 미끼라면 맛은 봐야 한다고 생각했다. 놈들의 계획은 뻔하다. 희우가 영장 없이 수사를 진행했을 때 불법 수사라는 죄목을 시작으로 옥죄일 게 분명하다. 희우는 그들의 계획을 예측하고 있었다.

희우가 다시 최강진을 바라봤다. 공손하고 죄송한 눈빛이었다. 하지만 그 속은 달랐다. 숨겨진 희우의 눈빛은 최강진을 잡아먹을 듯 노려보고 있었다.

'그럼, 지금은 왜?'

희우는 최강진이 왜 자신을 불러내서 술을 마시는지 생각해 봤다.

눈앞에는 비싼 술이 놓여 있었다. 단둘이 앉아 술을 마시며 혼을 내는 것은 애정이 있을 때 할 수 있는 일이다.

최강진은 희우에게 애정이 있을까? 다시 가르쳐 잘 키워 보겠다는 마음? 희우는 고개를 저었다. 최강진은 사람을 거두는 성격이 아니다.

'그럼?'

생각할 때였다. 최강진이 입을 열었다.

"지금 다른 검사들이 널 안 좋게 보는 거 알지?"

"네, 느끼고 있습니다."

"상황을 바꿀 수 있는 방법은 하나다. 사건을 만들어 봐."

사건을 만들어? 지금은 장일현과 국대 예술 재단의 학력 비리로 시끄러운 상태다. 그런데, 또다시 사건을 만들어?

최강진은 희우를 믿고 있다는 눈길을 보내며 계속해서 말했다.

"실력을 보여 주는 거야. 뒤통수 때린 게 아니라, 진짜 실력이 있다는 걸 보여 줘. 그럼, 널 조금이지만 인정할 수도 있을 거야."

"감사합니다. 이런 조언을 해 주는 사람은 최강진 검사님밖에 없습니

434

다."

희우는 고개를 숙였다. 진심으로 최강진의 말에 고마워하는 표정을 지었다. 희우의 그런 모습을 보며 최강진의 입가에 만족한 미소가 걸렸다.

최강진이 다시 자신의 술잔에 술을 따라 마셨다. 그리고 조용히 말했다.

"소스도 주지. 병역 비리를 만들어 봐. 연예인 몇 놈 잡아넣어."

"제가 그걸 갑자기 어떻게?"

"알려 줘? 인터넷에 병역 비리 연예인 검색해 봐. 이미 네티즌들이 알아서 조사해 놓은 것들이 많이 있을 거다. 그중에 요즘 유명한 몇 놈 잡아와. 나머지 일은 내가 도와줄게."

최강진과 헤어진 희우는 집으로 돌아가며 최강진이 내민 카드를 생각했다. 갑작스럽게 연예인 병역 비리를 조사하라고? 최강진이 어떤 생각을 가지고 있는지 알기는 어려웠다. 그 꿍꿍이를 파악할 수 없었다. 그럼, 그 의견을 따르지 않으면 된다. 최고의 전략은 상대가 하자는 대로 응하지 않는 것이었다.

다음 날, 희우는 김석훈 지검장실을 찾아갔다.

"앉아."

김석훈이 희우에게 자리를 내줬다. 자리에 앉은 희우가 입을 열었다.

"드릴 말씀이 있어서 찾아뵈었습니다."

"말해."

김석훈의 목소리는 딱딱했다. 희우가 멋대로 기자회견을 열고 브리핑을 한 것에 대한 기분 나쁨이 그대로 묻어 있었다. 희우는 김석훈의 기분을 상관하지 않았다. 앞에 있는 차를 한 모금 마시며 싱겁게 웃어 보일 뿐이었다. 그 모습이 김석훈에게는 바보 같아 보였다.

하지만 김석훈은 속지 않았다. 최강진이나 장일현은 희우를 애송이로만 보고 있었지만 김석훈은 그렇게까지 희우를 낮게 보지 않았다. 김산에서 일어난 사건 때문이다.

물론 김석훈도 김산에서 벌어졌던 그 모든 일을 희우 혼자 처리하고 만들었다고는 생각하지 못했다. 하지만 김석훈은 희우가 김산의 그 사건들을 겪고 배운 검사라고 생각했다.

　검사는 사건을 해결할수록 커 나간다. 연차가 아니라 사건의 개수가 검사의 경력이다. 브리핑이야 젊은 혈기에 앞뒤 분간 없이 움직인 것일 뿐, 김석훈은 희우가 만만치 않다고 생각했다.

　김석훈은 희우의 싱거운 웃음에 넘어갈 사람이 아니었다.

　"어떤 일로 왔지?"

　"상담을 드리고 싶습니다."

　"상담?"

　김석훈이 고개를 갸웃거렸다.

　상담을 할 거라면 희우에게는 전석규가 있었다. 그들은 뭐라고 해도 김산에서 함께한 전우였다. 어떤 고민이 있길래 김석훈을 찾아왔을까?

　눈치를 보며 희우가 어렵게 입을 열었다.

　"최강진 검사와 어제 식사를 했습니다."

　김석훈의 고개가 끄덕여졌다. 최강진의 일이라면 자신을 찾아올 수도 있었다. 같은 대학 출신일 뿐만 아니라 같은 클럽의 일이었다.

　김석훈의 눈이 희우를 바라봤다. 어서 말을 하라는 눈빛에 희우가 말했다.

　"장일현 과장 일로 제가 지검의 다른 검사들에게 뒷말을 듣고 있다고 들었습니다."

　"그런데?"

　희우가 듣고 있는 뒷말에 대해선 이미 알고 있었다. 하지만 거기까지 김석훈이 상관할 일은 아니었다. 희우가 계속 말했다.

　"최강진 검사에게 제가 안쓰러웠나 봅니다."

　"그래서?"

"어제 그런 말을 했습니다. 연예인 병역 비리를 조사해서 눈을 돌리라고요."

김석훈의 눈꺼풀이 씰룩거렸다.

희우의 앞이라 표현하지는 않았지만 그는 지금 몹시 분노한 상태였다. 지검이 정신이 없는 상황에 또 다른 일을 벌이려는 최강진의 생각이 몹시도 언짢았다. 그가 무겁게 입을 열었다.

"최강진이 시킨 일은 하지 않아도 좋다."

"알겠습니다."

희우는 그에게 인사를 하고 밖으로 나왔다.

이어서 최강진이 호출을 당한 건 당연한 일이었다.

지금도 세간의 주목을 받고 있는 중앙 지검. 더 이상의 사건은 김석훈이 원하지 않았다. 최강진은 혼쭐이 났다.

"네가 지금 생각이 있어? 이런 시기에 희우에게 또 사건을 만들라고 했다고!"

"죄송합니다."

최강진은 고개를 숙인 채 죄송하다는 말을 반복할 뿐이었다. 김석훈의 앞에서 입이 열 개라도 할 말이 없었다. 그저 고개 숙인 채 '죄송합니다.'라는 말만 해야 했다. 하지만 최강진의 분노 가득한 눈은 희우를 떠올리고 있었다.

CHAPTER 28

장일현의 재판이 있었다. 1심에서 중형을 선고받은 장일현은 당연히 항소심을 신청했다. 최강진은 김석훈에게 혼난 후로 더 이상 희우에게 접근하지 않고 있었다. 그리고 지검은 조용했다. 큰 사건이 휘몰아친 후, 모두가 몸을 사리는 게 눈에 보일 정도였다.

하지만 희우는 달랐다. 모두가 몸을 사리고 있는 지금이 기회라고 판단했다. 먼저 희우가 보고 있는 한 가지는 조금 있으면 미국발 금융 위기가 한국까지 점령할 거라는 거다. 그리고 그 전에 끝내야 할 일이 있었다. 바삐 움직여야 했고, 다른 사람이 몸을 사리든 말든 상관없는 일이었다.

희우가 규리에게 전화를 걸었다.

"밥이나 먹자. 그리고 나올 때 구승혁 검사 좀 끌고 나와."

구승혁은 희우와 연수원에서 함께 공부를 했던 검사였다. 이전 삶에서 구승혁은 열혈 검사였지만 어떤 권력자를 쫓다가 교통사고를 당해 사망했다. 그 권력자가 누구인지는 아직 모른다.

규리는 희우의 말대로 구승혁과 함께 나왔다.

세 사람이 앉았지만 애매한 분위기였다. 희우는 규리와 고등학교, 대학교 동기였다. 규리는 구승혁의 검찰 선배이자 상급자였다. 희우와 구승혁은 동기였다. 애매하면 애매한 대로 진행을 해야 하는 상황.

희우가 구승혁에게 말했다.

"사건 하나 줄까?"

"뭔데?"

"성 상납 검사."

장일현이 희우에게 던진 미끼였다. 희우는 그 미끼를 시작으로 상대의 몸통까지 먹을 계획을 세우고 있었다.

희우의 말에 규리와 구승혁의 얼굴이 굳어졌다. 지금은 장일현으로 인해 국민들이 검사를 신임하지 않는 시기였다. 여기에 성 상납 검사까지 진행을 해 버린다면 국민의 신뢰가 바닥을 치리라는 건 자명했다.

희우가 규리에게 말했다.

"너한테 말하는 거 아니야. 구승혁 검사에게 말하는 거야. 넌 이번 일에 나서면 안 돼."

"왜?"

"구승혁 검사는 아직 초임이야. 어떤 사건도 맡지 않았고 혈기 왕성하다는 표현을 쓸 수 있지. 지금 오점이 생겨도 앞으로 어떻게 하느냐에 따라 사라질 수 있어. 하지만 넌 벌써 몇 년이나 검사 밥을 먹었잖아. 그런 검사가 검사를 잡는다는 건 매장이야."

구승혁이 주먹을 꽉 쥐었다. 그리고 규리를 보며 말했다.

"해 보고 싶습니다."

희우는 구승혁의 눈을 확인했다. 열정에 불타고 있는 눈빛이었다.

규리는 어쩔 수 없다는 표정으로 고개를 저었다.

"하…… 꼴통……."

규리는 구승혁의 성격을 파악했다. 그 고집은 검찰총장이 나서도 말릴 수 없을 거다. 그녀가 포기한 표정으로 소파에 몸을 기댔다. 마음대로 하라는 뜻이었다. 그러자 희우가 구승혁에게 말했다.

"상대는 검사야. 그것도 산전수전 겪은 사람이야. 쉽게 보면 안 돼. 잘못하면 네가 당할 수도 있어."

"걱정하지 마."

"그리고 이 일이 끝나면 검찰 내부에서 미움받을 수 있다는 거 알지?"

"어차피 미움받고 사는 인생이야. 지금도 김규리 검사님이 나를 미워하기도 하고."

구승혁은 대수롭지 않게 대답했다. 자신의 이름이 나오자 규리는 뜬금없다는 표정으로 구승혁을 바라봤다.

"내가 너를 미워한다고?"

희우가 규리에게 시선을 향했다. 규리는 고개를 저으며 말했다.

"말했잖아. 꼴통이라고."

"꼴통 아닙니다."

"그렇게 말대꾸하는 게 꼴통이야."

구승혁이 희우를 바라봤다. 뭔가 결심한 표정을 지었다. 그리고 그동안 규리에게 당했던 걸 복수하고 싶어서였을까?

"너도 알아?"

"뭘?"

"김규리 검사님이 욕을 얼마나 찰지게 하는지?"

"응?"

"입에 착착 달라붙는다. 어제 성범죄자 잡혀 왔거든? 취조실에서 김규리 검사님의 욕이 시작됐는데, 보다가 오줌 쌀 뻔했다."

규리의 이마에 심줄이 솟았다. 그리고 그녀의 입에서 낮지만 살기가 가득한 목소리가 흘렀다.

"구 꼴통, 조용히 해라."

구승혁은 입을 닫았다. 그리고 눈치를 보며 커피만 홀짝였다.

그들의 모습에 희우는 큰 소리로 웃었다. 희우가 알고 있는 얌전하고 차분한 규리의 모습이 아니었다. 구승혁 역시 차갑고 거만한 모습이 아니었다. 자리가 사람을 만든다는 말이 이렇게 와닿을 수 없었다.

희우는 한참을 웃다가 겨우 입을 열었다. 그들에게 최강진을 잡을 계획에 대해 알려 주기 위해서였다.

세부적인 계획을 듣던 규리와 구승혁의 눈에 이채가 떠올랐다. 구승혁이 말했다.

"이렇게 하면 안 잡힐 수가 없겠는데?"

희우가 고개를 저었다.

"상대는 이렇게 시나리오대로 움직여 주지 않아. 우리가 만든 계획에서 벗어나려고 하겠지. 본격적으로 움직이는 건 우리가 만들어 놓은 계획에 허점이 없을 때야."

희우의 시선이 규리를 향했다.

"그러니까 규리 너는 구승혁 검사에게 무슨 일이 있어도 나서지 마."

"왜?"

"일이 잘못되면 구승혁 검사는 검찰에서 쫓겨날 수도 있어."

쫓겨난다는 말을 듣고도 구승혁은 담담했다. 하지만 규리는 아니었다.

"그런데 내가 어떻게 가만히 있어?"

"어떻게 가만히 있기는. 그냥 가만히 있는 거지."

"야……."

규리의 목소리가 차가워질 때, 승혁이 나섰다.

"쫓겨나도 괜찮습니다."

"이 새끼가?"

"변호사 하면 됩니다."

"초장에 짤린 검사를 어느 로펌에서 받아 줘?"

"개업하겠습니다."

규리가 골치 아프다는 표정을 지었다.

그러자 구승혁이 계속 말했다.

"그러니까, 제 생각에도 김규리 검사님은 가만히 계시는 게 좋을 것 같습니다."

"이게 진짜……."

"희우의 말을 들어 보면 최강진 검사는 만만치 않습니다. 저야 남들의 시선을 견디는 게 익숙하지만 김규리 검사님은 아니잖아요."

"하……."

"대신 약속 하나만 해 주십시오."

"뭘?"

"제가 따돌림을 당하면 가끔 술이나 사 주십시오."

"알았다. 그런데, 너도 약속 하나 해."

"네?"

"절대 검찰을 떠나지 마."

승혁이 눈을 깜빡였다. 규리가 다시 말을 이었다.

"너 같은 꼴통은 검사가 천직이야."

잠시 머뭇거리던 승혁이 고개를 끄덕였다.

"네."

"됐다. 그럼, 이제 초임끼리 마음대로 해라. 나중에 수습해 달라고 울면서 부탁하지나 마."

희우는 규리와 구승혁의 모습을 보며 슬쩍 웃었다. 이런 검사들이 많아지면, 꽤 괜찮은 검찰이 될 것 같아서다.

버스를 타고 중앙 지검 앞에서 내린 희우가 지검으로 향하기 위해 발걸음을 옮길 때였다. 누군가 그의 팔을 잡았다.

"저기……."

희우가 고개를 돌리자 앳된 얼굴의 여학생이었다.

"누구?"

"혹시…… 검사세요?"

"그런데요?"

그녀는 머뭇거렸다. 그녀로서는 검사처럼 생긴 사람을 찾아 잡았을 뿐이다. 그런데 정말 검사라는 말에 당황한 건 그녀였다. 그런 그녀의 얼굴을 보던 희우의 얼굴에 의아함이 떠올랐다.

"왜 그러시죠?"

그녀가 어렵게 말을 꺼냈다.

"고소장 어떻게 쓰는지 가르쳐 주실 수 있나요?"

"네?"

아무리 봐도 어린 학생이다. 그런데, 고소장 쓰는 법을 물어본다?

"무슨 일이죠?"

그녀는 주저했다. 고소장을 쓰는 것까지 이미 물어본 상황에서 주저하고 있다. 그녀의 표정에서 심한 갈등이 일어나고 있었다.

희우가 다시 그녀를 바라봤다. 그리고 민석이 주로 짓고 있는 사람 좋은 미소를 보였다. 통했을까? 그녀가 고개를 들었다.

"제가 봉사를 다니는데요, 장애인을 상대로 이상한 짓을 하는 곳이 있어요."

그녀는 굳은 표정으로 말했고 희우의 눈빛은 차가워졌다. 하지만 희우의 표정은 여전히 사람 좋아 보이는 얼굴을 잊지 않고 있었다.

희우가 말했다.

"이쪽으로 오시겠어요?"

희우는 그녀를 데리고 커피숍으로 향했다.

지검 안이 아니라 커피숍으로 들어오자 그녀는 조금 긴장을 했고 희우는 최대한 미소를 잃지 않기 위해 애를 쓰며 그녀의 앞에 앉았다.

"아, 요즘 지검이 복잡해서요. 여기도 괜찮으니까 자세한 이야기를 듣고 싶네요."

희우는 품에서 신분증을 꺼내 그녀의 앞에 두었다. 말로만 검사라고 하는 것이 아니라 실제 검사라는 걸 알려 주기 위함이었다.

"김희우 검사입니다."

"저는 신유미라고 해요."

그녀는 조심스럽게 주변을 확인했다. 그리고 조용히 입을 열었다.

그녀의 입에서 나온 내용은 충격적이었다.

그녀가 봉사를 하는 곳의 이름은 '장애우의 집'이라고 했다. 지적장애를 가진 사람들이 모여 있는 곳인데, 그녀는 봉사를 하다가 이상한 낌새를 느꼈다. 결혼 정보 업체가 남기고 간 팸플릿을 본 것이다. 외국인과의 결혼을 알선하는 업체였다. 장애인과 결혼을 하려나 생각을 했지만 그건 너무 작은 생각이었다. 업체가 왔다 갔다 하는 것은 봤어도 결혼한 장애인은 한 번도 보지 못했던 거다. 거기에 대출업체도 그곳으로 자주 오갔다. 봉사 활동을 하러 다니는 학생의 눈에도 보일 정도였으니 그 횟수가 적지는 않았을 것이다.

희우가 물었다.

"그래서 특정한 일이 있었나요?"

"그게 아니고요, 장애인들은 매일 졸려 보였어요. 갈 때마다 사람도 많이 바뀌어 있고요. 옆에 장애인들이 일을 하는 공장이 있는데 욕하는 소리도 들리고 그래요."

희우의 눈이 찌푸려졌다. 그녀가 말한 것은 모두 정황이다.

하지만 그녀는 계속 말했다.

"경찰서에 갔는데 제 말을 듣더니 다 무시했어요."

그녀는 그래서 고소장을 작성하려고 했다고 했다. 경찰서 민원실에서도 충분히 작성할 수 있는 일이었지만 그녀는 법을 잘 모르는 어린 학생이었다. 고소장은 검찰에서만 작성하는 줄 알고 있다고 했다.

그녀의 말을 듣던 희우는 고개를 저었다.

그렇게 정황만으로 고소장을 작성해 봤자 취하될 것이 분명했다. 그녀의 말은 의심만 있었지 확정적인 건 단 하나도 보이지 않았다. 경찰이 그렇게 행동한 것도 당연했다. 하루에 들어오는 허위 신고와 허황된 신고만 없어도 그들은 정상적인 치안 유지에 더욱 힘을 쓸 수 있기 때문이다.

하지만 그녀의 말에는 분명 의문점이 있었다.

결혼 정보 업체, 대출업체 그리고 졸려 보였다?

희우는 전화를 들었다. 그리고 민수를 불러냈다.

지저분한 몰골의 민수가 나타나자 그녀는 더욱 긴장한 표정이 되었다.

"저, 저 사람은 누구예요?"

희우가 말했다.

"이 검사님이 이렇게 생겼어도 제일 좋은 검사예요."

희우의 말에 무슨 상황인지는 몰라도 일단 웃고 보는 민수였다.

"흘흘흘, 내가 제일 좋은 검사 맞지."

하지만 역효과였다. 그녀의 표정은 더욱 굳어졌다.

민수가 어색하게 웃으며 말했다.

"예쁜 여학생이네, 이름이 뭐야? 오빠는 민수야, 민수."

더 심각해졌다. 거지 몰골의 민수에게서 오빠라는 말이 나오자 유미의 얼굴은 울 것처럼 변했다.

"선배, 앉으세요."

희우가 상황을 정리했다. 민수에게 그녀에게 들은 사건에 대해 설명했다. 듣고 있던 민수의 표정이 변했다. 그 역시 뭔가 있다는 느낌을 확실히 받은 것 같았다. 희우가 말했다.

"오랜만에 같이 해 볼까요?"

"좋아."

희우는 그녀를 집으로 돌려보낸 후 민수와 이야기를 나눴다.

"일단 주말에 가서 봉사 활동을 해야겠죠?"

희우는 민수와 함께 사건을 파헤쳐 보기로 했다. 보호받아야 할 사람들이 보호받지 못한다는 건 용납하기 힘든 일이었다.

그 생각에는 민수도 동의했다.

주말이 되자 희우와 민수는 장애인 보호시설로 향했다. 사전에 봉사 활동을 한다고 전화를 했기에 그들은 아무 의심 없이 두 사람을 받았다. 그런 시설은 봉사하는 사람이 많을수록 좋았다. 오는 사람이 많을수록 후원도 늘어나기 때문이다.

희우와 민수는 장애인들이 먹을 음식과 과자를 잔뜩 사서 가져왔다. 트렁크를 열고 물건을 내리는 희우와 민수에게 원장이 다가오며 말했다.

"회사 다니시느라 바쁜 분들이 여기까지 오시느라 고생이 많으셨습니다."

"아닙니다, 흘흘흘."

희우는 원장의 앞으로 걸어갔다.

그 순간 희우는 주변에 보이는 모든 것을 눈에 담았다. 심지어 바닥에 보이는 잡초까지 이미 훑었다. 하지만 그 사실은 아무도 알지 못했다.

희우가 품에서 봉투를 꺼내 원장에게 건넸다.

"얼마 안 됩니다."

원장의 입이 찢어졌다. 돈을 받고 좋아하지 않을 사람은 없었다.

민수가 말했다.

"그럼 뭐부터 할까요?"

두 사람은 가벼운 청소부터 시작했다.

그렇게 청소를 하던 중 신고를 했던 유미를 만났다. 하지만 그들은 그녀를 모른 척했다. 그건 그녀도 마찬가지였다. 희우와 민수를 봤지만 눈인사가 전부였다. 봉사 활동을 오기 전 희우는 그녀에게 전화를 걸었고 마주치더라도 모른 척해 달라는 부탁을 했었다.

희우는 청소를 하는 척하며 식당이 있는 곳으로 향했다. 아침 식사를

446

하고 잔반이 남아 있어야 할 곳이 깨끗했다. 장애인들이 남기지 않고 모두 먹었을까? 주변을 살폈지만 아침 식사를 한 흔적은 보이지 않았다.

시계를 들어 시간을 확인했다.

'아침 10시.'

보호시설에는 이백여 명의 장애인이 있었다. 하지만 주방을 움직이는 건 단 두 명이다. 식기세척기도 보이지 않았다.

희우는 물을 마신다는 핑계를 대고 식당 안으로 들어가 식기가 놓인 곳으로 이동했다. 그리고 식기를 만져 봤다. 물기가 없다. 희우는 머리를 갸웃거렸다. 이해되지 않는 상황이 펼쳐지고 있었다.

그때, 밖에서 청소를 하던 민수가 안으로 들어왔다. 그리고 희우에게 살짝 말했다.

"이상해."

"저도 이상하다고 생각해요."

"정말 이상해. 내가 봉사 활동을 다녀 봤지만 이렇게 감옥 같은 느낌이 드는 곳은 처음이야."

희우의 생각도 같았다. 이곳은 마치 수용소 같은 느낌이 들었다.

그들은 청소를 하고 쉬는 척하며 숙소로 이용하는 본관 내부로 향했다. 많은 봉사자들이 청소를 하고 빨래를 하며 오가고 있었다.

희우는 그들이 옮기는 빨래를 슬쩍 확인하며 방학 때 가던 노인 요양원을 기억했다. 그곳에서의 빨래와 여기의 빨래는 전혀 달랐다. 노인들이 있던 곳은 토악질이나 또는 음식물을 흘려 더러워진 옷은 있어도 때가 가득한 옷은 없었다. 하지만 이곳의 옷은 때가 묻어 있었다. 여름이라고 해도 심할 정도로 더러운 옷이었다. 봉사자들이 오기 전까지 일주일간 빨래를 하지 않았다는 생각이 들었다.

희우는 복도를 걸으며 작은 창을 통해 각방의 내부를 확인했다. 다른 사람이 보기엔 그저 편안히 걷는 행동이었지만 희우의 눈은 빨랐다. 내부에 있는 슬리퍼의 개수와 바닥에 떨어져 있는 쓰레기들까지 눈에 담고 있었다.

점심시간이 되었다. 희우와 민수는 돌담에 앉아 아이스크림을 먹으며 대화를 나눴다. 민수가 말했다.

"그런데, 기분 좀 좋다."

"네?"

"사건 때문에 왔지만, 오랜만에 봉사하니까 기분이 좋아. 봉사 장소가 이상한 곳이라 그렇지."

"선배도 봉사하셨었어요?"

"그럼, 내가 수능 보고 학교 때려치울 때마다 하던 일이 봉사 활동이었는데, 흘흘흘."

희우는 민수의 옛이야기를 들으며 주머니에서 명함 하나를 꺼내 건넸다. 받아 든 민수가 명함의 내용을 훑었다.

"결혼 정보 회사?"

희우가 고개를 끄덕였다.

"분리수거장에 있던데요."

명함을 보던 민수가 곧바로 전화를 걸었다.

"명함 보고 결혼하고 싶어서 전화했습니다."

-아, 네. 어느 나라를 원하세요?

"우간다요."

-네?

민수는 뚝 하고 전화를 끊었다. 그리고 희우에게 말했다.

"영업하는 회사는 맞네."

그러자 희우가 다른 명함을 건넸다.

"이건 뭐냐?"

"대출 회사요."

"네가 좀 하지."

"제가 연기력이 약해서."

"에잉."

민수는 다시 전화를 걸었다.

"돈 좀 빌리려고요."

-네, 고객님. 먼저 신용 정보를 조회해야…….

민수는 다시 전화를 뚝 끊었다.

"여기도 영업하나 보다."

명함 아래를 확인하니 대부업 번호도 적혀 있었다.

"불법적인 곳은 아닌가 보네."

불법적인 곳이라면 영장 없이 현행으로 구속할 수도 있었다. 하지만 합법적으로 진행을 하고 있다면 일이 복잡해진다. 민수가 말했다.

"문제는 저기 앞에 있는 공장인데. 저기만 확인할 수 있으면 다 해결이 되는데 어떻게 해야 할지 모르겠네."

"가 볼까요?"

"뭐?"

희우는 이곳에 앉으면서부터 앞에 있는 공장을 보고 있었다. 유미가 말했던 내용 중에 공장에서 욕설이 들려왔다는 말도 있었다. 저곳을 확인하면 실마리가 풀릴 수 있다. 그렇다면 가 보는 게 당연하지 않을까?

민수가 망설이는 사이 희우는 자리에서 일어났다. 그리고 공장을 향해 걸어갔다. 민수는 엉거주춤 벤치에서 일어섰다.

민수는 잠시였지만 희우를 부러운 듯 바라봤다. 결정을 하면 거리낌 없이 행동하는 그의 모습이 어쩐지 대단해 보였다.

빗자루를 들고 성큼성큼 이동하는 희우의 뒤를 민수가 따랐다. 점심시간이었고 낮이었지만 공장 주변은 한산했다. 하지만 어디에서도 식기가 덜그럭거리는 소리는 들려오지 않았다. 점심을 먹지 않는다?

희우는 음식 냄새가 나는 곳을 찾으려 했다. 역시 멀리 숙소에서만 날 뿐 이곳에서는 맡아지지 않았다. 점심을 먹기 위해 숙소로 이동했다? 아니었다. 앞에서 청소를 하고 있었지만 장애인들이 식사를 하기 위해 움직이는 모습은 보이지 않았다. 아침 식사도 하지 않았다는 느낌을 받았는데 점심까지 먹지 않는다?

희우는 빠르게 주변을 살폈다. 주변의 모든 지형지물이 들어왔다. 작은 돌멩이와 바람에 날리는 풀까지, 하나도 놓치지 않고 머리에 넣으려고 했다. 어느 한 곳에라도 남아 있을 증거를 확보하기 위해서였다.

그리고 뭔가 이상한 것을 찾았다. 희우가 민수에게 말했다.

"저기 피가 보이지 않나요?"

공장 입구로 들어가는 길가 좌우의 풀숲에 피가 보였다.

"피?"

"네."

민수는 턱을 쓸었다. 거리가 있었기에 확신할 수는 없지만, 붉은 핏물인 것 같기도 하다.

"가서 보자."

민수는 그렇게 말하며 걸음을 옮겼다. 가까이 가서 확인해 보려 한 거다.

하지만!

"누구쇼?"

짧은 머리에 덩치 큰 남자가 민수를 막아섰다.

민수의 날카롭던 눈빛은 순식간에 사라졌다. 민수가 머리를 긁적이며 손에 있던 빗자루를 들어 보였다.

"봉사 활동 와서 청소하고 있었어요."

남자는 귀찮다는 듯 손을 저었다.

"가요. 여기는 우리가 알아서 하니까 저기 위에나 청소하세요."

"네, 흘흘."

민수는 머리를 숙이며 뒤로 돌았다.

하지만 남자와 대치하던 순간 민수는 봤다. 바로 공장의 문이 있는 곳, 남자가 나온 작은 틈 사이로 보이는 공간. 그곳에서 장애인들이 모여 뭔가를 만들고 있었다.

'베개를 만드나?'

하지만 더 이상 확인할 수 없었다. 민수는 영장도 없었고, 검사라는 신분을 밝힌 것도 아니었다. 남자의 윽박지름에 그 자리를 떠나야 했다.

그런데 희우가 보이지 않았다. 분명 같이 움직였는데 희우는 그곳에 없었다. 민수의 입에 미소가 그려졌다.

'역시, 대단해.'

희우는 남자가 민수에게 신경을 쓰고 있는 틈을 이용했다. 작은 창을 통해 공장 내부로 들어간 거다.

안으로 들어간 희우는 주변을 살폈다.

들어간 곳은 화장실이었다. 다행히 아무도 보이지 않았다. 문을 열고 나가려는 그때, '끼익!' 문 열리는 소리가 들려왔다. 희우는 문이 열리는 동시에 바로 좌변기가 있는 칸으로 들어가 문을 닫았다.

화장실로 들어온 사람은 민수를 윽박질렀던 남자였다. 남자가 입에 담배를 물고 라이터를 켰다. '칙!' 하는 소리가 들리며 작은 공간에 담배 연기가 가득 차올랐다. 그는 콧노래를 부르며 소변을 보았다. 좌변기가 있는 칸에 숨은 희우는 문 앞에 서서 밖에서 열 수 없도록 몸을 지탱하고 있었다.

소변을 본 남자의 시선이 좌변기가 있는 칸으로 향했다. 굳게 닫혀 있는 문을 보며 그의 눈이 찌푸려졌다.

"누구 있냐?"

희우는 대답할 수 없었다.

남자가 문 앞에 섰다. 남자는 문을 잡고 열어 보려 했지만 열리지 않았다. 남자가 인상을 찌푸렸다.

"짜증 나게 벙어리가 들어가 있나? 일해야 하니까 적당히 끊고 빨리 나와!"

남자는 험악한 욕을 지껄이며 문을 열고 밖으로 나갔다.

남자가 나가고 나서야 희우는 좌변기 칸에서 나왔다. 그리고 남자가 떠난 문을 살짝 열어 봤다.

어두침침한 불빛이 보였다. 서늘한 느낌이 들었다. 분명히 뭔가 있었다. 희우는 계속해서 그곳을 살폈다. 오십여 명의 장애인들이 보였다. 레일 같은 곳 앞에 서서 뭔가를 하고 있었다.

희우는 재빨리 화장실에서 벗어나 공장 안으로 들어갔다. 화장실에서 나오는 희우를 신경 쓰는 사람은 없었다. 희우는 주변을 살피며 몸을 낮췄다.

그때, 희우의 앞에 한 장애인이 섰다. 지적장애인이었다. 낯선 이를 보면 경계해야 한다. 지적장애인이 희우를 경계하고 소리를 지르면 들킬 수밖에 없다. 하지만, 희우를 보던 장애인은 묵묵히 자신이 하던 일을 했다. 희우를 신경 쓰지 않고 일만 하고 있었다.

'폭행?'

심한 폭행으로 길들여진 모습이다. 그게 아니면 희우를 발견하고도 저렇게 반응이 없기는 힘들다.

희우는 계속해서 주변을 살폈다. 우유와 빵이 보였다. 그것이 점심 식사였던 것 같다. 희우는 다시 고개를 갸웃했다.

지적장애인에게 식사도 제대로 주지 않고 일을 시킨다? 제대로 된 시설에서는 말도 안 되는 일이었다. 유미가 말했던 사실이 어느 정도 신빙성이 있다고 믿겼다.

희우는 계속 그들을 살폈다. 확실하지는 않았지만 몸에 있는 상처와 어두운 눈빛은 본격적인 조사를 해야 할 것 같다는 생각이 들었다.

희우는 다시 화장실로 향했다.

하지만!

"거기!"

남자의 목소리가 크게 들렸다. 계속해서 몸을 낮추고 있었지만 걸린 거다. 이런 경우 바로 도망치는 게 최선이었다.

문까지의 거리는 약 20여 미터, 희우는 두 다리에 힘을 가득 실었다.

파앗!

희우의 몸이 튕겨 나갔다. 남자가 희우의 앞을 가로막았다.

"넌 뭐야!"

콰앙!

희우는 그대로 남자에게 달려들었다.

희우는 매일 아침 운동으로 단련했다. 남자 정도의 덩치는 밀어낼 수 있다고 생각했는데.

"이런 쥐새끼가!"

남자는 밀려나지 않았다. 그의 손이 희우의 뒷덜미를 잡아챘다.

하지만 그는 알지 못했다. 희우의 몸에 손을 대면…….

꺾였다. 희우는 자신의 목을 잡은 남자의 팔목과 엄지손가락을 잡고 반대로 뒤틀어 버렸다.

꽈드드득!

뼈가 우그러지는 소리가 들렸다.

그리고 희우는 다시 한번 남자의 몸에 자신의 몸을 강하게 밀어 넣었다. 덩치의 차이가 있지만 더 이상 버틸 수는 없었다.

콰당탕탕!

남자가 쓰러지는 소리가 요란하게 들려왔다.

희우는 쓰러진 남자를 뒤로하고 문을 향해 달렸다.

그때, 희우는 또 봤다. 벽면에 세워진 야구방망이.

'공장에 야구방망이?'

이곳에 야구를 할 사람은 존재하지 않았다. 분명 구타를 위해 존재하는 물건이다. 하지만 지금 그것을 신경 쓰고 있을 수는 없었다. 어쨌거나 지금 법을 어긴 사람은 희우였다.

문밖으로 나선 희우가 앞에서 빗자루를 들고 있는 민수에게 말했다.

"오늘 볼일은 끝난 것 같은데요?"

"튀어야 하나? 흘흘흘."

그들은 차량의 시동을 켜고 장애우의 집 정문을 벗어나 밖으로 향했다. 보호시설을 빠져나왔을 때는 늦은 오후였다.

며칠 후, 희우와 민수 그리고 신유미는 한자리에 모였다. 민수가 그녀에게 말했다.

"오빠가 팥빙수 사 줄까? 흘흘흘."

그녀는 한 번 만난 민수의 성격을 대략적이나마 파악했기에 거부감을 느끼지 않았다. 덥수룩한 머리에 지저분한 외모였지만 성격까지 그렇지는 않다는 걸 알았다. 유미가 말했다.

"자꾸 오빠라고 부르라고 강요하면 사형받고 그런 거 아닌가요?"

"응? 그럼 고소해, 흘흘흘. 고소장 쓰는 건 희우한테 물어보고."

유미의 말도 농담이었고 민수의 대답 역시 장난이었다.

잠시 후, 커피와 팥빙수가 놓이고 희우가 그녀에게 물었다.

"우리 사라지고 별다른 일 없었나요?"

"두 분을 물건 훔치러 온 도둑으로 생각한 것 같았어요. 경찰에 신고하던데요."

그 말에 민수가 크게 웃었다.

"우리 감옥 가려나? 유미 학생 말대로 사형당하겠다."

민수의 농담에 희우도 피식 웃고 말았다.

하지만 큰일은 없을 것이 분명했다. 청소를 하며 보호시설에 있는

454

CCTV를 확인했다. 장애인을 보호하기 위해 설치된 카메라는 돌아가지 않고 있었다.

희우가 유미에게 물었다.

"부탁한 건 가지고 왔나요?"

"네? 여기요."

그녀는 핸드폰을 꺼내 희우에게 보여 줬다.

희우가 그녀에게 부탁한 게 있었다.

"장애인 시설에 있는 사람들의 인적 사항을 파악할 수 있을까요?"

일반인이 하기 어려운 일이었다. 하지만 그녀는 원장실을 청소하며 서류를 찾아냈고 그곳에 있는 인적 사항을 핸드폰으로 찍어 왔다고 했다.

희우는 사진을 보며 그곳에 적힌 사람들의 주소를 자신의 수첩을 꺼내 적었다. 그리고 그녀에게 감사 인사를 했다.

"감사합니다."

진심이었다.

대부분의 어른들은 미심쩍은 상황이 보여도 상관하지 않는다. 골치 아픈 일에 끼어들기 싫다며 외면하는 게 보통이었다. 하지만 그녀는 의혹만 가지고 희우를 찾아왔다. 골치 아픈 상황이라는 단어를 생각하기 전에, 장애인들이 처한 상황을 해결하고자 움직였던 거다.

잠시 후, 희우는 민수와 함께 수첩에 적은 주소지로 향했다. 장애인 시설에서 멀지 않은 곳으로 낡은 주택들이 얼기설기 붙어 있었다. 희우는 주소를 찾아 움직였다.

주택가에서 목적지를 쉽게 찾아 움직이는 희우를 보며 민수가 혀를 내둘렀다.

"어떻게 주소만 보고 그렇게 쉽게 움직여? 대단하다, 대단해."

오랜 시간 주택 경매를 통해 만들어진 능력이었다. 하지만 민수는 희우가 어떤 일을 했었는지 몰랐기에 그저 신기하기만 했다.

"인간 내비게이션이네."

그들이 찾아 들어선 곳은 곰팡이 냄새가 물씬 나는 지하 방이었다. 계단 아래로 내려가 초인종을 누르자 고장이 났는지 아니면 배터리가 나갔는지 소리가 나지 않았다.

희우가 문을 두들겼다. 잠시 후 머리가 백발인 할머니가 그들을 맞이했다.

"누구세요?"

희우는 사람 좋은 미소를 보이며 노인에게 인사했다.

"안녕하세요. 장애인 보호소에서 나왔습니다."

의심스러운 눈으로 그들을 맞이했던 그녀는 장애인 보호시설에서 나왔다는 말에 황급히 문을 활짝 열고 안으로 안내했다.

"들어오세요. 들어와요."

다섯 평이 되지 않을 공간으로 작은 주방과 방이 함께 있는 원룸이었다. 화장실은 밖에 있는 공용 화장실을 사용해야 하는 곳이었다.

"아드님이 지금 장애인 보호시설에 계시죠?"

희우의 말에 그녀는 눈시울을 붉히며 고개를 끄덕였다.

"제가 나이가 있어서 세상을 떠나면 어떻게 해야 하나 항상 걱정이었거든요. 사지 멀쩡해도 살기 힘든 세상인데 정신까지 온전치 않으니까요. 그런데 거기 원장님이 참 좋은 분이에요."

노인의 말이 이어졌다.

지적장애인인 아들을 보호하며 교육하고 사회 적응을 위해 일까지 가르쳐 준다고 했다. 꼬박꼬박 월급도 주고 있다며 통장을 보여 줬는데, 매달 10만 원의 돈이 입금되어 있었다. 한 달을 꼬박 일하고 번 돈으로는 한참 모자랐다. 하지만 노인은 그 돈에 의심을 갖지 않고 있었다. 원장이 부모에게 보내 주는 10만 원을 제외하고 다른 모든 돈을 적금에 넣는다고 말해서다. 아마 적금을 들고 있다는 말은 거짓일 가능성이 높았지만 노인은 거기까지 생각하고 있지 않았다.

노인의 집에서 나온 희우는 어디론가 전화를 걸었다. 김산에 있는 오민국 수사관이었다.

"오랜만입니다."

-안 반갑습니다.

오민국은 희우의 전화가 내심 반가웠지만 전혀 그렇지 않은 태도를 취했다.

김산에서 떠날 시기가 확정되었을 때 희우는 오민국에게 서울로 함께 갈 것을 권했다. 하지만 오민국이 거절했다. 김산은 자신이 나고 자란 고향이며 가족이 모두 이곳에 있는데 어떻게 서울로 가겠느냐는 말과 함께.

새로 온 검사는 어떠냐, 김산의 치안은 어떠냐 등의 인사말을 하는 도중 오민국이 그의 말을 끊었다.

-본론을 말씀하시죠. 검사님이 왜 전화했겠습니까? 시켜 먹을 일이 있어서겠죠?

"걸렸나요?"

-네. 무슨 일을 해 드리면 되겠습니까?

희우는 그의 반응에 고마움을 느끼며 입을 열었다.

"장애인 보호시설에서 공장을 하고 있습니다. 세금 낸 내역을 확인하고 싶은데요."

-또 영장 없이 하는 일인가요?

"제가 영장 가지고 일하는 것 보셨습니까?"

희우는 장난스럽게 말했지만 수화기 안에서는 깊은 한숨이 흘러나왔다.

-알겠습니다. 월요일에 출근해서 연락드리겠습니다.

"감사합니다."

희우와 민수는 오민국 수사관의 연락이 오는 월요일을 기대하며 헤어졌다.

주말이라고 해서 희우가 쉴 시간은 없었다. 상만에게 보고를 받고 구승혁과 만나 중간 경과를 들어야 했다. 쉴 시간 없이 맞물려 돌아가는 톱니바퀴 같은 삶이었지만 힘들지 않았다. 목표가 있기 때문이다.

월요일이 되었고 오민국 수사관에게 메일이 도착했다. 내용을 확인한 희우는 바로 민수에게 다가갔다.

"김산에서 연락이 왔습니다."

민수는 희우가 건넨 서류를 확인하며 피식 웃었다.

"인건비로 나가는 공제가 거의 없네?"

사업을 하면 소득에 관한 신고를 해야 했다. 총소득에 대한 종합소득세를 낼 때 공제를 받을 수 있는 것이 인건비다. 그런데, 인건비를 거의 신고하지 않았다. 소득을 적게 잡았기 때문에 지나친 인건비가 부담되었던 것 같다. 희우는 고개를 끄덕였다.

"지금부터는 정식으로 수사를 해야 할 것 같습니다."

"어떻게?"

"지검장님께 보고하려고 합니다."

"혐의가 없잖아?"

혐의는 없었다. 가지고 있는 증거라고는 탈세 혐의가 전부였다. 아직 장애인들을 어떻게 학대하고 있는지조차 파악되지 않은 상태에서 영장을 받기는 어려웠다. 하지만 희우는 자신이 있었다.

"김석훈 지검장은 어떻게든 영장을 받아 낼 겁니다."

사회의 시선이 장일현과 성진미에게 쏠려 있는 상황이다. 김석훈으로서는 부담스러운 시선이었다. 좋은 사건도 아니고 검찰의 치부를 드러낸 일이 달가울 수 없었다. 그것도 자신의 지검에서 일어난 사건이기에 최대한 빨리 덮을 수 있는 무언가를 찾고 있었다.

희우 역시 아직까지는 장일현 사건을 더 키울 생각이 없었다. 1심을 마친 장일현이 최종 공판까지 간 후 백이든 뭐든 사용해서 집행유예, 심할 경우는 무죄를 노리고 있다는 걸 알고 있었기 때문이다. 최후까지 기다리며 김석훈의 눈에 확실하게 든다면 금상첨화라고 생각했다.

민수는 흘흘흘 웃으며 희우의 선택을 존중했다. 그는 희우가 어디까지 예상하고 만들어 갈지 궁금해하고 있었다.

희우는 김석훈이 있는 지검장실로 향했다.

"무슨 일이야?"

김석훈의 표정은 좋지 않았다. 희우가 들어올 때마다 일거리가 하나씩 늘어났기 때문이다. 희우는 그가 앉아 있는 책상 앞으로 걸어갔다.

"영장이 필요합니다. 하지만 제 힘으로는 받아 내기 어려울 것 같습니다."

김석훈의 눈썹이 꿈틀거렸다.

지금 지검에서 일어나고 있는 사건의 원흉이 희우다. 그 입에서 나오는 영장이라는 말이 김석훈의 심기를 거슬렀다. 하지만 김석훈은 내색하지 않고 어서 말해 보라는 눈빛을 보냈다.

희우가 말했다.

"장애인을 대상으로 노동력을 착취하는 업체를 확인했습니다."

김석훈의 눈썹이 다시 꿈틀거렸다. 희우를 달가워하지 않던 방금과는 다른 눈빛이었다.

장애인 노동력 착취라면 말이 달랐다. 그 하나만으로 대한민국에 불고 있는 모든 여론을 뒤집을 수 있었다. 약자가 당하고 있다는 사실로 여론을 밀어 넣는다면 장일현은 물론이고 미래자동차 전일보 사장의 일까지 식어 버릴 수 있는 좋은 사건이었다.

김석훈의 눈이 빛났다. 하지만 그는 자신의 기쁜 마음을 내색하지 않았다.

"장애인 노동력 착취라면 영장을 받기에 무리가 없을 텐데?"

"아직 물증이 없습니다. 심증도 없습니다. 가지고 있는 건 탈세 혐의뿐입니다."

희우는 그의 책상 앞에 가지고 있는 서류를 올려 두었다.

김석훈이 서류를 읽고 있을 때 희우는 자신이 겪었던 일을 이야기했다. 신유미를 만나 주말에 민수와 함께 그곳을 확인하며 보았던 일들에 대해 상세히 입을 열었다.

그 말을 들으며 김석훈은 자신만의 그림을 그리고 있었다. 충분히 냄새가 났다. 확실하지는 않지만 어딘지 모르게 의심 가는 구석이 많았다. 하지만 섣불리 사건을 맡기는 어려웠다. 장애인 기관을 잘못 건드리면 불붙은 폭탄에 기름을 붓는 격이다. 어쩌면 지금 좋지 않은 지검의 이미지가 더욱 추락할 수도 있다는 생각이 들었다. 김석훈의 고심은 당연했다.

하지만 그는 수락할 수밖에 없었다. 지금 이 상황을 뒤집고 밀고 나갈 수 있는 단 한 수가 그것이라고 판단되었다.

김석훈이 말했다.

"내려가 있어. 영장 판사에게 전화하고 연락을 주마."

긍정적인 답변에 희우는 다시 한번 고개를 숙였다.

"감사합니다."

뒤로 돌아 지검장실을 나서는 희우가 슬쩍 미소를 그렸다. 일단은 성공이었다.

자신의 자리로 돌아가 책상에 앉아 있던 희우에게 김석훈으로부터 연락이 왔다. 영장을 받았다는 말. 민수와 함께 사건을 조사해 보라는 지시.

희우는 바로 민수에게 연락해 지검을 빠져나갔다.

당장에 보호시설을 습격해 증거를 찾고 장애인들을 빼낼 수도 있었다. 하지만 그렇게 하지 않았다. 희우는 그들이 빠져나갈 수 있는 단 하나의 틈도 남기지 않을 생각이었다.

민수가 이동을 하며 대부업체에 전화를 걸었다. 돈을 빌리겠다는 말을 하자 곧바로 만나자는 이야기로 옮겨졌다. 민수가 희우를 보며 웃었다.

"300만 원 빌린다니까 바로 만나자는데? 이럴 줄 알았으면 1억을 이야기할걸, 흘흘흘."

두 사람은 대부업체 직원과 만나기로 한 카페로 이동했다.

민수가 앉은 테이블과 희우의 자리는 달랐다. 희우는 민수의 목소리가 들리는 근처 자리에 앉아 있었다.

커피를 마시던 희우가 자리에서 일어나 민수의 앞으로 걸어갔다.

"선배."

"응?"

"사진 하나만 찍을게요."

"응?"

희우는 그의 대답도 듣지 않고 민수의 얼굴을 핸드폰 카메라에 담았다. 민수가 멍하니 희우를 바라보며 말했다.

"뜬금없이 사진은 왜?"

"제 친구 중에 검사 소개시켜 달라는 애가 있어서요. 선배 사진 보여 주려고 하죠."

"흘흘흘, 예쁘냐?"

희우는 민수의 말을 들으며 다시 자신의 자리에 앉았다.

희우가 카페에 마련된 잡지를 읽고 있을 때 대부업체 직원이 들어왔다. 안경을 끼고 짧은 머리를 한 젊은 남자였다.

"안녕하세요?"

대부업체 직원이 민수에게 인사를 했다. 민수는 엉거주춤 일어나 그의 인사에 답했다. 대부업체 직원은 민수를 흘끗 살폈다. 아마 그가 보기에도 민수의 몰골은 돈이 몹시 필요한 사람 같을 것이다.

"300만 원이 필요하시다고요?"

"아, 네, 흘흘."

"신용 조회는 끝나셨고요."

직원은 서류를 꺼내며 난감한 표정으로 멋쩍게 웃었다. 그리고 말을 이었다.

"첫 달에 선이자로 30만 원 가져가고요, 다음 달부터……."

그의 말을 옆에서 듣고 있던 희우의 눈이 차가워졌다.

분명 대부업 등록을 하고 합법적인 틀 안에서 움직인다고 생각했는데 그게 아니었다. 법정 최고 이율을 넘어섰으며 선이자까지 제한다.

"흘흘흘, 다음 달까지 갚으면 이자가 얼마 안 되네요?"

"그럼요. 얼마 안 되는 돈이니까 빨리 갚으세요."

희우는 머릿속으로 대략적인 이율을 계산했다.

하루에 4만 원씩 4개월 동안 갚아야 하는 돈. 300만 원을, 아니 정확히 270만 원을 빌려 4개월 동안 456만 원을 갚아야 했다. 연으로 따진다면 엄청난 이율의 불법 고금리였다. 희우의 입에서 어이없다는 웃음이 나왔다. 그는 바로 지성호에게 문자를 보냈다.

　－대부업 등록 번호 확인 좀 부탁드립니다.

민수가 직원과 계속 대화를 나누고 있을 때 희우의 전화에 지성호로부터 문자가 왔다.

　－그런 곳 없다.

무등록 업체였다.

대부업 등록 번호를 허위로 작성해 놓은 업체, 생각보다 일이 쉽게 풀리고 있었다.

희우는 슬쩍 직원의 얼굴을 확인했다. 거짓을 말하고 있는 그는 마치 거저 돈을 빌려주고 있는 것 같은 착한 표정을 짓고 있었다.

직원이 말했다.

"돈을 갚을 곳은 민수 씨의 통장입니다. 물론 그 통장과 카드는 우리가 가지고 있어야겠죠?"

대부업체 통장이 아니라 민수의 통장으로 돈을 갚으라고 한다. 저것 역시 법망을 빠져나가기 위한 꼼수다.

민수가 사인을 하자 직원이 업체로 전화를 했다. 곧바로 민수의 통장에 270만 원이 입금되었다. 직원은 민수에게 돈을 잘 갚아 달라는 말을 전하고 자리에서 일어났다.

그가 밖으로 나가려 할 때 희우가 그의 손을 잡았다. 그는 불쾌한 눈빛으로 희우를 노려봤다.

"누구시죠?"

희우는 여유 있게 웃으며 신분증을 보여 줬다.

"검사."

직원의 얼굴이 순식간에 사색이 되었다. 희우를 노려보던 그의 눈빛은 순간적으로 순한 양이 되어 버렸다.

희우가 그의 팔을 잡고 있자 민수가 커피를 들고 자리에서 일어섰다.

"난 빚쟁이, 흘흘흘."

그리고 민수는 희우의 테이블로 와서 직원의 옆에 앉았다. 민수는 돈이 입금되었다는 문자를 희우와 직원에게 보여 주며 씨익 웃었다.

"그럼 나 이거 고소하고 올게, 흘흘흘."

"무등록 업체인데 등록했다고 거짓말까지 하네요. 고소장 작성할 때 그 얘기도 넣어 주세요."

"좋지."

민수와 희우를 두려운 눈빛으로 바라보던 직원이 떨리는 목소리로 물었다.

"이런 거 함정수사 아닌가요?"

"함정수사 맞아. 그럼 맞고소하든가. 흘흘흘."

희우 역시 웃으며 그에게 말했다.

"이름이 뭐죠?"

"강동석입니다."

"강동석 씨는 지금 우리에게 잡혔습니다. 불법적인 일을 진행한 현행범으로요."

"네?"

"정식 등록 업체가 아니니 불법이 아니라 규칙 위반이라고 해야 하나? 어쨌든 갑시다. 걱정 마세요. 이거 말고도 죄는 계속 만들어 낼 생각이니까."

뭣을 걱정하지 말라는 말일까? 강동석의 눈이 흔들렸다.

평범한 사람도 검사라는 말에 겁을 먹는다. 불법적인 일을 한 사람은 더욱 그렇다. 그의 손이 부르르 떨려 왔다.

그의 표정을 확인한 희우가 웃으며 말했다.

"우리랑 같이 가기 싫죠?"

의심스러운 눈빛으로 희우를 바라보던 그가 고개를 끄덕였다. 희우가 강동석을 향해 상체를 기울이며 속삭였다.

"장애인 보호시설 알죠?"

"……."

"거기 장애인들이 대출받았나요?"

대답하지 않았다.

희우는 이런 식으로 답하지 않는 사람들을 수도 없이 많이 만나 왔다. 알량한 의리? 또는 보복을 당하지 않을까 하는 두려움? 여러 가지가 복합된 반응이었다. 하지만 그가 확실히 알고 있다는 건 눈동자의 떨림으로 이미 예측했다.

그러나 강동석은 모르고 있는 게 있었다. 진짜 무서운 것은 대출업체가 아니다. 그의 앞에 앉아 있는 두 검사다.

희우가 입을 열었다.

"얼굴 보니까 똑똑해 보이시는데, 지금 제가 이만큼 이야기했으면 아시겠죠? 지금 다니는 대출 회사는 당장 그만두시는 것이 좋을 겁니다. 빠른 시간 내에 압수수색이 들어갈 테니까요."

"네?"

"지금 다니는 회사에 뼈까지 묻을 생각이시라면, 지금 당장 회사에 돌아가서 우리가 한 이야기를 하셔도 좋습니다."

황당해하는 표정의 강동석을 보며 희우가 계속 말했다.

"우리는 지금 강동석 씨를 잡지는 않겠습니다. 하지만 곧바로 대출업체를 수색할 겁니다. 거기서 강동석 씨는 다시 체포되겠지요."

지금 그는 희우의 말의 의미를 제대로 이해하기 어려웠다. 풀어 준다는 말인가, 아니면 회사에 가서 이야기하라는 건가?

그 고민을 해결해 주기 위해 희우가 답을 내줬다.

"우리에게 협조를 한다면 지금 회사를 그만뒀다고 생각하겠습니다. 아니, 처음부터 강동석 씨가 그곳에서 일을 했다는 모든 사실을 지워 드리겠습니다."

희우의 얼굴이 민수에게 향했다. 그리고 물었다.

"그 정도는 해 줄 수 있죠?"

민수가 묘하게 웃으며 고개를 끄덕였다.

"물론, 협조를 한다면 지워 주지."

협조를 하라는 말. 강동석은 마음속으로 계산기를 두들겼다.

지금 그는 희우가 자신을 회유한다고 생각했다. 그 말은 자신이 속한 회사의 불법적인 냄새는 맡았지만 증거는 찾지 못한 것이라 여겼다. 바보 같은 생각이었다. 지금 민수와 계약서를 쓰며 입금까지 했는데 증거가 왜 없겠는가. 하지만 강동석은 자기 편한 쪽으로 생각을 진행하고 있었다.

그 생각을 멈춘 건 이어진 희우의 말이었다.

"멍청한 생각 하지 마세요. 이미 계약서는 증거물입니다. 그리고 검사를 만나고 있는 대출 알선 직원이 당신 혼자뿐이라고도 생각하지 마세요."

물론 해당 업체의 사람을 만나는 검사는 희우와 민수뿐이었다. 그러나 거기까지 강동석이 알 수는 없는 사실이었다. 강동석은 생각했다.

'나 말고 다른 사람도 지금 검사를 만나고 있나?'

어쩐지 대출을 하겠다는 전화가 평소보다 많이 온 것도 같았다.

침을 꿀꺽 삼키는 강동석, 희우는 그 순간을 놓치지 않았다.

"저희도 사건 하나를 해결해서 빨리 고가에 반영이 되어야 합니다. 다른 검사들보다 빨리 협조자를 만드는 게 좋죠."

희우의 목소리가 낮게 이어졌다.

"그리고 저는 장애인 대출을 물었습니다. 장애인이 연관되어 있다면 절대 쉽게 벗어날 수 없다는 것, 잘 알고 계실 거라 믿습니다."

희우의 말을 종합해 보면 다른 검사들이 지금 대출 직원들을 만나고 있고, 그중에 빨리 입을 여는 사람은 죄를 뒤집어쓰지 않아도 된다는 것이었다. 결국 그의 입이 열렸다.

"말하겠습니다."

희우가 잠깐 그의 말을 멈췄다. 그리고 그의 앞으로 녹음기를 꺼내 틀었다.

"지금부터 우리의 말은 녹취됩니다. 그 사실을 알고 말씀해 주셨으면 합니다. 강동석 씨의 증언은 영장 청구에 사용될 것이며 법정 증언은 요구하지 않겠습니다."

큰 한숨을 내쉰 강동석이 말을 시작했다.

"대출해 줬습니다. 아마 그 돈은 원장에게 갔을 겁니다. 그리고 장애인들이 받는 월급의 일부를 저희 통장으로 입금하는 방식입니다."

"……!"

"그리고 일을 그만둬도 대출금을 다 갚지 못하기 때문에 장애인 연금에서 빼 가고 있습니다."

말을 마친 강동석의 고개가 떨어졌다.

희우는 슬쩍 민수를 바라봤다. 바로 이동해서 대출업체를 압수수색하라는 표시였다. 증언이 나온 이상 지체할 필요가 없었다.

민수가 녹음기를 들고 사라지자 희우가 말했다.

"좋습니다. 지금부터 강동석 씨는 무직입니다. 앞으로는 제대로 된 일을 찾길 바랍니다."

"감사합니다."

여전히 고개를 떨어뜨린 채 말하는 그였다.

희우는 강동석을 그대로 두고 커피숍에서 나가 바로 결혼 정보 업체로 향했다. 일을 시작했다면 한 번에 해결해야 했다. 이런 일일수록 그랬다. 자칫 장애우의 집에서 지금 포위망이 좁혀져 온다는 정보를 들으면 관련 자료를 모두 지울 것이 분명했다. 빠져나가지는 못하겠지만 없어진 증거를 찾는 건 귀찮은 일이었다. 그런 상황을 방지하기 위해 속전속결로 해결하는 것이 희우의 방식이다.

희우는 서울 외곽에 있는 허름한 건물 2층으로 향했다. 결혼 정보 업체가 있는 곳이었다. '외국인과 결혼하세요.'라는 포스터가 작게 붙어 있는 그 안으로 희우가 들어갔다.

그가 들어가자 한 여직원이 나와 반갑게 맞이했다. 칸막이가 되어 있는 일반적인 사무실의 풍경이었다. 여직원이 말했다.

"안녕하세요. 어떤 일로 오셨어요?"

"아, 저희 친척 형이 결혼을 하려고 하는데요. 저한테 먼저 알아봐 달라고 해서요."

당사자가 아니라는 말에 그녀는 조금 실망한 눈치였지만 내색하지 않았다.

희우는 여직원을 따라 작은 칸막이 안으로 들어갔다. 자리에 앉자 그녀는 종이컵에 오렌지 주스를 따라 희우의 앞에 놓았다. 그녀가 맑게 웃으며 입을 열었다.

"어떤 친척 형이시기에 직접 오셨어요?"

희우는 핸드폰을 열어 사진 하나를 꺼내 보였다.

민수의 얼굴이 나왔다. 방금 카페에서 찍었던 거다. 물론 민수는 지금 자신의 얼굴이 이런 곳에서 사용되고 있는지 알지 못했다.

지저분한 외모의 남자, 하지만 그녀는 프로였다.

"호호호. 매력 있게 생긴 분이시네요. 어떤 일을 하시죠?"

희우는 민수의 나이와 직업을 말했다. 물론 검사라는 직업이 아니라 일반 회사원이라고 전했다. 열심히 타이핑을 하던 그녀가 물었다.

"한국인을 원하세요, 아니면 외국인을 원하세요?"

"외국분요."

희우는 그녀의 컴퓨터 모니터에 집중을 한 채 답했다.

"경비는 화면에 보이는 것만큼 필요하고요. 일단 입금을 하시면 날짜를 잡아서 저희 팀장님과 함께 그 나라로 갑니다. 신부님을 직접 만나 봐야 하니까요. 거기서 소개팅을 하고……."

여기까지는 어느 업체와 다른 점이 없었다.

희우가 그녀에게 말했다.

"좋아요. 그렇게 해 주세요. 최종 사인은 당사자가 직접 와서 해야 하지요?"

"그래야죠."

그녀는 방긋 웃으며 말을 이었다. 영업 미소가 쉬지 않고 이어지고 있었다.

"사촌지간이 사이가 좋은가 봐요."

"나쁘지는 않죠."

그때 희우에게 전화가 왔다. 민수였다.

"어, 민수 형."

평소 선배라고 호칭을 했지만 지금은 작전 중이었다.

-흐흐흐, 연기 중이냐? 영장 나왔다. 너는?

"여기로 온다고? 어, 어. 알았어."

전화를 끊은 희우가 미안한 표정으로 여직원을 바라봤다.

"죄송한데요. 저희 사촌 형이 이리로 온다는데, 부끄럽다고 차마 올라오지는 못하겠다고 하네요. 낯가림이 심하거든요."

"네?"

"아래에 커피숍 있던데, 노트북 있으면 가지고 가서 보여 줄 수 있을까요? 어려우면 제가 다음에 설득해서 데리고 오고요."

그녀는 무조건 할 수 있다는 표정으로 웃으며 노트북을 챙겼다.

"아니에요. 바로 아래인데요, 뭘. 가끔 멀리 출장 갈 때도 있어요."

한 사람의 고객을 만들어야 수당이 떨어진다. 당연히 한 명 한 명의 고객이 소중할 수밖에 없었다.

더욱이 민수의 외모로 봤을 때 큰 건이었다. 외국으로 나간다고 해도한 번에 매칭되기 힘든 외모였다. 두세 번까지 나간다고 했을 때 그녀가먹는 수수료는 어마했다. 게다가 바로 아래 커피숍이라고 하는데 거절할이유가 어디 있을까?

희우는 그녀와 함께 아래 커피숍으로 내려갔다. 희우가 웃으며 말했다.

"어떤 거 드시겠어요?"

"제가 살게요."

그녀가 말했지만 희우는 자신이 커피를 주문해 자리에 앉았다. 그렇게커피를 시켜 앉아 민수를 기다렸다. 물론 민수는 올 일이 없었다. 대부업체를 수사하는 시간만으로도 빠듯했다.

잠깐 이야기를 나누던 중 주변의 테이블이 모두 빠졌을 때였다.

"저는 어떨까요?"

희우의 질문에 그녀가 고개를 갸웃거렸다.

"결혼요?"

"네."

"사촌 형이 아니라요?"

"네."

그녀는 잠시 희우를 바라보다가 다시 물었다.

"진심?"

"네."

희우의 눈빛은 진지했고 그녀는 또 한 명의 고객을 유치했다는 생각에 밝게 웃었다.

"직업이 어떻게 되세요?"

희우는 주머니에서 신분증을 꺼내 그녀의 앞에 두었다.

"검사요."

"네?"

"검사라고요."

그녀의 얼굴이 사색이 되었다.

"무, 무슨 일로?"

"별일 아닙니다."

희우는 명함 하나를 꺼내 그녀의 앞에 놓았다. 봉사 활동을 가장한 수사를 하러 갔을 때 찾았던 업체의 명함이었다.

그녀는 명함과 신분증 그리고 희우의 얼굴을 번갈아 보며 얼떨떨한 표정으로 앉아 있었다. 희우가 말했다.

"결혼 비자를 원하는 외국인과 장애인을 연결해 주고 있다는 제보가 들어왔습니다."

결혼 비자를 받고 2년이 지나면 영주권 신청을 할 수 있다. 한국에서 일을 하고 싶지만 비자를 얻기 힘든 사람들이 하는 편법 행동이다. 그녀의 표정이 굳어졌다.

희우가 무겁게 물었다.

"제보가 사실입니까?"

"……아니요. 그런 얘기는 처음 들어 봅니다."

거짓말을 하고 있다. 그녀의 눈동자는 한쪽의 상단으로 올라가 있었다. 그것은 뭔가 꾸미는 말을 할 때 뇌가 움직이는 방향에 따른 동공의 운동이었다. 한 번에 이야기를 하면 서로가 편할 것을 왜 이리 시간을 끌려하는지 이해되지 않았다. 하지만 누구에게서나 나오는 반응이었다.

"제보가 들어온 상태고, 경찰도 아닌 검사가 직접 왔습니다. 이게 무엇을 뜻하는지 아십니까?"

그녀는 고개를 저었다. 사실 그녀는 지금 아무 생각도 없었다. 마치 지금 이 순간이 현실이 아닌 것처럼 느껴졌다.

희우가 말을 이었다. 모를 때는 친절히 설명해 줘야 다른 생각을 하지 못한다.

"이미 표적 대상이라는 말입니다. 저는 복잡하게 가지 않고 쉽게 가고 싶네요. 당신도 괜히 여기 있다가 불똥 맞을 필요는 없습니다."

"네……."

기어가는 목소리로 답하는 그녀. 방금 만났던 강동석보다 이해가 빨라서 좋았다. 희우가 녹음기를 꺼내 놓고 말했다.

"장애인을 대상으로 위장 결혼을 하고 있는 건 맞죠?"

"맞아요."

"목적은 결혼 비자?"

"네."

그녀는 단답형으로 대답했다. 협조는 하겠지만 알고 있는 걸 쉽게 풀어낼 생각은 없는 것 같았다. 상관없었다. 희우는 듣고 싶은 말만 들으면 되었다.

"돈은 원장과 나누나요?"

"거기까지는 제가 알지 못해요."

사장이 하는 모든 일을 직원이 알 수는 없었다.

희우는 여기까지 들은 후 그녀에게 퇴근하라고 말했다. 다시는 이 업체에 출근할 필요 없다는 말과 함께.

희우는 바로 지검으로 향했다. 희우를 기다리고 있던 김석훈이 자리에서 일어났다.

"어떻게 되었지?"

희우는 그의 앞에 녹음기를 놓고 틀었다. 여직원과의 대화까지 재생이 끝나자 희우가 말을 이었다.

"이런 식으로 한국에 들어온 외국인 중 정상적이지 않은 목적으로 온 사람도 분명 있을 거라고 봅니다."

대부분은 한국에 돈을 벌기 위해 들어왔을 거다. 하지만 범죄를 위해 제도를 이용한 사람도 존재할 게 분명했다. 마약이나 폭력, 유흥 등의 업체. 김석훈이 말했다.

"연관되는 모든 사건을 집중 조사한다. 바로 시작하도록 해."

희우가 머뭇거렸다. 김석훈이 그를 의아하게 봤다.

"왜? 문제 있나?"

"보호시설은 지검장님이 직접 나서시는 게 어떨까 합니다."

"내가?"

"지검에 눈이 집중되어 있습니다. 지검의 이미지를 바꾸고 사안의 중대성을 알리기 위해서는 지검장님이 직접 나서시는 게 좋다고 생각됩니다."

잠시 생각에 빠졌던 김석훈이 조용히 웃었다. 희우의 말이 옳았다.

"좋아. 보호시설에는 내가 직접 가도록 하지. 너는 결혼 정보 업체로 향하도록."

"알겠습니다. 이민수 검사 역시 지금 대부업체를 수사하는 중입니다."

희우는 바로 경찰을 대동하여 결혼 정보 업체를 급습했다. 사전에 어떤 방비도 없던 그들은 컴퓨터 하나까지 모두 빼앗겨 버렸다.

이제 타깃을 향해 총구는 겨누어졌다. 방아쇠를 당기기만 하면 끝이었다. 그리고 그 방아쇠가 당겨졌다.

희우는 집으로 돌아와 텔레비전을 틀었다.

–경기도 모 지역에 있는 장애인 보호시설에서 지적장애인들을 착취하고 있었습니다. 중앙 지검 김석훈 지검장은…….

희우의 입에 미소가 그려졌다. 그리고 숫자를 세기 시작했다. 하나, 둘, 셋, 넷, 다섯, 여섯…… 아홉, 열.

울리는 전화벨. 최강진이었다.

–나와. 지금 사건 종결하고 술 한잔하러 가는 길이야.

"알겠습니다."

대답을 한 희우는 옷을 걸쳐 입고 밖으로 나왔다.

그때, 다시 울리는 전화. 민수였다. 그 역시 지금 김석훈에게 호출받았다는 말을 들었다.

희우는 인근에서 민수와 만났고, 민수가 말했다.

"내가 네 덕에 어르신들도 만나 본다, 흘흘."

그들은 최강진이 말한 약속 장소로 향했다. 고깃집이었다. 수십 명이 들어갈 수 있는 방이 예약되어 있었다.

희우와 민수는 문을 열고 들어가 고개를 숙였다.

중앙 지검의 인사들이 보였다. 그들보다 낮은 직급 또는 비슷한 경력의 사람은 이 자리에 없었다. 고개를 들자 테이블 좌우로 길게 앉아 있는 검사들이 보였다. 그 가장 끝자리에 김석훈이 앉아 있었다. 김석훈이 자신의 옆으로 오라며 손짓했다. 희우와 민수는 조심스럽게 걸어갔다.

중간에 앉아 있는 전석규가 희우의 눈에 들어왔다. 희우는 눈짓으로 살짝 인사한 후 김석훈의 앞에 섰다.

기분 좋은 표정으로 그들을 바라보던 김석훈이 크게 외쳤다.

"자네들이 이 친구들을 어떻게 보고 있는지는 잘 알아. 한 놈은 우리 지검의 치부를 드러낸 원흉!"

희우를 말하는 것이었다. 희우는 테이블에 앉아 있는 인사들을 바라보며 허리를 굽혔다. 김석훈이 계속 말했다.

"한 놈은 미래자동차를 파고들어서 골치 아프게 만든 꼴통!"

이번엔 민수를 향한 말이었다. 민수 역시 인사들을 향해 허리를 굽혔다. 그러자 김석훈이 천천히 목소리를 이었다.

"그게 잘못된 일일까?"

그 질문에 많은 사람이 한목소리로 "아닙니다!"라고 대답했다. 거대한 목소리였다. 그들의 눈은 모두 희우와 민수를 향해 있었다.

김석훈이 희우와 민수의 등을 두들겼다. 두 사람에게 잔을 건넸다. 그리고 그들의 잔에 술을 따르며 다시 입을 열었다.

"이번에 이 두 사람이 아주 큰일을 했어. 어려움에 처한 장애인을 도왔다는 이유로 우리 지검의 주가가 아주 오른 거 알지? 신문이고 뉴스고 국민들이고, 모두 칭찬이야."

김석훈이 크게 웃었다. 잔에 술이 채워지자 희우와 민수는 돌아앉아 술을 마셨다. 그사이에도 김석훈의 목소리는 계속 울렸다.

"장일현 검사와 미래자동차 사건은 안타깝지만 국대 예술 재단 비리 그리고 이번 장애인 사건까지! 우리는 역대 최고의 깨끗한 검찰로 기록되고 있어. 이 모든 게 이 초임 검사들이 한 일이야!"

말을 마친 김석훈이 박수를 치기 시작했다.

짝, 짝, 짝.

그의 박수 소리가 이어지자 다른 검사들도 따라 치기 시작했다. 이어진 박수 소리가 공간을 채웠다.

지금 이 의미는 희우와 민수를 칭찬하고자 함이 아니었다.

장일현이 잡혀간 후로 여태껏 따돌림을 당한 희우.

미래자동차 사건을 추진하며 꼴통이라 불렸던 민수.

그들이 차고 있던 족쇄를 풀어 주는 것이었다.

희우는 부끄러운 듯 고개 숙여 인사를 했다. 멀리 앉아 있는 전석규가 희우의 모습을 보더니 말없이 술잔을 비웠다.

한 잔 두 잔 사람들의 입으로 술이 들어갔다. 모든 사람에게 취기가 오를 때였다. 최강진이 희우의 옆으로 왔다. 떠들썩한 분위기 안에서 그는 조용히 희우의 잔에 술을 따랐다. 그리고 조금은 꼬인 혀로 입을 열었다.

"내가 너를 의심했었다."

"네?"

희우는 아무것도 모른다는 표정을 지었다. 최강진이 슬쩍 웃으며 말을 이었다.

"일현 선배 말이야."

"네, 죄송합니다."

"네가 죄송할 게 뭐가 있어? 우리가 힘이 있나? 까라면 까는 거지."

최강진이 슬쩍 김석훈 지검장을 바라봤다. 그리고 다시 조용히 말했다.

"끝나고 술 한 잔 더 할까?"

희우가 그의 눈을 바라봤다. 정신은 취하지 않은 듯해 보였다.

"알겠습니다."

술자리가 끝이 났다. 모든 사람들이 떠나고 최강진과 희우는 근처에 있는 바로 들어갔다. 위스키를 잔에 따르며 최강진이 말했다.

"난 일현 선배를 어떻게든 풀어 주고 싶어."

희우는 대답을 하지 못했다. 최강진은 그런 희우를 바라보며 피식 웃었다.

"그래, 네가 어떤 마음인지는 알겠다. 하지만 우리가 장일현 선배를 풀어 준다고 해서 지검장님이 뭐라고 하시진 않을 거야."

이전의 삶, 장일현과 최강진이 친한 사이라는 건 알고 있었다. 그런데 왜 이렇게까지 서로를 살려 주려고 할까? 희우가 알고 있는 최강진의 성격으로는 장일현의 필요성이 없어진 이상 과감히 버릴 사람이었다. 하지만 그는 장일현을 잡고 있는 손을 놓지 않고 있었다.

'왜?'

생각할 때였다. 최강진이 말을 이었다.

"도와줄 수 있겠어? 일현 선배가 풀려난다고 해도 다시 검찰로 복귀는 못 하겠지. 하지만 변호사 자격까지 뺏을 수는 없잖아."

"제가 뭐라고 도움을……."

"알잖아. 네가 사건을 만들었으니 빠져나올 방법이나 서류상의 허점을 만들 수 있겠지."

희우의 입에서 한숨이 나왔다. 지금 최강진은 명확한 말을 꺼내지 않았다. 하지만 그 의미는 확실히 알 수 있었다. 바로 희우에게 사건 또는 증거의 조작을 의뢰하는 것이었다.

최강진과 헤어지고 집으로 오던 희우가 어이없다는 듯 웃었다.

다음 날 저녁이었다. 희우는 구승혁에게 전화를 걸었다.

"어디야?"

－사무실이지 어디겠어.

"앞으로 갈게. 잠깐 보자."

희우는 택시를 잡아타 서부 지검으로 향했다.

두 사람은 서부 지검의 아래 휴게실에서 캔 커피를 들고 앉았다. 구승혁이 말했다.

"어쩐 일이야?"

"상의 좀 하려고. 어제 우리 지검 회식이 있었거든."

희우는 그에게 최강진이 말한 사건 조작 의뢰를 설명했다. 이야기를 들으며 구승혁의 얼굴이 굳어졌다.

"더러운 짓들 하고 있네. 지들 변호사 자격은 중요한가 보지? 그럼 음주 운전해서 걸린 사람들도 면허는 살려 줘야지?"

구승혁은 흥분했다. 하지만 희우는 커피를 마시며 차분히 말을 이었다.

"최악의 경우에 난 그 말을 들어줄 생각이야."

"뭐?"

"그때 네 도움이 필요하다. 나를 잡아넣어."

구승혁의 눈이 커졌다.

"무슨 말도 안 되는 소리야?"

희우는 손에 쥐고 있던 서류를 구승혁에게 건넸다.

"이건 장일현 검사에 대한 서류야. 물론 원본은 아니지. 하지만 의혹을 잡기엔 충분할 거야."

"무슨 소리냐고?"

희우는 말없이 미소만 지었다.

잘못될 순간을 위한 보험을 만들어 놓았을 뿐이다.

최강진을 잡지 않고는 김석훈을 무너뜨릴 수 없다. 김석훈이 무너지지 않고는 조태섭의 앞으로 나아가기 어렵다. 최강진의 부탁은 최악의 수가 될 수도 있지만, 한순간에 지검 전체를 무너뜨릴 수 있는 기회가 될 수도 있었다.

희우가 떠나고 사무실로 올라온 구승혁은 희우가 건넨 서류를 책상 위에 집어 던지고 머리만 벅벅 긁었다. 막 퇴근을 하려던 규리가 구승혁을 보며 고개를 갸웃거렸다.

"왜 그래?"

"아무것도 아닙니다."

그는 말하지 않았다. 희우가 규리에게 이야기하지 말라고 전했기 때문이다. 규리의 시선이 책상 위에 놓인 서류로 향했다.

"뭐야?"

"정말 아무것도 아닙니다."

그냥 갈 규리가 아니었다. 그녀가 보기에 지금 구승혁의 태도는 충분히 의심스러웠다. 그녀는 책상에 놓여 있는 서류를 펼쳤다. 한순간의 움직임이었기에 구승혁이 말릴 시간도 존재하지 않았다.

"장일현?"

그녀의 눈살이 찌푸려졌다. 장일현의 서류가 이곳에 있다는 건 희우가 이곳에 왔다는 거다. 그리고 구승혁의 괴로워하는 표정으로 보아 뭔가 좋지 않은 이야기를 나눴다는 뜻이기도 하다.

그녀는 서류를 아무렇게나 던지며 사무실을 빠져나갔다. 그런 그녀의 뒷모습을 보며 구승혁은 머리를 강하게 짓눌렀다.

엘리베이터 앞으로 달려간 그녀는 버튼을 눌렀다. 하지만 내려올 생각을 하지 않는 엘리베이터를 보며 몸을 틀었다. 그녀는 계단을 통해 아래로 내려갔다. 복도에 그녀의 구두 소리만 울렸다. 그녀는 계속 희우가 무슨 일을 벌이고 있을지 생각하고 또 생각했다. 뭔가 불길하고 불안했다. 최강진을 잡겠다고 하던 사람이 장일현의 서류를 왜 구승혁에게 건넸을까? 답이 나오지 않았다.

1층 로비로 나온 그녀는 서둘러 밖으로 향했다. 구승혁이 들어온 시간은 그리 오래되지 않았다. 분명 지근거리에 있을 거라고 생각했지만 그녀의 눈에 희우는 보이지 않았다.

전화를 꺼내 든 그녀는 통화 버튼을 눌렀다. 신호음이 잠시 울리더니 희우와 연결되었다.

-여보세요?

희우의 목소리.

"너 어디야!"

–어? 나? 응?

희우는 당황했다. 구승혁에게 말하지 말라고 했는데 어찌 규리가 전화를 했을까?

규리는 희우에게 기다리라는 말을 하고서 다시 달렸다. 희우는 버스 정류장에 있었다. 달려와 숨을 헐떡거리는 그녀에게 희우가 말했다.

"커피는 승혁이랑 마셨는데. 맥주 한잔할래?"

두 사람은 편의점에서 맥주를 사서 공원 벤치에 앉았다. 간간이 운동을 하는 사람들이 눈에 보였다. 틱, 맥주 뚜껑을 따며 규리가 말했다.

"지금 무슨 짓을 하려는 거야?"

희우는 그저 슬쩍 미소 지을 뿐이었다.

"웃지만 말고 말해 봐. 구승혁한테 왜 장일현 사건 파일을 넘기는 건데? 무슨 생각이야?"

그녀의 채근에 희우가 천천히 입을 열었다.

"별거 아니야. 최강진을 영원히 묻어 두려는 거지. 혹시 잘못될 수도 있어서 보험을 들어 둔 거야. 나로서도 그 파일이 사용되지 않기를 바라고 있어."

"나한테 숨기면서까지 진행하려는 이유는 뭐야?"

희우는 대답하지 않았다. 지금 희우가 하는 일 중에는 합법적인 선을 벗어난 것도 많았다. 그런 모습을 규리에게 보여 주고 싶은 마음은 없었다. 정도를 걷는 걸 원하는 그녀만큼은 바른 검사로 남아 줬으면 하는 마음이 있어서다.

희우가 그녀를 보며 말했다.

"위험할 수도 있으니까."

이 말 역시 진심이었다.

규리는 어이없다는 표정으로 고개를 저었다. 희우의 말에 그녀는 조금 자존심이 상했다.

"나도 검사야."

"어?"

"너도 검사고 나도 검사라고."

그녀도 검사였다. 대한민국에 일어나는 불의를 걷어 내는 한 기관이었다. 그런데 위험하다는 핑계로 제외를 당했으니 자존심이 상할 수밖에 없었다. 친구로서가 아니었다. 검사로서 지금 느껴지는 감정이었다.

희우는 미안한 표정으로 멋쩍게 웃었다.

"알아."

조용히 대답을 하고 맥주를 입으로 넘겼다. 규리가 말했다.

"그리고 내가 너보다 선배야. 그것도 잊지 마."

"그것도 알아."

맥주 캔을 빈자리에 놔두며 희우는 시선을 틀었다. 희우의 시선은 살랑대는 바람이 불어오는 곳으로 향해 있었다.

위험해서 제외하고, 보여 주고 싶지 않아서 제외한다. 하지만 무엇보다 가장 큰 이유는 훗날 조태섭과의 본격적인 싸움 때문이다. 그 싸움이 시작된다면 규리는 가장 위험한 자리에서 싸워야 할지도 모른다. 그때까지는 아껴야 했다. 어떤 사람의 눈에도 보이지 않는 곳에서, 날카로운 검을 들고 숨어 있을 수 있도록 해야 했다.

조금은 분한 듯 보이는 규리에게 희우가 말했다.

"나중에 더 큰 놈을 잡을 때. 그놈은 네 손에 넘겨줄게."

"뭐?"

"큰 놈이니까 더 위험하겠지? 그때 같이하자."

희우의 말이 진지하게 흘러나왔다.

그 말에 그녀는 예전에 했던 대화를 떠올렸다. 언젠가 그녀가 고백을 했던 날, 희우는 말했었다.

"자세한 이야기는 할 수 없지만 나도 전쟁을 준비하고 있어. 싸워야 할 상대는 생각 이상으로 강해."

그 말에 그녀가 반문했었다.

"그래서 전쟁이 뭔지는 가르쳐 줄 수 없고, 싸움이 끝날 때까지는 연애도 결혼도 아무것도 안 할 거라는 말이야?"

그녀의 물음에 희우는 고개를 끄덕였었다.

그녀가 다시 물었다.

"그 전쟁이 언제 끝나는데?"

"아직 몰라."

그때는 희우가 한 그 말이 단지 자신의 고백을 거절하기 위한 핑계라고만 생각했다. 하지만 지금 희우의 표정과 어투를 보니 그것이 아니었다.

거기에 희우가 하고 있는 행동.

장일현을 잡고 최강진을 노리는 희우의 송곳니.

희우가 큰 싸움을 준비하고 있다는 느낌이 들었다.

규리는 그제야 손에 들고 있던 맥주를 입에 가져다 댔다. 목이 타는 것 같았다.

도대체 어떤 싸움을 생각하고 있기에 이렇게까지 준비하려는 걸까.

궁금했지만 그녀는 묻지 못했다. 희우의 눈을 보고 있으면 대답해 주지 않을 거라는 게 느껴졌기 때문이다.

CHAPTER 29

다음 날, 지검 앞 커피숍이었다.

희우는 장애인 사건을 의뢰했던 여고생 유미를 만났다.

"우리 지검장님이 상장 준다고 하더라."

"정말요?"

그녀는 뛸 듯 기뻐했다.

그녀가 기뻐하는 모습에 희우가 한마디 더 했다.

"그냥 상 아니야. 아마 검찰총장상일걸."

검찰총장상이면 잘은 몰라도 내신에서 좋은 점수를 받을 수 있을 것이다. 입시가 가까운 학생들에게는 최고의 선물이었다.

좋아하는 그녀를 보며 희우는 싱긋 웃었다. 그의 미소를 보며 유미가 희우에게 말했다.

"저도 열심히 공부해서 검사님처럼 훌륭한 검사가 되고 싶어요."

"너는 정의로운 검사가 될 수 있을 거야."

"감사합니다."

그녀는 희우에게 꾸벅 인사를 하고 가게를 벗어났다. 그녀의 표정은 이미 사법 고시를 통과하고 검사 임용까지 끝낸 사람 같았다.

그런 그녀의 뒷모습을 보며 희우는 전화를 걸었다.

그와 동시에 문이 열리고 구승혁이 들어왔다. 그는 오늘 중앙 지검 앞에서 희우와 만나기로 약속이 되어 있었다.

희우의 앞자리에 앉은 구승혁이 떠나는 유미를 보며 말했다.

"쟤야? 장애인 보호시설 사건 제보자?"

"응."

"순하게 생겼는데 용감하네."

"생긴 것으로 사람을 판단하면 안 돼."

그 말에 구승혁이 큭큭 웃었다.

"김규리 검사처럼?"

"응?"

"순하게 생겼는데, 욕쟁이잖아."

잠시 일상의 이야기를 나눴다. 그리고 구승혁은 본론을 전했다.

"최강진 검사 아버지를 조사하는 중에 찾았는데."

구승혁은 서류를 건넸고 희우는 펼쳤다. 익숙한 이름이 가득 보였다.

"이게 뭐지?"

"연예인 스폰을 하는 정치인, 언론인 등등."

구승혁의 입에서 착잡한 말이 계속해서 흘렀다.

"연예인 하고 싶어 하는 애들 키워 준다고 하면서 더러운 짓 하는 놈들 이름이야. 물론 그렇게 해서 크게 성공하는 애는 없더라."

희우는 종이를 손에 들고 자세히 확인했다.

"아쉽네."

"뭐?"

"아니야."

쟁쟁한 인사들의 이름이 가득했지만, 조태섭의 이름은 없었다. 그리고 최강진의 이름도 없었다. 예상대로 미끼였을 뿐이다. 장일현과 최강진은 희우에게 불법 수사를 유도했던 거다.

생각할 때, 구승혁이 말했다.

"지금은 덮어 두자. 아직까지 장일현과 국대 예술 재단 이사장 성진미의 스캔들 열기가 끝나지 않았잖아. 이런 시국에 성 스폰을 받은 유력 인사들에 대한 내용을 발표한다면?"

"장일현이 나올 수도 있다?"

"어. 그리고 미래자동차 사건도 아직 안 끝났잖아. 듣기로는 국민들 관심이 사라질 때까지 미루고 미루는 중이라던데?"

구승혁은 모든 범죄자를 잡고 싶어 했다. 자신이 이 사건을 터뜨리며 장일현과 성진미 그리고 미래자동차 전일보가 빠져나오는 것을 원하지 않았다.

"난 그런 거 싫다."

구승혁의 말을 들으며 희우가 입술을 쓸었다.

'설마.'

놈들은 두 가지를 생각하고 있던 거다.

'날 불법 수사로 잡아 버리는 것.'

그리고 또 하나는.

'이 사건을 통해서 장일현을 빼내는 것.'

희우가 어이없다는 듯 웃었다.

어린놈들이 벌써부터 못된 것만 생각하고 있다.

'어떻게 할까?'

생각하던 희우가 고개를 들어 구승혁을 바라봤다.

"사건을 키우자."

"뭐?"

"나에게는 우리나라 고위 관료나 유명 인사의 학력 위조에 대한 자료가 있어."

성진미의 국대 예술 재단을 찾던 중 국내 유력 인사들의 학력 위조에 대한 자료를 확보해 뒀었다. 그때는 사건의 범위가 재단을 넘어 한국 전역을 휘감을 것 같은 예감과 한꺼번에 펼치기에는 아까운 생각에 보관해 뒀던 거다. 하지만 지금은 아니었다. 최강진과 장일현이 희우를 이용하려면 이 사건을 활용해야 했다.

"고위 관료?"

"어."

구승혁의 얼굴이 굳어졌다. 성 스폰과 학력 위조가 함께 밝혀진다면 대한민국의 행정이 정지될 수도 있는 일이었다.

"지금은 덮자니까?"

희우는 고개를 저었다.

"터뜨리자."

"장일현이 나올 수도 있어!"

희우가 슬쩍 웃었다.

"장일현이랑 최강진이 한 걸로 만들지 뭐."

"뭐?"

놀란 구승혁의 표정을 보며 희우가 씨익 웃었다.

"어제 줬던 장일현 파일은 쓸모없을 것 같네. 파기해."

희우는 최악의 경우를 생각했었고 그 보험으로 구승혁에게 장일현 파일의 사본을 맡겨 뒀었다. 하지만 이제는 필요 없을 것 같았다.

희우가 말했다.

"그리고 조금 더 조사해 줘. 성 스폰 말고 인사 청탁이나 정치권에 의해 조작된 방송을 만든 행위가 있을 거야. 더 깊이 들어가면 우리가 밝혀질 수도 있으니까 겉만 핥아. 속을 파고드는 일은 내가 할게."

구승혁이 어처구니없다는 듯 웃었다.

"내가 하면 정체가 밝혀지고 네가 하면 안 밝혀지냐?"

"그럴걸. 말해 줄 수는 없지만 나한테는 비밀결사대가 있거든."

"비밀결사대?"

구승혁의 눈살이 찌푸려졌다.

친해졌다고 생각했지만 희우는 자신의 생각을 온전히 밝히지 않았다.

지금 말한 비밀결사대라는 것도 그랬다. 구승혁이 물었다.

"같이 일을 진행한다면 비밀결사대니 뭐니 하는 건 솔직하게 공개해야 하는 거 아냐?"

"비밀이 왜 비밀이야? 공개하는 게 더 웃기지."

여전히 구승혁의 표정은 못마땅했다.

답답해하는 구승혁의 표정을 보며, 희우는 조금만 알려 주기로 했다.

"김산에 있을 때 같이 일하던 수사관 말하는 거야. 아무래도 서울에 있는 우리보다는 움직이기 편하거든."

그제야 이해가 간다는 표정의 구승혁이었다.

구승혁과 대화를 마친 희우는 자리에서 일어났다.

"간다."

희우는 구승혁과 헤어지고 중앙 지검으로 돌아왔다.

중앙 지검은 정신없이 바쁜 와중이었다. 장애인 보호소에 불법 대출업체 그리고 결혼 정보 업체. 끝이 아니었다. 불법적인 알선으로 장애인과 결혼하여 영주권을 받은 외국인까지. 정신이 남아 있을 수 없었다. 이 모든 일은 희우로 인해 시작된 사건이었다.

민수가 즐거운 표정으로 희우의 옆에 다가왔다.

"바쁘니까 좋네, 흐흐흐."

민수는 기분 좋게 웃고 있었다.

미래자동차 사건을 장일현에게 빼앗긴 후, 그리고 시민 단체의 눈까지 사건에서 빠져 버린 뒤 계속해서 시무룩하게 지내 왔다. 하지만 지금은 다르다. 희우와 함께 조사한 사건이 성과를 보이고 있으니 기분이 좋을 수밖에 없었다. 희우의 옆자리에 앉은 그가 기분 좋은 미소를 흘렸다.

"역시 너랑 있으니까 재밌어, 흐흐흐."

희우가 그의 말을 들으며 조용히 입을 열었다.

"더 재밌는 거 하시겠어요?"

"뭐든."

그의 눈에 열정이 불타올랐다. 희우가 피식 웃으며 자판기로 걸어갔다.

"그러면 오늘은 제가 음료수 살게요."

차가운 음료를 민수에게 건넨 희우가 말했다.

"최강진 검사를 잡으려고 합니다."

민수의 입꼬리가 올라가기 시작했다.

"잡자. 정말 재밌겠다."

민수의 눈이 방금 전보다 더욱 불타올랐다.

희우가 슬쩍 웃었다. 그리고 민수를 향해 물었다.

"그런데 궁금한 게 있어요."

"뭔데?"

"혹시 장일현하고 최강진 검사하고 왜 그렇게 친한지 알고 계시나요?"

민수가 의아한 표정으로 희우를 바라봤다.

"몰랐어?"

"뭘요?"

씨익 웃는 민수.

"걔들 돈으로 엮여 있어."

"네?"

"장일현네 집하고 최강진네 집하고 같이 만든 회사가 있나 봐. 잘 알려지지는 않는데 무슨 드라마 만들고 하는 회사야."

장일현은 부동산 투기로 돈을 벌었던 집이고 최강진의 아버지는 방송가의 권력자다.

"당연히 장일현의 집이 돈이 많으니까 더 많은 투자를 했지. 그런데, 장일현이 구속당한 거야. 그때, 장일현의 집에서는 최강진에게 엄포를 놓았지. 장일현을 빼 주지 않으면 투자금을 회수하겠다고."

희우는 알지 못하고 있던 이야기였다. 멍한 눈으로 바라보자 민수가 요상한 웃음을 날리며 말했다.

"내가 이걸 어떻게 알았는지 궁금하지?"

희우가 고개를 끄덕였다.

"네."

희우는 그들의 집안 내력까지는 모르고 있었다. 이전의 삶에서도 장일현과 최강진의 뒤를 밟은 적이 없기 때문이다. 하지만 민수는…….

"난 예전부터 두 사람을 조사하고 있었거든."

민수는 대학 생활에 적응을 못하고 자퇴와 수능을 반복하던 사람이다. 그런 민수가 법대에 들어왔을 때 최강진과 장일현이 보낸 시선은 경멸에 가까웠다고 했다.

"정말 집요하시네요. 대학 때 감정 상한 일로 조사했던 거예요?"

"내가 예민한 남자잖아, 흘흘."

"혹시 더 조사한 게 있으신가요?"

"아니, 이게 다야."

"아, 그게 다예요?"

"응."

희우가 슬쩍 웃었다.

손자병법에 이런 말이 있다. 지피지기면 백전불태, 적을 알고 나를 알면 백번 싸워도 위태롭지 않다는 뜻이다. 최후의 하나까지 모두 확인하고 또 확인해야 했다. 그래야 자신과 함께하는 모든 사람이 위험에 빠지지 않을 수 있다. 희우는 민수의 도움으로 최강진과 장일현의 집안, 그 뒷이야기를 알게 됐다.

민수와 헤어지고 사무실로 돌아왔을 때다. 최강진이 희우를 회의실로 불렀다. 아무도 없는 회의실은 밀담을 나누기에 적당한 장소였다.

"생각해 봤어?"

"네?"

"장일현 선배."

희우가 조용히 있자 최강진이 말을 이었다.

"너도 그동안 지검의 분위기를 봤으면 느꼈을 거잖아. 아무도 장일현 선배가 잡혀 들어가는 걸 원하지 않아. 그건 지검장님도 마찬가지야."

희우가 고개를 저었다.

"아뇨. 하루만 더 생각할 시간을 주시겠습니까?"

최강진이 약간 씁쓸한 미소를 보였다.

"좋아. 하지만 잘 생각해. 별일 아닌 걸로 장일현 선배의 인생을 망칠 수도 있어."

"알겠습니다."

희우는 최강진의 부탁을 들어줄 생각이 전혀 없었다. 방금 민수와의 대화로 생각은 끝이 났다. 하지만 대답을 보류한 이유는 하나다. 민수의 말이 사실인지 알아볼 시간이 필요했다.

밖으로 나온 희우는 바로 상만에게 전화를 걸었다. 그리고 최강진의 아버지가 만들었다는 드라마 제작 회사를 알아보라고 지시했다.

언제나 이런 지시에 상만은 볼멘소리를 했지만 일 처리는 똑 부러졌다. 2시간 후에 상만은 희우에게 전화를 걸었고 '최수혁 프로덕션이라는 드라마 제작 회사가 만들어졌는데요. 연예 기획사도 병행하고 있어요. 괜찮은 신인들이 소속되어 있더라고요.'라고 말했다.

'최수혁?'

최수혁은 최강진의 아버지 이름이었다.

상만은 최수혁 프로덕션의 투자자가 장일현의 아버지라는 말까지 전했고 희우는 전화를 끊으며 고개를 끄덕였다. 이로써 확실해졌다.

희우는 구승혁에게 문자를 보냈다.

-최수혁 프로덕션을 집중 조사해 봐.

휴대폰을 품에 넣는 희우의 입가에 미소가 걸렸다.

최강진은 모르고 있을 거다.

최강진은 지금 호랑이의 아가리에 머리를 집어넣고 있는 것과 같다. 그 호랑이가 입을 다무는 순간, 최강진의 비명이 지검 전체에 울릴 거다.

희우의 전화벨이 울렸다. 한미였다.

-바빠?

"아니, 지금은 괜찮아."

-나 지금 중앙 지검 앞인데 나올 수 있어?

"지금?"

희우는 시간을 확인했다. 그녀는 아직 회사에 있어야 할 때다.

"회사 안 갔어?"

-땡겼지.

희우는 잠깐만 기다리라는 말을 하고 자리에서 일어나 밖으로 나갔다.

한미는 지검 앞 커피숍에 앉아 있었다. 그녀는 희우가 나타나자 활짝 웃었다.

"회사에서 도망 나왔어?"

"그냥 그러고 싶었네요. 맞다, 나, 너 텔레비전에 나오는 거 봤어."

희우가 장일현 스폰서 사건에 대한 브리핑을 하는 장면을 봤다는 거다.

"우리 희우 멋있더라."

"그랬나?"

"응, 잘생겼더라. 연예인보다 더 멋있었어. 어리바리한 게."

"어리바리?"

"응, 많이. 카메라 플래시 터지니까 눈은 이렇게 찡그리고."

한미가 손가락으로 눈을 찢으며 방긋 웃었다. 그리고 말을 이었다.

"예전에 내가 했던 말 기억해?"

"어떤 말?"

"누구 좀 잡아 달라고 했던 말."

희우가 사법 고시에 합격했을 때였다. 한미는 이른 아침부터 축하주를 산다며 찾아왔었다. 그리고 먼저 취해서는 혀가 꼬여 말했었다.

－내가 부탁 하나만 해도 될까? 한 놈만 좀 잡아 줘라. 한 놈만 잡아 줘. 출세에 눈이 멀어서 여자도 버리고 자식도 버리고, 거기에 자식의 앞날까지 막는 사람. 찾으면 잡아 줘.

희우는 그 말을 기억하며 고개를 끄덕였다. 그 상대는 김석훈이다. 한미가 말하지 않았어도 잡을 생각이었다.

"기억하지."

한미가 배시시 웃었다. 그리고 다시 입을 열었다.

"언제 잡을 수 있어?"

희우는 대답하지 않았다. 그저 조용히 그녀의 눈을 바라봤다. 웃고 있지만 언제든 눈물을 흘릴 것 같은 눈이다.

"빨리 잡아 줬으면 좋겠는데. 나 정말 결혼할지도 몰라."

말하던 한미가 픽 웃으며 고개를 저었다.

"얼굴 풀어. 농담이야, 농담."

한미는 분명 웃고 있었다. 하지만 희우에게는 그렇게 보이지 않았다. 한미가 펑펑 울고 있는 것처럼 보였다.

'결혼이라.'

희우는 한미의 결혼 상대인 부필식품에 대해 조사를 하고 있었다. 조건만 본다면 전혀 나쁘지 않다. 재벌 집안과의 결혼은 어쩌면 많은 사람이 꿈꾸는 삶일지도 모른다. 그래서 희우는 두 가지 생각을 하고 있었다.

하나, 한미가 결혼을 선택한다면 기쁘게 축하해 준다.

하나, 한미가 결혼을 원하지 않는다면, 원하는 삶을 살게 만들어 준다.

하지만 그녀의 표정은 행복해 보이지 않았다. 선택이 아니라 강요였다는 거다. 희우가 물었다.

"하고 싶은 결혼이야?"

한미는 대답하지 않았다. 희우가 다시 입을 열었다.

"난 너에게 선택할 수 있는 기회를 주고 싶은데."

그녀가 선택할 수 있는 기회.

그녀가 말한다면 어느 쪽으로든 도움을 주고 싶었다. 하지만 한미는 이번에도 대답하지 않았다.

한미와 헤어진 희우는 지검으로 들어가지 않고 택시에 올라 상만에게 향했다. 그리고 상만에게 전화를 걸었다.

"부필식품 조사는?"

-아.

당황한 것 같은 상만의 목소리에 희우가 미간을 찡그렸다.

"잊어 먹었어?"

-…….

"지금 가고 있으니까 알아볼 수 있는 건 모두 끄집어내고 있어 봐."

-사장님.

"왜."

-저를 못 믿으십니까? 지금 막 팩스가 도착하는 중입니다. 흐흐흐.

상만은 막 조사를 끝낸 상태였다. 희우의 지시라면 모두 처리해 내고 있었다.

희우는 상만의 사무실 근처 바로 향했다. 룸이 있는 곳이라 조용히 대화를 나눌 수 있는 최적의 장소였다.

"주식에는 영향이 없을 내용도 따로 들은 게 있는데 말씀드릴까요?"

"대표의 머리카락 개수까지 말해."

"회장의 머리카락은 빵 개입니다. 머리가 없어요."

"장난 그만하고 본론으로 넘어가자."

상만의 표정이 진지하게 변했다. 그리고 입을 열었다.

"거기 아들요, 자세히 알아보니까 문제가 많던데요?"

아들이라는 말에 희우의 인상이 구겨졌다. 분명 한미와 결혼 이야기가 오고 가는 사람이었다.

"부필식품의 아들 안현채, 미국 유학 시절에 많은 문제를 일으켰죠."

상만이 말한 내용은 기가 막혔다. 한국에서 미국으로 유학을 가게 된 이유도 평범한 집의 여자를 욕정 때문에 건드렸다는 거다.

"여자가 임신을 하자 도피성 유학을 택한 거죠."

미국에서도 문제가 많았다. 동거, 마약 등등 이루 말할 수 없는 짓을 하고 다녔다. 대학 역시 졸업은 했는지, 아니 애초에 입학을 했었는지조차 의심이 된다는 말을 들으며 희우는 의자에 파묻히듯 등을 기댔다.

처음 한미를 만났을 때가 기억났다. 그녀는 희우가 세상에서 가장 싫어하는 부류 중의 하나였다. 하지만 한미는 희우와 지내며 좋은 쪽으로 변화했다. 공부를 하고 대학에 갔으며, 여전히 요양원에 봉사를 다니고 있다. 그런 한미가 강요받은 결혼을 하는 것은 싫었다. 그것도 문제 많은 인간과의 결혼은 하는 게 아니라고 생각했다.

희우의 생각이 깊어졌다.

김석훈을 잡는다? 고개를 저었다. 잡을 수 있는 죄목 자체가 없었다. 그리고 있다고 해도 잡을 수 없다. 희우가 가진 힘으로 김석훈을 끌어내리기는 불가능했다. 아직 김석훈의 옆에는 최강진을 비롯해 굳건하게 버티고 있는 성벽이 많았다.

그리고 김석훈이 한미를 부필식품에 시집보내려는 이유도 알 수 없었다. 김석훈은 한미의 존재를 숨기는 중이다. 그런데 왜 결혼을 추진하고 있을까? 궁금했지만, 지검장실에 올라가 이유를 물어볼 수는 없었다.

희우의 생각은 더욱 깊은 곳을 향했다.

두 가지를 염두에 두고 있었다. 하나는 김석훈이 혼외 자식인 한미에게 미안한 감정을 느껴 좋은 집안으로 시집보내려고 할지도 모른다는 생각. 또 다른 하나는, 재벌가와 연을 만들어 더욱 큰 힘을 손에 넣으려는 계획.

생각에 생각을 거듭하던 희우는 고개를 저었다.

간단한 방법이 있었다. 부필식품의 아들 안현채의 삶을 무너뜨리면 되는 거다. 그게 가장 간단한 방법이다. 그럼, 김석훈이 어떤 생각을 가지고 있든 상관하지 않아도 된다.

희우는 상만에게 건네받은 부필식품에 대한 자료를 펼쳐 들었다.

자료를 보고 있는 희우에게 상만이 말했다.

"여기 싸움이 난 것 같아요."

"싸움?"

"회장이 지병이 있더라고요."

부필식품은 안중호 회장 라인과 주동연 이사 라인으로 나뉘어 있었다. 그런데 안중호 회장이 자신의 아들 안현채를 낙하산 인사로 집어넣으며 문제가 생기기 시작했다. 안중호가 지병으로 병원에 들어가자 회장의 라인은 구심점을 잃었고…….

"주동연 이사 라인에서 안현채를 공격하고 있죠."

희우는 이사 라인의 인물들이 있는 서류를 잡아 넘겼다. 그리고 한 사람의 인적 사항을 꺼내 상만의 앞에 던졌다.

"이 사람과 약속 잡도록 해."

"최식만 부장요?"

"응."

상만은 이해가 가지 않는 표정으로 물었다.

"부장이면 자세한 사항을 알기에는 힘이 떨어지지 않을까요? 제가 볼 때는 주동연 이사를 직접 만나거나 본부장급을 접촉하는 게 좋다고 생각하는데요."

희우는 고개를 저었다.

"주동연 이사나 본부장급이면 쉽게 올라갈 수 있는 자리가 아니야. 산전수전 겪었을 사람들이다."

물론 부장이라는 직함 역시 고스톱 쳐서 오를 수 있는 자리는 아니다. 하지만 최식만 부장의 이력을 보면……

"일반 사원으로 들어와서 지금껏 단순 업무에 치중했던 사람이야. 이런 사람이 단시간에 부장에 올랐다면, 분명 윗선에 아부와 아양을 통해 올라갔을 거야."

희우는 최식만 부장이 실력에 비해 과분한 자리를 가지고 있다고 판단했다. 이런 사람은 다루기 편했다. 희우는 최식만 부장 같은 사람들을 알고 있었다.

"이런 사람이라면 스스로도 알고 있을 거야. 한번이라도 밀려나면, 끝이라는 것을."

며칠 후, 상만은 부필식품 본사의 부장 최식만과 만나고 있었다. 미닫이문을 열고 들어서는 고급 일식집이었다.

상만이 최식만에게 명함을 건네며 말했다.

"바쁘신데 오시게 해서 죄송합니다."

"아뇨, 괜찮습니다. 그런데 부동산 회사에서 저는 왜?"

상만은 희우의 지시를 받고 부필식품에 대해 더욱 자세히 알아봤다.

부필식품은 경영권 싸움을 위한 지분 전쟁이 한창이었다. 그 중심에 있는 게 주동연 이사와 회장 아들 안현채였다. 그리고 최식만 부장은 주동연 이사의 사람이었다. 싸움의 결과에 따라 이사진으로 올라갈지, 좌천되어 사직서를 내야 할지 결정의 기로에 서 있었다.

상만이 웃으며 말했다.

"제가 부필식품에 투자를 하고 싶은데 지금 회장님 라인에 기대할 수 있는 건 없다고 생각했습니다. 실력도 없는 아들을 경영권에 올리다니, 망조라고 봤습니다."

최식만은 상만의 말에 동의한다는 듯 끄덕였다. 그리고 상만을 바라봤다. 상만은 아직 젊은 사람이다. 투자를 거론하기에는 지나치게 어리다고 생각했다. 하지만 최식만의 표정에 그런 건 나타나지 않았다. 언제나 눈치와 아부로 살아온 사람이었다.

"그런데 하필이면 왜 우리 회사에 투자하려고 하시죠?"

상만의 의중을 알기 위한 질문이었고 상만은 막힘없이 대답했다.

"우리나라 식품 업계에서는 최고 아닌가요? 지금 회장님의 경영 방법이 잘못되어서 망가지고는 있지만, 제대로 세운다면 지금이 저평가된 거니까요. 저는 돈을 벌고 싶습니다."

가장 솔직한 대답이었다. 그 말은 최식만이 가지고 있는 의구심을 해소시켜 주었다. 세상에 돈을 싫어할 사람은 없었다. 최식만은 상만이 어디 부잣집 아들이겠거니 판단을 했다.

그런데, 이들의 대화는 상만의 품에 있는 전화기를 통해 희우에게 고스란히 전해지고 있었다. 대화를 듣던 희우는 상만의 능글맞은 연기력에 피식 웃었다.

'배우 해도 되겠어.'

희우는 최식만을 통해 주동연 이사를 돕기로 했다. 부필식품의 회장이 누가 되든 희우에게 관심 있는 사항은 아니었다. 단지 한미가 강요된 선택이 아니라 주도적인 선택을 하게끔 만들어 주고 싶었다. 그리고 이 기회를 통해 가진 자산을 한 단계 더 업그레이드할 계획이었다. 부필식품에 대한 투자는 금융 위기가 오기 전, 마지막 투자가 될 수도 있었다.

상만이 말했다.

"안현채가 미국에서 했던 악행들 중에 상당수가 안중호 회장의 힘에 의해 소실되었다고 들었습니다. 그 자료를 확보해 줄 수 있습니까?"

"가능합니다. 그런데……."

최식만이 말을 끌었다. 상만의 눈빛이 최식만을 관통하자 그가 어렵게 입을 열었다.

"그 자료는 왜 필요한 거죠?"

최식만은 아직 상만을 의심하고 있었다. 그리고 상만도 최식만이 아직 의심하고 있다는 것을 느꼈다. 그런 걸 뒤집을 수 있는 건 대범함이었다. 나는 당신과 달리 대범하다, 믿고 말해라, 도와주겠다, 하는 모습을 보여 줘야 한다. 상만이 크고 당당하게 웃었다.

"왜 필요하냐고요? 하하하!"

그 당당함에 최식만이 움츠러들었다. 자신보다 강한 자에게 고개를 숙이고 살았던 자의 반응이었다.

한참을 웃던 상만이 웃음을 뚝 멈추고 말했다.

"왜긴요? 검찰에 고발해야죠."

"네?"

최식만은 당황했다. 이런 대답이 나올 것이라고는 전혀 생각하지 못했기 때문이다. 그리고 상만의 목소리가 이어졌다.

"저는 오너 리스크를 통해 부필식품의 주식 가격을 왕창 내릴 생각입니다."

"네?"

최식만은 이번에도 당황했다. 하지만 상만은 거침없이 목소리를 이었다.

"말씀드렸잖아요, 전 돈을 벌고 싶다고요. 일단 가격을 떨어뜨리고 주워 담을 겁니다. 그리고 기다릴 겁니다. 주동연 이사님이 회장이 되면,

부필식품은 안정되겠죠. 그럼, 주식 가격은 당연히 상승하겠고요."

최식만이 고개를 끄덕였다. 최식만도 그렇게 생각하고 있었다. 주동연 이사가 회장이 되면 부필식품은 지금보다 훨씬 큰 성장을 할 거라고.

"많이 조사하셨군요."

상만이 슬쩍 웃으며 말했다.

"오너 리스크가 터지면, 안현채는 회사에 남아 있기 힘들 겁니다. 주주 들이 가만히 있겠습니까? 그러니까, 안현채의 비리를 주세요."

최식만이 입술을 쓸며 생각했다. 상만을 통해 안현채를 무너뜨리면, 손 안 대고 코를 푸는 것과 같다. 자신이 상만에게 자료를 넘겼다는 것도 아무도 모를 거다. 즉, 서로 이득 되는 거래다.

"좋습니다."

최식만이 말했고 휴대폰을 통해 대화를 듣던 희우는 주먹을 꽉 쥐었다.

'됐다.'

최식만은 실력이 아니라 아부를 통해 부장이 된 사람이다. 이런 사람 은 성공의 방법을 꼼수에서 찾으려고 한다. 그런 최식만에게 상만의 유혹 은 달콤했을 거다.

희우는 통화를 종료했다. 그리고 한미의 회사 앞으로 향했다.

"희우야~."

한미는 힐을 신고 있었다. 그런데, 불편한 것도 모르는지 달려오고 있 었다. 희우의 앞으로 온 한미가 물었다.

"왜? 왜? 왜? 네가 회사 앞으로 온 건 처음이잖아. 왜? 무슨 일이야?"

그녀는 흥분했는지 말이 매우 빨랐다.

"조용한 데 들어가서 차 한잔 마시자."

"조용한 데?"

그녀는 큰 눈을 돌리며 근처의 조용한 가게를 찾기 위해 애를 썼다. 하 지만 한미는 희우가 여기까지 찾아왔는데 그냥 보내고 싶지 않았다. 맛있는 걸 사 주고 싶었고, 삼겹살집으로 데려갔다. 희우가 인상을 구겼다.

"조용한 데 가서 차를 마시자니까 무슨 고기야?"

"왜? 조용하잖아."

절대 조용할 수 없다. 이곳은 삼겹살집이다. 손님도 많다. 고기 익는 소리와 술잔 부딪치는 소리, 사람들의 정겨운 말소리가 시끄러웠다.

"그리고 여기 맛집이거든?"

한미는 특유의 반달 모양 눈웃음을 지으며 메뉴판을 들었다.

희우는 고개를 저으며 물었다.

"너 결혼할 거야?"

"응?"

한미는 잠시 당혹스러운 표정을 지었다. 하지만 이내 장난기 가득한 눈으로 되물었다.

"왜? 나 안 했으면 좋겠어?"

"아니. 네가 선택하게 만들어 주고 싶어서."

"어? 선택?"

한미는 말이 없었다.

선택은 그녀의 인생에 존재하지 않는 단어였다. 그런 삶에서 벗어나기 위해 고등학교 때는 엇나가기까지 했었다. 하지만 그녀는 지금도 김석훈의 손아귀에 잡혀 있었다. 소주잔에 소주를 따라 마시며 그녀는 배시시 웃었다.

"선택, 난 그런 거 해 본 적 없는데."

"도와줄게."

한미의 큰 눈동자가 움직였다. 위로 올라갔다가 아래로 내려가는 그녀의 검은 눈동자는 많은 고민을 하는 것처럼 보였다. 그리고 잠시 후 작지만 강한 어조로 그녀가 말했다.

"내가 결혼을 안 하면 우리 엄마가 울 거야."

"울지 않는다면?"

"그럼, 하기 싫어."

"알았어. 하지 않게 해 줄게."

"뭐?"

"믿고 있어."

믿으라는 말에 한미는 조용히 웃었다. 희우라면 원치 않는 결혼을 막아 줄 수도 있다는 생각이 들었기 때문이다.

희우가 시선을 틀어 창밖을 바라봤다. 한미에게 결혼을 하고 싶지 않다는 확답을 받았다. 그럼, 본격적으로 움직여야 한다. 하지만 위험한 일이다. 김석훈이 지켜보고 있을 수도 있다. 최대한 조심스럽게 그리고 은밀하게 움직여야 했다. 희우는 부필식품의 최식만 부장을 떠올렸다. 이번 사건의 가장 큰 역할은 그 사람이었다. 최식만이 얼마나 잘해 주느냐에 따라 결과가 달라질 수 있었다.

그때, 상추에 고기를 넣고 고추까지 넣은 한미가 곱게 쌈을 싸서 희우에게 말했다.

"아~."

희우는 고개를 저었다.

"너 먹어."

"아~."

희우는 한미의 손에서 쌈을 뺏은 후 그녀의 입에 넣었다. 그녀의 얼굴이 찌푸려지며 입에 넣은 쌈을 뱉어 냈다.

"알고 있었어?"

"아까 매운 고추 여러 개 집어넣더라."

"너 창밖 보고 있었잖아!"

"다 보여."

"아무리 그래도, 이렇게 예쁘게 생긴 아가씨가 쌈을 싸서 주는데 그냥 먹어 주면 안 되냐? 그걸 꼭 뺏어서 내 입에 넣어야겠어?"

희우가 피식 웃었다.

"네 얼굴에 장난치고 싶다는 게 그대로 보이는데 당해 줄 수는 없어."

가벼운 대화에 한미는 조금이나마 기분이 좋아진 것 같았다. 다시 쌈을 싸며 한미가 말했다.

"이번에는 제대로 싸 줄게."

"됐다니까."

"그런데 나 정말로 시집 안 가도 될까?"

"믿으라고 했잖아."

한미는 손에 쥔 쌈만 보고 있었다. 그러다가 소주병을 들어 빈 잔에 소주를 채워 마셨다. 입가에 흐르는 소주를 팔로 슥 닦은 그녀가 말했다.

"나도 나중에 너 하나 도와줄게."

"응?"

"큰 도움 될 거야."

희우는 한미의 말이 무엇인지 어렴풋이 예상하고 있었다.

집으로 돌아가는 버스였다. 희우는 창밖을 보며 생각에 빠져 있었다. 지금 희우는 두 가지를 동시에 하는 중이다. 부필식품과 최강진이었다. 어느 것도 쉬운 일은 없었다. 하지만 희우의 입가에 조용한 미소가 떠올랐다. 일이 어려울수록, 성공의 쾌감은 클 수밖에 없다.

며칠 후.

부필식품의 최식만 부장은 한 빌딩의 지하 주차장에서 누군가를 기다리고 있었다. 그 사람은 상만이었다. 엘리베이터를 타고 지하로 내려온 상만은 바로 최식만의 차를 확인하고 걸어갔다. 상만이 보조석에 앉자 운전석에 있던 최식만이 서류 봉투를 건넸다.

"안현채가 미국에서 어긋난 행동을 했던 자료입니다."

상만은 서류를 펴 보지도 않은 채 가방에 집어넣었다. 그리고 최식만 부장에게 말했다.

"걱정하지 말고 뉴스나 보면서 기다리십시오."

"그럼 잘 부탁합니다."

"걱정하지 마시라니까요."

상만은 기분 좋게 웃으며 차량에서 내렸고 1층에 있는 커피숍으로 향했다. 커피숍에 앉아 있는 사람은 희우였다. 상만이 최식만에게 받아 온 서류를 건네자 희우는 지체 없이 서류를 넘겼다.

"좋아, 이 정도면 충분해."

"이제 어떻게 할까요?"

"계획대로 가야지. 일단 주식부터 담아."

속전속결로 끝내야 했다.

조만간 미국발 경제 위기가 한국을 뒤덮을 거다. 부필식품에 돈이 묶여 있다가는 지금까지 만든 자산이 반 토막이 날 수도 있었다. 하지만 계획대로 된다면, 경제 위기가 오기 전에 자산을 불릴 수 있는 기회였다.

상만이 말했다.

"알겠습니다. 그럼, 최식만 부장 쪽과 계속 접촉하도록 하겠습니다."

"아니, 안현채를 만나."

"네?"

상만이 의아한 눈으로 희우를 바라봤다.

상만은 희우가 한미 때문에 이런 일을 벌이고 있다는 걸 모르고 있다. 그저 안현채를 이용해 주식 가격을 끌어내리고 단기 차익을 보려 한다고 생각했다. 그래서 안현채를 만나라는 말을 이해할 수 없었다.

희우가 말했다.

"강영범 씨한테는 잘 배우고 있지?"

강영범은 강남의 주인이란 별명을 가진 사람이다. 상만은 지금 강영범에게 부동산을 배우고 있다. 안현채 이야기를 하다가 갑자기 강영범을 묻다니, 뜬금없는 질문에 상만은 고개를 갸웃거렸지만 곧 대답했다.

"네, 잘 배우고 있어요. 그런데, 부동산이 아니라 미술 공부하는 것 같아요."

"미술?"

"네."

강영범은 상만에게 볼펜과 도화지를 주고 지도를 그리게 했다. 학교가 어디 있는지, 학교 근처로 어떤 길이 나 있는지, 슈퍼는 어디에 있고 정류장은 어디에 있는지, 상만은 지도를 그리고 또 그려야 했다.

"제가 전봇대 개수는 왜 알고 있어야 하는데요!"

희우가 피식 웃으며 입을 열었다.

"난 부동산을 배울 때 길가에 떨어져 있는 담배꽁초 브랜드까지 외웠다."

"네?"

"분리수거장 다니면서, 뭘 버리는지도 외웠었고."

상만이 어이없는 표정으로 웃었다.

"저는 그나마 다행이네요."

희우는 말없이 커피를 들어 마셨다.

문득 상만을 가르치던 옛일이 떠올랐다.

희우 역시 상만에게 부동산을 가르칠 때 말했었다. 동네에 떨어져 있는 쓰레기까지 확인하라고. 하지만 그 시기는 IMF를 지난 성장의 시대였다. 조금이라도 빨리 상만을 성장시켜 돈을 벌어야 할 날이었기에 지금 강영범이 가르치는 것처럼 디테일한 부분까지는 신경 쓰지 못했다.

"그런데 강영범 사장님은 갑자기 왜요?"

"됐고. 너는 일단 안현채를 만나서 친분을 쌓아. 거창하게 생각하지 말고, 일단은 오며 가며 눈인사할 수 있는 사이만 되면 돼."

상만은 더 묻지 않았다. 희우가 대답해 주지 않을 거란 것을 잘 알고 있어서다.

희우는 상만과 헤어지고 강영범에게 전화를 걸었다.

"김희우입니다."

-검사님이 어쩐 일로…….

"잠깐 뵙고 싶은데요."

강영범은 강남에 있는 한 바에서 희우를 기다리기로 했다.

룸살롱이 즐비한 곳이었다. 거리를 지나며 술에 취한 남자들이 스쳐 지나갔다. 그들을 보던 희우는 문뜩 부럽다는 생각을 했다. 그들 역시 고민 없이 사는 인생들은 아니었다. 직장에서 일터에서, 살기 위해 바득거리는 사람들. 하지만 마음껏 취해 세상을 욕할 수 있다는 그 사실이 부러웠다. 희우는 그들처럼 마음껏 취할 수 없었다. 친구들과 만나 사심 없이 즐거운 시간을 보내기에는, 기다리고 있는 적이 생각 이상으로 거대했기 때문이다.

희우는 약속된 장소에 들어갔다. 강영범은 바의 룸에 앉아 있었다.

"보드카, 어떠세요?"

"좋습니다."

강영범이 희우의 잔에 보드카를 채우며 말했다.

"무슨 이유로 보자고 했습니까?"

"부탁을 드리고 싶어서 왔습니다."

"말씀하세요."

"이번에 주식을 만져 보려고 합니다."

"주식이라, 위험할 때라고 생각하는데요."

사람들이 펀드와 주식으로 열광하는 시기였다. 주식에 관심 없는 사람도 펀드에 가입하고 있었다. 강영범은 사람들이 열광하는 때가 고점이라고 판단했다. 그런데 주식을 만지겠다?

하지만 희우는 부동산 하락을 예측했던 사람이었다. 강영범은 희우가 헛소리를 하는 사람이 아니라고 생각하며 물었다.

"그래서, 부탁은?"

"아진식품의 대표님을 뵙고 싶습니다."

아진식품의 대표 이창효와 강영범이 오랜 친구 사이다. 그 때문에 강영범을 만난 거다.

"아진식품의 대표? 그 친구는 왜요?"

"아진식품이 부필식품을 합병한다면 어떻게 될 것 같습니까?"

강영범이 어처구니없다는 듯 고개를 저었다.

"검사님, 식품 업계에서 부필식품이 1위예요. 아진은 2위고요. 그런데, 아진이 부필을 인수한다고요? 말도 안 되는 소리입니다."

강영범이 고개를 저을 때였다. 희우는 가방에서 서류를 꺼내 테이블 위에 놓았다.

강영범이 서류를 열었다. 그것은 안현채의 비리였다. 강영범의 입가에 스산한 미소가 걸렸다.

"나는 김희우 검사를 좋은 사람으로 생각했습니다."

강영범은 희우가 검찰의 자료를 토대로 투자를 한다고 생각했다. 그건 안 될 짓이다. 검찰의 힘을 이용해 정보를 얻어 돈을 버는 것은 양아치와 같다. 그런데, 희우는 고개를 저었다.

"검찰에서 가지고 나온 자료가 아닙니다."

"그럼?"

"부필식품에 투자를 하기 위해 상만이가 조사한 겁니다."

강영범은 상만이를 가르치고 있다. 상만의 이름이 거론되자 믿을 수 있다는 듯 고개를 끄덕였다. 그리고 서류를 툭툭 넘겼다. 그러다가 술잔을 옆으로 치우며 말했다.

"술을 마시면서 할 이야기가 아니군요."

강영범의 시선이 희우에게 향했다. 본격적으로 이야기를 듣겠다는 뜻이었다. 희우가 입을 열었다.

"부필식품에서 안현채의 입지는 불안합니다. 그래서 저는 안현채의 손으로 무리수를 두게 할 겁니다."

"그게 합병입니까?"

"네."

"아진식품과 부필식품이 합병한다는 소문이 돌면 주가는 천정부지로 오를 게 분명하죠."

강영범이 조용히 웃었다. 돈 벌 생각이 머릿속을 스치는 게 분명했다. 그런데, 희우는 고개를 저었다.

"하지만 합병은 실패할 겁니다."

"네?"

"그 전에 이 자료를 언론에 뿌릴 겁니다."

"안현채의 비리가 불거져 나온다 해도 합병은 진행될 수 있어요."

"저는 그 전에 소유한 주식 전량을 안현채의 반대편에 넘길 생각입니다."

"왜?"

강영범이 이해할 수 없다는 표정을 지었다. 희우가 계속 말했다.

"안현채의 반대편은 합병을 반대하겠죠. 자신들이 회장 자리를 차지할 수 있는 기회니까요. 합병의 소문이 돌면, 그쪽은 합병을 막기 위해 고혈을 짜내 주식을 매집할 게 분명합니다."

"그 사람들에게 싼값에 샀던 주식을 비싸게 판다?"

"네."

강영범이 고개를 저었다.

"그런 상황이 오면, 아진식품 측에서 주가를 더 쳐줄 겁니다. 아진에 넘기는 게 더 큰 이득을 보겠죠."

"허생전을 아십니까?"

뜬금없는 질문에 강영범이 고개를 갸웃거렸다.

가난하게 살던 선비가 독과점을 통해 많은 돈을 벌었다는 이야기, 허생전. 그 이야기를 모를 사람은 없다. 희우가 그 이야기를 빗대었다.

"저는 두 식품 회사의 합병은 반대합니다. 거대 식품 회사의 만남은 독과점이 될 수 있다고 생각합니다. 그건 우리나라 전체에 좋지 않은 결과를 미치게 될지 모른다고 판단했습니다. 돈을 버는 건 맞지만, 더 먼 미래를 생각해야 하지 않을까요?"

강영범은 한동안 말이 없었다. 조용히 생각에 빠져 있을 뿐이었다.

그러다가 강영범이 입을 열었다.

"투자자로서는 매력 있는 제안입니다. 하지만 아진식품은 검사님의 의도대로 움직여 주지 않을 겁니다. 아진식품은 남는 게 없어요. 인수설만 요란하게 났다가 손에 쥔 것 없이 빠져야 할 상황이죠. 그쪽은 장사치입니다. 남지 않는 장사에는 손대지 않아요."

희우가 슬쩍 웃었다.

"아뇨. 남는 게 있지요."

"……."

"업계 제1의 자리입니다."

"……!"

부필식품이 흔들리면 그 자리는 아진식품의 차지가 되어 버린다.

"아시겠지만 업계 1위와 2위의 차이는 큽니다."

수많은 기업들이 1위라는 상징성을 갖기 위해 막대한 돈을 쏟아붓는다. 희우가 그 욕망을 건드리며 말을 이었다.

"아진이 부필을 인수한다는 말은 아진이 갑의 위치에 서 있다는 거죠. 사람들은 생각할 겁니다. 아진이 식품 업계의 1위라고."

강영범이 다시 크게 웃었다.

"서로에게 나쁠 것이 전혀 없는 제안이군요. 좋아요. 조만간 아진식품 대표와의 자리를 만들어 보겠습니다."

강영범이 다시 술잔을 제대로 세웠다.

이제 본격적으로 술을 마시자는 이야기였다.

일상의 업무를 처리하고 있던 희우에게 문자가 왔다. 구승혁이었다.

–최수혁 프로덕션 정황 파악.

최수혁은 최강진의 아버지 이름이었다. 구승혁이 그 프로덕션에서 뭔가를 찾아냈다는 거다. 문자를 본 희우는 바로 삭제 버튼을 눌렀다.

그리고 그날 밤, 희우는 구승혁을 만났다. 구승혁은 서류를 건넸고 희우는 서류를 확인했다. 그리고 바로 신문사에서 일하고 있는 유빈에게 전화를 걸었다. 고등학교 시절 도서관 사서였던 그녀는 반갑게 희우의 전화를 받았다.

다음 날, 그녀와 희우는 북한산 근처의 조용한 한식집에서 만났다. 미닫이문으로 닫힌 작은 공간, 그들이 마주 앉은 큰 상에는 갖가지 음식이 놓여 있었다. 갈색 떡갈비에서부터 붉은 김치까지, 색색의 한식은 눈을 즐겁게 만들었다.

두 사람 사이에 가벼운 인사말이 오갔다. 그리고 희우가 말했다.

"부탁이 있어요."

"뭔데? 말해 봐. 우리 후배 부탁인데, 선배가 들어줄 수 있는 건 다 들어줘야지."

희우가 조용히 그녀를 바라봤다. 그녀의 진심을 알고 싶었다. 고등학교 시절엔 순한 성격의 그녀였지만 지금은 기자였다. 정치부 소속이라고 하지만 기삿거리가 될 만한 건 무엇이든 쓰는 게 기자들이라고 생각했다.

희우의 마음을 알았을까? 유빈이 말했다.

"걱정하지 마. 난 그렇게까지 타락한 기자 아니야."

희우가 어색하게 웃으며 입을 열었다.

"대신 나중에 특종은 모두 선배에게 줄게요."

"됐네요. 말이나 하세요."

희우는 다시 망설였다. 하지만 천천히 입을 열었다.

"황진용 의원을 만나고 싶습니다."

"뭐?"

황진용 의원은 힘없는 국회의원이다. 하지만 희우는 그를 만나고 싶었다.

몇 해 전만 해도 황진용은 조태섭과 비견될 사람으로 꼽혔었다. 그리고 조태섭에게 대항하는 몇 안 되는 사람이기도 하다. 비록 지금 황진용은 이빨 빠진 호랑이였지만 날카롭게 갈려 있는 눈빛은 아직 서슬 퍼렇게 빛나고 있었다. 하나 더, 황진용 의원에게는 두 아들과 딸 하나가 있었는데, 그의 딸은 김산에서 성폭행을 당해 교통사고로 사망했고 그것은 희우가 해결했던 사건이었다.

황진용을 만나게 해 달라는 말에 유빈이 고개를 갸웃했다.

"정치하려고?"

검사 출신이 국회에 나서는 경우는 자주 있었다. 하지만 희우처럼 어린 나이에는 아니었다. 게다가 황진용 의원이라니. 국회에서는 가진 힘이 거의 없는 그를 만나고 싶다니. 이해가 잘 가지 않는 사항이었다.

희우는 대답 대신 싱긋 웃었다.

두 사람 앞에 놓인 음식이 모두 비워졌다. 종업원에 의해 빈 접시가 치워지고 시원한 수정과가 놓였다. 수정과를 입에 담으며 그녀가 말했다.

"좋아. 황진용 의원은 내가 종종 연락하는 분이야. 약속을 주선해 볼게."

"네. 하지만 단둘이 만났으면 좋겠습니다."

소개를 시켜 주는 유빈을 제외하고 둘만 만나겠다는 말에 그녀의 표정이 살짝 찌푸려졌다.

"기사 안 쓴다니까."

"특종은 나중에 드린다니까요."

토라진 표정으로 다시 수정과를 마시는 그녀였다.

서울의 고급 일식집.

검은색 고급 승용차가 멈춰 서고, 운전석에서 기사로 보이는 사내가 내렸다. 그는 뒤로 돌아 뒷문을 열고 고개를 숙였다. 차량에서는 황진용 의원이 내렸다. 그는 익숙하게 걸음을 옮겨 일식집으로 들어갔다.

희우는 넓은 VIP 룸에 앉아서 황진용 의원을 기다리고 있었다. 오십여 명은 들어와 앉아도 충분할 커다란 방, 그곳의 중앙에 위치한 상에 앉아 황진용을 기다리는 희우의 눈은 여느 때보다 더욱 빛나고 있었다.

잠시 후 문이 열리고 황진용 의원이 들어왔다. 흰 머리카락을 단정히 넘겨 이마를 드러낸 자였다.

그가 들어오자 희우는 자리에서 일어나 예를 갖췄다.

"중앙 지검의 김희우 검사입니다."

"젊은 검사 양반이 무슨 일로 늙은 사람을 보자고 하셨소?"

황진용은 웃음을 지으며 자리에 앉았다.

희우는 그가 자리에 앉는 걸 보고서야 천천히 앉았고 희우가 보인 예의에 황진용은 기분이 나쁘지 않았다.

희우는 황진용 의원을 잘 알고 있었다. 이전의 삶에서 몇 번 만나기도 했고, 의견 충돌까지 있었던 자였다. 황진용은 고집불통이라는 소리를 들으며 자신이 생각한 정책은 무소처럼 밀고 나가는 성격이었다.

희우는 앞에 앉은 황진용을 바라봤다. 황진용 역시 희우의 눈을 바라봤다. 두 사람의 시선이 허공에서 부딪쳤다. 하지만 희우는 그의 눈을 피하지 않았다. 예의를 갖추는 것과 굽실거리는 건 다른 개념이었다.

그의 눈을 보며 희우는 이전의 삶에서 보았던 황진용을 떠올렸다.

황진용은 이전의 삶에서 희우가 보던 것과 달랐다. 이전에는 마지막의 시기에 조태섭에게 당하며 많은 힘을 잃기도 했지만 국회를 양분하며 꾸준히 힘을 키워 나가던 자였다. 지금처럼 뒷방 늙은이 취급을 받으며 아무것도 하지 못하는 사람이 아니었다. 희우는 이전의 황진용과 지금의 황진용을 비교하며 시간적 움직임이 확연히 달라졌다는 걸 다시금 떠올렸다.

희우는 단도직입적으로 이야기를 꺼냈다.

"의원님께 정치를 배우고 싶어서 찾아왔습니다."

"나에게 정치를 배우고 싶다고?"

그의 질문에 희우가 답했다.

"네, 선생님처럼 소신 있는 분 아래에서 배운다면 참정치를 알 수 있지 않을까 합니다."

그는 너털웃음을 터뜨렸다.

"재물욕, 명예욕 다음에 권력욕이라고 하지요. 아직 어린 나이인데 재물과 명예를 더 찾아야 할 때 아닐까요?"

"네, 저도 그렇게 생각합니다."

황진용의 눈살이 살짝 찌푸려져 희우를 향했다. 검사가 찾는다기에 공천을 바란다고 생각했다. 그래서 살짝 운을 띄워 봤더니 앞뒤가 다른 말을 하고 있었다. 황진용이 다시 말했다.

"정치를 하려면 끌어 줄 수 있는 사람 아래로 가야 해. 나는 젊은 검사 양반을 올려 줄 힘이 없어요."

그의 말이 끝나자 바로 희우가 치고 들어갔다.

"제가 아직 정치의 판도는 모르지만 듣기로는 몇몇 분이 국회를 장악하고 있다고 하더군요."

조태섭의 이름을 직접적으로 거론하지는 않았다. 희우가 계속 말했다.

"저는 단지 그 판을 깨고 싶을 뿐입니다. 그리고 의원님이 힘이 없다고 하셨는데, 그 힘은 제가 만들어 드리겠습니다."

황진용의 눈빛이 희우를 뚫을 듯 바라보았다. 두 사람의 사이에는 무거운 기운이 흘렀다. 잠시 후 황진용이 다시 입을 열었다.

"하룻강아지가 왜 범을 무서워하지 않는지 아는가?"

"두려운 줄 모르기 때문이지요."

황진용이 고개를 끄덕였다.

"맞아. 무서운 줄 모르기 때문이야. 젊은 검사 양반."

"김희우라고 합니다."

"그래, 김희우. 자네는 하룻강아지야."

"알고 있습니다."

담담한 희우의 눈빛.

다시 찌푸려지는 황진용의 눈. 지금 그는 희우가 묘하게 말장난을 하고 있다는 느낌을 받고 있었다.

"내가 몹시 기분이 좋지 않아지려 하네. 하고 싶은 말이 뭐지?"

"말장난은 그만하겠습니다. 언젠가는 제가 정치를 할 수도 있겠지요. 그 이야기는 그때 돼서 말씀드리겠습니다. 제가 하고 싶은 말은 방금 말씀드렸습니다. 지금 이 판이 싫다고요. 그리고 제가 의원님의 잃어버린 힘을 되찾아 드리고 싶습니다."

희우의 말에 황진용은 큰 소리로 웃기 시작했다.

그는 젊고 싹싹한 기자인 박유빈 때문에 지금 나와 있었다. 그녀의 부탁이 아니었다면 한낱 초임 검사 따위를 만나고 있을 시간은 존재하지 않았다. 그런데 애써 뺀 그 시간에 헛소리를 듣고 있는 기분이었다.

한참을 계속되던 그의 웃음소리가 뚝 그쳤다. 그리고 거세게 자리에서 일어났다.

"나는 이만 일어나겠네."

그가 자리를 떠나려 하자…….

"황제희. 김산에서 일어났던 성폭행 사건입니다. 안타깝게 교통사고로 목숨을 잃었지요."

희우의 말에 황진용은 입술을 꽉 씹었다. 하지만 희우는 담담히 말을 이었다.

"그녀의 마지막을 보고 그녀의 마지막 길을 닦아 준 것이 공교롭게도 저입니다."

황진용의 눈빛이 흔들렸다.

희우는 앞에 놓인 차를 들어 마셨다. 황진용의 눈빛이 어떤지 보고 싶지 않아서다.

미안하지만 그 말을 꺼낸 이유.

처음부터 앞뒤가 맞지 않는 말을 하며 상대의 짜증을 유발한 이유.

황진용의 감정을 흔들어야 했다.

흔들린 감정에서는 무리한 일은 수용할 수 없다는 이성의 끈이 끊어지기 마련이다. 만약 희우가 이름이 알려진 검사였거나 정치가였다면 황진용은 지금의 말에 이성을 잃지 않았을 거다. 지금 그가 틈을 보인 건 모두 희우를 경험 없는 하룻강아지로 여기고 얕잡아 봤기 때문이다.

그의 주먹이 부들거리며 떨리고 있을 때, 희우는 옆에 놓인 자신의 가방에서 두꺼운 서류 봉투를 꺼내 테이블 위에 올려 뒀다.

"읽어 보시겠습니까? 어쩌면 의원님의 힘을 조금이나마 되돌릴 수 있는 판도라의 상자입니다."

희우가 시선을 들고 다시 황진용의 눈을 바라봤다. 그 눈빛은 오랜 시간 정계에서 버텨 온 황진용도 겁을 집어먹게 할 만큼 진중했다. 도대체 서류 봉투 안에 무엇이 있기에 저런 눈빛을 보내고 있을까?

황진용은 다시 자리에 앉았다. 그리고 입을 열었다.

"내 힘을 되돌릴 수 있다고?"

"조금은요."

"이게 판도라의 상자라고?"

"네."

제우스가 인간의 모든 해악을 넣고 봉인해 둔 항아리를 열던 판도라. 그녀의 이야기가 판도라의 상자라고 전해졌다.

희우가 꺼내 놓은 서류 봉투. 그리고 판도라의 상자.

황진용의 손이 천천히 판도라의 상자로 향했다. 희우의 말로 인해 그의 감정은 흔들린 상태였고 이성적인 판단을 할 수 없었다. 황진용은 입술을 꽉 깨물고 서류 봉투를 뜯기 시작했다. 그 모습이 마치 호기심을 이기지 못하고 항아리를 열던 판도라와 같아 보였다.

희우의 입가에 걸린 잔인한 미소가 더욱 짙어졌다. 미약하나마 힘을 다시 얻기 위해 금지된 것을 열고 있는 황진용의 모습. 그리고 서류를 뜯어 내용을 확인한 그의 눈동자.

황진용의 안색이 하얗게 질렸다.

"이…… 이건?"

희우가 담담하게 답했다.

"성 스폰과 학력 위조입니다."

황진용은 어떤 말도 못 하고 서류만 바라봤다. 그곳에 쓰여 있는 이름은 그가 익히 알고 있는 사람들이었다.

고개를 들어 올린 그의 눈동자는 여전히 흔들리고 있었다. 아니, 더욱 심하게 흔들렸다. 보지 말아야 할 것을 봤다는 표정과 함께 떨리는 목소리로 말했다.

"대한민국이 정지될 거야."

"의원님은 다시 힘을 얻을 수 있는 기회를 갖겠죠."

"이, 이걸 왜 나에게?"

"말씀드렸습니다. 이 판을 깨고 싶다고요."

황진용은 이제 희우에게 완벽하게 압도당했다. 그럴 수밖에 없었다. 서류의 내용을 안 이상 멀쩡히 행동하기란 어려웠다. 그가 다시 어렵게 입을 열었다.

"내가 어떻게 하기를 바라지?"

희우가 황진용에게 서류를 넘긴 이유는 하나였다. 그 안에 담긴 내용은 희우가 감당할 수 없기 때문이다. 영장을 받고 수사를 한다? 말도 안 되는 일이다. 영장은커녕 김석훈에게 불려 가 박살이 날 게 분명하다.

하지만 황진용은 아니었다. 조태섭에게 사로잡혀 있는 국회에서 유일하게 자유로운 사람이다. 눈앞에 있는 폭탄을 집어 던질 수 있는 유일한 사람이기도 했다.

희우가 천천히 입을 열었다.

"국회에서 던져 주십시오."

"안 될 일이야."

"힌두교의 신 중에 시바라고 있습니다. 흔히 파괴의 신이라고 불리지요."

시바, 이마에 있는 눈에서 나오는 불로 파괴를 행한다고 알려진 신이었다. 하지만 시바가 세상을 파괴하고 해체하는 이유는 새로운 세상의 창조와 유지를 위한 것.

희우가 말을 이었다.

"황진용 의원님께서는 지금 새로운 판을 짜기 위해 썩은 잎을 제거하시는 겁니다."

"새로운 판?"

"네."

침을 꿀꺽 삼킨 황진용은 다시 서류를 바라봤다. 그리고 어쩔 수 없다는 표정으로 고개를 끄덕였다.

아예 보지 않았다면 영원히 묻혔을 수도 있는 이름들이었다. 하지만 본 이상 욕심이 나지 않을 수 없었다. 황진용에게 앞에 놓인 서류에 쓰인 이름들은 그가 다시 힘을 얻을 수 있는 기회였다.

하지만 그는 아직 망설이고 있었다.

"이 안에 나를 따르는 몇 안 되는 사람의 이름도 있어."

"대한민국의 새로운 판을 짜는 신성한 자리입니다. 사사로운 감정은 접으셔야 합니다."

황진용의 입에서 낮게 한숨이 흘렀다.

그렇게 잠시의 시간이 지났다. 황진용이 결단의 표정으로 고개를 끄덕였다.

"하지."

희우가 자리에서 일어나 황진용에게 허리를 굽혔다.

황진용이 떠났다. 희우는 일식집 앞에 서 있었다. 잠시 후 엄청나게 오래되어 보이는 SUV가 희우의 앞에 섰다. 상만이었다.

"오래 기다리셨죠?"

다시 부필식품의 일에 집중할 시간이었다.

덜컹거리는 차를 타고 서울의 도심으로 향하는 길에 희우는 차창 밖 맑은 하늘을 바라봤다. 지금 희우가 던진 돌이 대한민국에 어떤 파장을 몰고 올지 예상하기 힘들었다. 어쩌면 이전의 삶에 대통령이었던 인물들이 모두 바뀔 수도 있을 거대한 먹구름이었다. 이제부터는 정말 희우가 알고 있던 삶과 다른 세상이 펼쳐질 수 있다는 생각이 들었다. 거대한 소용돌이가 밀려오고 있었다.

희우가 운전을 하고 있는 상만에게 입을 열었다.

"안현채랑은 안면 텄어?"

"아직요. 승마가 취미라고 해서 자주 가는 장소는 알아 뒀습니다."

"말 탈 줄 알아?"

"아뇨, 이제 벼락치기로 배워야죠, 흐흐."

희우의 눈이 다시 창밖으로 향했다. 빠르게 지나가는 풍경을 보던 희우가 살짝 눈을 감았다. 잠시라도 쉬기 위함이었다. 그리고 조용히 말했다.

"가양동으로 가자."

"가양동요?"

희우는 더 이상 대답하지 않았다.

그들이 도착한 곳은 백화점이었다. 상만이 눈을 껌뻑거렸다.

"여기는 왜요?"

희우는 대답하지 않고 엘리베이터에 올랐다. 그때부터 상만은 눈을 비비며 멍하니 희우를 바라봤다.

"뭐 하세요?"

"쇼핑."

"여기 비싸요!"

희우가 들어가는 곳은 명품 가게였다.

희우는 언제나 인터넷 최저가를 확인한 후 결제를 하곤 했다. 그런 희우가 명품 정장과 구두를 구입했다. 그것도 자신의 것이 아닌 상만의 것을. 상만은 희우에게 속삭였다.

"미친 거 아니죠?"

"미쳤지."

"알면서 왜 이러세요!"

희우는 상만을 무시하고 종업원을 바라봤다. 종업원은 넥타이를 추천하고 있었다.

"이 색의 옷에는 이런 넥타이가 상당히 어울리는데요. 고객님의 피부톤에 잘 맞을 것 같습니다."

희우는 종업원의 제안은 관심도 가지지 않고 상만에게 옷 하나를 건넸다.

"입어 봐."

상만은 이유를 알 수 없다는 표정으로 옷을 입고 나왔고 희우는 그를 위아래로 훑어보더니 말했다.

"와이셔츠의 팔을 걷고 단추를 풀어."

단추를 잠그는 것은 격식을 갖추고 단정한 이미지를 연출할 수 있지만 희우가 원하는 것은 아니었다. 상만이 부동산을 하는 사람이 아니라 젊은 기업인으로 보이게끔 포장해야 했다. 자유롭고 열정이 있으며 스마트하게 보이도록.

거기서 멈추지 않았다. 머리를 자르는 데 만 원 이상의 돈은 절대 쓰지 않는 희우가 상만을 끌고 최고급 미용실로 향했다.

상만은 어리둥절했다. 생전 돈 안 쓰고 손해 보기 싫어하는 것으로는 국가 대표라고 생각했던 희우가 오늘은 돈을 쓰고 있었다. 그것도 그냥 쓰는 것이 아니라 소위 말하듯 펑펑 쓰고 있었다.

다시 낡은 차량에 오르며 상만이 입을 열었다.

"사장님."

"왜."

"목숨은 소중한 거라고 배웠어요."

상만의 눈빛은 진심으로 그를 걱정하고 있었다.

"무슨 소리야?"

"다짜고짜 나오라고 전화 왔을 때 생각했어야 했는데, 죄송합니다."

"쓸데없는 소리 하지 말고 어서 출발하자."

"죽으시려고 했던 거 아니에요?"

상만은 희우의 태도 변화를 어떤 마지막을 준비하는 사람으로 생각하고 있었다. 상만의 말에 희우는 인상을 구겼다.

"헛소리하지 말라고 했지."

"죄송합니다."

다음으로 그들이 도착한 곳은 중고차 매매 단지였다.

상만이 크게 한숨을 내쉬었다.

"사장님, 저 정말 이해가 잘 안 가서 그러는데 설명 좀 해 주시면 안 될까요?"

희우가 답답하다는 듯 고개를 저었다. 이만큼만 해도 예상을 하고 이해를 해야 할 텐데 상만에게는 도무지 생각이라는 게 없어 보였다.

희우가 말했다.

"부잣집 도련님 만나는데 이거 타고 갈 거야?"

희우가 손가락으로 가리킨 상만의 차. 사실 달려 주는 것만으로도 감사해야 할 것 같았다. 그제야 희우의 행동을 이해한 상만이 밝게 웃었다.

"저는 정말 사장님이 나쁜 생각 하는 줄 알았어요, 하하하하."

그의 어색한 웃음소리를 뒤로하고 희우는 단지 내로 들어갔다.

그들이 단지 내로 들어가자 중고차 판매 사원들이 여럿 달라붙었다. 하지만 희우가 가진 검사증을 들어 올리자 그들은 순식간에 사라졌다.

희우가 보관되어 있는 중고차를 둘러볼 때 상만이 물었다.

"그런데 왜 중고차예요?"

"새 차는 출고까지 대기 시간이 있잖아. 바로 타고 일할 수 있는 중고차가 좋아."

희우가 한 자동차 앞에 섰다.

천하자동차의 가장 고급 모델이었다. 검정 광택이 은은하게 퍼지는 멋들어진 차량, 외관상으로도 흠집 하나 보이지 않았다.

희우가 턱짓을 하자 상만은 차량의 윈도에 붙어 있는 차주의 전화번호를 찾아 전화를 걸었다. 바로 판매 사원이 달려 나왔다.

"킬로 수도 5천 킬로를 안 탔어요. 이건 그냥 새 차예요. 어디 하자가 있는지 볼 필요도 없어요."

한참 떠드는 사원의 말을 귓등으로 흘리며 희우가 상만에게 물었다.

"마음에 들어?"

대답을 들을 필요도 없었다. 상만의 입은 귀에 걸려 있었다.

차를 운전해서 중고차 매장을 빠져나오며 상만은 뒷좌석에 앉아 있는 희우를 보고 히죽거렸다.

"사장님, 이렇게 좋은 옷 입고 운전하니까 사장님이 정말 사장님 같아요."

"사장은 너지. 나는 검사고. 그런데 정말 사장님 같아 보인다니, 원래는 뭐처럼 보였어?"

"그냥 동네 형요. 흐흐흐."

상만은 기분이 날아갈 듯했다. 평소에도 차를 바꾸고 싶었지만 희우에게 쓸데없는 곳에 돈을 쓴다고 혼이 날까 봐 말도 제대로 못 꺼냈었다. 언제 도로에서 멈춰도 이상하지 않을 차량을 끌고 산으로 들로 전국을 돌아다니는 게 불편하고 무서웠지만 그저 팔자거니 하는 중이었다. 그런데 이런 고급 차량을 운전할 수 있다니, 지금 상만은 몹시도 기뻤다.

상만의 목소리가 쉬지 않고 이어졌다. 콧노래도 불렀다.

"조용히 하고 가자."

"네!"

대답하는 목소리도 시끄러웠다.

희우의 집에 가까워졌을 때다. 희우가 말했다.

"부필식품은 빠르게 치고 빠질 거야. 우리는 이득만 보고 나온다. 하지만 경영권은 안현채에게 주지 않을 거다."

다른 쪽으로는 바보 같은 상만이었지만 일에 관해서는 아니었다. 상만은 한 번에 희우의 말을 이해했다.

"경영권 싸움을 시키고 우리가 보유한 주식은 비싼 값에 팔자는 말씀이시죠?"

"맞아."

"알겠습니다."

CHAPTER 30

주말이 되었다.

상만은 안현채가 자주 이용한다는 승마장에 있었다. 며칠간 벼락치기로 익혔지만 상만은 기초적인 수준으로 움직이는 것 외에는 할 줄 몰랐다. 하지만 거기까지면 충분했다. 일단 안현채와 안면을 트는 것이 목표였다.

상만은 말을 탄 후 승마장 내에 있는 카페에 앉아 커피를 마시고 있었다. 카페는 테이블이 스무 개쯤 있는 제법 널찍한 공간이었다.

상만은 달달한 캐러멜 마키아토를 홀짝이며 통유리로 되어 있는 창을 통해 밖을 바라봤다. 이곳은 아이들 체험 학습으로 만들어진 승마장과 다른 곳이었다. 부유한 사람들이 취미 또는 여가를 즐기기 위해 오는 공간이었다. 창을 통해 보이는 풍경은 말을 타고 여유롭게 삶을 즐기는 사람들이었다. 주말이면 지방으로 땅을 보러 다니고 집을 찾아다니던 상만의 삶과는 어쩐지 다른 세상 같았다.

상만은 자신이 입고 있는 승마복의 재킷을 슬쩍 바라봤다. 재킷만 50만 원이 넘어가는 고가였다. 자신도 모르게 헛웃음이 나왔다. 어쩐지 이런 옷을 입고 좋은 차를 타게 만들어 준 안현채가 문득 고마워졌다.

그때 카페의 문이 열리고 안현채가 들어왔다.

더운 날씨에 승마를 해서 그런지 이마에 땀이 흐르는 안현채는 상만과 조금 떨어진 테이블에 앉았다. 커피를 마시며 숨을 돌리는 안현채에게 상만이 말을 걸었다.

"아까 보니까 잘 타시던데요."

"아, 예."

안현채는 가볍게 대답하고 다시 커피에 집중했다.

안현채는 재벌가의 자식이다. 이런 식으로 접근하는 사람이 종종 있었다. 상만이 일어나 그의 앞으로 다가갔다. 그리고 묻지도 않은 채 그의 앞에 앉았다.

"안녕하세요, 저는 박상만입니다."

"안현채입니다."

떨떠름한 안현채의 표정. 예상하고 있었고 상관없었다. 상만은 오늘 얼굴도장만 찍고 갈 생각이었다.

그 시각, 희우는 강영범의 낡은 사무실에서 아진식품 회장 이창효와 만나고 있었다. 아진식품은 부필식품과 더불어 식품 업계의 양대 기업이다.

희우의 앞에 있는 아진식품 사장은 이창효, 희끗한 머리카락을 잘 빗어 넘긴 멋들어진 신사였다.

"검사님이 제게 할 말이 있다고요?"

"네."

희우는 짧게 대답한 후 이창효의 눈을 바라봤다. 이창효를 어디까지 믿어야 할지 계산을 하는 중이었다.

그는 대기업의 대표였다. 그만큼 알고 있는 인맥도 많을 것이고 연결을 한다면 김석훈은 물론이고 조태섭과도 끈이 닿을 수 있는 사람이었다. 자칫 모든 계획이 흐트러질 수도 있는 상황이다.

이곳으로 오기 전부터 많은 고민을 하고 있었지만 막상 만나 보니 더욱 판단이 서지를 않았다. 이창효의 웃고 있는 얼굴이 마치 가면을 쓰고 있는 것 같다는 생각이 들었다.

그가 말했다.

"말씀하세요."

희우는 대답하지 않았다. 머릿속의 계산이 끝나지 않았기 때문이다.

희우는 물끄러미 이창효를 바라봤다. 이창효는 아진식품의 창립자이며 부필식품에 밀려 한평생 2인자에 머물렀던 사람이다. 창립자로서 1인자의 자리가 탐나는 것은 당연하다. 희우는 그 욕망을 파고들기로 했다. 욕망은 한곳만 바라볼 수 있게 해 주는 원동력이다.

"저는 돈을 벌고 싶습니다."

시작은 솔직한 말이었고 이어지는 말은 계획이었다.

"부필식품이 경영권 승계에 어려움을 겪고 있다고 알고 있습니다."

희우의 이야기가 시작되며 이창효의 웃고 있던 얼굴은 천천히 굳어졌다. 모든 계획을 풀어 놨을 때, 조금은 미심쩍은 표정으로 이창효가 물었다.

"부필식품이 계획대로 따라와 줄까요?"

희우는 대답 대신 핸드폰을 꺼냈다.

핸드폰에 상만에 의해 전송된 사진이 나타났다. 핸드폰에 보이는 안현채의 말을 타는 모습. 사진을 보여 준 의미는 이미 계획이 실행되고 있다는 사실을 알려 주는 것이었다. 시작부터 치밀한 계획을 준비 중이고 실행하고 있다는 무언의 설명.

이창효는 그 뜻을 알아차렸고 희우에게 악수를 청했다.

"좋습니다. 젊은 검사 양반 한번 믿어 봅시다."

그가 흔쾌히 대답을 한 이면에는 강영범의 입김이 있었음은 당연했다.

이창효와 희우가 만나기 며칠 전, 강영범과 이창효는 고급 술집에 앉아 술을 마시고 있었다. 강영범은 그에게 희우가 압구정동 아파트를 매수했던 이야기와 적절한 시기에 팔았다는 말 그리고 이번 계획에 대한 대략적인 설명을 했었다.

희우 역시 이창효와 강영범 사이에 그런 대화가 오고 갔을 거라는 건 짐작하고 있었다. 투자를 하는 데 있어서 사전 공모가 없을 수는 없었다.

희우는 남부 구치소로 향하고 있었다. 재판을 기다리고 있는 성진미를 만나기 위함이었다.

장일현은 계속해서 재판을 미루고 미루는 중이었다. 사람들의 기억 속에서 자신의 이름이 잊히기를 기다리며. 하지만 희우는 그렇게 놔둘 생각이 전혀 없었다. 2심을 기다리는 장일현에게 좋은 선물을 주고 싶어졌다.

희우의 앞으로 성진미가 들어왔다. 미결수복인 황토색 죄수복을 입고 앞에 앉는 그녀를 보며 희우가 말했다.

"오랜만입니다."

"······."

"아쉽습니다. 이사장님의 피아노 소리를 듣지 못하게 되어서요."

화려했던 그녀는 보이지 않았다. 초췌함만 남은 외모였다.

그녀가 아무 말을 하지 않자 희우가 입을 열었다.

"제가 쭉 읽어 보니까 지금 제일 큰 죄가 횡령이시네요. 입시 비리야 다른 분들이 뒤집어쓸 것 같고, 학력 위조도 마찬가지고."

희우의 계속되는 말은 모두 그녀의 죄를 이야기하고 있었다.

그녀가 입술을 잘끈 깨물고 희우를 바라봤다. 이곳에 들어와서 처음으로 그의 눈을 정면으로 마주하는 거다.

"하고 싶은 말이 뭐죠?"

"말씀드렸잖아요, 아쉽다고. 이사장님의 피아노 소리를 듣지 못해서."

그녀는 희우가 말장난을 하고 있다고 생각했다. 그런 한가한 소리를 하기 위해 담당 검사도 아닌 희우가 이곳까지 찾아올 리가 없다는 건 그녀도 잘 알고 있었다.

"그냥 말씀하세요."

"그럴까요?"

희우는 보고 있던 서류를 덮고 의자를 당겨 앉았다. 그리고 그녀의 귀에 속삭이듯 말했다.

"장일현 검사를 어떻게 생각하십니까?"

"하······."

한숨을 내쉬는 성진미.

그녀는 재판이 있던 날을 기억했다. 그녀보다 앞서 재판을 받던 장일현. 그녀는 그의 모습을 가만히 바라봤다. 자신의 처지가 어찌 되었건 장일현은 그녀의 연인이었다. 죄수복을 입고 재판을 받고 있는 그의 모습이 가슴이 아팠다.

하지만 그뿐이었다. 그의 말 한마디 한마디를 똑똑히 가슴에 새겼다. 기업에서 받은 스폰에 관한 죄에 이어 상만이 찍었던, 장일현과 성진미가 호텔로 들어가는 사진이 화두였다. 장일현은 목에 피를 토하듯 자신을 변호했다.

"제가 그 여자한테 속았습니다. 국대 예술 재단 비리를 제가 어떻게 알았겠습니까? 모두 조작된 일입니다! 성진미 그 여자가 나쁜 사람입니다. 전 이용만 당했을 뿐입니다!"

그저 아무것도 몰랐다고만 해도 될 일이었다. 하지만 장일현은 필요 이상으로 자신을 피해자로 만들었다. 재판에서 조금이라도 동정심을 얻어 형량을 낮추려는 의도였다. 그는 1심에서 죄가 낮게 나올수록 앞으로의 재판에서 유리하다는 걸 잘 알고 있었고, 성진미를 이용했다. 그날의 목소리는 그녀에게 잔혹하게 새겨졌다.

희우가 말했다.

"제가 이사장님의 피아노 소리를 조금이라도 빨리 들을 수 있는 날이 올 수 있지 않을까 생각하는데요."

희우의 말에 커진 그녀의 눈. 돌려 듣는다면, 빨리 나갈 수 있는 방법이 있다는 말처럼 느껴졌다. 그녀가 마른침을 꿀꺽 삼켰다.

"무슨 뜻이죠?"

"말 그대로입니다. 지금 감경 없이 형량을 그대로 받는다면 최대 7년까지 받을 수 있습니다. 하지만 제 말을 따르신다면 2년 이하로, 그리고 중간에 보석으로 나올 수도 있다고 보는데요. 운이 좋다면 집행유예가 될 수도 있고요."

그녀의 눈이 반짝였다.

"뭘 하면 되지요?"

"간단합니다. 똑같이 하세요."

"네?"

"장일현이 한 행동과 똑같이 하세요. 모든 건 장일현이 시켰다, 지시했다, 결혼을 약속했다."

"네?"

놀란 표정의 그녀를 보며 희우는 멈추지 않고 말했다.

"장일현은 기업 스폰의 혐의를 받고 있습니다. 즉, 돈을 좋아하는 사람이라는 건 세상 모두가 알고 있죠. 그러니까, 이사장님이 횡령을 한 것도 모두 장일현이 돈을 좋아하기 때문입니다. 이해하시겠습니까?"

"……그게 통할까요?"

"우세요."

"네?"

"잘 울잖아요. 카메라가 이사장님을 향할 때, 그냥 우는 겁니다. 그리고 카메라를 향해 절을 하세요."

"제게 왜 이러는 거죠?"

희우가 씨익 웃었다.

"팬이라고 했잖아요."

성진미의 재판이 있는 날이었다. 그녀를 향한 카메라의 플래시가 번쩍였다. 기자들이 그녀를 에워싸고 경찰들이 어렵게 길을 만들었다. 그녀는 비틀거리며 경찰의 인솔하에 인파를 빠져나갔다.

그녀의 귀에 들리는 요란한 소리들.

"한 말씀 해 주십시오!"

"어떻게 생각하십니까?"

"장일현 검사와의 스캔들의 진실이 무엇입니까?"

지금까지 기자들을 향해 단 한마디도 하지 않았던 그녀였다. 그런 그녀의 걸음이 멈췄다. 그리고 천천히 카메라와 기자들을 향해 몸을 돌렸다. 눈물을 참느라 시뻘건 눈시울. 화장기 하나 없는 초췌한 얼굴은 안쓰럽게까지 보였다.

잠시 카메라를 보던 그녀가 입술을 잘끈 깨물었다. 울음을 참기 위함이었다. 눈물을 꾹 참은 그녀가 천천히 허리를 숙여 사죄했다. 그 장면에 카메라 플래시가 거세게 터지기 시작했다.

잠시 허리를 숙였던 그녀가 다시 고개를 들고 설움 가득한 목소리로 말했다.

"소란을 피워 죄송합니다. 제가 죄인입니다. 장일현 검사는 아무 잘못이 없습니다."

기어이 터져 나오는 눈물. 그녀의 곱던 얼굴이 일그러졌다.

기자들은 그 순간을 놓치지 않았다.

기어코 그녀는 무릎을 꿇고 절을 했다.

"모두 제가 잘못한 탓입니다. 장일현 검사가 잘못된 선택을 하자고 말을 했을 때 끝까지 말렸어야 했습니다. 말리지 못하고 함께 잘못을 저지르고 말았습니다. 그게 사랑인 줄 알았습니다. 죄송합니다."

그 시각, 회의실에 앉아 뉴스를 보고 있던 최강진은 리모컨을 집어 던졌다. 까득, 이 가는 소리가 요란하게 들렸다.

"젠장!"

세상이 조용해지면 장일현을 빼내려고 했다. 하지만 또 시끄러워졌다. 이제 장일현을 빼낼 방법은 단 하나다. 희우의 도움이 있어야 한다. 아니, 그것도 어렵다. 희우가 서류를 조작해 준다고 해도 판사는 여론의 압박을 이겨 낼 수 없을 거다.

"젠장! 젠장! 젠장!"

그리고 최강진에게 김석훈의 지시가 떨어졌다. 장일현의 재판을 빨리 끝내라는 말이었다.

희우는 회의실에서 머리를 쥐어뜯는 최강진을 보며 슬쩍 웃었다.

"고민하고 또 고민해라. 살려고 할수록 늪에 빠지는 건 너희다."

이제 장일현은 빠져나올 수 없는 길로 접어들었다. 조태섭의 거대한 성벽, 그곳의 한쪽에 자리 잡은 작은 벽돌을 빼내는 데 성공했다.

조태섭은 관심도 없을 일이었다. 그가 거느리고 있는, 그를 따르는 수많은 사람 중에 한두 사람 구속되는 건 흔하디흔한 일이니까. 하지만 조태섭은 모르고 있을 것이다. 한쪽이 무너지기 시작하면 혼란에 빠지는 게 당연한 일이라는 걸.

장일현으로 시작해서 최강진 그리고 황진용 의원이 터뜨릴 거대한 스캔들. 대한민국을 지탱하던 거대한 판이 흔들리고 있었다. 여기에 미국발 금융 위기까지 들어온다면?

개벽(開闢)이었다.

세상이 어지럽게 뒤집히고 새로운 세상이 열리는 시작.

희우의 눈이 그 시기를 바라보고 있었다.

뉴스는 대서특필이었다. 세상의 많은 눈과 입은 장일현을 욕했다. 이전까지는 검사 장일현으로서 스폰서 비리에 대해 욕을 먹었다면 지금은 남자 장일현으로 욕을 먹는 중이었다.

성진미가 한 말에 물증은 없었다. 오직 심증만 있을 뿐이다. 하지만 사람들은 철저하게 그녀의 말을 믿었다.

이유는 하나였다.

예쁘다는 것.

예쁜 여자가 울었다는 것.

그뿐이었다.

성진미의 무죄를 증명하자는 인터넷 커뮤니티 사이트도 만들어졌다. 현실성이 없었지만 이런 것이 현실이다.

그렇게 형량을 줄여 보려고 발악하던 장일현의 계획은 모두 어긋나 버렸다. 이제 장일현은 끝났다. 희우의 시선은 최강진에게로 향했다.

'다음은 너다.'

희우가 들고 있는 총구의 방향이 바뀌었다.

그날 저녁, 희우는 상만을 집으로 불렀다. 안현채를 만난 보고를 듣고 앞으로의 계획을 상의하기 위함이었다. 그런데 뜻밖의 이야기를 들었다.

"저번에 사장님이 JS무역에 사람까지 심어서 조사하라고 하셨잖아요?"

JS무역. 그곳은 JS그룹의 한 계열사였다. JS그룹은 김석훈의 처갓집이기도 했다. 그리고 JS무역은 김석훈의 아들 김석영이 대표로 있는 곳.

희우가 상만의 말에 귀를 기울였고 상만이 계속 말했다.

"부필식품이 미국에 라면을 판다고 합니다. 그런데 그 중개 라인이 JS무역이에요."

"뭐?"

희우의 눈썹이 꿈틀거렸다. 김석훈의 생각이 드디어 손에 잡히기 시작했다. 희우가 물었다.

"어디서 들었지?"

"최식만 부장요. 지금 주식을 사 놓으면 무조건 뜰 거라고 하면서 떠벌리던데요."

희우가 김석훈을 떠올렸다. 그리고 희우의 눈빛은 점점 차가워졌다. 어쩌면 부필식품과 함께 김석훈 역시 침몰시킬 수 있지 않을까 하는 생각이 어렴풋이 들었기 때문이다.

희우가 말했다.

"최식만 부장 통해서 지금 사업이 어디까지 진척되었는지 알아봐. 그리고 한쪽 말만 믿지 말고, JS무역에 심어 둔 사람에게도 물어봐."

상만이 거만한 표정으로 웃었다.

"이미 다 알아봤지요. 미국 업체와 계약 직전이라고 합니다. 이 건은 안현채하고 JS무역 김석영 대표가 합작한 거라고 하던데요."

많은 의문점이 풀려 갔다.

부필식품의 회장은 철부지 아들인 안현채의 업적이 필요했다. 아무것도 보여 준 것이 없는 안현채에게 업적을 만들어 줘서 실력 있고 노련한 승부사처럼 보이게 하려는 의도였다.

JS무역 측에도 나쁜 거래가 아니었다. 그쪽 역시 김석영의 지배 구조가 흔들리고 있던 상황이었다. 어머니의 힘으로 대표 자리에 올랐지만 변변한 실력이 없는 그로서는 버거웠던 자리였다.

'그래서 힘들어하는 아들을 위해 김석훈이 나섰다?'

여기까지 생각을 하던 희우가 고개를 갸웃했다.

그런데, 그 거래에 한미가 왜 끼었을까?

희우는 알지 못했지만 김석훈에게 한미는 아픈 자식이었다. 언제나 마음에 걸리고 미안한 자식이었던 거다. 그리고 김석훈은 한미의 능력을 높이 사고 있었다. 그녀의 뒤에 희우가 있다는 사실을 알지는 못했지만, 망나니였던 딸이 단 1년 만에 명문 대학교에 합격한 사실은 김석훈에게 혼자만의 자랑거리였다. 그런데 김석훈은 그런 한미의 앞길을 막았고, 미안한 게 당연했다. 그래서 좋은 집안에 시집을 보내려 한 것이었다.

단, 김석훈은 안현채가 어떤 과거를 가지고 있는지 몰랐다. 그리고 한미가 자신을 싫어하는 건 알고 있었지만 자신의 말이라면 어떤 것도 따르기 싫어한다는 것까지는 모르고 있었다. 아무리 좋은 집안이라고 해도 김석훈의 지시에 의해 시집을 간다는 건 그녀에게 용납할 수 없는 일이었다.

그녀가 선택을 한 이유가, 아직까지도 김석훈을 사랑하는 자신의 엄마 때문이었음을 김석훈은 모르고 있었다.

그리고 희우가 한 가지 더 의문에 휩싸여 있는 게 있었다.

'김석훈이 한미가 자신의 자식이라는 걸 밝혔을까?'

희우는 고개를 저었다. 김석훈은 어떤 식으로도 밝히지 않았을 게 분명했다. 그리고 그건 사실이기도 했다.

희우가 상만에게 말했다.

"안현채가 자주 가는 바가 있다고 했지? 오늘부터 밤마다 그 바로 퇴근하도록 해."

"네? 매일요?"

"친해져야지. 될 수 있으면 JS무역의 김석영이랑도 친해져 봐."

상만이 눈치를 보며 물었다.

"그럼 비싼 술 마셔도 되나요? 17년산 뭐 그런 거요."

"속 버려. 칵테일이나 한 잔씩 마시고 집으로 가."

희우의 말에 상만이 실망한 표정을 지었다.

희우와 상만은 계속해서 계획을 세웠다. 두 사람의 계획은 철저했고 안현채가 행동할 모든 것을 예측하고 대비했다. 이렇게까지 해도 계획이 어긋날 수 있었기에 그들은 더욱 생각하고 또 생각했다.

한참의 이야기가 끝나고 희우가 물었다.

"연석이는 공부 열심히 하고 있어?"

"아, 맞다. 그놈 검정고시 합격했어요. 지난주부터 재수 학원 다니고 있어요. 보기보다 머리가 빠릿빠릿해서 정말 대학에 들어갈 수도 있을 거 같아요."

김산에서 끌고 왔던 연석은 이전의 삶에서 최고의 주먹이었다. 하지만 지금은 대학을 가기 위해 열심히 공부를 하는 착실한 청년이었다. 희우가 깡패 하나를 사람 만든 거다. 희우의 입가에 흐뭇한 미소가 걸렸다.

상만이 계속 말을 이었다.

"그리고 그놈 어머니 퇴원했습니다. 사무실 근처에 방 얻어서 살 수 있도록 조치해 뒀어요."

"잘했다."

상만 역시 연석을 내버려 두지 않았다. 희우처럼 연석이 어떤 인생을 살았고 앞으로 어떻게 살 것인지는 몰랐지만, 어머니와 단둘이 살고 있는 연석의 모습이 남 일 같지 않아서였다.

희우가 냉장고로 걸어가 맥주 캔 두 개를 꺼냈다. 그리고 하나를 상만에게 던졌다. 손바닥으로 차가운 감촉을 느낀 상만이 헤벌쭉 웃었다.

"헤헤, 사장님이랑 이렇게 회의하고 맥주 마시는 게 정말 그리웠어요."

상만이 맥주를 목으로 넘기며 따가운 목 넘김이 좋다고 말했다.

희우가 다시 상만의 앞에 앉았다.

"계획이 하나 있어."

상만은 입에 문 맥주를 닦아 내며 희우의 말을 들었다. 희우가 말을 이었다.

"원래 1년 뒤에야 시작했어야 할 일인데 조금 일정이 빨라진 것뿐이야."

희우의 차갑고 무거운 눈빛을 보며 상만이 끄덕였다.

상만은 희우가 이런 눈빛을 보이면 언제나 중요한 이야기를 한다는 걸 잘 알고 있었다. 상만의 입가에 어려 있던 장난기 가득한 미소가 사라졌다. 대신 그의 눈빛 역시 희우의 계획에 무조건적으로 동참한다는 의지를 보냈다. 하지만 희우의 다음 말에 상만의 그 눈빛은 그만 흔들리고 말았다.

"회사 하나 만들어."

"회사요?"

"어."

"지금도 부동산 회사 하고 있잖아요. 설마 부필식품을 꿀꺽하시려는 건 아니죠?"

그건 절대 아니었다. 부필식품은 빠르게 치고 나와 자산을 불리는 용도로 사용할 생각이었다. 덤으로 한미의 선택도 존중해 주며 위에 서지 말아야 할 인간인 안현채를 끌어내리는 것뿐이었다.

희우가 말했다.

"됐고. 회사를 만들어야 하니까, 이번에 최대의 이익을 내야 해. 할 수 있다면 두 배, 세 배의 이윤을 만들어야 해. 그러면 우리의 다음 일이 훨씬 수월해질 수 있어."

상만은 도저히 이해가 안 된다는 표정으로 희우를 바라봤다.

"사장님 스케일이면 어느 정도의 회사를 말하는 건가요?"

대수롭지 않게 물어본 건데…….

"천하그룹."

상만의 입이 떡 하니 벌어졌다. 그리고 그것은 쉽게 다물리지 않았다.

희우가 돈 버는 수단이 탁월하다고는 알고 있지만 지금의 말은 그런 범주를 벗어난 이야기였다. 천하그룹이 보통 회사인가? 몇 대를 걸쳐 성장하며 세계에서도 통하는 거대 공룡. 희우는 지금 그 공룡을 거론한 것이다. 가지고 있는 자산을 따져도 차원이 달랐다.

하지만 상만은 생각했다. 희우라면, 어쩌면 희우라면 가능할지도 모른다고. 단순한 허세가 아니라 진짜로 노리고 있다는 생각이 들었다.

상만이 떠나고 희우는 생각에 잠겼다.

상만에게 계획의 일부를 이야기한 이유.

상만은 희우가 믿고 있는 몇 안 되는 사람 중 하나였다. 그래서 천하그룹을 거론했을까? 아니었다. 희우는 상만이 야망을 키워야 한다고 판단했다.

희우가 알고 있는 대한민국 부동산의 두 거인이 있었다. 한 명은 우용수였고 또 다른 한 명은 강영범이었다. 다른 사람이 있을 수도 있겠지만, 숱하게 경매장과 부동산을 드나들었어도 두 사람만 한 크기의 투자자는 본 적이 없었다. 상만은 우용수에게 직접 배우지 않았어도 희우를 통해 우용수의 투자법을 배웠다. 그리고 지금은 강영범에게 배우고 있는 중이다. 그 시너지 효과는 엄청날 것으로 예상되었다.

누군가는 말할 수도 있었다. 이제 희우가 하려는 투자, 즉 회사를 만들고 기업을 세우는 데 부동산 투자가 무슨 소용이냐고. 하지만 그건 모르는 소리였다. 기업을 세우고 만드는 이유는 돈을 벌기 위함이었고 그것도 투자였다. 그리고 모든 투자의 진리는 같았다.

하지만 상만에게는 야망이 부족했다. 그것은 큰 문제였다.

상만이 대학을 졸업하던 시점, 그는 희우와의 약속을 지키며 한국 대학교 경영학과를 수석으로 졸업했다. 한국 대학교 수석 졸업생답게 많은 기업에서 고액의 연봉을 제시하며 스카우트가 들어왔었다. 하지만 상만은 가지 않았다. 희우의 옆에서 묵묵히 일했을 뿐이다. 그리고 지금도 그랬다. 어떤 꿈을 꾸기보다는 희우의 일을 처리해 주고 희우가 제시한 일을 할 뿐, 스스로 어떤 거대한 꿈이나 포부를 가지지 않았다. 희우는 그런 상만의 가슴속에 야망, 야심이라는 단어를 넣어 주고 싶었다.

얼마 남지 않은, 혹은 이미 시작된 거대한 싸움. 그 싸움의 틈바구니에서 살아남고 이겨 내기 위해서는 지금보다 강해져야 했다. 전장에서는 무슨 일이 일어날지 모른다. 어쩌면 희우 역시 위험에 처해 상만을 돌보지 못할 수도 있었다.

그때 스스로 살아남을 수 있는 능력.

그리고 살고 싶다는 간절함.

어떻게든 살아남아 세상을 호령하고 싶다는 생각.

그것이 상만에게는 필요했다.

그래야 혼돈 속에서 이겨 낼 수 있었다.

중앙 지검.

희우는 일을 하는 중이었다. 경찰에서 넘어와 처리해야 하는 일만 해도 산더미였다. 민수가 희우의 옆으로 왔다.

"잠깐 커피 한잔할까?"

평소와 다른 민수의 억양에 희우는 자리에서 일어나 민수를 따라 밖으로 향했다. 그들은 자판기에서 커피를 뽑은 후 건물 밖 등나무 아래 앉았다. 민수가 말했다.

"미래자동차 공판을 질질 끌고 있어."

그의 입에 깊은 한숨이 서려 있었다. 어떻게든 잡아넣고 싶은 게 검사의 마음이었지만 돈의 힘은 만만치 않았다. 거기에 국대 예술 재단의 성진미 이사장과 장일현의 스캔들이 다시 터지며 사람들의 마음속에서 미래자동차 전일보 사장의 이름은 잊혀 가고 있었다.

희우가 조심스럽게 말했다.

"김석훈 지검장님이 원하지 않는다고 알고 있습니다."

김석훈은 조태섭에게 지시받고 미래자동차 사건을 최대한 무마시키려 하고 있었다. 김석훈의 힘이 닿을 수 있는 모든 곳에 압력을 행사해 재판이 열리지 않게끔 지연시키고 있는 중이었다.

당연하겠지만 민수는 미래자동차 사건에서 제외되어 버렸다. 그냥 제외된 것이 아니라 완벽하게, 더 이상 그 사건에 개입할 수 없는 상태였다. 하지만 민수는 아직 미련을 버리지 못하고 있었다.

희우의 말을 들은 민수가 고개를 저었다.

"알고 있는데 난 싫다."

두 사람 사이에 침묵의 시간이 흘렀다. 들고 있던 커피가 식어 갔다.

멀리서 불어오는 더운 바람이 두 사람 사이를 지나갈 때 민수가 다시 입을 열었다.

"누구에게나 법은 같다고 들었는데, 그래서 공정하다고 생각하는데, 아닌가?"

그의 말을 듣고 있는 희우의 표정 역시 좋지 않았다.

잠시 생각을 하던 희우가 입을 열었다.

"잡을까요?"

"뭘?"

"대법원장요."

"뭐?"

민수는 놀란 나머지 커피를 엎어 버렸다. 하지만 희우는 여유로운 표정이었다. 정말 잡을 수 있다고 생각하는가?

대법원장은 2천 명이 넘는 법관의 인사권을 가진 자다. 대법관과 헌법 재판관에 대한 임명 제청권까지 가지고 있다. 그것만으로도 사법기관이 가야 할 길을 만들 수 있는 엄청난 권력자다. 대한민국에 있는 행정부와 입법부, 사법부, 그 사법부의 장이었다. 그런 사람을 잡겠다고 말을 하면서 눈 하나 깜짝하지 않는 희우를 보며 민수가 고개를 저었다.

"넌 역시 미쳤어."

하지만 희우는 담담했다.

"재판이 공정하게 이뤄지려면 대법원장을 압박하는 게 가장 빠를 거 같은데요."

커피를 마시는 희우에게 다시 한번 바람이 불어왔다. 뜨거웠던 바람은 이제 시원해지고 있었다. 그 바람을 타고 희우가 말을 이었다.

"털면 뭐 안 나오겠어요? 못 잡을 거 같으면 협박이라도 해 보고요."

"허……."

민수는 멍한 눈빛이었다. 아무리 생각해도 희우의 스케일은 예상을 벗어나고 있었다.

멍한 민수의 얼굴을 보며 희우가 그 웃음을 따라 했다.

"재밌겠죠? 흘흘흘."

그제야 민수가 웃기 시작했다.

"그래, 재밌겠다, 흘흘."

"미리 말씀드리지만 저는 전면에 나서지 못합니다. 물론 선배도 먼저 나서지 않으셨으면 좋겠어요."

"그럼?"

"뒤에서 잡아야죠. 몰래."

"옷 벗는 게 문제가 아니라 이민 갈 수도 있겠네, 흘흘흘."

민수의 표정은 나쁘지 않았다.

민수는 희우의 말을 듣고 바로 대법원장을 캐기 시작했다.

물론 대법원장을 직접 조사하는 건 아니었다. 대법원장의 주변에 있는 사람들. 가족부터 시작해서 친인척 그리고 측근들의 모든 것들. 도덕성 또는 이치에서 어긋나는 비리 단 하나만 찾으면 가능한 일이었다.

늦은 밤, 퇴근을 한 희우는 상만의 전화를 받았다. 상만이 말했다.

─사장님, 저 술 많이 마셨어요. 술값도 많이 썼어요. 그러니까 사장님 사무실에서 좀 누워 있을게요.

몹시도 취한 목소리. 그는 부필식품의 안현채 그리고 JS무역의 김석영과 만나 술을 한잔 걸쳤다고 했다.

집으로 들어가는 지하로 내려가 문을 벌컥 연 희우가 다짜고짜 물었다.

"친해졌어?"

친해진다면, 그래서 사업에 대한 이야기를 시작한다면 일의 진행이 빠를 수 있었다.

그런데, 상만은 자고 있었다. 희우가 올 때까지 그 잠시를 기다리지 못해 의자에 몸을 맡기고 잠에 빠져 버린 거다. 그런 상만을 보며 희우가 피식 웃었다. 그리고 방에서 담요를 가지고 나와 그의 몸에 덮었다.

상만의 앞에 앉아 냉장고에서 꺼내 온 캔 맥주를 땄다. 티익. 소리에 이어 차가운 맥주를 입으로 넘겼다. 상만의 코 고는 소리가 작게 들려왔다.

차가운 맥주의 맛. 오랜만에 듣는 상만의 코골이.

희우가 조용히 미소 지었다.

다음 날.

부엌에서 들려오는 시끄러운 소리에 희우가 잠에서 깼다. 앞치마를 두른 상만이 싱글벙글하는 모습으로 손에는 국자를 들고 희우의 앞에 섰다.

"사장님 일어나셨어요?"

"뭐 하나?"

"북엇국 끓이고 있어요. 어제 술 드셨잖아요."

술을 마신 건 상만이었다. 하지만 상만은 책상 위에 놓인 맥주 캔을 국자로 가리키며 말하고 있었다. 어제 희우가 마셨던 것이다.

희우가 자리에서 일어나며 말했다.

"씻고 나올 테니까 준비해 둬."

"넵!"

식사가 시작됐다. 상만이 싱글벙글 웃으며 말했다.

"맛있죠?"

"응."

"제가 요리사입니다. 박상만 요리사. 하하."

상만의 웃는 얼굴을 보며 희우가 물었다.

"그래서, 친해졌어?"

"네."

상만이 진지한 얼굴로 말을 이었다.

"보기보다 어려운 상대는 아니었어요. 호방하다고 해야 하나, 아니면 가진 돈을 믿는다고 해야 하나?"

상만이 만난 김석영과 안현채는 자신감이 넘치는 사람들이었다. 그가 계속 말했다.

"투자 이야기는 꺼내지 않았지만 조만간 이야기할 자리가 만들어질 것 같습니다. 주말에는 골프 치러 가기로 했어요."

희우가 고개를 갸웃거렸다.

"너 골프 칠 줄 알아?"

"아뇨."

"그런데 골프 치러 간다고?"

"네. 왜요?"

희우가 골치 아프다는 표정을 지었다. 그들은 상만이 입은 옷과 끌고 다니는 차를 통해 수준을 가늠했을 것이다. 자신들만큼 돈이 있는 건 아니어도 그래도 어울릴 수준은 된다고. 그런데 골프를 칠 줄 모르는 상만이 골프를 치러 간다면 많은 거짓이 들통날 수 있었다.

"주말에 사업 때문에 바쁜 일 있다고 말하고……."

문득 희우가 잠시 말을 멈췄다. 그리고 생각에 빠졌다.

잠시 후, 희우의 입이 다시 열렸다.

"갑자기 바쁜 일이 생겼다고 말해. 아진식품 이창효 대표 만난다고."

오히려 약속을 잡은 게 잘되었다고 생각했다.

그들은 아쉬울 것 없는 재벌가의 자제들이다. 아마도 자신들과의 약속을 어기는 사람을 본 적이 없었을 것이다. 그렇다면 궁금해할 것이다. 도대체 누구와 만나기에 약속을 어기지?

그 대상이 아진식품의 대표 이창효라면? 그럼, 사업 이야기가 진행될 때 훨씬 편할 것이다.

희우의 계획을 들은 상만이 고개를 끄덕였다.

"그럴 것 같네요."

"그리고 제대로 골프 배우기 시작해. 앞으로 할 일이 많아질 거야. 골프, 테니스 이런 것들."

예전에도 희우가 배우라고 한 적이 있었다. 하지만 상만은 부동산 하는 놈이 산이나 잘 타면 되는 거지 무슨 운동이냐며 마다했다. 그때는 희우도 이렇게 빨리 일이 진행될 거라고 생각하지 못했다. 미국발 금융 위기를 시작으로 천천히 행동할 계획이었기 때문이다. 그래서 골프나 테니스는 잠시 미뤄 뒀는데, 한미 덕분에 계획이 조금 빨라졌다.

상만이 대답했다.

"네, 알겠습니다. 바로 등록할게요."

"개인 강습으로 해. 평범하게 질 수 있는 정도만 만들어."

"사장님, 평범하게 지는 게 제일 어려운 거 아시죠?"

"몰라. 그리고 앞으로 인스턴트 음식 하면서 요리한 척하지 마라."

상만의 얼굴이 굳어졌다. 그리고 조심스럽게 물었다.

"아셨어요?"

"모르겠냐?"

희우가 일어나서 씻으러 가던 중이었다. 화장실은 주방을 지나쳐야 했다. 그곳으로 향하며 희우의 눈이 자연스럽게 식탁으로 향했다. 그리고 골치 아프다는 표정으로 고개를 저었다. 어쩐 일로 북엇국을 끓였나 했더니 편의점에서 사 온 인스턴트식품 중 하나였다. 식탁 위에 놓인 북엇국 상자에는 '전자레인지에 3분'이라고 쓰여 있었다.

출근을 해서 일을 하고 있던 희우에게 구승혁으로부터 문자가 왔다. 중앙 지검에 들를 일이 있으니 잠시 보자는 말이었다.

희우는 자리에서 일어나 1층으로 내려갔다. 잠시의 시간이 지나자 구승혁이 나타났다.

"여기서 말하기는 조금 그런데. 조용히 대화할 곳 없을까?"

지난번처럼 카페에서 이야기할 수 있는 수준의 내용이 아닌 것 같았다.

희우는 잠시 생각을 하더니 구승혁에게 물었다.

"노래방 갈까?"

"뭐?"

점심시간이었다. 어디에도 검사들이나 수사관들, 직원들이 있었다. 설령 그들이 없다고 하더라도 주변에 있는 법무 법인의 변호사나 근무하는 수많은 사람들이 쏟아져 나올 시간이었다. 어디를 가도 조용히 대화를 할 수는 없었다. 그런 상황에서 노래방은 아주 좋은 장소였다. 누구도 대화를 엿들을 수 없는 밀실.

구승혁은 헛웃음을 지었다.

"좋아, 가자. 그런데 이 시간에 연 노래방이 있을까?"

"있지."

희우는 앞장서 걸었다.

노래방에 들어선 구승혁이 멋쩍은 미소를 지었다.

"사실 맨정신으로 노래방 온 건 처음인데?"

"나도 점심시간에 온 건 처음이다."

그때, 노래방 기기가 켜지고 천장에 있는 요란한 조명이 움직이며 기계에서 목소리가 흘러나왔다.

─놀러 노래방! 지금부터 즐거운 시간 보내세요.

기계음을 들으며 희우가 구승혁에게 말했다.

"노래 부를래?"

"농담도."

구승혁은 말을 하며 가방에서 서류 뭉치 하나를 꺼내 들었다.

"최강진이, 잡을 수 있을 것 같다."

서류를 들어 펼쳤다.

희우의 입에 알 수 없는 미소가 그려졌다.

구승혁이 가지고 온 서류에는 유혜린이라는 여배우에 대한 내용이 적혀 있었다. 그녀는 희우가 한번 스쳐 지나가듯 만났던 사람이기도 했다. 미래 인재 포럼에서 만났던 배우였다.

장일현도 거기서 성진미를 만나 엮을 수 있었다. 그런데 최강진도 그곳에서 유혜린을 만났다. 그리고 유혜린은 최강진을 통해 성 상납을 했다.

서류를 보던 희우가 물었다.

"처음은 최강진이 유혜린에게 최수혁 프로덕션에 넣어 주겠다는 말로 접근했다고?"

"응."

"이해가 잘 안 가는데? 유혜린은 할리우드에도 진출했다고 들었어. 기본 계약금만 해도 어마하다고 하던데 왜 최수혁 프로덕션에 들어가려고 했지?"

이번에는 구승혁이 골치 아프다는 표정을 지었다.

"몰라?"

"왜? 뭔 일 있었어?"

"간첩이냐? 텔레비전 안 봐?"

최근 희우는 지나칠 정도로 바쁘게 살았다. 뉴스 볼 시간도 없었다. 구승혁이 말을 이었다.

"유혜린이 원래 있던 기획사가 엎어졌어. 대표가 돈 가지고 해외로 날랐다고 하더라고. 당연히 범죄인인도 협정이 체결되지 않은 나라로 갔겠지? 그리고 최강진이 최수혁 프로덕션 이름을 팔았어. 미국 영화사하고 맺어진 계약의 위약금까지 물어 줄 수는 없지만 꽤 많은 계약금을 제시했나 봐.”

“최강진이?”

“어, 최강진이.”

희우가 생각에 빠졌다. 그리고 다시 고개를 갸웃거렸다. 잘 이해가 가지 않는 부분이 있었다. 구승혁은 이런 사실을 어떻게 알고 있을까?

그녀는 엄연히 대한민국의 많은 사람들이 익히 알고 있는 여배우다. 그런 유혜린이 성 상납을 하고 최강진에게 이용당한 사실을 떠벌리고 다닌다? 말도 안 되는 일이었다.

“어떻게 알았어?”

“코디한테 들은 거야.”

“코디?”

“연예계 뒷이야기는 기자들보다 매니저나 코디가 가장 자세히 알고 있다고 하더라.”

그런 이야기는 또 어디서 들었을까? 연예인에 대한 이야기는 전혀 알지 못하는 희우에게는 생소한 말이었다. 그것 역시 구승혁이 답을 내줬다.

“코디를 파 보라는 것은 김규리 검사가 말해 줬어.”

“규리가?”

“요즘에 남자 아이돌 가수에 푹 빠져 있거든.”

희우는 참지 못하고 웃어 버렸다.

차분하고 이성적인 규리가 남자 아이돌 가수에 빠져 있다니. 신기한 일이었다. 검사가 되며 성격도 말투도 취향도 변해 가고 있는 것 같았다.

희우가 입을 열었다.

“최강진 일은 잠시 멈추자. 이것만으로 잡기는 어렵잖아. 유혜린이 직접 고소를 하면 모를까.”

“가서 설득해 볼까?”

희우는 고개를 끄덕였다.

"조만간에 그때 조사했던 최수혁 프로덕션 성 상납 비리가 터질 거야. 그때 최강진의 일하고 함께 터질 수 있게 시기 조율해서 설득해 봐."

희우의 말을 듣던 구승혁이 고개를 끄덕였다.

"여론이 밀어붙이겠구나."

"살아남기 힘들 거야."

구승혁과 헤어진 희우는 다시 지검으로 들어갔다.

희우의 하루는 매우 복잡하고 바쁘게 돌아가고 있었다.

지검에서 할당된 일을 처리하는 도중 민수와 함께 대법원장에 대한 정보를 교환했다. 그리고 퇴근을 해서는 상만을 만나 부필식품과 JS무역에 대한 계획을 짰다. 단 한순간도 정신이 쉴 시간은 없었다. 계속해서 머리를 움직였고 생각해야만 했다.

조태섭의 서재.

조태섭이 앉은 책상에서 서너 걸음 앞에 박대호가 무릎을 꿇고 앉아 있었다.

박대호는 대부업체인 DHP머니의 대표이자 한반도은행의 최대 주주였다. 그리고 조태섭의 자금 관리를 하고 있는 자이기도 했다. 오래전 우용수가 가지고 있는 송파의 땅과 주택을 헐값에 사들이려 했다가 실패하기도 했던 박대호. 하지만 그때 헐값에 사들이는 걸 실패했던 거지 송파의 땅과 주택을 손에 넣지 못한 건 아니었다. 계획 이상의 돈이 들어갔을 뿐이다.

박대호가 말했다.

"부동산 경기는 앞으로도 큰 변화가 없을 거라고 생각합니다."

박대호의 입에서 나오는 이야기는 희우가 예측한 방향과 달랐다.

하지만 그 역시 돈에 관한 한 전문가인 사람이었다. 조태섭은 박대호의 말에 귀를 기울이고 있었다. 박대호가 계속 말을 이었다.

"부동산 비관론자들은 10년 전에도 그리고 지금도, 부동산 가격이 하락하리라고 생각하고 있습니다. 아마 앞으로도 하락한다고 주장하겠지요. 미국의 금융 위기가 심상치는 않지만, 달러와 금을 쥐고 있는 만큼 금방 회복할 거라고 예상합니다."

"그래서?"

"하지만 일시적으로 하락할 가능성은 있습니다. 그뿐입니다. 지금은 재개발의 바람을 일으킬 최적의 시기라고 생각합니다."

박대호는 지금 치고 빠질 계획을 말하고 있었다.

조태섭은 고개를 끄덕였다.

"박 대표가 그렇게 생각하면 그런 거겠지. 추진해 봐. 그리고……."

조태섭이 박수를 치자 문이 열리고 한 여성이 들어왔다.

한지현이었다. 희우에게는 저승사자로 기억되고 있는 여자. 그리고 서재에서 조태섭의 앞으로 가장 가까이 갈 수 있는 사람이기도 했다. 그녀는 고개를 꾸벅 숙여 예를 갖춘 후 조태섭의 책상 앞으로 걸어가 파일 한 장을 올려 뒀다.

그녀가 밖으로 나가자 조태섭은 박대호에게 파일을 던졌다.

종이 한 장.

바람을 타고 멀리 갈 리 없었다.

박대호는 무릎을 꿇은 상태로 엉거주춤 걸어가 땅에 떨어진 종이를 잡아 들었다. 다시 자리로 돌아온 그가 파일의 내용을 확인했다. 파일에는 강영범의 얼굴과 신상 내역이 적혀 있었다.

조태섭이 말했다.

"압구정동에도 재건축을 해야 할 아파트가 많이 있어. 그리고 그 아파트는 그 사람이 많이 가지고 있더군."

그는 더 이상 말을 하지 않았다. 하지만 박대호는 그 뒷말을 듣지 않아도 이해했다.

"이번에는 제대로 처리하겠습니다."

"기대가 많아."

박대호는 자리에서 일어나 조태섭에게 허리 숙여 인사를 하고 밖으로 빠져나갔다. 조태섭은 짙은 나무로 만들어진 서재를 바라보며 눈을 감았다.

뒤이어 김석훈이 들어왔다. 그 역시 조태섭에게 허리 숙여 인사를 한 후 멀리 떨어진 자리에 앉았다. 박대호와 다른 점이라면 무릎을 꿇지 않고 양반 다리로 앉았다는 것. 그리고 조태섭이 책상에 앉아 있지 않고 자리에서 일어나 그의 앞에 앉았다는 것이다.

그 둘이 마주 앉자 한지현이 그 사이로 작은 상을 놓으며 말했다.

"술은 어떤 걸로 드시겠습니까?"

조태섭이 대답했다.

"가벼운 걸로 가지고 와."

"알겠습니다."

그녀가 나가고 김석훈이 서재를 둘러봤다.

"의원님의 댁에는 오랜만에 오는군요. 그런데 여전히 책상 앞으로는 사람을 두지 않으십니까?"

"어."

조태섭은 자신의 업무를 다른 사람에게 보여 주는 것을 싫어했다. 자칫 치부가 될 수 있다고 생각해서다.

김석훈이 말했다.

"대법원장과 통화를 했는데, 미래자동차 전일보 사장에 대한 일은 좋게 끝날 것 같습니다. 그쪽에서도 부담이 컸다고 하더라고요."

"나도 들었네."

조태섭의 나도 들었다는 말에 김석훈의 얼굴이 순간 굳어졌다가 펴졌다.

조태섭은 상당수의 공천권과 함께 국민의 인기를 등에 업은 권력자였다. 모든 정치인이 허리를 굽혔고, 조태섭의 허락이 없다면 대선에 나갈 수도 없었다. 하지만 모두 게 조태섭의 뜻대로 되는 것은 아니었다.

조태섭의 뜻을 어기는 것은 바로 대통령이었다.

대통령은 조태섭의 선택을 받아 대선에 나갔고 대통령이 되었다. 하지만 그 대통령의 임기가 끝나는 중이다. 대통령은 마지막으로 해 보고 싶은 것을 하겠다며 조태섭의 의지와 상관없이 대법원장 자리를 자신의 사람으로 채워 넣었다.

"대법원장은 대통령의 사람 아니었습니까?"

조태섭이 슬쩍 웃었다.

"누구 사람이 어디 있나?"

대법원장도 조태섭의 손을 잡은 거다.

김석훈의 입에서 작은 한숨이 흘렀다. 조태섭의 권력이 어디까지 뻗어 있을지 감을 잡을 수 없었기 때문이다.

그때, 문이 열리고 한지현이 도자기로 만들어진 술병을 들고 들어왔다. 술병이 놓였고 조태섭이 김석훈에게 술을 따르며 물었다.

"그건 그렇고, 오늘 무슨 일 때문에 왔는가?"

"예, 김희우 검사에 대해 여쭙고 싶어서 왔습니다."

"김희우?"

조태섭은 생각을 더듬었다. 클럽의 모임에서 만난 검사라는 기억에 도달했을 때 그는 흐뭇한 표정을 지었다.

"자네가 키워 보고 싶다고 하던 친구 말인가?"

"네."

그사이 한지현은 작은 상 위에 안주를 놓고는 자리에서 일어났다. 다시 가볍게 고개를 숙여 예를 갖춘 후 밖으로 나갔다.

그런데, 그녀는 김석훈의 입에서 나온 '김희우'라는 이름을 똑똑히 들었다. 자신에게 약속을 지키겠다고 말했던 검사.

그녀는 자신에게 있었던 모든 일을 조태섭에게 보고했지만 희우에 관한 건 보고하지 않았다. 어쩐지 그래야만 할 것 같다는 생각이 마음속 깊은 곳에서 흘렀기 때문이다. 그녀는 다시 그의 얼굴을 떠올렸다.

'김희우, 도대체 누구이기에…….'

술병을 두 손으로 공손히 들어 올린 김석훈이 조태섭의 잔에 술을 따르며 말했다.

"장일현이 들어가고, 제 측근 중에 믿을 만한 놈은 남지 않았습니다."

김석훈의 아래에는 아직 기라성 같은 인물들이 있었다. 최강진도 그중 하나였다. 하지만 김석훈은 최강진을 비롯한 다른 검사들을 믿지 못했다. 심중으로 믿지 못한다는 말이 아니었다. 최강진과 대부분의 인물들은 검사로서의 생활보다 정치인으로서의 길을 원하고 있기 때문이다.

하지만 희우는 달랐다. 사람으로서 믿을 만하다고는 생각하지 않았지만 검사로서는 믿을 만하다고 생각했다. 그리고 욕심이 나는 추진력과 똘똘함, 그 두 가지가 김석훈에게 매력적으로 다가왔다.

조태섭이 잠시 생각을 정리하더니 입을 열었다.

"아직 너무 이르지 않나? 올해 임관했다고 들었는데."

"네. 그래서 여쭙고 싶었습니다. 저보다는 의원님께서 이런 일에 대해 현답을 내려 주실 거라고 생각하고 있습니다."

조태섭이 피식 웃었다.

"간단하네."

"말씀 주십시오."

"다른 곳으로 보내."

"네?"

조태섭의 눈에 힘이 들어가 있었다. 그 목소리가 진중하게 흘러나왔다.

"가장 어렵고 가장 낙후된 곳으로 보내게. 경력에는 하등 도움이 되지 않는 곳으로. 그곳에서도 자네의 말을 따르고 원망하지 않는다면, 그때 거두는 게야."

김석훈의 눈이 빛났다.

"감사합니다."

조태섭은 김석훈의 얼굴을 보며 가볍게 미소 지었다.

"그만하고 한잔 드세나."

그 미소에 지금까지 어둡던 서재의 공기가 바뀌는 것만 같았다.

술잔을 기울이던 두 사람, 조태섭이 김석훈에게 말했다.

"그런데 나도 부탁할 일이 하나 있어."

"말씀하십시오."

그가 다시 박수를 쳤다. 문이 열리고 한지현이 들어왔다.

"아까 박 대표한테 줬던 자료 하나만 더 가지고 와."

잠시 후 그녀가 종이를 가지고 들어왔다.

조태섭이 김석훈에게 종이를 넘겼다.

"이 사람 좀 조사해 봐."

파일을 받아 슬쩍 읽어 본 김석훈이 고개를 갸웃거렸다.

"강영범?"

"그래. 국가의 큰일을 하려 하는데 자금이 부족해. 아마 그 사람이 도움을 줄 것 같아서 하는 말이야."

"알겠습니다. 다른 짓 못 하도록 검찰에 잡아 두겠습니다."

김석훈의 말에 조태섭은 만족스러운 미소를 지으며 말했다.

"그 사람에게 받은 도움으로 가난한 노인들을 위한 복지 정책을 시행할 걸세. 산업화와 월남전쟁에서 희생한 분들, 벌써 나이가 꽤 많이 되셨어."

술을 마시고 비어 있는 김석훈의 잔에 조태섭이 술을 따르며 말을 이었다.

"우리나라를 이렇게 만드신 분들이 어렵게 지내고 있는데 가만히 있을 수는 없어. 그런 건 미래에 하등 도움이 되지 않아. 젊은 세대가 뭐라고 생각하겠나?"

그 질문에 김석훈이 답했다.

"열심히 일을 해도 보상받지 못한다고 여기겠죠."

"맞아. 안타깝지만 그렇게 생각할 거야. 뭔가를 요구하기 전에 국가가 보여 줘야지. 이만큼 고생을 하면 그 이상의 보답을 할 것이니 열심히 일을 하라고. 그래야 국민들이 따르지 않겠나?"

김석훈은 말없이 조태섭의 잔에 술을 따랐다.

지검에서는 갑작스러운 인사이동이 있었다. 대상은 바로 희우였다.

경기도에 있는 한 지청으로 이동하여 청소년 범죄를 맡으라는 명령.

명령을 받은 희우는 멍하니 앉아 있었다.

예상하지 못한 일이었다. 물어볼 사람도 없었다. 김석훈은 대검에 들어갔고 최강진은 장일현의 일을 거부한 이후로 대화를 피했다.

희우는 책상에 앉아 생각을 정리했다.

과연 어찌 된 일일까? 무엇 때문에 김석훈이 자신을 보내려 할까?

그때, 주먹을 꽉 쥔 희우의 얼굴에 미소가 그려졌다.

장일현이 구속되며 김석훈의 주변에 남은 사람이 없다는 생각으로 이어졌다. 그리고 김석훈의 의도를 꿰뚫었다.

"나를 시험하려 하는구나?"

그럼 시험을 받으면 된다. 그리고 오히려 다행이었다.

눈에서 멀어지면 감시하기도 어렵다. 민수가 추진하고 있는 대법원장 사건을 돕기에도 좋았고, 부필식품을 흔들기에도 좋았다. 고맙게도 마음껏 움직일 수 있는 여건이 만들어졌다.

생각을 이어 가던 희우에게 전화가 걸려 왔다. 전석규였다. 희우가 다른 곳으로 인사 명령을 받았다는 걸 듣고 바로 전화한 거다.

희우는 그날 전석규와 만나 많은 술을 마셨다.

술병이 하나둘 비어 가던 때 전석규가 말했다.

"내가 지금 뭘 하고 있는지 모르겠다."

전석규는 몹시도 괴로워 보였다.

"내가 내 새끼 하나 건사하지 못하고 다른 곳으로 보내야 하냐? 검사가 아무리 전국을 이사 다니는 직업이라고 해도 임관한 지 1년 동안 두 번이나 자리를 바꾸는 게 어디 있어?"

전석규의 목소리는 격양되어 있었다.

그도 그럴 것이, 지금의 상황은 희우의 이력에 좋을 게 하나도 없었다. 희우가 어떤 검사 생활을 했고 어떤 일을 했는지 알려 주는 건 오직 기록이었다. 지금 어떤 일이 일어나서 희우가 자리를 옮겼는지 궁금한 사람은 없었다. 기록에 남는 건 1년 동안 두 번 자리를 옮겼다는 것이다. 그게 전부였다. 희우에 대해 아무것도 모르는 사람이 기록을 봤을 때, 희우를 좋지 않게 평가할 건 당연했다. 짧은 시간 동안 계속 자리를 옮기는 건 어떤 문제가 있지 않고서는 힘든 일이기 때문이다. 훗날 희우가 승진을 하거나 또는 어떤 중책을 맡아야 할 때 항상 걸고넘어질 사항이었다.

하지만 희우는 그런 것은 관심 두지 않았다. 희우의 목표는 검찰총장이나 높은 자리에 오르는 게 아니었다. 오로지 검찰의 정상화. 그것이 희우의 목표였다.

하지만 희우와 달리 전석규는 계속해서 고통에 빠져 있었다.

전석규가 말했다.

"조금만 기다려라. 호랑이라는 별명이 왜 나한테 붙었는지 보여 주마."

그렇게 술자리가 끝났다.

다음 날부터 희우는 경기도의 한 지청으로 출근했다. 지청이라는 이름을 달고 있지만 김산과는 비교할 수 없을 만큼 큰 규모였다.

희우는 지청의 건물로 들어가 바로 지청장실로 향했다. 희우가 들어가자 지청장은 반갑게 웃으며 그를 맞이했다. 김석훈보다 한 기수 아래의 사람이었다. 그리고 김석훈의 측근 중 하나이기도 했다.

"아, 김석훈 지검장님께 이야기는 충분히 들었어. 여기 앉지."

희우는 고개를 숙여 인사를 하고 그가 안내한 소파에 앉았다.

내온 차를 마시며 지청장이 말했다.

"여기서는 청소년 범죄만 맡게 될 거야. 김석훈 지검장님하고 달리 나는 각 검사들의 임무 분담이 철저해야 한다고 생각하거든."

그 말은 함부로 움직이지 말라는 뜻이었다. 희우가 다시 고개를 꾸벅 숙였다.

"알겠습니다."

지청장과 상담을 끝낸 후 희우는 근무해야 할 곳으로 이동했다. 희우는 개인 검사실을 배정받았다.

긴 복도를 지나 도착한 희우가 문을 열었다. 개인 사무실이라고 했지만 수사관 한 명과 행정을 보는 직원 한 명이 전부였다. 그들이 희우를 보고 엉거주춤 일어나 인사를 하자 희우도 고개를 숙여 인사했다.

"앞으로 잘 부탁드립니다."

말을 마친 희우는 창가 아래에 있는 책상으로 향했다. 그리고 의자를 당겨 자리에 앉으며 마련된 컴퓨터의 전원 버튼을 눌렀다.

희우의 행동에 그들도 자리에 앉아 하고 있던 일을 계속 이어 했다.

다를 것 없는 평범한 행동이었다. 적어도 사무실에 먼저 있던 수사관과 직원은 그렇게 느꼈다. 하지만 아니었다.

출입문에서 책상으로 향하는 그 짧은 거리를 걸어오며 희우는 사무실 안의 모든 사항을 눈에 담았다. 먼저 창틀에 있는 먼지.

'오랜 시간 사용을 하지 않은 방이었어.'

희우가 온다고 부랴부랴 만든 사무실이란 증거다.

앞에 앉은 두 사람의 눈빛 역시 이상했다. 사람을 처음 봤을 때의 반응이 아니었다. 보통 새로운 사람이 온다고 하면 좋든 나쁘든 어떤 기대를 하기 마련이다. 하지만 두 사람의 눈에 그런 감정은 보이지 않았다. 마치 경계하는 듯한 눈빛이었다.

'감시자?'

희우의 입에 묘한 미소가 걸렸다. 김석훈이 희우를 이곳에 보낸 이유가 더욱 확실해졌다.

희우는 의자에 여유롭게 앉아 컴퓨터에 담겨 있는 자료를 살폈다.

원하는 대로 해 준다. 그래서 의심을 없앤다. 이곳에서 얼마나 있을지 모르지만, 오랜 시간은 아닐 것이다. 그 기간 동안 편히 쉬는 모습, 그러면서 김석훈의 명령을 받드는 모습, 그것이 김석훈이 원하고 있는 것이었다.

희우는 느긋하게 마우스를 클릭하며 지역에서 일어난 청소년 사건에 대해 확인했다. 왕따나 폭행 등의 잔인한 사건도 많았고, 의외로 우스운 일도 많이 있었다.

버려진 낡은 자전거를 주웠던 고등학생들.

사진을 보면 누가 봐도 버려진 자전거였다. 박물관에나 있을 법한, 오래되고 녹이 슨 자전거였다. 학생들은 주장하고 있었다.

"전봇대 아래에 쓰레기를 버리는 곳이 있었어요! 자전거는 쓰레기 옆에 있었고요!"

학교가 끝나고 걸어오던 그들은 낡은 자전거를 보고 별생각 없이 타고 이동을 했다. 그리고 절도로 잡혀 들어왔다. 학생들의 입장에서는 어이없을 일이었지만 절도는 절도였다. 그들에게는 사회봉사 명령이 떨어졌다.

희우는 계속해서 사건을 읽었다.

지나가다 돌멩이를 발로 찼는데 가게의 유리창이 깨지고 출동한 보안요원에게 잡혀 들어온 일 등, 어이없는 사건이 잔뜩 보였다.

사건 내역을 쭈욱 읽어 보고 있을 때 수사관이 서류 한 뭉치를 들어 희우의 책상 위에 올렸다. 희우는 컴퓨터를 보던 걸 멈추고 그 서류를 처리하는 일을 시작했다. 기소와 불기소 등의 내용이 서류에 빠르게 적혀 내려갔다.

희우의 전화에 문자가 들어왔다. 하지만 희우는 확인하지 않았다. 타인에게 감시를 당하고 있을 때에는 단 하나의 움직임이라도 조심하는 건 당연했다. 희우는 조용히 주어진 일만 처리하고 있었다.

늦은 시간에야 희우는 퇴근을 했다.

전철에 올라 집으로 향하며 그제야 핸드폰을 꺼내 들었다. 민수와 상만의 전화번호가 보였다.

희우는 먼저 상만에게 전화를 했다. 그는 몹시도 흥분한 상태였다.

그가 흥분한 이유를 들은 희우는 집으로 향하던 걸음을 상만의 사무실 방향으로 바꾸었다.

상만의 사무실 앞이었다. 커피숍에 들어가 구석에 앉자 상만이 말했다.

"안현채에게 합병 이야기를 했어요."

"그래서?"

"서로의 기술적 합병으로 신선 식품 쪽을 얘기했더니 아주 좋아하던데요?"

당연히 좋아할 수밖에 없었다.

안현채에게는 대표로 오르기 위한 실적이 간절히도 필요한 상황이었다. 그런 상황에 아진식품과의 기술적 합병은 그에게 있어서 거절할 수 없는 제안이었다. 상대의 욕망을 파고들어 움직이게 하는 일은 상대가 어떤 욕심을 가지고 있는지만 안다면 어려운 일이 아니었다.

"제가 골프 약속을 깼잖아요? 그런데, 제가 아진식품 이창효 대표와의 비즈니스 때문에 만날 수 없다고 하니까, 태도를 싹 바꾸더라고요."

"그래서?"

"오늘 점심에 안현채를 만났고요."

상만이 잠시 말을 멈추고 '흐흐' 웃었다. 그리고 말을 이었다.

"안현채가 성미가 급하더라고요. 이창효 대표랑 무슨 얘기 했냐, 친하냐, 어쩌냐, 계속 묻더라고요."

상만은 안현채와 대낮부터 술잔을 기울였다고 했다. 그리고 테이블에 꽤 많은 술병이 놓였을 때, 상만은 안현채를 향해 취한 척 연기하며 입을 열었다.

"제가 주말에 아진식품 이창효 대표님을 만났잖아요?"

안현채의 눈이 반짝인 것은 당연했다. 상만은 그 눈빛을 보며 혀 꼬인 목소리를 계속 이었다.

"제가 안현채 본부장님하고 어울린다고 말했거든요. 그런데 부필식품하고 기술적 합병을 하고 싶다는 말씀을 하시네요."

그 말과 동시에 안현채는 침을 꿀꺽 삼켰다. 그리고 떨리는 목소리로 물었다.

"그래서요?"

상만은 눈만 깜빡였다.

"그래서라뇨? 그걸 제가 어떻게 알아요?"

당사자들이 만나 해결을 하라는 말이었다.

안현채는 당장이라도 만날 수 있게 자리를 주선해 달라고 요청했다. 실적을 만들 수 있다고 생각한 거다.

그렇게 상만의 이야기가 끝났고, 희우가 기분 좋은 미소를 지었다.

"좋아, 잘되고 있어."

커피를 들어 마신 희우가 다시 말을 이었다.

"조만간에 아진식품 이창효 대표님 만나서 얼굴도장 찍어 놔. 미리 얼굴을 봐 둬야 나중에 실수하지 않지."

"네, 알겠습니다."

커피숍에서 나오면서 민수에게 전화를 걸었다.

-흘흘흘, 귀양 간 희우야, 퇴근했냐?

민수는 갑작스레 경기도로 발령받은 희우를 귀양을 갔다며 놀렸다.

─퇴근하는 길이면 지검에 좀 들러라. 뭐 좀 보여 줄 게 있어.

희우는 택시에 올라 중앙 지검으로 향했다. 12시가 넘어가는 시간이었다. 모두 퇴근했는지 널찍한 사무실에 민수 혼자 앉아 있었다.

"근무세요?"

"아니. 네가 떠넘기고 간 일이 많아서."

"죄송하네요."

"앉아 있어. 금방 자료 뽑아 올게."

민수가 자료를 뽑는 중이었다. 희우는 테이블에 있는 서류 이것저것을 만져 보고 있었다. 각종 범죄자들의 얼굴이 가득했다.

그런데, 한 장 두 장 넘겨 보던 희우가 멈칫거렸다. 최강진의 사인이 있는 서류였다. 그곳에 강영범의 이름이 적혀 있었다.

'뭐지?'

희우는 옛 기억을 더듬었다. 이전의 삶에서 강남의 주인 강영범이 비참하게 한국을 떠나던 시기를 계산한 거다.

'아직은 아닌데.'

몇 번을 생각했지만 지금 시기는 아니었다.

'그럼?'

시기가 4~5년은 앞당겨졌다는 거다.

이전의 삶과 사건의 시간이 바뀌어 버렸다.

희우는 자신이 개입하며 많은 사람의 운명이 바뀌었다는 걸 알고 있었다. 그로 인해 사건의 시간과 내용이 바뀔 것도 예상하고 있었다. 하지만 그런 시간적 변화를 직접 마주할 때마다 당황스러운 건 어쩔 수 없었다.

강영범의 이름을 보고 있던 희우가 한숨을 내뱉었다. 그리고 강영범의 이름이 적힌 종이를 휴대폰으로 사진 찍었다.

그때 민수가 몇 장의 종이를 프린트해 와서 희우의 앞에 앉았다.

"읽어 봐. 재밌어. 흘흘."

민수가 건넨 서류를 읽던 희우가 그중에 한 장을 뽑아 민수에게 건넸다.

"저는 이게 좋은데요?"

"그치? 나도 그게 제일 마음에 들더라. 흘흘."

대법원장 아들의 병역 비리 의혹이었다.

"디스크가 있으셔서 면제를 받으셨네."

희우는 대법원장의 아들 사진을 보며 피식 웃었다.

대법원장은 아들이 둘이었다. 그런데 장남은 면제, 차남은 체중 미달로 공익 근무 중이었다. 181센티미터에 53킬로그램으로 적혀 있는 체중. 민수가 조사해 온 바로는 현재 181센티미터의 키에 70킬로그램이 넘는 체중을 유지하고 있다고 했다.

하지만 그걸로 병역 비리를 입증할 수는 없었다. 체중 미달의 경우, 우스갯소리로 말하길 가진 자만이 얻을 수 있는 병역 혜택이라고 전해져 온다. 이미 병역 처분을 받은 후에 체중이 증가하여 정상으로 돌아와도 입증할 방법이 없기 때문이다. 둘째 아들의 체중 미달을 통해 병역 비리에 관한 사람들의 관심을 불러일으킬 순 있지만 잡기는 불가능했다.

그래서 희우가 택한 타깃은 디스크 판정을 받은 첫째였다.

희우는 민수와 함께 대법원장의 첫째 아들을 낚을 방법을 고민했다.

방만현 대법원장의 첫째 아들, 이름은 박정용.

MRI를 입수하고 디스크 치료 과정을 확인하는 일련의 일들이 쉽지는 않았지만 불가능한 것은 아니었다.

희우의 손이 계속 자료를 훑었다.

상대의 죄가 클수록 좋았다. 털어서 먼지 안 나는 사람은 없었다. 그리고 작은 먼지라도 쉽게 지나치지 않았다. 상대는 대법원장이다. 한 방에 보내지 않는다면 오히려 역공을 당할 수 있었다.

자료를 보던 희우가 한 장을 더 밖으로 빼냈다.

"둘째 아드님이 열네 살에 40억 원짜리 집의 주인이 되셨네요."

"씁쓸하지, 흘흘흘."

"보기보다 세금은 잘 내셨어요."

"좋은 국민이야."

시답잖은 농담을 하면서도 그들의 시선은 계속 서류에 가 있었다.

시간은 2시를 넘기고 있었다. 오랜 시간 자리에 앉아 확인을 하고 작전을 세우며 골라낸 것은 총 네 개였다. 가지고 있는 의혹이 확실시된다면 적어도 흔들 수 있는 발판은 만들어졌다. 그리고 희우는 여기서 멈출 생각이 아니었다. 이를 통해 병역 비리를 파고들어 브로커까지 잡아들일 생각이었다.

문제는 시간이 촉박하다는 거다. 이 모두가 미래자동차 전일보 사장을 처리하기 위해 벌인 일이다. 최종 공판이 있기 전에 확실하게 끝내야 했다.

지검을 빠져나가며 희우가 민수에게 손을 내밀었다. 민수는 희우가 무슨 의도로 이런 행동을 하는가 눈을 껌뻑였다.

"왜? 악수하자고?"

"아뇨. 주세요."

"뭘?"

"택시비요."

"택시비?"

집으로 가는 버스는 끊긴 시간이었다. 택시를 타고 가야 하는데…….

희우가 말했다.

"제가 귀양을 가서 매일 경기도까지 전철 타고 집에 가야 하거든요. 끝이 아니에요. 전철에서 내려서 버스 타고 30분도 넘게 가야 해요. 한 달 동안 들어갈 전철비랑 버스비만 해도 한숨 나오죠."

그의 말의 요점. 민수가 불러냈고 버스가 끊길 때까지 일을 시켰으니 택시비는 달라는 말이었다. 민수가 웃었다.

"흘흘흘, 택시비 받고 맥주 한잔 어때?"

"좋습니다."

전날도 전석규와 함께 술을 많이 마셨다. 그런데 또 민수의 마시자는 제의를 거절하지 않은 이유는 지청에서 받고 있는 견제를 풀기 위함이었다.

김희우 검사는 지청에 와서 힘없이 술만 마시고 있습니다. 딱 할 일만 하고 퇴근합니다. 의욕은 보이지 않습니다. 김희우 검사는 김석훈 지검장 님이 아니면 일을 시키기가 어렵습니다.

희우는 이 말이 김석훈에게 들리기를 기대하고 있었다.

다음 날, 지청에 출근한 희우는 어제와 마찬가지로 책상에 앉아 사건을 정리하며 일을 진행했다. 특별한 움직임은 단 하나도 보이지 않았다. 오죽 심심했으면 앉아 있던 수사관이 하품을 하며 퇴근하려고 시계만 바라보고 있을 정도였다.

하지만 희우가 일을 설렁설렁 한 것은 아니었다. 적어도 대한민국의 자라날 청소년들에 대한 사건이었다. 벌을 내려야 할 것은 확실히 기소시켰고 조금이라도 미심쩍은 일은 재수사를 지시했다.

그렇게 하루 이틀이 지났다. 김석훈에게도 희우가 특별한 일 없이 책상에만 앉아서 업무만 보고 있다는 이야기가 들려왔다. 지검장실의 책상에 앉아 손가락으로 톡, 톡 책상을 치고 있던 김석훈은 언제 희우의 마음을 떠볼지 그 시기를 조율하고 있었다.

시기를 결정하는 일은 중요한 선택 중 하나였다. 조금만 늦어도 희우의 불만이 폭발하여 돌이킬 수 없을지 모른다. 너무 이른 시기에 손을 건넨다면 오히려 기고만장해지는 역효과를 볼 수도 있다. 희우는 아직 어리다. 자칫 '나 없으니까 일이 안 풀리지?' 하는 생각을 가질 수도 있다.

김석훈이 희우에 대한 생각을 하고 있을 때였다. 희우는 퇴근을 하고 있었다. 그 걸음은 자연스럽게 중앙 지검으로 향했다. 몸은 경기도의 한 지청에 있지만 일은 중앙 지검의 민수와 함께하고 있는 꼴.

희우가 중앙 지검에 나타나도 의심을 하는 사람은 없었다. 집까지 버스로 20~30분이면 갈 수 있었고, 그가 민수와 친하게 지낸다는 건 다들 잘 알고 있었기 때문이다.

희우는 지청에서 다른 움직임을 보일 수 없는 상황이었다. 그래서 정보를 찾고 얻는 걸 모두 민수에게 의지하고 있었다.

민수가 지검 밖으로 나왔다.

"오늘 사람들이 퇴근을 안 한다. 다른 데 가서 얘기하자."

희우가 문득 두 장소를 생각해 냈다.

"노래방이 있고 룸이 있는 바가 있는데 어디로 가실래요?"

"노래방?"

일전에 희우가 구승혁과 함께 가서 이야기를 나눴던 장소였다. 하지만 민수는 구승혁과 달리 고개를 저었다.

"난 남자랑 노래방 안 가."

"그럼 여자랑 가세요?"

"응. 그런데 여자들이 나랑 안 가 주네. 흘흘흘."

그들은 룸이 있는 바로 이동했다. 밀폐된 장소에 들어서자 민수가 가방에서 서류를 꺼내 테이블에 펼쳤다.

"브로커로 의심되는 사람들이야."

희우의 눈이 서류로 향했다. 각 병원의 의사들, 분명 가짜 진단서를 만들어 준 사람들이었다. 하지만 아직은 의혹만 있을 뿐이었다.

민수가 계속 말을 이었다.

"주요 공직자들하고 돈 좀 있는 집안 중에 미심쩍은 일로 면제를 받은 사람들만 추렸어. 그리고 그 사람들이 다녀간 병원을 보니까 이 정도로 압축되더라고."

희우은 잠깐 이전의 삶을 떠올렸다. 그때도 병역 비리는 있었고 의사는 잡혀 들어갔다. 그때의 의사가 있는지 찾아보는 중이었다. 하지만 보이지 않았다.

민수가 말했다.

"재밌지 않아? 우리나라에 면제자가 이렇게 많은 줄 처음 알았어."

사진을 보던 희우는 생각을 달리하기로 했다. 의사의 이름이나 얼굴이 기억나지 않는다면 당시 걸려들었던 사람들을 추리기로 한 것이다. 다행히 그 사람들의 이름은 민수가 적어 온 파일에 존재했다. 그자들의 이름과 사진을 연관 지어 생각을 정리했다.

그때, 룸의 문이 열리고 양주와 잔이 들어왔다. 희우가 놀란 눈으로 민수를 바라봤다.

"이건 비싼데요."

"한번 먹어 보고 싶었어."

민수가 잔에 술을 따라 희우의 앞으로 건넸다.

희우가 사건을 정리하고 있는 동안 민수는 술을 마시고 또 마셨다. 금세 취기가 올랐을까? 민수가 붉게 달아오른 얼굴로 말했다.

"이거 맛없어!"

"네?"

"이걸 이 돈 주고 왜 마시는 거지? 소주가 백배는 맛있겠다."

민수는 취했다. 하지만 취기가 올랐어도 상관없었다. 민수는 스스로 사건을 조사했고 나름의 계획도 세운 상태였다. 희우의 의견을 종합해서 일을 추진하기만 되었다. 그래서 희우는 가만히 서류를 보며 생각에 빠져 있었고 민수는 홀로 술을 마시다 취해 버렸다.

게다가 지금 조사하고 있는 건 병역 비리에 관한 것이었다. 대한민국 남자로서 군필자인 민수가 가만히 있을 수 없었다. 그는 말했다.

"군대는 왜 면제를 받으려 하는 거지? 그 안에서도 배울 게 있고!"

이렇게 시작한 말은…….

"내가 강원도에서 간첩을 만난 거야. 그런데 눈이 딱 마주치니까 그놈이 총으로 나를 겨누더라고."

이런 식으로 이어졌다.

하지만 희우는 알고 있었다. 민수는 군법무관으로 군 생활을 마쳤다.
물론, 그 생활이 편하지는 않았을 거다. 군대는 누구나 힘들고 각자 나름
의 고충이 있다. 그래서 조용히 들어 주려고 했는데…….

"내가 북한 넘어갔다 온 얘기 했나?"

희우가 한숨을 내쉬며 민수를 바라봤다.

"저는 병사였습니다."

"아!"

"강원도 인제군의 산 속에서 2년 동안 산만 바라봤습니다."

"아!"

"눈 치워 봤어요?"

"아니."

"이등병의 고충을 아세요?"

"아니."

군법무관으로 근무했던 민수가 경험할 수 없는 일이었다. 민수는 조용
해졌다.

그사이 희우는 네 명의 의사를 추려 민수에게 말했다.

"이 사람들 조사하면 좋을 거 같아요."

그 말과 동시에 술에 취했던 민수의 눈이 다시 검사의 눈빛으로 돌아
왔다. 희우가 건넨 의사들의 목록을 바라보며 민수가 말했다.

"좋아. 이 사람들은 내일부터 조사할게."

희우는 하나의 사진을 들어 올렸다.

"이 사람은 지청 옆에 있는 병원이네요. 제가 조사할게요."

민수가 씩 웃었다. 그리고 민수의 날카롭던 눈빛이 사라졌다.

"그럼 마시자. 오늘은 내가 쏜다, 흘흘흘."

CHAPTER 31

다음 날. 지청이었다.

잠시 일을 보던 희우가 수사관에게 말했다.

"병원 좀 다녀오겠습니다."

"어디 불편하세요?"

"하하, 속이 조금 안 좋네요."

희우의 몸에서는 술 냄새가 났다. 그 냄새가 수사관의 코끝으로 찔러 들어왔다.

"술 드셨어요?"

"조금 먹었는데, 힘드네요."

희우가 사무실을 떠나자 수사관이 인상을 찌푸렸다. 그가 혀끝을 차며 말했다.

"저러니까 쫓겨 오지."

희우는 수사관이 어떤 뒷말을 할지 예상하고 있었다. 하지만 상관 않고 곧장 병원으로 이동했다.

희우는 접수를 하지 않고 한 진료실 앞에 앉아 병원의 분위기를 살폈다. 지금은 점심시간이다. 진료실에 있던 간호사가 점심을 먹고 오겠다며 진료실을 빠져나왔다.

희우는 몸을 일으켜 진료실로 들어갔다. 그러자 자리에 앉아 모니터를 보던 의사가 희우를 물끄러미 바라봤다.

"접수하셨어요?"

희우는 빙긋 미소 지은 후 문고리의 잠금장치를 눌렀다. 딸칵 소리가 났다. 이제 이 안으로 들어올 수 있는 사람은 없다.

의사가 기분 나쁜 표정으로 말했다.

"누구야?"

희우는 대답하지 않았다. 뚜벅뚜벅 그의 앞으로 걸어갔다. 그리고 의자에 앉아 다리를 꼬았다.

"누, 누구야?"

의사가 다시 물었다. 하지만 희우는 이번에도 말하지 않았다. 그저 잔인한 미소로 의사를 바라볼 뿐이었다. 의사는 미간을 찡그렸지만 그게 전부였다. 앞에 앉는 희우의 분위기가 범상치 않았기 때문이다.

그제야 희우가 입을 열었다.

"하나 묻자."

반말. 하지만 어색함은 없었다. 의사가 침을 꿀꺽 삼켰다. 희우의 목소리가 이어졌다.

"신동군 의원하고 박상로 의원 그리고 또 누구더라? 어쨌든 그 사람들의 명단 가지고 있지?"

신동군. 박상로의 이름이 들리는 순간 의사의 얼굴이 굳어졌고 동공이 흔들렸다. 그 이름은 모두 의사가 만들어 낸 병역 비리였다.

"무슨 소리 하는 거야?"

의사의 목소리가 커질 때였다. 희우가 의자에서 일어났다. 그리고 '콱!' 의사의 멱을 잡았다.

"컥!"

의사의 눈빛에는 공포가 가득했다. 희우는 손가락으로 자신의 입을 가리며 조용히 하라는 표시를 전했다. 의사는 고통스러워하며 고개를 끄덕였다. 하지만 희우는 그의 목을 풀어 주지 않았다. 신분증을 꺼내 그의 눈앞에 들어 보였다. 그리고 조용히 말했다.

"검사."

의사의 눈동자가 더욱 떨려 왔다. 그 눈동자를 보며 희우가 씨익 웃었다. 의사가 보기에는 잔인한 미소였다. 희우의 조용한 목소리가 이어졌다.

"너 잡으러 왔어."

그 말을 끝으로 희우는 잡고 있던 멱살을 풀어 줬다. 의사가 켁켁거리며 입을 열었다.

"여, 영장이 있어요?"

"영장? 안 가지고 왔는데?"

"그, 그럼 나가세요!"

희우는 어이없다는 표정으로 의사를 바라봤다. 죄가 있으면서도 검사 앞에서 당당한 모습이 참신했다. 희우가 다시 의자에 앉으며 느긋한 목소리로 입을 열었다.

"생각 좀 하자. 내가 왜 영장도 없이 네 멱살을 잡았겠어? 증거가 있으니까 이러고 있겠지? 자, 그럼 질문. 내가 영장도 없이 왜 왔을까?"

의사는 대답하지 않았다. 그저 식은땀을 흘릴 뿐이었다.

희우가 다시 몸을 일으켜 의사를 향했다. 그리고 의사를 노려보며 생각해 보라는 듯 그의 어깨를 가볍게 두들겼다. 그러자 의사가 머뭇머뭇 입을 열었다.

"원하는 게 있는 겁니까?"

"정답."

그 말과 함께 희우가 손을 내밀었다.

의사는 멍하니 희우의 손을 바라봤고 희우가 다시 말했다.

"지금까지의 병역 비리 내역. 전부 넘겨. 그럼. 네 이름은 이번 사건에서 빠질 거야."

"네?"

"넌 익명의 제보자가 되는 거야."

의사는 이해할 수 없다는 표정을 지었다. 정말로 이해할 수 없었다. 지금껏 의사는 돈을 받고 가짜 진단서를 만들었다. 그 진단서에는 의사의 이름이 적혀 있고 수사망에 포함되는 건 당연했다. 즉, 사건에서 빠질 수 없다.

의사의 표정을 본 희우가 말했다.

"진단서 끊어 주면서 벌어들인 돈이 좀 있더라?"

"네?"

"비행기표는 내가 끊어 줄 테니까 바로 떠나도록 해."

"해외로 도망치라는 겁니까?"

"도망치는 게 아니라 휴양 간다고 하자. 지금까지 바쁘게 살았잖아."

희우는 부드럽게 말했지만 의사는 망설였다.

그 망설임의 눈빛을 본 희우가 고개를 저었다.

"여기에 있다가는 몹쓸 꼴을 보게 될 거야. 당신에 대한 조사는 이미 끝났어."

하지만 의사는 여전히 망설였다. 당연한 일이었다. 어쩌면 영원히 대한민국을 떠나야 할지도 모른다. 영원히 도망 다니며 살아야 한다는 거다. 쉽게 결정할 수 있는 일이 아니었다.

희우가 굳은 눈빛으로 그를 바라봤다.

"솔직하게 말하지. 내가 입수한 자료는 현재 여섯 명이야. 하지만 그 이상이 있다는 건 알고 있어."

"여섯 명요?"

"알겠지만, 그 여섯 명만으로도 널 구속시키기에는 충분해. 그럼, 네 이름은 신문 1면을 장식할 거야. 네 가족과 네 자식들의 이름이 네티즌에 의해 모두 공개될 거고."

가족들의 신상이 공개된다는 말에 의사의 얼굴은 차갑게 식어 갔다. 하지만 희우는 목소리를 멈추지 않았다.

"네가 아니라 네 가족을 생각해. 네 가족들도 손가락질을 받을 거야. 그럼, 네 가족들이 한국에 살 수 있을까?"

의사는 자신도 모르게 한숨을 내뱉었다. 희우가 의사의 귀에 속삭였다.

"난 너 같은 피라미를 잡는 게 목적이 아니야. 피라미는 풀어 주고 대어를 잡고 싶은 거지."

의사는 고개를 숙였다. 이제야 자신의 처지를 확실히 알게 된 거다.

희우가 다시 의사의 어깨를 토닥이며 말을 이었다.

"결정해. 정보를 알려 주면 도망갈 수 있는 최소한의 시간은 벌어 줄게."

의사 입장에서는 나쁜 조건이 아니었다. 어차피 신상이 공개되고 대한민국에서 살 수 없다면, 교도소 생활이라도 피해야 했다.

의사가 고개를 끄덕였다.

"알겠습니다."

의사는 가지고 있는 모든 자료를 희우에게 넘기기로 결정했다.

잠시 후, 병원에서 나오는 희우의 입에 씁쓸한 미소가 걸렸다.

카운트다운의 시작이다.

새로운 세상이 열린다.

희우는 핸드폰을 들어 황진용 의원에게 전화를 걸었다.

"저녁에 잠깐 뵈었으면 합니다."

희우는 퇴근 후, 황진용 의원의 사무실을 찾았다. 그리고 병역 비리에 관한 서류를 넘겼다. 황진용 의원이 물었다.

"도대체 이런 건 어떻게 다 찾아내는 건가?"

희우는 대답하지 않았다. 말해 줄 의무는 없었다.

서류를 넘긴 희우는 바로 다른 곳으로 이동하며 전화를 들었다.

"나와."

희우가 전화를 건 상대는 상만이었다.

상만과 만난 곳은 한강이 보이는 레스토랑이었다. 상만이 들뜬 표정으로 물었다.

"여기는 왜요?"

"밥 먹게."

상만은 미심쩍은 표정으로 주변을 훑었다. 그리고 조심스럽게 말했다.

"여기서 남자 둘이 먹자고요?"

하지만 희우는 상만의 말을 귓등으로 흘리며 메뉴판을 손에 들었다. 그사이에도 상만은 몹시 부끄러운 표정으로 주변을 살피고 있었다.

"사장님, 아무리 생각해도 남자 둘이 이런 자리에 있는 것은 아닌 것 같아요."

"스테이크?"

"사장님?"

"미디움?"

희우는 스테이크를 주문했다. 그리고 천천히 주변을 살폈다.

멀리 한 중년의 남성이 희우의 눈에 들어왔다. 대법원장이었다. 희우는 대법원장의 행선지를 민수를 통해 확보해 둔 상태였다.

이 레스토랑에서 아내와 함께 식사를 하고 있는 대법원장.

그때, 주문한 스테이크가 나왔다. 부끄러워하던 상만은 언제 그랬냐는 듯 먹기 시작했다.

"맛있어요!"

"가격이 얼만데, 맛있어야지."

"그럼요."

상만은 정말 맛있게 스테이크를 먹었고 희우는 수첩을 꺼내 뭔가를 적어 내려갔다. 그리고 상만이 음식을 거의 먹었을 때, 수첩을 건네며 말했다.

"먹었으면, 밥값은 해야지?"

"네?"

상만이 수첩에 적힌 글씨를 보자 희우가 말했다.

"할 수 있지?"

상만이 고개를 끄덕였다.

그렇게 잠시의 시간이 지나고, 대법원장의 아내가 화장실을 가기 위해 잠시 자리를 떴다. 동시에 상만이 자리에서 일어나 대법원장의 앞으로 걸어갔다. 상만이 고개를 꾸벅 숙이자 대법원장이 상만을 가만히 바라봤다.

"누구죠?"

"아실 필요까지는 없습니다."

대법원장의 눈살이 찌푸려졌다. 하지만 상만은 신경 쓰지 않았다.

상만은 지금 앞에 있는 상대가 대법원장이라는 건 전혀 알지 못했다. 희우가 식사 도중에 수첩을 꺼내 쓴 내용은 상만이 지금 하는 행동의 움직임과 대사에 관한 대본이었다. 상만은 희우가 시키는 대로 할 뿐이었다.

상만이 품에서 종이 한 장을 꺼내 테이블에 올려 두었다.

"사모님께서 오시기 전에 일을 끝냈으면 하는데요."

대법원장은 상만이 꺼낸 것을 바라봤다. 기세등등하던 대법원장의 눈빛이 순간 비굴하게 변했다. 상만이 말했다.

"저는 여기서 아드님의 이름을 빼고 싶은데, 어떻게 생각하십니까?"

"뭘 원하지?"

"원하긴요. 당연한 일을 부탁드리는 거죠."

목이 타는지 대법원장은 물을 한 모금 들이켜고 다시 이어질 상만의 말을 기다렸다. 상만이 낮은 목소리로 말을 이었다.

"미래자동차 전일보 사장에 대한 사건을 공정한 눈으로 해결해 주시기를 부탁드립니다. 그럼 명예롭게 퇴진하실 수 있을 겁니다."

사람의 마지막 욕망은 명예다. 대법원장은 그쪽에 관해서만큼은 타의 추종을 불허할 만큼 욕심이 있었다. 그리고 욕심이 많은 사람은 다루기 쉽다는 게 희우의 지론이었다.

굳어진 대법원장의 표정을 보며 상만이 마지막 말을 내뱉었다.

"생각 잘해 보십시오. 그리고 제가 누구인지 찾으려는 불필요한 행동은 하지 않으셨으면 합니다. 만약 제 뒤를 쫓는다면, 세상에 공개되는 것은 이것만이 아닐 겁니다."

대법원장의 마음이 덜컹 내려앉는 것만 같았다.

사실 희우는 대법원장의 비리를 알지 못했다. 병역 비리도 엄밀히 말하면 아들의 문제였지 대법원장의 문제는 아니었다. 하지만 희우가 알고 있는 하나의 사실이 있었다. 욕망은 언제나 '이번 한 번만! 한 번만 더!' 하는 자기 합리화를 만들어 내고 끊임없이 비리를 저지르게 만든다. 대법원장의 비리는 아들의 병역 문제가 끝이 아닐 거다. 대법원장은 상만의 협박에 자신이 만들어 낸 비리를 떠올리며 두려움에 떨 게 분명하다.

자리로 돌아와 앉은 상만이 희우에게 물었다.

"저 아저씨는 누구예요?"

"대법원장."

상만은 입에 넣었던 음료를 내뱉을 뻔했다. 그리고 의자를 바짝 당겨 앉아 속삭이듯 말했다.

"미쳤어요?"

"제정신이다."

"미친 거 맞죠! 대법원장이 어떤 존재인데. 이러다가 저 잡혀가면 어떻게 하시려고 그러세요?"

희우는 피식 웃었다. 그리고 더 작게 말했다.

"얼마 전에 내 목표 말하지 않았어?"

희우는 상만에게 천하그룹을 꿀꺽하겠다는 말을 했었다.

희우가 말을 이었다.

"천하그룹은 과정일 뿐이야."

"그 과정에서 저는 대법원장한테 협박을 했고요?"

"어."

"아오!"

상만은 머리를 쥐어뜯었다. 희우는 빙긋이 미소를 그릴 뿐이었다.

레스토랑에서 벗어나며 희우가 상만에게 물었다.

"강영범 사장님은 지금 서울에 계시나?"

강영범은 전국을 대상으로 투자를 하는 사람이었다. 그래서 서울에 자주 없었다. 상만이 그에게 배우고 있어서 스케줄을 확인하기에는 제격이었다.

"네, 서울에 있어요."

"그럼 가자."

"어딜요?"

"강영범 사장님한테."

상만이 손목을 틀어 시간을 확인했다.

"벌써 9시 다 되어 가는데요?"

"급한 일이야."

잠시 후, 강영범의 사무실이었다. 강영범의 앞에 앉은 희우는 단도직입적으로 말했다.

"지금 당장 가지고 있는 모든 자산을 처분하십시오."

"뭐요?"

"헐값이라도 좋습니다. 이득은 충분히 얻지 않았습니까?"

뜬금없는 말이었다. 강영범은 희우를 어이없다는 눈빛으로 바라봤다.

"오밤중에 갑자기 찾아와서 대체 무슨 말이지요?"

"누군가 강영범 사장님의 땅을 노리고 있습니다."

지난번, 중앙 지검에서 민수를 만났을 때 희우는 테이블에 가득한 서류를 확인했었다. 그리고 그 안에 강영범의 이름이 적힌 것을 봤다.

희우가 그때를 기억하며 말을 이었다.

"정부는 송파에서 강남까지의 재개발을 준비하고 있습니다."

강영범이 눈을 찌푸렸다.

"무슨 소리를 하는지 모르겠군요."

"그 누군가는 재개발 계획을 알고 있고, 강영범 사장님의 아파트를 푼돈에 빼앗아 자신의 이득을 취하려 하고 있습니다."

"무슨 소리를 하는지 모르겠다고 했습니다. 그리고 왜 제 것을 노릴까요? 다른 집도 많이 있는데요."

"강영범 사장님은 혼자니까요. 혼자서 수백 채의 집을 가지고 있으니까요. 사장님 한 명을 나락으로 빠뜨리면, 수백 채를 손에 쥘 수 있으니까요."

강영범은 침묵했다. 희우는 계속 말했다.

"언론에서는 강영범 사장님을 보며 말할 겁니다. 다주택자. 부동산 투기꾼. 당연하지만 누구도 동정해 주지 않을 겁니다. 오히려 사람들은 강영범 사장님을 처단했다며 정의를 구현했다고 기뻐할 겁니다."

강영범이 인상을 구겼다. 희우가 말을 이었다.

"조만간 은행권에서 대출 연장을 하지 않겠다고 통보할 겁니다."

"그게 시작이라는 겁니까?"

"네. 사장님께서는 빠른 시일 내에 자산을 현금화시켜야 합니다."

하지만 어려운 일이었다.

조태섭이 강영범의 재산을 노리는 방식은 예전에 우용수의 재산을 노리는 것과 같았지만 지금은 때가 달랐다. 그때는 부동산 시장이 좋았고 사전에 팔 수 있는 여건이 되었다. 하지만 지금의 부동산 시장은 좋지 않다.

게다가 조태섭은 강영범을 중앙 지검에 체포해 두려고 한다. 그것은 강영범이 재산을 처분할 수 없도록 시간적 여유를 주지 않는 거다. 일전에 그들은 우용수의 재산을 노렸었지만 실패했던 일이 있었고 그 때문에 더 철저한 준비를 하고 있었다.

강영범이 한숨을 내뱉었다. 그가 생각하기에도 마땅한 방법은 없었다.

"좋습니다. 그런데 제가 검사님을 어떻게 믿죠? 기분 나쁘게 생각하지 마십시오. 어디까지나 저는 지금 검사님의 말 한마디에 자산을 처분해야 할 입장이니까요."

당연한 반응이었다. 희우가 하는 말을 강영범이 전부 믿을 수 있을까? 누구라도 믿기 어려운 말을?

그때, 희우는 휴대폰을 내밀었다. 사진에는 중앙 지검에서 찍어 온 그 서류가 보였다. 강영범의 날카롭던 눈빛이 심각하게 떨려 왔다.

희우가 말했다.

"제가 보여 드릴 수 있는 건 이것뿐입니다."

잠시 멍하니 있던 강영범이 어처구니없다는 듯 웃었다. 그러다가 휴대폰을 꺼내 어디론가 전화를 걸었다.

"자산 다 처분해."

짧막한 말을 끝으로 통화를 종료한 강영범은 다시 깊은 한숨을 내뱉었다. 그리고 희우에게 물었다.

"누굽니까, 저를 노리는 사람?"

조태섭이다. 하지만 그 이름을 밝힐 수는 없었다.

강영범이 매도를 준비하는 순간 그 소식은 조태섭의 귀에 들어갈 것이다. 그들은 우용수의 일 이후에 철저하게 준비했다. 강영범의 옆에 첩자를 심어 놨을지도 모른다. 그리고 강영범이 그 첩자와 대화를 하던 중 자신도 모르게 조태섭에 대한 말을 꺼낸다면? 그럼, 그 이야기도 조태섭의 귀에 들어갈 거다. 그렇게 되면 조태섭은 자신의 주변 사람 모두를 의심하고 들 게 분명했다. 어쩌면 그 과정에서 희우를 찾아낼 수도 있다. 조태섭은 모래밭에서 비늘을 찾아낼 수 있는 능력이 있다. 그리고 희우는 아직 조태섭과 정면으로 붙어 이길 수 있는 자신이 없었다.

그래서 희우는 모른 척 말했다.

"전 평검사입니다. 아직 윗선이 누구인지는 알 수 없습니다."

"그렇겠죠."

강영범은 힘없는 목소리로 고개를 끄덕였고 희우는 다시 강영범에게 물었다.

"혹시, 송파 재개발 조합장을 알고 계십니까?"

"연락하면 만날 수는 있겠지요. 왜요?"

"송파 재개발을 막고 싶어서 그럽니다."

송파 재개발은 오래전, 우용수가 지목했던 강남권 마지막 금싸라기의 땅을 말하는 것이었다. 그리고 조태섭에게 밀려 모든 땅을 팔아야 하기도 했던 곳이기도 했다. 지금 그 땅의 소유주는 조태섭이다. 물론 차명으로 갖고 있겠지만, 조태섭이 그곳에 신경 쓰는 것은 분명했다.

그런데, 희우의 말을 들은 강영범의 눈이 다시 한번 찌푸려졌다. 재개발을 막겠다는 것은 이득을 좇는 투자자로서 생각할 방법이 아니었다.

강영범이 물었다.

"이유는요?"

희우는 말없이 웃었다.

어떻게 말해야 이해를 할까? 조태섭이 더 많은 돈을 갖게 되는 순간 대한민국은 조태섭의 손아귀에 들어가게 될 거라고? 그런 말을 해 봤자 미친놈 취급만 받는다. 그건 희우만이 알고 있는 미래였기 때문이다.

그래서 희우는 강영범이 이해할 수 있도록 말을 전했다.

"아직 재개발을 할 시기가 아니라고 생각합니다. 지금 재개발이 시행되면 과도한 거품이 끼게 됩니다."

희우는 계속해서 말했다.

미국발 금융 위기가 심상치 않다는 것.

부동산 시장의 거래량이 줄고 있다는 것.

그것은 부동산의 폭락을 예견한다는 것.

"지금 재개발 지역에 바람을 넣으면 말 그대로 폭탄 돌리기가 될 겁니다.”

강영범도 부동산 시장의 하락을 예상하고 있었다. 그래서 희우의 말을 이해할 수 있었다.

폭탄 돌리기는 부동산 투자에서 가장 무서운 일이다. 사람에서 사람으로 넘겨지는 폭탄은 더욱 자극적이고 강하게 부풀어 오르다가 결국 '꽝!' 하고 터진다. 세상 곳곳에서 사람들의 비명이 울릴 거다.

희우가 말했다.

“그것은 막아야죠.”

강영범이 고개를 끄덕였다.

“좋습니다. 만나게 해 드리죠.”

대략의 약속을 정한 후, 희우는 강영범의 사무실을 벗어났다.

다음 날, 지청에 앉아 일을 하고 있는 희우에게 문자가 날아왔다.

물론 희우는 그 자리에서는 문자를 확인하지 못했다. 화장실로 이동하여 핸드폰을 들여다보니 민수에게 온 문자였다.

–대법원장이 미쳤다.

희우의 얼굴에 미소가 떠올랐다. 어제 상만의 협박이 먹힌 거다.

대법원장은 판사들을 모아 놓고 미래자동차 전일보 사장의 재판에 대해 법대로 할 것을 지시했다고 한다.

희우는 바로 민수에게 문자를 보냈다.

–축하드려요. 이제는 시민 단체를 움직여 주세요.

쾅!

책상을 치는 소리가 조태섭의 서재를 울렸다. 내려친 건 물론 조태섭의 주먹이었다. 그의 주먹이 부르르 떨려 왔다. 두꺼운 입술이 꽉 다물렸다.

방금 들려온 소식, 미래자동차 전일보 사장이 구속된다는 말이었다. 지금껏 불구속 수사를 받고 있던 전일보 사장이 구속된다는 것은 사건의 판이 바뀌고 있다는 뜻이었다.

잠시 분노를 삭인 조태섭이 한지현을 불러 입을 열었다.

"대법원장이 이상해. 뭔가 있어."

한지현이 고개를 숙이며 말했다.

"알아보겠습니다."

말을 마친 후 한지현은 서재를 떠났고 조태섭의 눈은 분노로 가득했다.

시민 단체는 '무전유죄, 유전무죄'를 쓴 피켓을 들고 대법원 앞에서 시위를 하고 있었다. 시민 단체가 바라보는 건 오직 미래자동차뿐이었다. 공영방송국에서는 나오지 않았지만 인터넷을 통해 개인 방송을 하는 사람들이 나와 그들의 시위를 카메라에 담았다.

먼발치에서 그들을 바라보고 있던 민수는 아이스크림을 먹으며 즐거운 표정을 지었다.

"재밌네. 흐흐흘."

그리고 미래자동차 전일보 사장의 구속을 알리는 신문 기사는 연이어 터졌다. 미래자동차의 주식이 곤두박질치기 시작했다. 이것은 미국발 금융 위기와 상관이 없었지만 대한민국이 혼돈으로 들어감을 알리는 신호탄과 같았다. 동시에 희우가 상만에게 전화를 걸었다.

"시작해."

-알겠습니다.

상만이 움직였다.

그는 바로 아진식품의 이창효 대표와 부필식품의 안현채를 한자리에 불렀다. 차이나 레스토랑이었다. 붉은 커튼과 원형 식탁이 고급스럽게 보이는 그곳에 상만이 앉아 이창효와 안현채를 기다리고 있었다.

먼저 안현채가 들어오며 상만에게 물었다.

"아직 이창효 대표님은 안 오셨나요?"

"금방 오시겠죠. 앉아 계세요."

자리에 앉아 있는 안현채의 마음이 급했다.

그 역시 어렴풋이 느끼고 있었다. 미래자동차의 주식은 대한민국 주식을 이끌고 있는 삼대장이라 불리던 종목이다. 당연한 말이지만 미래자동차 주식이 떨어지며 대한민국 주식이 떨어지고 있었다. 부필식품이라고 그 바람을 견딜 수 있을까? 하락에 하락을 거듭했다.

문제는 그 하락의 시기다. 지금은 안현채가 대표의 대리인으로 경영을 하고 있었고 주가 하락은 고스란히 그의 책임이 되었다.

물론 외부의 충격에 의해 벌어진 주가의 하락이었다. 하지만 부필식품의 회장을 노리는 주동연 이사는 지금을 기회로 봤다. 계속해서 안현채를 향해 끊임없는 비난의 목소리를 이어 가고 있었다.

이 상황이 답답한 안현채와 달리 희우는 이 시기를 놓치지 않았다. 상만을 통해 주식을 주워 담고 있었다.

잠시 후 아진식품의 이창효 대표가 들어왔다.

안현채는 자리에서 일어서 그에게 고개를 숙였다. 이창효가 인사를 받으며 말했다.

"젊은 분들하고 자리하게 되니까 나도 젊어지는 거 같습니다, 하하하."

그렇게 모두가 자리에 앉았다.

잠깐은 간단한 인사말이 오갔지만 정말 잠깐이었다. 곧 합병에 대한 대화로 이어졌다. 그리고 두 기업이 합병을 한다는 소문이 세상에 흐르기 시작했다. 부필식품의 주식값이 천정부지로 뛰는 것은 당연한 일이었다.

그리고 희우는 유빈과 시내의 한 카페에서 만나고 있었다.

젊은 연인들이 시끌벅적한 가운데 유빈이 커피를 손에 들며 말했다.

"왜? 어떤 일로 보자고 한 거야?"

"약속드렸었죠?"

"어떤?"

"특종 드린다고."

"특종?"

희우가 유빈에게 서류 봉투 하나를 건네며 말을 이었다.

"궁금한 게 있는데요, 정치부 기자라고 하셨잖아요? 그럼, 정치 이야기만 쓰나요? 제가 지금 드리는 건 다른 분야 사건이라서요."

희우의 말을 들으며 서류를 꺼내 확인한 유빈이 슬쩍 웃었다.

"부필식품의 아드님 이야기네?"

"네."

"써 달라고?"

희우가 멋쩍게 웃으며 고개를 끄덕였다.

"제가 막장 드라마를 좋아하거든요."

"재미있는 소설은 될 것 같은데?"

유빈이 고개를 끄덕이며 말했다.

그리고 다음 날 아침이었다. 부필식품 안현채의 추악함이 세상에 알려졌다. 안현채가 한국에서 만났던 여자 이야기부터 미국에서 했던 마약까지, 그 모든 게 대서특필되어 올라온 거다. 텔레비전의 뉴스에서도 포커스를 부필식품에 맞췄다. 자극적인 기사를 쫓는 사람들에게 재벌 후계자의 막장 드라마 같은 삶은 재미있는 가십거리였다.

'쾅!' 이번에 책상을 친 건 김석훈이었다. 그는 바로 신문사에 연락을 취하기 위해 전화를 들어 올렸다. 하지만 그게 전부였다. 김석훈은 전화번호를 누르지 못하고 핸드폰을 내려놓았다.

'젠장.'

김석훈은 부필식품과 자신이 관계있다는 소문이 돌까 두려웠다. 그 소문의 확산이 한미의 정체까지 밝힐 수 있다는 것, 그것이 머릿속을 스치고 있었다. 김석훈은 주먹을 꽉 쥔 채 입술을 씹을 뿐이었다.

그리고 희우는 김석훈의 행동을 예상하고 있었다.

가진 게 많을수록 잃을 것이 두려워 움직이지 못한다.

그 시각, 상만은 부필식품의 주동연 이사와 최식만 부장을 만났다. 주동연 이사가 어렵게 입을 열었다.

"최식만 부장을 통해서 안현채 본부장의 사건을 터뜨렸다는 이야기를 들었습니다. 정말 대단하십니다."

안현채의 사건이란 지금 유빈을 통해 공개된 스캔들을 말하는 것이었다. 하지만 그들은 상만이 합병까지 만들어 냈다는 건 알지 못했다. 그리고 그들은 그 스캔들이 이 시점에 터진 걸 상당히 감사해하고 있었다. 합병 건으로 회사 내에서 안현채의 주가가 상승 중이었다. 적당한 시기에 브레이크를 걸어 이미지를 실추시켰으니 고마울 수밖에 없었다.

하지만 상만에게는 그런 이야기는 관심 밖이었다. 상만이 원하는 건 오직 하나, 주식값을 얼마를 쳐줄지에 대한 것이었다. 상만이 말했다.

"안현채 본부장을 구속까지 시키기는 힘들 겁니다. 증거가 많지 않으니까요. 그래도 그룹 오너 아들의 도덕성 문제가 사람들의 입에서 오르내리고 있으니까, 주동연 이사님이 일을 처리하기는 쉽지 않을까요?"

미래자동차 전일보 사장이 구속된 직후 사건이 터졌다. 재벌가의 도덕성 문제가 사람들의 입에서 오르내리고 있었다. 몇몇 사람들은 부필식품에 대한 불매운동을 시작했지만 주동연 이사는 불매운동은 신경 쓰지 않고 있었다. 대한민국 식품 업계에서 부필식품의 장악력은 독점과 같다. 그들은 대형 마트와 함께 움직였고 사람들은 식품을 골라 구매할 수 있는 자유가 없었다. 하지만 주동연 이사는 그 불매운동을 이용하려 한다. 사람들이 불매운동까지 한다는 말로 안현채를 공격하면 꽤 효과적일 거라고 생각한 거다. 상만이 계속 말했다.

"그런데 문제가 있습니다."

"문제요?"

"만약 아진하고 합병을 해 버리면 안현채 본부장의 주가는 다시 올라갈 겁니다."

주동연 이사가 고개를 저었다.

"합병은 불가능합니다."

"왜죠?"

"안현채 본부장은 아진에 부필을 넘길 생각이 없습니다. 자기가 최고가 되고 싶은 사람이니까요."

"그룹 전체가 아니라 일부라면요?"

"네?"

"아진과 부필은 서로 아픈 손가락이 다르죠. 서로 아픈 손가락을 넘기고 자신 있는 분야에 집중할 수 있게 되면요?"

그렇게 되면 주동연 이사의 계획은 크게 어긋난다. 안현채는 경영 능력을 인정받을 테고 주동연 이사 라인은 회사에서 쫓겨날 수도 있다.

주동연 이사가 다시 어렵게 입을 열었다.

"그래서 박 사장님을 만나자고 한 거죠. 사장님께서 부필 식품의 지분을 4.8% 소유하고 계신다고 들었습니다. 사장님이 저희 편에 서 주신다면, 저희는 안현채 본부장의 계획을 막을 수 있을 겁니다."

"4.8%요?"

"네."

"잘못 아셨는데요."

잘못 알았다? 그보다 적은가? 주동연 이사가 생각할 때였다. 상만이 씨익 웃은 후 말을 이었다.

"차명으로 가지고 있는 지분도 3% 정도 됩니다."

580

"네?"

"다 합치면 7.4% 정도 될걸요. 그리고 약 4%를 가진 분도 알고 있습니다."

4%를 가진 사람은 강영범이었다. 강영범 역시 희우의 계획을 들은 후 끊임없이 부필식품의 주식을 모으고 있었다.

주동연 이사가 침을 꿀꺽 삼켰다.

"그럼, 11%?"

"네."

주동연은 긴장했다. 입이 바짝 타들어 가는 걸 느끼고 있었다.

상만은 어디까지나 외부인이다. 이득이 있다면 가차 없이 안현채의 곁으로 붙을 수도 있다. 그렇게 상만이 안현채의 손을 잡는다면 주동연의 계획은 그대로 끝이었다. 주동연이 조심스럽게 물었다.

"저희 편이 되어 주실 건가요?"

하지만 상만은 고개를 저었다.

"죄송합니다. 지금 상황은 제 처음 계획과 상당히 많이 어긋났습니다."

옆에 앉아 있던 최식만은 상만이 했던 이야기를 떠올렸다.

그가 상만을 처음 만났었을 때 물었다.

"그런데 하필이면 왜 부필식품에 투자하려고 하지요?"

그리고 상만은 대답했었다.

"저는 돈을 벌고 싶습니다."

상만의 말을 떠올린 최식만의 얼굴이 굳어졌다. 그가 알기로는 순수하게 돈을 벌려고 했던 상만이다. 그렇다면 합병을 하는 게 더 도움이 된다는 말이다.

최식만이 상만과 했던 말을 떠올리고 있을 때, 상만이 목소리를 이었다. 그때와 똑같은 말이었다.

"저는 돈을 벌고 싶습니다."

주동연은 모든 게임이 끝났다고 생각하며 입술을 씹었다. 어떻게 생각해도 돈을 버는 것은 합병이다. 상만은 안현채의 손을 잡을 게 분명하다.

상만은 그들의 참담한 표정을 보며 기분 좋게 웃었다.

연기가 아니었다. 정말 기분이 좋았다. 희우가 말한 대로 딱딱 움직이는 게 신기했기 때문이다.

앞에 놓인 차를 들어 마시며 상만이 툭 하고 말을 던졌다.

"얼마에 사시겠어요?"

"네?"

"간을 보면서 가격을 올리려고 했는데 안 되겠습니다. 앞에 최식만 부장님의 얼굴을 보니까 그동안의 정도 있고 마음이 불편하네요."

주동연은 다시 마른침을 삼켰다. 당장 그 많은 돈을 구할 방법이 없었다. 주동연이 고민을 하고 있을 때 상만이 다시 말했다.

"그럼 안현채 본부장을 만나러 가겠습니다. 그쪽에서도 간을 볼지 아니면 확답을 할지는 모르겠네요."

일어서려고 하는 상만의 바지를 주동연 이사가 잡았다.

"……많이는 못 드립니다."

"그래서, 얼마요?"

잠시 후, 상만은 식당을 나오며 희우에게 전화를 걸었다.

"사장님, 예상했던 것보다 10% 더 받았습니다."

돈을 더 받아 낼 수도 있었다. 하지만 이번 일은 빠르게 치고 빠져야한다. 구질구질한 곳에 발을 담그면 자칫 늪에 빠질 수 있다. 그리고 이미 투자했던 돈의 두 배 가까운 수익을 올렸다. 가격이 저렴할 때부터 주식을 주워 담았기 때문이다. 상만이 얻은 수익은 결코 적지 않았다.

그리고 주주총회의 날이 됐다. 합병을 주장하던 안현채는 처절하게 패해 버렸다. 압도적인 지분의 차이였다. 많은 사람들이 이미 주동연의 라인에 섰고, 안현채는 혼자였다. 안현채는 쓸쓸히 회사를 떠나야 했다.

그리고 그 일로 한미는 당당하게 말할 수 있었다.

"엄마, 나 정말 저런 애랑 결혼해야 해?"

뉴스에서 보도되고 있는 안현채는 철저하게 나쁜 사람이었다. 세상에 그런 사람에게 딸자식을 시집보내고 싶은 부모는 없었다. 한미의 어머니는 한미의 손을 들어 줬다. 김석훈도 마찬가지였다. 한미의 결혼을 밀어붙일 수 있는 명분이 없었다.

그리고 희우가 얻은 것이 하나 더 있었다. 부필식품과의 약속이었다.

상만이 주동연과 최식만을 만나 지분을 넘기던 중이었다. 상만이 최식만에게 물었다.

"JS무역하고 거래는 계속하실 거죠?"

주동연과 최식만은 계약이 끝날 때까지 상만의 비위를 맞춰야 했다. 최식만은 친절한 미소를 지으며 답했다.

"JS무역이랑은 계속 거래해야죠."

"그럼 거래하다가 그쪽 대표인 김석영의 비리 같은 거 알게 되면 좀 알려 주시겠어요?"

"네?"

김석영의 비리를 알려 달라는 말에 주동연과 최식만은 이해하기 힘들다는 표정을 지었다. 상만의 시선이 주동연에게 향했다.

"JS무역의 김석영 대표요. 뭔가 냄새가 나지 않나요?"

"어떤 냄새요?"

주동연은 김석영의 비리를 모르고 있었다. 하지만 있어도 말 안 할 생각이었다. 상만과의 관계는 주식 거래로 끝이다. 하지만 JS무역과는 다르다. JS무역과의 관계를 이어 가면 미국의 마트에 뿌리내릴 수 있는 기회가 보장되기 때문이다.

하지만 희우는 그들의 반응을 이미 예상했고 상만에게 어떻게 행동할지 지시했었다. 상만이 말했다.

"제가 부필식품에 투자하면서 JS무역도 알아봤었거든요. 그런데 김석영은 대표로 있기에는 모자란 점이 많더라고요."

주동연은 담담한 표정으로 상만의 말에 귀를 기울였다.

하지만 표정만 담담했을 뿐이다. 상만이 하는 말을 귀담아듣지 않았다.

그러거나 말거나 상만은 계속 말을 이었다.

"그래서 생각해 봤어요. 김석영의 비리를 알아낸다면 부필식품이 단독으로 유통을 진행할 수 있지 않을까요? 물론 미국에 자리를 잡은 뒤겠지만요."

"네?"

주동연이 집중하기 시작했다. 상만은 계속 목소리를 이었다.

"불가능한 일은 아닐 것 같은데요. 김석영이 무너지고 JS무역이 흔들리면, JS그룹에서는 무역에 신경 안 쓸 겁니다. 어차피 적자 가득했고 문제가 많은 회사였으니까요."

"그럼?"

"JS무역이 자연스럽게 부도 처리될 수 있도록 만들면⋯⋯."

상만은 뒷말을 끌었고 주동연은 침을 꿀꺽 삼켰다.

동시에 상만이 말을 이었다.

"꿀꺽, 삼킬 수 있겠죠?"

주동연의 눈동자에 욕심이 스몄다.

상만은 계약서에 사인을 하며 슬쩍 웃었다. 그리고 계약서를 건네며 말을 이었다.

"나중에라도 김석영의 비리를 알게 되면 알려 주세요. 부필식품의 주식 좀 사 두게요. 혹시 아나요, 안현채 본부장처럼 김석영도 쫓아낼 수 있을지?"

돈과 명예는 사람의 욕망이다. 주동연에게도 그 욕망의 씨앗이 심겼다.

그리고 주동연은 안현채가 상만의 손에 천하의 쓰레기가 되는 걸 실시간으로 지켜보고 있었다. 그래서 상만이라면, 김석영도 그렇게 만들 수 있다는 생각이 들었다. 주동연이 고개를 끄덕였다.

"연락을 드리죠."

"잘 생각하신 겁니다."

두 사람이 자리에서 일어나 악수를 했다.

희우는 황진용 의원과 만나 식사를 하고 있었다. 황진용이 말했다.

"며칠 후에 법무부 장관 청문회가 있어. 그때 터뜨리려고 하네."

전국으로 생중계가 되는 가운데 희우가 던져 준 자료를 공개하겠다는 말이었다.

하지만 희우는 놀라지 않았다. 예상하던 일이기 때문이다.

황진용은 힘없는 국회의원이다. 기자회견을 한다 해도 관심 가져 줄 언론은 없다. 황진용이 모든 언론 앞에 설 수 있는 것은 청문회가 유일했다.

희우가 고개를 끄덕였다.

"좋은 결단이십니다."

"난 뒷방 늙은이 취급을 받고 있어. 자료를 터뜨릴 때까지 아무도 신경 쓰지 않을 게야."

"태풍의 중심은 조용하다고 들었습니다."

"태풍의 중심이라……."

희우의 말에 황진용이 기분 좋은 미소를 그렸다.

법무부 장관 청문회가 시작되었다.

전국으로 생방송되고 있었지만 국회의원들은 교과서적인 질문을 했고 후보자는 교과서적인 답변을 했다. 대통령의 임기가 얼마 남지 않았기 때문이다. 후보자가 장관이 된다 해도 대통령이 바뀌면 장관은 바뀔 것이다. 지금의 후보자는 장관의 자리에 몇 달 앉아 있다가 떠날 사람이었다.

그래서 이번 청문회에 열정을 가진 사람은 없었다. 심지어 몇몇 국회의원은 눈을 감고 졸기까지 했다.

그리고 황진용의 차례가 되었다.

그가 마이크를 고쳐 잡고 주변을 둘러봤다. 이 시간이 무척 따분하게 보이는 국회의원들이 보였다.

황진용은 '큼, 큼!' 헛기침을 한 후에 천천히 입을 열었다.

"법무부 장관 후보자께서는 고위 공직자들의 병역 비리에 대해 어떻게 생각하십니까?"

모든 국회의원들의 눈이 황진용에게로 쏠렸다. 장관 후보자를 검증하는 청문회와는 맞지 않는 질문이었다. 의원들이 황진용을 바라보는 시선은 상당히 곱지 않았다. 그들은 눈으로 이야기하고 있었다.

'왜 쓸데없는 말을 꺼내서 사람 불편하게 합니까?'

'잘난 척하고 싶으면 집에 가서 하세요.'

하지만 황진용은 그들의 눈빛을 신경 쓰지 않았다. 법무부 장관이 뭐라 뭐라 대답을 했지만 그것 역시도 신경 쓰지 않았다. 황진용이 오늘 할 일은 앞만 보고 돌진하는 것이었다.

황진용이 종이 하나를 꺼내 들었다.

"제가 입수한 자료입니다. 익명을 요청한 제보자가 브로커를 통해 지금까지 병역 비리를 시행한 고위 공직자의 자제들을 고발해 왔습니다."

말이 끝남과 동시에 모든 카메라가 황진용을 향했다.

카메라 플래시가 터질 때 황진용이 말을 이었다.

"알아보니까 병역 비리에 가담한 의사는 범죄인인도 명령이 불가능한 국가로 떠난 뒤였습니다. 뭔가 의심스럽지 않습니까? 잘못을 저지르지 않았다면 왜 한국을 떠났겠습니까?"

국회의원들의 욕설이 난무했다. 청문회와 어울리는 행동을 하라는 게 그들이 말하는 골자였다. 하지만 황진용은 지지 않고 말했다.

"이 자료에 나와 있는 사람들의 자제분들은 재검을 받아야 한다고 생각합니다!"

물론 끝이 아니었다. 마이크를 잡은 황진용이 더욱 거세게 물었다.

"법무부 장관 후보자로서, 성 상납에 대해 어떻게 생각하십니까?"

"네?"

하지만 황진용은 후보자의 대답이 들려오기 전에 명단 하나를 펼쳐 들었다. 여기저기서 국회의원들의 욕설이 들려오기 시작했다. 하지만 황진용은 멈추지 않았다.

"이게 정상이라고 생각합니까? 연예인 지망생이면 어린애들이에요! 그런 아이들에게 스폰을 해 주겠다고 나서서 거짓을 일삼다니요!"

한 의원이 일어나서 삿대질을 시작했다. 황진용도 지지 않았다.

"김 의원, 여기에 당신 이름도 있어!"

그들의 얼굴이 붉어졌다.

황진용이 다른 자료를 들어 올렸다.

"국대 예술 재단 사건에서 학력 비리가 터졌습니다. 그게 끝이라고 생각합니까? 나 황진용은 추가 명단을 입수했습니다."

청문회장을 뒤덮을 정도의 시끄러운 욕설들.

좀 전까지만 해도 졸고 있던 국회의원들이었다. 그런데, 지금 그들은 목에서 피가 나와도 이상하지 않을 정도로 악을 쓰며 황진용을 비난하고 있었다. 마이크를 잡은 황진용의 목소리가 잘 들리지 않을 정도였다.

하지만 상대는 황진용이었다. 지금은 뒷방 노인네 취급을 받지만 한때 조태섭의 대항마로 여겨지던 사람. 이 정도에 무너지지 않았다. 모든 폭언과 욕설을 뚫은 황진용의 눈빛이 법무부 장관 후보자를 향해 쏘아져 들어갔다.

"이 명단에 대해 법무부 장관 후보자는 어떻게 처리할 겁니까?"

법무부 장관 후보자는 아무 말 하지 못했다.

명단에 적힌 고위 공직자들의 숫자만 해도 사백여 명이다. 그리고 자세히 보지는 못했지만 슬쩍 본 문서에는 이 자리에 모인 사람의 이름도 상당수 포함되어 있었다. 법무부 장관 후보자가 뭐라고 입을 열 수 있는 상황이 아니었다.

이게 끝일까? 아니었다. 희우가 가지고 있던 폭탄 역시 터지기 시작했다.

희우는 리모컨을 들고 뉴스를 틀었다. 화면에는 인기 여배우인 유혜린의 얼굴이 나타났다.

뉴스 앵커의 차가운 목소리.

-천만 관객을 동원했던 영화의 주인공 유혜린 씨가 최수혁 프로덕션의 대표 최수혁 씨의 아들 최 모 검사를 사기 혐의로 고소했습니다. 최 씨는 검사의 신분과 아버지가 프로덕션의 대표인 걸 이용하여 유혜린 씨에게 접근해…….

희우가 리모컨을 누르자 다시 텔레비전이 꺼졌다.

그리고 희우의 입에 비릿한 미소가 걸렸다.

대한민국의 판이 뒤집히고 있었다.

CHAPTER 32

중앙 지검 앞에는 기자들이 인산인해를 이루고 있었다.

지검 앞에 기자들이 있다고 해서 신기할 일은 아니었다. 그런데, 그들은 사회부 기자들이 아니었다. 모두 연예부 기자였다. 그들이 기다리고 있는 사람은 다름 아닌 최강진이었다. 유명 배우를 이용한 젊은 검사는 좋은 기삿거리였다.

최강진은 차량을 주차했지만 차마 내리지 못했다. 그저 가득한 기자들을 보며 한숨을 내쉴 뿐이었다.

'젠장.'

하지만 계속해서 차에 있을 수는 없었다. 어떻게든 김석훈을 만나 해결 방안을 찾아야 했다.

최강진은 굳은 표정으로 차에서 내렸다. 그 순간, 엄청난 숫자의 기자들과 카메라가 빠르게 다가왔다. 최강진은 반사적으로 고개를 숙였다. 카메라에 얼굴이 찍히는 걸 조금이라도 막기 위해서였다.

하지만 그게 전부였다. 기자들을 뚫고 지나가기는 무리였다.

"한 말씀 좀 부탁드립니다!"

"유혜린 씨의 말이 사실입니까?"

"검사로서 해시는 안 될 짓을 하셨는데, 하고 싶은 말씀은 없으십니까?"

"아버지 최수혁 PD는 이 일에 대해 알고 있었습니까?"

최강진은 더 이상 도망갈 수 없다는 걸 알았다. 자신이 입을 열지 않으면 이 자리를 떠나지 않을 사람들이었다.

최강진이 천천히 고개를 들었다. 그리고 기자들을 바라보며 최대한 크고 당당하게 말했다.

"저는 아무것도 모릅니다. 모든 것은 법정에 가면 알 수 있을 겁니다. 이 일에 조금이라도 사실과 다른 기사를 낸다면, 관련된 사람을 전부 고소하겠습니다."

그 시각, 경기도 지청.

사무실에 앉아 있던 희우는 인터넷을 통해 실시간으로 기사를 확인하고 있었다. 희우의 입에 묘한 미소가 걸렸다. 그리고 더 이상 볼 필요가 없다는 듯 인터넷 창을 내렸다.

더 이상 최강진을 신경 쓸 필요는 없었다.

최강진은 이제 끝이었다.

쾅! 쾅! 김석훈은 책상을 내리찍고 있었다.

"한심한 새끼! 이 멍청한 놈!"

장일현을 끝냈더니 이번엔 최강진이 일을 벌였다.

장일현은 로비.

최강진은 사기에 성 상납.

계속되는 사건 사고에 여론의 시선은 연이어 중앙 지검을 보고 있었다. 그뿐만이 아니라 윗선에서도 중앙 지검을 주시하는 중이었다. 중앙 지검은 끊임없이 흔들리고 있었고 말 그대로 풍전등화의 상태였다.

김석훈이 입술을 씹었다. 하지만 그뿐이었다. 머리를 쓰고 또 써 봤지만 답은 보이지 않았다.

김석훈이 천천히 전화기를 들어 올렸다. 조태섭에게 전화를 하기 위해서다. 하지만 김석훈은 통화 버튼을 누르지 못하고 '확!' 전화기를 집어 던졌다.

콰직!

전화기가 부서지는 소리가 들렸다.

조태섭 역시 황진용으로 인해 골치가 아픈 상황이었다. 이런 상황에 최강진을 살리자고 조태섭에게 전화를 한다? 그것은 조태섭이 김석훈에게 가지고 있는 신임을 깎아 먹는 일이었다.

김석훈의 손이 부르르 떨려 왔다. 어떤 해답도 보이지 않았다.

"으아아아아!"

김석훈이 괴성을 지르며 다시 책상을 내리찍었다.

쾅! 쾅!

넓은 지검장실에는 김석훈이 책상을 두들기는 소리만 들려왔다.

점심시간이었다.

희우는 지청에서 빠져나가 조금 떨어져 있는 분식점으로 향했다. 간단히 요기를 하고 어디선가 시간을 때우기 위함이었다.

지청에 있어도 특별히 할 일은 없었다. 감시를 하고 있는 사람들에게 '나는 아무것도 하지 않습니다.'라는 인식을 심어 줘야 했다.

라면과 김밥이 테이블에 올라왔을 때 희우의 핸드폰이 울렸다. 발신 번호를 확인하자 전석규였다.

-너 곧 복귀할 거 같다.

"네, 알겠습니다."

희우의 목소리는 담담했다. 예상하고 있었기 때문이다.

김석훈의 옆에는 이제 사람이 남아 있지 않았다.

여배우와의 문제로 최강진이 무너졌다. 최강진이 무너졌다고 해서 김석훈의 옆에 사람이 없는 건 아니었다. 하지만 김석훈의 아래에 있던 많은 사람들, 그들 대부분은 병역 비리와 성 상납으로 입방아에 오르는 중이었다. 이제 김석훈의 옆에 믿을 수 있는 사람은 거의 남지 않았다.

생각하던 희우가 슬쩍 웃었다.

'군대는 다녀왔어야지.'

희우는 군대를 두 번 다녀왔다. 고의로 군대를 뺀 사람은 용서하고 싶지 않았다. 희우의 시선이 창밖으로 틀어졌다.

김석훈의 계획이 무너지는 중이다.

김석훈은 검찰총장이 되는 것을 목표로 삼고 있었고 총장의 자리로 오르는 마지막 계단이라고 불리는 중앙 지검장의 자리까지 도달했다. 하지만 김석훈이 중앙 지검장에 오르고 나서 끌려간 검사가 장일현이었다.

그런데, 이번에는 최강진까지 무너졌다. 게다가 앞으로도 문제다. 병역 비리 등으로 끌려갈 사람이 한참 많이 남아 있었다.

희우가 김석훈에 대한 생각을 이어 가고 있을 때였다. 수화기 너머에서 전석규의 목소리가 들려왔다.

-그리고 나는 김석훈을 잡으려고 한다.

희우의 눈에 힘이 들어갔다.

전석규의 입에서 나온 김석훈을 잡겠다는 말. 희우도 전석규의 입에서 이런 말이 나올 줄은 예상하지 못했다.

지금까지 전석규는 떠먹여 준 밥만 먹고 있었다. 한때 호랑이로 불렸지만, 사람들은 수군거리고 있었다. 호랑이의 발톱은 뭉개졌고 이빨은 뽑혔다고. 하지만 드디어 호랑이가 숨기고 있던 발톱과 이빨을 드러냈다. 그리고 그 이빨이 향하는 곳은 김석훈의 목덜미였다.

통화가 종료됐다. 희우는 핸드폰을 테이블에 내려 두며 한숨을 내뱉었다. 머릿속에 앞으로의 일이 복잡하게 얽히고 있었다.

퇴근 후 희우는 전석규를 찾아갔다.

작은 선술집이었다. 전석규가 소주병을 들어 희우의 잔을 채웠다. 지글지글 고기가 구워지는 소리와 꼴꼴꼴 소주가 채워지는 소리가 묘한 합음을 냈다.

두 사람은 어떤 말도 없었다. 그저 잔을 부딪칠 뿐이었다. 그리고 마셨다. 그뿐이었다.

다시 소주가 채워지고 다시 마셨다. 그렇게 한 병, 두 병이 비워졌다.

희우의 머릿속에는 많은 생각이 회오리치고 있었다.

희우가 생각해도 김석훈을 무너뜨리는 것은 이번이 기회였다. 김석훈의 성벽이 무너지고 있었다. 지체하지 않고 돌격을 하는 게 옳았다. 하지만 희우는 망설이고 있었다. 지금 김석훈을 쳐 버리면 그 위에 누가 올지 모른다는 게 가장 불안했다.

희우는 미래를 알고 있는 사람이다. 하지만 이미 대한민국은 이전의 삶과 확연히 달라져 있었다. 그래서 희우는 최대한 변수를 줄이고 싶었다. 자신의 계획 아래 모든 사람이 뜻대로 움직여 주기를 바랐다.

하지만 알고 있었다. 모든 사람이 자신의 계획대로 움직이지는 않을 것이란 걸.

그리고 희우의 뜻대로 움직이지 않는 사람이 나오기 시작했다.

그 첫 번째가 전석규였다.

"하……."

희우의 입에서 한숨이 나왔다.

전석규는 그 한숨의 뜻이 김석훈과 싸우는 자신의 안위를 걱정해서라고 느꼈다. 피식 웃으며 다시 희우의 잔에 소주를 따랐고, 두 사람의 잔이 허공에서 부딪쳤다. 하지만 희우는 다른 생각을 하고 있었다.

희우는 고민하고 또 고민했으며 결국 결정했다. 전석규를 돕기로.

어차피 계획이란 건 틀어지기 마련이다. 그리고 모든 사람을 통제할 수는 없다.

희우의 생각은 이제 다른 쪽으로 향했다.

희우가 채워진 잔을 비우며 전석규에게 물었다.

"중앙 지검장이 공석이 되겠네요."

"그렇게 되겠지."

중앙 지검장은 검찰총장으로 올라가는 계단 중 하나였다. 김석훈이 사라지면 차기 검찰총장의 자리는 누구도 알 수 없는 미지로 남을 것이다.

"누가 올까요?"

희우는 일반 평검사일 뿐이었고 전석규는 오랜 경력을 가지고 있었다. 비록 지금 전석규가 가진 힘은 미약했지만 그의 동기들이 아직까지 건재했다. 그들이 전석규의 눈과 귀가 되어 줬기에 혹시나 다음 인사를 알 수 있지 않을까 하는 생각이었다.

하지만 희우의 질문에 전석규는 고개를 저었다.

"그건 모르겠다. 그런데……."

'그런데'라고 말을 끄는 전석규.

전석규가 소주를 입으로 넘기고 테이블 위에 탁! 잔을 놓았다. 그의 눈에 빛이 번쩍이는 것만 같았다. 턱으로 흐르는 소주를 닦으며 전석규가 무겁게 말했다.

"누가 다음 중앙 지검장이 되고 말고가 중요한가?"

"네?"

"우리는 검사야. 판결은 판사가 할 테고, 끌고 오는 건 경찰이 하겠지. 우리는 뭘 해야 하지? 우리는 우리가 할 일만 생각하면 되는 거야."

앞에 있는 죄만 보고 물어뜯는 검사가 되자는 말이었다.

희우는 고개를 끄덕였다.

"알겠습니다."

상대가 누구든 잡아넣기 위해 아가리를 벌리는 게 전석규라는 호랑이였다.

전석규는 숨기고 있던 발톱과 이빨만 드러낸 게 아니었다. 희우는 그 호랑이가 점차 살아나고 있다는 걸 바로 앞에서 느끼고 있었다.

희우가 물었다.

"어떻게 잡으려고 하십니까?"

전석규가 피식 웃었다.

"가르쳐 줄까?"

그의 말투엔 장난기가 가득했다. 희우가 웃으며 대답했다.

"네, 가르쳐 주세요."

전석규는 고개를 저었다.

"수사 기밀이다. 넌 아직 중앙 지검 소속도 아니고 김석훈 라인이잖아. 가르쳐 줄 수 없어."

"제가 누구를 보고 김산까지 내려갔었는데요."

"하긴."

그는 기분 좋게 웃으며 희우의 잔에 소주를 채웠다. 그리고 말을 이었다.

"공직자는 도덕성이 입에 오르내리면 안 되지."

공직자의 도덕성. 그 도덕성이라는 단어에 희우의 눈이 커졌다.

김석훈에게 문제 있을 도덕성. 그것은 희우에게 단 하나밖에 떠오르지 않았다. 바로 한미였다. 희우의 눈에 당혹감이 차올랐다가 사라졌다. 그 시간이 짧았기에 전석규가 알 수는 없었다.

희우는 최대한 표정을 관리하며 전석규의 목소리에 귀 기울였다. 그리고 전석규가 천천히 말했다.

"김석영."

"네? 하하."

한미의 이름이 나올 줄 알았는데 김석영이 나오자 헛웃음만 나왔다. 긴장이 풀린 느낌이었다.

전석규의 말이 이어졌다.

"김석영이라고 있어. 김석훈의 아들이야. 문제가 많아."

그동안 전석규는 김석훈을 잡기 위해 부단히 자료를 모으고 있었다.

오늘에서야 김석훈을 잡겠다고 말했지만 전석규는 김석훈을 잡기 위해 이전부터 준비해 왔었다. 그것은 희우가 장일현의 아래로 부서를 이동했던 시기부터였다.

전석규가 말했다.

"하지만 김석훈 개인의 비리는 전혀 찾지를 못했어. 지금까지 뒤를 깨끗이 정리했다는 말이겠지. 치밀한 사람이야."

전석규의 말이 계속 이어졌다.

김석훈을 잡기 위해 뒤를 밟았지만 그에게서 나오는 건 허탈할 정도로 없었다고 했다. 그러던 와중에 김석영의 탈세 혐의를 찾아냈다고 했다. 그것도 거기까지였다.

전석규가 말을 이었다.

"김석영 문제만으로 김석훈을 곤란하게 만들기는 어려워. 김석훈이 도마뱀 꼬리 자르기 식으로 김석영을 잡아넣으면 끝이니까."

권력자가 가족의 비리를 알았을 때 쉽게 하는 말이 있었다.

－저는 몰랐습니다. 전혀 모르고 있었던 일입니다. 끝까지 책임져서 벌을 받게 하겠습니다. 저는 이 일로 사퇴를 할까 생각했습니다. 하지만 그런 짓은 오히려 비겁한 행동이라고 생각합니다. 저는 사죄의 마음을 더해 더욱 열심히 일하겠습니다.

웃기는 소리였다. 계속 자리를 지키며 여론이 잠잠해질 때 감옥에 들어간 가족을 빼 오기 위함이었다.

전석규가 계속 말했다.

"하지만 지금은 아니야. 대한민국 전체가 비리로 홍역을 앓는 중이야. 이런 시국에 김석영의 문제가 수면 위로 오른다면 어떻게 될 것 같나? 김석영만으로도 김석훈을 끌어내릴 수 있다고 생각해."

희우는 아무 말 없이 그의 말에 귀를 기울였다. 전석규가 계속 말했다.

"공직자에게 가족의 비리는 자신의 비리와 마찬가지야."

그 말에 희우도 동의한다는 표정으로 고개를 끄덕였다. 그리고 입을 열었다.

"하지만 약합니다. 지금 터진 비리는 가족이나 주변 인물이 아닌 당사자에게 포커스를 맞추고 있습니다. 고작 중앙 지검장 아들의 탈세 혐의를 가지고 문제를 삼지는 않을 겁니다. 지금은 그것 말고도 쓸 만한 기삿거리가 널려 있으니까요."

전석규의 표정이 짐짓 굳어졌다. 그리고 인정한다는 듯 고개를 끄덕였다.

"알고 있어. 그래서 더 찾는 중이야."

"저도 찾아보도록 하겠습니다."

두 사람이 손에 든 술잔이 다시 맞닿았다.

찰랑거리는 술을 보며 희우의 눈이 차갑게 변했다.

희우 역시 부필식품과 연계하여 김석영의 비리를 털고 있었다. 하지만 희우는 부필식품과 JS무역에 대한 이야기는 전석규에게 말하지 않았다.

이전의 삶에서 희우는 조태섭을 조사한 모든 걸 윗선에 알렸다가 표적이 되었던 기억이 있다. 그래서 전석규에게도 속을 털어놓을 수 없었다.

그리고 희우는 아직 고민하고 있었다. 전석규를 도와 김석훈을 잡겠다는 건 결정했지만 김석훈에 대한 처분은 아직 결정하지 않은 거다. 김석훈을 완벽히 무너뜨릴지 아니면 허수아비로 내버려 둘지, 그것은 아직 결정하지 못했다. 희우는 지금 갈림길에 서 있었다.

그 시각, 조태섭은 인상을 찌푸리고 있었다.

지금 조태섭의 손발이 되었던 정재계 인물들의 이름이 실시간으로 오르내리는 중이었다. 권력의 힘을 이용해서 기사를 막았고 포털 검색어도 막았지만 황진용의 발언은 인터넷 동영상 사이트를 통해 빠르게 퍼지고 있었다. 뿐만 아니라 조태섭의 힘이 미치지 않는 작은 언론사는 특종을 잡았다는 기쁨으로 빠르게 소식을 퍼뜨리고 있었다.

작은 신문이 시작하자 대형 신문사들도 가만히 있을 수 없었다. 하나 둘 기사가 쏟아졌고 오늘은 정치인, 내일은 예술인, 언론은 쉬지 않고 떠들어 댔다. 신문을 읽고 있으면 뭐 이렇게 많은 사람이 병역 비리에 학력 위조를 했는지 모를 지경이었다. 이제는 정상적으로 학교를 졸업하고 군대를 다녀온 사람이 이상하게 보일 정도였다.

조태섭이 입술을 꽉 깨물었다.

국민의 눈은 지금 정치계를 향해 집중되어 있다. 그것까지 조태섭이 막을 수는 없었다. 조태섭이 만든 거대한 왕조가 흔들리는 거다.

조태섭은 완벽하고 강한 대한민국을 만들기 위해 공사를 했지만 그것은 부실시공이 되었다. 어쩌면 공사를 하기 위해서는 다시 처음부터 땅을 파고 시멘트를 저어야 할지도 모른다.

콰악!

조태섭의 손에 쥐였던 신문이 구겨졌다. 그리고 그것은 다시 거세게 떨어져 내려갔다. 순간, 조태섭의 시선이 신문의 한 기사에서 멎었다.

조태섭의 눈동자가 떨려 왔다. 그리고 크게 웃기 시작했다.

"하하하하하하."

조태섭은 바닥에 떨어진 신문을 주워 들었다. 구겨진 신문을 펼쳐 들고 한 기사에 집중하며 크게 웃었다.

"신은 아직 이 조태섭을 버리지 않았어, 하하하."

한참을 웃던 조태섭이 크게 외쳤다.

"한 실장!"

그 목소리에 재빨리 문이 열리고 한지현이 들어왔다.

"부르셨습니까?"

조태섭이 날카로운 눈으로 그녀를 쏘아봤다. 살기 이상의 분노가 눈에 가득했다. 조태섭의 목소리가 무겁게 나왔다.

"황진용이 조사해. 어디서 자료를 얻었는지 알아내도록. 그리고 지금 이름 나오고 있는 놈들 모두 오라고 해! 내 밑에 있는 놈이거나 아니거나 모두 불러!"

"알겠습니다."

그녀는 어떤 질문도 하지 않았다. 조태섭의 명령에 따를 뿐이었다. 그녀는 조태섭을 향해 가볍게 묵례하고 서재를 벗어났다.

새벽 2시가 넘어가는 시간이었다. 조태섭의 집으로 사람들이 모여들었다. 그들은 신문이나 텔레비전에서 심심치 않게 볼 수 있는 유명 인사들이었다. 국회의원에서부터 예술인, 기업가 등등 계속해서 밀려들어 왔다.

그들이 자리한 곳은 조태섭의 자택 그 정원이었다. 구부러진 소나무가 멋들어진 그곳의 가로등 아래에 수많은 사람들이 섰다.

하지만 그곳에 모인 누구도 집 안으로 들어가지 못했다. 정원에 서서 고개를 숙이고 조태섭을 기다릴 뿐이었다. 그리고 적막했다. 평소에 좋은 분위기에서 만났다면 인사도 하고 시시콜콜 이야기도 나눴을 그들이다. 하지만 그들의 입에서는 단 한마디도 나오지 않았다. 풀벌레 우는 소리만 간간이 들릴 뿐 그들은 어떤 말도 없었다.

죄를 지은 사람들이었다. 조태섭의 처분만을 기다리는 사람들이었다. 그 숫자가 오십여 명에 이르렀다.

대한민국에서 한자리하고 있는 사람들. 어디 가서 아쉬운 소리 한번 하지 않는 인물들이었다.

그리고 그들 중에는 조태섭의 영향권에 들어 있지 않은 사람도 있었다. 히지만 그들 역시 잠자코 조태섭을 기다렸다. 혹시나 하는 기대였다. 그들은 조태섭이 자신들을 구원해 주지 않을까 하는 어떤 기대감을 갖고 있었다.

잠시 후, 문이 열리고 한지현이 나왔다. 그들의 눈이 그녀를 좇았다.

그녀는 사뿐히 걸어 조용히 그들 앞에 섰다. 그리고 그들을 향해 가볍게 묵례를 한 후 말했다.

"의원님 나오십니다."

그 말에 꿀꺽, 침 넘어가는 소리만 들렸다. 그들의 눈동자가 떨려 왔다. 어디에 시선을 둬야 할지 그들은 알지 못했다. 이제 조태섭의 의향에 따라 그들의 인생이 바뀔 수도 있는 시간이 되었다. 심장이 두근두근 크게 울렸다. 바로 옆에 있는 사람에게도 그 소리가 들릴 정도였다.

이윽고 조태섭이 문밖으로 나왔다.

조태섭의 차가운 시선이 사람들을 훑었다. 그 시선이 닿을 때마다 사람들은 자신도 모르게 고개를 숙였다. 어떻게 고개를 들고 마주할 수 있을까? 없었다. 그저 죄스러울 뿐이었다.

조태섭은 차갑고 어두운 시선으로 자리에 모인 면면을 확인했다. 하지만 어떤 말도 하지 않았다. 한참 동안 그들을 노려볼 뿐이었다.

그렇게 시간이 지나고 조태섭의 입이 무겁게 열렸다.

"평소에는 모이라고 하면 미적거리는 놈들이……. 오늘따라 서둘러 오는구만."

조태섭의 목소리는 장난기가 가득했다. 분위기와 맞지 않는 어조였다.

하지만 그 누구도 뭐라 할 수 없었다. 조태섭이 그들의 목줄을 쥐고 있기 때문이다. 그리고 조태섭은 차가운 시선으로 그들을 계속해서 훑고 있었다. 눈이 마주친 사람은 흠칫거리며 자신도 모르게 한 발 뒤로 물러나기까지 했다. 그 차가운 눈은 사람의 속마음은 물론이고 자신도 모르고 있는 기억까지 헤집는 것 같았다.

다시 적막이 흘렀다. 풀벌레 소리만 울릴 뿐이었다. 그때, 조태섭의 입이 다시 열렸다.

"막아 줄까?"

"……."

"막아 줘?"

"……."

"대답해!"

"네!"

그들은 한목소리로 외쳤다.

"하!"

조태섭은 어이없다는 듯 웃어 버렸다. 그리고 큰 소리로 말했다.

"지금이 어떤 시국이야? 정권이 바뀌는 시기야! 이런 때가 얼마나 위험하고 민감한 때인지 몰라서 그래? 대통령의 레임덕으로 행정이 멈춰있어. 이 시기에 국가가 제대로 돌아가려면 여기 있는 사람들이 잘해야지, 코를 풀고 있으면 어떻게 해!"

사람들은 입이 열 개라도 할 말이 없었다. 조태섭은 그들이 한심하다는 듯 고개를 절레절레 저었다. 그리고 입을 열었다.

"내일부터 언론의 시선을 최강진이란 놈에게 돌릴 거요. 지금도 여배우와의 문제 때문에 유명해졌지만 내일부터는 더 유명인이 되겠지."

그 말에 자신도 모르게 웃음을 짓는 사람들, 그들은 구제되었다는 것을 느꼈다. 그것만으로도 좋았다. 조태섭의 말이 이어졌다.

"하지만 여기 있는 모든 사람을 살릴 수는 없어. 그렇게 되면 국민들이 신뢰를 하지 못하거든. 몇 명은 끌려 들어가야 할 거야. 자기가 끌려갔다고 원망하지 말고 다른 사람이 자기 덕에 살았다고 생각해."

조태섭의 말에 사람들의 눈에 다시 공포가 어렸다. 혹시나 내가 버림받지는 않을까 하는 마음 때문이다.

조태섭이 말했다.

"다시 말하지만 잡혀갔다고 원망하지 마. 내가 지금 여러분에게 어떤 조건이라도 내걸었나? 아니잖아? 그저 우리나라가 정상적으로 돌아가는 것을 바라기 때문에 이렇게 하는 게야."

조태섭의 시선이 한지현을 향했다. 그리고 말을 이었다.

"여기 있는 사람들 명단 적어서 가지고 오도록."

그녀가 살짝 고개를 숙였다.

"알겠습니다."

이곳에 있는 사람들은 똑똑한 자들이었다. 그들은 조태섭의 말뜻을 한 번에 이해했다. 조태섭이 모든 사람을 구제할 수 없다는 말의 뜻. 그것은 자신에게 충성을 다하는 사람을 구제해 주겠다는 말이었다. 그들은 한지현에게 자신의 이름을 말하며 한마디씩 덧붙였다.

"의원님이 요즘 관심 있는 게 뭡니까?"

대한민국의 슬픈 현실이었다.

다음 날.

희우는 장일현이 수감되어 있는 구치소로 가고 있었다.

지청에서 희우를 감시하고 있었지만 상관없었다. 감시를 받지 않는 곳으로 가면 해결되는 간단한 일이었다. 지금 장일현이 있는 구치소가 그런 곳이었다.

그렇게 구치소로 들어간 희우가 자리에 앉았다. 잠시 후, 수갑을 찬 장일현이 들어왔다.

장일현을 본 희우의 입가에 비릿한 미소가 걸렸다. 그 미소를 보지 못했는지 장일현은 골치 아프다는 표정으로 앞에 앉았다.

그가 작은 한숨을 내쉰 후 희우에게 말했다.

"밖에 시끄럽지?"

"네. 많이 시끄럽습니다."

장일현은 다시 한숨을 내쉬었다.

"아, 지금 재판을 받았으면 무죄 떴을 텐데."

장일현은 아직도 자신의 잘못은 생각하고 있지 않았다. 오로지 남 탓을 하고 있었다. 그런 장일현을 보며 희우가 피식 웃었다. 그제야 장일현은 희우의 웃음을 눈으로 확인했고 상당히 기분 나쁜 느낌을 받았다.

장일현이 인상을 구기며 물었다.

"왜 그렇게 웃지?"

"잘 어울려서요."

"뭐?"

"죄수복 입고 수갑 찬 거요. 잘 어울리네요. 이렇게 잘 어울리는 줄 알았다면 진작 입혀 줬어야 했는데, 미안합니다."

장일현의 눈썹이 꿈틀거리며 미간을 좁혔다. 하지만 희우는 상관하지 않았다.

"그때 부탁하신 일은 제가 하지 못했습니다. 다른 지검에서 채 갔네요."

"뭐?"

"최강진요."

장일현이 처음 잡혀 취조실에 있을 때였다. 장일현이 희우에게 부탁한 일이 있었다. 그것은 최강진을 잡아 달라는 말이었다. 물론 그것은 미끼였지만, 희우의 입장에선 장일현에게 약속을 지킨 것이었다.

장일현의 두 주먹이 부들부들 떨려 왔다. 하지만 그는 무엇도 할 수 없었다. 지금 그는 죄인이다. 말로만 떠들 뿐이다.

"지금 뭐라고 그랬냐?"

"그때 그쪽이 나한테 했던 부탁, 다른 지검에서 가지고 갔다고요. 잊었어요? 최강진 잡아 달라면서요. 같은 방에 넣을 수 있을지는 모르지만 노력은 해 보겠습니다."

장일현은 아무 말도 하지 못했다. 뭐가 뭔지 모르지만 당했다는 생각이 강하게 들었기 때문이다. 그의 손이 부르르 떨려 왔다. 하지만 그게 전부였다. 장일현이 지금 무엇을 할 수 있을까?

장일현을 보며 희우는 이전의 삶을 떠올렸다. 자신의 멱살을 잡고 조태섭을 조사하는 걸 멈추라고 윽박지르던 장일현, 그는 분명 말했었다.

─나라를 위해 고생하신 분이다. 한평생 국가만 생각하고 계신 분이야! 그분은 특별하신 분이야. 그러니까 그만큼 먹어도 된다고 생각해. 여기서 멈춰! 더 진행한다면 널 잡아넣어 버리겠어.

옛 생각을 하던 희우는 다시 웃어 버렸다. 장일현의 눈에 분노가 차올랐다. 희우가 그를 향해 손을 휘저으며 말했다.

"아, 미안해요. 그쪽은 심각한데 혼자 웃어 버려서. 옛날 생각이 나 버렸거든요."

"지금 뭐 하는 짓이지?"

"보면 몰라요? 죄인이랑 이야기하는 중이잖아요."

장일현이 입을 꽉 다물었다. 희우가 장일현을 향해 계속 말했다.

"법은 누구에게나 동일하게 적용됩니다. 장일현 씨는 특별한 사람이 아니었어요. 그리고 다른 모든 사람 역시, 그 누구도 특별한 사람은 없습니다."

"뭐라고 지껄이는 거야!"

장일현이 소리를 내질렀지만 희우의 표정에는 변화가 없었다.

희우는 얼굴을 장일현에게 가까이 가져다 댔다. 그리고 조용히 말했다.

"그리고 제발 네가 뭘 잘못했는지 생각하면 안 될까요? 여기 들어온 건 다른 사람 탓이 아니라 모두 네 탓이에요."

장일현이 자리에서 일어서서 책상을 '꽝!' 하고 내리쳤다.

그 역시 희우 가까이로 몸을 기울였다. 그리고 말했다.

"네가 지금 지껄인 말, 내가 김석훈 지검장에게 이야기하면 어떻게 될 것 같지? 그 생각은 못 하고 있나?”

“김석훈 지검장이 장일현 씨의 이야기를 믿을까요?”

믿을 리 없다. 장일현은 김석훈에게 버림받았다. 장일현이 뭐라고 말을 해도 김석훈은 이간질이라고 생각할 게 분명했다. 지금 김석훈에게 남은 사람은 몇 없었다. 그중의 하나가 희우였다. 지금의 김석훈은 절대 희우를 버릴 수 없었다.

장일현 역시 머리가 안 돌아가는 사람이 아니었기에 그것에 대해 잘 알고 있었다. 장일현이 입을 꽉 다물었다. 얼마나 꽉 깨물었는지, 치아가 으스러질 정도였다. 그는 지금 어떤 말도 할 수 없었다. 단지 떨리는 주먹만 쥐고 있을 뿐이다.

그의 부르르 떨리는 주먹을 보며 희우가 말했다.

“얼굴 보고 싶어서 왔어요. 어떤 표정일지 궁금했거든요.”

“꺼져.”

“갈 생각입니다. 그리고 최강진이 옆으로 오면 안부 전해 주세요. 그때는 제가 바빠서 오지 못할 것 같다고요.”

희우는 자리에서 일어서서 문으로 향했다.

그런데, 문고리를 잡아 열려고 하던 희우가 멈칫했다. 그리고 뒤로 돌아 다시 장일현을 향했다.

“출소해도 긴장 풀지 마세요. 평생 동안 교도소를 들락날락하게 만들 겁니다.”

“야!”

장일현이 소리를 질렀다. 하지만 희우는 이미 문을 벗어나는 중이었다.

교도소의 밖은 일반 동네와 다르지 않았다. 호프집이 보였고 주유소나 자동차 정비소도 보였다. 희우는 길을 건너 버스를 타기 위해 움직였다.

이제 둘을 잡았다. 장일현과 최강진.

조태섭의 목줄을 쥘 시간이 가까워지는 중이다.

조태섭과의 거리는 이제 꽤 많이 좁혀졌다. 조금만 더 다가가면 조태섭의 얼굴을 볼 수 있을 거다.

그렇게 생각하며 길을 걷던 희우가 순간 걸음을 멈췄다. 희우는 심각한 표정으로 어느 한곳을 응시하고 있었다. 가전제품 매장이었다. 전시되어 있는 텔레비전에서 나오는 것은 바로 최강진의 얼굴이었다.

'뭐지?'

최강진의 취재는 어제 끝났다. 그렇게 알고 있었다. 실시간 검색어 1위를 다투던 최강진의 이름은 이제 보이지 않았다. 그런데 지금은 생방송으로 중앙 지검과 연결되어 있었다. 뭔가 이상했다.

최강진의 일이 생방송으로 나올 만큼 중대한 사안은 절대 아니었다. 물론 최강진의 사건도 심각했지만, 그것 말고도 벌어지는 일이 많았기 때문이다. 희우는 전화기를 꺼내 바로 상만에게 연락했다.

"인터넷 들어가 봐."

-네? 왜요?

"어서! 검색어 순위 말해 봐. 메인에 뜬 뉴스 기사 제목은 뭐야?"

-네? 잠시만요.

컴퓨터를 만지는 소리가 들려왔다. 그리고 상만이 말했다.

-어? 유혜린 동영상요.

"뭐?"

상만에게 검색어와 기사 제목을 들은 희우의 입에서 허망한 헛웃음이 흘렀다. 그리고 고개를 저었다.

"하하하."

어이없었다. 더 듣지 않아도 알 수 있었고 보지 않아도 알 수 있었다. 조태섭이 막아 냈다.

조태섭이 언론에 압력을 행사할 수 있는 권력이 있다는 것은 알고 있었다. 하지만 이것만은 막을 수 없다고 생각했다. 황진용이 청문회 도중 터뜨린 일이기 때문이다. 그런데, 조태섭은 희우가 터뜨린 최강진을 이용해서 이 상황을 빠져나가고 있었다.

'미치겠네.'

유혜린 동영상이 사실인지 가짜인지는 알 수 없었다. 하지만 국민은 생각할 거다.

"유혜린이 최강진한테 속아서 프로덕션이랑 계약을 했고 성 상납까지 했었다며? 그럼, 동영상도 진짜 있겠네!"

유혜린은 인기 여배우다. 그녀의 동영상이 있다는 소문만으로 국민들의 시선을 돌리기에는 충분했다. 국민들은 정치인의 비리보다 유명 여배우의 동영상이 더 궁금할 게 분명하다.

희우가 어처구니없다는 듯 고개를 저었다.

"조태섭……. 흔들리는 판을 붙잡고 계시겠다? 그래서 자신의 힘을 더 견고히 하겠다? 하하하하."

이걸 막아 버릴 줄은 몰랐다. 순간 몸에 힘이 쭉 빠지는 것만 같았다.

희우는 비틀거리는 걸음으로 차도와 인도의 턱에 앉았다. 잠시 생각할 시간이 필요했다.

계획이 어긋나 버렸다. 물론 애초부터 변수가 있을 거라고는 생각했었다. 상대는 조태섭이었고, 쉽게 잡을 수 있다는 생각은 한 번도 한 적 없었다. 희우의 눈빛이 차갑게 변했다.

"해보자는 거지?"

희우가 전화를 들고 민수에게 연락했다.

"저번에 미래자동차 사건 하면서 시민 단체랑 친해지셨죠?"

-그렇지. 왜?

"인맥 한번 부탁드려도 되겠습니까?"

-네 부탁이면 언제나지. 재밌는 거냐? 흘흘.

"네, 매우 재미있는 일이에요."

전화를 끊은 희우가 다시 자리에서 일어났다.

계획이 막혔으면 거침없이 노선을 바꿔야 한다. 막힌 길을 고집하면 도착하는 곳에 패배라는 두 글자만이 기다리고 있을 것이다.

희우가 다시 걸음을 옮겼다.

이제 희우는 시민 단체를 이용해 시위를 하고 여론을 압박할 계획이다. 그럼, 조태섭은 국민의 시선을 돌리기 위해 더 큰 일을 벌일 게 분명하다. 그렇게 더 큰 일, 더 큰 일만을 벌이다 보면 아무리 조태섭이라 해도 언젠가는 잘못된 수를 둘 수밖에 없다.

'그 순간 치고 들어간다.'

아직 전쟁은 끝나지 않았다. 전쟁은 이제 시작이다.

희우는 버스를 타고 중앙 지검으로 향했다.

퇴근 시간이 되어 민수가 나왔다. 그는 요상하게 웃으며 희우를 맞이했다.

"너 분명 지청 소속인데 자주 본다, 흘흘흘."

"그러네요."

"그런데 넌 아까부터 퇴근이었냐?"

"지청에서 저는 프리해요."

지청장은 희우가 조만간 중앙 지검으로 돌아갈 것을 알고 있었다. 그래서 별다른 일을 주지 않았다. 그래서 희우는 정말 한가했다. 감시를 받는다는 것만 빼면 휴가를 나온 것 같다는 기분도 종종 들 정도였다.

그들은 가까운 호프집으로 이동했다. 민수가 말했다.

"네가 사나?"

"아뇨. 선배님이 사야죠."

두 사람이 마주 앉은 호프집.

맥주와 안주가 놓였을 때, 희우가 말했다.

"시민 단체를 움직였으면 하는데요."

"왜? 무슨 일로?"

"지금 병역 비리나 학력 위조로 시끄럽잖아요."

"그렇지."

"그런데 걸린 사람들이 국민의 눈을 피하기 위해 최강진 검사를 타깃으로 잡은 거 같아요."

이것은 민수도 짐작하고 있는 일이었다.

여배우가 끼어 있다고 해도 최강진의 일이 생각 이상으로 시끄러웠다. 지금 국회의원의 스캔들이 대대적으로 터진 마당에 최강진을 잡고 질질 끌고 있는 모양새가 좋아 보이지 않았다. 민수가 말했다.

"그러니까 최강진을 전면에 내세우고 뒤에서 도망가려고 하는 놈들을 잡자는 거야?"

"그렇게 쉽게 잡을 수는 없을 겁니다."

"그럼?"

"악수를 두게 만들어야죠."

"악수?"

"그 사람들은 최강진을 이용해서 국민의 시선을 돌리려고 합니다. 그런데, 시민 단체가 계속해서 지켜보고 있다면 어떻게 될까요?"

민수는 고개를 저었다.

"시민 단체 몇백 명이 모여도 언론이 도와주지 않으면 흐지부지 해프닝으로 끝날 일이야."

민수는 미래자동차 사장 전일보를 구속하기 위해 시민 단체를 움직였지만, 쉽지 않았던 기억을 갖고 있었다. 그리고 희우도 이 사건이 그렇게 되는 것을 원하지 않았다.

희우가 테이블을 툭툭 두들기며 생각에 빠졌다.

조태섭이 최강진을 이용해 희우의 공격을 피해 냈다는 사실을 알게 되었을 때는 다리에 힘까지 풀렸었다. 하지만 지금은 아니다. 그게 조태섭의 힘이라는 것을 인정하고 있다.

조태섭은 대한민국 권력의 심장부이며 이 정도 일은 가뿐히 처리할 수 있는 사람이다. 그렇게 생각하니 오히려 마음이 편했다. 상대가 강할수록 그 끝에 얻는 즐거움은 더욱 클 것이다.

그렇게 생각을 끝낸 희우는 다른 쪽으로 생각을 틀었다.

조태섭은 절대 권력자였지만 이번 사건에서는 자유롭지 못했다. 조태섭이 희우의 공격을 피하기 위해 선택한 카드는 고작 최강진과 여배우였다.

'파고들면, 빈틈이 있을 수도 있어.'

생각하던 희우가 말했다.

"저는 일단 최강진의 아버지를 만나 보겠습니다. 아직 구속 수사가 시작되지 않았으니 협상은 가능할 것 같아요."

민수가 눈을 찌푸리며 물었다.

"설마, 최강진을 놓아주려는 거냐?"

"흥정은 해 봐야겠죠."

"그러니까 흥정을 한다는 말은 최강진이 더 나쁜 놈인지, 아니면 위에 있는 놈들이 더 나쁜 놈인지 저울질해 보겠다는 거야?"

희우가 고개를 저었다.

"최강진은 구속시킬 겁니다. 이미 국민의 눈이 집중되어 있는 사건인데 최강진을 어떻게 빼낼 수 있겠어요?"

"그럼?"

"최강진의 아버지 최수혁은 고민해 볼 여지가 있을 겁니다."

희우는 민수에게 자세한 설명을 했다.

이번 싸움에서 핵심이 될 사람은 민수였다. 민수에게 자세한 이야기를 하는 건 나쁘지 않았다. 함께 움직이는 사람의 이해도가 높을수록 일은 하기 수월하기 때문이다.

희우의 말을 들은 민수는 고개를 끄덕였다.

"큰 놈을 잡기 위해서 작은 놈은 풀어 주자고?"

"피라미 잡다가 대어를 놓치면 안 되죠."

"다 잡으면 안 되나?"

"낚시를 할 때를 생각하세요. 잡어가 많은 곳에서 대어를 낚는 것은 어렵습니다."

민수는 잠시 생각을 하는 표정이었다. 그리고 대답했다.

"좋아, 한번 해보자. 그런데, 대어를 낚은 후에는 피라미도 잡을 거지?"

"그래야죠."

그렇게 대화가 끝났다.

하지만 희우는 집으로 가지 않았다. 희우는 상만의 사무실로 향하고 있었다.

상만의 사무실 앞 커피숍이었다. 다가온 상만이 물었다.

"술 드셨어요?"

"냄새나?"

"많이요."

"앉아."

"요즘에 자주 술 드시네요? 그렇게 드시다가 한 번에 훅 가는 거 알죠? 사장님도 이제 건강 생각해야 할 나이예요."

"쓸데없는 소리 말고 어서 앉아."

그제야 상만이 앞자리에 앉았고 희우가 물었다.

"그래, JS무역 김석영에 대해 나온 게 좀 있나?"

상만이 고개를 끄덕였다.

"네. 이놈도 여자 문제가 꽤 복잡한데요? 안현채나 이놈이나, 끼리끼리 어울리나 봐요."

"비슷한 사람끼리 만나는 법이니까."

희우의 말에 상만이 씨익 웃었다.

"그래서 사장님이랑 저랑 잘 만나나 봐요."

상만의 헛소리가 또 시작됐다. 자신은 희우와 닮아서 어쩌고저쩌고,
한참을 떠들던 상만은 희우가 대꾸하지 않자 가방을 뒤적거려 서류 뭉텅
이를 꺼냈다.

"이게 다 보고서입니다."

희우의 입에 만족한 미소가 걸렸다.

서류를 빠르게 넘기며 희우가 물었다.

"예전에 연쇄살인범 잡을 때랑 그 전에 조태섭 의원 뒷조사하던 애들
있지?"

"흥신소요?"

"어."

그 흥신소는 모든 일에 만족스러운 결과를 만들어 냈었다. 물론 모든
일을 완벽하게 끝낸 것은 아니다. 희우는 그들에게 조태섭의 옆에 있는
한지현의 정보를 조사해 달라고 했지만, 아직 단 하나의 소식도 들려오지
않고 있었다.

"네. 그런데 왜요?"

"그놈들이면 실력은 믿을 만할 거 같다. 네 밑으로 둬라."

"네?"

"정식으로 두면 골치 아파질 수도 있으니까 페이퍼 컴퍼니 통하든 어
쩌든 알아서 하고."

"알겠습니다."

상만은 바로 희우의 말뜻을 이해했다. 무언가를 조사하고 불법적인 일
을 처리할 수 있는 음지의 사람을 구하란 뜻이었다.

희우는 다시 서류를 넘겼다.

상만의 말대로다. 김석영 역시 여자관계가 복잡했다. 조금의 노력만으로도 여자 문제를 가지고 곤란에 빠트릴 수 있을 정도였다. 하지만 거기까지였다. 법적으로 엮기에는 제대로 된 혐의가 부족했다. 김석영의 도덕성을 문제 삼아 김석훈의 발목을 잡기는 어려웠다.

희우가 서류를 덮었다. 그리고 자신의 가방에서 뭔가를 꺼냈다. 사진이었다.

"흥신소 애들에게 이 여자 감시하도록 지시해."

상만은 사진을 들어 확인했다.

40대 후반 또는 50대 초반으로 보이는 중년의 여자였다. 얼굴에서는 기품이 살짝 흐르는 게, 고생을 해 본 얼굴은 아니었다.

상만이 말했다.

"여자 조사는 잘 못하던데요, 흐흐."

한지현에 대해 지금까지 알아 온 것이 없으니 농담 삼아 하는 말이었다.

한참 동안 사진을 보던 상만이 희우에게 물었다.

"그런데 누구예요?"

"김석영 엄마."

"네?"

상만이 화들짝 놀랐다. 그리고 말을 이었다.

"그럼 중앙 지검장 아내예요?"

"응."

희우는 대수롭지 않게 대답하며 커피를 마셨다. 하지만 희우와 달리 상만의 입은 벌어져 있었다.

"이제는 중앙 지검장의 아내도 조사를 하라고요?"

"어."

"미리 말씀드리는데요, 사장님은 앞으로도 계속 이런 무리한 조사를 시킬 거잖아요? 그런데요, 제가 아무리 사장님을 존경한다고 해도 대통령까지는 조사 못 합니다."

"뭐?"

"대통령은 무리예요."

"됐고. 그 여자나 조사해. 분명 문제가 있을 거야."

김석훈의 아내에 대해 자세히 알고 있는 것은 없었다. 하지만 김석훈에게 한미라는 딸이 있다는 사실을 그 집 사람들도 알고 있다는 건 예상할 수 있었다. 그런데도 김석훈의 아내가 정상적인 가정생활을 영위할 수 있을까? 확실하지는 않았지만 희우의 기준으로는 어려운 일이었다.

희우가 상만을 보며 말했다.

"조금이라도 문제가 있으면 알려 줘."

"알겠습니다."

남녀 관계는 복잡하다. 김석훈과 그 아내의 틈에는 메울 수 없는 강이 있을 수도 있다. 희우는 그것을 확인하고 그 강을 쑤실 생각이었다. 전석규와 지성호가 아들 김석영을 공격하고 희우가 아내를 파고든다면 제아무리 김석훈이라도 흔들릴 수밖에 없을 것이다.

희우는 피곤한 몸을 이끌고 자리에서 일어나 집으로 향했다. 집으로 들어간 희우는 옷도 벗지 않고 소파에 쓰러졌다.

잠시 쉬고 싶었다. 피곤한 하루였다.

그런데, 그렇게 누워 있던 희우가 갑자기 웃었다.

"하하하."

적막한 공간에 희우의 웃음소리가 퍼져 울렸다.

오늘 희우는 조태섭의 힘을 반 토막 냈다고 생각했었다. 하지만 조태섭은 그 공격을 막아 냈고 오히려 그 성을 단단히 쌓아 올렸다. 지금껏 희우는 아무렇지 않은 척하고 있었다. 하지만 아쉬울 수밖에 없었다.

그렇게 한참을 웃던 희우가 천장을 바라봤다. 깜박거리는 형광등이 보였다. 희우가 천천히 천장을 향해 손을 뻗었다.

"다 잡은 줄 알았는데."

희우의 목소리가 웅얼거리듯 흘렀다.

확!

허공을 움켜잡았지만 쥐인 건 없었다.

적막만 남았을 뿐이다.

다음 날 새벽. 희우는 자리에서 일어났다.

여느 때와 같이 초등학교 운동장을 달리고 수돗가에서 땀을 씻어 냈다. 평소보다 더 움직였기에 몸에서 후끈한 기운이 올라왔다. 어제의 아쉬움은 모두 털어 낸 후였다. 하나의 계획이 무너졌으면 다른 계획을 시행하면 된다.

집으로 들어온 희우는 샤워를 하고 텔레비전을 틀었다. 아침부터 최강진의 일로 시끄러웠다. 희우는 자신도 모르게 웃어 버렸다.

"최강진 너도 참 피곤하게 사는구나."

잠시 후, 잘 다려진 정장을 몸에 걸친 희우가 밖으로 나왔다.

그리고 일산으로 향하는 버스에 몸을 실은 뒤, 지청에 연락했다.

"오늘 외근을 하겠습니다."

지청장은 흔쾌히 허락했다. 지청장에게 희우라는 존재는 귀찮은 일감일 뿐이었다. 이제 지청은 신경 쓸 필요가 없다. 그곳에서 무엇을 하든 상관없다. 눈에 벗어나는 짓만 하지 않으면 김석훈이 희우를 부를 건 자명한 일이었다.

버스를 타고 이동을 하던 희우는 창밖을 바라보며 혼자 슬며시 웃었다. 골머리를 썩고 있을 김석훈을 생각하면 웃음이 날 수밖에 없었다.

그렇게 희우는 일산에 도착했다. 그리고 방송국 근처에 있는 최수혁 프로덕션으로 향했다. 중앙 지검에 기자들이 쫙 깔려 있는 것과 달리 그 건물에는 아무도 보이지 않았다.

프로덕션은 2층에 있었다. 계단을 걸어 올라가자 드라마와 영화, 다큐멘터리 등의 포스터가 가득 붙어 있었다.

희우가 문을 열고 프로덕션으로 들어가자 직원들이 불안한 시선으로 희우를 맞이했다. 지금은 조용하지만 이 프로덕션도 며칠 동안 많은 기자들이 오갔던 현장이다. 그들에게 낯선 사람은 경계의 대상이다.

희우는 그들의 눈초리를 신경 쓰지 않고 주변을 둘러봤다.

입구에서 반대편에 '대표실'이라고 붙어 있는 글씨가 보였다.

희우가 직원들이 앉아 있는 칸막이를 지나 그쪽으로 향했다. 누군가 자리에서 일어나 희우를 막아 세웠다.

"실례지만 누구십니까?"

혹시 기자가 아니냐는 질문이었다.

지금 최수혁 프로덕션의 피로도 역시 컸다. 사건이 터진 첫날 얼마나 많은 기자가 오갔는지 모른다. 지금은 조용해졌지만 그래도 직원들은 불안했다.

희우는 주머니에서 신분증을 꺼내 보였다.

"검찰입니다."

순간 직원의 얼굴이 움찔거렸다. 그가 떨리는 목소리로 물었다.

"여, 영장 가지고 왔어요?"

희우는 고개를 저었다.

"아니요. 저는 그저 대표님을 뵙기 위해 왔을 뿐입니다."

"왜요?"

"중앙 지검에서 왔습니다. 최강진 검사의 후배입니다."

직원은 안심했다. 그리고 몸을 비켜 길을 내줬다. 희우는 다시 대표실을 향해 이동했다.

똑똑똑.

문을 두드리는 소리에 안쪽에서 피곤한 목소리가 들려왔다.

"들어와."

최수혁은 희우가 왔다는 사실은 까맣게 모르고 있었다.

지금 그는 몹시 괴로운 심정이었다. 최강진이 여배우를 건드리는 바람에 사건이 더 커졌다고 생각했다. 자신이 성 상납의 주범이라는 건 생각하고 있지 않았다.

문을 열고 들어간 희우가 고개를 꾸벅 숙였다.

"처음 뵙겠습니다."

그제야 최수혁의 눈이 희우를 바라봤다.

"누구세요?"

그의 떨리는 눈동자에는 불안한 기운이 가득했다.

희우가 그의 앞으로 다가가 앉았다.

"김희우라고 합니다. 아드님이신 최강진 검사에게 많이 배우고 있는 신입 검사입니다."

최수혁은 자리에서 일어나 서둘러 희우가 앉을 자리를 만들었다.

지금 최강진과 최수혁은 서로의 연락을 피하고 있었다. 언론에 작은 틈이라도 보이면 안 된다고 생각했기 때문이다.

희우는 최수혁이 만들어 놓은 자리에 앉았다. 그러자 최수혁은 기대 가득한 시선으로 희우를 바라봤다.

"강진이와 가까운 사이라고요?"

희우는 고개를 끄덕였다.

최수혁의 눈이 반짝였다. 희우의 입에서 법망을 피해 갈 수 있는 방법이 전해질 것이라고 기대한 거다.

그때, 문이 열리고 여직원이 들어와 희우의 앞에 차가운 오렌지 주스를 두었다. 여직원이 나간 후, 희우는 천천히 입을 열었다.

"빙빙 돌리지 않고 단도직입적으로 말씀드리겠습니다. 국민의 눈을 제자리로 돌려놨으면 합니다."

"네?"

최수혁은 희우가 하는 말이 무슨 뜻인지 이해하지 못했다. 그렇다면 이해하기 쉽도록 직접적으로 말하면 된다.

희우가 말했다.

"이번에 청문회 때 터졌던 병역 비리 사건 알고 계시죠? 그 내용을 시사 프로그램에 제대로 꽂아 넣을 수 있을까요?"

웃기지도 않는 소리였다. 최수혁은 인상을 찌푸렸다.

"그게 가능할 거라고 생각하나요? 지금 방송국 전체에 외압이 들어와 있어요. 내가 방송국에 현역으로 있어도 힘들 일이에요. 그런데, 밖에 나와 있는 상태로 가능할 것 같습니까?"

예상했던 일이었다. 그래서 희우는 다른 방법을 제시했다.

"그러면 인터넷 방송국을 이용할 수는 없겠습니까?"

"……인터넷?"

"파급력은 적을 거라고 생각합니다."

몇 년 후면 인터넷 방송의 힘이 커지는 시기가 온다. 하지만 지금의 인터넷 방송은 명백한 마이너리그였다.

희우가 계속 말했다.

"하지만 여론의 시선을 돌릴 수 있는 방향은 제시해 줄 수 있을 겁니다."

"무리입니다."

최수혁은 이번에도 무리라고 말했다. 희우가 물었다.

"이유는요?"

고개를 숙인 최수혁이 중얼거렸다.

"나는 내 아들도 중요해요."

"최강진 검사가 중요하면 지금 당장 인터넷 방송이든 뭐든 만들어서 터뜨려야 합니다. 그래야 최강진 검사에게 쏠려 있는 시선을 다른 곳으로 돌릴 수 있습니다."

하지만 최수혁은 여전히 망설이고 있었다. 잠시 어떤 말도 하지 않았다. 목이 타들어 가는지 물만 벌컥벌컥 마셨다. 그렇게 한참을 멍하니 앉아 있던 최수혁이 다시 입을 열었다.

"내 아들도 중요하지만 내 직원들도 중요해요."

"네?"

"내가 인터넷 방송이니 뭐니 여론을 돌린다고 돌아다니면 어떻게 될 것 같습니까?"

최수혁의 목소리는 메말라 있었다. 그가 피곤한 목소리로 말을 이었다.

"우리가 타깃이 될 겁니다. 지금은 나 혼자 잡혀가면 되겠지만 그런 짓을 하면 말단 직원까지 끌려갈 수 있어요. 세무조사부터 시작해서 갖가지 혐의를 끼워 넣겠죠. 어떤 죄든 만들어서 진실을 알고 있는 사람은 다 잡아가겠죠."

희우는 조금 황당한 표정으로 최수혁을 바라봤다.

방금 최수혁이 말한 것, 주변 인물까지 싹 다 조사해서 모두 잡아가는 것, 그렇게 진실을 은폐하는 것은 최강진의 주특기였다.

최강진은 그렇게 야비하게 일했다. 세상에 법을 완벽하게 지키는 사람은 없다며 모든 사람을 흔들고 털었다. 그리고 언제나 말했었다.

"검사가 뭐냐? 마음만 먹으면 누구라도 잡아넣을 수 있어. 그게 우리야."

희우는 최강진의 목소리를 떠올리며 계속해서 최수혁을 바라보고 있었다. 그러자 최수혁이 고개를 저으며 힘겹게 말했다.

"나도 알고 있어요. 지금 말한 방법이 강진이가 하던 일이라는 걸."

최수혁은 최강진이 일 처리하는 것을 옆에서 지켜봤던 거다. 검찰의 힘을 알고 있으니, 최수혁은 두려워할 수밖에 없었다.

희우는 잠시 아무 말 하지 않았다.

잠시의 침묵이 흐르고 희우가 말했다.

"그럼 다른 걸 제시하겠습니다. 조만간에 시민 단체가 움직일 겁니다. 그 일만 기사로 내 주실 수 없을까요?"

"시민 단체요?"

"네. 토막 기사도 괜찮은데요."

최수혁이 고개를 끄덕였다.

"그건 가능합니다. 인터넷 신문 업체 중에 몇 군데 알고 있는데, 그중에 권력 무서운 줄 모르는 놈들이 있어요."

그런데, 말을 하던 최수혁이 고개를 숙였다. 그리고 다시 힘겨운 목소리로 말했다.

"그런데 불가능할 겁니다. 기사를 만들어도 포털 사이트에서 올려 주지 않으면……."

기사를 써도 포털 사이트에서 막으면 끝이었다. 그리고 권력은 포털 사이트를 움직일 힘이 있었다. 조태섭에게 그 정도의 일은 어렵지 않을 것이다.

희우가 말했다.

"일단은 그 정도만 부탁드리겠습니다. 나머지는 제가 알아서 하겠습니다."

"알겠습니다. 바로 연락해 두겠습니다."

희우는 메모지에 시민 단체의 시위 목적과 장소, 시간 등을 적어 그의 앞으로 밀어 놓았다. 그리고 말했다.

"어렵겠지만 방송 제작도 한번 검토해 주십시오. 일이 훨씬 수월해질 수도 있습니다. 최강진 검사에게 집중되어 있는 포커스를 다시 정치계로 밀어 넣는다면 지금 대표님이 짊어지고 있는 죄도 상당히 경감될 겁니다."

최수혁은 한숨만 내쉬었다. 최수혁이라고 모르는 일이 아니었다. 국민의 관심이 집중되어 있을수록 재판에서 좋은 판결을 받기는 어려웠다.

희우는 최수혁의 고민을 뒤로한 채 사무실을 벗어났다.

계단을 걸어 아래로 향하며 희우는 많은 생각을 하고 있었다.

애초에 시사 프로그램을 통한 방송이 나갈 거라고는 기대하지 않았다. 하지만 인터넷 방송 정도는 가능하다고 판단했다. 그런데 이곳에서 얻은 성과는 인터넷 신문 업체의 기사 작성이라는 게 전부였다.

최수혁은 권력의 무서움을 지나칠 정도로 잘 알고 있는 사람이었다. 그런 사람은 몸을 사리고 피하기 마련이다.

그렇게 생각하며 계단을 걸어 내려갈 때였다.

"잠깐만요."

뒤에서 최수혁의 목소리가 들렸다.

고개를 돌려 뒤를 보자 최수혁이 희우를 바라보고 있었다. 그가 말했다.

"하죠, 인터넷 방송."

희우는 곧장 다시 계단을 걸어 올랐다.

희우는 다시 사무실에 앉았고 최수혁은 답답한 표정으로 담배를 꺼내 물었다. 회색 담배 연기가 좁은 사무실 공간을 채웠다.

그는 담배를 두어 번 빨더니 재떨이에 재를 털며 말했다.

"지금 방금 검사님이 나가고 직원들과 빠르게 회의를 했어요. 그런데 인터넷 동영상은 가능할 거라고 합니다. 해외 IP를 여러 번 경유하면 잡기가 어렵다고 하네요."

말하던 최수혁이 사무실 밖을 향해 소리쳤다.

"들어와 봐!"

최수혁은 인터넷에 대해 잘 알지 못했다. 대신 설명해 줄 사람이 필요했고 곧 한 남자가 안으로 들어왔다. 희우를 향해 살짝 인사한 그가 맞은 편 소파에 앉았다. 최수혁이 간략히 그를 소개했다.

"우리 팀 막내입니다. 컴퓨터 박사예요, 하하하."

소개를 받은 남자가 입을 열었다.

"방송을 만들고 인터넷에 올릴 때 홍대에 있는 커피숍을 이용하려고 합니다."

"홍대에 있는 커피숍요?"

남자는 고개를 끄덕였다. 그리고 말을 이었다.

"와이파이라고 있습니다. 쉽게 설명하면 무선 인터넷인데……."

한국에는 이제 막 스마트폰이라는 개념이 알려지던 시기였다. 와이파이의 존재가 흔하지 않았다. 그래서 그는 희우에게 와이파이가 무엇인지 설명하기 위해 애를 썼다. 하지만 희우는 이미 잘 알고 있는 것이었다. 오히려 남자보다 더 잘 알고 있을 거다. 희우가 이해했다는 듯 말했다.

"네, 와이파이라는 게 홍대에 있나요?"

"아, 네. 제가 거기 비밀번호를 알고 있거든요. 그 주변에서 신호를 받아 IP를 속이고 그렇게 해서……."

남자는 계속 설명했다. 그 뒤에 해외망을 통해 몇 번 돌린 뒤, 영상을 미국의 동영상 사이트에 올린다는 거다.

"그리고 제작한 노트북을 처리하면, 우리가 했다는 증거를 찾기는 거의 불가능할 겁니다. 아니, 불가능합니다."

그의 말이 끝나자 최수혁이 말을 받았다.

"우리는 바로 영상 제작에 들어가겠습니다. 청문회 때 나왔던 영상 자료는 쉽게 구할 수 있을 것 같고, 3분짜리 간략 CF로 만들 거니까 오늘 중으로 만들어 내겠습니다."

더 이상 이 자리에 있을 필요가 없던 남자는 자리에서 일어서서 고개를 꾸벅 숙이고 다시 자신의 자리로 돌아갔다.

최수혁이 말했다.

"지금 직원들은 콘티를 짜고 있을 겁니다. 배우 없이 순수한 고발물로 제작할 거고……."

그는 말을 끌었다. 그리고 희우를 바라보며 천천히 물었다.

"내가 이렇게 하면 강진이는 나올 수 있나요?"

"아뇨."

희우는 단호하게 말했다. 최수혁의 눈에 절망이 서렸다.

"못 나온다고요?"

"네."

최수혁이 어이없다는 듯 웃기 시작했다.

"설마 사회정의 구현을 위해 이런 짓을 시키는 겁니까?"

"당연히 아닙니다. 사장님은 제외시키겠습니다."

"뭐라고요?"

"사장님은 제외할 수 있을 겁니다."

최수혁에 대해서는, 혐의가 있어도 봐주겠다는 말이었다.

하지만 최수혁이 듣기에는 희우의 목소리가 어쩐지 불안하게 느껴졌다. 그가 조심스럽게 물었다.

"그럼 강진이는요?"

"뒤집어써야겠죠."

최수혁은 고개를 저었다. 하지만 희우는 담담하게 말을 이었다.

"연예인 성 상납, 거기에 배우 유혜린. 이 두 가지는 최강진 검사가 한 겁니다. 자신이 위로 올라가기 위해 권력자들에게 성 상납을 했습니다."

최수혁은 여전히 고개를 저었다. 그리고 힘겹게 입을 열었다. 그의 메마른 입술이 쫙쫙 갈라져 피가 나올 것만 같았다.

"죄송합니다. 그렇게 할 수는 없습니다. 나 살겠다고 자식을 죽일 수는 없으니까요. 그냥 제가 감옥에 가지요."

희우가 피식 웃었다. 그 웃음에 최수혁의 눈꼬리가 꿈틀거렸다.

하지만 희우는 그의 표정은 관심 없었다. 그가 관심 있는 건 오직 이번 사건을 다시 확대시킬 방법뿐이었다. 희우가 말했다.

"아버지와 아들이 나란히 교도소에 들어가면 볼만하겠습니다."

"뭐요?"

"지금은 차갑게, 이성적으로 생각하시라는 겁니다. 최강진 검사는 어쩔 수 없이 감옥에 갑니다. 이건 부정할 수 없는 현실입니다."

희우는 그 뒷말도 하고 싶었지만 참았다. 희우는 최강진이 감옥에 가지 않을 시 수천 번이고 다시 잡아 오겠다는 말을 하고 싶었지만 꾹 참고 있었다. 그리고 또 최수혁에게 말하고 싶었다. 자기 자식은 그렇게 중요한데 연예인이 되고 싶다고 찾아온 어린아이들은 그렇게 만들었냐고. 하지만 이번에도 참았다. 아직은 최수혁을 잡아넣을 시기가 아니었다. 조만간 감옥에 넣을 계획이 있었지만 지금은 참아야 했다.

희우가 계속 말을 이었다.

"이대로 있다가는 사장님도 감옥에 갑니다. 마음은 아프지만 모든 죄를 최강진 검사에게 넘기세요. 힘들어도 그렇게 하세요. 카메라에 얼굴 몇 번 실려 봤자 며칠 지나면 사람들의 머릿속에서는 사라집니다. 그리고 기억 속에서 사라질 때쯤에는 최강진 검사가 다시 사회로 나오겠죠."

최수혁은 절망적인 표정이었다. 하지만 희우는 거침없이 말을 이어 갔다.

"최강진 검사가 나오는 시기는 사장님 하기에 달려 있습니다. 물론 사장님이 함께 감옥에 있다면 모든 형량을 다 채우고 나오겠지만요."

최수혁이 희우의 앞에 바짝 다가섰다.

"그럼 형량을 모두 채우지 않을 방법이 있나요?"

"보석요. 사장님이 밖에 있다면, 기회가 되는 순간 최강진 검사를 바로 끄집어낼 수 있습니다."

CHAPTER 33

최수혁이 고개를 끄덕였다.

"알았어요. 검사님만 믿도록 하겠습니다."

희우는 그에게 인사를 하고 자리에서 일어섰다.

건물 밖으로 나온 희우는 작게 한숨을 내뱉었다. 최수혁은 벼랑 끝에 몰린 사람이었다. 지푸라기를 던졌으니 잡을 게 분명했다.

생각하던 희우는 바로 최강진에게 향했다.

최수혁과 최강진, 둘 사이는 부자지간이었다. 지금은 최강진이 최수혁과 연락을 하고 있지는 않다. 하지만 언젠가는 연락을 할 것이 분명했다. 그것이 오늘일 수도 있었고 내일일 수도 있었다. 일이 틀어지기 전에 방비는 처음부터 확실히 해 둬야 했다.

택시에 올라탄 희우는 전화기를 들고 최강진에게 연락을 취했다.

최강진이 힘없는 목소리로 전화를 받았다. 희우가 경기도로 발령을 받은 뒤 오늘의 통화가 처음이었다.

"김희우입니다."

―그래, 무슨 일이야? 경기도 생활은 할 만해?

그는 애써 담담한 척 희우의 전화를 받았다.

"지금 최수혁 PD님을 만나고 오는 길입니다."

―······!

최강진은 한동안 말이 없었다. 희우가 말을 이었다.

"지금 찾아뵙겠습니다."

지금 최강진이 희우의 전화를 거부할 이유는 없었다.

잠시 후, 중앙 지검에 도착한 희우는 지검 앞 커피숍으로 향했다. 이곳에서 최강진과 만나기로 약속했기 때문이다. 안으로 들어가자 최강진이 먼저 나와 희우를 기다리고 있었다.

최강진의 얼굴은 몹시 초췌했다. 멀끔했던 모습은 보이지 않았다. 희우가 그의 앞에 앉았다.

잠시의 인사말도 없었다. 최강진이 바로 물었다.

"아버지를 만나서 무슨 이야기를 했지?"

희우 역시 그의 질문에 바로 대답했다.

"지금 제가 느끼기에 최강진 검사님은 정치계의 희생양이 됐다고 판단했습니다."

권력자의 비리가 터진 직후 최강진의 사건이 터졌다. 최강진도 당연히 그렇게 생각하고 있었다.

그가 고개를 끄덕이자 희우가 말을 이었다.

"그래서 PD님을 만나 정계의 비리를 시사 프로그램에 넣어 달라고 요청했습니다."

최강진이 고개를 저었다.

"어려울 거야. 방송가에도 힘이 미치는 사람들이니까."

"네, 같은 말씀을 하셨습니다. 그래서 인터넷 방송에 대한 걸 준비한다고 하셨습니다. 요즘 인터넷으로 동영상 많이 보지 않습니까? 파급력이 클 거라고 생각합니다."

희우는 솔직하게 모든 이야기를 전했다. 최강진이 최수혁과 연락을 해도 희우에 대한 의심을 품지 못하게 하려는 거다.

희우는 지금 눈빛으로 이야기하고 있었다.

난 널 돕고 있다. 그러니까 믿어라.

그리고 또 하나. 너희의 앞에 있는 지푸라기를 잡아라! 지푸라기를 잡고 그 끝에 달려 있는 사람들까지 같이 끌어내려라!

희우의 말에 최강진이 작은 한숨을 내쉬며 말했다.

"쓸데없는 짓이야."

"힘을 내셔야 합니다. 장일현 검사님이 들어간 상태에서 최강진 검사님까지 빠진다면 김석훈 지검장님의 옆에는 아무도 없습니다."

이 말을 끝으로 두 사람은 아무 말이 없었다. 하지만 생각은 달랐다.

최강진은 희우의 말을 들으며 생각했다. 김석훈 검사의 옆에는 자신밖에 없으니 조금만 버틴다면 어떻게든 힘을 써 주지 않을까 하는 기대감이었다. 그리고 버티기 위해서는 인터넷 방송인지 뭔지 유치한 짓까지 가리지 말고 해 보자는 생각을 가졌다.

희우는 최강진의 얼굴을 보며 마지막까지 발버둥 치라는 생각을 하고 있었다.

최강진이 자리에서 일어서며 희우에게 말했다.

"그래, 그럼 먼저 들어간다."

뚜벅뚜벅 커피숍을 벗어나는 최강진의 뒷모습을 보던 희우의 입가에 슬쩍 미소가 떠올랐다.

그리고 최강진이 떠난 후 희우는 바로 민수에게 전화를 걸었다. 곧바로 민수가 커피숍으로 나타났다.

"넌 일 안 하냐? 맨날 여기 와 있어, 흘흘흘."

그는 기분 좋게 웃으며 희우의 앞에 앉았다. 희우가 물었다.

"그때 말씀드렸던 시민 단체는 만나 보셨나요?"

"당연하지. 모든 준비는 끝났다고 했다."

그의 말을 들으며 희우는 조용히 웃었다.

조태섭이 빠져나가려고 한다면 더 큰 함정을 파면 된다.

그 시각, 검은색 고급 승용차가 도로 위를 미끄러지듯 달리고 있었다. 바로 국회로 향하고 있는 조태섭의 차량이었다.

조태섭이 말했다.

"그래, 황진용이 주변은 알아봤어?"

그의 말에 앞에 앉아 있던 한지현이 답했다.

"네, 계속 주시하고 있습니다. 하지만 지금 특별히 만나고 있는 사람은 없는 것 같습니다."

당연했다. 청문회가 터지고 난 후 희우는 황진용과 만나기는커녕 연락조차 하지 않았다.

조태섭의 미간이 찌푸려졌다. 그가 말을 이었다.

"당연히 황진용이는 조심하고 있겠지. 황진용이 말고 그 주변에 친한 기자들 있잖아? 그쪽도 조사해 보도록 해."

"네, 알겠습니다."

조태섭이 의자에 파묻히듯 등을 기댔다.

차창 밖을 바라보는 조태섭의 눈에는 야망이 불타고 있었다.

이번 사건은 황진용과의 싸움이었다. 황진용의 공격을 조태섭이 막아낸다면? 조태섭이 살려 준 모든 사람들이 자신의 편에 서게 된다. 조태섭은 이번 일로 자신이 꿈꾸는 희대의 권력자가 될지도 모른다고 생각했다.

그리고 조태섭은 또 생각했다.

대한민국이 강력한 힘을 갖게 되고 세계의 중심으로 우뚝 서기 위해서는, 세상을 끌어안을 수 있는 누군가가 필요하다고!

그리고 그건 그 누구도 아닌 바로 자신이라고!

조태섭의 눈이 하늘을 바라봤다.

그리고 묘한 미소를 지으며 한지현에게 말했다.

"하늘이 맑구나."

그 말과 함께 조태섭은 차량의 유리창을 내렸다. 상쾌한 공기가 차 안으로 들어왔다.

그렇게 기분 좋은 공기를 느끼던 조태섭의 미간이 찌푸려졌다. 그의 귀에 어떤 소리가 들려왔다. 그가 한지현에게 말했다.

"차 돌려서 저쪽으로 가 봐."

"네, 알겠습니다."

한지현은 대답을 하고 바로 운전사에게 말을 이었다.

"차 돌리십시오."

국회의사당으로 들어가려던 차량은 방향을 돌렸다.

조태섭이 들은 건 시위를 하는 소리였다. 국회의사당과 여의도 광장이 있어 데모나 시위가 빈번하게 이루어지는 곳이었다. 그게 아니더라도 많은 회사의 건물이 모여 있어서 노조의 시위 역시 심심치 않게 일어나는 곳이었다. 그리고 지금 소리가 들려오는 곳은 미래자동차 현장 직원들의 데모가 이루어지고 있는 광장이었다.

한데 모여서 피켓을 들고 시위를 하는 수백 명의 사람들, 그들은 미래자동차 노조였다.

미래자동차는 사장 전일보의 구속이 확정되며 대대적인 압수수색을 받게 되었다. 세계의 경제가 좋지 않은 상황에서 사장까지 구속되니 주가는 곤두박질쳤고, 어려워진 회사의 자금 상태는 회복될 기미가 보이지 않았다.

결국 미래그룹 이사회는 미래자동차를 매각하기로 결정했다. 몇 개의 회사가 관심을 보였고, 그 회사들의 요구 사항은 모두 인원 감축이었다. 그 이유로 생계가 달린 직원들이 나와서 시위를 하는 중이었다.

차량이 시위대의 앞에 정차했다.

몹시 흥분한 표정으로 시위를 진행하고 있는 노조원들의 얼굴이 조태섭의 눈에 들어왔다. 조태섭이 한지현에게 말했다.

"차 문 열도록 하게."

"의원님, 위험합니다. 지금 시위대는 흥분 상태입니다."

"괜찮으니까 열도록 해."

한지현은 대답하지 않았다.

시위대는 단순히 깃발만 가지고 있는 게 아니었다. 쇠 파이프와 야구 방망이, 자칫 사고로 이어질 수도 있는 상황이었다. 하지만 조태섭은 상관하지 않았다.

한지현의 만류에도 불구하고 조태섭은 차 문을 열고 밖으로 내렸다.

노래를 부르며 농성을 하고 있던 시위대는 조태섭이 나타나자 순식간에 조용해졌다. 조태섭을 모르는 사람은 아무도 없었다. 그들의 눈이 조태섭을 훑었다.

조태섭은 그들을 향해 허리를 숙였다. 머리를 조아렸다. 그리고 말했다.

"날 욕하십시오!"

그 한마디에 시위대는 분노했다.

왜 조태섭에게 분노했는지 그들도 알지 못했다. 단순히 정치인이기 때문에? 그것도 거대 권력을 가진 정치인이라? 그런 사람이 세상을 이렇게 만들어 놔서? 거센 욕설이 터져 나왔다.

조태섭이 허리를 세웠다. 그리고 크게 말했다.

"더 욕하십시오! 그렇게 해서 여러분의 목소리가 국회까지 들리겠습니까?"

"야이! 개×끼야!"

"저, 씨×놈이!"

"뒈져! 이 × 같은 새끼야!"

소란스러워졌다.

노래를 부르고 있던 그들의 목소리가 아니었다. 분노한 군중이었다.

조태섭의 한마디가 그들을 짐승으로 만들어 버렸다.

그리고 누군가 욕을 하며 손에 들고 있던 쇠 파이프를 던졌다. 그 쇠 파이프는 정확히 조태섭을 향해 날아왔고, 조태섭도 그것을 봤다.

하지만 조태섭은 피하지 않았다. 더욱 허리를 세우고 의연하게, 날아오는 쇠 파이프를 보고 있을 뿐이었다.

떠어억!

쇠 파이프가 그의 이마를 쳤고.

땡그랑.

쇠 파이프가 아스팔트 위로 떨어지는 소리가 가볍게 들렸다.

주르륵.

피가 흘렀다. 그의 하얀 와이셔츠에 핏방울이 떨어졌다.

한지현이 놀라서 나와 조태섭에게 달려갔다. 하지만 조태섭은 손을 들어 그녀를 제지했다.

조용해졌다.

데구루루루.

땅에 떨어진 쇠 파이프가 굴러가는 소리만 들릴 뿐이었다.

조태섭의 시선이 잠시 쇠 파이프를 향했다. 그리고 그는 그들을 향해 한 발자국 나섰다.

그가 앞으로 가자 수백의 시위대가 동시에 뒤로 물러났다. 단 한 사람의 몸에서 나오는 기백을 감당하기가 어려웠다. 과격 시위대라고 불리는 그들이었지만 피를 흘리며 다가서는 조태섭은 더 과격해 보였다.

그들이 밀리는 걸 본 조태섭이 다시 시위대에게 외쳤다.

"더 욕하십시오! 세상이 듣도록! 그래서 알리세요! 지금 뭐 하는 거냐고!"

마이크를 사용하지도 않았건만 그의 목소리는 가장 뒤에 있는 사람에게까지 또렷이 들렸다.

조태섭의 시선이 조용히 시위대를 훑었다. 그들은 조태섭과 눈을 마주칠 때마다 움찔거렸다.

조태섭은 이마에서 흐르는 피를 닦지 않았다. 그저 떨어지도록 놔뒀다.

조태섭의 시선이 땅에 멈춰져 있는 쇠 파이프로 향했다. 허리를 숙여 쇠 파이프를 쥔 조태섭이 자신의 이마를 때린 쇠 파이프를 보며 말했다.

"지금은 선거철이 아닙니다."

"……."

"여러분 앞에 나서 주는 국회의원은 없습니다."

"……."

"슬프지만 그게 현실입니다."

조태섭이 다시 뚜벅뚜벅 그들을 향해 걸어갔다.

피를 흘리면서 쇠 파이프를 들고 군중 앞으로 걸어가는 그 모습은 흡사 악귀와 같았다. 시위대뿐만 아니라 그곳에 있는 모든 사람이 똑같이 느꼈다. 이제 시위대는 그를 피할 생각도 하지 않았다. 그저 두려워할 뿐이었다.

조태섭이 시위대 앞에 섰다. 그리고 한 사람을 향해 다시 걸었다. 그는 조태섭에게 쇠 파이프를 던진 사람이었다.

그의 앞에 선 조태섭이 허리를 숙이며 말했다.

"죄송합니다. 제가 다 죄송합니다. 조금 더 여러분을 생각하고 힘써야 하는데, 말로만 이렇게 떠들고 살아왔습니다."

다시 허리를 편 조태섭이 사내의 손에 쇠 파이프를 건넸다. 그리고 다시 모두가 들을 수 있도록 큰 소리로 외쳤다.

"쇠 파이프를 던질 겁니까? 국가를 상대로 싸울 겁니까? 다들 아시지 않습니까? 그렇게 한다고 해도 답은 없습니다! 하지만!"

'하지만'이라는 말을 하고 잠시 호흡을 멈춘 조태섭이 느릿한 목소리로 말을 이었다.

"절 믿어 주신다면 최대한으로 해내겠습니다. 여러분이 지금 할 일은 이곳에서 시위를 하는 게 아닙니다! 잠시 휴가 기간이라고 생각을 하시고 가족과 함께 보내고 계십시오. 나머지는 제가 해결하겠습니다!"

그의 말에 시위대의 대장으로 보이는 사람이 조태섭의 앞으로 걸어 나왔다. 조태섭을 향해 가볍게 묵례를 한 그가 말했다.

"죄송합니다. 조태섭 의원님이라고 하더라도, 저희는 국회의원을 믿을 수가 없습니다. 어떤 약속이라도 해 주시지 않으면 이번에는 생산 공장으로 갈 수밖에 없습니다."

조태섭은 가만히 그의 눈을 들여다봤다. 그리고 말했다.

"제가 어떤 약속을 하면, 그러면 해결됩니까? 그럼, 집으로 돌아가실 겁니까?"

남자는 고개를 저었다.

"아뇨, 의원님만 믿고 있을 수도 없습니다. 우리는 항상 그렇게 당해 왔으니까요."

조태섭의 입에 비릿한 미소가 걸렸다.

"거짓말."

"……!"

"다 거짓말."

"……무슨 소리를 하시는 겁니까?"

"거짓말하지 마세요. 당해 온 게 아닙니다. 그렇게 살아온 거지. 지금 껏 아무 준비도 하지 않고 있었으니 당한 겁니다!"

오히려 윽박지르는 조태섭의 외침에 시위대의 눈에는 다시 분노가 떠오르기 시작했다. 잠시 조태섭의 기세에 밀렸던 그들의 눈빛이 분노의 힘으로 다시 꿈틀거렸다.

조태섭이 말했다.

"내 말이 틀렸나요? 평생 회사가 여러분의 안식처가 되어 줄 거라고 믿어 왔습니까? 그것도 아니잖아요!"

"지금 그딴 말을 하려고 왔습니까?"

"아니요. 그렇게 살아왔으니까 한 번 더 믿으라는 겁니다. 믿지 못하겠다면 지금 보여 드리지요."

조태섭이 한지현에게 손을 내밀었다.

"방송국 사장에게 전화 넣어."

그녀는 말없이 핸드폰을 꺼내 번호를 눌렀다. 그리고 통화 연결음이 이어지는 핸드폰을 귀에 대었다. 상대 쪽에서 전화를 받자 그녀가 말했다.

"잠시만 기다리십시오."

그리고 조태섭의 손에 전화를 건넸다.

전화를 받은 조태섭은 단 한마디만 했다.

"지금 당장 여의도 광장에 기자들 부르세요. 여기에 미래자동차에서 해고당할 위치에 있는 분들이 계십니다. 약한 사람을 도와야죠. 그게 매체가 해야 할 일이 아니겠습니까?"

조태섭은 그 말을 끝으로 전화를 끊었다. 그리고 시위대 전체에게 들릴 목소리로 크게 말했다.

"지금부터 제가 여러분을 돕겠습니다!"

시위대는 눈만 껌뻑거리고 있을 뿐이었다.

지금 상황이 어떻게 된 것인지 그들은 인지하지 못했다. 몇 날 며칠을 이곳에서 시위했지만 방송국은커녕 신문기자도 보지 못했다.

하지만 조태섭이 그들을 불렀다.

정말 올까? 국회의원이 불렀다고 바로 올까?

왔다.

정말 잠깐의 시간이었다.

방송국 차량이 시위대 앞에 섰다. 그리고 분주히 영상을 담아내기 시작했다.

시위대의 눈은 모두 조태섭에게 향해 있었다. 분노가 가득 찬 그런 눈빛이 아니었다. 그들의 눈에는 존경이 가득했다.

조태섭이 앞에 있는 남자에게 말했다.

"무슨 일이 있으면 제게 연락하십시오. 최대한 돕도록 하겠습니다. 단!"

'단'이라는 말 이후에 조태섭은 말을 끌었다. 그리고 차가운 눈빛으로 남자를 훑으며 천천히 입을 열었다.

"억지를 부리는 건 안 됩니다. 회사도 회사의 입장이 있고 여러분도 여러분의 입장이 있습니다. 서로가 절충해서 최대한의 이득을 이끌어 낼 수 있도록 하십시오."

남자는 대답하지 않았다. 억지를 부리지 말라는 건 쉬운 일이 아니었다. 회사 측도 분명 말도 안 되는 억지를 부릴 게 당연했으니까.

조태섭이 말을 이었다.

"여러분이 타당한 의견을 낸다면 저는 최선을 다해서 도울 겁니다."

시위대의 남자가 조태섭에게 허리를 숙였다.

"그럼 믿겠습니다."

"믿으세요. 보지 않았습니까? 나는 말로 상대를 설득하는 사람이 아닙니다."

"······."

"지금 나와 대화를 하면서 느꼈겠지만, 난 말을 잘 못해요. 다른 국회의원들은 세 치 혀로 잘만 살고 있는데 난 그게 안 돼."

남자는 아무 말 하지 않았다. 그저 조태섭의 다음 말을 기다릴 뿐이었다. 조태섭이 말을 이었다.

"그래서 난 행동으로 보여 줍니다. 지금 방송국을 불렀습니다. 그리고 앞으로는 여러분을 돕겠다고 했습니다. 물론 원활한 방법으로요."

남자가 다시 한번 고개를 숙였다.

"감사합니다."

그가 느끼기에도 조태섭의 말은 맞았다. 그는 말로 하는 사람이 아니라 행동으로 보여 주고 있었다.

말로는 벌써 몇 번을 당했나? 하지만 행동으로 직접 보여 주는 사람은 만나 본 적이 없었다. 그 행동을 조태섭은 보여 주고 있었다.

그의 말을 들으며 조태섭은 고개를 끄덕였다. 그리고 한지현에게 말했다.

"연락처 드리도록 해요."

"네, 알겠습니다."

조태섭의 눈이 다시 남자를 바라봤다.

"연락하십시오."

남자는 그저 감사하다는 말만 했다.

그의 말을 뒤로하고 조태섭은 다시 차량에 올랐다.

그가 타고 있는 자동차가 여의도 공원을 빠져나갈 때 사람들은 조태섭의 이름을 연호했다.

한지현이 조태섭에게 물었다.

"병원으로 갈까요?"

"아니야, 국회로 가. 이마는 살짝 찢어졌을 뿐이야. 손수건이나 줘."

그녀가 손수건을 건네자 조태섭은 자신의 이마에 흐르는 피를 닦았다.

한지현이 말했다.

"갈아입으실 옷 준비하겠습니다."

"그래."

지금 조태섭이 시위대의 앞에 나선 이유는 간단했다.

저들이 화를 참지 못하고 생산 공장까지 진입할 경우 막대한 손실이 날 것은 자명한 일이었다. 자동차는 국가의 주요 수출품 중 하나였다. 하지만 지금 사장이 구속되고 수출의 어려움까지 겪고 있는 상황이었다. 이런 상황에 생산공정까지 멈추게 할 수는 없었다. 생산공정이 멈추고 시위대가 들어가 파업이 장기화된다면 국가 경제의 막대한 손실은 당연한 결과였다.

하지만 일을 처리한 조태섭의 표정은 좋지 않았다.

그는 물끄러미 차창 밖을 바라봤다.

"뭔가 찜찜해."

한지현이 물었다.

"불편하신 곳이 있으십니까?"

"아니야."

그는 불안한지 손가락을 까딱거렸다. 그리고 주먹을 꽉 쥐었다.

"한 실장, 검찰총장한테 전화 연결해."

"네, 알겠습니다."

검찰총장에게 전화를 거는 한지현. 상대가 전화를 받자 조태섭에게 건넸다. 조태섭이 그에게 말했다.

"그 프로덕션인가 하는 곳 있지 않은가? 중앙 지검 최 검사 아비가 한다는 곳."

-네, 최수혁 프로덕션이라고 있습니다. 의원님이 성 상납 비리 조사 잠시 중단하라고 하셔서 대기하는 중입니다.

"오늘부로 간판을 내렸으면 좋겠어."

-알겠습니다.

그의 대답을 들으며 전화를 끊은 조태섭의 입에 만족스러운 미소가 떠올랐다. 찜찜했던 이유가 있었다. 최수혁 프로덕션은 방송을 만들 수 있는 곳이다. 방송국은 장악했지만 어떻게 퍼질지는 장담할 수 없었다. 작은 하나까지 조심을 하지 않으면 언제든 끌어내려질 수 있는 정상의 자리였다.

그의 입에 흐뭇한 미소가 걸리며 차량은 국회로 들어갔다.

차량이 서자 한지현이 내려 조태섭의 문을 열었다. 조태섭이 내려서 국회를 향해 걸어 나갔다.

한지현이 조태섭의 옆에 섰다. 조태섭이 말했다.

"여야 대표들 내 앞으로 오라고 해. 기자들은 치우고."

"네."

그녀는 조태섭에게 고개를 숙여 예를 갖춘 후 서둘러 먼저 건물 안으로 들어갔다.

조태섭은 주변을 둘러봤다. 아직 낮에는 더운 바람이 불어왔지만 밤에는 날씨가 쌀쌀해지는 환절기였다. 가을이 성큼 다가왔다는 것을 느낄 수 있었다.

그의 눈에 국회 앞의 조경수들이 보였다. 바람에 잎사귀를 흔드는 나무를 보며 그의 눈이 차가워졌다.

불어오는 바람이 심상치 않았다. 흔들리는 나뭇잎이 마치 황진용이 터뜨린 스캔들에 휘청이고 있는 정관계 인사들같이 느껴졌다. 조태섭의 눈살이 찌푸려졌다. 지금의 바람은 막아 내고 있지만 그게 전부가 아니라는 느낌이 계속해서 강하게 들었다. 불길했다. 자꾸만 그 뒤에 숨어 있을 거대한 태풍이 다가온다고 생각되었다.

잠시 풍경을 바라보던 조태섭이 이번에는 하늘을 바라봤다.

아찔할 정도로 푸른 하늘이 펼쳐져 있었다.

조태섭의 손이 하늘을 향했다. 그리고 손바닥을 쫙 펼쳐 보였다.

잠시 하늘을 향한 손바닥을 바라보던 그가 고개를 저었다. 조태섭의 표정은 심각할 정도로 굳어졌다.

그는 그렇게 굳은 표정을 지우지 않은 채 국회 안으로 들어갔다.

그가 향하는 곳은 소회의실이었다. 안으로 들어가자 여야의 각 당 대표가 먼저 와서 기다리고 있었다. 조태섭의 등장에 그들은 자리에서 일어서서 허리를 숙였다. 조태섭이 말했다.

"아, 앉아 있어."

스무 명 정도가 앉을 수 있는 긴 테이블.

조태섭은 당연한 표정으로 중앙의 상석에 가 앉았다. 그는 말없이 모여 있는 당 대표들을 바라봤다. 그리고 천천히 입을 열었다.

"오랜만에 손을 잡아야겠지?"

"……."

"황진용이 덕에 나라가 시끄러워졌어."

"……."

당 대표들은 대답하지 않고 서로의 눈치만 봤다. 그럴 수밖에 없는 게, 자기들 당의 사람들이 그 명단에 대거 들어가 있으니 어떤 행동도 쉽게 할 수 없었다. 그들을 바라보던 조태섭이 말했다.

"얘기는 들었을 걸세. 내가 일단 국민들의 눈을 다른 쪽으로 돌리고 있어요. 그런데 손바닥으로 하늘을 가릴 수는 없어."

"……."

"내가 건물에 들어오기 전에 해 봤거든. 날씨가 좋아서 손바닥으로 하늘을 가려 보려고 했네. 그런데 삐져나와. 하늘은 어떻게든 손가락 사이를 뚫고 내 눈에 보이고 있었어요."

조태섭이 잠시 말을 멈췄다. 그리고 그들의 눈을 바라봤다. 조태섭의 눈이 닿을 때마다 그들은 흠칫거렸다.

조태섭이 무겁게 입을 열었다.

"그럼 내가 당 대표들에게 질문을 하나 하지."

"……."

그들의 눈빛이 다시 조태섭을 향했다. 조태섭이 그들에게 말했다.

"손바닥으로 하늘을 가릴 수 있는 방법이 무엇이 있을까요?"

뜬금없는 질문이었다. 그들은 어리둥절한 표정으로 서로를 마주 봤다.

세상에 손바닥으로 하늘을 가릴 수 있는 방법이 무엇이 있을까? 생각해 봤지만 없었다.

그들이 대답을 못 하고 있자 조태섭은 한심한 듯 쯧쯧 혀를 찼다. 그리고 다시 한번 무겁게 입을 열었다.

"손바닥을 눈 바로 앞에 두고 가리면 되지 않는가? 그럼 하늘을 어떻게 봐요? 보고 싶어도 볼 수가 없지."

조태섭의 말을 들었지만 그들은 여전히 이해를 하지 못한 표정이었다.

조태섭이 답답하다는 표정으로 말했다.

"국민들이 지금 쓸데없는 것에 눈길을 주는 이유가 뭐겠어? 자기 발에 불이 안 떨어졌으니까 그런 거지. 세금을 대폭 올리는 법안을 만들어 기자들한테 흘리세요. 담뱃값 인상도 좋고 소주값도 좋아요. 뭐든 다 올리겠다고 말해요."

조태섭의 말을 듣고 있던 한 당의 대표가 조심스럽게 입을 열었다.

"국민들 반발이 심하지 않을까요?"

그의 말에.

꽝!

조태섭의 주먹이 테이블을 내리찍었다. 그리고 무서운 표정으로 그 대표를 노려봤다.

"이봐, 생각을 하고 살아. 누가 세금 올리래? 소문만 흘리라고 했잖아. 이번 사건은 연예인 신변잡기로 가리고 있을 수 없어. 대통령 선거가 코앞이야. 이미 레임덕 현상은 지나칠 정도로 강해져 있어. 여기서 황진용이가 퍼뜨린 소문 때문에 행정까지 마비되면 어떻게 될 것 같나?"

자세한 설명을 듣지 않아도 알 수 있었다. 그렇게 된다면 국가 정지 상태가 될 가능성이 높았다.

조태섭이 말을 이었다.

"국민들의 관심사를 생계로 바꿔. 그러면 지금 자네 아래에 있는 사람들은 알아서 잊힐 거야."

"네……."

그들의 목소리는 기어들어 갔다.

조태섭이 다시 한번 그들을 한심하게 바라보며 말했다.

"그리고 이번에 걸려들어 간 놈들 다음 공천에 넣지 마. 흠집은 가지고 가는 게 아니야. 어차피 새 정부가 들어서는 김에 정치권도 물갈이를 하자고."

"알겠습니다."

그들의 표정을 보며 조태섭은 앞에 놓인 차가운 물을 들어 마셨다.

희우는 아직 민수와 대화를 나누고 있었다. 그때, 희우의 전화가 울렸다. 구승혁이었다.

-최수혁 프로덕션 오늘 턴다.

"……!"

-명령 떨어졌어.

희우의 미간이 찌푸려졌다. 그의 입에서 깊은 한숨이 흘렀다.

민수가 물었다.

"왜 그래? 무슨 전화야?"

희우는 말없이 고개를 저었다.

조태섭은 확실히 쉽지 않은 사냥감이었다. 희우의 계획이 또다시 막혀 버렸다. 수사의 속도는 상당히 빨랐다. 생각했던 것 이상이었다. 압수수색과 동시에 최수혁 PD에 대한 구속 수사에 들어갔다. 최강진 역시 구속수사가 되어 버렸다.

희우는 어이없다는 표정으로 고개를 저었다. 그리고 힘겹게 집으로 돌아갔다. 사무실로 사용하던 방의 의자에 앉아 텔레비전을 켰다.

뉴스에서 흘러나오는 소식에 희우는 그만 헛웃음까지 터뜨렸다. 세금으로 시작해서 전기세, 수도세 그리고 담뱃값에 소주값까지 오를지 모른다는 뉴스가 터져 나왔다.

완벽하게 막아 버렸다. 희우가 생각하고 계획했던 모든 게 단 한순간에 막혀 버렸다.

희우는 자리에서 일어섰다. 그리고 거실을 서성거렸다.

쉽지 않은 상대란 건 알고 있었다. 하지만 그 이상이었다. 상대는 강했다. 인정해야 했다.

만약 희우 자신이 전면에 나서서 일을 했다면? 생각만 해도 오싹했다. 아마도 순식간에 세상에서 지워졌을 것이다. 아직은 조태섭에게 싸움을 걸기에는 너무도 미약한 힘이었다.

하지만 이렇게 당하고만 있을 수는 없었다. 희우가 힘을 기르고 있는 동안에 상대도 가만히 있지 않는다. 그가 기른 힘 이상으로 조태섭은 강해져 있을 것이다.

가볍게 한숨을 내쉰 희우는 다시 책상에 앉았다.

그가 전화기를 들었다. 전화가 향하는 곳은 상만이었다. 전화벨이 이어지며 상만이 받았다. 희우가 말했다.

"강영범 사장님 좀 만나자."

희우는 나갈 채비를 하고 밖으로 나섰다. 밤이 되며 바깥바람이 쌀쌀해졌다.

당했으면 갚아 줘야 했다. 그것이 상대의 힘을 조금이나마 막아 두는 방법이었다.

희우는 택시를 타고 강영범의 사무실로 향했다. 그가 택시에서 내리자 그 앞에 상만이 기다리고 있었다. 희우가 물었다.

"안에 계셔?"

"네. 그런데 갑자기 왜요?"

"이것저것 물어볼 게 있어서."

희우는 안으로 들어갔다. 그가 안으로 향하자 강영범이 크게 반겼다.

"하하하, 이리 앉으세요."

소파에 앉아 앞에 놓인 종이컵에 담긴 커피를 마셨다. 그리고 희우가 물었다.

"아파트 처분은 어느 정도 진행되셨나요?"

"이제 반 정도 팔았습니다. 하지만 남은 것도 곧 처분할 계획입니다."

희우가 말했다.

"제가 그 남은 아파트 모두 제값 주고 사겠습니다."

"……!"

강영범의 눈에 의심의 눈빛이 끼었다. 어서 정리하라고 할 때는 언제고 지금에 와서 팔라고 하는 수작이 이상하게 느껴졌다.

그가 알기로 희우는 검사가 아니라 투자자 쪽에 가까웠다. 그렇다면 이 모두가 자신을 속인 것인가? 아니, 그렇게 생각하기에도 어폐가 있었다. 자신을 속였다면 이렇게 당당할 수 없었다.

그의 마음을 알아챈 희우가 말을 이었다.

"말씀을 드릴 수는 없지만 사장님의 아파트를 노리고 있는 끄나풀이 누군지 알게 되었습니다. 그쪽에 비싼 값으로 팔고 싶어서 그럽니다."

"왜요?"

"당하고만 있으면 기분이 좋지 않지 않습니까?"

강영범이 고개를 끄덕였다. 희우가 말을 이었다.

"처음에는 강영범 사장님 명의로 일을 진행하려고 했지만 강영범 사장님은 이미 노출이 된 상태입니다. 일을 쉽게 하려면 저들이 아직 파악하지 못한 사람으로 해야 하지 않을까요?"

"그게 검사님입니까?"

"아니요."

희우는 고개를 저었다. 그리고 상만을 바라봤다.

멍하니 앉아 있던 상만이 깜짝 놀랐다. 그리고 손가락으로 자신을 가리키며 되물었다.

"저요?"

희우가 고개를 끄덕였다. 상만이 어색하게 웃었다.

한참을 웃던 강영범이 웃음을 멈추고 입을 열었다.

"그럼 이렇게 하죠. 저는 투자자입니다. 아시겠지만 투자자는 의심이 많지요. 단 1원도 잃기 싫어하니까요."

"네, 말씀하십시오."

"장부를 두 개를 만듭시다. 제가 상만이의 이름으로 제 아파트를 모두 넘기겠습니다. 나오는 세금도 모두 제가 충당하죠. 단, 아파트의 실질적인 명의는 제 것입니다."

희우가 고개를 끄덕였다.

"좋습니다. 저도 그렇게 할 생각을 하고 있었습니다."

강영범이 말을 이었다.

"공자 앞에서 문자 쓰는 것 같지만 명의가 겹쳐 있는 게 걸린다면 부동산 실권리자 명의 등기에 관한 법률 위반으로 저는 물론 이 친구도 처벌의 대상이 될 수 있습니다."

"네, 알고 있습니다."

희우는 가볍게 대답했다.

그렇게 강영범이 가진 부동산은 모두 상만에게 넘어갔다. 상만이 크게 웃었다.

"그거 아세요? 지금 여기서 제가 제일 부자입니다, 하하하."

상만은 지금 희우의 재산과 강영범의 재산을 모두 가지고 있는 거대 부호였다. 물론 그가 마음대로 가지고 갈 수 있는 건 없었다.

상만이 웃고 있을 때 희우가 강영범에게 말했다.

"그때 말씀드렸던 송파 재개발 조합장님은 언제쯤 만날 수 있을까요?"

잠시 생각을 하던 강영범이 말했다.

"이번 주말은 시간이 어떠신가요?"

"전 좋습니다."

"그럼 주말에 이 사무실에서 만날 수 있도록 준비해 두겠습니다."

희우는 상만과 함께 강영범의 사무실에서 빠져나왔다.

거리를 걸으며 희우가 상만에게 말했다.

"현금 보유량을 최대한으로 만들어 둬."

"네?"

"송파 재개발 주택들 싹 긁어모을 거니까."

상만의 표정이 굳어졌다. 그리고 어색하게 웃으며 희우에게 말했다.

"그거 좀 위험한 것 같지 않으세요?"

"위험하지."

"위험하면 피해 가야죠."

희우가 상만의 눈을 바라봤다. 그리고 조용히 말했다.

"하이 리스크 하이 리턴. 투자의 기본이야."

미국발 금융 위기가 점점 다가오고 있었다. 그건 경제에 관심이 없는 사람들도 몸으로 느끼고 있는 중이었다. 살기가 팍팍해졌고 치솟던 아파트값이 주춤하고 있었다. 부동산이 멈춰 버리면 경제는 무너진다. 그것은 진리였다.

그런데 이 시기에 희우는 송파 재개발 주택을 싹쓸이할 것이라는 말을 했다. 상만이 말리는 것도 무리가 아니었다. 하지만 희우는 과감히 집어넣기로 결심했다.

조태섭을 궁지에 몰면 어떤 과한 반응이 나올 것인지 예상하고 있었다. 그리고 그 과한 반응을 꼬투리 잡아 조태섭의 목까지 물어뜯을 계획이었다. 하지만 그 방식은 실패했다. 그렇다면 계획대로 조태섭의 성벽을 하나씩 무너뜨리는 것이 최선이었다.

상만이 대답했다.

"네, 알겠습니다. 제가 어디 힘이 있나요? 까라면 까야죠."

말은 그렇게 했지만 상만은 희우에 대한 강한 믿음을 가지고 있었다.

다음 날, 경기도 지청에 들어간 희우는 직원들과 인사를 한 후 자리에 앉아 앞에 있는 자료를 빠르게 처리했다.

핸드폰을 확인했지만 기다리던 전화는 오지 않고 있다.

어제 최강진까지 구속되었다. 그렇다면 이제 김석훈에게 남은 사람은 없었다. 그 생각과 함께 사무실에 요란한 전화기 소리가 울렸다.

사무관이 전화를 받았다. 그리고 그의 시선이 희우를 향했다.

희우는 대답하지 않고 자리에서 일어나 짐을 꾸렸다. 그가 받은 전화가 어떤 내용일지는 듣지 않아도 뻔했다. 수사관이 입을 열었다.

"중앙 지검으로 발령 났다고 합니다."

그의 말에 희우가 싱그럽게 웃었다.

잠깐 와서 앉았다 갈 생각이었기에 책상 위에 짐은 많지 않았다. 희우가 책상에서 일어나 두 명의 직원에게 고개 숙여 인사했다.

"그동안 저 때문에 고생하신 것 알고 있습니다. 이제 본업으로 돌아가셔서 열심히 일하시기를 바랍니다."

희우의 말에 수사관의 얼굴이 붉어졌다. 그가 물었다.

"알고 계셨습니까?"

"네, 티 많이 났습니다."

웃음과 함께 희우는 가방을 어깨에 걸치고 책상을 빠져나왔다. 그러면서 그들에게 말했다.

"마찬가지겠지만 저도 악감정은 없었습니다."

그 말에 수사관이 머리를 긁적이며 말했다.

"저도 검사님께 악감정은 없었습니다. 우리 직업이, 시키면 해야 하니까요."

그렇게 희우는 짧은 경기도 생활을 끝냈다.

중앙 지검에 도착한 희우는 바로 김석훈 지검장실로 향했다. 문을 열고 들어간 희우가 그를 향해 90도로 인사했다.

"그래, 그동안 고생 많았다. 어서 와서 앉아."

"네, 알겠습니다."

희우는 그가 권한 자리로 가서 앉았다.

희우가 앉아 김석훈을 바라봤다. 김석훈은 커피 머신에서 커피를 내리고 있었다. 고급스러운 커피 잔에 쪼르르륵 커피가 따라졌다.

김석훈이 커피를 들고 희우의 앞으로 걸어와 테이블 위에 올렸다.

"뉴스 봤지?"

"네, 봤습니다."

"최강진이 끌려갔어. 아마 형을 피하기는 어려울 것 같아. 여론이 그래."

김석훈은 다른 말을 하지 않았다. 여론도 그랬지만 정치권의 힘이 컸다. 최강진은 어디까지나 희생양이었다. 물론 그가 잘못을 한 것도 있지만 그는 죄 이상의 형벌을 받을 것이다.

희우가 잔을 들어 한 모금 마셨다. 김석훈이 말했다.

"희우야."

예전과 다르게 정감 어린 목소리였다.

"네."

희우가 대답했다.

"대검 가고 싶지 않아?"

"……!"

난데없이 대검이라니. 최근 들어 예상에서 벗어나는 일이 너무도 많이 일어나고 있었다. 그의 말에 희우는 그저 바라보는 것으로 대답을 대신했다. 김석훈이 말을 이었다.

"지금 내 옆에 믿을 만한 놈이 없어. 머리 굵은 놈들은 어떻게든 정치권에 이름 좀 집어넣으려고 기웃거리고 있고, 일현이와 강진이는 멍청한 짓을 해 버렸어."

"⋯⋯."

다정했던 그의 목소리가 다시 묵직하게 흘러나왔다. 그가 계속 말을 이었다.

"너는 평검사다. 아니지, 신입 검사야. 하지만 난 너를 웬만한 경력을 가진 검사 이상으로 생각하고 있다."

그 말은 사실이었다. 그렇지 않으면 일개 신입 검사가 이렇게 자유롭게 지검장실을 드나들 수는 없었다.

그가 입을 열었다.

"10월에 새로운 총장을 뽑을 거야."

"⋯⋯."

대검 이야기를 한 이유였다. 10월에 있을 새로운 총장의 선출, 그곳에 자신이 들어가고 싶다는 말이었다. 김석훈이 계속 말했다.

"남은 시간이 없어. 내가 짧게 중앙 지검을 맡고 있는 동안 불미스러운 일이 너무 많이 일어났어. 일현이 사건이야 장애인 사건으로 막아 냈지만 이번에는 강진이야. 그런데 이게 커. 왜 쓸데없이 배우하고 스캔들을 냈는지."

그의 입에서 혀 차는 소리가 들렸다. 희우는 여전히 가만히 앉아 그의 말을 듣고 있을 뿐이었다.

그가 말을 이었다.

"그래서 이번 사건을 뒤집을 만한 일이 필요해."

"제가 어떻게⋯⋯."

이전에도 김석훈이 사건을 만들어 보라고 했지만 만들지 않았던 희우다. 하지만 그는 다시 희우에게 말하고 있었다. 그만큼 그의 옆에는 믿을 만한 사람이 없었다. 김석훈이 말했다.

"사건 파일 몇 개 넘겨줄 테니까 알아서 키워 보도록. 소속은 공안3부로 가는데, 차장검사한테 이야기해 뒀으니까 별다른 터치는 없을 거야."

소속은 있는데 일은 배정받지 않는다. 지검장이 직접 사건 파일을 추려서 전해 준다. 그 뜻은 1인 팀을 꾸려 보라는 말과 같았다. 평검사에게 이런 대우는 그야말로 파격이었고, 지검장의 직계라는 이야기였다.

희우는 자리에서 벌떡 일어나서 그에게 고개를 숙였다.

"감사합니다! 열심히 해 보겠습니다!"

희우는 호들갑을 떤다는 소리를 들을 정도로 과하게 인사했다. 김석훈은 보지 못했다, 고개를 숙인 희우의 입가에 흐르는 잔인한 미소를.

희우가 일반적인 검사였다면 김석훈의 말에 인정을 받았다고 좋아하며 크게 감사할 것이다. 하지만 지금 희우의 머릿속은 엄청난 속도로 회전하고 있었다. 그리고 정말 김석훈에게 감사했다. 경기도 지청으로 발령을 보내서 개인적인 일을 처리할 수 있도록 도움을 주더니 자유롭게 시간을 쓸 수 있도록 도움을 주고 있다. 김석훈은 모르고 있었다, 희우의 이빨이 향하는 곳이 자신의 목덜미라는 것을.

희우는 그에게 인사를 하고 지검장실을 벗어났다. 그리고 공안3부로 향했다. 공안3부를 책임지고 있는 차장검사에게 희우가 인사했다.

"안녕하십니까?"

차장검사가 고개를 끄덕였다.

"그래, 지검장님한테 이야기 들었으니까 열심히 해 보도록 해. 자리는 저 자리가 좋겠어."

그가 가리킨 곳은 가장 구석에 있는 자리였다. 다른 검사들의 이동에 걸리적거리지 않고 혼자 움직이기에 최적의 자리였다.

희우는 자리에 앉아 김석훈이 건넨 사건 파일을 꺼내 들었다. 자리까지 만들어 줬으니 하는 척을 해야 했다.

서류를 확인하고 들춰 보던 희우는 하나의 파일을 꺼냈다. 횡령에 관한 내용이었다. 하지만 약했다.

희우는 서류를 잠시 바라보다가 컴퓨터의 전원을 켰다. 그리고 하나의 파일을 프린트한 후 다시 지검장실로 향했다. 나갔던 희우가 얼마 지나지도 않아 다시 돌아오자 김석훈이 의아한 눈으로 바라봤다. 희우가 고개 숙여 인사한 후 입을 열었다.

"지검장님이 주신 사건들은 지금 세상의 주목을 받기에는 약합니다."

김석훈이 고개를 끄덕였다. 그러면서 말했다.

"그래서 사건을 키워 보라고 한 거야."

작은 사건을 만져서 크게 키우는 것, 그게 김석훈이 희우를 부른 이유였다.

사건을 수사하고 죄인을 잡는 건 검사라면 가지고 있는 기본적인 능력이다. 하지만 사건을 부풀릴 수 있는 능력은 아무나 가지고 있지 않았다. 그러나 희우는 대학교 때 이미 대오성병원을 만졌었다. 그래서 김석훈은 희우를 기대하고 있었다.

김석훈이 소파를 가리켰다.

"앉아."

"네."

희우는 그가 가리킨 자리에 앉았다. 그리고 서류 봉투를 열어 그가 건넸던 사건 파일을 테이블 위에 주르륵 펼쳤다. 희우가 입을 열었다.

"국민들의 관심은 최강진 검사의 스캔들에 집중되어 있었습니다. 유혜린이라는 걸출한 여배우와의 사건은 자극적인 맛이 있습니다. 그리고 그 다음으로 국민들이 관심을 가지고 있던 것이 황진용 의원이 청문회 자리에서 터뜨린 사건입니다."

김석훈의 눈이 희우를 바라봤다. 그걸 몰라서 말하고 있느냐는 눈빛이었다. 희우가 계속 말을 이었다.

"그 모든 관심은 어제까지였습니다. 오늘부터는 국회에서 올리려고 하는 세금에 촉각을 곤두세우고 있습니다. 자신들의 생계에 직접적으로 관계가 있으니까요."

"그래, 그래서 지금 내가 준 사건을 키워서는 주목받을 수가 없다는 건가?"

"네."

김석훈이 사건을 만들고 싶어 하는 이유는 단 하나다. 지금 중앙 지검은 최강진의 스캔들로 주목받은 상태였다. 일전에는 장일현, 지금은 최강진. 연이어 터진 사건은 모두 김석훈이 나아가야 할 길에 걸림돌이 되고 있었다. 그리고 지검장으로 있는 상태에서 두 명의 검사가 연이어 죄수복을 입었다는 것은 오명을 피할 수 없는 일이었다.

그래서 김석훈에게는 돌파구가 필요했다. 이럴 때 도움을 줄 수 있는 사람이 희우였다. 장일현 때는 장애인 사건으로 돌파구를 마련해 줬고 이번 최강진의 일도 그러기를 바라고 있었다.

희우가 말했다.

"제가 잘은 모르지만 가설을 하나 세워 봤습니다."

"가설?"

"네."

희우가 김석훈을 바라봤다. 그리고 천천히 입을 열었다.

"정치권에서, 청문회에서 터진 비리를 덮기 위해 최강진 검사를 이용한 게 아닐까요?"

김석훈은 대답하지 않았다. 조태섭이 뒤에 있다는 것을 알고 있었지만, 그런 이야기까지 희우에게 하고 싶지 않았던 거다.

희우가 다시 입을 열었다.

"그리고 지금의 세금에 대한 일도 정치권의 공작이라고 생각합니다."

이것 역시 김석훈이 알고 있던 거다. 하지만 이번에도 대답하지 않았고, 희우가 말을 이었다.

"어제 뉴스를 보면서 그런 생각을 했습니다. 사람들은 생계가 걸린 일을 건들면 다른 걸 보지 못한다는 생각요."

"그래서 하고 싶은 말은?"

"우리가 국민들의 생계에 관련된 것을 해소해 주면 어떨까요?"

"생계에 관련된 것을 해소해 준다?"

"네."

"말해 봐."

희우는 잠시 말을 멈췄다. 그리고 김석훈의 눈동자를 바라봤다.

김석훈의 눈을 바라보는 시간은 정말 짧은 시간이었다. 하지만 희우의 머리는 매우 빠르게 회전하고 있었다. 공안3부에서 나와 복도를 걷고 계단을 오르면서도 끝없이 생각하던 그것!

김석훈이 과연 자신의 말을 따를까? 조태섭에게 반기를 들 수 있을까?

희우의 머릿속이 복잡하게 얽히고 얽혔다.

지금 자신의 행동이 성급하지는 않은지, 그래서 스스로 구덩이 속으로 들어가고 있는 것은 아닌지 다시 한번 생각하고 또 생각해야 했다. 그리고 그 생각이 멎었을 때 희우는 결심했고 입을 열었다.

"부실 은행 퇴출입니다."

"뭐?"

김석훈의 눈동자가 떨려 왔다. 은행이라니, 생각보다 큰일이었다.

하지만 희우는 머뭇거리지 않았다. 결심했으면 과감히 행동해야 한다. 희우가 김석훈의 앞으로 파일 하나를 건넸다. 프린트해서 가지고 왔던 파일이었다.

"한반도은행입니다."

떨리는 손으로 희우가 건넨 파일을 쥔 김석훈의 눈동자는 손보다 더 떨려 왔다.

한반도은행은 DHP머니의 대표인 박대호가 대주주로 있는 곳이었다. 그리고 더 큰 문제는 박대호가 조태섭의 자금을 관리하는 인물이라는 것이다.

희우는 아무것도 모르는 척 계속해서 말했다.

"한반도은행의 대주주는 DHP머니입니다. 지난 IMF 시기에 합병이 되었습니다. 문제는 이 은행이 지나친 대출로 부실 대상이라는 겁니다."

희우의 말을 듣던 김석훈이 고개를 저었다.

"안 돼. 은행을 건들 수는 없다. 정말 큰 난리가 날 수도 있어."

희우는 김석훈의 말을 귀로 흘리며 계속 말했다.

"대출 한도액 초과 금지 규정을 위반하고 1천억 원을 대출해 준 의혹이 있습니다. 문제는 그 대출이 한 사람에게 되어 있다는 겁니다. 그 대출자는 이용근이라는 사람입니다. DHP머니의 이사이기도 합니다."

김석훈은 고개를 저었다.

"그래도 안 돼. 다른 사건을 만지도록 해. 검찰이 해야 할 일은 국가의 안정이야. 분란이 아니야. 그 일은 내가 금융감독원에 연락해서 조용히 해결하도록 하겠어."

희우는 고개를 끄덕였다.

"알겠습니다."

웃기지도 않은 이야기였다.

지금 은행을 잡지 못하면 몇 년 안으로 부실 은행에 대한 사건이 터져 나올 것이다. 곪을 대로 곪은 은행의 진물은 많은 희생자를 만들어 냈다.

한반도은행은 계속해서 대출 심사를 게을리한 채로 부동산 대출을 대대적으로 시행한 곳이었다. 미국발 금융 위기 이후 부동산을 살리기 위한 정부의 정책을 이용해서 지나친 사업 확장을 하던 은행 중 한 곳이기도 했다. 물론 그 모든 일의 뒤에는 조태섭이 있었다.

희우는 김석훈의 반대에 더 이상 말을 하지 않았다. 예상하고 있던 바였다.

희우가 말했다.

"그럼 다른 사건을 찾아보도록 하겠습니다."

"찾는 데 시간 버리지 말고 내가 준 자료에서 하나 꺼내 키워 봐."

"알겠습니다. 그럼 그렇게 하도록 하겠습니다."

희우는 자리에서 일어나 김석훈에게 고개를 숙였다. 그리고 지검장실을 빠져나왔다.

그가 반대를 했지만 상관없었다. 희우는 김석훈의 앞으로 밥상을 대령했다. 그리고 그 밥상에는 자칫 죽음에 이를 수도 있는 맹독이 들어 있다. 김석훈도 그 안에 독이 들어 있다는 건 잘 알고 있었다.

독이 있는 걸 아는 상태에서 밥을 먹지는 않을 거다.

하지만 배가 많이 고프다면? 굶주려서, 어떤 것이라도 먹지 못해서 쓰러진 상태라면? 독이 들어 있든 아니든 허겁지겁 먹을 것이다. 그것이 인간이었다. 지금보다 더 굶주리게 만든다면 차려진 밥상을 향해 숟가락을 들이밀 것이다.

그리고 또 하나, 김석훈이 조태섭에게 한반도은행에 대해 희우가 알아봤다고 이야기를 할까? 가능성은 제로에 가까웠다.

지금 김석훈에게는 희우가 필요했다. 사건을 키워 주고 총장의 명패에 이름을 새겨 줄 사람은 희우밖에 없었다.

희우는 전화기를 들었다. 상대는 구승혁이었다.

"바빠?"

-바쁘지. 지금 최수혁 프로덕션 진행 중이잖아.

"우리 지검 한 번 더 털어 볼래?"

-……!

654

"재료는 줄게. 잘 만들어 봐."

전화를 끊은 희우는 다시 민수에게 연락을 취했다. 그리고 퇴근 후 두 사람은 호프집에서 만났다. 민수가 말했다.

"나 요즘 술 너무 많이 마시는 것 같아, 흘흘흘."

"그러게요."

"그게 다 너 때문인 건 알지?"

"그러게요."

맥주 오백 두 잔이 각각의 앞에 놓였다.

민수는 잔을 들어 맥주를 입으로 넘긴 후 테이블 위에 놓고 말했다.

"시민 단체는 다 국회 앞에 몰려갔어. 세금 문제 때문에."

"네, 그럴 것 같았어요."

"그럼 이제 어쩔 거냐?"

희우도 잔을 들어 맥주를 들이켰다. 그리고 입을 열었다.

"선배, 지검에 있으면서 다른 검사들 비리 잡아 놨죠?"

"응?"

"있죠?"

"흘흘흘."

민수는 그저 웃기만 했다. 희우가 씨익 웃었다.

"주세요."

"없어, 흘흘흘."

최강진과 장일현의 뒤를 조사하고 있던 민수였다. 다른 검사들에 대한 것이 없는지 궁금했다.

민수가 정말 조사를 하지 않았더라도 상관은 없었다. 이미 이전의 삶에서 지금의 검사들을 겪어 봤던 희우다. 시간이 조금 걸리긴 하겠지만 그들이 가지고 있는 비리는 어느 정도 알고 있었다.

민수가 요상하게 웃더니 입을 열었다.

"몇 놈 가지고 있긴 한데, 줄까?"

"네."

"흘흘흘."

웃고 있던 민수가 천천히 입을 열었다.

"방만석, 하동현, 마일수, 오동선, 강태현, 김중호, 박철식, 김현수……."

민수의 입에서 검사들의 이름이 줄줄줄 나왔다. 희우의 눈이 커질 정도였다.

한참 이름을 읊던 그가 희우에게 물었다.

"더 줘?"

"그 사람들 비리를 다 가지고 있다고요?"

끄덕이는 민수. 그가 말했다.

"장일현이 들어가는 거 보고 다른 검사의 비리를 가지고 있으면 이용하기 좋겠다는 생각을 했거든. 그래서 뒤가 구린 놈들은 다 캐 봤지. 물론 의혹만 있는 놈도 있고 정황상 증거가 확실한 놈도 있고. 모두 중소기업의 피를 빨아먹고 사는 놈들이야."

생각 이상으로 많은 인물들이 나왔다. 그만큼 지금의 중앙 지검이 썩어 있다는 생각에 어이없는 웃음밖에 나오지 않았다.

민수가 말했다.

"조사하다 보니까 칭찬할 검사도 많아. 퇴근 못 하고 일만 하는 사람들인데 털어도 정말 먼지도 안 나더라고. 오히려 과로로 쓰러지는 거 아닐까 걱정돼서 자양 강장제 사 준 적도 있어. 이야기해 줄까? 흘흘흘."

"아뇨."

지금 희우에게 칭찬받을 검사의 명단은 필요하지 않았다.

희우를 보는 민수의 눈이 차갑게 변했다.

"그런데 어디에 쓰려고?"

그의 입가에 더 이상의 미소는 없었다. 희우가 말했다.

"부실 은행이 있습니다. 사람들이 저축한 은행의 돈을 임원들이 자신의 돈처럼 사용하고 있는 은행이에요."

민수가 고개를 갸웃거렸다.

"은행 잡는데 검사 비리가 왜 필요해?"

"지검장님을 압박할 카드로 사용하려고 합니다. 은행이 터지면 나라가 시끄러울 수도 있다고 망설이시더라고요."

희우는 솔직하게 말했다.

민수가 크게 웃었다.

"흘흘흘, 너도 참 뒷일 생각하지 않고 일을 터뜨리려고 해. 이번에 싸울 상대가 김석훈 지검장님이었던 거야? 검사들 잡아서 압박한 후에 다른 사건으로 덮으라고?"

희우는 슬쩍 웃으며 고개를 끄덕였다. 민수가 말했다.

"좋아, 어차피 마음에 안 드는 놈들이었는데 이번 일로 구속시켜 버리자."

다음 날, 희우는 민수에게 USB 파일을 받았다. 그 안에는 민수가 말한 검사들의 비리가 가득 담겨 있었다.

스폰을 받은 게 대부분이었다. 장일현의 스폰 비리 사건으로 조심해야 할 시기였지만 이미 돈맛을 본 사람들은 끊지 못했다.

희우는 차장검사에게 외근을 나가겠다는 말을 전하고 중앙 지검을 빠져나갔다. 그리고 밖으로 나가며 구승혁에게 전화를 했다.

"지금 출발한다."

희우가 밖으로 나가는 것을 본 차장검사는 바로 김석훈에게 전화를 걸었다.

"김희우 검사가 지금 밖으로 나갔습니다."

차장검사에게 전화를 받은 김석훈은 통화를 종료한 직후 다른 곳으로 전화를 걸었다.

"그래, 김희우가 지금 나갔다. 따라붙도록 해."

-알겠습니다.

김석훈은 충성심을 확인하기 위해 희우를 경기도의 한 지청으로 보냈었다. 하지만 그가 목표로 하는 건 이루지 못했다. 그런 상황에서 완벽하게 희우를 믿을 수 있을까? 당연히 아니었다. 그는 희우를 감시하기 위해 사람을 물색했다. 물론 그 물색의 대상은 희우가 알지 못하는 사람이어야 했다.

그렇게 찾은 것이 아들 김석영의 아래에 있는 직원이었다. 희우가 뒤를 밟힌다는 사실을 눈치채더라도 쉽게 파악할 수 없도록 만반의 준비를 해 뒀다.

희우는 전철을 타고 있었다. 그리고 잠실에서 내렸다. 희우가 가는 곳은 김석훈이 건넨 사건 파일에 있던 한 회사로, 횡령에 대한 의혹을 가지고 있는 곳이었다.

이 사건은 한 남자가 회사를 만들면서 시작되었다.

남자는 재미 교포에게 투자를 받았다. 재미 교포는 6.25전쟁 때 미국으로 건너간 사업가로, 한국에 대한 향수를 가지고 있었다. 미국에서 많은 돈을 번 노인은 한국에 어떻게든 도움을 주고 싶어 했다. 그래서 선택한 게 지금 회사의 대표였다.

회사의 대표는 자수성가한 사람으로, 노인복지를 위한 사업을 시작한다고 했다. 재미 교포가 원하고 있는, 좋은 일에 돈이 쓰였으면 하는 바람과 맞아떨어졌다.

하지만 그것은 어디까지나 표면상의 상황이었다. 재미 교포에 의해서 들어오는 돈이 모두 회사 대표의 사적인 지출에 사용되고 있다는 의혹이 들어왔다. 잘 만지면 사람들의 심금을 울릴 수 있는 드라마틱한 소설이 쓰일 수도 있는 사건이었다.

전쟁 때 한국을 떠나 고향을 잊지 못하던 고아.

그 고아가 자본가로 성장하여 한국을 도우려고 했는데, 한국 사람에게 사기를 당해 막대한 돈을 손해 봤다는 것.

사람들이 좋아하는 소재였다.

희우는 가볍게 한숨을 내쉬었다.

사람들이 좋아할 소재라고 해도 시기가 있는 법이었다. 지금 이슈가 되고 있는 세금에 대한 일보다 더 큰 문제로 만드는 것은 절대 쉬운 일이 아니었다.

희우는 일단 회사가 있는 건물의 1층에 있는 커피숍으로 들어갔다.

주변을 두리번거리던 희우는 일반적인 테이블이 아닌, 작업을 하는 사람들을 위해 만들어진 긴 테이블로 향했다. 그곳에는 이미 다른 사람들이 앉아 뭔가 작업을 하고 있었다. 그림을 그리는 사람도 있고 어떤 문서를 작성하는 사람도 보였다

희우는 그들 사이로 들어가 가방에서 노트북을 꺼내 들고 자리에 앉았다. 그리고 정말 가만히 있었다. 어떤 행동도 하지 않고 가만히 앉아, 주변 사람들이 하는 이야기에 귀를 기울였다. 김석훈에게 지시를 받아 희우를 미행하던 남자도 지금 희우의 뒤에 앉아 있었다.

한참 앉아 있던 희우는 저녁 9시가 다 되어서야 자리에서 일어났다. 그리고 다시 중앙 지검으로 향했다.

희우를 미행하던 남자가 김석훈에게 전화를 걸었다.

"어떤 행동도 없었습니다. 가만히 앉아 있기만 했습니다. 지금 다시 중앙 지검으로 들어가고 있습니다."

김석훈이 그의 전화를 받고 있을 때 비서가 들어와 말했다.

"김희우 검사 왔습니다."

"들어오라고 해."

희우가 지검장실로 들어왔다.

"앉아."

희우는 김석훈의 말에 지검장실의 소파에 가서 앉았다. 희우가 입을 열었다.

"오늘 회사 아래 커피숍에 가서 앉아 있었습니다. 사건을 구상하고 이야기를 짜는 건 현장이 제일 좋다고 생각해서입니다."

김석훈은 희우가 무슨 행동을 하고 왔는지 미행자를 통해서 이미 다 들었다. 하지만 처음 듣는다는 표정으로 희우를 바라봤다. 그리고 물었다.

"그래, 뭔가 떠올랐나?"

"먼저, 특별한 일은 보이지 않았습니다. 직원들의 입에서 나오는 이야기는 일상적인 일이 전부였습니다. 특이한 점은, 회사가 신사업을 시작한다고 들었는데 야근이 없다는 것이었습니다. 9시에 그곳에서 나왔는데 밖에서 봤을 때 회사의 불은 모두 꺼져 있었습니다."

새로운 사업이 시작되면 야근은 당연한 것이었다. 사업 오픈 일정에 맞추기 위해서는 불가피한 일이었다. 김석훈이 물었다.

"시나리오는 써지고 있나?"

"나쁘지는 않습니다. 충분히 심금을 울릴 수도 있고, 방송 매체가 도와준다면 사람들의 집중도 끌어낼 수 있다고 생각합니다."

"그래, 진행해 봐."

희우는 대답하지 않았다. 그리고 잠시 망설이는 표정과 함께 조심스럽게 말했다.

"하지만 아무리 생각해도 역시나 약하지 않나 하는 생각이 맴돌고 있습니다. 지금 상황에 해외 교포에게 일어난 감성적인 일에 신경을 쓰는 사람들은 소수이지 않을까 합니다."

김석훈은 고개를 저었다.

"일단 시나리오 작성되는 거 보고 이야기하자."

"네, 그럼 며칠 안으로 만들어서 오겠습니다."

희우는 자리에서 일어나 다시 그에게 꾸벅 인사를 하고 밖으로 나갔다.

김석훈의 머릿속에서는 좀 전에 희우가 한 말이 맴돌고 있었다.

'약하다? 이걸로는 분위기를 바꾸기 애매하다?'

희우의 앞에서는 강하게 끌고 나가라고 지시했던 김석훈이다. 하지만 그의 마음속은 계속 망설이고 있었다. 그게 사람이었다.

단 하나에 집중을 해서 달려갈 때 누군가 와서 '이거 잘못된 거야.'라고 지적을 한다면 정말 그렇지는 않은지 끝없이 고민하고 또 고민하는 것. 인간이기에 어쩔 수 없는 일이었다.

그리고 그 역시도 느끼고 있었다. 약하다고.

김석훈은 고개를 저었다. 개똥도 약에 쓰려면 없다고, 뭔가 강하고 이목을 끌 수 있는 사건이 보이지 않았다.

희우는 지검장실에서 나와 사무실로 내려갔다. 그리고 컴퓨터를 켜고 일을 시작했다. 그러던 희우가 중얼거렸다.

'감시를 붙여 놨다?'

오늘 낮이었다. 정문을 나서던 희우는 눈에 익숙한 얼굴을 볼 수 있었다. 바로 김석훈의 아들 김석영의 심복이었다. 상만의 보고에 늘 올라오는 인물이라 희우가 그의 얼굴을 모를 리 없었다.

하지만 희우는 어떤 반응도 하지 않은 채 정문을 벗어나 전철로 향했다. 그 뒤를 남자가 따라붙었다. 그것도 알고 있었다. 희우는 계속해서 그를 주시하고 있었다.

그리고 카페에 도착한 희우는 긴 테이블에 앉았다. 희우의 옆에는 모자를 눌러쓴 구승혁이 앉아 있었다. 두 사람은 어떤 대화도 나누지 않았다. 그저 희우의 손에 있던 USB가 그의 손으로 빠르게 넘겨졌을 뿐이다.

당연했지만 미행을 하고 있는 남자는 구승혁이 누구인지 알지 못했다. 미행하는 남자가 검사도 아니었고, 구승혁이 중앙 지검의 검사도 아니었다. 모를 수밖에 없었다.

구승혁이 떠나고도 희우는 계속 앉아 있다가 늦은 시간이 되어서야 그곳에서 나왔다. 그리고 지금 중앙 지검의 사무실에 앉아 일을 하고 있는 중이었다.

일을 하던 희우에게 구승혁으로부터 문자가 왔다.

-내일 오후에 대대적으로 기사 돌아갈 거야.

문자를 본 희우의 입에 슬쩍 미소가 걸렸다.

당연한 일이었다. 서부 지검장이라고 검찰총장 자리에 욕심이 없을까?

지금 검찰총장의 자리에 가장 유력한 사람이 김석훈이었다. 그런데 김석훈이 사라진다면 다음 후보는 누구일까? 그건 아직 알 수 없지만 서부 지검장 역시 유력한 후보가 될 게 분명했다. 누구라도 욕심을 내지 않을 수 없었다.

문자를 받은 희우는 컴퓨터를 끄고 자리에서 일어섰다. 이제 김석훈이 어떻게 반응할지 기다리면 되는 일이었다.

다음 날, 희우는 다시 잠실로 가서 앉아 있었다. 어제 그를 미행하던 남자 역시 카페에 왔다.

희우는 이 회사에 대한 사건은 속전속결로 끝낼 생각이었다. 사건을 키울 맘도 없었고 계속해서 파고들 생각도 없었다. 하지만 죄를 봤다. 가만히 놔둘 생각은 없었다. 아직까지는 의혹만 있는 상태였다. 그 의혹을 쉽게 풀어 줄 수 있는 열쇠를 찾는 것은 생각보다 어려운 일이 아니었다.

희우는 카페에서 나와 길거리를 걸으며 민수에게 전화를 걸었다.

카페는 회사의 아래에 있는 이상 희우가 하는 말이 직원들의 귀에 들어갈 수도 있었다. 하지만 길거리는 달랐다. 서로가 관심 없는 걸음들이었다.

희우가 말했다.

"하나만 알아봐 주시겠어요? 여기 잠실에 있는 대류컴퍼니인데요, 회사 대표 이름이 오진영입니다."

-흐흐흐, 알았어.

전화를 끊고 잠시 후 희우에게 문자가 왔다. 메일로 보냈다는 말이었다.

희우는 커피숍으로 들어가 노트북을 열어 메일을 확인했다.

희우가 민수에게 알아봐 달라고 한 건 두 가지였다.

하나는 대표 오진영이 지금껏 있었던 회사의 이력. 그리고 다른 하나는 지금까지 오진영과 함께했던 직원 명단이었다.

오진영은 꽤 많은 회사를 옮겨 다니며 전문 경영인 노릇을 했다. 그 과정에서 회사를 만들기도 했고 팔기도 했으며 없애기도 했다. 국비를 사용한 일도 많았다. 서류상으로 불법적인 일은 없었지만 희우는 오진영과 함께했던 모든 직원을 확인했고 분석했다.

그런데, 오진영이 그 많은 회사를 옮겨 다니면서 언제나 함께하는 직원이 한 명 있었다. 희우는 그 직원의 이름에 동그라미를 치며 슬쩍 웃었다.

'찾았다.'

오진영과 쭉 같이한 사람은 김송희라는 이름의 여자, 나이는 서른여섯 살이었다. 이렇게 오랜 시간, 그것도 함께 회사를 옮겨 다녔다면 추측해 볼 수 있는 건 세 가지였다. 하나는 정말 실력이 좋아서 오진영이 계속 끌고 다닌다는 것, 세상에서는 이런 관계를 라인이라고 부른다. 두 번째는 세상 사람들이 오피스 와이프라고 부르는 불륜의 경우다. 세 번째는, 오진영의 개인 자산을 관리하는 경우였다.

오진영 같은 사람은 언제나 생각한다. 비밀은 한 사람만 아는 게 좋다고. 여러 사람이 알고 있을 경우 문제가 일어날 확률이 더 높다고. 그래서, 오진영은 김송희를 끌고 다니며 그녀에게 회사와 개인의 자산을 관리하도록 맡겼을 가능성이 컸다.

희우는 다시 민수에게 문자를 보냈다. 김송희에 대한 자료를 부탁한다는 내용이었다. 그리고 잠시 후 메일이 도착했다.

김송희는 상업고등학교 출신의 경리였다. 결혼은 하지 않았고 병원에 입원해 있는 아버지가 있었다. 그리고 민수의 의견이 하나 더 추가되었다.

－병원비 비싸더라. 경리 월급으로는 힘들 거야.

답은 나왔다.

희우는 커피숍에서 일어났다. 그리고 다시 중앙 지검으로 향했다.

그때, 인터넷에서는 실시간으로 중앙 지검 검사들의 이름이 올라가고 있었다.

다음 권으로 이어집니다